读客三个圈经典文库

经典就读三个圈　导读解读样样全

Great Expectations
远大前程
[英] 查尔斯·狄更斯 著
(1812—1870)
刘勇军 译
读客三个圈经典文库
经典就读三个圈 导读解读样样全
江苏凤凰文艺出版社
JIANGSU PHOENIX LITERATURE AND ART PUBLISHING

图书在版编目（CIP）数据

远大前程 /（英）查尔斯·狄更斯
(Charles Dickens) 著 ; 刘勇军译 . -- 南京 : 江苏凤
凰文艺出版社 , 2023.6
（读客三个圈经典文库）
ISBN 978-7-5594-7197-0

Ⅰ . ①远… Ⅱ . ①查… ②刘… Ⅲ . ①长篇小说 - 英
国 - 近代 Ⅳ . ① I561.44

中国版本图书馆 CIP 数据核字 (2022) 第 176787 号

远大前程

［英］查尔斯·狄更斯　著　　刘勇军　译

责任编辑　丁小卉
特约编辑　洪子茹　　李晨茜
装帧设计　胡　艺
责任印制　刘　巍
出版发行　江苏凤凰文艺出版社
　　　　　南京市中央路 165 号，邮编：210009
网　　址　http://www.jswenyi.com
印　　刷　天津盛辉印刷有限公司
开　　本　890 毫米 ×1270 毫米 1/32
印　　张　16.25
字　　数　527 千字
版　　次　2023 年 6 月第 1 版
印　　次　2023 年 6 月第 1 次印刷
标准书号　ISBN 978-7-5594-7197-0
定　　价　59.90 元

Great Expectations

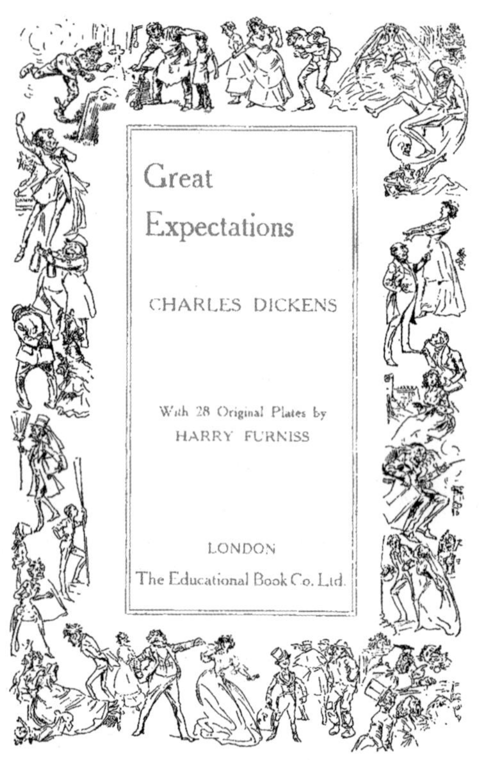

英国插画大师哈里·福尼斯于1910年为《远大前程》绘制的扉页，图中囊括了书里大部分人物。[1]

1 本书中的40幅插画选自三位英国著名插画师为《远大前程》绘制的插画，这些插画与故事融为一体，已成为阅读《远大前程》时不可错过的经典。其中1幅选自马库斯·克莱顿·斯通（Marcus Clayton Stone，1840—1921）为伦敦查普曼和霍尔出版社（Chapman and Hall）于1862年出版的《远大前程》绘制的插画；13幅选自F. A. 弗雷泽（F. A. Fraser，1844—1896）为伦敦查普曼和霍尔出版社（Chapman and Hall）于1876年出版的《远大前程》绘制的插画；26幅选自哈里·福尼斯（Harry Furniss，1854—1925）为伦敦教育图书公司于1910年出版的《远大前程》绘制的插画。——编者注

目录

第一卷

第二卷

第三卷

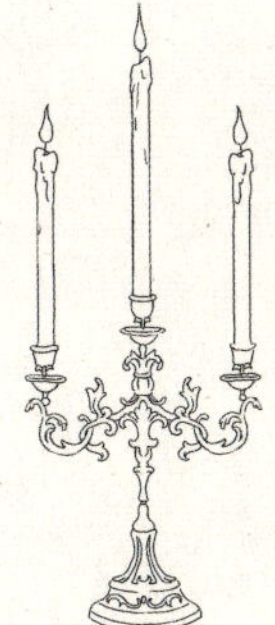

三个圈独家文学手册

第一卷

第一章

我父亲姓皮利普，菲利普是我的教名。幼年时，不管是这个姓氏还是我的名字，我老是说成皮普，怎么也说不完整，吐字也不清楚，于是，我索性管自己叫皮普。久而久之，皮普这个名字就叫开了。

我说父亲姓皮利普，那可是有根据的，他的墓碑上面就有，姐姐也是这么说的，姐姐嫁给了一个叫乔・盖格瑞的铁匠，成了盖格瑞太太。我从未见过父母，也没见过他们的肖像（当年可没有拍照这回事）。我第一次想象父母长什么样，那也是根据他们的墓碑瞎猜的。看了父亲墓碑上的字体，我生出一个古怪的念头，觉得父亲肤色较深，身材敦实，还留着一头卷曲的黑发。再看到母亲墓碑上刻的“暨上述者之妻乔治亚娜[1]”的行文，我又得出一个幼稚的结论，觉得母亲应该体弱多病，脸上长满了雀斑。父母的坟边一字排着五块菱形小碑，每块约莫一英尺半高，里面安葬着我的五个弟弟。他们没有和世人一样为了生活苦苦挣扎，而是早早打了退堂鼓。有一点我笃信不疑：想必我的五个弟弟自打出娘胎时就仰面朝天，将手插在裤兜里，压根儿就没有拿出来过，至死都是这样的姿势。

我们的家乡是一片沼泽地，不远处有一条河，沿河蜿蜒而下不过二十英里的地方是大海。我第一次看见那让人刻骨铭心的景象，应该是在一个异常阴冷的午

1　墓碑上的字并无特征，只是极为平淡的表述方式让皮普觉得母亲并非父亲的挚爱。——译者注（如无特别说明，本书注释均为译者注）

后，临近傍晚时分。当时我才知晓，那个荨麻丛生的荒凉之所居然是教堂墓地。教区居民菲利普·皮利普及其妻子乔治亚娜死后就葬在那里。他们的幼子亚历山大、巴塞罗缪、亚伯拉罕、托比厄斯和罗杰都已夭折，也埋在那里。墓地那头一大片黑乎乎的荒野就是沼泽，上面堤坝纵横，水闸交错，分布着不少小土丘，还有零零散散的牛儿在吃草。河在沼泽尽头的低处，看起来像一条铅灰色的线。远处吹来阵阵疾风，如同凶险兽穴一般的地方自然是大海。而被这一幕景象吓得瑟瑟发抖，开始啼哭的小不点儿正是皮普。

“别吵了！”一个恐怖的声音响起，靠近教堂门廊一侧的墓地忽地跳出一个人，“安静点儿，你这个小鬼，要不然掐断你的脖子！”

那人真可怕，一身灰色的粗布衣服，腿上拴着一根大铁链。他没戴帽子，鞋子已经破烂不堪，脑袋上裹着一块破布。那家伙在水里泡过，整个人都被泥糊住了，双腿在石子的磕碰下已经瘸了，上面满是碎石划拉的伤痕，还扎了不少荨麻，皮肉被荆棘扯得皮开肉绽。那人走起路来一瘸一拐，浑身哆嗦，瞪着眼睛不停呵斥，他一把抓住我的下巴，牙关却是咯咯打战。

“噢，别掐断我的脖子，先生，”我吓得直求饶，“求你别这样，先生。”

“告诉我你叫什么名字！”那人说，“快！”

“皮普，先生。”

“再说一遍，”那人盯着我说道，“说利索点儿。”

“皮普。皮普，先生！”

“告诉我你住在哪儿？”那人说，“把地方给我指出来！”

我指着我们的村子，那儿距离教堂约莫一英里，位于一片平坦的河岸上，四周都是赤杨和截去树冠的树。

那人打量了我片刻，便将我倒拎起来，把我口袋里的东西也都倒了出来。其实我的口袋里除了一片面包什么也没有。等到教堂恢复原状——他的动作非常突然，力道又大，方才他把我头朝下、脚朝上掉转过来，我只能看到尖塔在我的脚下。我是说，等到教堂恢复原状，我却被他抱在一块高高的墓碑上坐定，浑身直哆嗦，而他却狼吞虎咽地吃起了那片面包。

那人舔了舔嘴唇，说道：“你这小兔崽子的脸蛋儿倒挺肥。”

从我的年龄来说，我的个头确实小了点儿，身体也单薄，不过脸蛋儿确实长得有点儿肥。

“我要是不吃了你的脸蛋儿才怪哩。”那人晃了晃脑袋，吓唬我道，“我还真有点儿想吃了你的脸蛋儿！”

我连忙央求他不要吃我的脸蛋儿，随即紧紧抓住他抱我坐的那块墓碑。这么做，我一来不至于摔下去，二来也可以忍住眼泪。

“喂，你妈在哪儿？”那人问道。

“那儿呢，先生！”我说。

听到这话，他顿时大惊失色，撒腿就跑，却又立马停了下来，回头看过来。

“那儿呢，先生！”我胆怯地解释道，“‘乔治亚娜’那几个字，就是我妈。”

“噢！”他又折了回来，“那跟你妈葬在一起的是你爸？”

“是的，先生，”我说，“他也在，‘本教区已故居民’。”

“哈！”他若有所思地嘟囔道，“我要是大发慈悲让你活命，你跟谁一起住呢？不过，要不要让你活命，我还没拿定主意呢。”

那人走起路来一瘸一拐，浑身哆嗦，瞪着眼睛不停呵斥。（第4页）

“我姐，先生，乔·盖格瑞太太，她是铁匠乔·盖格瑞的妻子，先生。”

“铁匠，嗯？”他说着低头瞅了瞅自己的腿。

他闷闷不乐地看着那腿，然后又望向我，这样看了好几个来回后，便往我坐着的墓碑走来。他一把抓住我的双臂，使劲儿将我的身体往后按，一双眼睛犀利地盯着我的双眼，我却只能无助地望着他的眼睛。

“给我听好了，”他说，“眼下的问题是让不让你活命。你知道什么是锉刀吗？”

“知道，先生。”

“你知道什么是吃的吗？”

“知道，先生。”

他问一句，就将我的身体往后按一下，好让我越发感到身处绝境，无路可走。

“你给我弄把锉刀，”他将我再次往后按了按；“再给我弄来吃的。”又将我往后按去；“你把这两样东西都给我弄来。”说话间又将我往后按下去；“否则我把你的心肝掏出来。”说完他又将我往后按了点儿。

我怕得要命，直感头晕目眩，双手不由得紧紧抓住他，央求他道：“先生，求你发发慈悲，让我坐直，这样我才不会吐了，没准儿我还能听清你的吩咐。”

他索性猛地一推，我被他推得翻滚了下去，顿时觉得教堂好像自个儿跳了起来，跳得比它上面的风标还要高。接着，他一把抓住我的双臂，让我直直地坐在墓碑顶上，继续说那些吓唬人的话。

“明天一大早给我送锉刀来，多弄些吃的，拿到那边的旧炮台。你去办这事，可不能透露半点儿风声，也不要露出一丝马脚，说你见过我这号人或是遇见过什么人，我还可以饶你一命。要是办不到，哪怕有半句话没照我的吩咐去做，我就把你的心、肝都挖出来，烤着吃了。你兴许觉得我就一个人；但我身边还藏着个小伙子，跟这个小伙子一比，我算得上天使了。我眼下说的话，他可是听得清清楚楚。这个小伙子还有个绝活儿，专门抓小孩，把他们的心肝挖出来。谁家的小孩也甭想躲过那个小伙子。哪怕他把门锁得严严实实，躺在暖和的床上，钻进被窝，用衣服蒙住头，以为这样就大可安心了，但那个小伙子会悄无声息地爬啊，爬啊，找到这个小孩，把他的胸膛撕开。我费了好大的劲儿才拦住那人，让他现在别加害你。但看住他，不让他吃你的心肝可不容易。好了，你有什么要说的？”

我说我准能给他带把锉刀来，还会想法子给他弄些残羹剩饭，明天一大早到炮台那儿把东西给他。

“那你得发誓，办不到你就会遭天打雷劈！”那人说。

我按照他说的发完誓，他总算把我放了下来。

“好了，”他接着又说，“答应办的事你得记住了，你可别忘了那个小伙子，回家吧！”

“晚……晚安，先生。”我结结巴巴地说。

“够了！”他说着瞥了一眼周围冰冷的、潮湿的沼泽地，“真希望变成一只青蛙，要不然做条鳝鱼也行。”

他一边说，一边用两只胳膊紧紧抱住颤抖的身体，一瘸一拐地朝低矮的教堂围墙走去，好像不这样抱着，他的身体就会散架似的。我看着他小心地穿过荨麻丛生、到处都是荆棘、长满青草的坟地。我还幼稚地以为他是在躲闪坟墓里的死人，生怕他们一不留神从坟里伸出手来，一把抓住他的脚踝将他拖进去。

他来到那座低矮的教堂围墙前，翻身过去，两条腿看起来像是麻木了，很是僵硬，然后他又转身过来找我。见他别过头来，我立马往家的方向转过脸去，撒开脚丫子跑起来。但不一会儿，我回头一看，发现他再次朝河边走去，他仍然用双臂抱住身体，拖着两条疼痛的腿，在大石头中间择路而行，那些大石头原本是下大雨或者涨潮时用作垫脚石的。

我停下来目送着他离去，沼泽地变成了一条长长的黑色地平线，那条河则成了另一条地平线，只不过没有那么宽，也没有那么黑，而天空化成了一条鲜红色和浓黑色长线交织的长带。我四下望去，隐约能看出在河边矗立的两个黑乎乎的东西：一个是为掌舵的水手提供指引的灯塔，凑近看这玩意儿还真够丑的，活像一个没有箍的桶罩在一根杆子上；另一个东西是个挂着链条的绞刑架，早前还用它绞死过一名海盗。只见那人迈着瘸腿往绞刑架走去，像是海盗复活了，正从绞刑架上下来，又重新把自己吊上去似的。我这样想着，简直把自己吓了个半死。我瞧见牛群也抬起头，盯着他看，不知道它们是否也是这么想的。我四处看了看，想寻找那个凶残的小伙子，却连那家伙的影子都没瞧见。这下我又害怕起来，便头也不回地往家里跑去。

第二章

姐姐乔·盖格瑞太太比我年长二十多岁，因为我是她“一手”带大的，她不仅老拿这件事自夸，还在左邻右舍赚了个好名声。当年我也不明白这“一手”是什么意思，只知道她的手很是粗重，一点儿也不留情面，巴掌时常落在我和她丈夫的身上，想来我和乔·盖格瑞就是这样被她“一手”带大的吧。

姐姐长得并不好看。我总觉得乔·盖格瑞之所以娶她，准是那“一手”的功劳。乔的皮肤白皙，面庞光洁，两鬓留着淡黄色的卷发，双瞳的淡蓝色浅得几乎和眼白融为一体。他性格温顺，脾气很好，也容易相处，人有些傻气，倒也挺可爱。他有用不完的力气，这点跟赫拉克勒斯有几分相像，就连缺点也有些相似[1]。

我的姐姐乔太太留着一头乌发，一双眼睛也是乌黑的，发红的皮肤特别显眼，我有时不禁在想，她不是用肥皂而是用碎肉豆蔻擦洗身体。姐姐个头很高，骨架也大，一条粗布围裙几乎从不离身，打了两个活结系在背后，胸前系着一块相当结实的围裙，上面插满了别针和缝衣针。她成天系着围裙，一来可以彰显自己操持家务的功劳，二来可以当成骂乔的资本。其实，我真不明白她为什么要成天系着围裙，也不明白即使系上了，为什么非得从不离身。

乔的铁匠铺跟我们的房子连在一起。房子是木质结构，当年乡下的大多数住

1 赫拉克勒斯是希腊神话中的大力神，天生力大无穷。后被误会，妻子在其衣服上涂了毒，导致其痛苦难耐，自焚而亡。作者暗指乔·盖格瑞惧内。

房都是木屋。我从教堂公墓跑回家的时候，铁匠铺已经关门，乔一个人坐在厨房里。我和乔算得上同病相怜，平日里两人无话不说。我拨开门闩，把头探了进去，发现他坐在正对门的火炉角落里。他一瞧见我，便给我透了个底。

“皮普，乔太太找了你十二次。她现在又出门了，这是第十三次了。”

“是吗？”

“可不是，皮普，”乔说，“找你还是小事，她还带着那根挠痒棍呢。”

听到这个糟糕的消息，我不停地捻着背心上仅剩的纽扣，垂头丧气地盯着炉火。所谓的挠痒棍其实是根一头涂了蜡的手杖，这玩意儿老在我身上“挠痒”，早已磨得光滑。

“她坐也不是，站也不是，”乔说，“索性拿起挠痒棍，气冲冲地出了门。我不骗你。”乔一边说，一边慢悠悠地用拨火棍拨弄着炉格，眼睛盯着火炉：“她出门的时候正发火呢，皮普。”

“乔，她出去很久了吗？”我向来把他也当个孩子，只是年纪比我大些，处境却没什么不同。

乔瞥了一眼荷兰钟，道：“呃，她最后一次气冲冲地出去大概是五分钟前的事了。皮普，她回来了！快躲到门后面去，老伙计，快拿条长毛巾遮一下。”

我照他的话做了。这时，我姐姐乔太太一把将门推得大开，发现有什么东西抵着门，便立马知道了原因，拿着挠痒棍往里面探。发现是我，便一把抓起我就往乔身上扔。我时常被他们夫妻俩当飞镖玩。反正不管怎样，乔也乐意接着我，即使把我放在了火炉前，还悄悄地用一条粗壮的腿护着我。

“你去哪儿了，你个皮猴子？”乔太太跺着脚说，“赶紧告诉我你去干什么了，害得我又焦急又害怕，担心死了，还累得要命。哪怕你是五十个皮普，再加五百个盖格瑞也不顶用，我也得把你从角落里拽出来。”

“我就是去了趟教堂墓地。”我坐在凳子上说，一边哭，一边揉搓着身子。

“教堂墓地！”姐姐接过话道，“要不是我，你早就进去了，一辈子待在里面。谁把你一手带大的？”

“是你。”我说。

“我为什么要把你带大，你倒是跟我说说！”姐姐大声吼道。

我呜咽着说：“我哪知道？”

“你哪知道！”姐姐说，“我不会再揽上这档子事了！你不知道，我可知道。老实告诉你，自打你出生后，我就从没脱下过这条围裙。嫁给铁匠做老婆已经够倒霉的了，何况还是叫盖格瑞的铁匠，还要给你当妈。”

我闷闷不乐地盯着炉火，她说的话我全然没听进去，一心只想着沼泽地里那个戴着脚镣的逃犯、神秘的小伙子、锉刀、吃的，还有我立过的可怕誓言。这个小偷我是非当不可了，我得在寄人篱下的屋子里把这些东西搞到手，而炉子里的火焰似乎在跟我唱反调，把这一切都映在了我的眼前。

“哈！”乔太太冷笑一声，把挠痒棍放回原处，“教堂墓地，真是的！你们两个一口一个教堂墓地。”其实我们中有一个人压根儿就没提过这词。“你俩这是准备联手把我送到里面去，等真到了那天，没有了我，哼，看你们这对活宝怎么办！”

她说着便去张罗茶点了，乔瞥了一眼大腿下面的我，像是在心底暗暗打量我们两个，盘算着万一这个不祥的预言要是真应验了，我们这对活宝会成什么样。他仍旧坐在那里，摸着右鬓淡黄色的卷发和胡子，乔太太走到哪里，他那双淡蓝色的眼睛便看向哪里，每次遇上这种凶险的事，他都是这副模样。

姐姐给我们切面包、涂黄油的时候手脚麻利，有一套一成不变的方法。她会先用左手将长面包紧压在围裙上，有时会把一根别针，或是一根缝衣针插进面包里——到时自然也进了我们嘴里——然后她会用餐刀抹些黄油（不多）涂在面包上，姿势有几分像做膏药的药剂师，一把刀上下翻飞，使得十分灵活，将黄油涂得平整匀称，把整个面包都涂了个遍。最后，她用那把刀将“药膏”的边角刮得干干净净。接着，她会从面包上切下厚厚的一片，在这片面包和长面包没有分离之前，立马又是一刀，将这片面包一分为二，一份给乔，一份给我。

眼下我虽然很饿，却不敢吃我的那份，我感觉我必须留点儿什么东西给那个可怕的人吃。不光给他，还得给他的同伴，就是那个更可怕的小伙子。我自然知道乔太太持家极为严格，休想从食橱里偷一丁点儿东西。于是，我决定把这片黄油面包藏在裤管里。

要把这事办成了，得有非同寻常的决心才行，我发现这事可真要命。这就好比拿定主意从高高的屋顶跳下来，或是跳进深水中，况且乔压根儿就不懂我的心思，这事就更难办了。我前面不是说了，我们是一对同病相怜的人，他性格温顺，跟我相处得十分融洽，晚餐时我们有个习惯，总要比一比谁吃面包的速度更快，吃一会儿，我们会悄悄拿面包比一比，看谁更厉害，这样我们就吃得更起劲儿了。今晚，跟往常一样，乔好几次都邀请我进行友谊比赛，他吃得飞快，还不时拿他那块越吃越小的面包在我面前显摆，结果每次都发现我的一个膝盖上放着一杯发黄的茶，另一个膝盖上则是那块一口都没动过的黄油面包。最后，我决定豁出去了，既然拿定主意了，就非得把这事办成不可。看来我只能借机行事，不露声色地把这事办了，见乔的目光刚从我身上挪开，我赶紧把黄油面包塞到了裤管里。

乔还以为我胃口不好，怪难受的，他又心事重重地咬了一口面包，似乎没什么滋味。面包在他嘴里嚼的时间比平日里要久，他一边嚼，一边想着心事，最后才像吞药丸一样把面包吞下去。他准备再吃一口，正待将头歪向一边，狠狠地咬一口时，目光突然落在我身上，结果发现我的黄油面包不见了。

乔一下慌了神，哪里还咬得下去？他直愣愣地盯着我，这一幕自然逃不过姐姐的法眼。

“怎么回事？”她放下茶杯，声色俱厉地问道。

“我说，这哪行？”他摇了摇头，用非常严肃的口吻劝解我道，“皮普，老伙计！你这不是自讨苦吃吗？你可不能囫囵个把面包吞了，会卡在喉咙里的，皮普。”

“到底怎么回事？”姐姐再次追问道，声音比刚才还要严厉。

“皮普，你要是能咳出来一点儿就好了，我劝你还是咳出来的好，”这下可把乔吓坏了，“礼貌是要紧，但身体更要紧。”

这下，姐姐再也压不住火了，一下朝乔扑了过去，抓住他两鬓的胡子，摁着他的头一个劲儿地往后面的墙上撞。我坐在角落里看着这一幕，心里满是愧疚。

“现在你总该交代是怎么回事了吧？”姐姐说话时都透不过气来了，“你只会干瞪眼，真是头挨千刀的猪。”

乔无奈地看着她，又无奈地咬了一口面包，转而又看着我。

“皮普，你要晓得，”乔一本正经地对我说，将最后一口面包含在腮帮子里，又跟我说起了推心置腹的话，像是这里就只有我们两个人一样，“咱俩永远是朋友，我任何时候都不会告发你。可是……”他移动椅子，在我们之间的地板上来回看了一阵，然后又看着我：“……可真有你的，居然这样把面包吞下去了。”

“你一口把面包吞下去了，对吗？”姐姐大声喊道。

“我跟你说，老伙计，”乔仍然将面包含在腮帮子里，也没看乔太太，只是盯着我说，“我像你这么大的时候，就老干这事，小时候我就见识过很多这样囫囵吞东西的孩子，但我还从没见过像你这么厉害的，皮普。要说你这样吞下去都没死还真够幸运的。”

姐姐一下冲到我面前，像钓鱼似的一把将我拎到半空中，一开口差点儿没把我吓个半死：“赶紧来吃药。”

当年也不知道哪位丧心病狂的医生又重新将松焦油水当成了灵丹妙药，反正乔太太的橱柜里就常年备有这玩意儿。她准是认为既然这东西这么恶心，那就定能包治百病。碰上幸运的日子，这种奇药会被当成滋补上品，能让我一次喝个够。结果，我无论走到哪里，都能闻到一股新刷的篱笆味，而在眼下这个特殊的晚上，情况十万火急，一品脱[1]这种混合剂看来是免不了的，乔太太将我的头夹在她的胳膊底下，简直就跟用拖鞋器夹住一只靴子没什么两样。为了让我好得快，她索性将那玩意儿从我的喉咙里灌了进去。乔也喝了半品脱，也是被逼着吞下去的（他本来坐在火炉前，一边慢慢地吃东西，一边想问题，这下可是乱了方寸）。“他受到惊吓了，也得喝。”要我说，即使他刚才没有受到惊吓，喝完后一准儿也吓得不轻。

良心这东西谴责起人来实在可怕，对大人如是，对小孩也如是。何况这个小孩心里本就有个沉重的秘密，现在裤管里又多了个沉重的秘密，两相搅和在一起，实在叫人难受（这点我可以证明）。一想到要去偷乔太太的东西，我就有种负罪感，我从没想过这是偷乔的东西，因为我从来没觉得这份家产有他的份儿。再加上现在无论是坐着也好，还是被吩咐到厨房干点儿什么零碎的活儿，一只手都得按住那块黄油面包，我被折磨得几乎要疯了。这时，沼泽地的风吹了进来，把炉火吹得格外亮堂。我仿佛听见外面传来了声音，是那个戴着脚镣的人发出的，他之前叫我发誓保守秘密，现在又对我说他饿坏了，哪里还会熬到明天，眼

---

1 英、美计量体积或容积的单位。1品脱约合0.5683升。

下就得给他吃的。过了一会儿，我又想到了那个小伙子，那人花了那么多气力阻止他加害我，要是那家伙没了耐心，或是记错了时间，他兴许就不会管什么明天了，今晚就会过来取我的心肝吃，那可怎么办？如果这世上真有人可以吓得人头发倒竖，我的头发当时准竖了起来。不过，世上大概也没这回事吧？

那天是圣诞节前夕，七点到八点的这段时间，我不得不坐在那口荷兰钟旁，用一根铜棍搅拌第二天吃的布丁。尽管裤管里有个累赘（这让我又想起了那人脚上的累赘），我还是干得很卖力，结果发现我要是不停干活儿，那块黄油面包迟早会从脚踝处滑落，我真是无计可施了。幸好我终于找到机会溜走，便跑到阁楼的卧室，放下了那个令我提心吊胆的累赘。

搅拌好布丁后，趁姐姐还没叫我睡觉，我靠在角落的炉火前取暖："乔，听啊，是大炮声吗？"

"啊！"乔说，"又有罪犯逃走了。"

"怎么回事，乔？"我问。

别管什么事，乔太太都喜欢强出头解释，便没好气地说："逃走了，逃走了。"说话的语气像是在给我灌松焦油水。

趁乔太太正埋头做针线活儿，我对着乔用口型问："什么罪犯？"乔也学我的样用口型回应我。可他的回答也太复杂了，除了"皮普"两个字，我压根儿就不知道他想表达什么。

"昨晚有个罪犯逃走了，"乔总算出声了，"太阳下山以后逃走的。那人逃走后他们还开炮提醒大伙儿呢。眼下又在放炮，看来又逃走一个。"

"谁放的炮？"我问。

姐姐放下手中的活计，眉头一皱看着我，插话道："你这小子可真轴，问起问题来怎么没完没了？少打听就不会受骗了。"

看来如果我继续打听下去，她就会骗人了，这也太不讲理了。不过，除非有客人在场，否则她是从不讲理的。

可就在这时，乔也拿出吃奶的劲儿把嘴巴张得很大，这引起了我极大的好奇心，研究他的口型后我感觉他想说的是"生气"。于是，我自然指着乔太太，用口型说了个"她"字。但乔压根儿就没有理我，而是再次将嘴巴张得老大，将那个词做得非常明显。但我哪里猜得出来？

我只能豁出去了，问道：“乔太太，你要是不介意的话，我想知道到底在哪儿放的炮？”

“愿主保佑这孩子！”姐姐大声说，那语气分明不是希望主来保佑我，而是让主来惩罚我，“当然是从监狱船[1]上。”

“噢，是监狱船啊！”我看着乔说。

乔咳嗽了一声，仿佛是在责怪我：“我本来就是这个意思。”

“请问什么是‘监狱船’呀？”我问。

“这小孩可真是的！”姐姐用针线指着我大声说，然后又摇了摇头，“你回他一个问题，他后面还有十几个问题等着。监狱船就是关犯人的船，就在沼地对面。”我们乡下总是用沼地这个词代替沼泽地。

尽管我担心得要命，但仍然故作平静地问道：“也不知道关在监狱船里的都是些什么人，还有为什么把他们关在那里呀？”

乔太太哪里受得了这个，腾地站了起来。“你这小子，我怎么跟你说的？”她说道，“我把你一手带大，可不是让你这样来烦人的。到时候也只会怪到我头上，哪个也不会说我的好。把这些人关进监狱船里是因为他们杀了人、抢了东西、做了假，反正就是干过这些勾当。这些人一开始就喜欢问东问西，这才变坏的。行了，赶紧给我上床睡觉！”

乔太太从来不让我点蜡烛上楼睡觉，这会儿，我只能摸着黑上楼梯，只觉得脑袋一阵刺痛，一是因为乔太太方才用顶针像敲小手鼓似的敲我的脑袋；二是因为想到她最后几句话，让我清楚监狱船就在附近，把我关在里面还不是手到擒来的事？想到这个我害怕极了。看起来我迟早会被关进去。光是爱打听这一点，我就已经走上了不归路，居然还打算去偷乔太太的东西。

尽管那些事情已经过去许久，但此后我时常会想，这世上恐怕没几个人能理解，小孩在受到恐吓时内心藏着怎样的秘密。只要是恐吓，不管这样的恐吓有多么荒唐，都会让孩子觉得恐怖。那个要挖我心肝的小伙子吓得我要死，那个戴着脚镣跟我说话的人同样如此。哪怕我想起我向他立下的可怕誓言，也吓得要死。我没办法指望我那个神通广大的姐姐来救我，她哪次会管我？直到现在我都不敢

1　监狱船的英语为“hulks”，跟皮普先前误会的“生气”（sulks）这个词相似。

想象，在当时内心极度恐惧的情况下，我不知道会干出什么事情来。

要是我那天夜里真合上眼，那只要眼睛一闭，就肯定仿佛置身于波涛汹涌的河面上，朝监狱船漂过去，经过那个绞刑架时，有一个如幽灵般的海盗拿着喇叭筒冲我喊，让我赶紧漂到岸上，去绞刑架受刑，别耽搁了。所以，当时哪怕是很困，我也不敢睡觉，一心惦记着只等天一亮，我就去食品室偷东西。晚上偷不了东西，因为当时没办法轻轻一擦就把火点着，要想取火，就一定要有燧石和火镰打火，这么做准会弄出很大的动静，跟那个海盗的脚镣发出的哗啦声没什么两样。

我房间那扇小窗外黑天鹅绒般的夜幕刚泛起鱼肚白，我便赶紧翻身下了楼。楼梯上的每块木板，木板的每条裂缝仿佛都在我背后喊："抓贼啊，乔太太，快起床！"多亏眼下过节，食品室里的东西比平日里要多得多，我刚转过半边身子，冷不丁瞅见一只兔子倒挂在那里，把我吓得够呛，还觉得兔子在冲我眨眼呢。我哪里来得及辨认，也来不及挑选了，什么都顾不上了，因为我根本没时间。我偷了一些面包、一些干酪皮、半坛子肉馅（我将这些和昨天那块黄油面包一起用一块手帕包好），还从一个石坛中偷了一些白兰地（我在房间里私下藏了个玻璃瓶，用来装芳香扑鼻的西班牙甘草汁的，便把白兰地装在了那个瓶中，再从食橱的水壶中往石坛中灌了些水）。我还拿了一块上面几乎没什么肉的骨头，一块滚圆、紧实的猪肉馅饼。我原本不知道有馅饼，只是因为好奇爬上了架子，结果发现角落里有个陶瓷盘子，我纳闷儿那玩意儿为什么盖得那么严实，结果发现是块猪肉馅饼，便顺手牵羊了，希望姐姐没打算这么快把这东西拿来吃，免得马上东窗事发。

厨房有扇门跟铁匠铺相通，我打开锁，拔下门闩，在乔的一堆工具里拿了把锉刀，又按照原样放好，然后，我打开昨晚跑回家的那扇门，带上门后便朝雾气弥漫的沼泽地跑去。

第三章

早上结了霜，非常潮湿。先前我就看到小窗外面湿漉漉的，像是有个小妖精在那里啼哭了一整夜，把窗户当成了手帕。眼下，我瞧见光秃的篱笆和稀疏的草上也全是水汽，有几分像蜘蛛结成的粗网，挂在一根根细枝和一片片草叶上。每户人家的围栏和大门都是又湿又黏，沼泽地更是雾气弥漫，一直走到路标前，我才看清那根指向我们村的木手指，不过大家从来不按上面的指示来，因为没人去我们村。我抬头看着滴水的手指，被压抑的良心总觉得那是个幽灵，要把我关进监狱船。

我走到沼泽地上时，雾更浓了，让我觉得不是我朝周遭的景物跑过去，而是周遭的景物一股脑儿朝我奔涌过来。我本就心怀鬼胎，这下更是备受煎熬。看见一道道门、一个个堤坝、河岸冲破浓雾朝我这边奔来，像是指着鼻子冲我大喊："偷猪肉馅饼的小孩！抓住他！"牛群也突然冲到我跟前，只见它们瞪着眼睛，鼻孔里还冒着气，像是在喊："喂，你个小贼！"一头脖子戴着白领圈的黑牛死死盯着我，我良心本就不安，自然觉得这牛有几分像牧师，即使我已经从它身边绕过去了，它还是将笨拙的脑袋转了过来，用责备的眼神看着我，我哭哭啼啼地对它说："我也是没法子，先生！这玩意儿也不是给我拿的！"听到这话，它才低下头，鼻子里喷出一团气，后腿一蹬，甩了甩尾巴走远了。

这期间，我一直往河边走去，可不管我走多快，一双脚却始终冰凉，湿冷的寒气裹着我的脚，就如我跑去见的那人脚上的铁镣一样。我知道去炮台的路，只需要笔直走下去就能到。因为礼拜天我跟乔去过那里，乔坐在一个旧炮管上告诉我，要是我跟他正式成了师徒，那我们得有多开心啊！不过，在这样的迷雾中，我却往右边偏了不少，结果只得又沿着河边往回走，河堤用碎石砌在泥浆上，还打上了防汛桩。我急匆匆地沿着河堤跑，刚跨过一条小沟，我便知道离炮台不远了，接着，我一爬上小沟那头的小土堆，就看到那人坐在我前面。他背朝着我，双臂抱怀，不自觉地朝前点着头，睡得正熟。

我心想，要是我出其不意地将早餐放在他跟前，他准会高兴坏了，于是，我蹑手蹑脚地往前走去，拍了拍他的肩膀。他蓦地跳了起来，我定睛一看，发现不是那个人，而是另一个我不认识的人！

但这人也穿着灰色的粗布衣服，戴着大脚镣，走路也是一瘸一拐，说话同样粗声粗气，除了不是同一张脸，头上戴着一顶宽边低顶毡帽外，几乎跟先前那人一模一样，而这一切我只是瞬间扫过的。他冲我骂了一声，一拳朝我挥来，不过，这一拳没什么力道，也没打中我，他自己却差点儿摔了一跤，脚步也变得踉跄起来，他跑进迷雾中，跌倒了两次，便消失不见了。

我寻思："准是那个小伙子！"认定是他后，那种感觉就像被子弹打中心脏一样。要是我知道肝在哪儿，我敢说我的肝应该也会疼。

没多久，我来到大炮台，找到了那人，他双手抱着身子，一瘸一拐地来回走着，像是整夜都是这样抱着自己，趔趔趄趄地走着，等着我的出现。想必他一定冷极了。我真怕他会倒在我面前，冻得僵死。一看他的那双眼睛，就知道他饿坏了，我把锉刀交到他手上时，他随手便将其扔在了草地上，我估计他要是没看到我手里那包吃的，说不定能把锉刀吃了。这次他没再将我倒拎起来搜我身上的东西，而是让我端正地站在那儿，打开那包吃的，把口袋里的东西一样样掏出来给他。

"小子，这个瓶子里装的是什么？"他问。

"白兰地。"我答道。

说话间，他已经用世间罕有的吃相将肉馅送进嘴里，这哪里是在吃东西，分明是着急忙慌地将肉馅藏起来。一见有酒，他连忙放下肉馅，咕咚咕咚喝起来，直喝得身子剧烈颤动，他咬着瓶颈，居然没把瓶口咬掉，倒也稀奇。

"我怀疑你得了疟疾。"我说。

“我估计你猜得八九不离十，小子。”他答道。

“这地方可不行，”我跟他说，“你一直睡在沼泽地里，不仅容易得疟疾，还会得风湿病。”

“哪怕在这里会要了我的命，我也得把早饭吃了，”他说，“哪怕我要去那边的绞刑架上受死，也得先把早饭吃了再说。眼下这疟疾绝对要不走我的命，我敢给你打包票。”

他狼吞虎咽，将肉馅、肉骨头、面包、干酪和猪肉馅饼一一塞进嘴里，还一边吃一边狐疑地盯着四周的浓雾，时不时停下来听听动静，甚至连嘴巴都不嚼了。也许是真有什么动静，也许只是他想象的声音，也许是河岸上的哐当声，也许是沼泽地野兽的呼吸声，反正他吃了一惊，突然问我道：“你这调皮蛋不是来骗我的吧？没带人来吧？”

“没有，先生！没有！”

“也没背地里让什么人跟来吧？”

“没有！”

“那好，”他说，“我相信你，你要是小小年纪就做了帮凶，来追捕一只可怜的小蝼蚁，那你也就成了一条凶残的小猎犬了，像我这种离死期不远的小蝼蚁跟坨屎也没什么区别了！”

他喉咙里什么东西咕咚一声，像是那里有一口钟，马上就要报时了。他随即用破烂不堪的粗布衣袖擦了擦眼睛。

见他如此落魄，我不由得心生同情，看他又慢慢吃起了猪肉馅饼，我壮着胆子说：“你喜欢吃这玩意儿，我很高兴。”

“你说话了吗？”

“我说你喜欢吃这玩意儿，我很高兴。”

“谢谢，孩子，我挺喜欢的。”

平日里，我经常看我们家的一条大狗吃东西，这会儿发现这人和狗的吃相没什么两样。他一通啃咬，像极了狗。他把东西撕下来，一口一口地囫囵吞下去，风卷残云地吃着。他一边吃东西，一边斜着眼睛这里看看，那里瞧瞧，像是觉得四面八方都暗藏危险，会有人过来把馅饼抢走似的。我觉得他心神不宁，哪里还能尝出馅饼的味道，如果有人跟他一块吃，他准得撕下那人的一块肉不可。从他的种种表现来看，他确实像极了那条狗。

“看来你一点儿也不会给他留了吧？”我沉默了一会儿才怯生生地问道，因为考虑到这句话是否礼貌便迟疑了一阵，“我再也弄不到了。”这是明摆着的事，我只得如实告诉他。

“给他留？谁？”我的那位朋友不再嚼馅饼皮了，而是停下来问我。

“那个小伙子呀，你先前说的那个。躲在你身边的那人。”

“噢，啊！”他回答道，带着几分刺耳的笑声，“你说他啊？没错，没错！他不吃东西的。”

“我看他的样子倒是想吃。”我说。

那人不再吃东西了，而是用犀利的目光，十分惊讶地打量着我。

“看他的样子？你什么时候见过他？”

“就刚才。”

“在哪儿呢？”

“那边，”我用手指着说，“就在那边，我发现他在那里打瞌睡，还以为是你呢。”

他一把抓住我的衣领，凶巴巴地盯着我。我寻思他又萌生要掐死我的念头了。

“除了戴着一顶帽子，他穿得跟你一模一样，”我颤抖着解释道，“而且……而且……”我一心只想把这话说得体面些：“他脚上也有……需要借把锉刀的那个东西。你昨晚没听见炮声吗？”

“这么说，还真放炮了！”他自言自语道。

“你没听清吗？这可真怪了。”我答道，“我家住得更远，还关着门，可我们在家里都听见了。”

“呵，你瞧瞧我！”他说，“一个人孤零零地睡在沼泽地上，头发昏，肚子里空空的，冷得要命，缺衣少食的，整个晚上光是听见炮声和喊叫声了。我不光听见，还瞧见好多士兵举着火把，把他们的红色制服照得亮堂堂的，士兵们朝我围了过来，我还听见他们喊着我的编号，吓唬我，听见毛瑟枪咔嗒作响的声音。我还听见他们发号施令的声音：‘预备，举枪！向他瞄准！’人被抓住了，接下来什么动静都没有了。哼，昨晚来抓我的士兵，我看到可不止一队人，得有一百队，该死的排着队围了上来，全是脚步声。说到放炮！哎呀，天放亮后我看见大炮将雾气震得直晃荡。不过这个人……”他说了半天，像是才想起我也在这里一样，“你发现他身上有什么不寻常的地方没有？”

“他脸上有一大块疤。”我回忆着说，其实我当时也没看清楚。

那人一巴掌狠狠地打在自己的左脸上，大声问道：“是这边吗？”

“没错，就是这边。”

“他在哪儿？”那人一把将剩下的食物塞进灰色外套的胸前的口袋，“告诉我他往哪边走了。我得像条猎犬一样，非追上他不可。这该死的脚镣弄得我的脚好痛！把锉刀拿来，小子。”

我给他指出了方向，说那人藏身在浓雾中，他抬头往那个方向瞥了一眼，便坐在湿漉漉的草地上，像疯子一样拼命用锉刀锉脚镣，既没在意我，也没在意自己的腿。他的腿上本来有块老疤，这会儿被弄得血淋淋的，不过，他压根儿就没把那条腿当回事，就跟那把锉刀一样，对他而言毫无感觉。他心急火燎的劲儿不由得让我再次害怕起来。再说我已经从家里出来很久了，绝不能再逗留了。我告诉他我得走了，但他仍然没有理会我。于是我觉得索性溜掉算了。我最后见他的时候，他正对着膝盖弓着头，使劲儿用锉刀锉脚镣，不耐烦地冲那把锉刀和那条腿骂骂咧咧。我最后一次听见他的声音，四周已被浓雾包围，我站在那里，听到锉刀仍在发出丁零当啷的声响。

第四章

我满以为准有警察在厨房等着把我抓走。可那里不仅没有警察，就连偷窃的事也没被察觉。乔太太正在收拾房间，为节日做准备，忙得不可开交，而乔则被赶到厨房的门阶上了，免得在她的簸箕前碍手碍脚，姐姐扫起房子来十分卖力，乔迟早会被她扫进簸箕里。

“你这小鬼死哪儿去了？”我才满怀愧疚地回到家中，姐姐的圣诞节问候立马招呼上了。

我说我去听圣诞颂歌了。“啊，那敢情好！”乔太太说，“还以为你去闯祸了。”她倒是一点儿也没说错，我心里想。

“我要不是嫁给了铁匠，整天伺候人（给铁匠当老婆和当用人就是一回事），我也用不着成天围裙不离身，兴许我也会去听颂歌。”乔太太说，“我这辈子就好这口，可偏偏无福消受，一次也没听过。”

我们前面的簸箕被拿开后，乔跟在我后头，壮着胆子进了厨房，乔太太瞪了他一眼，他表现出一副求饶的样子，用手背揩了一下鼻子。可乔太太的目光刚瞥过去，他立马偷偷地将两根手指交叉给我看，这是我们常用的手势，表示乔太太正在气头上。其实她生气是稀松平常的事，但我和乔就得受好几个礼拜的气，不过，我们只是手指交叉，而纪念碑上的十字军战士可是叉着腿的。

今天，我们能吃上一顿十分丰盛的午餐，有腌猪腿配青菜、两只八宝鸡。昨天早上就做了一个看起来很诱人的肉馅饼（所以我拿走肉馅的事还没穿帮），布丁也蒸上了。为了让午餐有排面，早餐便毫不客气地省掉了。“我眼下有成堆的活儿要干，”乔太太说，“我可没打算侍候你们吃早饭，让你们胡吃海喝，到时候还得给你们洗洗涮涮，我跟你们说，没这打算！”

所以我们只能分得几片面包，我们不像一大一小待在家里吃饭的一对活宝，更像两千名士兵在急行军。我们从碗柜上拿了一罐掺水的牛奶，带着歉意的表情猛灌了几口。这期间，乔太太挂上洁白的窗帘，用崭新的花边布换下了盖在宽大壁炉上的旧布，还打开了过道那头的小客厅。小客厅里贴着银箔纸，平日里从不开放，除了过节，余下的日子小客厅只能空守银箔纸发出的朦胧的寒光度日，寒光照在壁炉架上的四个白色的陶瓷小狮子狗上，每只狗的鼻子都是黑色的，嘴里衔着一篮花。乔太太是个特别爱整洁的家庭主妇，但这事过了头反倒比肮脏更让人不自在，无法接受。爱整洁近乎是一种信仰，有些人信奉宗教，自然也就爱整洁了。

姐姐有很多事情要忙，那只能派人去教堂了，也就是说，我和乔代替她去。乔穿工作服的样子看起来相当壮硕，很有铁匠的范儿，可当他穿着假日的衣服时，却像极了装点得像模像样的稻草人。他没有一件合身的衣服，或者说没有一件衣服是属于他的。他身上的每件衣服似乎都勒得他生疼。圣诞节这天，教堂里响起欢快的钟声，他穿着那件让他受尽磨难的节日服，从房间里出来，一副惨兮兮的模样。至于我本人，我总觉得姐姐基本上认定我命犯天条，出生时便由一名在警局当差的男助产士给我接生，然后交给我姐姐，任由她处置，她则可以恣意践踏法律的规则。从我平日里受到的种种待遇来看，我像是全然不顾理智、宗教、道德的制约，丝毫不理会亲朋挚友的劝阻，执意要投胎到这世界一样。就连姐姐带我去做新衣裳，也会吩咐裁缝做成少儿感化院里的样式，不让我的手脚自由活动。

因此，我和乔一起去教堂的那副模样，自然会让那些慈悲心肠的人大为感动；然而，我肉体受到的折磨与内心所受的痛苦相比，实在不值得一提。每次乔太太一靠近食品间，或是从食品间里出来，我都吓得心惊肉跳，而我只要想起自己做过的那些事来，懊悔的心情丝毫不亚于害怕的心情。那件亏心事压在我的心头，于是我想，要是我向教会忏悔，不知他们有没有能力保护我，让我不至于被那个丧心病狂的小伙子报复。于是，我拿定主意，等到牧师为结婚的人宣读结婚预告，说到“……有异议者请陈述己见”时，我便会站起来，请求跟他去忏悔室密谈。不过那天是圣诞节，不是平常的礼拜日，要不然我真有可能采取这种极端手段，把为数不多的一众教徒吓得目瞪口呆。

教堂的执事沃普斯勒先生要跟我们吃饭，其他的客人还包括车匠哈伯先生和哈伯太太，以及彭波乔克舅舅（原本是乔的舅舅，不过被乔太太占为己有了），他是附近镇子里一名很富裕的粮商，出门有自己的轻便马车。用餐的时间是在一点半。我和乔回家时，发现桌子已经摆好了，乔太太也已经穿戴整齐，菜肴都在烹制了，前门开着（平日里从不打开），准备迎接客人的到来，家中的一切都打点得极为出色。肉馅失踪的事仍然没有暴露。

午饭的时间终于到了，客人也都到齐了，可我却始终没法安下心来。沃普斯勒先生长着一个鹰钩鼻，锃亮的大脑门儿光秃秃的，说话时声音低沉，这让他颇为自豪。但凡认识他的人都清楚，倘若由着他的性子，让他念起祷告词来，就连牧师也自叹弗如。他自己也认为，如果教堂能够“开放”竞争，他大有希望功成名就。不过教堂显然不会“开放”，他只能如我刚才说的在教堂谋个执事的差事。于是，“阿门”一词被他成天挂在嘴边，成了他的出气筒。他每次诵读赞美诗，都会从头到尾读完整个诗篇，一边读一边环顾全体教众，像是在说：“圣坛上的牧师读的诗篇，各位都听到了吧？现在来听听我的，看看我的风格如何！”

我打开门迎接客人的到来，好让他们相信这扇门平日里都是开着的。我开门迎接的第一位客人是沃普斯勒先生，接下来是哈伯先生和哈伯太太，最后是彭波乔克舅舅，虽然我在这里管他叫舅舅，但乔太太是绝不允许我这么叫的，否则我定会受到最严厉的惩罚。

“乔太太。”彭波乔克舅舅打了声招呼，这位中年人块头很大，行动迟缓，连呼吸都很吃力，那张嘴似鱼嘴一般，暗淡无神的眼睛瞪得溜圆，沙色的头发根根竖起。他的样子像极了被人掐得昏死过去，刚刚苏醒过来：“为向你表达节日的问候，我特地给你带来了一瓶雪利酒，还给你带了一瓶葡萄酒。”

每年圣诞节，他都会像提着两副哑铃似的拿着两瓶酒，说的话也是一字不改，而他却认为新意十足。每年圣诞节，乔太太的回答也像现在一样：“啊，彭波乔克舅舅！你真是太贴心了！”每年圣诞节，彭波乔克舅舅也会照常客气地回应道：“你的功劳有目共睹，这点儿东西不足挂齿，想必大家都过得不赖吧，小不点儿怎么样了？”小不点儿自然说的是我。

每年过节，我们都在厨房里吃午饭，然后到客厅吃坚果、橘子和苹果。这种场面的改换就像乔把工作服换成假日礼服一样。在现在的场合下，姐姐从未这么快活过，比起其他人，跟哈伯太太在一起时，她更为和蔼可亲。我记得哈伯太太个头很小，长得瘦骨嶙峋，穿着一身天蓝色的衣服。她嫁给哈伯先生的时候年龄要比对方小很多，我也不知道他们是在哪个久远的年代结的婚，反正她直到如今还保持着传统的少女姿态。哈伯先生是个肩膀高耸、背有些驼的老头儿，身体倒很结实，身上散发着一股锯木屑的香味，他走路时双脚分得特别开。当年我个子很矮，每回在小巷子里见到他，总能从他的双腿间望见几英里宽的田野。

跟那几个客人在一起，即使没有从食品间偷东西的行为，我也觉得低人一等。倒不是因为我被挤在桌布的尖角旁，胸口抵着桌子，彭波乔克舅舅的手肘总是碰到我的眼睛；也不是因为我不能随便讲话（其实我压根儿就不想说话）；更不是因为他们给我吃的是带鳞皮的鸡爪，或是猪身上压根儿不知道是什么部位的东西：这猪即使在活着的时候也绝不会夸耀它身上的这些部位。跟这些全无关系。他们只要不搭理我，我就完全不介意这些。但是他们偏不肯饶过我，他们认为机不可失，必须把我当成话柄，不时朝我指指点点。我简直成了西班牙斗牛场的一头小牛犊，任由他们满嘴仁义道德的刺扎得我遍体鳞伤。

我们刚坐在餐桌前，午餐便开始了。沃普斯勒先生像念剧本台词一样念着餐前祷告。现在回想起来，我觉得这种宗教仪式既有点儿像《哈姆雷特》中的鬼魂在讲话，又有点儿像理查三世在讲话。说完祷告词，他还煞有介事地希望大家能真心实意地感恩。姐姐听到这话，瞪了我一眼，用责备的口吻轻轻对我说："听见了吗？要感恩。"

"孩子，尤其是要对把你一手带大的人感恩。"彭波乔克先生说。

哈伯太太直摇头，用惋惜的眼神打量着我，那神情仿佛料定我不会有什么出息一般。她说："年轻人为什么不懂得感恩呢？"这句站在道德高点的话太深奥，客人们似乎没弄明白，幸好哈伯先生精辟地指出："他们天生就坏呗。"然后大家都附和道："没错！"大家都用极不友好的眼神看着我，像是都跟我有仇似的。

乔在家中的地位和影响力本就不高，有客人在的时候就更加微不足道（如果平时还稍微有那么点儿地位和影响力的话），但他总会尽力用他的方式帮我，安慰我，吃饭的时候如果盘子里还剩下点儿肉汁，他准会舀给我。今天的肉汁不少，乔用勺子足足给我舀了半品脱，放到我的盘子里。

饭吃了不到一会儿，沃普斯勒先生又义正词严地品评起了牧师当天的布道，接着又开始老生常谈的一套，暗示如若教会“开放”，他的布道才叫精彩。他又将布道词的几个要点跟大家讲了一番，随即又批评了今天布道的主题，声称题目就选错了，说现在的好题目比比皆是，选择这么个主题就更不可原谅了。

“又让你说对了，”彭波乔克舅舅说，“先生，你可谓一针见血！只要你懂得里面的门道，好主题多的是。关键是门道，只要有了门道，压根儿就不需要费劲去寻找主题。”彭波乔克舅舅想了片刻，继续说道：“单是看着这块猪肉，就是一个主题！如果你想找个主题，看看这块猪肉就行！”

“没错，先生，年轻人可以从中吸取不少教训。”沃普斯勒先生回答道，他话音未落，我就知道他又把话题绕到我身上了。

（“你就该好好听听这个。”姐姐十分严厉地插话道。）

乔又给我舀了些肉汁。

“说到猪，”沃普斯勒先生用最深沉的嗓音说，还用叉子指着我通红的脸，像是他提及“猪”这个名字是在喊我的教名似的，“猪就是贪得无厌的代名词。猪贪嘴的下场就摆在我们面前，年轻人得引以为戒。”（我心想，他刚才还在夸赞猪肉肥美多汁，可真有他的。）“猪也太可憎了，男孩要是像猪，那就可更加可憎了。”

“女孩也一样。”哈伯先生提醒道。

“那是当然，女孩也一样，哈伯先生。”沃普斯勒先生没好气地说，“可现在没有女孩在场。”

“还有，”哈伯先生突然转身对着我说，“你得想想该向谁感恩戴德。你生下来就是头只会尖叫的小崽子。”

“他可不就是个只会尖叫的小崽子，哪有小孩像他一样？”姐姐咬牙切齿地说。

乔又给我舀了些肉汁。

“呃，我说的是四只脚的猪崽子[1]。”彭波乔克舅舅说，“如果你生下来就是猪崽子，你现在还会在这儿吗？不会……”

1 “squeaker”一词既可以理解为“小猪”，也可以理解为“喜欢尖叫的人或动物”。

“即使在这儿，怕也是这副模样。”沃普斯勒先生说着，头朝那盘猪肉晃了晃。

“我可不是说他会变成这副模样，先生。”彭波乔克先生回答道，被人打断后他有些恼火。“我是说他还能不能跟大人、长辈一起过舒坦日子，听他们的教诲，得以进步，过着富贵的生活。他能做到吗？不能，他做不到。到时候你会落到哪般田地？”他再次转头看着我，“你会被拖到市场，按照行价能卖几先令就卖几先令，然后某某屠夫走到你躺着的稻草旁，一把将你拎到左胳膊下，右手撩起上衣，从背心口袋里掏出杀猪刀，一刀下去，你的血就飙了出来，这就一命呜呼了。还有谁来把你一手带大呢？得了吧！”

乔又给我舀了些肉汁，可我哪里还敢吃？

“太太，他对你来说是天大的麻烦吧。”哈伯太太安慰我姐姐道。

“麻烦？”姐姐重复着这个词，“麻烦？”然后便开始细数我的种种恶行，听着都吓人，说我不睡觉的时候做的坏事，说我从那些很高的地方摔下来，说我掉进那些沟沟坑坑里，还说我把自己弄得遍体鳞伤，这一切都是我自讨的，还说她每时每刻都巴不得我早点儿进坟墓，我却死皮赖脸地不肯。

饭吃了不到一会儿，沃普斯勒先生又义正词严地品评起了牧师当天的布道。（第25页）

我心想，当年罗马人互相攻击，也许就是因为他们看不上对方的鼻子，说不定他们因此才成为不安分的民族。姐姐在数落我的不是，沃普斯勒先生的罗马鼻[1]就让我好生厌恶，我恨不得揪住他的鼻子，扯得他嗷嗷大叫。不过，我都忍到现在了，虽然难受，但与接下来的那件糟心事相比，简直不值一提，姐姐把我数落一通后，大家都没出声，全都深恶痛绝地看着我（我当然察觉得到，感到难受极了）。大家不再沉默的时候，那件糟心事终究还是没能躲过去。

“话说回来，”彭波乔克先生又轻声将刚才被打断的话题拉了回来，“猪肉煮熟的话，味道还挺不错的，对吧？”

“舅舅，来点儿白兰地吧。”姐姐说。

哎呀，天哪，这下终于大祸临头了！他要喝上一口就会知道酒味太淡，那我可就完了。我双手紧紧抱住桌布下的桌腿，等待着厄运的降临。

姐姐走出去，很快便抱着那坛酒回来了，她将白兰地倒了出来：谁也没喝，只有那个大坏蛋拿着杯子把玩了一阵，时而拿起杯子，时而借着透入杯中的阳光端详着，然后又放了下来。这样的拖沓简直是在折磨我。乔太太和乔正麻利地收拾桌子，准备上猪肉馅饼和布丁。

我目不转睛地盯着他，双手仍然紧紧地抱着桌腿，双脚也盘在上面。我看见那个可怜的家伙仍在把玩酒杯，只见他拿起杯子，面带微笑，头朝后面一仰，将白兰地一饮而尽。酒刚喝下去，那家伙便跳了起来，身体抽搐着，一通咳嗽，自顾自地绕起了圈子，冲向门外，那样子可真骇人，其他客人都吓得说不出话来了。我从窗口望去，他正拼命地捶胸跺脚，仍在一个劲儿地咳嗽，脸上的表情也太骇人了，跟疯子没什么两样。

乔太太和乔连忙跑到他身边，我仍然紧抱着桌腿。虽然我不知道自己是怎么做到的，但显然是我把他害惨了。我正担心得要命，见他被搀了回来，便松了一口气，他将所有的客人都打量了一番，像是跟他不对付的是他们一样。他一屁股坐在椅子上，大口喘着气说：“松焦油水。”

我这才明白自己往酒坛里掺的是松焦油水。我知道过会儿他会更难受。于是

---

1 Roman nose，罗马鼻，其特点是鼻梁长，鼻骨处形成一段隆起，也就是鹰钩鼻。

我藏在桌子底下的手将桌腿抱得更紧了，结果把桌子都挪动了，就跟现今的灵媒弄出的动静一样。

“松焦油水！”姐姐惊讶不已，大声喊起来，“怎么可能？松焦油水怎么会进到酒坛里去？”

但在这间厨房，彭波乔克舅舅才拥有至高无上的权力，他一句话也没听，压根儿就不想谈论这个话题，他专横地摆了摆手，示意什么都别说了，赶紧给他加水的杜松子酒。姐姐见出了这种事，在震惊的同时思量着这究竟是怎么回事，这会儿听到这话，只得赶紧去拿杜松子酒、热水、糖、柠檬皮，将这些东西混在一起。我暂时算是保住了小命。但我仍然紧紧地抱着桌腿，不过这次我内心却是满怀感激之情。

等到情绪渐渐平复下来，我这才松了手，跟大家一起吃起了布丁。彭波乔克先生也在吃布丁。大伙儿都吃上了。这道甜品吃完后，彭波乔克先生的脸上泛起了红晕，看来加水的杜松子酒很管用。我心里琢磨这天总算熬过去了，这时姐姐却对乔说：“拿干净盘子来，不用烤热。”

我立马再次抱紧桌腿，紧贴在胸口上，像是抱住了幼时的玩伴、心灵的知己。我能料到接下来会是什么结局，想来这次真是死定了。

“你们可得尝尝，”姐姐和颜悦色地对宾客说，“你们一定得尝尝，在宴会结束时，你们可得尝尝彭波乔克舅舅带来的这份讨人喜欢、美味至极的礼物。”

一定要让大伙儿尝尝！还是不尝为妙！

“不瞒大家说，”姐姐起身说道，“还有个馅饼，猪肉馅饼，可口极了。”

宾客们小声说起了恭维话，虽然经历了刚才的事情，这会儿彭波乔克舅舅却显得格外快活，觉得自己比在座的更有资格享受：“好哇，乔太太，那我们就不客气了，把馅饼切了，大家一起享用吧。”

姐姐出去拿馅饼了，我听着她一步步进了食品室，瞧见彭波乔克先生摆弄着餐刀，又瞧见沃普斯勒先生鹰钩鼻的鼻孔，分明是又有了食欲。这时，我听见哈伯先生说：“吃了这么多东西，最后再来点儿可口的猪肉馅饼比什么都带劲儿，绝没什么坏处。”我又听见乔说：“皮普，你也可以来点儿。”我吓得尖叫起来，不过，这尖叫声是在内心发出来的，还是当着大伙儿的面发出来的，我到现在都完全说不出个所以然。我感觉再也无法忍受了，一定得逃走才行。于是，我松开桌腿，拼命往外跑去。

可是我刚跑出门口，便一头撞在一群手持毛瑟枪的士兵身上，其中一人拿着一副手铐，冲我喊道："总算找到了，快，跟我来。"

第五章

那群士兵一出现在我们家门口，便把上了膛的毛瑟枪放了下来，枪托发出一通噼里啪啦的声响，这下吃饭的客人全都慌里慌张地从围着的桌旁站了起来，乔太太也空着手重新进入厨房，她一下站住了，瞪着一双眼睛，诧异地叹息道：“我的天哪，馅饼……怎么……没了？”

就在乔太太站在那儿目瞪口呆的时候，我和那名巡官已经进了厨房，在这紧要关头，我反倒恢复了神志。说话的正是这位巡官，他环顾宾客，拿着手铐的右手一扬，像是就要给他们戴上似的，左手则搭在我的肩上。

“女士们，先生们，打扰了，”巡官说，“刚进门的时候我就跟这位小机灵鬼说过（他哪有说过），我正在以皇家的名义追捕逃犯，我找下铁匠。”

姐姐一听找铁匠，火气一下便上来了，没好气地回了一句：“请问你找他干吗？”

“太太，”这位巡官殷勤地说，“以我个人的名义，我应该会说，能拜见他尊贵的太太真是三生有幸，而以皇家的名义，我则会回答道，来找他干件小活儿。”

大家都觉得这位巡官的话说得相当得体，彭波乔克先生不由得大声叫起好来：“说得不错！”

这会儿，那名巡官已经认出了乔：“你瞧，铁匠，我这玩意儿有点儿问题，一边的锁坏了，铐链也不听使唤了。我们急等着用，能帮我看一眼吗？”

乔看了看手铐，说干这活儿得把炉火升起来，还说一个钟头不行，得两个钟头。“是吗？那就马上开始吧，铁匠，”巡官立即说，“因为这是为陛下效力，如果用得着我的手下，他们都能帮上忙。”说完，他招呼手下进来，那群人一个个排着队进入了厨房，将武器放在角落里。然后他们站在那里，跟当兵的没什么两样：一会儿，手松弛地交叉着放在身前；一会儿，一只膝盖或者一个肩膀放松下来；一会儿松松皮带或者子弹袋；一会儿又打开门，从他们军服的高领里伸出脖子，生硬地将一口痰吐到院子里。

这期间发生的种种事情我虽然都瞧见了，却并没有放在心上，因为我当时害怕极了。但是，我逐渐意识到那手铐并不是来铐我的，而且自打这些当兵的进门，就没人再提馅饼的事了。我终于不再魂不守舍，慢慢地恢复了神志。

“能告诉我现在几点了吗？”巡官问彭波乔克先生，既然一眼看出了彭波乔克先生这么有眼力见儿，那问他时间准没错。

“刚好两点半。”

“还凑合，”巡官若有所思地说，“即使在这儿耽搁小两个钟头，也还来得及。你们这里离沼泽地有多远，就在附近吧？想来不到一英里吧？”

“刚好一英里。”乔太太说。

“那准能行，我们等到黄昏的时候围上去，我接到的命令也是临近黄昏的时候行动。那准能行。”

“这是追捕逃犯吧，巡官？”沃普斯勒先生用不言而喻的语气说。

“对！”巡官回答道，“两个。据可靠情报，他们还藏在沼泽地里。天黑前他们也不会逃到哪里去。有人见过他们的行踪吗？”

除了我之外，所有人都信誓旦旦地说没见过。不过谁也不会想到要我回答。

巡官说：“哼，我估计他们准想不到这么快就被包围了。好了，铁匠！皇家部队已经准备好了，就等你了。”

乔脱掉上衣和背心，解下领结，系上皮围裙，进了铁匠铺。一名士兵为他打开木窗，另一名士兵生起了火，还有一名士兵则在帮他拉风箱，余下的士兵站在火炉周围，火很快呼呼地烧起来。乔开始不停地抡锤子，叮叮当当的声音顿时响起，我们全都在一旁看着。

听说即将追捕逃犯，大家都有了兴趣，就连姐姐都大方起来，从酒桶里舀了一壶啤酒给士兵们喝，还邀请那名巡官喝一杯白兰地。但彭波乔克先生当即说："太太，给他一杯葡萄酒。我敢说葡萄酒里肯定没有松焦油水。"于是，巡官向他道了谢，说他愿意喝没有掺松焦油水的酒，如果不麻烦的话，那就喝葡萄酒得了。酒拿给他后，他祝国王陛下身体健康，佳节快乐，然后一饮而尽，末了咂了咂嘴。

"这玩意儿不错吧，巡官？"彭波乔克先生说。

"要我说，这玩意儿准是你拿来的。"巡官答道。

彭波乔克先生得意地笑道："噢？呃，何以见得？"

"因为，"巡官拍了拍他的肩膀，说道，"因为你是识货的行家。"

"你真这么认为？"彭波乔克仍然十分得意地笑道，"那再来一杯！"

"你也一块来吧，我们共饮一杯，"巡官回应道，"杯顶碰杯底，杯底碰杯顶。碰一次，叮当响，碰两次，响叮当，酒杯叮叮当当，奏出最美的音符！为你的健康干杯。愿你长命百岁，现在会识货，将来更是行家。"

巡官再次举起酒杯一饮而尽，看起来还想喝一杯。我在一旁观察着，这会儿，彭波乔克先生只顾大献殷勤，招待客人，哪里还能想起这瓶葡萄酒他已经送人，他一时兴起，索性尽起了地主之谊，从乔太太手里接过杯子，请所有人喝酒，连我也尝了些。一瓶喝完，他又将另一瓶要来，跟刚才一样豪爽，把大家的杯子斟得满满当当。

我看着他们兴高采烈围着锻造炉站在那里，不由得想到了我那位身在沼泽地的逃犯朋友，他就是这顿午饭绝佳的调味品。他们刚才本没什么兴致，但有了这道调味品，全都兴趣盎然，欣喜异常，个个都盼着将那"两个坏蛋"捉拿归案，风炉似乎也在冲着两个逃犯咆哮，熊熊火焰冲他们蹿得老高，烟雾在急匆匆地追赶他们。乔也为了抓捕他们叮叮当当地敲打着，火光升腾，滚烫、炽热的火星飞溅，洒落，湮灭，朦胧映在墙上的影子张牙舞爪，在我这样一个富有同情心又爱幻想的孩子看来，那天下午屋外的暗淡日光全因为那两个可怜的人才变得苍白。

乔终于把活儿干完了，敲打的叮当声和风箱的呼哧声也停了。乔穿上外套，壮着胆子提议我们应该去几个人，跟着这些当兵的，看看围捕的结果。彭波乔克先生和哈伯先生借口要抽烟斗、陪女眷推托了，但沃普斯勒先生说，如果乔去，他也去。乔说他还真乐意去，只要乔太太同意，还可以带上我。我现在敢说，要不是当时乔太太好奇，想知道整件事情的来龙去脉，她是绝不会让我们去的。最后她只提了一个条件：“要是这孩子被带回来时脑袋被毛瑟枪开了花，别指望我会帮他囫囵补好。”

巡官礼貌地辞别了几位女士，又像对待老友似的告别了彭波乔克先生。我很怀疑，要是这位巡官嗓子眼干得都冒了烟，是否还会尽拣好话夸彭波乔克先生，如今他唇也湿了，喉也润了，自然满口称赞那位先生。他的部下也都拿起了枪，排好了队。在巡官的严令下，我、沃普斯勒先生和乔只能跟在后头，到了沼泽地一句话也不能说。我们出了门，冒着阴冷的寒气，稳稳当当地朝目的地走去。这期间我萌生了一个忤逆的念头，便偷偷地对乔说：“乔，我希望他们找不到那两个人。”乔也偷偷地对我说：“皮普，要是他们都逃走了，我就算掏出一先令都行。”

村子里谁也没有闲工夫跟上我们的队伍，因为天气阴沉，非常寒冷，路上十分萧索，路也不好走，眼看着就要天黑了，大家都待在明晃晃的炉火前过节。亮堂的窗户里也会急匆匆地探出几张脸望着我们，但没人出来。我们过了指路牌，径直朝教堂公墓而去。巡官做了个手势，大伙儿在那儿停留了几分钟，他让两三个士兵分头去坟地里搜寻了，还在教堂的门廊搜索了一番。几个人什么也没发现便回来了。然后，我们走过教堂公墓的侧门，朝开阔的沼泽地出发了。东风呼啸，一阵寒冷刺骨的雨夹雪噼里啪啦地朝我们迎面打来，乔将我背在了背上。

这会儿，我们已经来到了凄凉的沼泽地。他们哪里想得到，也就在八九个钟头前，我曾一个人来过这里，亲眼见到两个人藏在沼泽地？这时，我心中第一次生出一个胆战心惊的想法，要是真碰上那两个人，跟我打过交道的那个逃犯会认为是我把这些士兵领到这儿来的吗？他之前问我是不是骗人的调皮蛋，还说我做了帮凶来追捕他，我就是一只凶残的小猎犬。他真会觉得我是个骗人的调皮蛋，表面是条热心肠的小猎犬，背地里却把他给出卖了？

但现在这样问自己又有什么用呢？眼下，乔背着我，我趴在他的背上，他像猎狐马一样跨过一条条沟壑，这期间还不忘拿沃普斯勒先生寻开心，叫他跟上我们，别把鹰钩鼻跌坏了。士兵们在前面开路，队伍被稀稀疏疏地拉开了距离。我们走的道正是我早上走过的，之前因为雾太大，我还走偏了。现在却没了雾，雾不是没有再次出来，就是被风吹散了。夕阳低斜，灯塔、绞刑架、炮墩，以及河对岸在耀眼的红光下清晰可辨，只是抹上了一层淡淡的铅灰色的光。

我贴在乔宽阔的肩膀上，跳动的心脏犹如铁匠舞动的大锤。我四下看了看，想寻找逃犯的踪迹，却什么痕迹也没看见，什么动静也没听见，倒是沃普斯勒先生的呵气声和沉重的呼吸声让我虚惊了几次。不过后来我熟悉了他的声音，能够分辨不是我们追捕的逃犯发出来的。这期间，我以为听到了锉刀弄出的声响，着实吓了一跳，结果发现只是羊的铃铛发出来的。正在吃草的羊停了下来，怯生生地看着我们。牛群别过头，躲避着寒风和雨雪，怒气冲冲地瞪着我们，像是这两样讨厌的东西都是我们带来的。不过，除了这些动静外，能打破这沼泽地凄凉寂静的，唯有在余晖中战栗的草叶了。

士兵们向古炮台的方向走去，我们跟在后头不远处，这时，大家突然停了下来。风雨中传来一声呼喊，声音拉得很长，不断重复着。长长的呼喊声是从东边传来的，动静也大，而且听起来像是两三个人一起在喊。声音虽然嘈杂，还是能够分辨出来的。

我和乔赶上他们的时候，巡官和身边几名士兵正悄悄地讨论着什么。我们听了一会儿，乔（他的判断力不错）和沃普斯勒先生（他的判断力不行）都同意他们的看法。巡官很有决断力，他下令不能回应呼喊声，但大家应该改变路线，他的部下应该“加快速度”朝呼喊声的方向跑。于是，大家全转向右边（也就是东面），乔连蹦带跳，速度飞快，我只得紧紧地抓住他，免得掉下去。

现在真算得上是在跑了，乔一路上都在喊“转弯”。我们从堤岸跳上跳下，越过一道道闸门，一路蹚过沟渠，冲过茂密的灯芯草，谁也没顾得上脚下的路。我们离喊叫声传出的地方越近，也越能听清明显不是一个人发出的声音。有时喊叫声似乎全都停了下来，这时候士兵们都会停下脚步。当喊叫声再次响起的时候，士兵们又会加速往声音的方向赶过去，我们则紧随其后。没过多久，我们终于跑到了喊叫声附近，只听见一个声音喊道：“杀人了！”然后另一个声音又喊道：“犯人！抓犯人！警卫！犯人从这里逃走了！”紧接着，两个人似乎扭打在一起，声音也听不见了，但没过多久喊声又起。这时候，士兵们终于飞奔过去，乔也紧随其后。

沟渠底下水花四溅，淤泥飞扬，两人破口大骂，大打出手。（第35页）

大伙儿来到喊叫声的附近时，巡官第一个跑到沟渠底下，他的两个部下也紧跟了过去。等我们跑过去时，这几个人已经扣着扳机，举枪瞄准了他们。

巡官费了很大的劲儿，才在沟渠里站稳，气喘吁吁地喊道："两个都在这儿！投降吧，你们两个该死的畜生，快撒手！"

沟渠底下水花四溅，淤泥飞扬，两人破口大骂，大打出手，不少士兵也都下到沟渠去帮巡官了，将两个犯人分别拖了出来，其中就有那个跟我打过交道的犯人。两人身上都是血，上气不接下气，但仍在谩骂、扭打，不过，我还是一眼认出了他们。

我认识的那个犯人用破烂的衣袖揩掉脸上的血，抖掉手指上的头发，说："报告！他是我抓住的，现在把他交给你们！可别忘了这茬！"

"你大可不必特地说出来，"巡官说，"这对你可没多少好处，伙计，你跟他一样自身难保。把手铐拿来！"

另一个犯人脸色铁青。他脸上本来有一块老伤，现在更是满脸淤青，脸都被撕烂了。这会儿，他连说话的气力都没有了。两人分别被戴上了手铐，那人靠在一名士兵身上，这才没倒下。

“警卫，听我说，他想要我的命。”这是他开口说的第一句话。

“想要他的命？”我认识的那位囚犯不屑地说，“想要他的命？那为什么要呢？我把他抓住了，现在把他交给你们，别的我可什么都没干。我不仅没让他从沼泽地里逃走，还把他拖到这里，可是从老远的地方一路拖过来的。你们瞧，这个恶棍可是个体面人，现在，多亏了我，这个体面人又要被关进监狱船了。要他的命？把他拽回来不比要他的命更划算吗？”

另一个犯人仍然气喘吁吁：“他……他想……要我的命。请你们……请你们给我做证。”

“听着！”我认识的那个犯人对巡官说，“我单枪匹马就从监狱船逃了出来，一下就成功了。要不是我发现他在这儿，我本来可以逃出这片冻死人的沼泽地。瞧瞧我这腿，连脚镣都没有了。我会让他逃走？难道我想出了办法，能让他白白占便宜不成？让我成为他的工具，三番五次地利用我？不行，不行，绝不行。就算我死在这沟渠底下，”他举起套上手铐的手用力冲沟渠一挥，“我也要逮住他，好让你们顺顺利利地从我手里把他拿下。”

另一个逃犯显然对这个同伴害怕极了，反复说着那句话：“他想要我的命。你们要是迟来一步，我就没命了。”

“他撒谎！”我认识的那位逃犯怒斥道，“他天生就是个谎话精，死到临头也改不了，瞧瞧他那张脸，都写在上面呢。让他看着我，我借他个胆子。”

另一个逃犯想费力挤出一丝轻蔑的笑，结果只是嘴角抽动了几下，始终没有笑出来，他看了看那些士兵，又看了几眼沼泽地和天空，愣是没看刚才冲他说话的人。

“你们瞧见了吗？”我认识的那个犯人仍然不依不饶，“这下你们应该明白他就是个坏坯子了吧？你们看清那双怯生生、贼溜溜的眼睛了吗？我们一起受审时他就这样，从来不敢看我。”

另一个犯人不停抽动着两片干燥的嘴唇，一双焦躁不安的眼睛不时看向远处，不时又看看近处，最后终于瞟了对方一眼，说道：“你有什么好让我看的？”然后又半带嘲讽地瞥了一眼对方戴着手铐的手。这下，那个犯人简直要气炸了，要不是被士兵拦住，他早就朝那人扑了过去。“我不是早跟你们说过了吗？”另一个犯人说道，“他要是逮着机会就会要我的命。”谁都看得出来，他吓得全身都在抖，嘴唇上竟然溅起小雪花一样的唾沫星子。

“别再吵了，”巡官说，“将火把点起来。”

有个手里没有拿枪的士兵，拿了个篮子，他蹲下来打开篮子，我认识的那个犯人第一次四下看了看，终于发现了我。我们刚到这儿，我就从乔的肩膀上下来了，我们一直待在沟渠边上，没有挪动半步。他看着我时，我也热切地看着他，双手轻微地动了动，还晃了晃脑袋。其实我还就盼着他能看到我，这样我就能向他证明这事跟我没有关系。结果他压根儿就没有领会我的意思，他看我的眼神我也完全摸不着头脑，而且他也只是瞥了我一眼。不过，哪怕他盯着我看上一个钟头、一整天，也不会比这全神贯注的一瞥更让我印象深刻了。

那个拿篮子的士兵很快打着了火，点燃了三四支火把，他自己拿了一支，把其余的分给了别的士兵。之前天就快黑了，现在更黑了，没多久便完全黑了下来。四个士兵围成一圈，朝天空开了两枪，大伙儿总算离开了沼泽地。不一会儿，我们看到后面不远处又亮起了几支火把，河对岸的沼泽地上也亮起了火把。“好了，”巡官说，“快步走。”

我们没走多远，就听见前面三声炮响，那动静就跟我耳朵里有什么东西爆炸了一般。“他们知道你回来了，”巡官对我认识的犯人说，“正等着你上船呢，伙计，别在后头磨蹭了，跟上来。”

两个犯人被分隔开，由两队士兵分别押送。这会儿，我抓住乔的一只手，他的另一只手拿着火把。沃普斯勒先生早就想回去了，不过乔铁了心要把这场热闹看到底，于是，我们一直跟着那群士兵。现在这段路很好走，大部分路段都挨着河岸，碰上架着小风车或者闸门上满是淤泥的沟渠，我们就绕道走。我四下看了看，发现后面的人举着火把跟了上来。我们手中的火把沿途落下一堆堆的余烬，我看到上面冒着烟，闪着火光。除此之外四周一片漆黑，什么也看不见。我们的松脂火把燃烧的火焰把周围的空气烤得暖暖的，两个犯人一瘸一拐地走在手持毛瑟枪的士兵中间，似乎也想暖和一下。那两个人跛着脚，所以我们走得并不快；况且他们早已筋疲力尽，队伍还停下两三次，好让他们休息。

我们走了大约一个钟头，终于来到一个简陋的小木屋前，旁边还有一个渡口。木屋里有一队警卫，他们问了口令，巡官回答了。随后我们进了木屋，里面有一股烟草和石灰水的味道。屋子里生着明晃晃的火，摆着一盏灯、一个放毛瑟枪的架子、一面鼓和一张矮床架，床架就像一个没有机械零件的超大轧布机，就算睡上十几个士兵也不在话下。三四个士兵和衣睡在床上，对我们的到来并没有表现出多少兴趣，只是抬起头，睡眼惺忪地瞅了大伙儿一眼，又再次躺下了。巡官做了汇报，又在本子上做了些记录，便吩咐士兵把我眼中的另一个犯人先押解到船上。

我认识的那个犯人自打上次瞥过我一眼后，始终没再看我。我们站在木屋时，他一直站在炉火前，有时看着炉火出神，有时又会轮流把脚放在火炉的架子上，若有所思地看着它们，像是对两只脚最近的奔波深表同情一般。这时，他突然转身对巡官说："关于这次越狱，有件事我得说清楚，免得有人受牵连。"

"你想说什么便说，"巡官双臂抱怀站在那里，冷冷地看着他说道，"但你用不着在这里说，你得知道，在结案之前你有的是机会说，也有的是机会听人家说。"

"我知道，但这是两码事，跟案子完全不相干。活人总不能被活活饿死吧，至少我不行。于是我在那边的村子里拿了点儿吃的，就是沼泽地旁边有座教堂的村子。"

"你是说偷吧。"巡官说。

"我还告诉你是从哪儿拿的吧，是从铁匠家。"

"哎呀！"巡官瞪着乔说。

"哎呀，皮普！"乔瞪着我说。

"我拿的都是些剩菜剩饭，就是这些东西，还有一瓶酒、一个馅饼。"

"铁匠，你有没有碰巧不见了一个馅饼？"巡官偷偷问道。

"你们刚进来的时候我老婆正好丢了个馅饼。你不知道吗，皮普？"

我认识的那个犯人闷闷不乐地看着乔，完全没往我这边瞧："想必你就是那个铁匠吧？我吃了你的馅饼，抱歉。"

"你尽管吃，只要是我的东西，你尽管吃。"乔回答说，这时他想起了乔太太，"我们也不知道你犯了什么事，但总不能让你活活饿死吧，可怜的兄弟，对吧，皮普？"

我早就注意到这人的喉咙里好像有什么东西，总是发出咯咯的声响，这时，那个声音再次响起，他连忙转过身去。船已经回来了，那队警卫也已经做好了准备，于是，我们跟着他走到那个由粗木桩和石头搭建的渡口处，看到那人被押上了船，船由几个跟他一样的犯人在划桨。看到他时，没有一个人感到惊讶，没有人感兴趣，没有人觉得高兴，也没有人感到惋惜。谁也没有说话。只不过船上有个人像骂狗似的吼道："快划，你们！"这是起桨的信号。借着火把的光，我们能看到黑乎乎的监狱船如同一艘邪恶的诺亚方舟，停在泥泞岸边不远的地方。那艘船被一根根锈迹斑斑的粗铁链锁着，围在当中，停泊在那里。在我这种孩子的眼里，它活像一个戴着镣铐的犯人。我们看到小船朝监狱船划过去，看着他被押上大船后便不见了。剩下的火把被扔进水中，咝咝直响，像是跟他一般，一下子便消失无踪了。

第六章

我这次偷窃带来的良心上的谴责就这样出乎意料地消失了，我原本就没想过坦白，我总觉得这次行为的出发点还是好的。

既然不用担心秘密曝光，我便不再对乔太太感到良心不安。但是我喜欢乔，至于当初为什么喜欢他，我也说不出个所以然。也许是那个可爱的家伙让我喜欢。所以对于他，我的内心就没那么心安理得了。我真想把事情的真相向他和盘托出（特别是他第一次寻找那把锉刀时）。可是我终究还是没说。我担心一旦说出来，他会把我想得很坏，可我实际上并没有坏到那种地步。我担心失去乔的信任，担心自那以后我每晚只能坐在炉边，眼巴巴地看着这位对我死心的同伴兼朋友，于是，我决定守口如瓶，我当时的想法有点儿病态：要是乔知道了真相，只要他一坐在炉边抚摩他那漂亮的络腮胡，就准是在思索这件事。要是乔知道了真相，只要隔夜的菜肴和布丁端上桌，他瞥上一眼，准会去想我是不是进过食品室。要是乔知道了真相，今后我们一家人过活的时候，乔不管说啤酒浓了还是淡了，他准会怀疑里面是不是掺了松焦油水，这样我准会满脸通红。总之，我当时胆子太小了，连本来是对的事也不敢做了，又因为胆子太小，却做了我明明知道是错的事。当时，我没有接触外面的世界，尽管世界上以这种方式处世的人不在少数，我却没有一个可以效仿的榜样。我真是个无师自通的天才，那套待人接物的准则完全是自己创造的。

那天离开监狱船后没多久，我实在太困了，乔再次将我背在身上，把我一路背回了家，他肯定累坏了，单是看看沃普斯勒先生便知道了，他竟然累得发起了脾气。要是教堂的大权被他攥在手里，那所有去看热闹的教众都会被他开除，首先就是拿我和乔开刀。可惜他现在能力有限，只能动不动就坐在潮湿的沼泽地上撒撒火，结果，等他回到我们家厨房，脱下外套放在火上烤的时候，他的裤子都湿透了，倘若这种疯狂的举动也能定死罪的话，那他湿透了的裤子准能作为间接证据将他送上绞刑架。

回到家，乔在厨房放下我，我当时睡得正香，却在温暖的火光和嘈杂的声音中突然惊醒，脚刚着地，便像个小醉鬼一样踉踉跄跄的，差点儿摔倒。等我清醒过来（多亏姐姐在我两肩之间狠狠砸了一拳，又如同还魂似的大叫一声："哎呀，天底下哪有这样的孩子！"），才发现乔正在讲述犯人坦白偷东西的事。宾客们也都在猜测那家伙是怎么进入食品室的。彭波乔克先生在仔细检查房子周围的情况后，认定犯人先是爬上铁匠铺的屋顶，再到住宅的屋顶，然后用被单撕成的布条做成绳子，顺着烟囱而下。因为彭波乔克先生言之凿凿，又是自备马车的人，高人一等，其他人无不附和。只有沃普斯勒先生疯也似的大叫"不对"，他当时疲惫不堪，言语中透着无力的愤懑，但他说的话无法自圆其说，而且他连件像样的外套都没有，大家哪里还会把他当回事，更别说当时他正背着炉火烤湿衣服，身上湿气腾腾，这副尊容更别想让人相信他的话了。

那天晚上我听到的就是这些，姐姐担心我这副昏昏欲睡的模样在客人面前有失体统，便一把抓住我，拖我到楼上睡觉了，她揪我的手特别有劲儿，我像是穿了五十双靴子，双脚在梯子的边缘不停晃荡。我之前就说过我本就心有余悸，第二天早上还没起床，心里依然惴惴不安，这种心情一直持续了许久，直到除了某些场合偶尔还会提起这事外，大家都不再谈论了，我才如释重负。

第七章

我站在教堂公墓前念家人墓碑上的字时，刚学会拼写上面的几个词，连简单的意思都没弄明白。比如我读到“上述者之妻”时，觉得那是恭维父亲的话，以为“上述”是“上天”的意思，父亲自然上了天堂，幸亏我没在那些已故亲人的墓碑上见到“下”这个字，要不准会认定这位亲人下了地狱。虽然《教理问答书》规定我必须理解各种神学问题，可当时我哪能明白，我现在仍能清楚地记得，书中有句话叫“守道如一，始终不渝”，我却把它当成了一种义务，每次从我家出门走过村庄时，特地只会走一条道，从来不会从车匠门前经过，也不会绕道磨坊。

等我长大些后，可以跟着乔做学徒。但在那份体面到手之前，我决不能成为姐姐口中“乔家养的”孩子，而我理解的这个词就是“娇养的”孩子。所以我不仅是在锻铁炉旁干零活儿的小孩，凡是哪个邻居吩咐我去干点儿杂活儿，比如说，赶鸟、捡石子之类的活儿，我总会欣然前往。不过，姐姐总担心这样做有损我们大户人家的门楣，便在厨房的壁炉架上放了个钱盒，就是要让大家知道，我挣来的钱都扔进了这个盒子里。我还记得，这里的钱最终都是要捐出去偿还国债的，但我也知道，我个人是绝无可能动这笔钱的。

沃普斯勒先生的姑奶奶在村里办了一所夜校，也就是说，这个可笑的老太婆没有花不完的钱财，倒有数不清的病痛。夜校有一批年纪不大的学生，每个礼拜付给她两便士，这样就有机会从晚上六点到七点看她睡上一觉。她租了间村舍，沃普斯勒先生住在楼上，我们学生常能听见他在楼上高声朗诵，他读书的认真劲儿还真叫人害怕，偶尔还会将楼板敲得“砰砰”直响。传言沃普斯勒先生每个季度都要“考”一次学生。考试的时候，他会卷起衣袖，头发根根竖起，装扮成马克·安东尼[1]，给我们朗诵他在恺撒遗体前的那篇演说词。接下来，他准会来一首柯林斯[2]的《激情颂》。我对沃普斯勒先生扮演的复仇之神尤为钦佩，他将那把沾满鲜血的剑化作雷霆往大地上一扔，只见他双目一瞪，接着号角声四起，战争就开始了。后来，我也坠入了情感世界，再拿这些情感同柯林斯和沃普斯勒一比，才发现这两位的本事不过尔尔，只不过我当时对这些一窍不通罢了。

沃普斯勒的姑奶奶不仅开办了学校，还在同一间屋里开了个小杂货店。不过，她并不知道店里有什么存货，也不知道任何一件货物的价格，幸好她的抽屉里有一本沾满油污的小本子，上面记着各种商品的价格。毕蒂自然将其奉为至宝，店里的买卖全靠她来张罗。毕蒂是沃普斯勒的姑奶奶的远房孙女。坦白说，至于她和沃普斯勒先生什么关系，我实在没弄明白。她跟我一样，也是孤儿，跟我一样，也是人家“一手”带大。我觉得她那副极其寒酸的样子太招人了，多数时候她头也不梳，手也不洗，鞋子总是破破烂烂的，从来不补，连鞋跟都不见了。当然了，这番打扮仅限于平常日子，礼拜日的时候，她去教堂总会精心打扮一番。

沃普斯勒先生的姑奶奶在学习上对我的帮助可比不上毕蒂，不过，我多半是靠无师自通。我在攻克字母难关的时候就好比穿过一片荆棘，每一个字母都让我焦头烂额，能把皮肉扯下来。刚学完字母，我又掉入了九个数字的贼窝，那些家伙似乎每天晚上都会改头换面，叫我认不出来。不过，我最后还是像个半盲人，摸索着一点点地学会了读、写、算数。

一天晚上，我拿着石板[3]坐在火炉边，费了半天劲儿才给乔写了一封信。那时距离在沼泽地上追捕逃犯的事该是过了整整一年，反正就是过去很长时间了。眼下又到了霜冻严重的寒冬季节。我将一份字母表放在脚边的火炉上做参考，花

1 莎士比亚戏剧《尤里乌斯·恺撒》中的人物。

2 英国诗人威廉·柯林斯（1721—1759），代表作品《黄昏颂》。

3 特指旧时学生用来写字的石板。

了一两个钟头在石板上又是写又是涂，才把这样一封信写好：

我亲爱的乔，系望你身休建康，系望很决教你识子。乔，到时我们亥多高辛。等我做了你的土弟，那得多高辛。青相信我，皮普。

其实我大可不必写信给乔，因为他就坐在我边上，也没有旁人在场，有什么话只管跟他直说就行了。但是我还是亲手把这封信（连同石板什么的）交给了他，乔把它当成大学问家的大作拿在手上。

“要我说，皮普，老伙计，”乔将他那双蓝色的眼睛睁得大大的，惊呼道，“你可真是个大学问家，不是吗？”

我朝他手上拿着的石板瞥了一眼：“要是就好了。”看着上面歪七扭八的字，我有点儿难为情。

“哎呀，这个‘J’，”乔说，“还有这个‘O’，写得可真是绝了，皮普，这个‘J’加上这个‘O’，不就是‘乔’字吗？”

眼下，乔除了这个单音节字之外，我还没听他念过别的字词。上个礼拜在教堂，我不小心把一本祷告书拿倒了，可在他看来，这看起来还挺方便的，像是倒过来才是对的。我想知道教乔识字是不是要从头开始，于是便见缝插针地问道：“噢！接着读，乔。”

“呃，接着读吗，皮普？”乔用探寻的目光慢吞吞地看着信，“一、二、三。啊，有三个‘J’，还有三个‘O’呢，三个‘J O’加起来不就是三个乔字吗，皮普？”

我往乔那边探过身子，用食指指着石板，将那封信从头到尾给他念了一遍。

“你可真厉害，”我刚一念完，乔便夸赞起来，“可真有学问。”

“乔，‘盖格瑞’怎么拼写？”我带着几分自命不凡的语气问道。

“我用不着拼它。”乔说。

“假设你要拼呢？”

“这也没法假设呀，”乔说，“不过，我倒是真挺喜欢读书的。”

“真的吗，乔？”

“那可不是一般的喜欢，”乔说，“要是给我一本好书，或是一张好报纸，在我面前生一炉好火，我啥都可以不要了，天哪！”他摸了摸两个膝盖，继续说：“你看见了一个‘J’和一个‘O’，你就可以说：‘瞧，J和O连在一起就成了乔。’你看读书多有意思。”

我总算明白了，乔的文化水平就跟当年的蒸汽机一样，还处在初级阶段。于是我决定趁热打铁，便继续问道：“乔，你像我这么小的时候，也上过学吗？”

“没有呢，皮普。”

“乔，你像我这么小的时候，干吗不上学呢？”

“是这么回事，皮普，”乔拿起拨火棍，慢慢拨弄着炉格间的火，平日里他一有心事就喜欢这么干，“我跟你说，皮普，我父亲是个酒鬼，每次喝醉酒就会下死手捶我母亲。除了我，他就只会捶我母亲了，哪里还会捶别的。他捶我的时候，那股子劲儿只会在打铁的时候才会用，可他偏不用来打铁……你在听吗，皮普？你明白吗？”

“在听呢，乔。”

“结果，我和母亲从父亲手底下逃走好几次。母亲总是出去帮人做工，她老对我说：‘乔，愿上帝保佑，眼下你得去念书了，孩子。’于是她把我送去了学校。偏偏父亲的心肠又好，没有我们就活不下去。于是，他找来一大帮子人，吵吵闹闹地来到人家门口，弄得收留我们的那家人没有办法，只得把我们交给他。然后他把我们带回家，又开始捶打我们。皮普，你明白了吧。”乔说，他先前一直心事重重地拨火，这会儿停下来看着我，“所以我就没法念书了。”

“可不是，可怜的乔！”

“不过我得提醒你，皮普，”乔一边说，一边正正经经地拨了一两下最上面的炉条，“看待一个人得全面，说句公道话，我父亲就有副好心肠，你没瞧出来吗？”

我瞧不出来，可嘴上却没说。

“好吧！”乔继续说，“总得有人做糊口的事，皮普，要不就没的吃，你不明白吗？”

这个我明白，便照实说了。

“结果，我父亲倒是没反对我干活儿，于是我干起了现在的行当，他干的也是这个行当，要是他坚持干下去就好了。我跟你说，皮普，我干起活儿来可是相当拼命。没多久，我便能养活他了，直到把他养得满脸发紫，得麻风病死了。我总想在他的墓碑上刻上这样的话：'无论他身上有什么缺点，请记住他总有好心的一面'。"

乔一字一顿，相当得意地背着这两行诗，于是，我便问他这两行诗是不是他作的。

"就是我作的，"乔说，"我本人作的……我一下就作好了，好比打马蹄铁一样，锤一下就成了。我这辈子就没经历过这么惊奇的事，我简直不相信自己的脑袋瓜。跟你说实话，我怎么敢相信是自己的脑袋瓜想出来的。我刚才还说了，皮普，我总想把这段话刻在他的墓碑上，但把诗刻在墓碑上可得花钱，不管怎么刻都免不了要花钱，刻大的得花钱，刻小的也得花钱，结果什么也没干成。除去抬棺人的钱，剩下来的钱留给母亲了。她身体不好，又穷得叮当响。那可怜的人在父亲死后没多久，也跟他一起去极乐世界了。"

乔一字一顿，相当得意地背着这两行诗。（第46页）

乔那双蓝眼睛有点儿湿润，他用拨火棍上的球形把手一会儿擦着一只眼睛，一会儿又擦着另一只眼睛，神色极为痛苦，举止也极不自在。

“我一个人住在这儿，”乔说，“太寂寞了，后来便认识了你姐。哎呀，皮普。”乔用坚定的眼神看着我，像是料定我不会同意他的看法似的：“你姐这个女人还长得挺好看的哩。”

我露出明显怀疑的神色，忍不住看着火。

“皮普，甭管咱们家人怎么看，也甭管外人怎么看，你姐……”乔说到这里，每说出一个词便用拨火棍敲一下最上面的炉条，“这个……女人……长得……挺好看的哩！”

我想不出什么合适的话来回答他，便说：“你这么想我很高兴，乔。”

“我也一样，”乔接过我的话说道，“皮普，我这么想自己也很高兴。她皮肤红一点儿，骨架子大一点儿，可这对我来说有什么要紧的呢？”

我机敏地对他说：“如果对你没什么要紧的，对谁还要紧呢？”

“没错！”乔同意道，“就是这样，你说得没错，老伙计！我认识你姐的时候，大家都说你是她一手带大的，所有人都说她的心肠也很好，我也跟着大伙儿一起说。再说说你，”乔继续说，露出一副像是见到什么恶心东西的表情，“你当时那么小，软绵绵的，怪难看的，你要看了都会瞧不起自己的！”

我不是很喜欢听他说这话，于是便说：“乔，心思别老放在我身上。”

“可我的心思偏偏就在你身上，皮普，”他用温柔质朴的声音说，“既然你姐愿意嫁到铁匠铺来，我就提出要做她的伴侣，让她跟我一起去教堂请牧师证婚。我还对她说：‘把那个可怜的孩子也带来吧。愿上帝保佑那个可怜的孩子。’我这样跟你姐说：‘铁匠铺又不多他一个人。’”

我忍不住哭出声来，不由得搂着乔的脖子，求他原谅。乔也放下拨火棍抱着我说道：“我们永远都是最好的朋友，是不是，皮普？别哭了，老伙计！”

这个小插曲结束后，乔继续说：“好啦，你瞧，皮普，我们现在不是在一块儿了吗？事情总算好起来了，我们也在一块儿了！到时你教我识字吧，皮普（不过我得事先声明，我可是非常笨的，笨得要死），而且我们这事可不能让乔太太知道了。要我说，我们还是在背地里干吧。为什么要背地里干呢？我告诉你原因，皮普。”

他再次拿起拨火棍，照我看要是没有这玩意儿，他都没法说下去了。

“你姐太喜欢当官了。”

“喜欢当官，乔？”我大吃一惊，听到这话我隐约生出一种想法（我还得加上一句，巴不得是这样），难不成姐姐爱上了海军大臣还是财政大臣，要跟乔离婚了？

“太喜欢管人了，”乔说，“我是说太喜欢管咱俩了。”

“噢！”

“她可不希望家里有做学问的，”乔继续说，“特别是不希望我成为有学问的人，因为她生怕我会反抗，就是造反，你明不明白？”

我正准备提出问题反驳他，可“为什么”三个字刚一出口，乔便打断了我的话。

“别急，我知道你要说什么，皮普，别急！我可不是否认你姐老是像个暴君一样骑在我们头上。我可没否认，她把我们打得四仰八叉，骂得我们狗血淋头。你姐发狂的时候，皮普，”乔压低嗓门儿，朝门口偷瞄了一眼，“坦白说，我都得承认她就是一头怪物。”

乔说出“怪物”这个词的时候，像是那家伙长了十二个头一样。

“我刚才打断了你的话，你是想问我为什么不能造反吧，皮普？”

“可不是，乔。”

乔将拨火棍换到左手上，这样另一只手就可以摸自己的络腮胡了，他每次做出这种心平气和的动作时，我便不会指望他能多说什么了：“呃，你姐可是个精明人，她精明着呢。”

“什么是精明人？”我问他，暗自希望他答不上来。可哪里想到他早就胸有成竹，只见他目不转睛地盯着我，答道：“精明人就是她呀。”他兜了个圈子又绕了回来，反倒是提问的我说不出话来了。

“不过我可不是什么精明人，”乔将目光从我身上移开，再次摸着络腮胡说，“皮普，最后还有一件事，我可得认认真真地讲给你听，老伙计。我那可怜的母亲可是苦命人，当牛做马，劳碌了一辈子，本本分分做人，到头来伤透了心，活着的时候没过一天安稳日子，所以我生怕做错事，亏待了女人，我宁愿调个过儿，顶多自己受点儿委屈。皮普，我宁愿受气的只有我一个人，我希望挠痒棍不会落到你头上，老伙计，希望全由我一个人承受。但事情偏偏就是这样，皮普，所以如果我有不周到的地方，希望你别计较。”

我虽然还小，但我相信自打那天晚上起，我对乔又多了几分敬意。后来，我跟他还是像平日里一样平等相处。不过，自那以后，每逢平安无事的日子，我都会坐在那里看着乔，想着乔的为人，每次我都会生出一种新的感觉，打心眼儿里佩服他。

“不过呢，”乔起身往炉火里添了些煤，又说，“这台荷兰钟已经准备敲响八点了，可她还没回来！但愿彭波乔克舅舅那匹母马的前腿没有踩到冰块上滑倒。”

碰上赶集的日子，乔太太总会陪彭波乔克舅舅上街买些日常用品，因为买这些东西得听女人的意见，而彭波乔克舅舅是个单身汉，又信不过家里的用人。这天恰逢赶集的日子，乔太太又出门帮忙了。

乔生了火，又把炉台打扫干净。我们一块儿走到门口，想听听有没有马车的声音，那日夜朗天寒，寒风刺骨地刮着，地上结着厚厚的白霜。我寻思今晚要是有人躺在沼泽地里，准得活活冻死。我抬头望着星空，不由得想，要是一个人眼看就要冻死的时候，抬头望着茫茫星空，却得不到任何帮助或怜悯，那得多可怕啊！

“马儿来了，”乔说，“那声音就跟铃铛一样清脆！”

那匹马比平日里跑得轻快多了，马蹄铁踩在坚硬的路面上发出的声音相当悦耳。我们搬出一把椅子，好等乔太太下马的时候踩在上面，然后我们又拨弄了几下炉火，把火烧得旺旺的，好让他们可以看到亮堂的窗户，最后我们检查了一遍厨房，看看有什么东西没放好。我们刚收拾好，他们的马车也到了门口，乔太太和彭波乔克舅舅全身上下裹得严严实实的，只把眼睛露在外面。乔太太立马下了车，彭波乔克舅舅也随即下来了，拿了一块布盖在那匹母马身上。我们很快都到了厨房，也把冷风带了进来，炉子里的热气像是一下子就被吹散了。

乔太太匆匆解下披肩，情绪有些激动，但并没有解开帽带，只是将头上的帽子往后一推，搭在肩上：“好啦，如果这孩子今晚都不知道感恩，这辈子怕是都不会了。”

我以一个孩子最大的本事，尽量表现出一副感恩的样子，尽管我完全不知道为什么要做出这样的表情。

“我只是希望，”姐姐说，“他不会被娇养坏了，可是我真的很担心。”

“太太，她不是那种人，”彭波乔克舅舅说，“她是个明事理的人。”

她？我看着乔，嘴唇动了动，挑了挑眉毛。乔看着我，嘴唇和眉毛也都动了动。没想到这样的动作被姐姐瞧了个正着。他只得像往常碰到这种情况时做的那样，生怕惹出事端来，用手背揩了揩鼻子，眼巴巴地望着姐姐。

“怎么了？”姐姐没好气地说，“你瞪着眼珠子干吗？难不成是家里着火了？”

“……听见有人一直在说她啊她的。”乔客客气气地小声说。

“她就是她啰，”姐姐说，“难不成说起哈维沙姆小姐，得用‘他’，就算你这样的傻瓜也不会傻成这样吧？”

“是镇上的那位哈维沙姆小姐吗？”乔说。

“难不成镇下还有位哈维沙姆小姐？”姐姐反驳道，“她希望这孩子去那里玩玩，他当然得去啦。他就得去那儿玩才行。”姐姐说着冲我摇晃着脑袋，像是在给我打气，让我尽管轻轻松松地去玩，拿出玩闹的本事来，否则有我好看。

镇上这位哈维沙姆小姐我早有耳闻，方圆数英里内，谁人不知这位小姐家财万贯，性格冷酷，独自住在一幢阴暗的大房子里，那里门窗紧锁，严防盗贼，她在那里过着隐居的生活。

“哎呀！”乔惊呼道，“真不晓得她怎么会认识皮普！”

“蠢材！”姐姐大声说，“谁说她认识皮普？”

“……刚才不是有人，”乔再次客客气气地小声说道，“提到她想让皮普去她那儿玩吗？”

“难道她就不可以问彭波乔克舅舅，能不能帮她找个男孩去她那里玩吗？难道彭波乔克舅舅就不能是她的房客，有时就不能去她那里交租吗？比方说一个季度去一次，或者半年去一次。反正也没必要跟你说这些。她就不能让彭波乔克舅舅给她找个小孩，去她那里玩吗？彭波乔克舅舅向来都十分体贴，很为我们着想。不过，你哪能想到这个，约瑟夫[1]？”姐姐用极其责备的语气说，像是把乔

1　约瑟夫（Joseph）是乔（Joe）的正式用名。

当成了一个没心没肺的外甥。她接着又说道：“难道他就不能在她面前提到这个孩子？这小子还神气活现地戳在这儿呢。”这点我敢打包票，我压根儿就没表现得神气活现。“自打他生下来，我尽给他当牛做马了。”

“你还是讲得这么好！”彭波乔克舅舅大声道，“真好！讲得清清楚楚！实在太好了！约瑟夫，这下你总该明白了吧。”

“不，约瑟夫，”姐姐仍然用责备的语气说，而乔不好意思地揉搓着鼻子，“你哪能明白这些？你只是以为自己搞明白了，其实你压根儿就没明白，约瑟夫。因为你不知道彭波乔克舅舅为我们考虑得有多周全，能去哈维沙姆小姐家，说不定这孩子的命运就改变了。他打算今晚就用自己的马车把这孩子送到镇子里去，晚上在他那里过夜，明天早上亲自把他送到哈维沙姆小姐家。我的天哪！”姐姐猛地把帽子拉下来，大声道，“我尽顾着跟这两个蠢材说话了，忘了彭波乔克舅舅还在等呢，那匹母马在门口也会着凉的，这孩子从头到脚不是泥就是土！”

说完，她便像老鹰抓羊羔似的，朝我扑过来，我的脸就被她按在了水槽的木盆里，头正好在大水桶的龙头下面，我随即被涂上了肥皂，又是揉又是擦，又是敲又是抓，又是搓又是刮，直到把我折磨疯了才住手。（我在这里得声明一下，有件事当今任何一位专家都没有我清楚，那就是一枚结婚戒指在脸上无情地刮来刮去，保准会刮出一道道红印子。）

擦洗完后，姐姐给我穿了一件干净的亚麻布衣服，衣服硬邦邦的，就像少年犯穿的麻布衣服一样，又给我捆上了一件紧得不能再紧的外衣，难受极了。接着，她便把我交给了彭波乔克舅舅。彭波乔克舅舅像位治安官一样正式接收了我，跟我说了一通他早就想跟我说的话：“孩子，对你的亲朋永远要有感恩之心，特别是要报答一手把你带大的人！”

“再见，乔！”

“上帝保佑你，皮普，老伙计！”

我以前从来没离开过乔。刚上马车，我竟然连天上的星星都看不见了，一是因为眼里有肥皂水，二是因为心里难受，虽然我后来瞧见一颗颗星星不停地向我眨巴着眼睛，但它们却无法解答我的问题，我到底为什么要去哈维沙姆小姐家里玩？到底要我玩什么呢？

第八章

彭波乔克先生的大宅位于集镇的大街上，满堂都是胡椒籽和谷粉的气味，但凡是卖粮食的和卖种子的，家里都是这股子味。他铺子里有很多个小抽屉，要我说，他这人可太有福气了。我偷偷看了下面的一两个，只见里面放的是绑扎好了的牛皮纸包，我不禁琢磨，那些花籽和球茎会不会盼着有一天可以冲出牢笼，在晴朗的天气下绽放盛开。

我产生这个念头的时候，已是我到达后的第二天清早。前一天晚上，他们直接把我送去阁楼睡觉，那儿的屋顶是倾斜的，放床架的边角十分低矮，我估计屋顶瓦离我的眉毛还不到一英尺。也在同一天清晨，我发现种子和灯芯绒之间有一种特殊而密切的关系。彭波乔克先生穿灯芯绒裤子，他店里的伙计也穿。不知怎的，他们的灯芯绒衣服上都有股味，很像种子的气味，而种子也有一股味，很像灯芯绒的气味，搞得我都分不清哪是灯芯绒、哪是种子了。与此同时，我还注意到一件事，彭波乔克先生的生意之道，似乎就是瞧着街对面的马具贩子。马具贩子做买卖的法子，则是盯着马车匠，而马车匠立身处世的方法，则是把双手插在衣兜里，注视着面包师傅，面包师傅则双臂抱怀，盯着杂货商，杂货商站在店门口，打着哈欠凝视着药剂师。整条大街上，只有钟表匠一门心思扑在自己的生意上。总有一群穿着粗罩衫的农夫透过店铺橱窗看他，他却一只眼睛上戴着放大镜，伏在小桌上专心工作。

八点钟的时候，我和彭波乔克先生在店面后的堂屋里吃早饭，小伙计则在前面铺子里的一袋豌豆上，就着茶吃一块黄油面包。和彭波乔克先生相处，实在不是什么有趣的经历。他就信我姐姐那套理论，觉得给我口饭吃，也要羞辱我一顿，折磨折磨我，他只给我吃面包屑，黄油少得不能再少，还往我的牛奶里兑了很多温水，如此一来，倒不如干脆不放牛奶。除此之外，他说起话来句句不离算术。我礼貌地向他道早安，他却傲慢地说："七乘九是多少，孩子？"我才来到这里，人生地不熟，肚子里空空如也，他这么追着我问，我又怎么答得上来呢？我饿得前胸贴后背，连一口饭食还没咽下去，他就开始不停地提出一大堆问题，整个早饭时间都不得消停。"七乘七呢？""七乘四是多少？""七乘八？""七乘六？""七乘二得多少？""七乘十又是多少？"等等，等等。我每次答完一道题，才咬了一口面包，或呷了一口茶，下一道题又来了。他却优哉游哉地坐在那里，一点儿脑筋也不动，吃着熏肉和热面包卷，好家伙，恕我直言，就他那副吃相，用狼吞虎咽来形容也一点儿都不夸张。

如此一来，到了十点钟，我们动身去哈维沙姆小姐家时，我心里甭提多高兴了。不过我有点儿提心吊胆，拿不准到了那位女士家里，自己该如何表现。不到一刻钟，我们就来到了哈维沙姆小姐的家门前。她住在一幢旧砖楼里，阴森森的，装了不少铁栅栏。有些窗户是封着的，至于没封的，低楼层的窗上都装着生了锈的铁条。房子前面有个院子，院周围也装了铁栅栏。按了门铃后，我们便耐心地等人来开门。趁着我们在门口等着的当儿，我偷眼往里瞧了瞧（即使这个时候，彭波乔克先生竟然还不忘提问："七乘十四呢？"但我假装没听到），只见房子边上有一个大啤酒工坊，里面不光现在没人酿酒，似乎很久都没人酿过酒了。

有扇窗户突然打开，一个清晰的声音问道："是谁？"带我来的彭波乔克先生马上答："彭波乔克。"那个声音回了句："知道了。"窗户关上后，一位年轻的小姐拿着钥匙，穿过院子走了过来。

"他就是皮普。"彭波乔克先生说。

"这就是皮普吗？"年轻的小姐道，她长得挺标致，还带着几分高傲，"进来吧，皮普。"

彭波乔克先生迈步也要往里走，她却把门一合，拦住了他。

"喂！"她说，"你也想见见哈维沙姆小姐？"

“哈维沙姆小姐要是愿意见我，我就……”彭波乔克先生答道，那样子难堪极了。

“啊！”那姑娘说，“可是你看，她并不想见你。”

她这话说得不容置喙，一点儿商量的余地也不留，彭波乔克先生虽然面子上过不去，却也不便违拗。但他狠狠地瞪了我一眼，好像我干了什么对不起他的事！临走时，他还责备了我几句：“小家伙！你在这里一定要守本分，让一把屎一把尿把你拉扯大的人面上有光！”我生怕他会折回来，透过大门问我“七乘十六是多少”，好在他没有。

那位小姐锁上院门，我们穿过院子。路面铺得十分平整，很干净，但每条缝隙里都长满了草。一条小路连接着前院和啤酒工坊。小路上的木门开着，路尽头的酒坊里也开着门窗，可以看到高耸的围墙。酒坊里空空荡荡，早已废弃不用了。冷风阵阵，那儿似乎比木门外冷得多。大风怒号着，吹过酒坊敞开的门窗，仿佛在大海之上，狂风哐啷哐啷卷过索具。

她看到我总盯着酒坊瞧，便说：“小家伙，你就是把那里现在酿的烈性啤酒喝个精光，也不会有事。”

“是的，小姐。”我不好意思地说。

“小家伙，那儿以后还是别酿啤酒为好，不然酿出来也是酸的。你说呢？”

“看起来是这样的，小姐。”

“倒不是说有人想去酿酒。”她又道，“早就没人那么做了，那地方肯定就这么一直空着，直到房倒屋塌的一天。至于浓啤酒，地窖里有的是，能把整个曼诺庄园都淹没了。”

“小姐，这所房子叫曼诺庄园？”

“小家伙，这只是其中一个名字而已。”

“不止一个吗，小姐？”

“还有一个，叫萨提斯。这可能是希腊文，也可能是拉丁文或希伯来文，也许三种都是，反正在我看来都一样。这个词的意思是‘满足’。”

“满足庄园。”我说，“小姐，这名字实在古怪。”

“不错。”她答，“不过还有更深一层的含义。当时取这个名字的本意是，无论谁拥有这所房子，都会觉得满足，没有其他欲求。想来从前的人一定很容易满足。不过，孩子，还是别磨蹭了。”

她一口一个“小家伙”地叫我，摆出一副漫不经心的态度，还算不上客气，可其实她和我差不多年纪。她是个姑娘，人长得漂亮，又那么镇定，当然看起来比我大。她很是瞧不起我，好像她已经二十一岁，是女王殿下。

高大的正门上交叉绑着两根铁链，我们则从侧门进入房子内部。我注意到的第一件事是，所有过道都黑咕隆咚，只有一支她刚才放在那里的蜡烛亮着。她拾起蜡烛，我们又穿过几条过道，上了楼梯，四周仍然一片漆黑，唯有蜡烛为我们照明。

最后，我们来到一个房间门口，她说：“进去吧。”

我答道：“小姐，你先请吧。”我这么说，真不是因为客气，而是我有点儿怯场了。

听到我的话，她答：“别傻了，小家伙。我不进去。”她说完便轻蔑地走开了，更糟糕的是，她把蜡烛也带走了。

我浑身不自在，还有点儿害怕。尽管如此，现在唯一能做的便是敲门，于是我敲了敲房门，里面有人叫我进去。我照做了，走进一个十分宽敞的房间，里面点着许多蜡烛，非常明亮，却不见一丝阳光。从家具来看，我觉得这里是一间梳妆室，不过许多样式我见都没见过，更不知是做什么用的。但最显眼的是一张桌子，上面铺着桌布，还带有一面镀金镜子，我一眼就看出那是一张贵妇梳妆台。

要是没有一位贵妇人坐在梳妆台边，我能否这么快认出来，可实在不好说。那人就坐在一把扶手椅上，一只胳膊肘搭在梳妆台上，用手托着腮，我以前从未见过这么奇怪的女士，以后也不可能见到。

她穿着华丽，缎子和丝绸衣服上镶着花边，料子都是白色的。她的鞋子也是白色的。长而洁白的面纱从她的头发垂下来，发丝里别着新娘装饰花，可她的头发全白如雪。她的脖子上和手上都戴着闪闪发光的珠宝，桌上还有几件珠宝在熠熠生辉。四周散落着很多衣服，却全不如她身上那件华贵，还有好几只乱糟糟的箱子。她尚未穿戴完毕，因为她只穿着一只鞋，另一只则在梳妆台上，就在她的手边。面纱还没有拉伸整齐，表和表链也没戴，本应戴在胸前的花边也被丢在镜子边上，被乱七八糟地放在一起的还有一些小饰品、帕子、手套、几朵花和一本祈祷书。

她穿着华丽，缎子和丝绸衣服上镶着花边，料子都是白色的。（第55页）

这些东西这一个那一个，我并非一下子全看在眼里，不过我一开始看到的东西，还是比我以为的多。我看到，我视线范围内的一切本都是白色的，应该说很久以前是白色的，如今通通失去光泽，褪色了，发黄了。我还看到，不仅结婚礼服残败了，花朵干枯了，就连穿着婚纱的新娘也凋落了，她眼窝深陷，除了一双眼睛还有神采，整个人都没有了光彩。我看到，曾经穿着新娘礼服的是一个身材丰盈的年轻女子，现在这个女子瘦得皮包骨头，裙子松松垮垮地挂在身上。有一次我去赶集时看到过一个恐怖的蜡像，也不知代表哪位要人的遗体在葬前供公众瞻仰。还有一次，他们带我去沼泽地上的教堂，看从教堂地下墓穴挖出来的一具骷髅，那具枯骨上的华服早就腐烂了。现在，蜡像和骷髅似乎有了一双会动的黑眼睛，正用那双眼睛看着我。我真想大叫，却又不敢这么做。

“是谁？”坐在桌旁的女士说。

“我是皮普，女士。”

“皮普？”

“彭波乔克先生家的，女士。我是来……玩的。”

“靠近点儿，让我看看你。到我边上来。”

我站在她面前，但不敢看她的眼睛，到了这个时候，我才看清周围那些小物件，我注意到她的表停在了八点四十分，房间里的钟也停在了八点四十分。

“看着我。”哈维沙姆小姐说，“自你出生以来，我就没见过太阳，你不会怕我这样一个女人吧？”

很遗憾的是，我竟然壮起胆子，撒了个弥天大谎：“不怕。”

“你知道我摸的是什么吗？”她说着把一只手叠在另一只手上，放在左胸前。

“是的，女士。”（我想起了那个要挖我的心来吃的年轻人。）

“我摸的是什么？”

“你的心。”

“是一颗破碎的心！”

她说这句话时神色急切，语气很重，她的脸上还浮现一抹诡异的微笑，笑中透着一丝夸耀。她用手捂了一会儿胸口，才慢慢地拿开，好像她的手很沉似的。

“真没意思。”哈维沙姆小姐说，“我需要消遣消遣，我再也不想搭理那些成年男女了。你开始玩吧。”

想必就连我最喜欢争辩的读者也会承认，让一个不幸的孩子在这种情况下玩耍，全天下再也没有比这更为难的事了。

“有时，我会产生一些病态的幻想。”她继续说，“想看别人玩就很病态。好了，好了！”她的右手手指不耐烦地摆动着，“玩吧，玩吧，快玩吧！”

有那么一刻，我生怕回去被姐姐教训，绝望之下，便想装成彭波乔克先生的马车，在房间里转一转，可转念一想，又觉得自己干不来这样的事，只得作罢，站在那里望着哈维沙姆小姐，想来她肯定以为我是个不听话的孩子，所以，我们看了彼此一会儿后，她说：

“不高兴啦？你也太固执了吧？”

“不是的，女士。我很为你遗憾，非常非常遗憾，因此一时半会儿玩不起来。你若是嫌弃我，我姐姐肯定会让我吃不了兜着走，所以我但凡能做到，就一定会做的。只是这里是那么新鲜和陌生，还那么精致，感觉凄凄惨惨的……”我连忙住口，生怕自己说得太多，或者已经说了不该说的话。我们又深深地看了对方一眼。

再次开口之前，她把目光从我身上移开，扫了一眼她身上的衣服，又看了看梳妆台，最后，她注视着镜子里的自己。

“对他而言很新鲜。”她喃喃地说，“在我眼里却很陈旧。他觉得如此陌生，我却觉得非常熟悉。不过在凄惨这一点上，我们两个倒是观点一致。叫艾丝特拉来。”

她一直凝视着自己在镜子里的影像，我还以为她仍在自言自语，便没有言语。

“叫艾丝特拉来。”她重复道，朝我瞥了一眼，“这事你能做到的。叫艾丝特拉来。去门口叫。”

一想到要在一幢陌生房子的神秘过道里，在伸手不见五指的黑暗中，对着一个既看不见也不会迅速做出反应，还很瞧不起人的年轻女士大喊艾丝特拉，再加上觉得这样大声喊出她的名字是对她的冒犯，就感觉这几乎和听命玩耍一样糟糕。好在艾丝特拉终于回应了，她手中的烛光像一颗星一样，在长而黑暗的过道里移动过来。

哈维沙姆小姐招呼她走近些，从梳妆台上拿起一件珠宝，先是放在她年轻漂亮的胸前比了比，又放在她那头秀丽的棕色头发上试了试效果："亲爱的，这将来是你的了，你戴上一定好看。去和那孩子玩牌吧，我看着。"

"和那孩子玩？他不过是个干苦力的小子，平头老百姓一个！"

我听到了哈维沙姆小姐的回答，却又不敢相信她竟会那么说："怎么？你可以伤他的心呀。"

"小家伙，你玩什么？"艾丝特拉极其不屑地问我。

"小姐，我只会玩抢邻居[1]。"

"那就把他抢光吧。"哈维沙姆小姐对艾丝特拉说。于是我们坐下来玩牌。

就在那时，我开始明白，这个房间里的一切都停止了，就像那块表和那口钟一样，很久以前就停止了。我注意到哈维沙姆小姐把珠宝放回到了她拿起的地方，分毫不差。趁艾丝特拉发牌的当儿，我又瞥了一眼梳妆台，看到了那只鞋子。鞋原来是白的，如今已经发黄，而且从不曾有人穿过。我低头看了看哈维沙姆小姐那只没穿鞋的脚，发现她脚上的丝袜从前是白的，现在则是黄的，都踩得拉丝了。假如不是一切都停止了，假如不是所有褪色腐朽的东西全都静止不动，那么，这枯槁之人身上的残破新娘礼服也不会那么像寿衣，而那长长的头纱同样不会像裹尸布了。

我们打牌的时候，她就坐在那儿，活像一具尸体。婚纱上的褶边和装饰，看起来像粗纸。我当时并不知道，古代尸体偶然被挖掘出来，一见光就会化为粉末，然而，从那以后我常常觉得，她那副模样，要是有阳光照射进来，她一定会立刻灰飞烟灭。

"这明明是J嘛，这小家伙却说是杰克！"第一把还没玩完，艾丝特拉就鄙视地说，"他的手，真粗啊！他的靴子，真是又笨又厚！"

我从来没有想过自己的手很丢人，但此时此刻，我竟开始觉得我长了一双难看的手。艾丝特拉这么瞧不起我，她的蔑视好像会传染，我也有点儿看不起自己了。

她赢了，我来发牌。我知道她在等我犯错，结果我还真犯了错，把牌发乱

1　一种纸牌游戏，一人吃尽所有人的纸牌为止。

了。她指责我又愚又笨，是个小苦力。

“你怎么不回敬她两句？”哈维沙姆小姐看着我们玩，对我说道，“她对你说了许多难听的话，你却没说她一个‘不’字。你觉得她怎么样？”

“我不想说。”我结结巴巴地说。

“那就在我耳边说。”哈维沙姆小姐弯下腰说道。

“我认为她太骄傲了。”我低声回答。

“还有呢？”

“我觉得她很漂亮。”

“还有呢？”

“我认为她非常无礼。”（这会儿，艾丝特拉看着我，脸上露出极其厌恶的神情。）

“还有别的吗？”

“我想我该回家了。”

“她是个美人，你却再也不想见她了？”

“我也说不好自己还想不想再见她，不过我现在该回家了。”

“你很快就可以走了。”哈维沙姆小姐大声说，“先玩完这把再说。”

得亏一开始哈维沙姆小姐就诡异地笑过，不然我都要以为她的脸无法做出笑的表情了。她满脸警觉，一副沉思之色。很可能在她周围的一切都停顿的时候，这个表情便定格在了她的脸上，似乎没什么能让她再次露出喜色。她的胸脯向下凹陷，整个人弯腰驼背，她的声音颓废，低沉，听来没有半点儿生气。总的来说，不论身体抑或灵魂，无论内在还是外在，她都仿佛遭到过毁灭性的打击，已经彻底崩溃了。

这一把玩到最后，艾丝特拉吃光了我的牌。把所有牌都赢到手后，她把牌全丢在桌上，好像牌是从我手里赢来的，就没法入她的眼似的。

“你什么时候再来呢？”哈维沙姆小姐说，“我来想想。”

我正要提醒她今天是礼拜三，她便像先前那样，不耐烦地摆了摆右手手指，不让我说下去。

“好啦，好啦！我可不知道今天是礼拜几，什么年啊，月啊，我通通不清楚。六天后再来吧。听清楚了吗？”

“好的，女士。”

“艾丝特拉，带他下去吧。给他弄点儿吃的，他一边吃可以一边四处走走。去吧，皮普。”

我随着烛光往回走，就像我跟着烛光走过来一样。艾丝特拉把蜡烛放回之前那个地方。在她打开侧门前，我没有细想，只当现在肯定是晚上了。结果阳光忽地照射进来，我不由得大吃一惊，还以为自己在那个点着蜡烛的陌生房间里待了好几个钟头。

“你在这儿等着，小家伙。”艾丝特拉说完就消失了，门也关上了。

院子里只有我一个人，于是我趁机瞧了瞧自己粗糙的双手和笨重的靴子。我自己也觉得确实叫人看不过眼。我以前从没为此烦恼过，现在却苦恼极了，只觉得它们粗俗不雅。我还决定去问问乔，那张人头牌明明叫“J”，他为什么教我是“杰克”。要是乔有教养就好了，那样我也能当个文雅人。

艾丝特拉回来了，她给我拿来了一些面包和肉，还有一小杯啤酒。她把杯子放在院中的石头上，把面包和肉递给我，可连看都没看我一眼，那样子傲慢无礼至极，好像我是一条讨人嫌的狗。我受尽了侮辱，心都被伤透了，她的白眼让我觉得自己受到了冒犯，我又气愤又难受，形容不出到底是什么感觉，只有天知道那是什么滋味。泪水一下子涌了出来。我的眼睛里才刚泛起泪花，那姑娘发现把我惹哭了，居然立即换上愉快的神情瞧着我。这下反倒把我惹毛了，我积聚起一股力量，生生把眼泪吞了回去，只是盯着她看。她朝我蔑视地向后一甩头，款款地走了。不过在我看来，她也知道自己过于肯定，满以为能深深地伤害我。

她走后，我四下张望，想找个地方藏起来，便躲到酒坊小路的一扇大门后面，用胳膊顶住墙，把前额抵住胳膊，号哭起来。我一边哭，一边踢墙，还使劲儿揪自己的头发。我心中苦闷，那种莫名的痛苦是如此强烈，必须好好宣泄出来。

跟着姐姐长大，使我变得性格敏感。在孩子们的小世界里，无论由谁带大，感受最深切的，感觉最深刻的，莫过于受到不公的对待了。很可能他们只是受到了小小的不公，可孩子们本就弱小，他们的世界也很小，而按照比例来说，他们的摇摆木马与健壮的爱尔兰猎狐马一样高大。我从小就受尽了各种不公的对待，也一直在心中不断地反抗。姐姐性情乖戾，有暴力倾向，从我会说话起，我就知道她一直在虐待我。我始终坚信，我虽是她一手拉扯大的，她却无权粗暴地对待我。她糟蹋我的身体，羞辱我的心灵，让我挨饿，不许我睡觉，用尽各种手段让我受罪，所以我才有那样的想法。我孤苦伶仃，无所依傍，常年过着这种日子，很大程度上我怯懦和极为敏感的性格便是这样形成的。

我使劲儿踹着酒坊的墙壁，扯自己的头发，暂时把心里难过的情绪都发泄了出去。接着，我用袖子抹了一把脸，从大门后面走了出来。面包和肉的味道都还过得去，啤酒下肚后，我全身都暖和了，人也兴奋了起来。我很快就打起了精神，开始打量周围的环境。

这个地方确实荒凉，就连酒坊院子里的鸽笼也是破败不堪的，笼子的支撑杆被大风吹得歪歪斜斜，里面若是还有鸽子，它们准以为自己是在风雨飘摇的惊涛骇浪之上。但是，鸽舍里没有鸽子，马厩里没有马，猪圈里没有猪，仓库里没有麦芽，铜桶和大罐里没有散发出粮食和啤酒的气味。随着酒坊里最后一缕烟消散殆尽，这里就废弃了，所有的酒香都消散在了空中。侧面的一个院子里有一堆散发着酸涩味的空木桶，是酒坊鼎盛时期的纪念；然而，那股酸味太呛了，无法从中体会当年的啤酒是何种滋味，而我忽然想起，隐士与此情此景是何其相符。

过了酒坊是个花园，里面杂草丛生，围墙也已残破。墙不是很高，我踮起脚撑着墙向里张望了好一会儿，才发现这个破败的园子是整幢房子的后花园，杂草长得很高，缠结在一起，一条条青黄小径之间有一条用脚踩出来的小路，像是还有人不时来回走过。就在此时，我看到艾丝特拉正在那条小路上，背对着我越走越远；然而，她似乎无处不在。当我实在抵不住诱惑，跳上酒桶走来走去的时候，就见她在院子的尽头，也踩在木桶上走。她背对我，用两只手捧着她那头松散的棕色秀发。她一直没有回头看，很快就从我的视线中消失了。她可能进了酒坊里面。我说的酒坊，指的是一幢大房子，地面平整，地势很高，以前是酿啤酒用的，酿酒用具现在仍在里面。我刚一进去，就觉得阴森恐怖，便只站在门口环顾四周，看到艾丝特拉穿过一个个早已熄灭的火炉，上了一段窄小的铁楼梯，又从头顶上方一道高高的走廊走了出去，仿佛她要去天空里似的。

就在这个地方，就在这个时候，一件怪事发生了，不过那也可能是我的幻觉在作祟。当时我觉得很奇怪，很久以后想起，只越发觉得奇怪。当时，我抬头看了一会儿冰冷的天空，觉得有点儿眼花，便把头转向一边，望着我右手边不远处的一个低矮角落，那有一根巨大的木梁，我竟然看到有个人吊在木梁上。那人穿着一身发黄了的白衣服，脚上只有一只鞋。我可以看到那个人的礼服的褪色镶边装饰像是土纸，当我看清那个人的脸，便认出正是哈维沙姆小姐，她的脸动了一下，仿佛是要喊我。见此情形，我吓得呆住，一想到刚才什么人都没有，我就更怕了，立即撒腿跑开，可转而又向吊着的人跑去，却发现那儿根本没人，这下子我的恐惧更是到了极点。

好在晴朗的天空投下了清冷的光线，院子上了闩的大门外有人走来走去，我又把剩下的面包、肉和啤酒一股脑儿都吃了下去，这才有了几分底气，我整个人总算又活了过来。即使有了这些帮助，要不是看到艾丝特拉拿着钥匙过来放我出去，我也不可能这么快恢复神志。我心想，要是给她看到我吓得魂不附体，她就更有理由看不起我了。我绝不可以给她这个机会。

她从我身边走过，得意扬扬地瞥了我一眼，仿佛我的双手如此粗糙，我的靴子如此笨重，对她来说是什么天大的美事。她打开院门，站在那里扶着门。我看也不看她，就走了过去，她却用一只手碰了碰我，对我又是一阵奚落。

“怎么不哭了？”

“我不想哭。”

“才不是呢。”她说，“你刚才哭到眼睛都快瞎了，现在眼泪又要流出来了。”

她轻蔑地笑了笑，一把把我推出去，锁上了门。我径直走向彭波乔克先生家，发现他不在家，心里大大地松了一口气。于是我请伙计代为转告他哈维沙姆小姐吩咐我再去的日期，就动身前往四英里外的铁匠铺了。我一边走，一边思索着我见到的一切，来来回回只想着自己是个贫穷的老百姓，是个苦力，双手粗糙无比，靴子又笨又重，还养成了粗鄙的习惯，把别人口中的J牌说成杰克。我比昨晚自己以为的还要无知，总的来说，我身份微贱，过着低人一等的日子。

第九章

回到家，姐姐对哈维沙姆小姐家的事十分好奇，问了我一大堆问题。我答得不够详细，很快后脖颈和腰上就重重挨了几下，脑袋也被她揪住狠狠撞在厨房的墙壁上，我只觉得丢尽了颜面。

我时常担心别人不明白自己的意思，我想不光我自己如此，别的孩子可能也有这种担忧，毕竟我没有特别的理由认为自己是个怪物。明白了这一点，大家也就可以理解我为什么在回答问题时有所保留了。我深信，如果我把在哈维沙姆小姐家亲眼见到的事都讲出来，姐姐肯定不会相信。不仅如此，我还觉得要是那样说，别人也不能明白哈维沙姆小姐是个怎样的人。我自己其实也不完全了解她这个人，但我有种感觉，要是我将她真实的样子讲出来（更不用说也把艾丝特拉小姐描述一番了），给乔太太解闷儿，那也实在太过粗鲁和歹毒了。于是，我只拣能说的说了，任由自己的脑袋被姐姐摁住往厨房的墙上撞。

最可恶的还是爱欺负人的老头子彭波乔克，他好奇心过重，竟然在下午茶时间，赶着马车呼哧呼哧地过来，要我把所见所闻一五一十地讲给他听，不能遗漏任何一个细节。他瞪着一双死鱼眼，嘴巴张得老大，一头沙黄色的头发竖着，像是好奇得很，他的背心随着一肚子算术题起起伏伏。看到他这副讨人嫌的模样，我发起了狠，一句话也不肯和他说。

“孩子。”彭波乔克舅舅刚坐上火炉旁的贵宾椅，就开口道，“你这次去镇子里怎么样？”

我答道："很好，先生。"姐姐朝我挥了挥拳头。

"很好？"彭波乔克先生重复了一遍，"'很好'这话可算不得回答。告诉我们，你说的'很好'是什么意思，孩子？"

脑门儿上沾了石灰，八成会让大脑变得冥顽不灵。反正我的额头上沾了墙壁上的灰浆，就强硬得像块石头。我想了一会儿，接着装得好像想起什么似的，回答说："很好就是很好。"

姐姐听得不耐烦了，大叫一声，就要朝我扑过来。乔这会儿正在铺子里忙活，连个帮我说话的人都没有，不过彭波乔克先生插嘴道："算了！别生气嘛。把这孩子交给我吧，太太。我来问问他吧。"彭波乔克先生说完便扳过我的身体面朝他，好像要给我剪头发似的，他说："先来看一道算术题（好整理一下思路）：四十三便士是多少先令？"

我盘算着回答"四百英镑[1]"会有什么后果，发现捞不到什么好处，就说了一个尽可能接近的答案，不过还是少说了大约八便士。彭波乔克先生要我复习便士先令换算表，从"十二便士等于一先令"一直背诵到"四十便士等于三先令零四便士"，然后，他得意扬扬地问我："那么，四十三便士是多少先令？"好像让我吃了多大苦头似的。我想了很久，答道："我不知道。"我这时怒火攻心，真有点儿相信自己确实不知道答案。

彭波乔克先生晃着脑袋，像拧螺丝钉一样要将答案从我的脑袋里拧出来，他说："比方说，四十三便士是七先令六便士零三法新吗？"

"是啊！"我说。姐姐立刻赏了我两记耳光，但我还是非常高兴地看到，这个回答破坏了他开玩笑的兴致，他沉默了下来。

"孩子！哈维沙姆小姐长得怎么样？"彭波乔克先生恢复过来后说。他把双臂紧紧地抱在胸前，再次晃着脑袋问我。

"个子高，皮肤黑。"我告诉他。

"是这样吗，舅舅？"姐姐问。

彭波乔克先生眨眨眼，表示我说的是事实。如此一来，我马上推断出他从未见过哈维沙姆小姐的真面目，因为她根本不长这样。

1　英制货币单位，1英镑等于20先令。

“很好！”彭波乔克先生自满地说。（“就得这么收拾他！太太，想来我们是找对法子了吧？”）

“太对了，舅舅。”乔太太答，“真希望你能经常料理料理他，你最清楚怎样整治他了。”

“好了，孩子！你今天进去的时候，她在干什么？”彭波乔克先生问。

“她坐在一辆黑色天鹅绒马车里。”我答。

彭波乔克先生和乔太太你瞧瞧我，我瞧瞧你，他们有此反应也是情有可原。他们两人都重复道：“坐在黑色天鹅绒马车里？”

“是的。”我说，“艾丝特拉小姐……想必是她的侄女吧……用一个金盘子盛着蛋糕和葡萄酒，从马车的窗口递给她。我们都吃了装在金盘子上的蛋糕，还喝了葡萄酒。我按照她的吩咐，爬到马车后面吃。”

“还有别人吗？”彭波乔克先生问。

“有四条狗。”我说。

“大的还是小的？”

“那些狗很大。”我说，“还抢着吃银篮里的小牛排呢。”

彭波乔克先生和乔太太大惊失色，又看了看对方。我简直是疯了。被他们这么一番逼问折磨，我简直不计后果，信口开河起来。

“天哪，马车停在什么地方呢？”姐姐问。

“在哈维沙姆小姐的房间里。”他们又瞪大了眼睛，“不过车上没有套着马。”我一时突发奇想，本想说有四匹装饰华丽的骏马拉着马车，却又觉得这么说不合适，便赶紧加了一句，免得被他们抓住话柄。

“竟有这种事吗，舅舅？”乔太太问，“这孩子是什么意思？”

“告诉你吧，太太。”彭波乔克先生说，“要我说，那其实是一顶轿子。你知道，她是个反复无常的女人，满脑子都是奇怪的念头，所以才在轿子里打发时光。”

“舅舅，你见过她坐轿子吗？”乔太太问。

“怎么可能？”他答道，无奈只能实话实说，“毕竟我这辈子都没见过她。一面都没见过！”

“啊，舅舅，那你是怎么跟她说话的呢？”

“哎呀，我每次去她家，都被引到她的房门外。”彭波乔克先生不耐烦地说，“门打开一道缝隙，她从门缝里和我说话。别说你不知道这些，太太。不管怎样，这孩子是去那里玩的。孩子，你都玩什么了？”

“我们玩旗子。”我说。（请容许我说一句，回忆起我那时撒的谎，连我自己都深感惊讶。）

“旗子！”姐姐重复说。

“是的。”我说，“艾丝特拉挥舞一面蓝旗子，我挥舞一面红色的，哈维沙姆小姐在车窗外挥舞着一面缀满小金星的旗子。然后，我们还摇晃长剑，大声欢呼。”

“剑！”姐姐重复了一遍，“剑是哪儿弄来的？”

“从一个橱柜里拿的。”我说，“我看见里面有好几把手枪，还有果酱和药丸。房间里一点儿自然光都没有，倒是点了很多蜡烛。”

“事实确实如此，太太。”彭波乔克先生严肃地点点头说，“这倒是真的，我亲眼见过。”然后，他们都盯着我看，我则装出一副老实巴交的样子盯着他们看，还用右手扭着右裤腿。

他们若是追问下去，我肯定要露出马脚，我当时本想说院子里有气球，却又拿捏不准，是说气球这种奇观，还是说酒坊里有头熊，就这么一犹豫，才什么都没说；然而，他们正在热切地讨论我信口胡诌的奇闻逸事，我总算逃过了一劫。乔从铺子回来喝下午茶的时候，他们两个仍在谈论不休。姐姐把我胡编乱造的事讲给他听，与其说是为了讨他的欢心，不如说是为了让她自己放松放松。

乔瞪大他那双蓝眼睛，惊诧地来回扫视厨房，眼珠子滴溜溜乱转，看见他这样，我不禁后悔起来。不过，我的悔意只为他一个人，对另外二人则一点儿也不。我觉得自己是个小怪物，不过我这种愧疚心理只对乔才有，至于另外两个人，他们坐在那里喋喋不休，谈着我认识了哈维沙姆小姐，取得她的偏爱后，能得到什么样的实惠。他们很肯定哈维沙姆小姐会给我“一点儿甜头”，只是说不好是什么样的“甜头”。姐姐巴望着我能得到“财产”。彭波乔克先生则恨不得我拿到一大笔奖金，有了这钱，我就可以学个体面的行当，比如粮食谷物这一行。乔提出了一个巧妙新颖的主意，他说哈维沙姆小姐说不定会把争抢小牛肉的狗送给我一条，结果被另外两个人贬损了一番。“真是狗嘴里吐不出象牙。”姐姐说，“你还是去干你的活儿吧。”乔只好去工作了。

彭波乔克先生驾车走了，姐姐去洗碗碟了，我偷偷跑去铁匠铺找乔，等到他晚上收工，我说：“乔，趁着炉火还烧着，我想告诉你一件事。”

“是吗，皮普？”乔说着，把钉蹄铁的凳子拉到炉子旁边，“那就说说吧。什么事，皮普？”

“乔。”我说，抓住他卷起的衬衫袖子，用食指和拇指捻着，“你还记得哈维沙姆小姐的那些事吗？”

“还记得吗？”乔说，“你说的每个字我都记得！真是太不可思议了！”

“真糟糕，乔。那不是真的。”

“你说什么，皮普？”乔叫道，非常吃惊地向后退去，“你的意思是……”

“是的，我说的都是谎话，乔。”

“不过不可能连一句实话都没有吧？皮普，你的意思是，黑天鹅绒马车压根儿就不存在？”我冲他摇了摇头，“狗的事至少是真的吧，皮普？说呀，皮普。”乔苦口婆心地说：“就算没有小牛肉，狗总是有的吧？”

“没有，乔。”

“一只狗都没有？”乔说，“小狗呢？说呀。”

“没有，乔，根本没有那种东西。”

我绝望地盯着乔，乔则沮丧地凝视着我：“皮普，老伙计！这可不行啊，老伙计！我说！你怎么会这么干？”

“太糟糕了，乔，是不是？”

“糟糕？”乔叫道，“太糟了！你是中邪了吗？”

“我也说不清自己当时是哪根筋搭错了，乔。”我说着松开了他的衬衫袖子，在他脚边的灰堆里坐下来，耷拉着脑袋，“不过，要是你没教我把J牌叫杰克就好了。我还希望我的靴子没有那么笨重，我的手没有这么粗糙。”

我告诉乔我心里很痛苦，偏偏乔太太和彭波乔克对我那么坏，我不可能把心事向他们袒露。我还告诉乔，哈维沙姆小姐家有一位年轻美貌的小姐，是个很高傲的人，她说我是个平头老百姓，我也知道自己是个下等人，却又盼着能做个上等人，这样一来，谎话就从我嘴里溜了出来，我自己也说不好为什么。

这个问题玄之又玄，至少乔和我一样，都不清楚该怎么解决。但是乔剔除了事情中玄妙的成分，用这种方法反倒解决了问题。

“有件事是可以肯定的，皮普。”乔沉思了一会儿说，“那就是，谎言就是谎言。不管为了什么，都不该撒谎，魔鬼是谎言之父，谎话说多了，就会变成魔鬼。你以后不要再说谎话了，皮普。你想做上等人，用这法子可行不通，老伙计。至于说当个平民，我自己也糊涂着呢。你在某些方面已经很特别了。比如说，你的个头儿特别小。还有，你的学问也比别人高着哩。”

“不是的，我无知，还很迟钝，乔。”

“哎呀，看看你昨晚写的信多好哇。简直就像印刷出来的！我看过很多信……啊！还都是出身高贵的人写的哩！我敢发誓，没有一份像印刷出来的。”乔说。

“我是没有一点儿学识的，乔。你把我说得太好了。就是这样的。”

“好吧，皮普。”乔说，“是这样也好，不是也罢，我只盼着你先做个有学问的平头百姓，再出人头地！国王坐在王位上，脑袋上戴着王冠，可要是他当王子时不学字母表，不从A开始一直学到Z，又怎么能用印刷一般的字体，写出议会法案呢……啊！”乔意味深长地摇了摇头，补充道，“我不能说我完全做到了，但我很清楚要怎么做。”

他的话中蕴含着智慧，燃起了我的一丝希望，给了我很大的鼓舞。

“下等人干着低下的行当，也赚不了多少钱，”乔继续沉思着说，“最好还是继续与普通人结交，不要去巴结上等人。说到这里，我想起你说过旗子的事，真希望这是真的。”

“不是的，乔。”

“连旗子都没有，我太遗憾了，皮普。不管有没有吧，现在都不要多说了，不然又该惹你姐姐不高兴了。你也不是故意这么做的。听着，皮普，我是把你当成真正的朋友，才对你说这些话。真正的朋友才会对你这么说。你要是不能走正途出人头地，靠歪门邪道也不可能做到。以后别再说谎了，皮普，活着安分守己，死了才能没有遗憾。”

“你没生我的气吧，乔？”

“没有，老伙计。不过你要记住，你说的谎话也太惊人，太大胆了，什么小牛肉啊，狗打架啊。我是真心为你好才劝你的，皮普，你去楼上睡觉的时候一定要好好想一想。我要说的就是这些，老伙计，以后再也不要这样做了。”

来到我在楼上的小房间，我做了祈祷，乔的建议一直萦绕在我的脑海里，但我太小了，脑袋里很乱，也不懂感恩，躺在床上只知道胡思乱想。乔只是个铁匠，艾丝特拉肯定觉得他是个下等人，瞧不起他那双笨重的靴子，还会嘲笑他的双手太粗糙。我想到这会儿乔和我姐姐坐在厨房里，我离开厨房，就只能上床待着，而哈维沙姆小姐和艾丝特拉就不必坐在厨房里，平头百姓会做的事，她们一件也不会干。我回想着自己在哈维沙姆小姐家“常做”的事，迷迷糊糊地睡着了。感觉像是我在她家待了好几个礼拜，甚至是好几个月，而不是区区几个钟头。仿佛这是一个被时时回忆的古老话题，而不是今天才发生的事。

对我来说，今天是值得纪念的一天，我的人生因此出现了翻天覆地的变化。任谁经历这样一个日子，都会觉得难忘。想象一下，这样的一天是多么特别，与平时是多么不同。各位读者，读到这里请暂停一下，好好思考一下，你的人生长链条也许是铁铸的，也许是金锻的，或是缠绕着荆棘，或是开遍了鲜花，如果你没有在一个难忘的日子里亲手铸出第一环，那往后余生，它都不会成为你的束缚。

第十章

一两天后，我早上醒来，一个好主意钻进了我的脑海里：我要出人头地，最好的办法就是让毕蒂把她所知道的一切都告诉我。为了实现这个睿智的计划，晚上去沃普斯勒先生的姑奶奶的夜校上课时，我便告诉毕蒂我有特别的理由一定要飞黄腾达，如果她能把她的学问都传授给我，我必定对她感激不尽。毕蒂是最乐于助人的姑娘，她立刻一口答应下来，在五分钟之内就开始履行诺言了。

沃普斯勒先生的姑奶奶的教育计划，也就是她的课程，可以概括为以下几点。首先，学生们可以吃苹果，也可以把稻草塞进别人背后的衣服里，等到沃普斯勒先生的姑奶奶恢复了精神，便拿着一根桦条，摇摇晃晃地走向学生们，不分青红皂白地训斥他们一通。学生们摆出嘲笑的姿态挨了训，便排成一排，叽叽喳喳地传看一本破烂的书。书里有一张字母表、几张图形和图表，还有一些拼写知识，应该说本来书里是有的。学生们一开始传阅，沃普斯勒先生的姑奶奶就进入了一种无意识的状态，要么是睡着了，要么就是风湿病发作了。这样一来，学生们就以靴子为题目，展开一场比试，竞争激烈，互不相让，目的是看谁把谁的脚趾头踩得最疼。这样的脑力训练一直持续到毕蒂朝他们跑过来，将三本损毁严重的《圣经》（看起来就像被一个笨手笨脚的人从大木块上砍下来的）分发给他们。这几本《圣经》字迹模糊，比我后来见过的任何珍本都更加难以辨认，页面上全是墨水渍，还夹着各种各样被压瘪了的标本。毕蒂还会和几个不服管束的学生产生冲突，从而给这部分的课程增添几分轻松的气氛。打斗结束，毕蒂说出一个页码，不管是认识的还是不认识的经文，我们都要大声地念出来，这样的集体朗读简直可怕。毕蒂以一种又尖又单调的声音带着我们朗读，我们谁也不知道自己在读什么，对所读的内容也没有半分敬畏。这种可怕的喧闹声持续一段时间后，就会吵醒沃普斯勒先生的姑奶奶，她踉跄着朝随便哪个男孩走过去，扯他的耳朵。一看到她这样，大伙儿就知道当晚的课程结束了，我们就冲到外面，尖声叫唤着，庆祝又完成了一节课。可以公平地说，要是有哪个学生拿一块石板甚至是钢笔墨水（如果有的话）上课，也不会有人不允许，不过在冬天这样学习可不容易，毕竟在既是我们的课堂，又是沃普斯勒先生的姑奶奶的起居室兼卧室的小杂货铺里，光线昏暗，只燃着一根火焰低迷的蜡烛，连烛花剪都没有。

在我看来，想在这种情况下飞黄腾达，需要很长时间。不过我还是决定试一试，当天晚上，毕蒂就履行了我们的特殊约定，把她那份小价目目录上关于绵白糖的一些信息教给了我。此外，她还把她从报纸标题临摹下来的很大的老式字母D借给我，让我回家练着写，要不是她告诉我，我还以为那是个搭扣设计图样呢。

村里有一家小酒店，乔有时喜欢去那里抽抽烟斗。那天晚上，姐姐严令我在从学校回来的路上到“快活三船夫”酒馆寻他回家，要是做不到，就给我好看。于是，我向快活三船夫酒馆走去。

酒馆里有一个吧台，门边的墙上用粉笔写着一长串赊欠记录，在我看来，这些钱款是永远都还不清的。从我记事起，赊欠记录就一直在那儿，增长的速度比我长个儿的速度还快。但是，我们村欠账的人多的是，大家不会放过任何欠账的机会。

那一天是礼拜六，我看到酒馆老板盯着欠账记录，神情极为严肃，不过我是来找乔的，与老板不相干，于是我只和他说了声“晚上好”，便走进走廊尽头的公共休息室，里面生着很旺的炉火，乔正在里面抽烟斗，和他在一起的是沃普斯勒先生和一个陌生人。乔像往常一样招呼我：“喂，皮普，老伙计！”他刚说完，陌生人就转过头来看着我。

陌生人看来神神秘秘的，我以前从未见过他。他的头歪向一边，一只眼睛半闭着，仿佛在用一支看不见的枪瞄准什么东西。他嘴里本来叼着烟斗，现在他拿出烟斗，慢慢地把嘴里的烟吐出来，目光一直在我身上。他点了点头。我也点了点头，他又点了点头，还在他坐的长椅上腾出地方让我坐下来。

不过我每次去那个娱乐场所，都习惯坐在乔旁边，于是我说了句“不了，谢谢你，先生”，便在他对面乔在长椅上为我腾出的位置坐了下来。陌生人瞥了乔一眼，发现他的注意力在别处，等我坐下后，他又向我点点头，还揉了揉他自己的腿。我觉得他揉腿的样子奇怪极了。

“这么说，你是个铁匠？”陌生人转向乔说。

“是的。是我说的。”乔道。

“你要喝点儿什么？顺便说一句，你还没说你姓甚名谁。”

乔如实相告，陌生人便这么称呼他：“你要喝点儿什么，盖格瑞先生？我请客。最后再来喝一杯吧。”

“好吧。”乔说，“跟你说实话吧，我喝酒不习惯让别人请客，我向来自己花钱。”

“习惯？不。”陌生人答，“仅此一次而已，再说了，今天是礼拜六。来吧！说说你想喝什么，盖格瑞先生。”

“那我就不推辞了。”乔说，“朗姆酒吧。”

“朗姆酒。”陌生人重复道，“那另一位先生的意见呢？”

“朗姆酒。”沃普斯勒先生说。

“三瓶朗姆酒！”陌生人对店老板喊道，“再来三个杯子！”

“你一定很想认识一下这位先生吧。他是教堂的书记员。”乔介绍沃普斯勒先生。

“啊哈！”陌生人立即说，还瞟了我一眼，“就是那座孤零零的教堂，建在沼泽地上，四周都是坟墓！”

“没错。”乔说。

陌生人叼着烟斗，舒服地哼了一声，把双腿搁在他独享的木长椅上。他戴着一顶带护耳的宽边旅行帽，帽子下用一条手绢包着头，像是一顶软帽，因此没有头发露在外面。他望着炉火，我似乎看到他脸上划过一丝狡黠，接着他露出一个似笑非笑的表情。

“先生们，我对这个地方不熟悉，不过临河那一带似乎挺偏僻的。”

“大多数沼泽地都很偏僻。”乔说。

“没错，没错。现在那里还有吉卜赛人或流浪汉出没吗？”

“没有。”乔说，“只是偶尔有逃犯跑到那里去。不过我们轻易碰不上。是吧，沃普斯勒先生？”

沃普斯勒先生还清晰地记得曾经那段狼狈的经历，便表示同意，只是反应并不热切。

“这么说，你们抓过逃犯？”陌生人问。

“有一次吧。”乔答道，“你要知道，我们并不是去抓人的，只想看看热闹。就是我、沃普斯勒先生和皮普，我们三个人一道去的。是不是，皮普？”

“是的，乔。”

陌生人又看了看我，他仍是斜着眼睛看人，仿佛是在用那支看不见的枪对着我。他说：“这孩子都瘦得皮包骨头了，不过看样子挺有前途。你叫他什么来着？”

“皮普。”乔说。

“受洗时取的名字？”

“不，皮普不是教名。”

“那就是姓皮普？”

“不是。”乔说，“就算是姓氏吧，就是他小时候说话含糊念错了，别人就这么叫他了。”

“是你儿子吗？”

“嗯。”乔说着沉思起来。倒不是这个问题有什么好考虑的，只是在快活三船夫酒馆，无论谈到什么，人们都喜欢一边抽烟斗，一边深沉地思考一番。“不，不是。”

“那是侄子？”陌生人说。

“嗯。”乔说，露出同样深思熟虑的样子，“不是的。不骗你，他不是我侄子。”

“那他到底是谁？”陌生人问。在我看来，他语气这么不好，实在没有必要。

沃普斯勒先生这时插话进来。他对各家各户的亲戚关系了如指掌，又因为职业的关系，他还会记住男人不可以娶哪些女性亲属为妻。于是他解释了我和乔的亲戚关系。末了，沃普斯勒先生还咆哮着引用了《理查三世》中的一段话，他似乎认为自己已经做了足够的解释，但又补充了一句："就和诗人莎士比亚所说的一样。"

有件事我要说一下。沃普斯勒先生提到我，他认为有必要把我的头发弄乱作为配合，结果被他一揉，我的头发都戳进了我的眼睛里。我无法理解，为什么每个像他这样有地位的人来我家做客，总要让我经历同样的折磨，害得我的眼睛又红又肿。回想起来，在我小时候，亲戚朋友每次说起我，总要伸出大手，他们说是爱抚我，其实只会把我的眼睛弄得生疼。

在这期间，陌生人一直看着我，好像终于下定决心朝我开枪，把我打倒似的。他说完最后那句话后便不再言语，过了一会儿，掺了水的朗姆酒端了上来。然后，他开枪了，而且是最为特别的一枪。

他没有说话，而是演了一出哑剧，还是冲我来的。他冲着我搅拌他那杯兑水朗姆酒，又冲着我尝了酒。他一会儿搅拌，一会儿品尝，用的不是酒馆给他的勺子，而是一把锉刀。

他搅拌的动作很隐蔽，只有我一个人能看见那把锉刀。搅拌完毕，他擦了擦锉刀，收进了胸袋。我一看见锉刀，就知道那是乔的工具，还知道他认识我遇到过的那个逃犯。我坐在那里，目不转睛地盯着他，像是被下了咒语。不过这会儿他斜靠在长椅上，不大注意我，兴冲冲地聊起了萝卜。

在快活三船夫酒馆，无论谈到什么，人们都喜欢一边抽烟斗，一边深沉地思考一番。（第74页）

每逢礼拜六晚上，我们村子里总弥漫着一种愉悦的气氛，大伙儿忙活了一个礼拜，在重新开始生活之前安静地歇一歇，因此，礼拜六晚上乔也敢在外面比平时多待半个钟头。半个钟头后，兑水朗姆酒也喝完了，乔站起来，拉起我的手就要离开。

“等一等，盖格瑞先生。”陌生人说，“我口袋里好像有一枚崭新的先令，如果确有其事，就赏给这孩子了。”

他拿出一大把零钱，找出那枚先令，用皱巴巴的纸包好递给我。“给你！”他说，“记住了，这钱是给你一个人的。”

我向他道谢，紧紧地挨着乔的身体，瞪大眼睛看着他，也顾不上讲礼貌了。他向乔道了声晚安，又向同我们一起离开的沃普斯勒先生道了声晚安，用那只似乎是在瞄准的眼睛看了我一眼。不，不能说是看，因为他把那只眼睛闭上了，但也许正是因为他闭上了眼睛，隐藏起眼神，才传达了无限的深意。

在回家的路上，要是我有心情说话，恐怕会说个不停。沃普斯勒先生一出酒馆大门就和我们分手了，乔一路上都张大嘴巴，要让风把嘴里的酒味尽可能吹散。可是我满脑子想的都是我以前的不端行为和我认识的那个逃犯，弄得我精神恍惚，别的什么也想不起来了。

我们走进厨房，姐姐倒是没有大发雷霆，碰上这种难得一遇的情况，乔受到鼓舞，把闪亮先令的事和她说了。“我敢打赌一定是假的。”乔太太得意扬扬地说，“不然他怎么可能给那孩子？拿出来看看。”

我把硬币从纸里拿出来，事实证明钱是真的。“但这是什么？”乔太太说着扔下先令，拾起包钱的纸，“两张一英镑的钞票？”

果不其然，正是两张沾满了油渍的一英镑钞票，似乎在郡里的牲口市场被找来找去很长时间了。乔又拿起帽子，跑回小酒馆想把钱还给主人家。他走后，我坐在我常坐的凳子上，茫然地看着姐姐，很肯定陌生人早已离开酒馆了。

不一会儿，乔回来了，说那人已经走了，不过乔在酒馆里留了话。姐姐用一张纸把钞票包好，放在客厅壁橱上的一把观赏茶壶里，还压上了几片干玫瑰花瓣。那些钱在那儿放了很长时间，成了我的一个噩梦。

那夜我时睡时醒，一会儿想起陌生人用那把看不见的枪瞄准我，一会儿想起自己曾私下与罪犯来往，行为卑劣，简直罪不容诛。在我微贱的人生中，这应该是一件重大的事，我却将其忘得一干二净。那把锉刀也在我的脑海里萦绕不去。在我最意想不到的时候，锉刀竟然又出现了，我整个人都被恐惧包围了。想到下礼拜三要去哈维沙姆小姐家，我这才渐渐睡着。在睡梦中，我看见那锉刀从一扇门朝我飞来，却没看到拿着它的人。我大叫一声，惊醒了过来。

第十一章

到了约定的时间，我再次来到哈维沙姆小姐家，我在门口犹豫了一下，还是按了门铃，艾丝特拉过来开门。她像上次一样让我进去后便锁上了门，又领我走进她放蜡烛的黑暗过道。她一直不搭理我，后来她拿起蜡烛，才回过头，傲慢地说了句“你今天走这边吧”，就带我去了房子里的另一个地方。

这条过道很长，似乎贯穿了整个四四方方的曼诺庄园。不过，我们才只走了这座四方庄园的一边。走到尽头，她停住脚步，放下蜡烛，打开了一扇门。阳光再度照射进来，我发现自己置身于一个路面平整的小院子，对面是一所独立的房子，像是废弃酒坊的经理或领班住的地方。房子的外墙挂着一面钟。就像哈维沙姆小姐房间里的钟和她的表一样，那块钟表也停在了八点四十分。

我们从敞开着的门进入，来到房子一楼后面的一个房间，里面十分昏暗，天花板很低。房间里有人，艾丝特拉走到那些人边上，对我说：“小家伙，你去那儿站着，有事叫你。”她说的“那儿”是窗户，于是我走过去，站在“那儿”向外张望，心里很不是滋味。

这是一扇落地窗，正对着这座荒芜花园最萧索的一角，可以看到一片腐烂的卷心菜茎，一棵很久前被修剪过的黄杨树现在活像一块布丁，树顶长出了新枝，整棵树都走了形，色彩也不一样了，仿佛一部分布丁黏在炖锅上被烧焦了。我注视着黄杨，便产生了这种朴实的联想。昨天夜里下了一阵小雪，据我所知，别的地方都没有积雪；然而，花园这片角落阴影幢幢，寒气逼人，积雪竟没有融化，风打着旋儿卷起雪花，吹到窗户上，仿佛嫌弃我到这里来，要用雪丢我。

我猜是因为我来了，屋里的其他人便不再说话，全都望着我。除了投射到窗玻璃上的火光外，我什么也看不见，不过我能感觉到所有人在仔细打量我，紧张得连关节都僵硬了。

房间里有三位女士和一位先生。我在窗边站了还不到五分钟，就看出他们一个个都是马屁精，满嘴空话，只是假装不知道彼此只会溜须拍马，因为承认了别人是这样的货色，就等于承认他们自己也一样。

他们等着别人赏脸接见，这会儿都没精打采的，看起来很疲倦，最饶舌的一位女士聒噪个不停，以免自己哈欠连天。她叫卡米拉，我觉得她很像我姐姐，不同的是她年纪大一些，五官比较扁平（我一看到她就发现了）。后来我仔细端详了她一番，发现她的脸就像一堵光秃的高墙，如此看来，她的五官一样不少，那还真是幸运了。

“可怜见的！”这位女士说，那种粗鲁无礼的态度与我姐姐如出一辙，“谁也没有和他作对，他的敌人就是他自己！”

“那还是有人与他为敌好，这才合乎自然。”那位男士说。

“雷蒙德表哥，”另一位女士说道，“我们应该有一颗仁爱之心。”

“萨拉·波克特。”雷蒙德表哥回答道，“如果一个人连仁爱之心都没有，那还是人吗？”

波克特小姐大笑两声，卡米拉（强忍住哈欠）也笑着说：“简直不可思议！”我却觉得她们似乎认为这没什么不可思议的。另一位一直没开口的女士神情严肃，断然道：“确实如此！”

“可怜的人哪！”卡米拉马上接着说（我知道这时他们在看我），“他真怪！汤姆的妻子过世了，大伙儿都告诉他一定要给孩子们穿重孝，说这很重要，他偏偏就听不进去，这事说出去，有谁能相信呢？‘老天！’他是这么说的，‘卡米拉，那几个失去了母亲的孩子穿黑衣就好了，再穿重孝，又有什么意义呢？’跟马修一个样！简直不可思议！”

“他有优点，是有优点的。”雷蒙德表哥说，“上帝不容我否定他的优点。可是他全然不顾礼仪，过去没有，将来也永远不会有。”

“我不得不坚定立场，你们知道，我这也是迫不得已。”卡米拉说道，“我说：‘为了家族的名誉，你这么干可不行。’我这么告诉他，要是不穿重孝，家里的脸面就丢尽了。为了这件事，我从早餐一直哭到晚餐，都哭得消化不良了。最后，他大发脾气，气哼哼地说了句‘那就随你的便吧’。我听了，立即冒着倾盆大雨，去买了重孝服回来，真是谢天谢地，每次想起这件事，对我来说都是一种安慰。”

“钱是他出的吧？”艾丝特拉问道。

“我亲爱的孩子，这不是谁付钱的问题。”卡米拉答道，“是我买的。当我在夜里醒来想到这件事，我总是问心无愧的。”

远处传来一阵铃声，还有呼喊声在我来时经过的走廊里发出回响，打断了他们的谈话，艾丝特拉对我说：“你去吧，小家伙！”我转过身，只见他们向我投来极其轻蔑的目光。就在我走出去的时候，我听见萨拉·波克特说：“我呸！简直莫名其妙！”卡米拉又愤愤不平地补充道：“太奇怪了！简直不可思议！”

我们拿着蜡烛穿过黑暗的过道，艾丝特拉突然停住了脚步，转过身，把脸凑到我跟前，用嘲弄的口吻对我说：

“嗯？”

“什么事，小姐？”我回答道，差点儿摔到她身上，连忙站稳。

她站在那里看着我，当然，我也站在那里看着她。

“我漂亮吗？”

“是的，我觉得你很漂亮。”

“我爱侮辱人吗？”

“比上次好一些。”我说。

“比上次好？”

“是的。”

最后一个问题问出口，她已经火冒三丈了，在我给出回答的时候，她狠狠地扇了我一耳光。

“现在呢？”她说，“你这个粗俗的小怪物，现在你觉得我怎么样？”

“我不和你说。”

“这么说你要去楼上告我的状了，是吗？”

“不。”我说，“没有。”

“你为什么不哭了，你这个小坏蛋？”

“我再也不会为你哭了。”我说。不过我这话说得太假了，因为我在心里又被她惹哭了，后来，她又叫我吃了不少苦头，我也都清楚。

这段小插曲过去后，我们继续上楼。半路上，我们遇到一位绅士正摸索着往下走。

“是谁？”那位先生停下来看着我问道。

“是个孩子。”艾丝特拉说。

他身材魁梧，肤色特别黑，脑袋特别大，手也很大。他用大手托住我的下巴，把我的脸抬起来，借着烛光看了看。他的头顶过早变秃，又黑又密的眉毛一点儿也不顺溜，反而根根直竖。他的眼睛深深地嵌在眼窝里，目光犀利而多疑，叫人看了很不舒服。他戴着一条很大的表链，下巴上布满了明显的黑色胡楂，他要是任由胡子疯长，准是长出络腮胡子。我并不认识这个人，我当时不可能预料到我的命运将与他息息相关。这会儿，我只是碰巧有这个机会好好观察他一番。

“在这附近住？嗯？”他说。

“是的，先生。”我说。

“你怎么到这儿来了？”

“哈维沙姆小姐叫我来的，先生。”我解释道。

“好吧！给我老实点儿。男孩子是什么样，我清楚得很，你们就是一群下流坯。现在给我记住了！”他对我皱着眉头，咬着他的大食指说，“给我老实点儿！”

说完，他就放开我继续往楼下走了。我很高兴他放开了我，这样我就不必闻他手上的香皂味了。我琢磨着他是不是大夫，可转念一想又觉得不是，他不可能是医生，不然的话，他会安静很多，也更叫人信服。留给我考虑这个问题的时间并不多，我们很快就到了哈维沙姆小姐的房间，无论是她，还是其他的一切，都和我那天离开时一模一样。艾丝特拉让我站在门边，我一直站在那儿，直到哈维沙姆小姐把目光从梳妆台上投向我。

“哎呀！”她说，语气一点儿也不惊讶，“日子过得真快呀，是吧？”

“是的，女士。今天是……”

“好啦，好啦，好啦！”她的手指不耐烦地摆动着，“我不想知道。你准备好玩了吗？”

我慌了神儿，只得说：“我想还没有，女士。”

“玩牌也不行吗？”她带着探究的神情问道。

“可以的，女士。你要我玩，我就玩。”

“这房子在你眼里既然那么古老，那么沉重，孩子，”哈维沙姆小姐不耐烦地说，“你不愿意玩，那你愿不愿意干活儿？”

对我来说，回答这个问题，比回答上一个问题要轻松些，于是我说我愿意。

“那就到对面的房间里去。”她说，用她那干瘪的手指着我身后的门，“在那儿等我。”

我走过楼梯平台，进了她指的房间。那里也不见一点儿阳光，空气沉闷，叫人喘不过气。老式炉膛里很潮湿，新生了火，那火苗看起来不会越烧越旺，倒像是快熄灭了。烟雾迟迟不散，弥漫在房间里，似乎比清新的空气更为寒冷，就和沼泽地里的雾霭一样。高高的壁炉架上点着几根蜡烛，将昏暗清冷的烛光投向房间，说得更形象一些，仿佛是烛光轻轻地搅动了房间里的黑暗。房间很大，我敢说这儿曾经很是美观漂亮，然而，每一件辨认得出的物件上都覆盖着尘土，布满霉斑，无一不是破烂不堪。最显眼的东西是一张铺着桌布的长桌，就好像一场盛宴即将开始，这幢房子和房子里的时钟却一起定格不动了。桌布中间有一个分层饰盘似的东西，那上面结满了蜘蛛网，简直看不清形状是怎样的。我还记得我看着发黄的桌布，感觉饰盘活像个黑色的蘑菇，似乎越长越大，我还看到腿上长着斑点、身上有斑纹的蜘蛛从那儿跑进跑出，仿佛蜘蛛圈子里发生了什么重大的事件。

我还听到老鼠在嵌板后面哧溜哧溜乱窜，仿佛蜘蛛圈子的大事对它们也很重要，与它们休戚相关；然而，黑色甲虫对这样的骚动视而不见，只顾着在壁炉边摸索，笨重老态，仿佛它们不光眼神不好使，耳朵也有点儿背，彼此之间没什么交流。

我从远处观察这些爬虫，正看得不亦乐乎，突然，哈维沙姆小姐把一只手放在了我的肩膀上。她用另一只手拄着拐杖，看上去就像这个地方的女巫。

“就是那里。”她用手杖指着长桌说，“等我死了，尸体就停放在那里，等着人们来瞻仰我的遗体。”

我隐约有些担心，生怕她会当场躺在桌上，马上咽气，变成集市上那可怕的蜡像。她碰到我时，我吓得一缩。

“你认为那是什么？”她问我，又用拐杖指着，“就是那个，蜘蛛网下面的东西。”

“我猜不出是什么，女士。”

“是一个大蛋糕。婚礼蛋糕。我的婚礼蛋糕！”

她恶狠狠地环视了一下房间，然后靠在我身上，一只手揪住我的肩膀说：“好啦，好啦，好啦！扶我走，扶我走！”

听了她这话我才明白，哈维沙姆小姐要我干活儿，其实就是搀扶她在房间里绕来绕去。因此，我立刻干了起来，她靠在我的肩膀上，我们走得那么快，简直就像坐着彭波乔克先生的马车一样（我第一次来哈维沙姆小姐家那会儿，就一时心血来潮，想要模仿彭波乔克先生的马车）。

她的身体撑不住，走了一会儿，她就说：“慢点儿！”然而，每次一慢下来，过不久又会加快速度。在我们走来走去的时候，她搭在我肩上的手一直在抽搐，嘴巴也噘着，我认为我们之所以走这么快，是因为她的思绪转得太快了。俄顷，她说：“去把艾丝特拉叫来！”于是我走到楼梯平台上，像上次那样大声喊出了艾丝特拉的名字。见到她的烛光出现，我便回到哈维沙姆小姐身边，我们又开始绕着房间一圈又一圈地转着。

即使只有艾丝特拉一个人来看我们转圈，我也极为不自在，然而，她竟然把我在楼下见过的三位女士和一位男士都带了上来，这下，我更是慌了神儿，不知该干什么了。出于礼貌，我本想停下来，但哈维沙姆小姐拽了拽我的肩膀，我们继续往前走，我知道他们准认为是我在搞鬼，不由得面露愧色。

“亲爱的哈维沙姆小姐，”萨拉·波克特小姐说，“你看上去气色真好！”

“才不是。”哈维沙姆小姐答，“我皮肤蜡黄，都瘦得皮包骨头了。”

见波克特小姐吃了瘪，卡米拉喜笑颜开。她故作哀怨地注视着哈维沙姆小姐，喃喃地说：“可怜的人哪！你的气色怎么可能好，可怜见的？简直不可思议！”

“你怎么样？”哈维沙姆小姐对卡米拉说。这时，我们正好走到卡米拉跟前，我本想停下，只是哈维沙姆小姐不肯。我们便继续走，我觉得卡米拉一定烦透我了。

“谢谢你，哈维沙姆小姐。”她答，“还是老样子。”

“哎呀，你怎么啦？”哈维沙姆小姐极其尖刻地问。

“没什么值得一提的。”卡米拉说，“我本来不愿表露自己的想法，可是我每晚都念着你呢，心里甭提多难受了。”

“那就别想我了。”哈维沙姆小姐反驳道。

“说得倒是容易！”卡米拉说道，她本来就在哽咽，只是一直强忍着，这时她的上唇一阵抽动，泪水马上从眼眶里滚落下来，“我晚上喝了多少姜汁酒哇，闻了多少嗅盐[1]哪，雷蒙德可都是亲眼所见。我的双腿抽搐得多么厉害，雷蒙德可也是亲眼所见哪；然而，一想到我关心的人，我就不免焦虑，总喘不过气，身体也跟着抽搐，这对我而言都不是什么新鲜事了。要是我不那么重感情，再少几分敏感，我的消化功能肯定会好点儿，神经也肯定更强韧。我当然希望是这样。可是，要我夜里不念着你是不可能的，简直不可想象！”她说到这里，泪水已经止不住地往下流了。

据我所知，她口中的雷蒙德就是在场的那位先生，想必他就是卡米拉先生。他连忙过来给卡米拉解围，用安慰和恭维的口吻说：“卡米拉，我亲爱的，大伙儿都清楚你非常牵挂家人，弄得身体一天比一天差，看看你的腿，都不一样长了。”

“我倒不知道，想念一个人，就是要从那人身上捞大笔的好处，亲爱的。”那位严肃的夫人终于开口了，我只听她说过这么一次话。

萨拉·波克特小姐也加入了谈话。这会儿，我才看清她是一个身材矮小的干瘪老太婆，皮肤黝黑，满脸都是皱纹，她的小脸像是用胡桃壳做的，还有一张像猫一样的大嘴，只是她没有胡须而已。“当然不是了，亲爱的。哼哼！”

“再没有比念着一个人更简单的事了。”那位严肃的女士说。

“还有比这更容易的吗？”萨拉·波克特小姐表示同意。

“啊，是的，是的！”卡米拉叫道，她的情绪激动起来，从两腿之间上升到

1　又名“鹿角酒”，是一种用碳酸铵和香料配制而成的药品，闻了之后有恢复或刺激作用，经常被人用来减轻昏迷或头痛的症状。

了胸前，“确实如此！感情用事确实是弱点，但我就是控制不住自己。如果不是这样，我的身体无疑会健康得多，但即使我可以，我也不会改变我的性格。我这样的性情，确实是许多痛苦的根源，但当我在夜里醒来，想到自己是这么个性子，却颇感安慰。”说到这里，她又掉了几滴眼泪。

我和哈维沙姆小姐始终没有停下来，一直在房间里转哪转，时而蹭到客人的裙子，时而走到这个阴森房间的最深处，离客人们远远的。

“我还要说说马修！”卡米拉说道，“他这人哪，从不跟亲戚来往，从不到这里来看望哈维沙姆小姐！我对沙发那是爱极了，还解了束腹的带子，在上面躺了三个钟头，昏睡不醒，脑袋都歪到了沙发外面，头发全垂了下来，脚也不知道搁在哪儿了……”

“你的脚搁得比你的头高多了，亲爱的。”卡米拉说。

“马修行为奇怪，净干一些无法解释的事，我一连几个钟头处于这种状态，全拜他所赐，但没有人感谢我。”

“说实在的，我看也不会有人感谢你！”那位严肃的女士插嘴说。

“听我说，亲爱的，”萨拉·波克特小姐补充说（这人表面温柔，心思却十分恶毒），“你要问问自己，你想要谁感谢你呢，亲爱的？”

“我不指望任何人感谢我。”卡米拉又说，“我这样昏昏沉沉地一躺就是好几个钟头，我窒息得有多严重，雷蒙德都是亲眼所见，生姜酒对我来说已经不起作用了，就连街对面的钢琴调音师也听到了我的声音，他家那些可怜的孩子不明所以，准以为是远处的鸽子在咕咕叫呢……现在竟然有人说……”说到这里，卡米拉把手放在喉咙上，开始用化学的方法在那里制造出全新的化合物。

听人提到马修，哈维沙姆小姐停下了脚步，也不让我继续走，她站在那里看着说话的人。这个变化产生了很大的影响，卡米拉的化学反应戛然而止。

“等到我的尸体停放在这张桌上，马修一定会来看我的。”哈维沙姆小姐严厉地说，“他的位置在那儿……就是那儿，就站在我的脑袋边上！”她用手杖敲着桌子，“你的位置在那里！你丈夫在那儿！那个位置是萨拉·波克特的！还有乔治亚娜，你在那里！等我成了这桌上的筵席供你们分享，你们现在都知道各自该站在哪里了。好了，你们可以走了！”

每提到一个名字，她就用拐杖敲一下桌子，每次敲的地方都不同。这会儿，她说："扶我走，扶我走！"于是我们又继续往前走。

"想来我们没什么可做的了，只能听话告辞。"卡米拉大声说，"能见到自己关心和该去孝顺的人，哪怕时间不长，也算得到了些许安慰。夜里醒来，我虽然还是会忧愁，但也将感到心满意足。但愿马修也能得到这样的安慰，他却偏偏瞧不上。我本来下定决心，不表露出自己的感情，但现在听到什么要以亲戚为食，就像吃人的巨人一样，还被人赶走，我心里太不是滋味了。简直不可想象！"

卡米拉太太用一只手捂住自己起伏的胸膛，卡米拉先生连忙过来搀扶她。那位夫人装着一副强打精神的样子，依我看，她是打算一走出我们的视线就昏倒、窒息。她吻了吻哈维沙姆小姐的手，便被搀扶出去了。萨拉·波克特和乔治亚娜你争我夺，都想留到最后。萨拉精明世故，占了上风，她在乔治亚娜身边磨磨蹭蹭，手段圆滑巧妙，后者无奈，只得先走一步。就这样，萨拉·波克特可以单独告别，她说了一句"祝福你，亲爱的哈维沙姆小姐"，说完，她那胡桃壳似的脸上还露出一抹微笑，彰显她有一颗慈悲之心，很怜悯其余几个人。

艾丝特拉举着蜡烛送他们离开，哈维沙姆小姐仍然搭在我的肩膀走着，不过她走得越来越慢了。最后，她在炉火前停下，盯着炉火嘟囔了几秒钟，接着说："今天是我的生日，皮普。"

我正打算祝她长命百岁，她却举起了手杖。

"我不允许别人谈起这件事。我不许刚才来的那些人谈，也不允许任何人谈论。他们每年这一天都来，就是不敢挑明。"

于是我也没有再提起。

"就在那一年的今天，当时你还没出生呢，这堆腐烂的东西被送到了这里。"她用拐杖戳着桌上那堆结满蛛网的东西，但没有用手去碰，"这东西和我一起被消磨殆尽。老鼠咬它，而啃咬我的，是比老鼠牙齿更锋利的牙齿。"

她站在那儿，用手杖头顶着胸口，望着桌子。她穿着曾经洁白如今已经发黄发皱的礼服。曾经洁白无瑕的桌布也已发黄发皱了。周围的一切都好似一碰便会化为飞灰。

"等到这片废墟彻底毁灭了，"她说，脸色难看至极，"我也死了，就穿着新娘礼服躺在这张为新娘准备的桌子上。到时候就这么办，也算是对他最后的诅咒吧。要是能赶上我生日这天，就更好了！”

她站在那里看着桌子，仿佛是站在那里看着自己的遗体躺在上面一样。我没有吭声。艾丝特拉回来了，她也保持沉默。我觉得我们好像这样站了很久。房间里空气沉滞，远处的角落里弥漫着沉重的黑暗，我甚至产生了一个可怕的幻想：我和艾丝特拉马上也要腐烂了。

最后，哈维沙姆小姐终于摆脱了癫狂的状态，不过她不是逐渐走出来的，而是突然恢复的。她说：“我要看你们两个玩牌。怎么还不开始？”就这样，我们回到她的房间，像以前一样坐下来。像以前一样，我所有的牌又被吃光了。也像以前一样，哈维沙姆小姐一直注视着我们，还撺掇我留意艾丝特拉有多迷人。她拿着珠宝一会儿戴在艾丝特拉的胸前，一会儿戴在她的头上，这下我更无法不去注意艾丝特拉的美貌了。

艾丝特拉对我还是那副态度，不过这次连话都不肯纡尊和我说上一句。我们玩了六把，哈维沙姆小姐定下了我下次来的日期，然后，艾丝特拉把我带进下面的院子，像上次一样把我当成狗，丢给我一点儿吃的。我又在那里随意逛了逛。

上次我是爬上围墙偷看花园，围墙上的门是开是关根本无关紧要。当时我其实没看到有门，现在我看到了一扇。门是开着的，我知道艾丝特拉把客人送走了，因为她已经拿着钥匙回来了。于是我从门走进花园，闲逛起来。园子里一派荒芜，甜瓜架和黄瓜架现在残破不堪，不过它们仍攀着一些破旧的帽子和靴子在生长，时而长出一枝，形状像极了一口破锅。

我在花园里逛了一圈，又去暖房里转了转，里面什么也没有，只剩下一株倒下的葡萄藤和几个瓶子。最后，我来到了我之前从小屋窗口看到的那个阴暗角落。我以为小屋里没人了，便从另一扇窗向屋内张望，叫我深感惊讶的是，我看到了一位面色苍白的年轻绅士，这人眼圈发红，留着一头浅色的头发，正瞪大眼睛瞧着我。

面色苍白的年轻绅士一转眼就不见了，随后又出现在我身边。我刚才看到他正在读书，这会儿，我发现他身上沾满了墨水。

“嘿！”他说，“小东西！”

“嘿”是个笼统的说法，我通常觉得最好的回答便是重复一下这个字，于是我说了句“嘿”，礼貌地省略了“小东西”几个字。

"谁让你进来的？"他说。

"艾丝特拉小姐。"

"谁允许你四处游荡的？"

"艾丝特拉小姐。"

"那来和我打一架吧。"苍白脸年轻绅士说。

除了跟他走，我还能怎么办呢？从那以后，我常常问自己这个问题。可是，我还能做什么呢？他的态度那么坚决，而我仍处在震惊当中，只能乖乖跟着他走，就像被施了魔法一样。

"等一等。"还没走出多远，他就转过身来对我说，"我应该给你一个和我打的理由。有了！"他立刻把双手拍在一起，那副神态气人极了，他姿势优美地把一条腿向后甩去，还扯着我的头发，他又拍了拍手，低下头，撞到我的肚子上。

上述这种公牛一样的行为毫无意义，十分无礼，况且我刚吃了面包、喝了牛奶，被他这么一撞，我感觉尤为不舒服。就这样，我给了他一拳，正要再给他来一下，他却说："啊哈！你来真的吗？"他说完便开始时而往前跳时而往后跳，根据我有限的经验，我确实第一次见他这样的招式。

"得先立好规矩！"他说，说着将身体的重心从左腿换到右腿，"要遵循正式的规则！"说到这里，他又把右腿腾空，左腿落地："我们找个地方，做好热身。"他前前后后地跳动躲闪，做出了各种各样的动作，我无可奈何地望着他。

见他动作敏捷，我心里还真有点儿发怵。但是，无论从道德上来说，还是从身体上来讲，他那长着浅色头发的脑袋都没有理由来撞我的肚子，他不分青红皂白地冒犯我，我自然有权认为他这么做有失体统。因此，我一句话也没说，就跟着他走到花园的一个僻静角落里，那是两堵墙的交会处，有一堆垃圾挡着。他问我对这地方满不满意，我回答说满意，他就请求离开一会儿，很快拿了一瓶水和一块蘸了醋的海绵回来了。"我们两个都可以用。"他说着，把这些东西放在墙边。然后，他脱掉了上衣和背心，连衬衫也脱掉了，那样子既轻松愉快，又一本正经，同时又很嗜血。

他看上去不太健康，脸上长了很多粉刺，嘴边还有一颗疹子，可他这番准备工作实在可怕，使我大为惊骇。我估计他和我年龄相仿，但他的个头比我高出许多，他跳过来跳过去，也很有气势。至于其他方面，他是一位年轻绅士，穿着灰色衣服（在为打架脱掉之前），他的胳膊肘、膝盖、手腕和脚后跟都比他身上的其他部位发达得多。

他摆出进攻的架势，每一招都很利落，恰到好处，与此同时，他牢牢地注视着我，仿佛是在仔细挑选要击打我的哪个部位，见到他这样，我顿时吓得魂不附体。可我刚出了第一拳，他就被我打得仰面躺在地上，鼻血横流，五官扭曲，瞪着一双眼睛瞧着我，见到他这样，我这辈子都没有这样吃惊过。

不过，他立刻站了起来，非常灵巧地用海绵擦了擦，又开始摆出进攻的姿势。可他再度被我打倒在地，瞪着一只被打青的眼睛瞧着我，这是我这辈子第二次这么吃惊。

见他不肯服输，我不禁对他肃然起敬。他似乎没什么力气，每次打到我，力道都不大，还总是被我打翻在地。不过他每次都是马上站起来，用海绵擦脸，要不就是拿着瓶子喝几口水，根据规则给自己加油，还觉得挺心满意足。然后，他就会气势汹汹地朝我冲过来，见了他那样子，我总以为他终于要打得我满地找牙

他摆出进攻的架势，每一招都很利落，恰到好处。（第89页）

了。他被我揍得鼻青脸肿，我实在抱歉，我的拳头落在他身上，一拳比一拳狠，然而，他一次次地爬起来，最后，他重重地摔了一跤，后脑勺撞到了墙壁上。哪怕他撞得晕头转向，还是站起来，迷迷糊糊地转了几圈，竟然都不清楚我在哪儿。最后，他跪在地上，爬过去抓起海绵抛了起来，同时气喘吁吁地说："我抛了海绵，就是说明你赢了。"

他那么勇敢，那么天真，尽管这次决斗不是我主动提出来的，我虽打赢了，反而很沮丧，并不觉得有多满足。说实在的，我甚至希望在穿衣服的时候，我能骂自己几声，说自己是一匹野蛮的小狼，或者其他的野兽；然而，我穿好衣服，不时阴郁地用手揩着自己脸上的血渍，说："有什么需要我帮忙的吗？"他说"不用了"，我便说"再见"，他也对我说了"再见"。

我走进院子，发现艾丝特拉正拿着钥匙等我。但是，她既没有问我到哪儿去了，也没有问我为什么让她等。她的脸上泛起了明亮的红晕，仿佛发生了什么使她高兴的事。她没有直接向门口走去，而是回到过道，示意我过去。

"到这儿来！如果你愿意，可以吻我。"

她把脸转向我，我在上面亲了一下。现在想来，只要能吻她的脸，就算经历再大的痛苦，我也心甘情愿。但是，我当时觉得她赏给出身微贱的野小子一个吻，就跟赏一个铜板差不多，根本没什么珍贵的。

碰上了来祝贺生辰的访客，又是玩牌又是决斗的，这么一来，我在哈维沙姆小姐家耽搁得久了一些，等我快到家的时候，沼泽地黄沙岬角上的灯塔已经在黑色天空的映衬下闪着光亮了。乔的熔炉在路对面迸发出了一串串火苗。

第十二章

我一想到那位面色苍白的年轻绅士，心里就七上八下的。我越是琢磨我们的决斗，越是想起那位苍白脸年轻绅士一次次摔得仰面倒地，被我打得鼻青脸肿，一脸是血，我就越肯定他以后还要找我的麻烦。我感觉自己的头上还沾着苍白脸绅士的血，律法肯定要为他报仇的。我虽说不清楚自己可能受到什么样的惩罚，但有一点我很确定，乡下的孩子绝对不可以在乡间到处游荡，去绅士们家里搞破坏，把英国有学识的青年打得落花流水，不然的话，肯定会受到严厉的惩罚。有好几天，我甚至都不敢出家门半步，要是需要出去跑腿，我便诚惶诚恐，小心翼翼地从厨房大门向外张望，唯恐郡里监狱的狱吏扑过来抓我。我的裤子染上了苍白脸年轻绅士的鼻血，我便趁着夜深人静试着洗掉自己的罪证。我的指关节打在苍白脸年轻绅士的牙齿上，划出了好几道伤口，我绞尽脑汁，想了许多令人难以置信的办法，等我被带到法官面前也好做个解释，救下自己的一条小命。

一晃时间就过去了，我又要去那次决斗的地方了，心里的恐惧瞬间达到了顶点。伦敦法院特派的密探会不会就埋伏在大门后面？哈维沙姆小姐会不会穿着她的丧服站起来，拔出手枪，把我打死，以亲自惩罚我在她家里的胡作非为？会不会有一群男孩（一大群为了钱什么都肯做的人）受人唆使，在酒坊向我发起进攻，把我活活打死？我对苍白脸年轻绅士的品质倒是很有信心，从不认为他会参与这些报复行为，我之前的想法就是一个证明；然而，我担心他家里人会做出不明智的举动，一见他满脸是伤便怒不可遏，为了家里的面子非要出口气。

然而，哈维沙姆小姐家还是要去的，我只好硬着头皮前往。哎呀！我们那次决斗，竟然没有引起任何轩然大波。没人提起那件事，到处也看不到那个面色发白的年轻绅士。我发现花园门是开着的，就去院子里逛了一圈，甚至还从窗口向那幢独立的房子里看了看。可惜我什么也没看到，百叶窗从里面拉上了，一切都是死气沉沉的。只有在决斗发生的角落里，我才能找到那位年轻绅士存在过的痕迹。那块地方仍留有他的血迹，我从花园里刨了些土盖在上面，免得被人看到。

在哈维沙姆小姐的房间和摆着长桌的另一个房间之间有一处宽阔的楼梯平台，我看到那儿摆着一辆轮椅，上面装有滑轮，十分轻便，可以从后面推动它。我上次来就见椅子在那里。而从这一天开始，我有了一项固定的任务，等到哈维沙姆小姐把手搭在我肩上走累了，我就用那辆轮椅推着她，先在她的卧室里转圈，然后穿过楼梯平台，在另一个房间里转圈。我们就这样转了一圈又一圈，有时要转上三个钟头之久。在不知不觉中，我根本数不清自己转了多少圈，只知道每隔一天，就要在中午时分去推哈维沙姆小姐转圈，前前后后去了至少八到十个月，现在我来说一下这段时间的情况。

我们渐渐地熟悉起来，哈维沙姆小姐的话也变多了，她问了我一些问题，比如我都学过什么知识，将来打算做什么。我告诉她我将来要去给乔当学徒，还说自己现在一无所知，什么都想学，盼着她能帮助我达成心愿。可她并没有成全我。相反，她似乎宁愿我当个白丁。她从没给过我钱，每次只给我一顿饭食，甚至都没提我给她干活儿，她要付我多少报酬。

艾丝特拉总是待在一边，领我进进出出，却再也没有允许我吻她。她有时冷冷地容忍我，有时对我屈尊低就，有时又对我十分热情，还有时，她告诉我她恨我，每个字都说得咬牙切齿。哈维沙姆小姐经常问我："她是不是越来越标致了，皮普？"她问的声音很小，要不就是趁只有我们两个人的时候。而当我给出肯定的回答（毕竟事实确实如此），她似乎是打心眼儿里高兴。我们玩牌的时候，哈维沙姆小姐就在一旁，贪婪地注视着艾丝特拉的嬉笑怒骂。有时候，艾丝特拉情绪多变，一会儿哭一会儿笑，一会儿开心一会儿难过，搞得我不知所措，哈维沙姆小姐却满是柔情地搂过她，在她耳边喃喃着什么，听起来像是："你是我的骄傲、我的希望，你要让他们心碎，下手绝不留情！"

乔在铁匠铺里经常哼一首歌里的几句词，把"老克莱姆"这个叠句翻来覆去地唱。这样向守护神表示敬意，其实并不恭敬。但是，我相信老克莱姆和铁匠的关系在歌中都体现了出来。这首歌模仿了打铁的节奏，只是借歌抒情，目的是引入老克莱姆这个受人尊敬的名字。有一段是这样的："伙计们，过来锤打呀，老克莱姆！锤一下来哟就吆喝一声，老克莱姆！锤呀，打呀，老克莱姆！叮叮哐呀，体格壮呀，老克莱姆！拉风箱呀，火烧旺呀，老克莱姆！风箱轰轰响呀，火焰蹿得高呀，老克莱姆！"开始推轮椅后，没过多久，有一天哈维沙姆小姐突然不耐烦地晃着手指，对我说："好啦，好啦，好啦！唱首歌吧！"我推着她，不由自主地唱起了这首小调。她碰巧很喜欢，便用低沉幽怨的声音和我一块儿唱了起来，仿佛是在睡梦中吟唱。此后，我们每次绕圈子都习惯唱这首歌，艾丝特拉也时常和我们一起唱，只是我们都把声音压得很低，哪怕是三人一起，也掩盖不住这幢阴森老宅里最轻的风声。

在这样的环境中，我会变成什么样呢？我的性格怎么可能不受她们的影响？当我从仿佛迷雾笼罩的泛黄房间走进自然光线下，我的眼睛有些迷蒙，我的思绪也混乱不清，这有什么好奇怪的呢？

假使我先前没有撒下弥天大谎并向乔坦白，我也许可以把苍白脸年轻绅士的事向乔和盘托出。可我以前信口胡言，现在说起这事，乔准会认为我之前说了黑色天鹅绒马车，这次不过是要为马车找个乘客而已。因此，我一个字都没提。此外，第一次谈论哈维沙姆小姐和艾丝特拉之后，我就不愿意别人以她们为话题，随着时间的推移，这个想法就更强烈了。我只完全信任毕蒂一人。对可怜的毕蒂，我没有半点儿隐瞒。至于我为什么觉得这么做理所当然，为什么毕蒂对我告诉她的每件事都深为关切，当时我不清楚，现在却了然于心。

与此同时，家里人总在厨房里商量事情，我本来就心中有火，这下子愤怒的火焰更是难以抑制。彭波乔克那个蠢材常常晚上过来，和我姐姐讨论我的前途。要是我的双手能拔下他马车上的车辖，我认为我一定会那么干（现在回想起来，我也不为自己的这种想法感到忏悔）。这个讨人嫌的家伙思想封闭，头脑迟钝，他每次讨论我的前途，总要我在场听着，好像这样就能对我产生影响。我本来安静地坐在一角，他非得（通常是揪着我的衣领）把我从小凳上拽起来，让我坐在炉火边上，仿佛要把我架在火上烤，他是这么说的："太太，这孩子就在这里！他可是你一手拉扯大的。抬起头来，孩子，对把你带大的人，你这辈子都要懂得感激啊。太太，现在我们来谈谈这孩子的未来吧！”他说完，就把我的头发揉得乱七八糟，我已经说过，从我记事起，我就觉得谁也没有权利这么蹂躏我。他拉着我的袖子让我站在他面前，让我看来愚笨痴傻，和他那副样子简直如出一辙！

然后，他和我姐姐便你一言我一语聊起哈维沙姆小姐，只是他们说的净是废话，他们还老是猜测她会拿我怎么样，给我点儿什么好处，我听了，常常气不打一处来，恨不得大哭一场，我真想朝彭波乔克扑过去，将他痛揍一顿。在这样的对话中，姐姐每每谈到我，都好像是在拔掉我的一颗牙，彭波乔克则自命为我的恩人，他坐在那里，用轻蔑的眼光看着我，就像我的命运要靠他来筹谋安排，他则觉得自己付出太多，却得不到半点儿补偿。

乔从不参与他们的讨论，他们倒是经常说起他，因为乔太太早就看出他不赞成我离开铁匠铺。我这个年纪已经可以给乔当学徒了。就这样，每当乔坐在那里，把拨火棍放在膝头，若有所思地扒拉着低矮炉栅之间的灰烬，姐姐总会将他这种没有丝毫恶意的举动解释为存心与她作对，便扑过去，使劲儿摇晃他，将拨火棍从他手里夺走，丢在一边。这样的讨论，每次收场无不叫人恼火不已。到了无话可聊的时候，姐姐就突然停下来打哈欠，还会像无意中发现我也在场似的，一下子扑到我面前，说：“起来！我真是受够你了！快上床睡觉吧。你这一晚上惹的麻烦够多了！”说得好像我哭着喊着求他们给我的生活添麻烦似的。

生活就这样持续了很长时间，未来似乎还将这样持续很久，然而有一天，当我正搀扶哈维沙姆小姐绕圈子时，她突然停下来，靠在我肩上，有些不高兴地说：“你长高了，皮普！”

我向她投去沉思的目光，在我看来，用这种方式暗示这种事不在我的控制之中，是最好的。

她当时没再说什么。但是，她很快又停下来，再次看着我。过了一会儿，她又打量了我一番，之后一直皱着眉头，看起来很不开心。我下一次去的时候，照常绕完圈子后，我搀扶她坐在梳妆台边，她不耐烦地晃晃手指，要我不要走。

“再说说你认识的那个铁匠叫什么名字。”

“是乔·盖格瑞，小姐。”

“你就是要去给他当学徒吗？”

“是的，哈维沙姆小姐。”

“你最好马上去当学徒。你看盖格瑞能不能带着契约，跟你一起来这里一趟？”

我表示如果要他来，他肯定觉得非常荣幸。

“那就让他来吧。”

“什么时候，哈维沙姆小姐？”

“好啦，好啦！我可不清楚什么时间不时间的。让他快点儿来，和你一起来。”

晚上回到家，我把这个消息告诉乔，姐姐听了则暴跳如雷，比以往任何时候都更恐怖。她质问我和乔，是不是把她当擦脚垫踩在脚底下，怎么敢这样对她，还问我们觉得她配去什么样的人家做客。她问了一个又一个问题，问完了，就把一个蜡烛台朝乔丢了过去，随即放声大哭起来。她一边哭，一边拿出簸箕，这向来都是个不祥的预兆。她穿上粗织围裙，开始拼命地打扫。只是扫已经不能满足她，于是她拿起水桶和硬毛刷擦洗，弄得我们根本没法儿在家里待，只得瑟瑟发抖地站在后院。直到晚上十点钟，我们才壮起胆子蹑手蹑脚地进屋，姐姐见到乔，就问他为什么不娶黑人。乔真是可怜，他没有回答，只是站在那里摸着胡子，垂头丧气地看着我，仿佛他认为当初要是真娶个黑人就好了。

第十三章

过了两天，乔穿上礼拜日才穿的盛装，与我一道前往哈维沙姆小姐家，看到他这样，我心里很不是滋味；然而，既然他认为有必要为这个场合盛装打扮，我也就不必多嘴，说他穿工作服要好看得多。再说了，我也知道，他完全是为了我才把自己弄得这么不自在的。他脖子后面的衬衫领子拉得老高，搞得他头顶上的头发都直竖起来，像一簇羽毛。

吃早饭的时候，姐姐宣布她打算同我们一起进城，她自己去彭波乔克舅舅家待着，“等我们处理好与漂亮女士们的事”，再去找她。听她的口气，乔知道自己又要面对猛烈的风暴了。铁匠铺歇业一天，乔用粉笔在门上写了“外出”两个字（乔休息的时候不多，不过每次歇业，他都这么写），他还画了一个箭头，指明了他去的方向。

我们步行到城里，姐姐走在前面，她戴着一顶很大的海狸皮软帽，提着一个英国国玺一般的草篮，脚穿一双木底鞋，围着一条备用的围巾，虽然今天是个大晴天，她却带了一把伞。我拿不准她这样打扮是为了苦行，还是只为炫耀。不过我倒觉得她是在招摇过市，显示自己有多阔气，就好像埃及女王克娄巴特拉或是其他大权在握的女人，一旦大发雷霆，就会拿出自己的金银财宝，在露天庆典或游行上展示一番。

来到彭波乔克家，姐姐丢下我们不理，气冲冲地走了进去。此时已届中午，我和乔径直走向哈维沙姆小姐家。艾丝特拉像往常一样打开了门，她一出现，乔就脱下帽子，站在那里用双手捏着帽檐，像是在掂量帽子的重量，仿佛他心里有什么迫切的理由，要特别讲究，一星半点儿也不能差。

艾丝特拉对我们正眼都不瞧一下，只领着我们走过我早已烂熟于心的路。我跟在她后面，乔走在最后。在长长的过道里，我回头看了乔一眼，只见他仍在小心谨慎地掂着帽子，踮着脚尖大步跟在我们后面。

艾丝特拉要我们两个一起进去，于是我抓住乔的袖口，把他带到哈维沙姆小姐面前。她坐在梳妆台旁边，见我们进来，立刻回头望着我们。

“啊！”她对乔说，“你是这孩子姐姐的丈夫？”

简直不可思议，亲爱的老乔看上去像是变了一个人，也可以说，他像极了一只奇特的鸟。他站在那里，一句话也说不出来，头发如同竖起的一簇羽毛，嘴巴张着，好像想要虫吃似的。

“你是这孩子姐姐的丈夫吗？”哈维沙姆小姐重复了一遍。

在整个会见过程中，乔不对哈维沙姆小姐说话，他的每句话都是冲着我讲的，这实在有些烦人。

“我的意思是说，皮普，”乔说，他说得彬彬有礼，很有说服力，完全是知心话，“我娶了你的姐姐，那时我还是个你们口中（你们愿意这么说，就说吧）的单身汉呢。”

“好吧！”哈维沙姆小姐道，“你把这孩子养大了，打算让他给你当学徒，是这样吗，盖格瑞先生？”

“你知道，皮普，”乔答道，“你和我一向是朋友，我们两个都眼巴巴地盼着那一天呢，到时候，我们两个该多开心哪。可要是你自己不喜欢这个行当，皮普，不愿意弄得全身黑乎乎的，满嘴黑灰什么的，你也不必非得干，你知道的吧？”

“这孩子有说过不愿意吗？”哈维沙姆小姐说道，“他喜欢那一行吗？”

“这一点你自己最清楚，皮普。”乔回答，他现在回话越来越顺口，越发显得彬彬有礼，有说服力，发自肺腑，“这不正是你的心愿吗？”（我看出他说着说着，突然想到可以把自己的墓志铭改一改，在这个场合说出来，不过他还是继续往下说。）“你没有反对过，皮普，你巴不得干这一行呢！”

我尽力让他明白他应该对哈维沙姆小姐说这些话，却只是白费力气。我越是使眼色，越是向他打手势，他就越显得彬彬有礼，有说服力，发自肺腑，说什么都是对着我。

“你把他的契约带来了吗？”哈维沙姆小姐问。

“皮普，”乔回答说，似乎这是什么不合理的问题，“你亲眼看到我把契约放在我的帽子里了，所以你很清楚在这里。”他拿出契约，却没有给哈维沙姆小姐，反而给了我。我看到艾丝特拉站在哈维沙姆小姐的椅子后面，眼睛里露出顽皮的笑意，我不禁认为我的老朋友丢了我的脸，我确实觉得他给我丢人了。我从他手里接过契约，递给哈维沙姆小姐。

“你并不指望这孩子付学徒费给你吧？”哈维沙姆小姐一边看着契约，一边说。

“乔！”见他没有回答，我责备道，“你为什么不回答……”

“皮普，”乔打断了我的话，仿佛很伤心的样子，“我的意思是说，你我之间是不需要问这种问题的，你很清楚答案是什么。我不要，这你是知道的，我不会要的，皮普，这还用我多说吗？”

哈维沙姆小姐瞥了他一眼，仿佛很清楚他的人品，一眼就可以看清乔的内心，比我以为的还要了解。她从旁边的桌上拿起一个小包。

“这些是皮普在这里的工钱。”她说，“给你。袋子里有二十五几尼[1]。交给你师父吧，皮普。”

见到奇怪的哈维沙姆小姐，又置身于这个奇怪的房间，乔错愕不已，似乎神志都不大正常了，因此，谈到这个阶段，他依然对着我说话。

“你实在是太慷慨了，皮普。”乔说，“这钱我就拿着，我心里真是感激不尽，不过我们从未想过要这个钱，确实没有动过这样的念头。好了，老伙计。”听到乔叫“老伙计”，我先是感觉满脸滚烫，随即又觉得浑身冰冷，感觉这熟悉的称呼是在叫哈维沙姆小姐呢。“好了，老伙计，但愿我们都能尽自己的本分！但愿你和我都能把我们该做的事做好，这既是为了你我好，也是为了你这份慷慨的厚赠……也好……告慰……那些……他们本不……”乔说着说着，似乎不知道该说什么才好，最后，他总算扬扬得意地圆了回来，“我本人是不想要的！”他最后这话说得那么率直，那么有说服力，他一连说了两遍。

1 英国旧时货币单位，与英镑等值，1几尼相当于21先令。

“再见，皮普！”哈维沙姆小姐说，“送他们出去，艾丝特拉。”

“我下次还来吗，哈维沙姆小姐？”我问。

“不用了。盖格瑞现在是你的师父了。盖格瑞！过来，我有话和你说！”

乔被叫了回来，我独自走出房门，听到她用清晰坚决的语气对乔说：“这孩子在这里一直表现很好，那些钱呢，便是他的报酬。你是个老实人，自然不会来讨要更多的钱。”

乔是怎么走出房间的，我一直都没弄清楚。不过我知道他出来后并没有下楼，而是一直朝着楼上走，我喊了他好几声，他都充耳不闻，我只得追上去把他抓住。又过了一会儿，我们走到院门外，门锁上了，艾丝特拉也走了。

当我们再次单独站在阳光下，乔背靠在一堵墙上，对我说：“太不可思议了！”他在那里待了很久，不时蹦出一句“太不可思议了”，没完没了地重复这句话，我甚至以为他这辈子都将这么恍恍惚惚的了。最后，他的话总算多了起来：“皮普，我向你保证，这真是太不可思议了！”渐渐地，他变得健谈起来，也能走动了。

我有理由认为，经过这件事，乔的脑袋瓜儿变伶俐了，在我们去彭波乔克家的路上，他竟然想出了一个绝妙的主意。各位听了彭波乔克先生家客厅里所发生的事，就能知道我的理由是什么了。当时，姐姐坐在那里，正与那个可恶的种子商人说着话。

“咦？”姐姐一见我们回来，立刻对我们嚷道，“这是怎么了？二位竟然还肯屈尊，回到我们这寒酸的地方来，当真是奇怪呢！”

“哈维沙姆小姐特别关照我们向你姐姐……”乔一边看着我一边说，像是在努力回忆当时的情形，“她的原话是怎么说的来着，是代为问候吗，皮普？”

“是的。”我说道。

“正是这样。”乔附和着说，“她问候乔·盖格瑞太太……”

“问候？这是什么天大的好事吗？”姐姐嘴上这么说，心里却相当得意。

“哈维沙姆小姐还希望自己的身体可以好起来。”乔继续说，他又盯着我看，好像又在努力回忆，“那样的话，她就可以……怎么着来着，皮普？”

“她就可以很荣幸地……”我补充道。

“请乔太太去做客。”乔说着深深地吸了一口气。

“好吧！”姐姐叫道，她的怒火顿时平息了。她瞥了彭波乔克先生一眼：“她要是一开始这么有礼貌地带个话该多好，但迟一些，总比什么都没有的好。她给这个野小子什么好东西了？”

“她什么也没给。”乔说。

眼瞅着乔太太就要发作，但乔继续说了下去。

“她给是给了，不过都是给他的家人的。”乔说，“她是这么说的：‘要给他的家人，我的意思是交到他姐姐J. 盖格瑞太太手里。’她的原话就是这样的，‘J. 盖格瑞太太。’她用‘J’这个字母，可能是不确定该说乔，还是乔治。”乔带着沉思的表情，补充道。

姐姐看着彭波乔克，彭波乔克抚摩着他坐的那把木扶手椅的扶手，对她点点头，又朝着炉火点点头，仿佛他早就预料到了一切。

“她给了多少钱？”姐姐笑着问。她竟然在笑！

“各位觉得十英镑怎么样？”乔问道。

“那非常棒。”姐姐唐突地回答，“不算多，但也说得过去。”

“不止这个数目。”乔说。

可恶的骗子彭波乔克立刻点了点头，一边摩挲着椅子扶手，一边说：“不止这些，乔太太。”

“难道是……”姐姐说道。

“是的，我就是那个意思，乔太太。”彭波乔克说，“但是等一等。约瑟夫，你接着往下说。你不错！说呀！”

“各位觉得二十英镑怎么样？”乔接着说。

“那是相当多了。”姐姐说道。

“那可比二十英镑还要多哩。”乔说。

卑鄙的伪君子彭波乔克又点了点头，傲慢地大笑两声，说：“不止这些，乔太太。太棒了！约瑟夫，快说吧！”

“那我就公布结果了。”乔说，他兴高采烈地把钱袋子递给我姐姐，“是二十五英镑[1]。”

1　前文为“二十五几尼”，这里为“二十五英镑”，英文原文如此。——编者注

“二十五英镑，乔太太。”下作的大骗子彭波乔克重复道，还站起来跟她握手，“你这么个大善人，得这点儿钱也是应该的（有人问我，我就这么说），我祝你财源滚滚！”

这个坏蛋即使到此为止，也是够惹人嫌的了，谁知他竟然得寸进尺，抓着我不松手，摆出一副大恩人的姿态，对比之下，他以前的罪行都不算什么了。

“你们看哪，约瑟夫，乔太太，”彭波乔克拉着我的上半截胳膊，说，“我这人哪，做什么事只要开了个头，就必然坚持到底。可得马上给这孩子立下学徒字据。我就是这么想的，得立即立字据。”

“彭波乔克舅舅，天知道我们是多么感激你呀。”姐姐抓着钱说。

“用不着感谢我，乔太太。”那恶魔一样的粮食贩子答道，“别人高兴，我也高兴，普天下都是这样的。但说到这个孩子，你们也知道，我们必须给这孩子立下学徒字据。实话告诉你们，我务必会把这事办好的。”

法院就设在镇公所，距离不远，我们立即出发，当着法官的面立字为据，就这样我做了乔的学徒。我说我们一块过去，其实是彭波乔克一路推着我去的，活像我刚刚掏了人家的口袋，或是点着了一垛干草堆。法庭上的人果然都以为我是干了坏事被当场抓住，因为彭波乔克推着我从人群之间穿过，我听见有人说：“这小子做什么坏事了？”其他人说：“这小子人虽小，可看他那长相，就不是什么好东西，是不是？”一个面容慈祥和善的人甚至给了我一本小册子，那上面印着一幅木版画，画中有个坏心肠的孩子身上挂满了枷锁，活像香肠店铺里的一串串香肠，标题是《牢房读物》。

我觉得镇公所是一个古怪的地方，里面的长椅比教堂里的长椅还高，人们就趴在长椅上瞧热闹，大法官们（其中一个脸上扑了粉）向后靠在座椅上，双臂抱怀，有的在吸鼻烟，有的在打瞌睡，有的在写字，还有的在看报。墙上挂着几幅闪闪发光、黑黢黢的肖像画，用我这双毫无艺术鉴赏力的眼睛看来，它们活像是用杏仁糖和膏药拼成的。我的学徒契约在镇公所的一个角落里被正式签署，办理好了公证手续，我就算是被牢牢“绑”住，成了学徒。彭波乔克先生一直拉着我，仿佛我们的目的地是断头台，只是中途来这里处理一个手续上的小问题。

我们走出镇公所，一群男孩子涌过来，我们只得将他们甩掉。他们本来兴高采烈，以为可以看到我当众挨揍，却只看到朋友们聚在我周围，不禁大失所望。

我们一起回了彭波乔克先生家。我姐姐得了那二十五英镑后简直心花怒放，坚持用这笔意外之财请我们去蓝野猪饭庄大吃一顿，还非要彭波乔克赶着马车去把哈伯夫妇和沃普斯勒先生接来。

大家都同意这么做。我这一天却过得苦不堪言。有件事真叫人想不通。这样的场面明明欢喜又热闹，可人人都当我是个累赘。更糟的是，他们还不时地问我为什么玩得不开心。反正他们没有别的好做，就拿这个问题来问我。我确实玩得不开心，可除了谎称自己很开心，还能怎么说呢?

然而，他们都是大人，有他们自己做事的方式，想干什么就可以干什么。大家一再吹捧大骗子彭波乔克，说他是个大善人，这次能出来用餐全靠他，于是他坐在了桌首的位置。他告诉众人我的学徒契约已经办好了，还像个恶魔似的恭贺众人，说什么我要是去打牌、喝烈酒、晚归、与不三不四的人鬼混，或是沉溺于契约中列出的其他种种常见的恶习，我就会被关进大牢。他还要我站在他边上的一把椅子上，好让他的话能更加生动。

除了这些，对那次的盛宴，我记得的事不多，我记得他们不让我睡觉，每次看到我打瞌睡，他们就把我叫醒，叫我痛痛快快地玩。我还记得，那天很晚的时候，沃普斯勒先生给我们唱了一首柯林斯的颂歌，唱着唱着，他把那柄染了血的剑往地上哐当一扔，结果动静太大，一个店小二走进来，说："楼下的客商向各位问好，他们说这儿可不是玩杂耍的地方。"接下来，我记得在回家的路上，他们兴致极好，唱起了《啊，美丽的淑女！》。沃普斯勒先生唱的是男低音。这首歌的领唱者极为粗鲁无礼，胡编歌词来打听所有人的私事，沃普斯勒先生便用强有力的声音回道，他都已经满头白发了，还如此行事，肯定得不到上帝的眷顾。

最后，我记得我走进自己的小卧室，心里难过极了，深信自己以后再也不会喜欢乔所干的行当了。我以前倒是喜欢的，但以前是以前，现在是现在。

第十四章

一个人要是为自己的家感到羞愧，那可真叫苦不堪言。这样想确实很坏，还可以说是忘恩负义，因此受惩罚也算是报应，是罪有应得。然而，我可以证明，这真是莫大的折磨。

姐姐脾气暴躁，所以家对我来说从来就不是个令人愉快的地方。但因为有乔在，家就多了一份圣洁，我对家也有了信心。我曾相信普天之下最好的客厅就如同高雅的沙龙，我曾相信我家的前门是神殿的神秘大门，开启那扇大门是一件庄严的事，要献上烤鸡作为祭品。我曾相信我家的厨房虽然不够华丽，却极为素雅。我曾相信铁匠铺是一条光辉的道路，一直走下去，我就能变成一个男子汉，独自屹立于天地之间。可还不到一年，我的信念就彻底颠覆了。现在，这里的一切都是那么粗俗、那么普通，我无论如何也不想让哈维沙姆小姐和艾丝特拉见到我家是什么样子。

我这种毫无教养的想法究竟有多少是我自己的错，有多少是哈维沙姆小姐的错，还有多少是我姐姐的错，现在对我或对任何人而言都无关紧要了。我的心理已经起了变化，事情也已经成了定局。不管是好还是坏，也无论是否可以原谅，都没有转圜的余地了。

曾几何时，我认为当我终于可以卷起袖子，走进乔的铁匠铺当学徒，我就算有了体面的身份，能过上幸福的日子了。现在这已经实现了，我却感觉浑身上下都是小煤块的煤灰，每天想起从前的种种，我都觉得心情沉重无比，相较之下，铁砧对我来说就像羽毛一样轻。在以后的生活中（我想大多数人都是如此），有时候，我一度觉得像是有一条厚帷幔落下，盖住了人生的所有乐趣和浪漫，让我接触不到任何东西，只能忍受无聊的沉闷。如今我成了乔的学徒，这条全新的道路在我面前笔直地延伸开来，我却觉得落下来的这块帷幔是如此沉重，遮住了天地万物，只剩下一派单调的景象。

我记得后来有一段时期，我常常在礼拜日的傍晚站在教堂墓地，夜色渐渐合拢，我拿我自己的前途与四周寒风阵阵的沼泽景致相比较，觉得这二者竟有些相似，都是那么单调、那么卑微，充满了未知，笼罩着团团黑雾，雾气之外则是茫茫大海。成为学徒后，我第一天去上工，就垂头丧气，以后的每一天亦是如此。但让我高兴的是，在学徒期间，我从未向乔抱怨过一句。在这方面，这大概是我唯一感到高兴的事了。

至于这件事的详情如何，我稍后会慢慢讲来，不过所有的功劳都属于乔一个人。我未曾从家里跑掉，去加入军队或当水手，并非因为我忠心耿耿，而是因为乔忠实不贰。我之所以违反本性，干起活儿来隐忍卖力，并非因为我尊崇勤劳的美德，而是因为乔很重视勤劳的美德。一个和蔼可亲、诚实善良、恪尽职守的人对世界的影响有多大，我们不得而知，但我们自己会受到多大的影响，则是清楚明白的。我很清楚，我的学徒生涯若是有什么好结果，那都是知足常乐的乔的功劳，毕竟我本人很不安分，总想着干点儿大事，从不懂知足是什么。

谁能说得清我当时有什么样的抱负呢？连我自己都不清楚，我又怎么说呢？我很怕一件事，那就是有一天我霉运当头，在我满身污脏、看起来最卑贱的时候，一抬眼就看到艾丝特拉从铁匠铺的一扇木窗往里看。恐惧时时困扰着我，我生怕她迟早会看到我满脸和满手黢黑，干着最粗糙的活计，那样，她就会在我面前得意扬扬，越发地瞧不起我。天黑后，我为乔拉风箱，我们一起唱《老克莱姆》，我常常会想起我过去在哈维沙姆小姐家唱这首歌的情形，我仿佛可以从火中看到艾丝特拉的脸庞，她那头美丽的秀发在风中飘扬，双眸中充满了对我的嘲弄，而在这样的时候，我通常会看一眼墙上木窗外的夜色，想象着自己好像看见她从窗边闪开，觉得她终于还是来了。

收工后，我们进屋吃晚饭，这个家和家里的饭菜显得比以往任何时候都更寒酸，在我那没有教养的心里，我就比以往任何时候都为这个家感到羞愧。

第十五章

我渐渐长大了，不能再去沃普斯勒先生的姑奶奶的夜校里上课，从此，去那位荒谬老太家里受教育的日子就一去不复返了；然而，真正的结束，还要从毕蒂把她知道的全部知识都教授给我之后算起，比如小小的价目表，又比如她花半便士买来的一首滑稽小调。至于那首小调，只有前面几行是文理通顺的：

先生们，我去伦敦逛了一遭，
突噜嘟噜，
突噜嘟噜。
先生们，我难道没有搞砸吗？
突噜嘟噜，
突噜嘟噜。

不过，为了能让自己多增加一些学识，我还是非常认真地把这些文字背了下来。我记得自己不曾对这首歌的好处产生过怀疑，只是觉得（现在依然这么认为）“突噜嘟噜”重复了太多次，不如诗歌那么美。我渴望学习知识，便去求沃普斯勒先生赏给我一些知识的碎屑，他好心地答应了；然而，事实证明，他只想让我成为戏里面的那种假人，由着他反驳，由着他搂着我掉眼泪，由着他欺负，抓我、刺我、用各种各样的方式打我，于是我很快谢绝了他的教育，可惜这个时候，沃普斯勒先生已经在他那充满诗意的愤怒中把我打得遍体鳞伤了。

我无论学到什么知识，都要设法教给乔。这句话听起来很好，但从良心出发，我必须解释一番。我希望乔能变好一点儿，不要那么无知、那么平庸，要变得更有资格做我的朋友，也可以少挨几句艾丝特拉的批评。

沼泽地里的旧炮台是我们学习的地方，一块破石板和一小截石笔就是我们学习的工具，每次来，乔总要带上烟斗和烟草。据我所知，乔这个礼拜日学会的东西，到了下个礼拜日就忘得一干二净，从未在我的教导下真正学到过任何知识；然而，他在炮台抽烟斗的神气，却比在任何地方都显得睿智得多，甚至像个博学多才的人，仿佛他觉得自己有了很大的长进。亲爱的朋友，我倒真希望是这样。

古炮台宜人又安静，在这个土木防御工事的另一边是一条河，河上的帆船缓缓驶过。有时，在退潮的时候，风帆所在的船像是沉没了，而沉船依旧在水底航行。每当我看到张开白帆驶向大海的船只，不知怎的，就会想起哈维沙姆小姐和艾丝特拉。无论什么时候，当阳光斜照在远处的云朵、风帆、绿色的山坡或水线上时，我就又想起了她们：任何如画的风景，似乎都能使我联想起哈维沙姆小姐、艾丝特拉、那所奇怪的房子和她们奇怪的生活。

一个礼拜天，乔有滋有味地抽着烟斗，过于自谦地说自己“又蠢又笨”，我只好让他休息一天，不教他知识。我在炮台上躺了一会儿，用一只手托着下巴，在四周的景物中，在天空中，在海水里，我都能看到哈维沙姆小姐和艾丝特拉的身影。最后，我决定把在我脑海里萦绕不去的一个想法对乔说说。

“乔，”我说，“你不认为我应该去拜访一下哈维沙姆小姐吗？”

“皮普，”乔答，慢慢地考虑着，“去干什么呢？”

“去干什么，乔？就是串个门呀。”

“去有些人家串门倒是可以，皮普。”乔说，“可去哈维沙姆小姐家就另当别论了。她也许会认为你有所图谋，想从她身上得到点儿什么。”

“乔，你不觉得我可以向她说清楚我不图她的任何东西吗？”

“或许可以的，老伙计。”乔说，“她也许会相信，但也有可能不相信。”

乔觉得自己说得很有道理，我也觉得他有理。他使劲儿抽着烟斗，以免自己把话重复一遍，那样效果就变弱了。

“你看，皮普，”过了一会儿，乔觉得再开口不会破坏效果了，便又说道，

“哈维沙姆小姐对你够慷慨了。她那时给了你一大笔赏钱，还把我叫了回去，说她只给这么多。”

“是的，乔。我听到她说了。”

“只有那么多。”乔重复道，以示强调。

“是的，乔，你告诉过我，我听到了。”

“我的意思是，皮普，她的意思可能是：这件事就到此结束了！继续过你的日子吧！我走我的阳关道，你过你的独木桥！以后不用再来往了！”

我也想到过这一点，但现在得知他也是这样想的，便觉得事实多半如此，心里不由得低落沮丧。

“还有一点，乔。”

“怎么了，老伙计？”

“我当学徒也有一年了，自从签订学徒契约的那天起，我从没向哈维沙姆小姐道过谢，也没有问候过她，更没有表示过我还记得她。”

“这倒是事实，皮普。除非你打一套马蹄铁送给她，我的意思是，即使是一套马蹄铁，可要是她没有马，也不算好礼物……”

“我并不打算用这种方式让她知道我还很惦念她，乔。我说的不是礼物。”

然而，乔满脑子想的都是礼物，非揪着这个话题没完地说。“还有呀，”他说，“要是我帮你打一条新铁链，去锁她家的前门，或是打一两罗[1]鲨鱼头螺丝给她家平时使用，又或者打一些轻巧的物件，比如烤松饼用的长柄烤叉，烤鲱鱼的烤架……”

“我根本不打算送礼物，乔。”我插嘴说。

“好吧，”乔说，仍然唠叨着，仿佛我有意催促他这么说似的，“皮普，我要是你的话，就不会这么做。对，我不会。她家的前门总是拴着一条铁链，那她还要门链有什么用呢？鲨鱼头螺丝则很容易引起误会。要是打造烤叉，就得用上铜，你自己可做不好。打造烤架的话，哪怕是手艺最好的工匠，也展现不出高超的技能，毕竟烤架就只是烤架。”乔说，仿佛一心想要劝我改变主意，竭力消除已在我心里扎根的妄想：“不管你打得有多好，可烤架终究只是烤架，你高兴也

1 英制计量单位，1罗为144个。

好，不高兴也好，这都是没法子的事……”

“亲爱的乔，”我抓住他的外套，绝望地叫道，“别再胡说八道了。我从没想过给哈维沙姆小姐送礼物。”

“没错，皮普，”乔表示同意，仿佛他一直努力使我这么想，“这正是我要对你说的。你是对的，皮普。”

“是的，乔。但我想说的是，眼下也没什么生意，如果你明天能给我放半天假，我想去一趟城里，拜访艾丝……哈维沙姆小姐。”

“她不叫艾丝哈维沙姆，皮普，”乔严肃地说，“除非她改了名字。”

“我知道，乔，我知道。我说错了。你觉得我的想法怎么样，乔？”

简而言之，乔认为只要我觉得好，他就觉得好。但是，他特别强调了一点，我若是没有得到热情的款待，又或者，我这次去虽然不是别有用心，纯粹是为了受到恩惠而登门道谢，人家却没有欢迎我再来，那在这次试探后，绝不可以再去。对这些条件，我一一答应了下来。

乔雇着一个叫奥立克的短工，每礼拜付给他薪水。据这人自己说，他名叫道尔吉，而这显然是胡说八道。但他这人性格执拗，我相信他捏造这么一个名字，并不是出于什么痴心妄想，而是故意蒙骗乡下人，侮辱他们愚昧。他的肩膀很宽，四肢柔软灵活，肤色黝黑，他力气大得很，从来不手忙脚乱，却时常一副没精打采的样子。他来做工，好似从来不是专心来工作的，他总是懒懒散散地走进铁匠铺，仿佛只是无意中过来的。到了去快活三船夫酒馆吃午饭的时间，或是晚上下工，他就像该隐[1]或流浪的犹太人那样没精打采地离开，好像他既不清楚自己要去哪里，也不打算再回来了。他在沼泽地上一个水闸看管员家里寄宿，在做工的日子，他就懒洋洋地从偏远的住处走出来，两只手插在衣兜里，晚饭用布包着，松松垮垮地挎在脖子上，在他背后晃悠。到了礼拜日，他大多数时候不是整日躺在水闸门上，就是靠着干草堆和谷仓站着。他终日萎靡不振，眼睛老瞅着地面。要是有人跟他搭话，或是有别的原因需要他抬头，他抬起的双眼里就会露出半是怨憎、半是迷惑的神情，好像他的脑海里向来只有一个念头，那就是别人老

1 亦译“加音”。《圣经》中人类始祖亚当的长子。据《创世记》记载，他因嫉妒而将其弟亚伯杀死。西方文学常用为骨肉相残的比喻。——编者注

他的肩膀很宽，四肢柔软灵活，肤色黝黑，他力气大得很，从来不手忙脚乱，却时常一副没精打采的样子。（第108页）

是打扰他思考，这一点实在古怪，也很烦人。

这个性格孤僻的短工对我毫无好感。在我年纪小、胆子也小的时候，他就骗我说魔鬼住在铁匠铺一个黑乎乎的角落里，还说他跟魔鬼是老熟人。他说，每隔七年就得把一个男孩丢进炉火里，这样火才能烧得旺，而我正好可以用来烧火。后来我当了乔的学徒，奥立克便起了疑心，以为我将取代他的位置，越发不喜欢我了。这倒不是说他公开说了或做了什么，表现出了敌意。我只是注意到，他不是把火花弄得朝我的方向飞溅过来，就是在我唱《老克莱姆》时，不合时宜地插嘴一起唱。

第二天，我提醒乔我要请半天假，奥立克当时正忙活着，也听到了。他什么也没说，因为他正和乔一起打一块热铁，而我站在风箱旁。但过了一会儿，他靠在锤子上说："我说，老板！对我们两个人，你不能有偏袒呀。小皮普有半天假，那老奥立克也得有相同的待遇。"我觉得他只有二十五岁，可他总说自己是个老家伙。

"嘿，你有了假要干什么去？"乔说。

"我干什么去？那他干什么去呀？他干什么，我就干什么。"奥立克说。

"皮普是要去镇上。"乔说。

"那好吧，老奥立克也要去镇上。"这位大人物立马回嘴道，"两个人都到镇上去。不会只让一个人去镇上吧。"

"你别着急发火。"乔说。

"我愿意着急发火就着急发火。"奥立克咆哮道，"有些人能去镇上，有些人就去不得！我说，老板！这可不成。你在这铺子里可不能偏颇呀。你办事得像个爷们儿！"

老板乔没搭理他，过了一会儿，短工奥立克总算气消了。他冲到火炉边，夹出一块烧得火红的铁棒，朝我刺了过来，仿佛要刺穿我的身体，结果铁棒忽地绕过我的脑袋，重重地落在铁砧上，他开始锤打起来，我觉得他是把铁棒当成了我，飞溅的火花就是我奔流的鲜血。等到他锤打得自己浑身滚烫，铁棒冷却了下来，他又靠在锤子上说："我说，老板！"

"你现在不动气了吧？"乔问。

"啊！我不气了。"老奥立克粗声粗气地说。

“那么，既然你和大多数人一样干起活儿来勤勤恳恳的，”乔说，“那你也放半天假吧。”

姐姐一直默默地站在院子里，我们的话她全听见了。她最爱打听事了，是一点儿道德也没有的，常常听墙角。这会儿，她听了乔的话，立刻从一扇窗户朝屋里看。

“你这傻瓜，可真行啊！”她对乔说，“竟然给这样的懒货放假。我敢打赌，你一定富得流油吧，白白给人家工钱。雇用他的人要是我就好了！”

“你只要有那个胆，任何人的老板你都能当。”奥立克反驳道，咧开嘴笑了笑，却还是一脸凶相。

“别惹她生气。”乔说。

“什么样的蠢蛋和无赖，到了我手里，都得服服帖帖的。”我姐姐回答说，她也起火了，“我治得了蠢材，就管得了你的老板。要我说，他就是块又臭又硬的榆木疙瘩。我治得了无赖，就治得了你，瞧你那副倒霉相，你就是天底下最坏的无赖，无论是这里，还是法国，都找不出你这号人了。呸！”

“你就是个泼妇，叫人恶心，盖格瑞太太。”短工吼道，“你分辨得出谁是无赖，可见你就是个彻头彻尾的泼妇。”

“你别惹她生气，好吗？”乔说。

“你说什么？”我姐姐喊道，开始尖叫起来，“你说什么？奥立克这个家伙对我说了什么，皮普？我丈夫还在这儿站着呢，他骂我什么？啊！啊！啊！”每个“啊”字都伴随着一声凄厉的尖叫。我不得不埋怨我姐姐，她确实和我见过的所有泼妇一个样儿，不能说她只是脾气不好，把这给她当借口，毕竟无可否认的是，她并不是一时控制不了自己才发火，而是故意煞费苦心地自找气受，把自己的怒气越拱越旺，“他竟然当着我丈夫的面这么羞辱我呀，而我那个丈夫，还曾发誓要保护我哩！啊！过来抱着我呀！啊！”

“啊啊啊！”短工从牙缝里咆哮道，“你若是我老婆，我就过去抱着你。我会把你压在抽水泵下，活活把你憋死。”

“我告诉过你，别惹她生气。”乔说。

“哎呀！听听他的话吧！”我姐姐拍一下手，尖叫一声，这下子，她的火气就到第二阶段了，“听听他是怎么骂我的吧！那个叫奥立克的小子啊！他竟然在我的家里骂我！我呀，我可是个成了婚的女人哪！我丈夫还在边上站着呢！啊！啊！”姐姐就这么双手拍得啪啪响，一边拍一边尖叫，还用手使劲儿拍自己的胸脯，拍完了胸脯又拍膝盖，她丢掉帽子，拉扯着头发，到此，她已经进入了发狂的最终阶段，怒火烧到了最旺，是个最泼辣的泼妇了，她朝铁匠铺的铺门冲了过来，所幸我早就把门锁上了。

要说乔也真可怜，他劝了几句，另外两个却只当没听见，他还能干什么呢？他只能硬着头皮面对自己的短工，问他挑拨自己和乔太太的关系，到底有何用意。他还问奥立克是不是男子汉，敢不敢跟他比画比画。老奥立克感觉事到临头，不比画比画也不成了，便立即摆出了防守的架势。就这样，他们甚至都没有脱下已经烤糊烤焦的围裙，便像两个巨人似的，冲向对方，厮打了起来。但是，在我们那一带，我还没见过有哪个男人能禁得住乔的拳头呢。奥立克就和上次与我打斗的面色惨白的年轻先生一样，很快就被打倒在了煤灰堆里，躺在那儿爬不起来了。接着，乔打开门上的锁，出去扶起了早已经昏倒在窗边的我姐姐（我觉

除了奥立克的一个鼻孔上有一道口子之外，没有一点儿狼狈的痕迹。（第113页）

得，她在昏倒前，已经看到他们两个动手了），把她抱进屋里，放她躺下，想法子让她醒过来，我姐姐却只是不停地挣扎，还死死揪着乔的头发。闹了这么久，此时，四周终于陷入了异常的平静中。对这暂时的平静，我恍恍惚惚地觉得今天像是礼拜天，有人死了。我上楼去换衣服了。

等我下来，只见乔和奥立克在打扫房间，除了奥立克的一个鼻孔上有一道口子之外，没有一点儿狼狈的痕迹。他那道口子既没有表现力，也不怎么好看。快活三船夫酒馆派人送来了一壶啤酒，他们轮流喝了起来，倒也相安无事。这种平静让乔获得了内心的安宁，让他有了几分哲人的气质，他跟着我走到街上，对我发表了一番临别赠言，仿佛这话对我有好处似的："皮普，时而暴跳如雷，皮普，时而不暴跳如雷，这就是人生！"

我带着多么荒谬的情绪（有的情绪对成年人而言是正常，对孩子来说就滑稽可笑了），再次踏上了前往哈维沙姆小姐家的路，这就无须再次赘述了。也不必细说我在她家门口转了多少圈，才打定主意去按铃。更不必说我内心有多挣扎，觉得自己不该按铃，而是应该转头走掉。还有一点不用说，假如我的时间由我支配，随时可以再来，我必定早就走了。

萨拉·波克特小姐来到门口。艾丝特拉没有出现。

"有事吗？你怎么又来了？"波克特小姐说，"有什么事？"

我说我只是来看望哈维沙姆小姐，萨拉显然在考虑要不要把我打发走；然而，她毕竟不愿意担责任，便放我进去了，过了一会儿，她回来用尖刻的语气传话说让我"上去"。

一切都还是老样子，哈维沙姆小姐独自一人在房间里。"咦？"她牢牢地注视着我说，"但愿你不是来找我要这要那的。你一分钱都得不到。"

"我什么都不要，哈维沙姆小姐。我只是想让你知道，我做学徒做得很好，我心里一直非常感谢你。"

"好啦，好啦！"她照旧不耐烦地摆了摆手，"你不时到这里来吧。你过生日那天来吧。哎呀！"她突然大喊一声，连带着椅子一起转过来面对我，"你这儿瞧瞧，那儿看看，是在找艾丝特拉吧？"

我这儿瞧瞧那儿看看，确实是在找艾丝特拉，只好结结巴巴地说我希望她一切都好。

"她去国外了。"哈维沙姆小姐说，"受教育去了，好做个名门淑女。她离这里很远，出落得也比以前水灵多了，人见人爱的。你是不是觉得失去她了？”

她最后一句话说得颇有几分幸灾乐祸的味道，说完，她还哈哈大笑起来，那笑声听了就叫人讨厌，弄得我不知道该说什么才好。不过她立刻就叫我离开，倒也免得我搜肠刮肚寻找合适的话了。我走出去，面色与胡桃壳一样的萨拉在我身后关上大门。这个时候，对我的家、我的行当和所有的一切，我生出了一股前所未有的嫌弃，来这一趟，我只得到了这么一个结果。

我沿着大街没精打采地走着，惆怅地望着商铺的橱窗，想着我若是个有身份的人都会买些什么。这时，我就看到沃普斯勒先生从书店里走了出来。沃普斯勒先生手里拿着一本感人的悲剧作品，名叫《乔治·巴恩威尔》。他买这本书花了六便士，待会儿要和彭波乔克一起喝茶，准备把这部作品里的每一个字都灌输到彭波乔克的脑袋里。他一看见我，便觉得碰到了天赐良机，要把这本书读给我这个学徒听听。他一把抓住我，非要我陪他一起去彭波乔克家的客厅做客。我知道回家也是受罪，况且天黑了，路途枯燥无味，有个伴儿同行总比没有强，于是没有多做反对。就这样，我们一起走进彭波乔克家，这时，街上和商店里的灯都亮了起来。

我从没看过《乔治·巴恩威尔》，不晓得演一场需要多长时间，但我很清楚那晚一直读到了九点半，当沃普斯勒先生念到“新门监狱”这一场时，我还以为他永远都读不到上断头台的情节了，对乔治·巴恩威尔这并不光彩的一生，他讲起后半部分来，要比前半部分慢得多。他抱怨自己正值盛年却不幸遭逢扼杀，我觉得这有些过于夸张，就好像他没有从一开始就走上了凋谢的道路，一片叶子接一片叶子地凋零。不过这顶多是有点儿冗长，让人觉得厌烦无聊。真正叫我难过的是，我明明一直安分守己，他们却偏要把整部戏的情节都与我联系在一起。说到巴恩威尔的人生开始行差踏错的情节，我表示自己对此非常遗憾，彭波乔克却义愤填膺地盯着我。沃普斯勒则煞费苦心，非要丑化我，把我变成一个罪大恶极的人。我成了戏中那个穷凶极恶而又多愁善感的角色，谋杀了亲伯父，就此犯下了不可饶恕的罪行。米尔伍德每次都把我驳倒，让我一句话都说不出来。我东家的女儿一心扑在我的身上，除了我，她什么都不在意。在那个灾难性的早晨，我气喘吁吁，一再拖延，倒也符合我那软弱的性格。最后我总算是高高兴兴地被绞死了，沃普斯勒合上了书，彭波乔克依然坐在那里盯着我，还直摇头。他说：

“要引以为戒啊，孩子，要引以为戒！”仿佛全天下的人都知道，只要我能哄骗自己的近亲资助我，我就会把他杀害似的。

结束后，天已经黑得伸手不见五指了，我和沃普斯勒先生走在了回家的路上。出了镇子，浓雾就弥漫开来，极为潮湿。税卡的灯光非常模糊，似乎和它平时的位置不太一样，在团团的雾气中，那灯光仿佛凝固了一般。见此情形，我们都说是沼泽地起风了，风向出了变化才会起雾，就在此时，我们看到一个男人萎靡地站在税卡的避风处。

“喂！”我们停下来说，“是奥立克吗？”

“啊！”他说着，没精打采地走了出来，“我就是站在这里等等，希望有个伴儿一起走。”

“你这么晚才回来。”我说。

奥立克理直气壮地回答：“是吗？那你也回来得挺晚。”

“奥立克先生，”沃普斯勒先生因为刚才的表演十分得意，便说，“我们可是度过了一个洋溢着智慧的夜晚呢。”

老奥立克只是嘟囔了一声，好像他对此无话可说，接着，我们一起继续往前走。过了一会儿，我问他这半日假期是不是去镇里逛了。

“是的，”他说，“这半天都在逛。我与你是一前一后去的。我没看见你，但我肯定我就在你后面不远。顺便说一下，炮声又响了。”

“监狱那里吗？”我说。

“是呀！有几个犯人从牢里逃了。从天黑开始，炮声就没停过。马上又要响了。”

果不其然，我们还没走出多远，那熟悉的隆隆炮声就传了过来，在浓重的雾气中听来格外低沉，沉重的炮声沿河边的低地蔓延开来，好像是在追捕并威胁着逃亡的囚犯。

“这样的夜晚，非常适合越狱。”奥立克道，“今天晚上，怎样把飞出牢笼的鸟打下来，可真是个天大的难题呀。”

这个话题触动了我的心弦，我默默地思考起来。沃普斯勒先生在那晚的悲剧表演中扮演的角色是做了好事却没有得到好报的伯父，这会儿，他仿佛在他位于坎伯韦尔的花园里，将自己的心事全都大声说了出来。奥立克双手插在口袋里，颓唐地在我身边走着。夜色沉重，不光极为潮湿，路面还很泥泞，我们一路溅着泥水，啪嗒啪嗒地走着。信号炮不时响起，轰鸣声沿着河道隆隆地飘荡着。我一直默默地思考着。沃普斯勒先生沉浸在不同的角色中，一共死了三次：第一次是在坎伯韦尔安详地死去，第二次是在博斯沃思战场上作战惨死，最后一次则是在格拉斯顿堡，受尽了痛苦而死。奥立克有时哼上几句："锤呀，打呀，老克莱姆！叮叮哐呀，体格壮呀，老克莱姆！"我以为他喝醉了，但他没有。

就这样，我们回到了村里。经过快活三船夫酒馆时已经十一点了，我们惊奇地发现店门大开着，里面乱糟糟的，罕见地点了很多灯，那些蜡烛显然是被匆匆点燃，又被匆匆地分散放在各处。沃普斯勒先生去店里打听发生了什么事（他估计是逃犯落网了），很快又极为匆忙地跑了出来。

"皮普，你家出事了。"他说，但没有停下脚步，"快跑回去看看！"

"出什么事了？"我跟上他问道。奥立克也跑到了我身边。

"我也不太清楚。好像是在乔·盖格瑞出门时，有人闯入了你家。据说是逃犯。有人遇袭受伤了。"

我们跑得飞快，根本没法说话，一直跑到我家厨房才停下。只见里面挤满了人，似乎全村的人都来了，不是在厨房，就是在院子里。有一个大夫在厨房正中央，乔也在，还有一群女人。看热闹的人一见我来了，便纷纷退开，我这才看到姐姐躺在光秃秃的地板上，没有意识，动也不动。原来，出事的时候，她面冲炉火，却不知被什么人狠狠打中了后脑，晕死在地。这之后，她虽然仍是乔的妻子，却再也不能暴躁如雷了。

第十六章

我脑袋里想的都是《乔治·巴恩威尔》里的情节，起初我以为姐姐遇袭，自己必然受到牵连，又或者，因着我是她的近亲，所有人都知道是她抚养我长大，我的嫌疑肯定比其他人大。但是，到了第二天早晨，天光大亮，我开始重新考虑这件事，加之听到周围人的议论，便从另一个角度看待此事，也得出了较为合理的看法。

从八点一刻到九点三刻，乔一直在快活三船夫酒馆抽烟斗。这期间，姐姐站在厨房门口，和一个回家的农场工人互道了晚安。这个人说不准见到她的具体时间，只说不超过九点。乔九点五十五分回到家，发现她被人打倒在地，立即叫人来帮忙。当时，炉火还烧着，并不是快熄灭了，蜡烛的灯花也不是很长。可是蜡烛已经灭了。

家里一件东西也没少。那根蜡烛放在门和姐姐之间的一张桌上，当她面对炉火遭袭时，蜡烛在她身后。除了蜡烛被弄灭了之外，厨房里没有任何混乱的痕迹，只有她自己摔倒时撞翻的物件，还有地上的一摊血；然而，现场有一个非常明显的证据。她的头和脊椎骨是被一个又钝又重的东西击中的。挨了几下后，她面朝下趴在地上，施暴者又用一个非常重的东西狠狠地砸在她身上。乔把她抱起来的时候，她旁边的地上放着一条被锉断了的囚犯脚镣。

乔用铁匠的眼光仔细打量过那条脚镣，说它被锉断已经有段时间了。监狱的人听说了此事，派人来查看脚镣，乔的看法得到了证实。脚镣确实是监狱船上的东西，只是他们也说不准是何时被人带出监狱的。不过他们可以肯定那副脚镣不属于昨晚越狱的两个逃犯，毕竟一个逃犯已被擒获，脚镣还在他的身上。

我根据掌握的信息，得出了一个结论。我认为，那副铁脚镣是我救过的那个囚犯的。我曾见过，也听过他在沼泽地里锉那副脚镣。不过我相信用脚镣伤人的不是他。我认为脚镣可能落到了别人手里，进而被拿来行凶，而嫌疑人有两个，一个是奥立克，另一个则是上次在酒馆向我露出锉刀的陌生男人。

现在来说说奥立克。那天他确实去镇里逛了一圈，后来我们在税卡遇见他，他和我们说的也是实话，有人看到他整个傍晚都在镇子里闲逛，他还去了好几家酒馆，和几个人一起喝过酒，后来与我、沃普斯勒先生一起返回。除了和姐姐大吵过一架，他没什么可疑之处。姐姐以前没少与他吵架，也和附近的其他人吵过无数次。再来说说那个陌生男子。他要是来要回他那两张钞票，他们之间根本不可能发生任何争执，毕竟姐姐早就准备好把钱还给他了；况且当时并没有发生争吵，攻击者突然闯入，并且悄无声息，她还没来得及回头看，就被击倒了。

一想到武器是我提供的，虽然并非有意，却还是可怖至极，但我也不能说我没有提供武器。一种无法形容的痛苦折磨着我，我一再考虑，该不该破除我童年时代的魔咒，把事情原原本本地告诉乔。事发后的几个月里，我每天都琢磨这件事，每天都决定不说，而到了第二天早上，我又重新开始思考，心里又起了挣扎。最后，我得出了一个这样的结论：这个秘密发生在很久以前，早就融入我的身体，成了我的一部分，我无法将它从我的身上割裂开。既然已经惹出了大麻烦，我若再提，乔一旦信了是我干的，必定与我疏远，除了担心这一点，我还害怕他不会相信，又说什么这是狗哇，牛哇，扯一些无稽之谈。我就这样一拖再拖，一直在对与错之间摇摆不定，人遇到这种事，不都是如此吗？我做了个决定，以后要是有机会可以帮忙查明袭击者的身份，我定然将实情和盘托出。

当地的警官和来自伦敦弓街的警察（这件事发生在警察仍穿红马甲的年代）在我家附近勘察了一个多礼拜，他们所采取的行动，与我听人说和从书里读到的当局处理类似案件的流程差不多。他们倒是抓了几个人，可惜那些人一看就不是凶手，他们绞尽了脑汁，可惜想出来的主意都是错的，老是强扭环境去适应他们的主意，而不是根据环境去想办法。此外，他们还站在快活三船夫酒馆的门口，露出会意而矜持的神情，使周围的人都充满了钦佩之情。他们喝酒的样子也很神秘，行动做派和他们抓罪犯时一样。不过这么说也不准确，毕竟他们并未抓到凶手。

警官们撤走了，这之后很久，姐姐依然伤重未愈，下不了床。她的视力受到了损伤，看什么东西都有重影，甚至伸手去抓并不存在的茶杯和酒杯。她的听力和记忆力也遭到了重创，说起话来含含糊糊，别人都听不懂。后来她好了一点儿，可以由别人搀扶着下楼，却依然必须随身带着我的石板，把说不出的话写下来。她的拼写能力很差，写的字母也难看得紧，乔认起字来又不太在行，结果搞得驴唇不对马嘴，只得不停叫我去解决。我也经常弄错，把“药物”认成“羊肉”，把“乔”当成“茶”，把“熏肉”认成“面包师”，而这还都是最微小的错误呢。

不过，她的脾气倒是大大地变好了，也有耐心了。她的手脚不停地哆嗦，很快，这就成了她的一个毛病，后来，每隔两三个月，她就用手抱住头，神情沮丧，似乎精神失常，要等一个礼拜才有所好转。我们不清楚该找个什么样的人来伺候她，后来碰巧发生了一件事，我们总算得到了解脱。沃普斯勒先生的姑奶奶终于摆脱了由来已久的生活习惯，我们正好趁机把毕蒂请回来照顾姐姐。

大概在姐姐再次出现在厨房的一个月后，毕蒂带着一个全是斑点的小箱子来到了我们家里，里面装着她所有的家当，这对我们来说真是一件幸事。最重要的是，这对乔来说是一大幸事。我亲爱的老朋友日日看着自己的妻子那副凄惨的模样，心都要碎了。他晚上伺候她的时候，常常转过头来看着我，眼眶湿润，说：“皮普，她这个女子，以前好看着哩！”毕蒂立即着手照顾姐姐，把她照顾得妥妥帖帖，仿佛她从小就对姐姐极为熟悉似的。此后，乔过上了平静的生活，不时去一趟快活三船夫酒馆，调节调节生活，而这对他很有好处。那些警察出于职业使然，多少对可怜的乔也起了疑心（虽然他自己并不知情），他们还一致认为他是他们所遇到过的最深沉的人之一。

毕蒂做这份差事以来的第一次重要胜利，是解决了一个难倒我们的大难题。我曾经费了很大的力气，却以失败告终。事情是这样的。

姐姐在石板上多次写过同一个字母，看起来像一个歪歪扭扭的“T”，她写完了，还非常急切地吸引我们的注意，要我们知道她很想要那个东西。我猜了很多次，从“焦油”“烤面包”，到“浴缸”，把所有以“T”打头的单词都试过了，可惜都没有猜对。最后，我终于意识到她画的可能是个锤子的标志，当我在姐姐耳边使劲儿喊出这个词时，她敲起了桌子，仿佛是表示我猜得接近了，却并非全对。于是我把家里的锤子一把接一把都拿了出来，还是不合她的意。接着，我想到拐杖的形状和她画的差不多，便从村里借了一副拐杖来，很有信心地拿给姐姐看。但她一见就猛摇头，她的身体遭受过重创，是那么虚弱，我生怕她摇来摇去，会把脑袋甩掉。

后来，姐姐发现毕蒂能很快领会她的意思，这个神秘的符号于是再次出现在了石板上。毕蒂若有所思地一边看着，一边听着我的解释，还若有所思地看了看姐姐，又若有所思地看了看乔（姐姐在石板上用乔这个名字的首字母"J"来代表他），跟着，她跑进了铁匠铺，我和乔也跟了过去。

"哎呀，肯定是那样的！"毕蒂兴高采烈地叫道，"你们不明白吗？她是要找他！"

是奥立克，毫无疑问！她已经忘了奥立克叫什么名字，只能用锤子的符号来代表他。我们和他讲了事情的经过，让他去厨房一趟。他慢慢放下锤子，用胳膊擦了擦额头，又用围裙擦了擦额头，才没精打采地走出铁匠铺，怪异地弯曲着膝盖，显出一副游手好闲的样子，让人一看就知道是他。

我承认，我原以为会看到姐姐把他臭骂一顿，结果却不是这样，我不禁大失所望。她居然表现得非常想和他搞好关系，一看到他终于来了，就十分开心，还示意要去给他拿喝的。她还观察他的神情，像是特别盼望能从他脸上看出他欣然愿意接受款待。她表现出了非常迫切地想要安抚他的愿望，一举一动中都流露出了卑微的态度，就跟我曾见过的孩子在严厉的老师面前低眉顺目的样子差不多。从那以后，她每天都在石板上画锤子，奥立克也懒洋洋地走进厨房，摆出一副顽固的样子站在她面前，好像他和我一样都不清楚这到底是怎么回事。

第十七章

现在，我过着一成不变的学徒生活，每日的活动范围只限于村里和沼泽地，除了生日那天又去拜访了哈维沙姆小姐外，不曾发生过任何不同寻常的事。我发现仍是萨拉·波克特来开门，而哈维沙姆小姐仍与我上次见到她时一模一样，说起艾丝特拉，她用词虽然不同，意思却一样。那次见面只持续了几分钟，我走时，她给了我一个几尼，还告诉我下次生日再来。这么说吧，这后来成了每年一次的惯例。第一次，我推辞了一番，不想要那个几尼，但她发起了脾气，还质问我是不是嫌少。就这样，那之后我每年都会接受。

那幢冷冷清清的老房子依然如故，房间昏暗，蜡烛释放出发黄的光芒，依然有个褪了色的幽灵坐在椅子上，面朝梳妆台的玻璃，我总觉得在这个神秘的地方，钟表停了，这里的时间也随之停止了，虽然我和外面的一切都在老去，这里却一如往昔。房子里没进过一丝阳光，此外，我每每想起那里，记忆中也不曾有过丝毫的阳光。那幢房子让我茫然不知所措，它对我产生了深远的影响，为了它，我一直在心里默默地憎恨我干的行当，也为我的家感到羞耻。

然而，我慢慢感觉到毕蒂出现了变化。她开始穿高跟鞋，把头发梳得又亮又整洁，双手总是干干净净的。她不算漂亮，样貌普通，远远及不上艾丝特拉，但她和蔼可亲，朝气蓬勃，脾气也很好。她来我们家里帮忙刚一年的时候（我记得她当时刚刚服满孝期），有一天晚上，我发现她的眼睛是那么美丽，写满了好奇和沉思，眼神是那么专注。

当时我正在抄写一本书里的某些段落，我觉得这样边看边写，双管齐下，是提升自己的好办法。写着写着，我猛然抬起头来，只见毕蒂正在观察我。我放下笔，毕蒂也停下了手里的针线活儿，但没有放下。

“毕蒂，”我说，“你太了不起了，你是怎么做到的？要么是我太笨，要么就是你太聪明了。”

“我做到什么了？我怎么不知道？”毕蒂微笑着回答。

她把我们的家打理得井井有条，但我并不是这个意思，只是在这一点的衬托下，我所指的就显得更不可思议了。

“毕蒂，我学什么你就学什么，还总能与我保持同步，你是怎么做到的？”到了这时，我觉得自己已经很有学问了，还因此十分自负，毕竟我把我生日得到的几尼都花在了这个方面，还把大部分零用钱也积攒了下来，用于类似的投资。可现在想想，我花的钱实在太多，所得到的知识却实在太少。

“我也得问问你，”毕蒂说，“你是怎么做到的？”

“我夜里下了工，从铁匠铺出来，任谁都能看见我在干什么。可你一向忙个不停，一点儿也闲不下来呢，毕蒂。”

“想必是你传染给我了，就像咳嗽一样。”毕蒂轻轻地说完，继续做针线活儿。

我仰靠在木椅上，望着毕蒂歪着头做针线活儿，心想她真是个了不起的姑娘。我现在想起，其实她对我干的这个行当也十分在行，不仅熟悉每一个锻造步骤，还分得清各式工具。总之，凡是我知道的，毕蒂也知道。若从理论上来看，她已经是一个和我一样优秀的铁匠了，甚至比我更好。

“毕蒂，”我说，“你是那种充分利用每一个变化的人。来这儿之前，你一直都没碰到好机会，瞧，你现在进步多快啊！”

毕蒂看了我一会儿，继续做针线活儿。“不过，我是你的第一个老师。是不是？”她边做针线活儿边说。

“毕蒂！”我惊奇地叫道，“哎呀，你在哭！”

“没有，我才没有。”毕蒂说，她抬起头大笑起来，“你怎么会这么认为？”

我怎么会这么以为？当然是因为看到一滴晶莹的泪珠落在了她的针线活儿上。我坐在那里，一声不吭，回想着沃普斯勒先生的姑奶奶在成功克服掉那个坏生活习惯之前（要是别人，真是恨不得早点儿摆脱呢），毕蒂伺候她，吃了多少苦。我回想起毕蒂以前的日子过得多么绝望，她不是在寒酸的小铺子里，就是在寒酸又闹哄哄的小夜校里，还要伺候那个叫人厌烦又行动不便的老人，又是拖拽又是搀扶的。我想，即使在那段困难的日子里，毕蒂身上也有一股潜力，现在，这种潜力发挥出来了，正因如此，我最初感到不安，对现状不满，才向她求助。毕蒂静静地坐着做针线活儿，不再流眼泪，我端详着她，心里思考着这些事，忽然想到自己对毕蒂的报答还不够。我也许太保守了，应该自信地给她更多的资助（不过当时我脑海里想的不是这个词）。

“是的，毕蒂。”我想了想，说，“你是我的第一个老师，那时我们根本想不到会像现在这样，一起在这个厨房里。”

“啊，可怜的人哪！”毕蒂答道。她就是这么一个无私的人。她把话题转到了我姐姐身上，便站起来，忙前忙后地照顾她去了，让她可以舒服一点儿：“你这话确实不错！”

“好吧！”我说，“我们必须像过去那样，在一起多聊聊。我还得多多向你请教，就像以前一样。毕蒂，下个礼拜天，我们去沼泽地安静地散散步，好好地聊一聊。”

姐姐身边时刻不能缺人照顾。不过在那个礼拜天的下午，乔欣然承担起了照顾她的责任，于是我和毕蒂一起出门了。此时正值夏日，天气非常晴朗。我经过了村庄、教堂和墓地，一路来到沼泽地上，看着船只扬帆起航，我开始像平时一样，一看到这风景，就联想起了哈维沙姆小姐和艾丝特拉。我们来到河边，在岸上坐下，河水在我们脚边泛起涟漪，哗哗的水流声让四周显得格外寂静，我觉得现在时机很好，地点也很好，正可以向她吐露我内心的秘密。

“毕蒂，”我先求她保守秘密，才说，“我很想当个上等人。”

“啊，要我是你就不这么想！”她答道，“我想，你的愿望实现不了。”

“毕蒂，”我严肃地说，“我要做上等人，是有特别的理由的。”

“这一点当然是你自己最清楚，皮普。但是你不认为现在这样更快乐吗？”

“毕蒂，”我不耐烦地叫道，“我现在这样，可一点儿也不快乐。我讨厌我干的行当，也讨厌我的生活。自从当上学徒，我从来没有喜欢过这两样东西。不要胡说了。”

“我胡说了吗？”毕蒂说着轻轻地挑了挑眉毛，“那我很抱歉。我不是故意的。我只希望你过得好，活得自在。”

“好吧，那我就和你彻底说个明白吧，听着，毕蒂！我永远不会，也不可能活得自在，除非我能过上与现在完全不同的生活，不然的话，我的人生就只剩下痛苦了！”

“真遗憾！”毕蒂说，神情悲伤地摇了摇头。

我也常常认为这是一件很遗憾的事，我一直以来都在与自己进行一场奇怪的争论，毕蒂不光说出了她的想法，还说中了我的心事，一时间我的苦恼和悲伤上涌，眼泪差点儿流了出来。我说她是对的，我知道这非常令人遗憾，但无济于事。

“如果我能安于现在的生活，”我对毕蒂说，揪着手边的短草，就像曾几何时，我在哈维沙姆小姐家发泄心里的情绪，不停地拉扯自己的头发，踢打酒坊的墙壁，“如果我能安于现在的生活，对铁匠铺的喜欢有小时候的一半，我也能好过得多。那样的话，你、我和乔就什么都不缺了，等我出师了，我说不定还会与乔合伙，等我长大了，我甚至有可能与你成为伴侣，我们也许会在一个天气晴朗的礼拜日下午坐在这片河岸上，那时的我们肯定与此时完全不一样。我应该配得上你吧，毕蒂？”

毕蒂看着航行的船只，叹了口气，答道：“配得上，我不是特别挑剔。”这话听起来并不顺耳，但我知道她的本意是好的。

“只是现实不是这样。”我说着，又拔起一些草，把一两根放在嘴里嚼着，“看看我现在过的是什么样的生活吧！不知足，不自在。要是没人告诉过我，我是个粗陋又庸俗的人，我一辈子也就这样过了，又有什么关系呢？”

毕蒂突然把脸转向我，专注地盯着我，她看帆船时可没这样。

“这样说很不应该，也不太礼貌。”她说着，又把目光转向了帆船，“是谁说的？”

我忽然有些尴尬，我刚才是脱口而出，没有细思。不过现在想随便应付是不可能了，于是我答道：“是哈维沙姆小姐家那位年轻漂亮的小姐说的，她真是个绝代佳人，我爱她爱到骨子里了，我是为了她，才想做个上等人的。”把心里的疯话说出来后，我开始把我扯断的草叶丢进河里，仿佛我自己也想跟着跳河似的。

“你想做个上等人，是为了刁难她呢，还是想赢得她的芳心呢？”毕蒂沉默了一会儿后，轻轻地问我。

“我不知道。”我闷闷不乐地回答。

“如果是为了刁难她，”毕蒂接着说，“那在我看来，你最好不要把她的话当回事，这样也显得你有主见，对此，你自己肯定最明白。如果是为了赢得她的芳心，那我觉得她根本不值得你付出，对此，你同样最明白。”

她的看法和我想的一模一样，很多次我都这么想过，即使是在这时，我也是这么认为的。但是，哪怕最出色、最明智的人，每天也会自相矛盾，我这样一个茫然无知的乡下穷小子，又怎么能做得到呢？

“你说得太对了，”我对毕蒂说，“但我还是爱她爱得要命。”

总之，我说完便转过身，脸朝下趴着，紧紧抓住脑袋两边的头发，用力拉扯着。我自始至终都知道自己疯魔了，爱上了一个不该爱的人，我也知道，假使我揪着自己的头发把自己的脸往河边的鹅卵石上撞，也是活该，谁叫这张脸的主人是个痴傻的呆子？这是它该受的惩罚。

毕蒂是最聪明的女孩，不再同我讲道理。她把手放在我的手上，轻轻地把我的手从头发上拿下来。由于常年的劳作，她的手很粗糙，却可以抚慰人心。接着，她温柔地拍了拍我的肩膀，以示安慰。我用袖子捂着脸，哭了一会儿，就像我在酒坊的院子里那样，总觉得有什么人待我很不公平，又好像所有人都待我不好。我也说不清是哪一种。

“皮普，你愿意向我敞开心扉，我很开心。”毕蒂说，“还有件事我也很高兴，那就是你知道你可以相信我，知道我会一直守住你的秘密，永远都值得你的信任。如果你的第一个老师（老天！她本身就没什么学识，自己还需要别人教哩）现在还可以做你的老师，那么，她很清楚要给你上一节什么课。不过这门课很难学，而你的学问如今已经超过她了，上不上都没什么用了。”毕蒂说完，为我轻轻地叹了口气，从岸边站起来，用一种清新而愉快的语调说，“我们再走走，还是回家？”

“毕蒂，”我站起来大声道，伸出胳膊搂着她的脖子，吻了吻她，“我将永远向你敞开心扉。”

“等你成为上等人后就不会了。”毕蒂说。

“你知道我这辈子都做不成上等人，所以永远都会向你敞开心扉。这倒不是说我有什么秘密没对你说，毕竟我知道什么，你也都清楚，就跟那天晚上我在家里和你说的一样。”

“啊！”毕蒂别开脸，望向远处的船只，轻声叹道。接着，她又用先前那愉快的语调问我：“我们再走走，还是回家？”

我告诉毕蒂继续走走，于是我们走了起来，夏日午后一点点过去，暮色开始合拢，周围的风景美不胜收。我不禁思考起来：我待在这样的环境里是多么自然，多么有益健康，总好过在那个钟表都停止的房间，只能借着烛光玩牌，受尽艾丝特拉的奚落。我想，如果我能把她连同其他回忆和幻想一道从脑海中抹去，如果我能去干我该干的事，享受其中，坚持到底，在不顺心的时候随遇而安，对我是大有好处的。我问我自己，如果此时在我身边的不是毕蒂，而是艾丝特拉，我是否可以肯定她会伤我的心？我不得不承认答案是肯定的，于是，我对自己说：“皮普，你真是个大傻瓜！”

我问我自己，如果此时在我身边的不是毕蒂，而是艾丝特拉，我是否可以肯定她会伤我的心？（第126页）

我们边走边谈，聊了很多，毕蒂说的每句话都合情合理。毕蒂从不侮辱人，也不任性，更不会今天一副面孔，明天就换上另一副面孔。她若是让我难过，她自己也会难过，绝不可能幸灾乐祸。她宁愿伤害自己，也不会伤我的心。那么，在她们两个人中，我怎么偏偏不对她动心呢？

“毕蒂，”在回家的路上，我说，“我希望你能带我重回正确的道路。”

“但愿我可以！”毕蒂说。

“要是我能让自己爱上你就好了……我把你当成老朋友，这才说得如此直白，你不介意吧？”

“老天，一点儿也不！”毕蒂说，“我不介意。”

“要是我真可以爱上你，我这辈子就有福了。”

“但你永远不会，你是知道的。”毕蒂说。

在那个傍晚，我觉得这件事并非没有一点儿可能，可要是几个钟头前说起，那倒是绝无可能的。于是，我说我不确定。但毕蒂说她很肯定，还说得很坚决。我心知她说得对，只是她如此言之凿凿，叫我心中很不痛快。

到了教堂墓地，我们必须穿过一条路堤，翻过水闸门附近的一段阶梯。老奥立克突然冒出来，也不知他之前是在水闸门上，还是在草丛中或淤泥里（他那懒洋洋的样子倒像是一摊烂泥）。

“喂！”他低声咆哮着说，“你们俩去哪儿？”

除了回家，我们还能去哪儿？“那么，”他说，“我要是不送你们回家，可就该下地狱了！”

他总说自己要受“下地狱”的惩罚。他说这话，其实没什么特别的含义，与我们所想的意思不一样，无非像他捏造名字一样，是为了侮辱别人，让人觉得他是在恶意中伤。我小时候一直相信，他若是有意要我下地狱，一定会拿着锋利的弯钩亲自动手。

毕蒂极力反对他和我们一起走，低声对我说：“不要让他跟来，我不喜欢他。”我也不喜欢他，便放肆地对他说：“谢谢，但我们不需要别人护送回家。”他听了这话，大笑一声，向后退开，但还是没精打采地跟在我们后面不远处。

姐姐遇袭差点儿没命，可惜她一直说不清来龙去脉。我很想知道毕蒂是否怀疑奥立克与此有关，就问她为什么不喜欢他。

“啊！”毕蒂说着，回头看了一眼萎靡地跟在我们后面的奥立克，“因为我觉得……他喜欢我。”

“他有没有告诉过你他喜欢你？”我愤怒地问。

“那倒没有。”毕蒂说，又回头看了一眼，“他从没这样对我说过。但他一见到我就手舞足蹈的。”

光凭这一点就断定别人心生爱慕，未免太过怪异，不过我觉得她这样想，肯定不会错。老奥立克竟然敢对毕蒂有非分之想，我简直怒不可遏，好像自己受到了侮辱一样。

“但你知道，这对你来说没有什么不同。”毕蒂平静地说。

“是的，毕蒂，这的确碍不着我什么，但我就是不喜欢，我不赞成。”

“我也不喜欢。”毕蒂说，“不过这对你来说并无区别。”

“没错。”我说，“但是我必须告诉你，毕蒂，如果你由着他对你手舞足蹈，我对你就难有好感了。”

那天晚上以后，我一直密切留意奥立克，只要发现他瞅准机会要去毕蒂面前手舞足蹈，我就跑过去，让他不能得逞。不过是因为姐姐突然喜欢上了他，才留他在乔的铁匠铺里，不然，我早就让乔打发他走了。对于我这番好意，他心里是明白的，后来还报答了我，不过这都是后话了，我以后才知道。

我们把话题拉回到现在。好像是嫌自己的心里不够乱似的，我又给自己平添了许多烦恼，我很清楚，毕蒂比艾丝特拉好千倍万倍，而我生来就要靠诚实的劳动过平凡的日子，这不仅没什么可丢脸的，还会给我带来自尊和幸福。产生这种想法后，我就下定决心不再对乔和铁匠铺有任何不满，等我长大了，我就和乔合伙经营铁匠铺，并与毕蒂结为伴侣，但每每在这种时候，也不知为什么，我总是想起在哈维沙姆小姐家度过的时光，那些回忆就如同一枚颇具毁灭性的飞弹，让我丧失刚刚才恢复的理智。我被搅得心乱如麻，要很久才能定下心来。我往往还来不及收拾好心猿意马，又被牵动情肠，搅得我心神大乱，觉得哈维沙姆小姐会在我出师后帮我过上富有的生活。

我敢说，等到我出师的那一天，我依然会像现在这样困惑迷茫；然而，出师的日子始终没有到来，我的学徒生涯提早结束了，至于详情如何，请继续往下看。

第十八章

转眼间，我给乔做学徒已有四年了。一个礼拜六的晚上，在快活三船夫酒馆，一群人聚在炉火边上，聚精会神地听沃普斯勒先生大声读报。我便在那群人之中。

他读的新闻讲的是一起当时十分轰动的谋杀案。沃普斯勒先生读得入情入景，仿佛他全身上下都沾满了鲜血。他幸灾乐祸地念出新闻里每一个令人厌恶的词，仿佛化身成了审讯中的每一个证人。一会儿，他装作死者，虚弱地呻吟道："我命休矣。"一会儿，他又成了凶手，野蛮地咆哮道："我早晚找你报仇。"他还模仿我们当地医生的口吻，念了医疗鉴定。一会儿，他是听到过搏斗声的收税关卡老看守，一边尖着嗓子说话，一边发抖，吓得浑身虚软，动弹不得，不禁叫人怀疑他这位证人是不是被吓得精神失常了。沃普斯勒先生把验尸官扮演成了雅典的泰门[1]。教区执事则被他演成了科里奥兰纳斯[2]。他读得尽情尽兴，我们听得尽情尽兴，都很愉快自在。在这种惬意的心情下，我们认定凶手是"蓄意谋杀"。

就在这时候，我留意到一位陌生的先生伏在我对面的木长椅上，注视着酒馆

1　出自莎士比亚的悲剧《雅典的泰门》，泰门为雅典贵族，生性豪爽，乐善好施，于是许多人乘机前来骗取钱财，后来导致其倾家荡产。

2　出自莎士比亚的悲剧《科里奥兰纳斯》，科里奥兰纳斯是古罗马的传奇将军。

里的情形。他面带轻蔑，一边看着人群，一边咬着他那粗大的食指。“喂！”陌生人在沃普斯勒先生读完后对他说，“想必你很满意吧？”

大家都吓了一跳，抬起头来，好像他就是那个凶手。他冷冷地看着每个人，面露讥讽之色。

“你认为被告有罪？”他说，“想什么就说出来吧！说呀！”

“先生，”沃普斯勒先生答道，“我虽然还不知道先生是何方神圣，但我确实认为凶手有罪。”听到这句话，我们都鼓起勇气，一致喃喃地表示赞同。

“我知道你是这么认为的。”陌生人说，“我知道你一定会这么认为。我早告诉过你了。但现在我来问你一个问题。你知不知道，根据英国的法律，在根据证据证明一个人……有罪之前，每个人都是无罪的？”

“先生，”沃普斯勒先生说，“作为一个英国人，我……”

“喂！”陌生人说，冲着沃普斯勒先生咬了咬自己的食指，“不要回避问题。你要么知道，要么不知道。究竟怎么样？”

他站在那里，头歪向一边，身体也歪向一边，一副威逼质问的样子，他朝沃普斯勒先生晃了晃食指，仿佛是要把他指出来似的，接着又把指头伸进嘴里咬着。

“说呀！”他说道，“你是知道，还是不知道？”

“我当然知道。”沃普斯勒先生答。

“你当然知道。那你为什么一开始不说呢？现在，我再问你一个问题。”他纠缠着沃普斯勒先生不放，仿佛有权随意控制他，“你知道证人尚未经过盘问吗？”

沃普斯勒先生只说了“我只能说……”几个字，陌生人就打断了他。

“什么？你不回答这个问题，你到底知不知道？好吧，我再问你一次。”他又用手指着沃普斯勒先生，“仔细听我讲。这些证人尚未经过法庭的盘问，对此，你是知道，还是不知道？来吧，我只要你说一句话。知道，还是不知道？”

沃普斯勒先生犹豫了一下，我们都有点儿看不起他了。

“你倒是说呀！”陌生人道，“我来帮你。你不值得帮助，但我会帮你的。看看你手里的那份报纸。那上面是怎么写的？”

“那上面是怎么写的？”沃普斯勒先生瞥了一眼报纸，不知所措地重复道。

“你刚才读的印刷报纸，是那份吗？”陌生人又说道，态度极其讥讽和怀疑。

“毫无疑问。”

“毫无疑问。现在你再看一下报纸，看完了来告诉我，那上面是否明明白白地提到，犯人曾明确表示他的几位法律顾问都叫他保留辩护权？”

“我这才看到。”沃普斯勒先生辩称道。

“先生，就别管你现在看到了什么吧。我也没问你现在看到了什么。你乐意的话，大可以倒着看《主祷文》，也许你早就这么做过了。现在还是来说说报纸吧。不不不，我的朋友。不要看那个专栏的最上面。你知道要看的不是那里。是看最下面，最下面。（我们都开始觉得沃普斯勒先生很会要诡计呢。）喂，找到了吗？”

“找到了。”沃普斯勒先生说。

“很好，用你的眼睛好好看看那一段，然后告诉我，那上面有没有清楚说明，犯人曾明确地说过，他的法律顾问曾指示他保留辩护的权利。快看！你认为是这样吗？”

沃普斯勒先生答道：“原话并非如此。”

“原话并非如此！”那位先生讽刺地重复道，“那是不是这个意思呢？”

“是的。”沃普斯勒先生说。

“是的。”陌生人重复了一遍，又看了看在场的其他人，伸出右手指着证人沃普斯勒，“那一段明明就摆在他的面前，他却非要污蔑一个未经法庭盘问的同胞有罪，回到家里后还可以躺在枕头上呼呼大睡，现在我要问各位，这个人到底有没有良心？”

我们都开始怀疑沃普斯勒先生与我们想象的完全不一样，他现在露馅儿了。

“各位记住了，”那位先生接着说，重重地用手指着沃普斯勒先生，“就是他这样的人，很可能会被找去担任该案的陪审员，他承担了这么重大的责任，可回到家里，他照样躺在枕头上呼呼大睡，亏得之前他还发誓将认真地为国王陛下审理被告，并根据证据做出公正的裁决，请上帝保佑他！”

到了这个份儿上，我们都深信不幸的沃普斯勒之前太过分了，趁现在还来得及，他最好不要再干这么鲁莽的事。

那位陌生的先生自有一股无可辩驳的威严，看他的一举一动，仿佛掌握着我们所有人的秘密，他要是揭穿，就能让我们倒大霉。他从长椅的椅背边走开，来到两个长椅之间的空隙，站在炉火前，他就一直站在那里，左手插在衣兜里，咬着右手的食指。

“从我得到的消息来看，”他说着扫了我们一眼，在他面前，我们全都畏畏缩缩的，“我有理由相信你们中间有一个铁匠，名字叫约瑟夫，或是乔，姓氏是盖格瑞。是哪一个来着？”

“我就是。”乔说。

陌生的先生示意他过去，乔走到他旁边。

“你有个徒弟，叫皮普，对吗？”陌生人接着说，“他在这里吗？”

“我就是！”我大声说。

陌生人没认出我来，但我认出他是我第二次拜访哈维沙姆小姐时，在楼梯上遇到的那位先生。其实刚才看到他伏在椅背上，我就认出他了，这会儿，我站在他面前，他把一只手搭在我的肩膀上，我仔细打量他，看着他的大脑袋、深色皮肤、深陷的眼睛、浓黑的眉毛、粗大的表链、浓密的黑胡子，我甚至闻到了他那只大手散发出的香皂味。

“我想私下跟你们谈谈。”他从容地打量了我一番后说，“想必要谈上一段时间，最好去你们的住处。至于我要说的事，还是不要在这儿提了。以后，你们想对朋友们说，说多说少都由你们自己看着办，就和我没什么关系了。”

我们三个人在众人充满好奇的沉默中走出快活三船夫酒馆，又在充满好奇的沉默中走回了家。一路上，陌生的先生不时看我一眼，偶尔还咬一下自己的手指。快到家时，乔快走几步，打开了前门，用这样含糊的方式表示这是一个令人印象深刻的隆重场合。我们的谈话是在客厅进行的，里面只点了一根蜡烛，光线有些昏暗。

陌生先生在桌旁坐下，把蜡烛拉到面前，翻看他笔记本里的几条记录。接着，他收起笔记本，把蜡烛推在一边。黑暗中，他的目光越过蜡烛，看了我和乔一眼，想弄清楚哪个是我，哪个是乔。

“我叫贾格斯，是伦敦的一名律师，非常出名。”他说，“我来找你们，是为了一项特殊的业务，首先我要解释一下，这件事并非我本人所为。如果有人征求我的意见，我就不会在这里了。只是没人问我的看法，所以你们才能在这里看到我。我是受人之托来办此事的。事情就是这样的。”

他发觉从他坐的地方看不清楚我们，就站起来，把一条腿搁在椅背上，身体就伏在这条腿上。他就这样一只脚在椅子上，一只脚在地上。

“约瑟夫·盖格瑞，有人委托我与你接洽，要你解除与这个年轻人的师徒关系。要求你与这个年轻人解除学徒契约，是为了他好，你不会反对吧？你应该不会索要报偿吧？”

“我不要什么报偿，我是不会阻碍皮普的前程的。”乔瞪着眼睛说。

“你这么说，可见你是个好人，但对于解决这件事并无益处。”贾格斯先生答道，“问题是，你想要报偿吗？你是否有什么要求？”

“答案是没有。”乔严肃地回答。

我好像看到贾格斯先生瞥了乔一眼，仿佛认为他是一个大傻瓜，居然如此无私。但是，我太好奇了，也太惊讶了，并没有看真切。

“很好。”贾格斯先生说，“你要记住自己的话，以后不要反悔。”

“谁要反悔？”乔反驳道。

“我没说有谁要反悔。你养狗吗？”

“是的，我养了一条狗。”

“那么请记住，要向狗学习，说得再多都没用，要看怎么做。记住这句话，好吗？”贾格斯先生重复道，他闭上眼睛，向乔点点头，好像原谅了他的错误似的，“现在，我再来谈谈这个年轻人。我受托来传递的信息是，他将拥有一个远大的前程。”

我和乔都倒抽了一口气，瞧着彼此。

“我受托通知他，他将得到一笔可观的财产。”贾格斯先生用手斜指着我说，“此外，那笔财产的当前拥有者希望立即带他脱离现在的生活，并离开这个地方，去学习如何做一个上等人，总而言之，是要把他培养成一个有远大前程的年轻人。”

我的梦想成真了。疯狂的幻想如今演变成了真真正正的现实。哈维沙姆小姐总算要栽培我，让我发大财了。

“皮普先生，接下来的话我只能对你一个人说。”律师又说道，“首先，我的委托人要求你一直使用皮普这个名字。我敢说，你不会反对，毕竟这只是个小小的条件，不能妨碍你的远大前程。但是，如果你不赞同，现在就请提出来。”

我的心跳得那么快，耳朵里嗡嗡作响，费了很大的劲儿，才结结巴巴地表示我不反对。

“我就知道你不会！现在我要说第二点，先生，对于你那位慷慨的恩公是何身份，我必须保密，只能等其本人向你揭露。我只有权告诉你，你的恩公希望有朝一日亲自对你说明此事。至于在何时何地向你说明，我不清楚，也没人清楚。也许是在许多年后。还有一点你要明白，从此之后在你我的来往中，你绝不可向我询问此事，也不可拐弯抹角地暗示或提及那人的身份。即使你有所怀疑，也要把怀疑一直埋在心里。至于为什么设置这样的禁令，一点儿也不重要。也许是出于最充足、最重要的理由，也许只是一时的心血来潮。那不是你该打听的。好了，条件都已经说明了。现在只剩下一件事要办，那就是你接受这些条件，并保证遵守。委托人交付我办的事就是这些，再无其他。这个人就是赠予你财产的人，至于他身份的秘密，只有他本人和我知道。再者，你即将得到大笔的财富，如此一说，这个条件也不是很难办到。但如果你反对，现在就提出来。你说说吧。”

我又一次结结巴巴地表示我没有反对意见。

“我就知道你不会！好了，皮普先生，我把条款都交代清楚了。”他虽叫我皮普先生，还开始向我示好，却仍带着威逼和怀疑的姿态。即使是现在，他说话时偶尔还闭上眼睛，用手指着我，仿佛是在告诉我，他对我干过的坏事桩桩件件了如指掌，只要他选择揭发，我必定完蛋。“接下来，我们只要谈谈安排的细节。你要知道一点，虽然我不止一次说到了‘远大前程’这个词，但你将得到的不仅仅是前程。现在我手里已经有一笔款项，足够供你接受教育和维持生活。请把我当作你的监护人。啊！”见我要感谢他，他赶忙说道，“我必须立即告诉你，我的服务是有偿的，没钱拿，我也不会提供服务。我的委托人认为，你的地位既已发生了变化，就必须接受更好的教育，你将认识到利用这个优势是多么重要，也是多么必要。”

我说我一直渴望接受教育。

“别管你一直渴望的是什么，皮普先生。”他反驳道，“不要把话题扯远了。只要你现在渴望接受教育就够了。你的意思是不是，你愿意立即接受安排，去接受正规的家庭教师的辅导？是这样吗？”

我结结巴巴地说是的，就是这样。

“很好。现在我要征求一下你在这方面的意见。我觉得这样并不明智，但我受到的委托就是如此。你有没有听说过哪个比较喜欢的家庭教师？”

除了毕蒂和沃普斯勒先生的姑奶奶，我从未听说过别的家庭教师。所以，我回答说我不知道。

“我倒是认识一个家庭教师，我想他或许适合辅导你。”贾格斯先生说，“请注意，我并不是向你推荐他，我从不推荐任何人。我所说的这位先生是马修·波克特先生。”

啊！我一听这个名字就知道是谁了。这人是哈维沙姆小姐的亲戚。正是卡米拉夫妇提到的那位马修。等哈维沙姆小姐死后，穿着新娘礼服的尸体停放在喜桌上，这位马修将站在她的脑袋边上。

“你知道这个人吗？”贾格斯先生说，他敏锐地看了我一眼，就闭上眼睛等待我的回答。

我回答说我听说过这个人。

“啊！”他说，“你听说过这个人。但问题是，你认为怎么样？”

我本想说我非常感谢他的推荐，却没能把话说完。

“不，我年轻的朋友！”他打断我的话，慢慢地摇着他那颗大脑袋，“你再好好想想！”

我什么也想不起来，只好又说我非常感谢他的推荐……

“不，我年轻的朋友。”他打断了我的话，摇着头，眉头皱成了一个疙瘩，脸上露出了微笑，“不，不，不，你心眼儿挺多，但这一招是行不通的。你小小年纪，别想引我入套。‘推荐’这个词不合适，皮普先生。再想一个词吧。”

我只得改口，说我非常感谢他提到马修·波克特先生……

“这才像话！”贾格斯先生大声道。

我又说，我很乐意跟那位先生学习。

“很好。你最好到他家里接受他的辅导。我会为你做好安排，你可以去伦敦，先去见见他的儿子。你什么时候可以去伦敦？”

乔站在一旁，一动不动地看着我们。我瞥了他一眼，说我认为可以立即动身。

“首先，”贾格斯先生说，“应该给你做几件新衣服，不能再穿工作服了。下个礼拜的今天启程吧。你需要钱。我给你二十个几尼，可以吗？”

他非常冷静地掏出一个长钱袋，数出钱放在桌上，推到我面前。此时，他才把腿从椅子上拿下来。他把钱推过来后，跨坐在椅子上，一边摇晃着钱袋，一边盯着乔。

“喂，约瑟夫·盖格瑞？你发什么呆呀？”

“我的确是在发呆！”乔坚决地说。

“我们可都听到你亲口说不要补偿的，还记得吗？”

“我刚才是这么说的，现在还是这么说。”乔道，“以后也还是这话。”

“可是，”贾格斯先生挥动着他的钱袋说，“如果我受到的委托是送你一份礼物作为补偿呢？”

“补偿什么？”乔问道。

“他不能为你干活儿了，所以要补偿你。”

乔把一只手放在我的肩膀上，动作轻柔得像个女人。从那以后，我常常想，乔就像一把汽锤，是力量和温柔的结合体，既可以把人砸瘪，也可以轻轻敲打蛋壳。“皮普可以不再干活儿，从此过上体面富足的生活，我是打心眼儿里开心的。但是，失去了这孩子，失去了我最好的朋友，你要是觉得给我钱，就能补偿我、补偿铁匠铺，那你就大错特错了！”

亲爱的乔啊，大好人乔啊，我当时都要离开你了，对你那么忘恩负义。此时此刻，你的样子再次出现在我的脑海里，你那铁匠的双臂肌肉结实，你那宽阔的胸脯起伏着，你的声音渐渐低了下去。啊，亲爱的乔，你是那么善良、忠实、温柔，我感到你的手放在我的胳膊上，充满了爱意，在颤抖着，仿佛天使沙沙作响的翅膀，至今依然叫我觉得神圣不已！

但我当时只是安慰了乔几句。我心心念念的都是未来的锦绣前程，如同进入了一座迷宫，迷失其中，再也找不到我们曾经一起跋涉过的偏僻小路了。我请求乔不要难过，他说我们是最好的朋友，我告诉他我们将来依然是最好的朋友。乔一个劲儿地用空闲的那只手腕抹眼泪，像是想把眼珠子抠出来似的，但没有再说一句话。

贾格斯先生在一旁看着，仿佛认定乔是个乡下莽夫，而我是他的监护人。我和乔说完，贾格斯先生掂了掂手里不再晃动的钱袋，说道："约瑟夫·盖格瑞，我提醒你，这是你最后的机会。可别在我面前耍手段。有人委托我给你一笔谢礼，你想接受，就说出来，我支付给你。可相反，如果你说……"他说着说着，看到乔突然在他周围转来转去，一副凶神恶煞的样子，似乎要对他拳脚相向，便连忙住了口。

"我的意思是这样的，"乔大声道，"你跑到我家里来，故意惹恼我，和我纠缠不清，那就来吧！我的意思是说，你要是个男子汉，就来吧！我的意思已经说明白了，你要么站出来，要么就一边待着去！"

我把乔拉开，他对着我，立刻变得和和气气。他向我说明，他这是在亲切而礼貌地规劝有关人士，他不能容许别人来他家里耍弄他、吵扰他。乔刚才示威时，贾格斯先生早已站起来，退到门边去了。他并没有表示出再进屋的意思，只是在那儿发表了一番临别宣言。他是这样说的："好吧，皮普先生，在我看来，你要做一个上等人，那越早离开这里越好。我们就说好下礼拜的今日动身，届时你将收到我的地址，那地址是印刷出来的。到了伦敦，你去公共马车站租一辆马车，直接去找我。请理解，这件事是我受托经办的，无论如何我都不会发表任何意见。有人付钱给我，我就照吩咐做。你要明白这一点。明白这一点！"

他一边说，一边用手指着我们两个，要不是他认为乔是个危险人物，我想他肯定还有话要说，绝不可能这么快就走。

我突然想起一件事，便跑去追他，他把租来的马车停在了快活三船夫酒馆，这会儿正往那儿走。

"请等一等，贾格斯先生。"

"嘿！"他转过身来问道，"怎么了？"

"贾格斯先生，我不仅希望自己所做的每件事都是对的，还希望能事事都遵照你的指示。所以我觉得最好找你问问清楚。在离开这儿之前，我是否可以向我在这一带的熟人告别？"

"可以。"他说，似乎不太明白我的意思。

"我的意思是，不只是村里，还有镇里的熟人。"

“可以。”他说，“没有异议。”

我谢过他后跑回了家，发现乔已经锁上前门，离开了客厅，他正坐在厨房的炉火旁，两只手分别搁在两边的膝盖上，目不转睛地盯着燃烧着的煤块。我也在炉火前坐下，凝视着煤炭，良久，我们都没说话。

姐姐坐在角落里她那把有软垫的椅子上，毕蒂坐在炉火前做针线活儿，乔坐在毕蒂旁边，我坐在乔旁边，和姐姐面对面，也在一个角落里。我越望着燃烧的煤块，就越不敢看乔。沉默持续的时间越长，我就越觉得说不出话来。

最后，我终于还是开口了："乔，你告诉毕蒂了吗？"

“没有，皮普。”乔答，仍然望着炉火，紧紧地抓着膝盖，仿佛他得到密报，知道膝盖打算逃跑似的，“还是你自己来说吧，皮普。”

“还是你说吧，乔。”

“皮普发财了，要做上等人了。”乔说，“愿上帝保佑他！”

毕蒂放下手里的活计，瞧着我。乔抱着膝盖看着我。我则看着他们两个。过了一会儿，他们都衷心地祝贺我。但他们的祝贺中透着一丝悲伤，我听了非常生气。

我提醒毕蒂（借着提醒毕蒂，也让乔知道），作为我的朋友，我觉得他们肩负着一项重大的义务，那就是不要去打听是谁带我飞黄腾达，也不要议论我的恩公是谁。我说，时机到了，一切自会水落石出，在那之前，什么都不要谈论，只说有一位神秘的赞助人要栽培我获得远大前程。毕蒂对着炉火若有所思地点了点头，又继续干她的活儿，还说她一定会非常谨慎。乔仍抓着膝盖，说："好，我一定会特别注意的，皮普。”接着，他们又向我表示祝贺，还说一想到我要做上等人了，他们都觉得不可思议，我听了可真火大。

毕蒂费了很大的力气，把这件事说给我姐姐听。在我看来，她的努力都白费了。姐姐哈哈大笑，还频频点头，甚至学着毕蒂，重复“皮普”和“财产”这两个词。不过我估计这就像喊竞选口号一样，没有特别的含义。对于姐姐的精神状态，只能用浑浑噩噩来形容了。

如果不是亲身经历，我绝对不会相信，但是，随着乔和毕蒂恢复了轻松愉快的心情，我却变得十分沮丧。眼看着我就要平步青云，我自然不会有何不满，但我很可能是对自己感到不满，只是我当时并没有意识到这一点。

我说，时机到了，一切自会水落石出，在那之前，什么都不要谈论，只说有一位神秘的赞助人要栽培我获得远大前程。（第138页）

不管怎么说，我坐在那里，一只胳膊肘支在膝上，用一只手托着脸，望着炉火，另外两个人则在谈论我即将离开，没有我他们该怎么办，以及诸如此类的事情。每次看到他们有谁看向我，虽然他们神情愉快（他们老是看我，尤其是毕蒂），但是我觉得自己受到了冒犯，仿佛他们这是在表示对我的不信任。可其实无论言语还是动作，他们都没有这个意思。

每每遇到这种情况，我就站起来，去门边向外张望。厨房门一打开就能看到夜色，到了夏天的晚上，还会一直开着通风。我当时抬头望着天上的星星，只觉得它们寒酸又卑微，只能把星光洒在乡野，而我正是在这片乡野里长大的。

"现在是礼拜六的晚上。"我说，这时我们坐下来吃晚饭，吃的是面包、奶酪和啤酒，"再过五天，那之后再过一个晚上，我就要走了！五天一转眼就过去了。"

"是的，皮普。"乔说，啤酒杯在他嘴边，他的声音听起来有些空洞，"一转眼就过去了。"

"是的，很快就过去了。"毕蒂说。

"乔，我一直在想，礼拜一我去镇里定新衣服，就告诉裁缝我去他那儿试穿，要不就吩咐他们把衣服送到彭波乔克先生家去。若是送到村里，大家都盯着我看，挺难为情的。"

"哈伯夫妇也许想见见你的新模样，看看你做上等人是何等的派头，皮普。"乔说，他把面包和奶酪摞在一起放在手心里，努力地切着，然后，他瞥了一眼我那份没有动过的晚餐，像是想起了我们从前常常比谁吃得快，"沃普斯勒也许也想看，快活三船夫酒馆的人说不定还会恭喜你呢。"

"这正是我不愿看到的，乔。他们只会当是一场热闹来瞧，把场面搞得粗俗不堪，那我可受不了。"

"啊，确实是的，皮普！"乔说，"既然你受不了……"

毕蒂正拿着盘子给姐姐喂饭，问我："你想过什么时候穿着给盖格瑞先生、你姐姐和我看吗？你一定会穿给我们看的，是不是？"

"毕蒂，"我有些不满地回答，"你的脑袋反应太快了，我都跟不上了。"

"她一向反应敏捷。"乔说。

"如果你再等一会儿，毕蒂，你就会听到我说，我会找一天晚上把我的衣服捆在一起带到这儿来，应该是在我动身前的那个晚上吧。”

毕蒂没有再说什么。我慷慨地原谅了她，很快就同她和乔深情地互道了晚安，上楼睡觉去了。我走进我的小房间，坐下来，久久地望着它。这里小而简陋，而我很快就要平步青云，再也不会回到这里了。这里有很多儿时的回忆，那些事仿佛就发生在昨天。可与此同时，我又十分困惑，一会儿想着现在的房间，一会儿想着我即将住进去的更好的房间，就像我以前一会儿觉得铁匠铺好，一会儿又认为哪儿也比不过哈维沙姆小姐家，一会儿想着毕蒂，却又对艾丝特拉念念不忘。

炽热的太阳一整天都照着我这间阁楼的屋顶，这会儿房间里依然有些闷热。我打开窗户，站在那里向外张望，只见乔从下面漆黑的门洞里慢慢地走出来，转了一两圈，接着，我看到毕蒂也走了出来，把烟斗递给乔，还为他点燃了。他从不在这么晚抽烟，可知他有烦心事，需要抽袋烟缓解一下。

他就站在门口抽烟斗，在我的正下方，毕蒂也站在那里，轻声地跟他说话，我知道他们在谈论我，因为我听到他们不止一次用关心的语气提到我的名字。即使我能听得清楚，我也不会再听，于是我离开窗边，坐在床边的椅子上，心里又是悲伤又是不安，我现在有了光明的前途，可这才第一个晚上，我就感觉到了一种前所未有的孤独。

我朝开着的窗户望去，只见乔的烟斗里飘出了袅袅轻烟，我把这想象成乔的祝福，既没有强加给我什么，也没有向我吹嘘，只是弥漫在我们共同呼吸的空气中。我熄灯，爬上了床。现在这张床睡起来是那么不舒服，我再也不能在上面酣然入梦了。

第十九章

第二天早晨的到来，让我对未来的人生有了不一样的看法，曙光给我的未来增辉添彩，让它看起来完全不同了。只是一想到还要六天才能上路，我的心情就不免沉重起来，生怕在这段时间里，伦敦会发生意外，等我到了那里，情况就大不如前，更有甚者，我会被打回原形。

每次我谈到我们即将分离，乔和毕蒂便表现出礼貌友善的态度，但是他们从不主动提起。吃过早饭，乔从普天下最好的客厅的柜子里拿出了我的学徒契约，我们一起把它投进火里烧了，我顿时感觉自己自由了。我摆脱了束缚，全身上下都被一种新奇的感觉包裹着，还和乔一起去了教堂。我想，要是牧师知道了一切，他也许就不会朗读关于富人进入天国的故事了。

午饭吃得早了一些，用完饭之后，我独自出去溜达，想着最后去一趟沼泽地做个告别。从教堂经过的时候，对每个礼拜日都上教堂的可怜人，我都产生了一种掺杂着傲慢的同情（就像早晨我做礼拜时所感受到的那样），他们一辈子都是如此，最后将默默无闻地长眠于长满青草的低矮坟包之下。我暗自许诺，总有一天我要为他们做点儿什么，我大致计划好了，要给村里每人送上一顿美餐，有烤牛肉和葡萄干布丁，还有一品脱啤酒，让他们知道我是个大善人。

我一想起我和那个逃犯在一起待过，还曾见过他一瘸一拐地从这些坟墓之间走过，我就觉得羞愧难当。那么在这个礼拜日，当这个地方让我联想起那个衣衫褴褛、浑身发抖的人，他戴着重罪犯才戴的脚镣，我的心情又是如何啊！让我感到安慰的是，那是很久以前的事了，他现在肯定去了很远的地方，对我来说，他已经死了，而且可能确实不在人世了。

今后，我再也看不到那些湿漉漉的洼地，再也看不到那些堤坝和水闸，再也看不到吃草的牛群了，那些牛平时看起来迟钝呆笨，现在则多了几分恭敬，它们还扭过头来盯着即将得到远大前程的我看了很久。再见啦，童年时代熟悉却也乏味的人与物，我就要去伦敦了，就要去过飞黄腾达的生活了。我再也不必做铁匠活儿，再也不会与你们有交集了！我兴高采烈地走到老炮台，躺在那里琢磨着哈维沙姆小姐是否有意把艾丝特拉许配给我，想着想着，便沉沉睡去了。

我醒来时，惊讶地发现乔竟然坐在我旁边，正在抽烟斗。见我睁开眼睛，他露出愉快的微笑，说："这是最后一次机会了，皮普，所以我跟着你过来了。"

"乔，我很高兴你这样做了。"

"谢谢，皮普。"

"你要知道，亲爱的乔，"握过手之后，我继续说，"我永远也不会忘记你。"

"是的，是的，皮普！"乔用安慰的语气说，"我敢肯定是的。是啊，是啊，老伙计！上帝保佑你，只要能打心眼儿里接受，就没问题啦。之前我还一度没法儿从心里接受，毕竟这个变化来得太突然了，是不是？"

不知怎的，乔对我这么放心，我反倒高兴不起来。我真希望他情绪激动，或者说一句："我倒要看看你会不会忘，皮普。"或者诸如此类的话。因此，我没有理会乔说的第一点，只说他的第二点，表示事情的确突然，可我一直都想成为上等人，还常常思考真成了上等人后该做些什么。

"你一直都是这么想的？"乔说，"太不可思议了！"

"乔，真可惜，"我说，"我们在这儿上课时，你学到的东西有点儿少，是不是？"

"我不知道。"乔回答，"我太笨了。我只精通自己干的行当。我这么笨，这么迟钝，一直都令人遗憾。不过，一年前的今天我也是这样，所以也没什么可遗憾的了。"

我的意思是，等我得到了财产，我要为乔做点儿什么，到时候他的地位一定会提升，要是他的学问能配得上他的地位，那就皆大欢喜了；然而，他对我的心意一无所知，所以我觉得还是先跟毕蒂说说为好。

所以，在我们回家喝过茶之后，我便把毕蒂叫到家中的小菜园里（园外就是小路）。我先说了几句话哄她高兴，表示自己永远不会忘记她，接着就提到有件事要她帮忙。

“毕蒂，”我说，“只要有机会，你都要帮助乔，哪怕只是让他进步一点点。”

“怎么帮他？”毕蒂问，用坚定的目光看着我。

“乔是个大好人，事实上，我觉得他是世界上最好的人，但是，他在有些事情上就有点儿落后。毕蒂，比如说学问和举止这两个方面。”

虽然我说话的时候看着毕蒂，虽然她瞪大了眼睛听我说话，但是她的目光却不在我身上。

“他的举止！你觉得他不够礼貌吗？”毕蒂摘下一片黑醋栗叶子，问道。

“我亲爱的毕蒂，在这个地方，他的举止自然是没问题的……”

“啊！在这里没问题？”毕蒂打断了我，她一直仔细瞅着她手里的叶子。

“听我把话说完。可是，如果我能让乔得到更高的社会地位，等我把财产拿到手，我希望能让乔拥有更高的地位，到时候，他的举止就成了他的短板了。”

“你认为他会不知道？”毕蒂问。

这是一个非常令人恼火的问题（我真想不到她会这么问），于是我没好气地说：“毕蒂，你这是什么意思？”

毕蒂把叶子揉成了碎片。从那天起，只要闻到黑醋栗丛的气味，我便会想起这天晚上我和毕蒂在路旁小菜园里的情景。她说：“你从没想过他也有自尊心的吗？”

“自尊心？”我加重语气，轻蔑地重复了一遍。

“是呀！自尊有很多种。”毕蒂说，她直视着我，还摇了摇头，“自尊心并不只有一种……”

“嗯？你怎么不说了？”我说。

“自尊心不是只有一种。”毕蒂接着说，“他或许也有很强的自尊心，不会听任别人的唆使，丢弃他能胜任的行当，毕竟他在那一行干得很出色，又很受人尊敬。说实话，我认为他就是这样的。我这么说听起来很大胆，不过你一定比我更了解他。”

“毕蒂，”我说，“听到你这样说，我很难过。我没想到你会说出这种话。毕蒂，你这是在嫉妒，心里不情不愿的。我一夜之间变得富有，你心生不满，不由自主地表现了出来。”

“你心里要是真这样想，那就说出来吧。”毕蒂答，“你心里要是真这样想，那就说出来吧，你可以一遍一遍地说。”

“毕蒂，你心里要是真这样想，就只管朝我发火吧。”我用一种自命清高的语气说，“看到你这样，我很难过，这真是人性中不好的一面。我确实想请你在我走后，但凡有一点儿机会，都要利用起来，帮助亲爱的乔提升自己。但现在这样的情况，我就不请你帮忙了。看到你这样，我非常难过，毕蒂。”我重复道，“这真是……真是人性中不好的一面哪。”

“不管你责骂我还是赞成我，”可怜的毕蒂答道，“你都可以相信我，在这里，任何时候我都会尽力去做我力所能及的事。无论你怎样评价我，我都会一直记得你。不过，作为绅士，不应该有失公正。”毕蒂说着，转过头去。

我又没好气地说这就是人性中不好的一面（我这时候说这句话自然不妥，但我表达的意思是对的，后来这也得到了验证），我离开毕蒂，沿着小路走了起来。她回了屋，我走出菜园门，垂头丧气地溜达到晚饭时间才回去。悲伤和不安的感觉再次将我团团围住，这是我交上好运的第二个晚上，却和第一晚一样寂寞，一样不尽如人意。

但是，随着早晨的到来，我又打起了精神。我对毕蒂从轻发落，我们都没再说起那个话题。我穿上自己最好的衣服，一早动身前往镇上，希望到了之后，商铺已经开门了。我去了裁缝特拉布先生的铺子，只见他正在铺面后面的客厅里吃早饭，他见是我来了，觉得不值得出来接待我，就招呼我去客厅。

“嘿！”特拉布先生用非常友好的口吻说，“你好，我能为你做什么？”

特拉布先生把他那热乎乎的面包切成了三块，就像三张羽绒褥垫，他正往褥垫之间涂黄油，用黄油把整片面包都覆盖住了。他是个老光棍儿，生意做得很红火，他家敞开的窗户外面是一个茂盛的小园子，里面种着蔬菜和果树，壁炉边的墙壁里嵌着一个很有气派的保险箱。我敢肯定，他那成堆的钱财就装在袋子里，锁在保险柜中。

“特拉布先生，”我说，“有件事我不得不说，绝对不是在吹嘘。我得到了一笔可观的财产。”

特拉布先生马上就像变了个人。他忘记了褥垫之间的黄油，从床边起来，在桌布上擦了擦手指，大声道：“老天！”

“我要到伦敦去找我的监护人，”我一面说，一面漫不经心地从口袋里掏出几个几尼，看了看，“我需要一套时髦的衣服，好穿着去伦敦。我希望用现钱付款。”我补充道，生怕他收不到现款，答应做却不肯真正动手。

“我亲爱的先生，”特拉布先生说着，毕恭毕敬地弯下身子，张开双臂，擅自碰了碰我的胳膊肘外侧，“你这样说，可就折杀我了。我可以冒昧地向你表示祝贺吗？请到店里去，可以吗？”

特拉布先生店里的小伙计是那片乡下最胆大包天的一个人。我刚才进店时，他正在扫地，见到我，他就把脏东西都往我身上扫过来，好从苦工里找点儿乐子。我和特拉布先生一起走进店里时，他还在扫地，他用扫帚扫遍了所有可能的角落，还敲击所有的障碍物，照我看，他这是在表示他的功夫和任何活着或死了的铁匠不相上下。

“别吵，不然我就敲掉你的脑袋！”特拉布先生极其严厉地说，“请坐，先生。”特拉布先生说着，取下一捆布，流畅地在柜台上摊平，把手伸到布下面，展示布匹的光泽：“这是块上好的料子，高档，优质，正适合你用，先生。不过我可以多拿几块料子给你挑选。你，把四号拿过来！”（这话是他对小伙计说的，他说完还狠狠地瞪了小伙计一眼，像是预料到那个小无赖会用布匹撞我，或是做出其他得罪我的举动。）

特拉布先生那严厉的目光始终牢牢定格在小伙计身上，直到他把四号布料放在柜台上，躲到安全的距离之外。然后，他又吩咐小伙计把五号和八号布料拿来。“别让我逮到你在这儿耍把戏。”特拉布先生道，“不然你会后悔的，你这个小混蛋，保管叫你吃不了兜着走。”

说完，特拉布先生俯身向四号布料看去，恭顺而又充满把握地向我推荐，说这款布料质地轻盈，适合夏天穿着，在贵族和上流人士中很受欢迎，他只要想起有一位地位尊贵的同乡穿过他的这种布料（如果他有幸可以做我的同乡的话），他就会觉得不胜荣幸。“小无赖，赶紧去把五号和八号拿来。”特拉布先生给我介绍完，又对小伙计道，“还是要我一脚把你踢出店外，我自己去拿？”

根据特拉布先生的意见，我在他的帮助下选了一款料子做套装，又走进客厅去量尺寸。特拉布先生其实知道我的尺寸，以前给我做衣服也只会按照那个尺寸来做，但现在他充满歉意地告诉我：“在目前的情况下，是不能用了，先生，绝对不能用了。”于是特拉布先生在客厅里给我量了尺寸，还计算了一番，仿佛我是一块地，而他是最好的土地测量员，他费了这么大的力气，我甚至觉得就算找他做衣服，也无法补偿他的辛劳。他总算量好了尺寸，还约定礼拜四晚上把衣服送到彭波乔克先生家里，接着，他把一只手放在客厅的门锁上，说：“先生，我知道，一般来说，伦敦的上流人士是瞧不上我们乡下人的手艺的，不过，你要是能看在我们是同乡的分儿上，不时光临本店，那我真是感激不尽了。再见，先生，非常感谢。……门！”

他最后一句话是对小伙计说的，可惜小伙计没有领会。不过我看到在老板点头哈腰地把我送出去后，小伙计已经吓得瘫坐一团了。这是我第一次深刻体验到金钱所具有的惊人威力，就连特拉布的小伙计也只有俯首帖耳的份儿。

这是我第一次深刻体验到金钱所具有的惊人威力。（第147页）

完成了这件令人难忘的大事，我又去了帽店、鞋店和丝袜店，感觉自己像极了哈伯德大妈养的那条狗，要给它装备齐全，非得需要许多行当不可。我还去了公共马车售票处，买了礼拜六早上七点的车票。这一趟下来，不必随时向人解释我得了一笔可观的财产。但我只要提起，店铺老板就会把注意力从窗外的大街上收回来，一心一意地招呼我。把需要的物品都订购齐全后，我朝彭波乔克先生家走去，来到他的商铺前，我看到他已经站在门口等我了。

他等我都等得不耐烦了。原来他一大早坐马车出门，去铁匠铺时就听说了我的事。他在表演过《乔治・巴恩威尔》的客厅里为我准备了点心，还吩咐店里的伙计“别挡路”，让我这位尊贵的客人过去。

“我亲爱的朋友，”彭波乔克先生拉着我的双手说，这时只剩下我和他，以及点心，“你交上了好运，我真开心啊。这是你应得的，应得的！”

这话说到点子上了，我认为这是表达自己的一种明智方式。

彭波乔克先生先是哼哼唧唧地表示有多羡慕我，随即说：“一想到我当初尽了一些绵薄之力，把你送到了如今的地位，我就不胜荣幸。”

我请求彭波乔克先生记住，在这一点上，什么也不许说，甚至连暗示也不可以。

“我亲爱的小朋友，”彭波乔克先生道，“如果你允许我这样称呼你……”

我低声说了句“当然可以”，彭波乔克先生听了，又抓起我的双手，他的马甲随着他的动作起伏，仿佛心情十分激动，只是起伏之处是他的肚子。“我亲爱的小朋友，你就放心吧，你走后，我一定会尽我的一份力，让约瑟夫记住这件事……约瑟夫！”彭波乔克先生说，他虽是在起誓，语气里却充满了怜悯，“约瑟夫！！约瑟夫！！！”他一边说一边摇头，还用手敲打脑袋，表示他很了解约瑟夫有何缺陷。

“但是，我亲爱的小朋友，”彭波乔克先生说，“你一定饿了，也一定累坏了。坐下吧。这只鸡是从蓝野猪饭庄买来的，这条舌头也是从蓝野猪饭庄买来的，还有一两样小吃，都是从蓝野猪饭庄买来的，但愿你不要嫌弃。”他刚坐下就又站了起来，“坐在我面前的人呀，在你快乐的童年，我还曾和你开过玩笑，是不是？我可不可以……可不可以……？”

他的意思是“可不可以”和我握手。我同意了，他热情地与我握了手，才再度坐下。

“这里有酒。”彭波乔克先生说，“我们喝一杯吧，感谢命运的眷顾，愿她永远以同样的眼光挑选命运的宠儿！”彭波乔克先生说着又站了起来，“然而，看到我面前有一位命运的宠儿，为他举杯祝福，我实在是不得不问一句，我可不可以……可不可以……？”

我告诉他可以，他又跟我握了握手，才干了杯里的酒，还把酒杯倒了过来。我也喝光了酒，立即感到酒气上涌，即使我在喝酒前来个倒立，那种头昏眼花的感觉也不会比酒劲更强烈了。

彭波乔克先生让我吃了肝翅，又让我吃了舌头最好的部分（不再只给我吃肥腻的猪肉了），相比之下，他并不在意自己吃什么。“啊！鸡呀，鸡呀！在你还是小鸡崽的时候，哪里预想得到自己的命运呢？”彭波乔克先生指着盘子里的鸡肉说，“你哪里预想得到，自己竟会成为这间陋屋里的一盘菜？对了……如果你愿意，就说这是我的一个毛病吧。”彭波乔克先生说着再次起身：“我可不可以……可不可以……？”

似乎再也没有必要重复我应允的过程，于是他说完便来握住我的双手。他同我握手也有好几次了，真不明白他是怎么避开我手里的餐刀，没被伤到的。

“还有你姐姐。”他吃了几大口后，接着说，“她有幸亲手把你养大！想想真叫人难过，她竟然不能充分理解这份荣耀。我可不可以……”

我看见他又要向我扑过来，赶忙阻止了他。

“我们来为她的健康干杯吧。”我道。

“啊！”彭波乔克先生向后靠在椅背上大声道，说了一番赞美之词后，他累得浑身虚软，“你没有忘记他们的恩情，先生！”（我不知道他这一声“先生”是在叫谁，但肯定不是我，可也没有第三者在场）“你有一颗高贵的心，先生！始终是那么宽容，那么和蔼。”彭波乔克恭顺地匆匆放下他还没喝的酒杯，又站了起来，“在普通人看来，我或许有些唠叨，但我可不可以……”

他和我握了手，又回到座位上，为我姐姐干杯。“她这人的确爱发脾气，对此，我们绝不可视而不见，不过但愿她的本意是好的。”彭波乔克先生说。

大约在这个时候，我开始注意到他满脸通红。至于我自己，我感觉我的整张脸都浸在了酒里，刺痛不已。

我对彭波乔克先生说，我希望把我的新衣服送到他家里，见我如此抬举他，他简直欣喜若狂。我向他说明，我不希望在村里太招摇，他一听，就大加赞赏，简直把我夸上了天。他暗示除了他自己，别人都不值得托付，说完又重复起了之前的问题，问他可不可以和我握手。握过手后，他温柔地问我是否还记得我小时候和他一起玩过算术游戏，是否还记得我们一起去给我办理学徒契约，其实，他是想问我是否还记得他是我最喜欢的人，是我最好的朋友。即使我喝了十倍于我现在喝的酒，我也知道他与我的交情没好到那个地步，还会在心里拒绝他的说法；然而，尽管如此，我记得当时我深信自己错怪了他，他其实是一个理智、务实、心地善良的大好人。

他渐渐地对我产生了极大的信任，甚至把生意上的事拿出来征求我的意见。他提到，现在有个机会，只要扩大店面的规模，就能合并经营粮食和种子这两大买卖，实现垄断，这样的做法无论在我们这一带，还是在附近其他地方，可都是前所未有的。他觉得，现在万事俱备，只欠一大笔款项的投资，就可以大发财源了。“一大笔款项”，不过区区几个字而已。他（彭波乔克）似乎觉得，要是有人能投一大笔钱到他的生意里就好了，这个人可以做个匿名合伙人。这位匿名合伙人什么都不必做，高兴了就来查查账，亲自来也成，找代理人来也成，就可以一年两次把高达五成的利润揣进口袋。他似乎觉得，这对既有勇气又有财产的年轻绅士而言是个大好机遇，值得关注。不过我是怎么看的呢？他很重视我的看法，很想知道我是怎么想的。我便把我的意见告诉了他：“等等再说吧！”我这个意见暗示了广阔和清晰的前景，他听了大受震撼，便不再询问是否可以和我握手，而是说必须和我握手，还这么做了。

我们把酒都喝光了，彭波乔克先生一遍又一遍地发誓，说什么他会让约瑟夫符合标准（我也不清楚是什么标准），还会一直给我提供高效的服务（我也不清楚是什么服务）。他还告诉我（我这辈子还是第一次听到他这么说，显然他很会保密），每次提到我，他总是说：“那孩子就不是一般人，瞧着吧，有朝一日他交好运了，也会是天大的好运哩。”他笑中带泪，说现在想起那些话，感觉怪怪的，我说的确如此。最后，我走到外面，隐隐约约感到阳光照在身上有些不寻常，接着，我昏昏沉沉，连路都没看清，就来到了税卡。

在那儿，忽然听到彭波乔克先生喊我，我才清醒过来。街上阳光明媚，他离我还很远，向我做手势示意我停下来。我停下脚步，等他气喘吁吁地走过来。

“这可不成啊，我亲爱的朋友。”待到呼吸和缓，可以说话后，他说，“我真是情不自禁啊。这么好的机会，我们总得多相处相处才好。我是你的老朋友，我衷心地祝福你，我可不可以……我可不可以……”

我们再次握手，这至少是第一百次了，接着，他非常气愤地命令一个年轻的车夫让开，不要挡我的路。然后，他祝福我，并站在那里向我挥手道别，直到我在路上转弯。我拐进一片田野，在树篱下睡了很久，醒了才继续往家走。

我去伦敦要带的行李很少，我本来就没什么个人物品，其中适合新身份地位的就更少了。但是，我莫名紧张起来，觉得一刻也不能耽搁，于是当天下午就开始收拾，有些东西我明知第二天早上要用，却还是将它们打了包。

礼拜二、礼拜三和礼拜四就这样过去了，到了礼拜五早上，我去彭波乔克先生家穿上新衣服，便去拜访哈维沙姆小姐。彭波乔克先生让我在他自己的房间里换衣，还专门为我放了几条全新的毛巾。新衣服果然叫我大失所望。自从发明了衣服以来，似乎人们热切期待的每一件崭新的衣服，都达不到穿着者的期望。我穿上新衣服，一直在彭波乔克先生那面小梳妆镜前摆姿势，想看看双腿的效果，却纯属白费力气，就这样约莫过了半个钟头，我总算感觉衣服顺眼多了。那天是十英里外一个小镇赶集的日子，彭波乔克先生不在家。我没有确切地告诉他我打算什么时候离开，所以在启程前，我就不必再与他握手了。如此甚好，于是我穿着新衣走出他家。我生怕遇到店里的伙计，那样一定很难为情，又怕自己看起来像身着礼拜日盛装的乔，那样更会令我颜面尽失。

于是，我特意绕路走偏僻的小巷来到哈维沙姆小姐家，按了门铃。我戴着手套，手指的部分又硬又长，按门铃的动作极不自然。萨拉·波克特来开门，见我变化这么大，大惊之下，她竟踉跄着向后退了两步。她那胡桃壳似的脸，也从褐色变成了青黄色。

“你？”她说，“老天，真是你！你有什么事？”

“我要去伦敦了，波克特小姐。”我说，“我是来向哈维沙姆小姐告别的。”

我来得突然，波克特小姐只得锁上门，让我在院子里等，她去问哈维沙姆小姐愿不愿意见我。过了一会儿，她回来带我上去，一路上一直盯着我看。

哈维沙姆小姐正拄着拐杖，在那个摆着长桌的房间里锻炼。房间里一如既往地点着蜡烛，一听到我们进来，她就停下来转过身，正站在那个腐烂的结婚蛋糕旁边。

“别走，萨拉。”她说，“皮普，你怎么来了？”

“我明天就要动身去伦敦了，哈维沙姆小姐。”我小心措辞，“我是来向你告别的，希望你不要见怪。”

“皮普，你可真是英俊呀。”她说着，把她的拐杖在我周围晃来晃去，仿佛她是仙女教母，给我变身后，正要赐给我最后一份礼物。

“自从我上次见到你以后，哈维沙姆小姐，我就交上了天大的好运气。”我喃喃地说，“我非常感激你，哈维沙姆小姐！”

“啊，是的！”她说着，兴高采烈地望着又窘迫又嫉妒的萨拉，“我见过贾格斯先生了。你的事我也有所耳闻，皮普。这么说，你明天就走了？”

“是的，哈维沙姆小姐。”

“是有钱人收养你了？”

“是的，哈维沙姆小姐。”

“这人没有透露姓名吗？”

“没有，哈维沙姆小姐。”

“贾格斯先生现在是你的监护人了？”

“是的，哈维沙姆小姐。”

她带着幸灾乐祸的神情问我问题，听我回答，见萨拉·波克特又是眼红又是沮丧，她简直乐不可支。“好吧！”她继续说，“你的前途一片光明。好好干吧，不能有愧于人家的栽培。要乖乖听贾格斯先生的话。”她看了看我，又看了看萨拉，见到萨拉的表情，她那警觉的脸上形成了一抹狞笑：“再见，皮普！你知道的，你得一直使用皮普这个名字。”

“是的，哈维沙姆小姐。”

“再见，皮普！”

她伸出手来，我单膝跪地，把她的手放到唇边吻了吻。我之前并没有考虑过该怎样与她告别，亲吻她的手是我当时自然而然想到的。她瞧着萨拉·波克特，一对怪异的眸子里流露出得意扬扬的神情。接着，我告别了我的仙女教母。她用两只手撑着拐杖，站在屋内昏暗的烛光里，旁边是结满了蛛网的腐烂的婚礼蛋糕。

萨拉·波克特领我下楼，好像我是一个幽灵，必须亲眼见到我出去。她见我这个样子，心里的不快依然没有散去，甚至厌恶到了极点。我说了声“再见，波克特小姐”，她却只是瞪着眼，似乎还没有恢复冷静，根本没听懂我在说什么。我离开哈维沙姆小姐家，尽快返回彭波乔克家，把新衣服脱下包好，穿上旧衣服，拿着一包新衣服回了家。说句真心话，虽然要拿着新衣服，可现在我感觉自在多了。

我原本以为六天会过得很慢，结果时光飞逝，一眨眼就过去了。明天朝我迎头走来，我却不敢直视它。六天、五天、四天、三天、两天，时间就这样从指缝间溜走了，我越来越感激乔和毕蒂的陪伴。临行前的最后一晚，为了让他们高兴，我穿上新衣，就这么光鲜地一直和他们坐到睡觉时间。我们吃了一顿热腾腾的晚餐，作为临别聚餐，这顿饭自然少不了烤鸡，最后，我们还喝了蛋奶酒。我们的情绪都有些低落，表面上虽装得高高兴兴，却很颓唐。

我第二天凌晨五点就得提着小旅行皮箱从村里出发，我告诉乔我希望独自上路，不需要人送。我担心——可以说是非常担心——要是我和乔一起去马车站，我会觉得我们两个之间的对比非常强烈。我还自欺，自己作此安排，并非出于这种龌龊的想法，可当我在最后一晚回到我的小房间，却不得不承认事实的确如此，我当时恨不得马上下楼求乔明天一早送我。但我没有这么做。

那夜我时睡时醒，总是梦到马车没有前往伦敦，而是去错了地方，拉车的一会儿是狗或猫，一会儿是猪或人，反正就不是马。在我的梦中，所有前往伦敦的旅程都没能成行，最后天终于亮了，鸟儿开始唱歌。我从床上起来，只穿了一半衣服就坐在窗前，最后看了一眼窗外，可看着看着，我又睡着了。

毕蒂很早就起床给我做早饭，所以，尽管我在窗前睡了还不到一个钟头，可一闻到厨房炉火的烟味，我就惊醒过来，以为自己一觉睡到了黄昏，心里害怕极了。但在这之后很久，我虽然听到了茶杯叮当作响，自己也都准备停当了，却依然下不了决心到楼下去。我一直待在楼上，不断地打开我的小箱子又锁上，不断地解开皮带又系上，直到毕蒂大声叫我下楼，以免迟到。

我胡乱吃了几口早餐，根本没有品出滋味如何。我吃完饭站起来，像是突然想到似的，轻快地说：“喂！我想我该走了！”说完，我吻了姐姐，她正在她平时坐的椅子上，一边哈哈大笑一边点着头，全身都在发抖。我又吻了毕蒂，最后伸出胳膊搂住了乔的脖子。然后，我拿起小旅行箱走了出去。没走一会儿，我就听到身后乱糟糟的，回头一看，只见乔把一只旧鞋朝我扔来，毕蒂也朝我丢了一只旧鞋，这是我最后见到他们的情景。我停下脚步，挥动我的帽子，亲爱的乔在头顶上方挥舞着他那强壮的右臂，嘶哑地喊着“万岁”，毕蒂用围裙捂住了脸。

我快步向前走去，心想这条路走起来比我想象的要容易得多。我还想，要是在大街上给人看到有人在我坐的马车后面扔旧鞋，那可真要丢尽了颜面。我吹了一声口哨，心里没有半点儿离愁别绪。不过村里倒是安静，淡淡的薄雾退去，肃穆而庄严，仿佛是要让整个世界清晰地展现于我的面前。我在这里一直是那么无知，那么渺小，村外的世界对我而言是那么广阔，充满了未知，我深深地哽咽一声，忍不住痛哭起来。我走到村外的路标旁，把手放在上面，说：“好朋友，再见了，我的好朋友！”

天知道，人不必为自己掉眼泪感到羞耻，泪水如同雨露，洗去了蒙蔽我们心灵的灰尘，让我们的心不再坚硬。哭过之后，我感觉好受多了，却也更加懊悔，越发觉得自己忘恩负义，心情也平静了下来。要是我能早点儿哭，我就会让乔送我了。

掉了一通眼泪，我心中郁郁，在静悄悄的路上走着走着，泪水再度涌了出来。后来，我上了马车，马车驶出了镇子，我心痛难忍，思忖着是不是该在换马的时候下车走回去，在家里再住一夜，与他们好好告别一番。马匹换好了，我仍然没有打定主意，还自我安慰地想，等下次换马时下车往回走也还来得及。我一直这么胡思乱想，又觉得迎面来的一个男人长得跟乔一模一样，一颗心不禁怦怦直跳，还以为是乔追上来了呢！

马匹又接连换了几次，马车驶出了很远，现在往回走已经太迟了，我只能继续前进。这时，雾气早已散尽，气氛肃穆，整个世界展现在我的面前。

至此，皮普那远大前程的第一阶段画上了句点。

第二卷

第一章

从镇上到首都伦敦，马车大约走了五个钟头。中午刚过，我乘坐的四匹马拉的公共马车就进入伦敦，汇入了齐普赛大街伍德道十字钥匙旅店前拥挤不堪的车流中。

当时，我们英国人有个根深蒂固的观点：谁怀疑我们的东西不是绝无仅有，怀疑我们英国人不是天下第一，那谁就是罪大恶极。当时，见到伦敦那么大，我简直目瞪口呆，可若不是怀有这样的观点，我真会心里起疑，认为伦敦是个丑了吧唧的地方，狭窄的道路曲里拐弯，到处都是脏兮兮的。

贾格斯先生按时把地址寄给了我。他住在小不列颠街，他还在地址后面写明："出了史密斯菲尔德广场即是，离公共马车站很近。"然而，我还是叫了一辆出租马车，车夫穿着油腻的大衣，外面套了一层又一层的斗篷，恐怕他多大年纪就套了多少层斗篷呢。他让我上车坐好，用挂着叮当作响的铃铛的折叠脚凳挡在车门外，仿佛要赶车带我走上五十英里似的。他费了很大的力气才爬上车夫座位，我记得车夫座上装饰着一顶豆绿色的旧布篷，经过风吹日晒褪了色，还被虫蛀了，破破烂烂的。马车上的装具花里胡哨的，车厢外面挂着六个大王冠，后面是一堆破破烂烂的东西，我也说不清可供多少仆人抓着跟车，那堆东西下面是一把耙子，以防有人装成仆人来搭便车。

我还来不及好好享受一下马车的旅程，也没想清楚这马车是像铺满褥草的院子，还是像卖破布的商铺，还在纳闷儿为什么马粮袋要放在车厢里，而不是挂在马脖子上，就看到车夫下了车，像是很快就要停车了。果然，不久后，马车停在了一条幽暗街道的一家事务所门前，事务所的门开着，门上写着“贾格斯先生”几个字。

“多少钱？”我问车夫。

车夫答：“一先令，也许你愿意多赏一点儿。”

我自然说我不想多给。

“那就一个先令吧。”车夫说，“我不想惹上麻烦。我认识他！”他冲着贾格斯先生的名字阴沉地闭上了一只眼，还摇了摇头。

他接过一先令的车钱，费劲地爬上座位，驾车离开了（似乎松了一口气）。我则提着小皮箱，走进了事务所，问：“贾格斯先生在吗？”

“不在。”办事员答，“他去法庭了。是皮普先生吗？”

我表示自己正是皮普先生。

“贾格斯先生留下话，请你在他的房间里等他。他有件案子要办，不能肯定要多久才能回来。但按理说，他的时间很宝贵，不会去很久。”

办事员说完，就打开一扇门，把我领进后面的一间内室。一位独眼先生在里面，他穿着平绒上衣和及膝马裤，正在读报纸，被我们打断了，便用袖子擦了擦鼻子。

“去外面等吧，迈克。”办事员说。

我刚想为打扰他而道歉，办事员就用我所见过的最没礼貌的方式，把这位先生推了出去，还把他的皮帽也扔了出去，留下我一个人。

贾格斯先生的房间只有一扇天窗照明，屋内显得十分昏暗。屋顶上的天窗打着奇形怪状的补丁，活像一颗被打破的脑袋，因此，从这个窗户望出去，附近的房屋看起来好像都扭曲变形了，正透过天窗往下看我。我以为会在屋内看到很多文件，但其实并没有，反倒出乎我的意料，摆放着一些怪里怪气的物件，比如一支生锈的旧手枪、一柄插在剑鞘里的剑、几个式样古怪的盒子和箱子，此外，一个架子上还放着两个可怕的石膏头像，头像的脸异常肿胀，鼻子像是在抽动。贾格斯先生的高背椅使用乌黑发亮的马鬃毛制成，四周钉着一排排铜钉，活像一口棺材。我想象他坐在椅子上，向后靠着椅背，面朝客户咬着手指。房间很小，客人们似乎都有靠墙的习惯。房间里的墙壁，尤其是贾格斯先生那把椅子对面的墙壁，都被肩膀蹭得光滑油亮了。我还记得，因为我的到来而导致独眼先生被赶出去的时候，他就是贴着墙边拖着脚走出去的。

我在贾格斯先生那把椅子对面的客户椅上坐下，被这地方的阴森气氛震慑住了。我想起那个办事员和他的东家一样，也有一种捏住别人把柄的神气。我不清楚楼上还有多少办事员，他们是不是也都自以为掌握了同伴见不得人的秘密。我很想知道屋里这些奇奇怪怪的东西有何来历，是怎么到这里来的。我想知道那两张肿脸的原型是不是贾格斯先生的家人，如果他不幸有一对如此丑陋的亲戚，为什么不把它们放在家里，而是摆在一个满是灰的架子上，任由煤灰和苍蝇落在上面。我自然没有经历过伦敦的夏天，这里空气潮湿闷热，所有的东西上都落着厚厚一层灰和沙砾，所以我才会感觉如此压抑。我坐在贾格斯先生的内室，一面胡思乱想一面等待，后来，我实在无法忍受贾格斯先生椅子上方架子上的那两个石膏像，便站起来走了出去。

我告诉办事员我要出去转转，透透风，他建议我转过街角，去史密斯菲尔德广场逛一逛。于是我来到了史密斯菲尔德广场。这儿真是个不体面的地方。到处都是污秽、油脂、鲜血和泡沫，似乎黏住了我。我只好以最快的速度逃离，拐入另一条街道，看到圣保罗教堂那巨大的黑色圆顶从一幢阴森的石头建筑物后面隆起，一个来瞧热闹的人说那幢石头建筑是纽盖特监狱。我沿监狱外墙向前走，发现路面上铺满了稻草，以减轻过往车辆发出的噪声。见此情景，再看到周围站着许多人，他们浑身上下散发出浓郁的烈酒和啤酒味，我推断出里面正在进行审判。

我正向四下张望，一个极其肮脏、带着几分醉意的法警突然过来，问我是否愿意进去旁听审判。他告诉我，只要花半个克朗，他就可以给我找个前排座位，清清楚楚地看到戴着假发、穿着长袍的首席大法官。在他口中，大法官那般叫人敬畏的要人竟然与蜡像一样，他还马上降价，说是只要十八便士便可成交。我借口还有别的事要办，拒绝了这个提议，他却十分热情，带着我走进一个院子，指给我看绞刑架放在什么地方、在哪里执行鞭刑，接着，他带我去了死囚监门，说罪犯就是从这扇门出来，去受绞刑的。为了让我对那扇恐怖的大门更感兴趣，他还告诉我，后天早上八点，“有四个”犯人会从那扇门出来，一起受死。这简直骇人至极，我立即觉得伦敦是个招人厌恶的地方。那个法警更是叫我反感，他把大法官当成了一个花钱即可观看的玩意儿。上至帽子，下至靴子，甚至是他的手帕、他身上的衣物无一不是长满霉斑，显然并不属于他，想必是从刽子手那儿便宜买来的。如此，我给了他一先令将他打发走，深觉这个钱花得值。

我回到事务所，问贾格斯先生回来了没有，发现他仍旧未归，只好再出去逛逛。这一次，我走遍了小不列颠街后拐进了巴塞洛缪围场，发现还有几个人和我一样，也在等贾格斯先生。有两个男人鬼鬼祟祟，在巴塞洛缪围场里百无聊赖地消磨时间，若有所思地踩着路面的缝隙，一边走一边聊着，在他们两个第一次从我身边走过的时候，一个对另一个说："这件事只有贾格斯才能办好。"有三个男人和两个女人站在一个角落里，其中一个女人用脏围巾捂着脸哭，另一个女人一边用她自己的围巾裹住肩膀，一边安慰那个女人："阿梅利亚，贾格斯会为他想办法的，你还想怎么样？"就在我闲逛时，有个小个子红眼犹太人走进围场，他身边还有个小个子犹太人，他派了那个小个子去办差。等那人一离开，我注意到这个性情急躁的犹太人在一根灯柱下急得走来走去，活像是在跳吉格舞，还神情狂乱地念叨着："噢，贾格斯，贾格斯，贾格斯！快把贾格斯给我找来！"见到我的监护人如此受欢迎，我不禁大受震撼，对他越发钦佩和好奇了。

又过了一会儿，我站在巴塞洛缪围场的铁门朝小不列颠街张望，只见贾格斯先生穿过马路向我走来。所有等在那里的人都在同一时间看到了他，大家都向他冲了过去。贾格斯先生一只手搭在我的肩膀上，和我并排向前走，什么也没对我说，只与来找他的那些人交谈。

他首先与那两个鬼鬼祟祟的人说话。

"现在，我没有什么要对你们说的了。"贾格斯先生用手指着他们说，"我想知道的已经都知道了。至于结果，那就难说了。我一开始就告诉过你们，这事只能看运气。你付钱给文米克了吗？"

"我们今天早上凑了钱，先生。"其中一个人顺从地说，另一个则细细端详着贾格斯先生的神情。

"我不是问你们什么时候把钱凑齐的、在哪里凑的，也没有问到底有没有凑齐。我只想知道，文米克拿到钱了吗？"

"是的，先生。"那两个男人异口同声地说。

"非常好。那你们可以走了。我不会再说你们的事了！"贾格斯先生说，挥手示意他们走开，"你们要是敢再多说一句话，我就不管这个案子了。"

“贾格斯先生，我们觉得……”一个人说着脱下了帽子。

“我不是告诉过你们不要多说了吗？”贾格斯先生说道，“你们觉得！有我为你们着想，这对你们来说就够了。要是有用得到你们的地方，我知道去哪里找你们。我不希望你们来找我。好了，我不想再说了。我一个字也不要听了。”

这两个人面面相觑，贾格斯先生又挥手示意他们走开，他们只得恭恭敬敬地退开，不再说话了。

“到你们了！”贾格斯先生突然停下，转身对着两个围巾女人说，三个男人早就温顺地到一边去了，“啊！你是阿梅利亚吗？”

“是的，贾格斯先生。”

“你还记不记得，”贾格斯先生反驳道，“要不是我，你不会在这里，也不可能在这里了？”

“是的，先生！”两个女人齐声叫道，“上帝保佑你，先生，我们都知道！”

“那你们来这儿做什么？”贾格斯先生说。

“是为了我的比尔，先生！”那个掉眼泪的女人恳求道。

那个暴躁的犹太人已经好几次把贾格斯先生外套的边缘撩到唇边亲吻了。（第162页）

“那我就和你说说！”贾格斯先生说道，“我只说一次。你的比尔受到了很好的照料，对此，你不知道，但我清楚。如果你再来这里，左一句比尔，右一句比尔，我就惩罚你们，杀一儆百，不再管他的事了。你付钱给文米克了吗？”

“是的，先生！一分都不少。”

“很好。那你就是把该做的都做了。可你要是再说一个字，就一个字，文米克也会把钱退给你。”

一听到这可怕的威胁，两个女人立刻掉头走掉了。现在只剩下那个暴躁的犹太人了，他已经好几次把贾格斯先生外套的边缘撩到唇边亲吻了。

“我不认识这个人！”贾格斯先生语气不善地说，“这家伙想干什么？”

“亲爱的贾格斯先生，我是亚伯拉罕·拉塔鲁斯的兄弟！”

“他是什么人？”贾格斯先生说，“放开我的外套。”

求人者又吻了吻那衣服的下摆才放下，回答说：“亚伯拉罕·拉塔鲁斯，就是那起失窃案的嫌疑人。”

“你来得太迟了，”贾格斯先生说，“我已经接受了另一方的委托。”

“老天，贾格斯先生！”激动的犹太人大喊道，脸色变得煞白，“你要把亚伯拉罕·拉塔鲁斯置于死地吗？”

“是的。”贾格斯先生说，“这事没什么可说的了。让开。”

“贾格斯先生！稍等！我堂哥去找文米克先生了，多少钱他都愿意出。贾格斯先生！请等一下！只要你可以拒绝对方的委托，我们可以出大价钱！钱不是问题！贾格斯先生……贾格斯先生……”

我的监护人极其冷淡地摆脱了这个千求万求的犹太人，抛下他独自在人行道如跳舞一般，急得团团转，仿佛路面是滚烫的。这之后不再有人打扰，我们回到他的事务所，看到办事员和那个穿平绒衣服、戴皮帽的男人在里面。

“迈克来了。”办事员说着离开他的凳子，神神秘秘地走近贾格斯先生。

“噢！”贾格斯先生说着转身面对那个人，迈克正在拽他前额中间的一绺头发，就像童谣《谁杀死了公鸡罗宾》中拉索敲钟的公牛一样，“你的人今天下午来。是吗？”

“是的，贾格斯先生。”迈克回答说，那声音就像得了重感冒一样，“我颇费了一番周折，总算找到了一个，先生，也许能顶用。”

“他准备说什么证词？”

“贾格斯先生，”迈克说，这次用他的毛帽子擦了擦鼻子，“一般来说，让他说什么都行。”

贾格斯先生突然发起了脾气。“我以前警告过你，”他说着，用食指指着那个惊慌失措的委托人，“如果你胆敢在这里用这种口气说话，我就给你点儿颜色瞧瞧，用你杀鸡儆猴。你这个无赖，太可恶了，你怎么敢这样和我说话？”

委托人吓坏了，但也很糊涂，好像并不知道自己做了什么错事。

“傻子！”办事员用胳膊肘推了他一下，低声说，“榆木疙瘩！这种事情，有必要当面说吗？”

“你这个蠢材，现在，我再问你一次，也是最后一次，你带来的这个人准备说什么证词？”我的监护人极为严肃地说。

迈克盯着我的监护人，好像要从他的脸上瞧出点儿经验教训似的，然后慢慢地回答道：“可以说，他根本不是这样的人；还可以说，自己整晚都和他在一起，没有离开过他。”

“一定要谨慎。这个人是什么身份地位？”

迈克看看自己的帽子，看完地板看天花板，接着他又看了看那个办事员，甚至还看了我一眼，才紧张地回答说：“我们已经把他打扮成……”

他话还没说完，我的监护人就吼道：“什么？老毛病又犯了，是吗？”

“傻子！”办事员又说，再次用胳膊肘推了他一下。

迈克无助地琢磨了一会儿，突然面露喜色，又道：“他穿得像个‘体面的馅饼小贩’。就和糕点师差不多吧。”

“他来了吗？”我的监护人问。

“我让他在拐角一户人家的门阶上候着呢。”迈克说。

“带他从那扇窗边走过，让我看看。”

那扇窗指的是事务所的窗户。我们三个都走到窗边，躲在铁丝卷帘后面，不一会儿，就看到那个客户貌似偶然地走过，他身边有个高个子，一脸凶相，穿着白色亚麻短上衣，头戴一顶纸帽。这位朴实的糕点师傅看起来醉醺醺的，一只眼睛被打得青紫，还没有完全恢复，但经过了修饰。

“叫他马上把证人带走。”我的监护人极其厌恶地对办事员说，“再问问他带这样一个人来是什么意思。”

然后，监护人把我带进了他自己的房间，就这么站着对付了一顿午饭。他从盒子里拿出一个三明治吃了，还用随身酒瓶喝了雪利酒（他吃三明治的样子，活像是在欺负三明治），他一边吃一边给我讲了他都为我做了哪些安排。我首先要到巴纳德旅馆找波克特少爷，他的房间里有一张床给我睡，我与波克特少爷一起住到礼拜一，便与他一起去他父亲家，看看我是否喜欢那里。此外，我还从贾格斯先生那里得知了我的零花钱的数目，可以说那是很大一笔钱。我的监护人还从一个抽屉里拿出一摞商号的名片交给我，让我去找他们购买各式衣物，以及其他有合理用处的物品。“你会发现你的信用良好，皮普先生。”我的监护人说，他匆匆喝了几口酒，好让自己恢复精神，那一小瓶雪利酒酒味很浓，抵得上满满一大桶酒散发出的气味，“我可以用这种方法检查你的账单，发现你欠了钱，就会提醒你。当然，我总有出错的时候，但那就怨不着我了。”

我仔细想了想这番鼓励的话，问贾格斯先生我是否可以派人去叫一辆出租马车。他说用不着，这儿距离我的目的地很近。要是我愿意的话，可以让文米克送我过去。

我这才知道文米克正是隔壁房间里的那位办事员。他外出办事，就一拉铃，叫楼上的另一个办事员下来接替他的位置。我和我的监护人握手后，便和文米克一起走到街上。又有不少人在外面的街上徘徊，但文米克从他们中间挤过去，冷静而果断地说：“告诉你们吧，没用的。他不会搭理你们的。”我们很快就摆脱了那些人，肩并肩往前走去。

第二章

我和文米克一起走着，我一路上打量着他，想看看在明媚的阳光下他是个怎样的人。我发现他很冷漠，个头不高，一张方脸神情木然，他那张脸上的表情，像是用一把边缘粗钝的凿子歪歪扭扭地开凿出来的。从一些痕迹来看，要是他的脸能软一点儿，工具能再锋利一点儿，就能形成两个酒窝，可现在只有两个凹痕。那把凿子在他的鼻子上凿了三四次，想修饰一下，但还没有把凹痕磨平就放弃了。见他那身亚麻衣服破破烂烂，我断定他是个单身汉。此外，他似乎经历过很多次丧亲之痛，至少戴了四枚纪念戒指，还别着一枚胸针，胸针上有一位女士和一棵垂柳，垂柳边是一座坟墓，坟墓上有一个骨灰瓮。我还注意到他的表链上挂着几枚戒指和印章，仿佛他一直在怀念逝去的亲友，负担极重。他的一对黑色小眼睛闪闪发光，目光敏锐，嘴唇宽而薄，上面有杂色斑点。据我估计，他的年纪在四十到五十岁之间。

"这么说，你以前没来过伦敦？"文米克先生对我说。

"是的。"我说。

"我第一次来的时候，也是这样的。"文米克先生说，"现在想想真怪！"

"你现在对这里很熟悉了。"

"啊，是的。"文米克先生说，"我知道这里的一切。"

"这地方是不是很邪恶？"我问，我其实并不想了解情况，只是没话找话而已。

“在伦敦，你可能被骗，被抢，甚至被谋杀。但世界上任何地方都有许多人干这种事。”

“那也是因为他们之间有深仇大恨啊。”我说，想缓和一下情绪。

“啊！我不知道什么叫仇啊、怨啊。”文米克先生答，“他们之间并没有血海深仇。他们这么做，是因为能捞到好处。”

“那就更糟了。”

“你这样认为？”文米克先生说，“我却觉得差不多。”

他的帽子戴在后脑勺上，眼睛直直地望着前面。他目不斜视地走在路上，好像街上没有什么值得他注意的东西似的，嘴边一直挂着一抹呆板的微笑，让他的嘴巴看起来就像邮筒的投信口。一路来到霍尔本山的山顶，我才意识到那只是一种机械的表情，他其实并没有笑。

“你知道马修·波克特先生住哪儿吗？”我问文米克先生。

“知道。”他说着朝一个方向点了点头，“就在伦敦西边的汉默史密斯。”

“远吗？”

“嗯！有五英里路。”

“你认识他吗？”

“哎呀，你挺喜欢盘问人啊！”文米克先生说，赞许地看着我，“是的，我认识他。我认识他！”

他说这些话时，神情既像是容忍，又像是贬低，我听了不由得陷入沮丧。我斜眼端详着他那木然的脸，希望能从他的神情中找到一丝鼓励，他却宣布巴纳德旅馆到了。这个消息并没有减轻我的懊恼，因为我一直认为巴纳德旅馆是巴纳德先生开的旅店，相比之下，我家乡的蓝野猪饭庄只能算个小酒馆。可到了地方，我才知道根本没有巴纳德先生这么一个人，他不是个无形的幽灵，就是个虚构的人物，客店也不像客店，就是几幢又脏又破的房子，挤在一个恶臭的角落里，接待光棍儿。

我们从一道边门进了这个避风港，穿过一条通道，来到一个萧瑟的小广场，在我看来，这地方活像一块平坦的坟地，那里有我所见过的最悲凉的树木、最凄婉的麻雀、最悲惨的猫和最萧索的房子（大约有六幢）。房子里每个房间的窗户上都装着破烂不堪的百叶窗和窗帘，窗台上摆着残缺不全的花盆，窗玻璃都碎了，整个地方都落满了尘土，看起来极为破败，像是东拼西凑搭建而成的。一张张房屋出租的告示从空房间怒视着我，仿佛并没有倒霉蛋自动送上门来。幽魂巴纳德本来怀着熊熊的复仇之心，可看到当前这些住客都在慢性自杀，死后将被随便埋葬在砾石之下，便得到了安抚。煤灰烟尘如同一件不整洁的丧服，覆盖在巴纳德旅馆这片荒凉的房子上，它把灰烬撒在自己的头上，甘心沦为垃圾坑，忍受屈辱，以此作为忏悔。这便是我所见到的情形，还有淡淡的腐烂气味朝我飘过来，有干腐味；有湿腐味；有在无人打理的屋顶和地窖悄悄腐烂的东西发出的霉味，比如老鼠、虫子和附近出租马车的马厩。这些霉烂味在我耳边呜咽着说："巴纳德混合风味送上，请你来好好享受。"

这是我迈向远大前程的第一步，却如此不尽如人意，我心中实在憋闷，便望着文米克先生。"啊！"他误会了我的意思，说，"这地方这么幽闭，你是想家了吧？我也是。"

他把我带进一个角落，接着沿楼梯而上。我觉得那楼梯正在缓慢地坍塌，就要成为一堆碎屑了。总有一天，楼上的住客从房间门口向外张望，会发现自己下不去了。我们来到顶楼的一个套间。房门上写着"小波克特先生"，信箱上有张字条，上书：外出即归。

"他可能没想到你来得这么快。"文米克先生解释说，"没有用到我的地方了吧？"

"没有了，谢谢你。"我说。

"给你的现款都由我保存，所以，我们以后会常见面的。再会。"文米克先生说。

"再会。"

我伸出手，文米克先生先是看着我的手，好像以为我是在找他要什么东西。然后他看着我，终于明白了过来。

"当然！是的。你平时习惯和人握手吗？"

我被他问得一头雾水，以为伦敦不时兴握手，但我还是给出了肯定的回答。

"我倒是很少握手！"文米克先生说，"只在永别时才这么做。我很高兴能认识你。再会！"

我们握了握手，他走后，我打开楼梯的窗户，却差点儿削掉自己的脑袋，因为窗绳已经腐烂，整个窗户像断头台一样掉了下来。幸亏窗户落下得很快，我尚未来得及把头伸出去。这次死里逃生，我便老老实实地透过那扇蒙着灰尘的窗户，望着雾气蒙蒙的旅馆，然后悲伤地站在那里，心想世人肯定是大大地高抬伦敦了。

小波克特先生对“即归”的看法与我的不同，我向外张望了半个钟头，几乎把自己逼疯了，用手指在每一块窗玻璃的灰尘上写了好几次自己的名字，才听到楼梯上响起了脚步声。帽子、脑袋、领巾、马甲、裤子、靴子逐渐出现在我的面前，看这副打扮，可知它们主人的地位和我差不多。他胳膊下各夹着一个纸袋，一只手还拿着半加仑草莓，有些上气不接下气。

“是皮普先生吗？”他说。

“是波克特先生吗？”我说。

“老天！”他喊道，“非常抱歉。我知道中午有一辆马车从你住的乡下发出来，还以为你会坐那辆马车来呢。其实，我是为了你才出去这一趟的，我这可不是为自己找借口。我觉得你从乡下来，或许餐后想吃些水果，这才跑了一趟考文特花园市场，买了些新鲜的果子。”

不知是什么原因，我觉得自己的眼珠子好像要从脑袋里蹦出来了。我语无伦次地感谢了他的关心，不禁认为这是一场梦。

“老天！”小波克特先生说，“这扇门太难开了！”他把纸袋夹在腋下，拼命地扭着门，水果都要被挤成果酱了。我连忙央求他把水果交给我。他露出愉快的微笑，把东西给我，继续对付那扇门，活像是在与野兽缠斗。最后，门突然开了，他踉踉跄跄地向后退开，撞在了我身上，我也趔趄着向后退，撞在了对面的房门上，我们见状，都哈哈大笑起来；然而，我依然感觉自己的眼珠子要从眼眶里跳出来，这一切一定只是我的梦。

“请进来吧。”小波克特先生说，“我来带路。这儿相当简陋，不过我希望你能凑合住到礼拜一。我父亲认为，你明天跟我在一起会比跟他在一起要愉快得多，也许你还想去伦敦逛逛。我非常乐意带你去伦敦游玩一番。至于我们的饭菜嘛，想来你不会觉得太糟糕，因为饭菜都是从附近一家咖啡馆叫来的。对了，我还是说清楚为好，根据贾格斯先生的吩咐，饭费是由你支付的。至于我们住的地方，就简陋得很了，毕竟我要自己挣钱养活自己，我父亲没什么可以给我的，不过即使他有，我也不愿意接受。这是我们的起居室，有几把椅子、桌子，还铺了地毯，家里只有这些多余的物件给我。这桌布啦，勺子啦，调味瓶啦，都不是我弄来的，是那家咖啡馆送来给你用的。这个小卧室是我的，有点儿霉味，不过整个巴纳德旅馆都是这个味。那间是你的卧室，家具是为你租来的，想来是够用的了。你要是还缺什么，我再去给你找来。这里也算安静，只有我们两个住，但我敢说，我们是不会打架的。哎呀，请原谅，还叫你一直拿着水果。请把袋子给我吧。我真惭愧。”

我站在小波克特先生对面，把袋子逐一递给他，突然，我留意到他的眼里闪过一丝惊讶，就像我刚才认出他时一样。他退后两步，说道：“天哪，你是花园里的那个男孩！”

“而你，”我道，“就是那位脸色苍白的年轻先生！”

第三章

在巴纳德旅馆，我和面色苍白的年轻先生站在那里，端详着彼此，过了一会儿，我们都哈哈大笑起来。“想不到是你！”他说。“想不到是你！”我说。接着，我们又开始凝视彼此。“好吧！”脸色苍白的年轻先生和善地伸出手说，“就让那件事过去吧，那天我把你打得很重，你要是能原谅我，可就太有雅量了。”

听他这么说，我便知道赫伯特·波克特先生（这便是面色苍白的年轻先生的姓名）依然自以为是，认不清实际情况。不过我还是谦虚地做出了回答，我们还热情地握了握手。

“那时候你还没交上好运吧？”赫伯特·波克特说。

“是的。”我说。

“是的。”他同意说，“我听说那是最近的事。那时候我也在盼着自己能交好运呢。”

“真的吗？”

“是的。哈维沙姆小姐派人把我找去，看她会不会喜欢我。但她不可能瞧上我的，她瞧不上呀。”

我觉得应该表示自己听到这事很吃惊，才有礼貌。“她的品位实在是令人不敢恭维。”赫伯特笑着说，“但事实就是事实。不过，她确实曾派人请我去试一试，要是我能成功，那可真是要什么有什么了，说不定早就和艾丝特拉那什么了。”

“什么意思？”我突然严肃地问道。

我们谈话的时候，他忙着把水果摆到盘子里，这分散了他的注意力，这才没说清楚，于是解释道：“订婚呀。”他还在忙着摆水果：“订婚。订婚。管他怎么说呢，反正就是这么个意思。”

“你怎么受得了失望呢？”我问。

“呸！”他说，“我才不稀罕呢。她太难缠了。”

“你说哈维沙姆小姐？”我问。

“她的确难缠，但我指的是艾丝特拉。那姑娘冷酷，傲慢，还刁蛮任性，是哈维沙姆小姐一手带大的，要她向所有的男性报复。”

“她和哈维沙姆小姐是什么关系？”

“没关系。”他说，“只是领养来的。”

“她为什么要报复所有的男人？她有什么仇要报？”

“老天，皮普先生！”他说，“难道你不知道吗？”

“不知道。”我说。

“老天！这事可就说来话长了，还是等吃晚饭时再讲给你听吧。现在请允许我冒昧地问你一个问题。那天你为什么到那儿去？”

我把经过告诉了他，他一直专心听我讲完，又突然大笑起来，还问我和他打完架疼不疼。我没有问他疼不疼，因为我相信他一定很疼。

“贾格斯先生是你的监护人吧？”他继续说。

“是的。”

“你知不知道，他是哈维沙姆小姐的代理人和律师，也是她的亲信？”

我觉得，他这么一说，就把我推向了危险的境地。我毫不掩饰自己的窘迫，回答说，在我们打架的那天，我的确在哈维沙姆小姐家见过贾格斯先生，但那之后没再见过第二面，而且我相信他也不记得在那儿见过我。

“他非常热心，推荐我父亲做你的家庭教师，还亲自去拜访我父亲，要他接下这个差事。他知道我父亲，也是因为他和哈维沙姆小姐的关系。我父亲是哈维沙姆小姐的表哥，不过这并不意味着他们两个走得很近，我父亲不善巴结，也不愿意去奉承她。”

赫伯特·波克特说话直率，性格随和，很讨人喜欢。我以前没见过他这样的人，以后也没见过，从他的每一个眼神和每一种语气中，我都强烈地感受到他天生就不会行事鬼祟，做卑鄙的勾当。看他的一举一动，我相信他是个有为青年，可与此同时，也有个声音在悄悄对我说，他一辈子也不可能功成名就，更不可能大发财源。我也说不清这是怎么回事。在我们第一次坐下来吃饭之前，我就产生了这样的念头，但我不知道自己为什么这么想。

他仍然是一位面色苍白的年轻先生，精神不错，也很有活力，举止间却透着一丝疲倦，由此可见他并没有天生的好体魄。他的样貌谈不上英俊，却和蔼可亲，总是乐呵呵的，这胜过好看的脸孔。他的身材并不高大，还与当年我臭揍他时一样，但看起来他的身体将会一直那么轻盈和年轻。特拉布先生这个当地裁缝做出来的衣服穿在他身上，会不会比我穿起来更优雅，这也许是个问题。但我意识到，他虽穿着旧衣服，我穿着新衣服，他却气派得多。

他很健谈，我觉得我若有所矜持，实在难以回报他的好意，也不符合我们这个年纪的人具有的天性。因此，我给他讲了我的事，还特别强调贾格斯先生不许我打听恩人是谁。我还提到，我自小就在乡下学习打铁，不太懂礼貌，要是他看到我有任何行差踏错之处，还请他帮忙提醒一下，我将不胜感激。

“愿意效劳。”他说，“不过我敢说，你用不着我提醒的。我敢说，我们会常常在一起，我愿意消除我们之间不必要的拘束。你能不能帮我个忙，从现在开始叫我的名字赫伯特？”

我谢过他，说我会的。作为交换，我告诉他我的名字是菲利普。

“我不喜欢菲利普这个名字。”他笑眯眯地说，“一听到这个名字，我就想起拼写课本里作坏典型的男孩，或是很懒，甚至摔进了池塘；或是很胖，别人都看不到他的眼睛；或是很贪心，把蛋糕锁起来不给别人吃，最后却便宜了老鼠；或是决定去掏鸟巢，却成了附近大熊的美餐。我来告诉你我喜欢叫你什么吧。我们相处得那么融洽，而你又当过铁匠，你不介意吧？”

“但凡你的建议，我都不介意。”我回答说，“但我不明白你的意思。”

“我就叫你汉德尔，你觉得可以吗？汉德尔写过一首迷人的乐曲，叫《和谐的铁匠》。”

“我非常喜欢。”

“那么，我亲爱的汉德尔，”他话音刚落，门就开了，他闻声转过身去，“晚餐来了，我必须请求你坐在上座，因为晚餐的钱是你出的。”

我没同意，于是他坐在桌首，我坐在他对面。饭菜虽然简单，但十分可口。对当时的我而言，那简直就是只有市长大人才能享受的盛宴。此外，吃饭的环境也相当宜人，不受任何影响，既没有大人在场，又是在伦敦，如此一来，饭菜就多了几分美味。更妙的是，那顿饭还有几分吉卜赛的特点。虽然饭菜均是由咖啡馆提供的，但按照彭波乔克先生的话说，却“极尽奢侈之能事”，可起居室的周边区域却好似一个没有草的牧场，有那么点儿漂泊无定的感觉，因此，咖啡馆的伙计只好遵从流浪生活的习惯，把餐具放在地上（他还被绊了好几次），把熔化了的黄油放在扶手椅上，把面包放在书架上，把奶酪放在煤斗里，把整只炖鸡放在隔壁房间我的床上（我晚上睡觉的时候，发现大部分欧芹和黄油都沾在了我的床上）。如此这般，这顿饭吃得相当开心，尤其是伙计不在那里看着我，我更是开心到了极点。

吃了一会儿，我提醒赫伯特他答应过给我讲哈维沙姆小姐的事。

“确实如此。”他答道，“我马上讲给你听。汉德尔，在讲之前，我要先告诉你两点。第一，在伦敦，人们通常不把刀放进嘴里，以免发生意外；第二，人们用叉子把食物送进嘴里，不过也不可以把叉子在嘴里放得太深。这简直不值一提，只是别人这么做，我们也得跟着做。还有，握勺子的时候，一般不宜握得太高，应该拿低一点儿。这有两个好处。一是容易送食物进嘴里（毕竟把食物吃进去才是目的）；二是右胳膊肘的动作不必过大，不然那姿势就像在开牡蛎一样。”

他提出了这些友好的建议，说得活泼有趣，我们都笑了，我也没有脸红。

“现在来说说哈维沙姆小姐吧。”他接着说，“你必须知道，哈维沙姆小姐是个被宠坏的孩子。她母亲在她还是个婴儿的时候就去世了，她父亲把她当作掌上明珠。她父亲是你们那边的一个乡绅，是个酿酒商。我不明白为什么开酿酒作坊是个了不起的行当，但有一点毋庸置疑，烤面包算不上文雅，酿酒就偏偏可以跻身上流社会。世事就是如此。”

“然而，上等人不可以开酒馆，对吗？”我说。

“绝对不行，”赫伯特答，“可是，小酒店却可以接待上等人。好了！哈维沙姆先生非常富有，也非常傲慢。他的女儿也是这样。”

“哈维沙姆小姐是独生女吗？”我冒失地问道。

“等一下，我正要说到这一点。不，她不是独生女，她有一个同父异母的弟弟。她父亲后来偷偷娶了另一个女人，好像是他家的厨子。”

“我还以为他很傲慢呢。”我说。

“我的好汉德尔，他确实傲慢。他就是因为傲慢，才隐瞒了娶第二个妻子的事。没过多久，这第二任妻子就死了。照我理解，他是在她死后，才把自己另娶他人的事告诉了女儿，就这样，他儿子成了家里的一分子，住在你知道的那幢大房子里。那儿子渐渐长大了，变得放荡不羁，挥霍无度，不孝顺，反正就是坏透了。最后他父亲剥夺了他的继承权，只是临终前还是心软了，给他留下了一笔财产，不过远远比不上哈维沙姆小姐的那份。再来一杯吧，请恕我直言，在社交场合，干杯的时候可不能太实在，不必杯底冲上，杯子边缘扣在鼻子上。”

我听他讲故事听得太认真了，不知不觉中又出了差错。我向他道谢，还道了歉。他说了句“不客气”，又讲了起来。

“哈维沙姆小姐继承了大笔的遗产，你想想也知道，她成了很多人追求的目标。她那个同父异母的弟弟又有钱了，可他欠了不少债，还清之后又开始挥霍度日，就这样把大部分遗产败光了。他和哈维沙姆小姐不和，那可比他和他父亲之间的分歧严重多了。人们都怀疑他恨透了自己的姐姐，认为是姐姐在父亲面前说他的坏话，让父亲生他的气。现在，我要讲到这个故事最残酷的部分了……亲爱的汉德尔，我又要中途停顿一下了，餐巾是不能放进酒杯里的。”

至于我为什么要把餐巾塞进酒杯，我完全说不出来。我只知道，我突然就开始费尽九牛二虎之力，把餐巾塞进杯子里，而这样的毅力完全值得用在更有意义的事上。我再一次感谢他，向他道歉，他再一次兴高采烈地说“不客气”，便继续往下讲。

“后来出现了一个男人，至于他和哈维沙姆小姐是在什么地方认识的，可能是赛马会，也可能是公共舞会，反正他们就是认识了。那个男人开始追求哈维沙姆小姐。我从未见过那个男人，毕竟那是二十五年前的事了，汉德尔，那时候我和你都还没有出生呢，但听我父亲说，那人长得英俊，是个情场高手。我父亲斩钉截铁地说，他绝对不是个上等人。他这样认为，绝对不是出于愚昧或是偏见。

因为他有个理论，那就是自从开天辟地以来，一个人如果打从骨子里就不是个上等人，言谈举止之间必定会暴露本性。他说，哪怕是上了清漆，也掩盖不住木头的纹理，涂的清漆越多，纹路就越明显。反正呀，这个人死命追求哈维沙姆小姐，还发誓对她忠贞不贰。想必她那个时候对情呀爱呀还了解不深，可她付出了自己的全部真情，深深地爱上了那个男人。毫无疑问，在她眼里，他是个十全十美的人。他步步为营，利用她的感情从她那里骗走了很多钱，还连哄带骗，说什么等与她成婚后，他就负责打理酒坊，要她花大价钱买下她弟弟手里的酿酒厂股份。其实哈维沙姆小姐的父亲留给他的股份并不多。当时你的监护人还没有成为哈维沙姆小姐的心腹。她本人过于傲慢，外加被那个男人迷得团团转，根本听不进别人的劝。除了我父亲以外，她的亲戚不光穷，还诡计多端。我父亲也很贫寒，却不趋炎附势，也没有嫉妒心。他是那一众亲戚中唯一有主见的，他提醒哈维沙姆小姐，她为这个男人做得太多了，简直到了毫无保留的地步，完全受他的左右。结果呢，她一有机会就当着那个男人的面，怒气冲冲地命令我父亲离开她家，从那以后，我父亲再也没有见过她。”

我想起哈维沙姆小姐曾说过：“等到我的尸体停放在这张桌上，马修一定会来看我的。”于是我问赫伯特，他父亲是否恨她恨到了骨子里。

“那倒不是。”他说，“但是，她曾经当着她那个准丈夫的面，指责我父亲想从她那里捞油水，到头来却竹篮打水一场空。这样的话，如果他现在去见她，那不光是她，就连我父亲自己也要觉得她说的是对的了。现在还是继续说那个男人，把故事讲完吧。婚礼的日期定好了，婚纱买好了，蜜月之旅计划好了，给宾客的请柬也发出去了。结婚的日子终于到了，新郎却没有出现。他给她写了一封信……”

“她是不是换上结婚礼服后才收到的信？”我插嘴说，“收到的时间是八点四十分？”

“正是那个时间。”赫伯特点着头说，“后来，她让所有的钟都停了下来。那封绝情信寄来后，婚约就解除了，至于那封信还写了什么，我没法儿告诉你，因为我也不清楚。她得了一场大病，好了后，就任由家里日渐荒废，那儿是什么样子，你也看到过，从那以后，她再也没有见过天日。”

“这就是全部的故事吗？”我想了想后问道。

“反正我知道的就是这样。事实上，我知道的也就这么多，都是我自己拼凑出来的。我父亲向来对此事三缄其口，甚至当哈维沙姆小姐邀请我去她家的时候，也没有向我透露更多，只说了些必要的情况。不过我有件事忘了说。人们认为，她爱错了的那个男人其实自始至终都是和她那个同父异母的弟弟串通好的，他们两个平分了从她那儿骗来的钱。”

“有一点很奇怪，他为什么不娶了她，把她所有的财产都搞到手？”我说。

“他说不定早就结过婚了，要她遭受奇耻大辱，也许是她弟弟报复计划的一部分。”赫伯特说，“但你要记住，具体情况如何，我也不得而知。”

“那两个男人后来怎么样了？”我又考虑了一下这件事，问道。

“他们都坠入了更可耻、更堕落的境地，如果还能更可耻、更堕落的话，最后自然是走向灭亡。”

“他们现在还活着吗？”

“不知道。”

“你刚才说，艾丝特拉不是哈维沙姆小姐的亲戚，而是被收养的。什么时候收养的？”

赫伯特耸了耸肩。“自从我听说有哈维沙姆小姐这么一个人以来，艾丝特拉就一直在她身边。此外，我就不知道了。好了，汉德尔，”他结束了哈维沙姆小姐的故事，另起话题道，“我们之间现在完全推心置腹了，我把我知道的关于哈维沙姆小姐的事全告诉你了。”

“我所知道的一切，你也知道了。”我回道。

“我完全相信。这样你我之间就不会你争我夺，猜不透对方的心思了。你平步青云后必须遵守的那个条件，也就是不能打听，也不能讨论是谁施恩于你，你大可放心，我和我的亲人绝对不会坏了规矩的，甚至提都不会提。”

说实在的，他这话说得体贴周到，我觉得即使我要在他父亲家里住上很多年，也没什么可担心的。此外，他的话也极富深意，我觉得他很清楚哈维沙姆小姐是我的恩人，就像我自己也知道这个事实一样。

我之前没想到，他挑起这个话题，是为了不让这件事成为我们之间的隔阂。不过现在说清楚了，我们都轻松多了，而我现在才明白他的用意。我们心情愉快，也很聊得来。聊着聊着，我问他是干哪一行的。他答：“我是个资本家，做船舶保险生意。”想必他看到了我在环顾房间，寻找航运或资本的痕迹，便补充道：“都在市里呢。”

我以前觉得做船舶保险生意的人个个富甲一方，是举足轻重的大人物，我开始怀着敬畏的心情想到，我曾经把一个年轻的做船舶保险生意的人打得仰面栽在地上，打青了他那有魄力的眼睛，还把他那责任重大的脑袋打出了血。但是，那个奇怪的印象又浮现了出来：赫伯特·波克特他一辈子也不可能功成名就，更不可能大发财源。念及此，我心中也稍感宽慰。

“仅仅是投资船舶保险生意，我并不满足。我还要购买一些稳赚不赔的人寿保险公司的股票，从而进入董事会。我还想投一点儿钱到采矿生意。除此之外，我要租下几千吨的船搞贸易。”他靠在椅背上说，“我想过了，我要去东印度群岛，贩回来丝绸、披肩、香料、染料、药材和珍贵的木材。这样的生意做起来很有意思。”

“利润很大吗？”我说。

“必定可以赚得盆满钵满！”他说。

我又犹豫起来，开始觉得他的前途比我光明多了。

“我想，”他把拇指插在背心口袋里说，“我还要到西印度群岛去做贸易，贩回来糖、烟草和朗姆酒。还要去锡兰，专门贩运象牙。”

“那你得多买几条船。”我说。

“得要一支船队才够。”他说。

这些交易如此雄心勃勃，气势恢宏，我不由得又敬又畏。我问他，他做保险的那些船现在主要去哪里做贸易。

“我的保险生意还没开始。”他回答说，“仍在筹备阶段呢。”

不知怎的，在巴纳德旅馆这个地方筹划生意，似乎极为合适。我充满信心地说：“啊，这样啊！”

“是的。我目前在一家会计行里做事，一边工作一边筹备自己的生意。”

“会计行赚钱吗？”我问。

“这个嘛……你是说会计行的那个小伙子吗？”他问道。

“我是说你。”

“哎呀，我哪里有钱赚呢？”他说这话的神气，就像一个人在仔细合计和结算账目，“我一个铜板都没赚到。也就是说，那儿不给我任何报酬，我还得……养活自己。”

这自然是赚不到钱的。我摇了摇头，像是在说，收入这么少，是很难积累起资本的。

“但关键在于好好筹划。”赫伯特·波克特说，“这可是重中之重的大事。你知道的，在会计行里工作，很方便筹划。”

他这话说得十分奇怪，难道不在会计行做事，就不能筹划生意了？但我尊重他的经验之谈，没有出言反驳。

“这么一来，”赫伯特说，“你看到有机会了，就知道时机到了。到时候就可以着手进行，全力以赴了，然后赚到第一桶金，生意就这样做起来了！赚到钱以后，你只要把资金运用好了就成。”

这简直与他在哈维沙姆小姐家的花园里和我打架时如出一辙。他忍受贫穷的态度，也和他忍受失败的态度完全一致。在我看来，他就是以当初忍受我拳打脚踢的态度，来承受命运的无情打击。很明显，他身无长物，只有最简单的必需品，因为我注意到的每一件东西，都是咖啡馆或别的商号给我送来的，记在我的账上。

然而，他虽然在心里认为自己已经发了财，却不摆架子，我很感激他没有自吹自擂。他天生和蔼可亲，如此就更讨人喜欢了。我们相处得十分愉快。傍晚，我们一起去街上散步，还买了半价票进剧院看戏。第二天，我们去了威斯敏斯特教堂做礼拜，下午，我们逛了公园。那儿有很多马，我不知道是谁给马儿钉的蹄铁，但我希望是乔。

到这个礼拜日，即使少算几天，我依然感觉自己辞别乔和毕蒂已有几个月了。我和他们相隔万水千山，更显得我们分离了很久，家乡的沼泽地仿佛远在天边。其实就在上个礼拜日，我还穿着老旧的礼拜日服装，去家乡的老旧教堂做礼拜，而无论是地理位置还是社会地位，还是根据各种不同的日历，这似乎都是不可能的事。在伦敦的街头，人头攒动，黄昏时分灯火辉煌，我却觉得心中苦闷，责备自己不该把家乡那又旧又破的厨房抛得那么远。到了安静的深夜，巴纳德旅馆那个愚蠢的门房根本不懂如何做好分内的事，他借着值夜之名四下走动，他的脚步声落在我的心头，听来是那么空洞。

礼拜一早上八点四十五分，赫伯特去会计行做事，我想他是去筹划生意。我送他去上班。他工作一两个钟头，就要离开，陪我去汉默史密斯，因此，我在附近等他。礼拜一早晨，这些年轻的保险商结伴去一些地方找生意。从他们所去的地方来看，我觉得这些刚刚起步的商业巨头都仿佛是从蛋里孵化出来的，而那些蛋埋在尘土下，经历了高温，就跟鸵鸟蛋差不多。在我看来，赫伯特做事的那间会计行所处的位置并不好，位于一个场院靠后的一幢楼里，他们在三层，每一个地方都肮脏污秽，窗外并无景色，只能看到另一幢靠后的大楼的三楼。

我一直等到中午，这期间，我逛了一家证券交易所，看见一些头发蓬松的男人坐在航运板下面，我觉得他们都是有头有脸的大商人，只是搞不懂他们为何都有点儿打蔫儿。赫伯特来之后，我们一起去了一家有名的馆子吃午饭。当时我觉得那家饭馆很是高级，现在想来，那里可以说是全欧洲最糟糕的地方，只不过是表面光鲜而已。当时我就注意到，桌布、餐刀和服务生衣服上的油脂比牛排上的还多。这顿饭的价钱还算合理（考虑到那些油脂的话，毕竟那是不收费的），饭后，我们回到巴纳德旅馆取我的小提箱，接着雇了一辆马车前往汉默史密斯，下午两三点钟到达，下车后只走了一小段路，便到了波克特先生家。打开门闩，我们走进了一个可以俯瞰河流的小花园，波克特先生的孩子们正在那里玩耍。见到眼前的情形，我觉得波克特夫妇的孩子们既不是自己长大，也不是由父母养大，而是在磕磕绊绊中成长起来的，不过我希望自己在这件事上没有欺骗自己，毕竟这无关我的利益，我对他们也没有偏见。

波克特太太正坐在树下的一把花园椅上看书，双腿搭在另一把花园椅上。波克特太太的两个保姆在照顾玩耍的孩子们。“妈妈，”赫伯特说，“这位是皮普先生。”听了这话，波克特太太和蔼而庄重地接待了我。

“阿利克少爷，简小姐，”一个保姆对其中两个孩子喊道，“你们在灌木丛边上蹦蹦跳跳，会掉到河里淹死的，那你们的爸爸会怎么样呢？”

与此同时，这个保姆捡起了波克特太太的手帕，说：“你已经弄掉六次了，太太！”听了这话，波克特太太大笑了两声，说：“谢谢你，弗洛普森。”她说完，便在一把椅子上坐下来，继续看书。她立刻眉头紧皱，流露出专注的神情，仿佛已经连续看了一个礼拜的书。但她才看了五六行，就抬头望着我，说：“你妈妈身体还好吧？”这突如其来的问题把我难倒了，我只得胡言乱语，说如果我的母亲还在人世，我肯定她一定会身体康健，不仅会很感激她的问候，还早就要我代为问安了，说到这里，保姆终于过来，解了我的燃眉之急。

“喂！”她捡起手帕大声道，“已经七次了！太太，你今天下午是怎么了？”波克特太太接过自己的东西，先是露出一种说不出的惊讶表情，仿佛从未见过这条手帕一样，接着，她哈哈大笑，像是认出了这东西，说：“谢谢你，弗洛普森。”她竟忘掉了我的存在，继续沉浸在书中了。

我此时才有时间数了数，发现园子里有六个波克特家的小孩，都处在不同的摔倒成长阶段。我刚数完这六个，就听到第七个发出了凄厉的哀号，就像从遥远的天外传来的一样。

“小宝贝在哭！”弗洛普森说，似乎认为这很不可思议，“快去看看，米勒斯。”

米勒斯是另一个保姆，她进了屋，孩子的哭声渐渐停止了，仿佛小婴儿是个小口技演员，被人在嘴里塞了什么东西。波克特太太一直在看书，我很想知道那是什么书。

波克特太太正坐在树下的一把花园椅上看书，双腿搭在另一把花园椅上。（第179页）

我想，我们是在等波克特先生出来见我们。反正我们一直在等，我正好趁此机会观察一下这不同寻常的一家人：孩子们玩着玩着，只要靠近波克特太太就准会绊倒，摔在她身上，而她见了，总会露出片刻的惊讶，孩子们则要哭上很久。看到这种不可思议的情况，我大为不解，不由自主地陷入了沉思。后来，米勒斯抱着婴孩出来，把孩子交给弗洛普森，弗洛普森又把婴儿交给波克特太太，就在交接孩子的时候，抱着孩子的弗洛普森差一点儿就头朝下摔倒在波克特太太身上，幸好我和赫伯特扶她站稳了。

“老天，弗洛普森！”波克特太太把目光从书上移开了一会儿，说，“所有人都在摔跤！”

“哎呀，太太！”弗洛普森回答说，脸涨得通红，“你那儿有什么东西呀？”

“能有什么呢，弗洛普森？”波克特太太问。

“这不是你的脚凳吗？”弗洛普森叫道，“你这样把它藏在裙子下面，谁能不绊倒呢？给你！抱好孩子，太太，把你的书给我。”

波克特太太照办了，十分生疏地把孩子抱在腿上，轻轻地摇哇，晃呀，其他孩子也过来一起玩。但才过了一会儿，波克特太太就发布了一个简单的命令，要保姆带着孩子们去屋里睡觉。因此，在第一次拜访波克特家的时候，我就有了第二个发现，那就是波克特家带孩子的方式，就是时而摔跤，时而睡觉。

弗洛普森和米勒斯像赶一小群羊似的，带着孩子们进了屋，波克特先生则从屋里走了出来，与我见面。波克特先生一脸迷茫，一头花白的头发乱糟糟的，仿佛不清楚该怎么把事情理顺。他家里如此情况，他这个样子也就不足为奇了。

第四章

波克特先生说他很高兴见到我，希望我见到他没有感到失望。“毕竟我也不是什么了不得的人物。”他补充道，脸上的笑容与他儿子的一模一样。他看上去很年轻，只是脸上带着惶惑的神情，满头的白发，举止倒是极为自然。我用“自然”这个词，是指他不矫揉造作，而他心烦意乱的神情中有一种滑稽的成分，若不是他很有自知之明，一定会非常可笑。他和我聊了一会儿，便皱起两道浓黑的剑眉，对波克特太太说：“比琳达，我希望你已经和皮普先生打过招呼了。”她从书中抬起头，说：“是的。”说完，她心不在焉地对我微微一笑，问我喜不喜欢喝橙花水。这个问题来得突兀，与前面的对话没有关系，更没有后续，想必与她之前说话的方式一样，是一般的客套话而已。

不出几个钟头，我便听说了一件事，在这里可以说一下。波克特太太是一位已故爵士的独生女，这位爵士胡编乱造，说自己去世的父亲本来可以被封为男爵，但有人完全出于个人恩怨从中作梗，至于这个人是谁，即使我当时知道，现在也忘记了，反正不过就是什么君主、首相、大法官或坎特伯雷大主教之流。于是，他便根据这一假想出来的事实，以贵族身份自居。依我看，他自封为爵士，是因为在某幢大厦的奠基仪式上，他曾在高级皮纸上写过一篇文理不通、乱七八糟的发言稿，还给某位皇室成员递过泥铲或灰浆。尽管如此，他依然从小教养波克特太太必须嫁入豪门贵族，还要严防死守，不让她接触平民百姓，沾染上他们的粗俗气息。这位明智的父亲对女儿的悉心教养很成功，年轻的小姐长大后出落得惹人喜爱，只可惜是个无用的废物，什么都不会干。她的性格就这样逐渐形成，到了青春韶华，她认识了波克特先生。那时候他也是刚刚长成的小伙子，不知道是该进入官场，谋个一官半职，还是该去宗教领域大展拳脚，弄一顶主教的法冠戴在自己的头上。反正他要在这二者之中做出选择，剩下的只是时间问题。他和波克特太太把握时机（从时间来判断，似乎并没有经过深思熟虑），没有禀明那位有远见卓识的父亲，便私定终身了。那位明智的父亲除了祝福，既没什么可赠予的，也没什么可保留不给的。于是，经过短暂的矛盾挣扎，他便慷慨地把祝福当妆奁赠送给了这对小夫妻，并且告诉波克特先生，他娶的妻子是“稀世珍宝，足以匹配一位王子”。此后，波克特先生希望这“足以匹配王子的珍宝”多了解一些人情世故，只是波克特太太并不感兴趣；然而，人们对波克特太太都怀着一种很奇怪的情绪，对她既尊重又同情，因为她并没有嫁入豪门贵族。而人们对波克特先生也怀着一种很奇怪的情绪，在指责他的同时，又对他十分宽容，因为他既没有进入政坛，也没能踏入宗教界。

波克特先生领我进屋，带我去了我的房间。房间布置得舒适宜人，家具一应俱全，可以当作我的私人起居室用。他还敲开了另外两个类似房间的房门，将我介绍给住在里面的人，他们一个是多穆尔，另一个是史达多普。多穆尔年纪轻轻，却极为显老，身材粗壮，一直在吹口哨。史达多普无论从年纪还是外表上看都更年轻一些，他用手捧着头，正在看书，仿佛他觉得自己吸收了太多的知识，脑袋要炸开了。

一看便知道，波克特夫妇都是被别人牵着鼻子走的，我真不明白这幢房子到底是谁说了算，让这两个人住进来，后来，我才发现无形的管家大权掌握在两个女佣手里。若要省去麻烦，这倒不失为一个好办法，只是付出的代价太过昂贵。两个女佣觉得自己有资格在吃喝上讲究一点儿，还经常在楼下找人来做伴，否则就实在亏欠了自己。波克特夫妇的饭菜当然也很不错，然而，我一直觉得那幢房子最舒服的部分是厨房——只是住在这个家里的人要掌握保护自己的技能，因为我在那里待了还不到一个礼拜，和波克特一家并不熟悉的一位女邻居就写信告知，称自己看到米勒斯打那个刚出生的小婴孩。波克特太太收到信后万分悲痛，直掉眼泪，说什么邻居不可理喻，竟然多管别人家的闲事。

我渐渐了解到（大都是赫伯特告诉我的），波克特先生曾攻读于哈罗公学和剑桥大学，在学校里，他的表现非常突出。只可惜他年纪轻轻，就欢欢喜喜地与波克特太太结了婚，因此毁了自己的前程，只得靠教书为生。他就好比一块磨刀石，把好几个如钝刀子一样的学生都磨成了材，这些学生的父亲个个有权有势，都是大人物，答应会帮助他，给他谋个美差，可当刀子离开了磨刀石，父亲们也就忘了昔日的承诺。后来，他做腻了这份苦差事，便来到了伦敦。在这里，他也曾试过追求更远大的理想，无奈都以失败告终，只得辅导一些人的课业，这些人不是缺少机会，就是错失了很多良机，他还帮助其他几个出于特殊原因需要重温功课的人重温了功课，此外，他还利用自己的学识做了一些文学编纂和修正的工作，凭借这些收入，再加上他个人的一些微薄财产，才勉强养活着我所见到的那一大家子人。

波克特夫妇有个爱拍马屁的邻居。这个邻居是寡妇，天生爱迎合别人，任谁发表意见，她都大加赞同，见谁祝福谁，还会根据情况不同，或是笑脸相对，或是泪洒当场。这位女士叫科伊勒太太，在我住进波克特家的那天，我有幸请她吃饭。她在楼梯上跟我说，每次波克特先生迫不得已让学生住下来给他们辅导课业，对亲爱的波克特太太而言都是一个打击。接着，她又用充满爱意和信任的语气告诉我（这个时候，我认识她还不到五分钟），我是个例外，要是那些学生都和我一样，可就是另一番光景了。

“话又说回来，亲爱的波克特太太早年过得很不如意（这并不是亲爱的波克特先生的错）。”科伊勒太太说，“如今也该讲究讲究，享受一下了。”

“是的，太太。”我说，生怕她掉眼泪，就想阻止她说下去。

“她浑身上下都散发着贵族气质……”

“是的，太太。”我又说了一遍，目的和刚才一样。

“……亲爱的波克特先生要是不能把时间和精力都花在亲爱的波克特太太身上，”科伊勒太太说，“那就太说不过去了。”

我不禁想到，要是卖肉的不能把时间和精力都花在亲爱的波克特太太身上，情况可能会更糟。不过我什么也没说，因为我必须注意自己的社交礼节，这已经叫我自顾不暇了，哪里还顾得上反驳别人？

用餐时，我一方面要留心使用刀叉、勺子、酒杯和其他足以让自己丢尽颜面的餐具，一方面还要仔细听波克特太太和多穆尔之间的对话，由此，我了解到多穆尔名叫本特利，实际上是一位从男爵的第二继承人。我还得知，我看到波克特太太在花园里读的那本书是讲贵族头衔的，要是她的祖父也能入列该书，她完全知道该在哪一个日期项下面寻找自己的祖辈。多穆尔话不多，但他说的寥寥几句话（依我看他是个性格阴沉的人），也带着特权阶层的口吻，在他眼里，波克特太太是一位优秀的女性，他视她为姐妹。除了他们两个和那位马屁精邻居科伊勒太太之外，没人对他们的谈话感兴趣。我觉得赫伯特简直听得痛苦难当，后来，要不是有个侍从进来说家里发生了一件麻烦事，他们肯定还要聊上很久。原来是厨子忘记把牛肉放在哪儿了。波克特先生这时正在切肉，听了这话，他放下切肉的刀叉，用两只手揪住乱糟糟的头发，似乎特别努力地想把自己提起来。过了一会儿，他始终没把自己提起来，便继续静静地切肉吃。我是第一次见到他用这样的方式缓解心里的苦闷，觉得实在怪异，不由得深感惊奇，只是别人都不以为意，我也很快就和其他人一样见怪不怪了。

科伊勒太太改变了话题，开始奉承我。一开始，我倒也听得津津有味，但她越说越肉麻，我很快就觉得索然无味了。她像条蛇一样往我跟前凑，吐着开叉的舌头，假装对我的朋友和家乡很感兴趣，那样子阴险极了。她偶尔也扑向史达多普（很少与她说话）或多穆尔（与她说得更少），他们二人都坐在她对面，对此，我简直艳羡不已。

晚饭后，孩子们进来了，科伊勒太太把他们大大称赞了一番，说他们的眼睛、鼻子和腿都长得极为漂亮，这可谓提升他们心智的好办法。孩子中有四个小女孩和两个小男孩，那个小婴孩不知是男是女，至于比小婴孩还小的那个孩子，就更不知其性别为何了。是弗洛普森和米勒斯把孩子们带进来的，她们就像两个军士，奉命去征召孩子兵，果然招来了这么几个。波克特太太看着这些本该成为贵族的孩儿，仿佛觉得自己早就该检阅一下这几个孩子兵，只是不太清楚他们的情况而已。

“给你！把你的叉子给我，太太，你把孩子接过去。”弗洛普森说，“这么接孩子可不成，脑袋要撞到桌子底下了。”

波克特太太听了劝，就从另一个方向接过孩子，如此一来，孩子的头倒是没撞到桌子底下，却撞到了桌面。只听“砰”的一声，在场的所有人都吃了一惊。

“老天，老天！还是把孩子给我吧，太太。”弗洛普森说，“简小姐，过来给小宝宝跳个舞吧，跳吧！”

简小姐自己还是个小孩子，却已经过早地承担起了照顾其他孩子的责任，她本来待在我边上，此刻走出去，在婴儿身边跳来跳去，哄得小婴孩停止哭泣，笑了起来。然后，所有的孩子都笑了，波克特先生也笑了（他在这期间曾两次试图揪住头发把自己拎起来），我们都笑了，十分开心。

弗洛普森像抱个荷兰娃娃一样一弯小婴孩的身体，就这样让孩子安安全全地坐在了波克特太太的腿上，又把胡桃夹子交给小婴孩玩耍，与此同时，她提醒波克特太太留意胡桃夹子的手柄，不要碰到小婴孩的眼睛，还凶巴巴地吩咐简小姐帮着照看。接着，两位保姆离开了房间，竟在楼梯上与刚才侍候我们吃饭的一个侍从激烈地厮打起来，那个侍从是个放浪形骸之徒，一半身家都输在赌桌上了。

波克特太太一边吃着浸在糖酒里的橙子片，一面与多穆尔讨论两个准男爵爵位，全然忘记了坐在自己腿上的小婴儿，任由那孩子拿着胡桃夹子，做出种种危险的举动，我看了不禁心惊胆战。最后，小女孩简看出小婴孩的脑袋有危险，便悄悄地离开了座位，用了许多小计谋才把那危险的武器从小婴孩手里弄走。差不多在同一时间，波克特太太吃完了橙子，她见状很不赞同，就对简说："你这个淘气的孩子，怎么敢这样？马上给我坐下！"

"亲爱的妈妈，"小女孩口齿不清地说，"宝宝差一点儿就把自己的眼珠子挖出来了。"

"你怎么敢这样信口胡说？"波克特太太反驳道，"马上回你的椅子上坐好！"

波克特太太为了维护自己的尊严，竟然如此严词厉色，我很为她感到难堪，仿佛是我自己做了什么错事招惹了她似的。

"比琳达，"坐在桌子另一端的波克特先生抗议道，"你怎么能不讲理？简只是为了保护小宝宝，才拿走胡桃夹子的。"

"我不允许任何人干涉我。"波克特太太道，"我很惊讶，马修，你竟然当着这么多人的面让我下不来台。"

"老天！"波克特先生气愤而绝望地喊道，"难道由着小宝宝用胡桃夹子把自己害死，也不许有人去救吗？"

"我就是不允许简来干涉我。"波克特太太说着，威严地瞥了一眼那个得罪她的无辜孩子，“我那可怜的祖父是什么身份地位，我可记得清楚着呢。简，你好大的胆子！”

波克特先生又用手揪住头发，这一次他真把自己从椅子上提起了几英寸。“听听这话吧！”他无助地对着天空大声说，“就为了维护那可怜祖父的地位，孩子就要被胡桃夹子夹死！”他说完便把自己放下，不再言语了。

那夫妻二人争吵之时，我们都尴尬地看着桌布。这会儿吵闹停息了，而那个天真、不受驯服的婴儿对着小简蹦呀、跳呀、咿咿呀呀地说个不停。在我看来，不算用人在内，在这个家里，小宝宝认识的只有简一个人。

“多穆尔先生，”波克特太太说，“请你按铃叫弗洛普森来好吗？简，你这个不听话的小东西，去睡觉吧。好了，亲爱的小宝贝，你跟妈妈一起去睡吧！”

那婴儿忽蒙垂怜，使出了浑身的力气反抗。那孩子弓起身体，要挣脱出波克特太太的怀抱，只是弄错了方向，只露出一双毛线鞋和两只带着浅窝的脚踝，没有把柔软的小脸蛋儿露出来，就这么挣扎着，被波克特太太抱了出去。不过小婴孩最终还是得偿所愿了，几分钟后，我透过窗户看到是小简在照顾那孩子。

另外五个孩子还留在餐桌边，弗洛普森有私事要处理，又没有其他人来看管他们。这个时候，我才看明白他们和波克特先生之间的关系如何，现在来举几个例子说明一下：波克特先生脸上迷茫的表情更重了，头发也乱蓬蓬的，他盯着他们看了几分钟，仿佛弄不明白他们为什么会在这幢房子里又吃又住，为什么命运没有把他们安排到别人家里。接着，他用传教士般的口吻，冷漠地问了他们几个问题，比如为什么小乔衣服的褶边上有个洞。小乔说，爸爸，弗洛普森有时间就会缝补好的。他又问小芬妮怎么得上了甲沟炎。小芬妮说，爸爸，等米勒斯想起来，就会给我敷药膏。然后，他身为父亲的柔肠被牵动了，给了他们每人一个先令，要他们去玩。孩子们出去后，他便揪住头发，铆足了劲儿要把自己提起来，过了一会儿，也就不再去想这个解决无望的问题了。

晚上，有人在河上划船。多穆尔和史达多普各有一艘船，于是我决定也弄一艘来，超过他们两个。凡是乡下孩子擅长的游戏，我也大都很拿手。在其他河上划船倒也无所谓，可在泰晤士河上划船，我很清楚自己缺了几分优雅的风度。正好有个得过划船比赛冠军的船夫在我们那个码头招揽生意，我的两个新伙伴将我介绍给了他，我立即开始跟他学习。这位实践经验丰富的权威人士说我长了一双铁匠才有的手臂，我听了心中一慌。要是他知道自己的这句恭维使他差一点儿就失去了一个学生，我想他大概就不会说了。

我们晚上回到家，每人都有一托盘的晚饭，我想，要不是家里发生了一件不愉快的事，大家都会吃得很开心。波克特先生本来兴致勃勃，一个女仆突然走了进来，说：“先生，我想和你谈谈。”

“你要跟主人谈谈？”波克特太太说，她觉得自己的尊严再次受到了冒犯，“你怎么敢想呢？去和弗洛普森说。也可以跟我说，不过现在不行，改个时间吧。”

“请原谅，太太。”女仆回答说，“我想马上就和主人谈。”

于是波克特先生走出了房间，我们尽量谈笑风生，等他回来。

“比琳达，简直岂有此理！”波克特先生带着一副悲伤和绝望的表情回来，说，“厨娘喝了个大醉，躺在厨房地板上昏睡过去了，橱柜里藏了一大包新鲜的黄油，准备拿去卖，卖的钱要进她自己的腰包哩！”

波克特太太立刻露出和蔼可亲的表情，说：“准是可恶的索菲娅干的好事！”

“你这是什么意思，比琳达？”波克特先生问。

“索菲娅向你承认了的。”波克特太太说，“刚才我不是亲眼看见、亲耳听到她走进这个房间，要求和你谈谈吗？”

“可是，索菲娅，是她带我下楼，去看厨娘和那一大包黄油的，难道不是吗？”波克特先生答。

“马修，她制造了麻烦，你还要护着她？”波克特太太说。

波克特先生发出一声凄惨的呻吟。

“身为祖父的孙女，我在这个家里什么也不是吗？”波克特太太说，“再说了，厨娘一直是个好女人，为人恭敬，当初她来找活儿干，就泰然自若地说过，她觉得我生来就该是公爵夫人。”

波克特先生站在一张沙发边上，听了这话，立即瘫坐在上面，活像一个快死的角斗士。过了一会儿，我觉得到了睡觉的时间，便和他告辞，他还是那副颓然的姿势，用空洞的声音说：“晚安，皮普先生。”

第五章

两三天后，我已经在自己的房间里安顿下来，不光去了几次伦敦，还向贾格斯先生指定的商铺订购了我需要的一应物品。我也与波克特先生进行了一次长谈。他对我的前途比我自己还要了解，他告诉我，贾格斯先生对他说过，送我来接受教育，并不是为了将来谋个好差事，只要我的学识能达到上流社会年轻人的一般水平，与我的身份地位相称即可。对此，我没什么可反对，自然只能默许。

他建议我先去伦敦的几个地方游览一番，学习一些我所需要的基础知识，我的所有功课都由他为我讲解和指导。他觉得，只要他给我得当的帮助，我就不会遇到丝毫阻碍，很快就可以不用除他以外的任何帮助了。除此之外，他还说了很多类似的话，对我没有任何保留，可谓令人钦佩。我可以立即声明，他在履行与我的契约时是如此热情、如此诚实，也使我在履行与他的契约时务必做到热情与诚实。如果他作为一个老师表现得漠不关心，那毫无疑问，我作为学生，也将以同样的态度对待他。他没有给我这样的借口，我们彼此都公正地对待对方。自从他成为我的导师，我从不认为他有任何可笑之处，在我眼中，他是一个严肃、诚实和善良的人。

这些事情都谈妥之后，我也开始认真学习。我突然想到，如果我能保留在巴纳德旅馆的卧室，不仅可以让自己的生活有一些变化，还可以在与赫伯特交往时向他讨教礼仪。波克特先生并不反对这个安排，但是再三要求，在采取任何行动之前，必须先知会我的监护人。我觉得他之所以如此体贴周到，是因为考虑到这个计划可以为赫伯特节省一笔开支。我去了小不列颠，把我的愿望告诉了贾格斯先生。

“如果可以把租用的家具买下来，”我说，“再购置一两件小物件，我就可以在那儿住得很舒服自在了。”

“完全可以！”贾格斯先生轻笑一声，说，“我早说过你的开销会越来越多。好吧！你想要多少钱？”

我说不知道。

“说吧！”贾格斯先生反驳道，“到底多少？五十英镑？”

“用不了这么多。”

“那五英镑？”贾格斯先生说。

这一下砍掉的太多，我只好狼狈不堪地说：“啊！不够。”

“不够？”贾格斯先生问，他双手插在口袋里，头歪向一边，眼睛盯着我身后的墙壁，等着我回答，“那要多多少？”

“很难确定一个具体的数目。”我犹豫地说。

“得啦！”贾格斯先生说，“还是说清楚吧。两个五英镑，够吗？三个五英镑，够不够？那四个五英镑总够了吧？”

我说四个五英镑应该够了。

“四个五英镑够了？”贾格斯先生皱着眉头说，“那么，你算算四个五英镑是多少？”

“我算算四个五英镑是多少？”

“啊！”贾格斯先生说，“是多少？”

我笑着说：“我想你算来是二十英镑吧。”

“别管我算的是多少，我的朋友，”贾格斯先生说着，会意而又充满矛盾地摇了摇头，“我只想知道你算的是多少。”

“当然是二十英镑。”

“文米克！”贾格斯先生打开办公室的门说，“为皮普先生出具一份书面指令，付给他二十英镑。”

这种强硬的办事方式给我留下了极为深刻的印象，而且是很不愉快的印象。贾格斯先生从来不笑。他穿着一双大靴子，擦得锃亮，还嘎吱嘎吱响。他穿着这样一双靴子耷拉着大脑袋，紧皱着眉头等人回答时，有时会故意把靴子弄得嘎吱响，仿佛靴子有所怀疑，发出了冷笑。现在他碰巧出去了，而文米克又活泼健谈，于是我对文米克说，我搞不懂贾格斯先生的态度是什么意思。

“你告诉他数目，他会把这当作一种恭维。”文米克答，“他其实不是非要你算清楚。啊！”见我露出惊讶的表情，他“啊”了一声，继续说：“这无关私人的感情，是出于职业习惯。仅此而已。”

文米克正坐在办公桌前嚼着一块又干又硬的饼干，这是他的午饭。他不时地把一些碎屑扔进自己张开的嘴巴里，好像是在把信件投进邮筒。

“我一直觉得，”文米克说，“他像是设置了一个捕人陷阱，并守在一旁。突然之间，随着咔嚓一声，你就被陷阱套住了！”

我并没有说捕人陷阱很不近人情，只说他的技术很高明。

“简直是深不可测。”文米克说，“都深到澳大利亚了。”他用钢笔指着办公室的地板，表示澳大利亚正好位于地球的另一端。“要是有什么更深的，”文米克补充道，把笔移回到文件上方，“那就是他了。”

接着，我问贾格斯先生的生意是不是很不错，文米克说：“好极了！”然后，我又问事务所里是不是有很多办事员，他回答说：“用不上太多办事员，毕竟贾格斯只有一个，人们只要他，不希望假借别人。我们一共就四个办事员。要不要去见见他们？反正你是我们自己人了。”

我接受了这个提议。文米克先生把所有的饼干都投进“邮筒”，从一个保险箱里的现金盒里拿出钱交给我。保险箱的钥匙挂在他的背上，他像是拉出一条铁辫子一样从衣领里取出钥匙。之后，我们一起上楼。楼里光线昏暗，还很破旧，那些在贾格斯先生的房间里留下过痕迹的油腻肩膀，似乎已经在楼梯上拖着脚步走来走去好几年了。二楼前厅里有一个办事员，看起来既像个酒馆老板，又像个灭鼠工，块头很大，面色苍白，脸有些浮肿，正专心致志地接待着三四个衣着破烂的人，他对那些人很不客气，所有上门来光顾贾格斯先生生意的人，似乎都免不了受一番这样的冷遇。“他在收集证据，去老贝利街[1]用得上。”我们走出来的时候，文米克介绍道。三楼房间里的办事员是个矮胖子，活像一条小猎犬，头

1　中央刑事法庭所在地。

发披散着（似乎从他还是条小狗的时候，就忘记了剪毛），也在接待一个视力不太好的人。文米克先生告诉我，那个客户是个熔炼工，他的熔炉总是烧着，我若是有什么东西需要他为我熔化，他必定答应。这人满身是汗，仿佛正在干活儿。内室里还有一个办事员，此人耸着肩膀，像是害了面部神经痛，用一条脏了吧唧的法兰绒围巾裹着脸，身上的黑色旧衣如同涂了一层蜡，他伏案而坐，正在抄写另外两个办事员起草的文件，供贾格斯先生使用。

整个事务所即是如此。我们回到一层，文米克带我走进我的监护人的房间，说："你都看过了。"

"请问，"我说，又看到那两个面目可憎的人像用焦躁不安的眼神瞪着我，"那两座人像是什么人？"

"那两个吗？"文米克说着站到一张椅子上，吹掉可怕的石膏脑袋上的灰尘，将其取下架子，"这两个人挺有名的，都是我们的客户，让我们名声大噪。这个家伙（哎呀，你这个老无赖，肯定趁夜下来，朝墨水台里偷看了吧，所以眼眉上才沾上了一点儿墨水）谋杀了他的东家，却没留下一点儿证据，可真是老谋深算啊。"

"这个头像和他像吗？"我从那暴徒边上退开后问道。文米克吐了口唾沫在头像的眉毛上，用袖子擦了擦。

"太像了，简直就和他是一个模子里刻出来的。这个头像是在纽盖特监狱制作的，那时候他刚刚被捉住。你特别喜欢我，是不是，狡猾的老东西？"文米克说。为了解释这个亲切称呼的来历，他摸了摸胸前的胸针。胸针上有一位女士和一棵垂柳，垂柳边是一座坟墓，坟墓上有一个骨灰瓮。他说："这是他为我定制的！"

"这位女士是不是身份特殊？"我说。

"那倒不是。"文米克说，"只是他的一个小玩意儿而已。（你也喜欢小玩意儿，是吗？）不，他那件案子没有牵扯任何女士，皮普先生，不过有一个除外，但不是这个苗条的贵妇人，她也不会负责照管骨灰瓮，除非里面有酒让她喝。"文米克的注意力转移到了他的胸针上，他放下石膏像，开始用手帕擦胸针。

"另外那个是不是也遭遇了同样的下场？"我问，"他的神情也是那样的。"

“你说对了。”文米克说，“确实是一模一样的神态。像是一边鼻孔里塞了一根马毛和一个小鱼钩似的。是的，他的下场是一样的，我向你保证，在这里，落得这种下场很自然。这个花花公子，犯了伪造遗嘱罪，还将立遗嘱的人杀死了。”说到这里，文米克先生又对着头像说起话来，“不过呢，你还是个上等人哩，伙计。你说你能写希腊文。是呀，你就会吹牛！你就是个大骗子。我从没见过你这么会扯谎的人！”文米克先摸了摸他最大的一枚纪念戒指，才把已故的朋友放回到架子上，说：“他是在临死前一天派人买了这枚戒指送给我的。”

他把另一座石膏像也放回架子上，从椅子上下来。我突然想到，他身上那些首饰是不是都是这么来的。他在这件事上没有表现出丝毫的胆怯，于是当他站在我面前，拂去双手上的尘土时，我冒昧地向他提出了这个问题。

“是的，”他答道，“都是那种礼物。就这么一个个地送来了。的确是这样的。送来了，我就收下。都是珍品，也算财产吧。可能不值多少钱，可毕竟是财产，也便于携带。你有大好的前途，可能瞧不上眼，可在我看来，我的人生箴言向来都是‘对于方便携带的财产，能捞多少就捞多少’。”

我称赞他高见，他听了，继续友好地说：“等你有空了，请赏光来沃尔沃斯，到我家里做客，我那里有床，你可以留下来过夜，那我真是不胜荣幸了。我没有多少东西给你看，不过，我倒还有两三件奇珍异宝，可以供你赏玩一番。我那里有一座花园和一座凉亭，都是我的心头好。”

我说我很乐意去他家做客。

“谢谢。”他说，“那么，等你方便的时候，一定要光临寒舍。你和贾格斯先生吃过饭了吗？”

“还没有。”

“好吧，”文米克说，“他会请你喝酒，上好的葡萄酒。那我就请你喝潘趣酒，味道很不错的。现在我告诉你一件事。你什么时候去贾格斯先生家里吃饭，一定要留意他的女管家。”

“他的女管家有什么不寻常的地方吗？”

“你一见就知道了，她就跟一头被驯服了的野兽差不多。”文米克说，“你也许会说，这也没什么稀奇的。但我要告诉你，这还要看那头野兽最初野蛮到什么地步，以及驯化花了多大的力气。到时候，你就能知道贾格斯先生有多大的实力了。千万要仔细留意。”

我告诉他我会的，听他这么一说，我来了兴趣，好奇心大盛。我告辞离开的时候，他问我是否愿意花五分钟时间去看看贾格斯先生“办公”。

出于几个原因，尤其是因为我不清楚贾格斯先生到底在办什么公事，我便一口答应下来。我们来到城里的一个治安法庭，那儿聚了很多人，死者（活着的时候钟爱胸针）的一个血亲（从杀人流血这一点而言）正站在被告席上，很不自在地嚼着什么东西。我的监护人正在讯问一个女人，也许该用“盘问”这个词，不过我也不太清楚。这个女人、法官和在场的所有人，都对他肃然起敬。只要有人说了哪怕是一句他不赞同的话，他就立即要求将那人说的话“记录下来”。有人不招供，他就说：“我一定会把你的嘴撬开！”如果有人招供，他就说：“你逃不出我的手心！”他一咬手指，治安法官们就浑身战栗；小偷和抓小偷的人都战战兢兢地听他发言，只要他有一根眉毛转向他们，他们就吓得魂飞魄散。我根本搞不清楚他站在哪一边，在我看来，他像是把全法庭的人都放在磨坊里碾碎了。我只知道，当我踮起脚尖偷偷溜出去的时候，他正和法官较劲。他斥责主持法庭的老法官，说他那天在法官席上的种种行为，实在不配作为英国法律和正义的代表，气得法官的腿在桌子下面直发抖。

第六章

本特利·多穆尔性格阴沉，就连看书时也面色沉郁，好像作者做了什么对不起他的事。所以在和人交往的时候，他也不会和善到哪里去。他身材粗笨，动作蠢笨，脑筋愚笨，脸上神情迟钝，一条僵硬的大舌头在嘴里动来动去，就像他在房间里懒洋洋地走来走去一样。他这个人懒散、傲慢、吝啬、沉默寡言，还很多疑。他出身于萨默塞特郡一个富有的家庭，从小就养成了这样的脾性，后来，他成年了，家人才发现他是个呆瓜。就这样，本特利·多穆尔来到波克特先生家的时候，他虽比波克特先生高出一头，可要说智慧，却比大多数人都矮了一截。

史达多普有个性格软弱的母亲，娇生惯养的他在本该上学的年纪却待在家里，不过他倒是十分依恋母亲，对她佩服得五体投地。他相貌精致，有几分女相，赫伯特对我说过："你虽从没见过她，但看到他，就知道他母亲长什么样了。"我对他，自然比对多穆尔亲切，甚至在刚开始划船的那几个晚上，我和他就并排划着各自的船往回行驶，一边划一边聊天。本特利·多穆尔则独自在我们后面，划着船驶过高耸的河岸，穿过浓密的芦苇丛。他就像一头笨拙的两栖动物，即使水流湍急，推动着他向前，他也总是向河岸划去。我一直觉得，我们的两条船迎着夕阳或月光在河流正中央划着，他则在黑暗中，在回流的水流中，在我们后面划着。

赫伯特成了我亲密的伙伴。我和他共用一条船，所以他常常来汉默史密斯。他也让我用他的房间，所以我也常去伦敦。我们还随时步行往来于这两个地方。

我至今仍对那条路怀有感情，只是现在走起来不如当年那般开心。当时的那种情感是在未经历练的青春岁月中建立起来的，彼时的人生还充满了希望，很容易感动。

我在波克特先生家里住了一两个月后，卡米拉夫妇来了。卡米拉太太是波克特先生的妹妹。我以前在哈维沙姆小姐家见过的乔治亚娜也来了。她是波克特先生的表妹，还没有成亲，患有消化不良的病症，将自己的执拗美其名曰虔诚，把肝火旺盛美其名曰浓情爱意。他们三个贪婪无比，将满腔的失望转化成恨意，都转移到了我身上。而我现在这么富有，他们自然来讨好我，简直卑鄙恶劣至极。对波克特先生，他们觉得他是个大孩子，并不关心自身的利益，所以表现出了我曾听到过的那种自以为是的宽容。他们很是瞧不起波克特太太，不过他们也承认这个可怜人在生活中过得极为失意，从她身上隐约看出了他们自己的影子。

我就是在这样的环境中安定下来，开始专心学习的。我还很快养成了大手大脚花钱的习惯，并且花掉了一大笔钱，要是在几个月前，我肯定会认为那是一个巨大的数目。不过，不论好坏，我都坚持读书。其实这也不是什么优点，只是我很清楚自己没有学问。在波克特先生和赫伯特的帮助下，我进步很快。他们中总有一个陪伴在我左右，为我提供我所需要的起步机会，清除我前进道路上的障碍，如果这样我都不能取得进步，那简直是和多穆尔一样蠢了。

我有好几个礼拜没见到文米克先生了，便想着给他写个条子，提议找一天晚上去他家里做客。他回信说他深感荣幸，六点钟在办公室等我。到了约定的那天，我到了事务所，看到他正把保险柜的钥匙挂在背上，时钟正好敲响了六点。

“你愿不愿意步行去沃尔沃斯？”他说。

“当然，”我说，“如果你同意的话。”

“我自然是同意的。”文米克答，“我的双腿整天蜷缩在桌子下面，我很乐意伸展伸展。好了，皮普先生，我来向你介绍一下晚餐都吃什么吧。首先是炖牛肉，这是家里自制的，再来是一道冷菜烤鸡，是从餐馆里买来的。我想鸡肉一定很嫩，因为餐馆老板在我们办过的几件案子里当过陪审员，我们没有刁难他。我买烤鸡时提醒他这件事，我是这么说的：‘给我们挑一只好的，老伙计，要是我们趁你做陪审员时多为难你一两天，简直是易如反掌。’他回答说：‘我会选一只店里最好的烤鸡，送给你做礼物。’我自然由着他去了。说来那也算一件财产，还是一件动产。想必你不会厌烦一位年迈的父亲吧？”

我还以为他仍在说那只鸡，可接着他又道：“我的老父亲就在家里。”于是我连忙说了几句客套话。

“你还没跟贾格斯先生吃过饭吧？”走着走着，他问道。

“还没有。”

“今天下午他听说你要来我家，就是这样告诉我的。我想你明天会收到他的邀请。他也会邀请你的朋友。一共有三个，是吧？”

虽然我还不习惯把多穆尔当亲密伙伴，我还是回答说：“是的。”

“好吧，他会把你们一伙人都请来。”“一伙人”这几个字在我听来十分刺耳，“不管他用什么招待你们，肯定都是上等的食物。菜式不会很多，却必定色香味俱全。他家里还有一件怪事。”文米克停顿了一会儿才继续说，我还以为他又要提起女管家了，“他晚上从不关门窗。”

“他从未遭过劫吗？”

“正是如此！”文米克答，“他曾公开放话说：‘我倒想看看是哪个敢来抢劫我！’老天，光是在事务所的前厅，我就听他对那些窃贼惯犯说过上百次这话：‘你们也知道我住在哪里，我家从不拉门闩、窗闩，你们为什么不来与我做笔生意呢？来吧，这都不能诱惑你们吗？’先生啊，他们中竟没有一个人敢打这个主意。”

“他们就那么怕他？”我说。

“简直怕死了。”文米克道，“你说得太对了。他这个人太狡猾了，他是故意瞧不起他们的。先生啊，他家里连一件银器都没有，所有勺子都是不列颠合金[1]做的。”

“所以，即使他们去偷了，也捞不到多少好处……”我说。

“啊！但他会得到很多，这一点他们也很清楚。”文米克打断了我的话，“他会要了他们的命，几十条命哪。他什么都要。他若是下定决心得到什么，就

1　锡锑铜合金。

非得到不可。”

我正琢磨着我的监护人竟是如此厉害的一个人，文米克忽然说：“你知道，他家里不放银器，只能说明他天生就是个老谋深算的人。江河天然深不见底，他亦是生来深不可测。看看他的表链吧，那可是真金打造的。”

“确实粗重。”我说。

“粗重？”文米克重复了一遍，“确实如此。他那块表也是纯金的打簧表，最起码值一百英镑。皮普先生，在这座城市里，有七百来个窃贼了解那块表的底细。他们当中无论男人、女人还是小孩子，只要看到表链上最小的一环，都能认出那块表来，可即使受到唆使胆敢去摸，也会像摸到一块热炭似的，赶紧丢掉。”

我和文米克先生先是说着这类事情，后来又聊起了家常，就这样轻松地一路走着，直到他告诉我，沃尔沃斯区已经到了。

这里小巷交错，到处都是沟渠和小花园，笼罩着一片萧瑟沉闷的氛围。文米克住的小木屋位于一块块花园中间，屋顶的形状和粉刷的油漆就像装着大炮的炮台。

“是我自己造的。”文米克说，“很漂亮吧？”

我大加称赞了一番，心里却想这是我见过的最小的房子，装着最奇特的哥特式窗户（而其中大部分都是假的），还装有一扇哥特式的房门，只是门太小，进门都很费力。

“你看，那是一根真正的旗杆，”文米克说，“到了礼拜天，我就升起一面真正的旗子。你再看看这里。我过了桥，就把桥吊起来，就像这样，与外界的联系就切断了。”

所谓吊桥，其实就是一块木板，横跨在一道约四英尺宽、两英尺深的沟渠上。不过，看到他十分得意地将吊桥吊起、拴牢，却也叫人很是愉快。他这么做的时候脸上挂着笑，这是真正欢喜的笑容，而不仅仅是机械的笑。

“每天晚上格林尼治时间九点都放炮。”文米克说，“你看，就在那儿！等你听到炮声，就知道大炮有多厉害了。”

他所说的大炮装在一个用格栅制成的堡垒上，上方有一个油布做成的精巧玩意儿，用来遮风挡雨，就像一把雨伞。

“后面还有看头呢。”文米克说，“那里很隐蔽，不会对防御工事构成障碍，我这人有个原则，如果有想法，就要贯彻下去，坚持到底。不知道你是不是这么想的……”

我表示他说得很对。

“那后面养了一头猪，几只鸡和兔子。我还搭了架子种黄瓜。晚饭的时候你就能尝到我的黄瓜沙拉有多香脆了。”文米克又笑了，但笑得很严肃，同时摇了摇头，“先生，你可以想象一下，我这个小地方不缺吃的，就是遭到围困，也能挺过很长一段时间。”

接着，他把我领到十来码开外的一间凉亭里，不过通往凉亭的小路上有许多设计精巧的弯曲处，我们走了很久才到。在幽静的亭子里，我们的酒杯早已摆放好了。凉亭边上有一个装饰性的假湖，我们的潘趣酒就放在湖水里冰着。假湖是圆形的，湖中央有个小岛，而那个小岛也许就是晚饭要吃的沙拉。他还在湖里建了一个喷泉，只要转动研磨机，就能拔掉一根管子的软木塞，水立即涌出，打湿你的手背。

“你既是工程师、木匠，又是水管工、园丁，简直就是个多面手。”我连忙称赞一番。文米克听了，说道：“你知道的，这是件好事。既可以拂去纽盖特监狱的蜘蛛网，又能哄老爹爹高兴。我马上把你介绍给我的老爹爹，你不介意吧？你不会感到不舒服吧？”

我表示非常愿意，于是我们走进了他家这座“城堡”，只见一个已届耄耋之年的老人坐在火边，穿着法兰绒外套，全身上下很干净，性格开朗，轻松自在，得到了很好的照顾，只是耳朵不太好使。

“我的老父亲，”文米克亲切而诙谐地和他握手说，“你好吗？”

“很好，约翰。好极了！”老人回答说。

“这位是皮普先生，我的老父亲。”文米克说，“但愿你能听到他的名字。向他点头致意吧，皮普先生。他喜欢这样。如果你愿意，就向他点个头，像眨眼一样！”

“先生，我儿子的家可是个好地方呀。”老人大声道，我使劲儿点了点头。“这儿就像个游乐场，先生，太有意思了。这个地方，还有这些机巧物件，等我儿子不在了，都该由国家保护起来，让大家都来消遣把玩。”

只见一个已届耄耋之年的老人坐在火边，穿着法兰绒外套，全身上下很干净，性格开朗，轻松自在，得到了很好的照顾，只是耳朵不太好使。（第199页）

“我的老父亲，这个地方是你的骄傲，是不是？”文米克注视着老人说，冷酷的脸变得柔和起来，“我来朝你点头。”他对着老人重重地点了点头。“再点一次。”他说着，又使劲儿朝老人点了点头，“你喜欢这样，是不是？皮普先生，你要是不觉得厌烦，虽然我知道陌生人肯定会觉得烦，就请你再冲他点点头吧。你都想象不出这能使他多么高兴。”

我又冲老人点了好几次头，他很高兴。他去喂鸡了，我们辞别他，来到凉亭里坐下喝潘趣酒。文米克一边抽着烟斗，一边告诉我，他花了好多年的时间，才把这个家打造成如今这番完美的地步。

“这房子是你的吗，文米克先生？”

“是的。”文米克说，“这房子全是我的，我也是一点点积攒起来的。天哪，是永久产权哪！”

“真的吗？想必贾格斯先生也是赞不绝口吧？”

“他还没来过呢。”文米克说，“也从没听说过。他没见过我的老父亲，也没听说过他。没有，事务所是一回事，私人生活是另一回事。我只要走进事务所，就会忘记我的‘城堡’，我走进‘城堡’，也会把事务所抛到脑后。如果你没有为难之处，就请你也和我一样做吧。上班的时候，我是不愿意说起家里的。”

我自然是诚心诚意地答应了他的请求。潘趣酒味道很好，我们坐在那里边喝边聊，一直聊到快九点。“该放炮了。”文米克放下烟斗说，“我的老父亲最喜欢了。”

我们再次走进“城堡”，只见老人怀着期待的眼神在烧拨火棍，就此为夜间的盛大仪式拉开了序幕。文米克站在那里，手里拿着表，等时间一到，他就会从老人手里接过烧得通红的拨火棍，返回炮台。这会儿，他接过拨火棍，走了出去，很快，就听“砰”的一声，大炮发射了，这幢本就破烂的小屋被震得摇晃起来，像是要坍塌一般，每一个玻璃杯和茶杯都哗哗直响。老人若非紧紧抓着扶手，恐怕早就被从椅子上掀下去了，他听到炮声，兴高采烈地喊道：“他发炮了！我听到了！”我不停地朝老先生点头，毫不夸张地说，我点得眼前直发黑，什么都看不见了。

晚饭前，文米克拿出了他收藏的奇珍异宝给我欣赏，大都与罪案有关。有一支在一桩著名伪造案件中使用过的钢笔、一两把著名的剃刀、几绺头发，还有几份囚犯在定罪时写的认罪书手稿。文米克先生极为重视那几份手稿，用他的话说："字字句句都是谎言啊，先生。"这些物件和其他东西放在一起，并不显得十分突兀。他还收藏了很多小玩意儿，比如瓷器、玻璃器物，"文米克博物馆"馆主制作的各种小巧的物件，以及他的老父亲雕刻的烟草塞棒。这些东西全都陈列在我进入"城堡"时首先进入的那个房间里，那里不光是客厅，也是厨房，我看到炉盘上挂着一个炖锅，壁炉上方有一个用来悬挂烤肉叉的铜钉，这才判定这里也兼作厨房。

一个衣着整洁的小姑娘侍候我们用餐，白天，她则负责照顾老人。她铺好了桌布，文米克便放下吊桥，让她离开回家过夜。晚餐十分可口，尽管城堡里始终弥漫着一股干腐味，很像坚果腐坏的气味，不远处还养着一头猪，但我对受到的款待还是由衷地感到满意。我睡在角楼的一个小房间里，那里也没什么缺点，只是天花板太薄了，而天花板上面就是旗杆，我仰面躺在床上，似乎整夜都把旗杆顶在额头上。

第二天一大早文米克就起来了，我好像听到他在给我擦靴子。那之后，他去园子里干活儿，我从角楼卧室的哥特式窗子看到他假装指挥老人干活儿，还非常殷勤地向他点头致意。早餐和昨天的晚餐一样可口，我们准时八点半钟动身前往小不列颠街。我们越往前走，文米克就变得越发冷漠和严肃，他再次把嘴抿成了邮筒口。最后，我们终于到了事务所，他从大衣领口掏出钥匙，似乎全然忘记了沃尔沃斯的家，仿佛城堡、吊桥、凉亭、湖泊、喷泉和他的老父亲，全都遭到了炮轰，已然不复存在了。

第七章

正如文米克告诉我的那样，我很快就有机会一睹我的监护人的家，将其与他的出纳员兼办事员的家作个对比。那天我从沃尔沃斯回到事务所，就见我的监护人在他的房间里，正用香皂洗手。他把我叫到他身边，像文米克预言的那样，邀请了我和我的朋友们。“不用拘礼。”他要求道，“用不着穿礼服，就定在明天吧。”我问他我们该去哪里（我并不清楚他住在何处），他却只说：“你们先来这里，我带你们一起去我家。”对于近似供认的对话，想来他一般是不肯直言的。趁此机会，我还要说一点，贾格斯先生就像个外科医生或牙医，客户一走，他就要洗手。他的房间里有一个盥洗室，就是为这个目的而设的，里面像是香水铺子，弥漫着香皂的气味。盥洗室门内的卷轴上挂着一块大得出奇的环状毛巾[1]。每次从治安法庭回来，或是从他的房间里把客户打发走，他都要洗手，再用这条毛巾擦手，双手在整条毛巾上蹭一遍。第二天六点，我和我的朋友们来找他，只见他待在盥洗室不肯出来，不光洗手，还洗了脸、漱了口，似乎刚刚办了一桩极为肮脏的案件。甚至等他洗漱完毕，在整条环状毛巾上把手擦干之后，他又拿出小折刀锉指甲，似乎要把这件案子从指甲缝里刮出来，这才将外套穿在身上。

我们走到街上，只见像往常一样，有几个人偷偷摸摸地走来走去，显然有事

1　两端缝制到一起挂到卷轴上的毛巾。

急着找他谈；然而，他身上的香皂味犹如一道光环，使他看起来不可一世，他们只好放弃那天找他的想法。我们一行人向西而行，街上人流拥挤，不时有人认出他，每当这个时候，他就提高嗓门儿和我说话，但他从未认出过任何人，即使有人认出他，他也不加留意。

他带我们来到索和区杰拉德大道南边的一幢房子前。这所房子十分宏伟，只是油漆都剥落了，急需粉刷，窗户也很脏。他拿出钥匙打开了门，我们走进了一间石头砌成的前厅，里面空荡阴森，不常有人使用，接着，我们一行人走上深棕色的楼梯来到二楼，这一层有三个相连的深棕色房间。镶板的墙壁上雕刻着花环图案，当他站在花环中间欢迎我们时，我觉得那些花环就像一道道绞索。

晚餐摆在这一层最好的一个房间里，另外两个房间分别是他的更衣室和卧室。他告诉我们，整个房子都是他的，但他平时只使用我们看到的这一部分。餐具早已摆放完毕，看着还算雅致，只是果然连一件银餐具也没有。贾格斯先生的椅子旁边放着一个大旋转式碗碟架，上面有各种各样的酒瓶和醒酒器，还有四碟作为餐后甜点的水果。我注意到，他喜欢把所有的东西都掌握在自己的手里，亲自动手分发，这一点自始至终都没有改变过。

房间里有一个书架。从书脊可以看出，那都是证据、刑法、罪犯传记、审判、议会法案方面的书籍。家具都是上等货色，非常结实，就像他的表链一样。每一件家具都有用处，没有一件是纯粹用来装饰的。一个角落里摆着一张小桌，上面放着文件和一盏有灯罩的灯，可见他时常把公事带回家，到了晚上把小桌推出来，就可以开始工作了。

贾格斯先生在来的路上一直和我走在一起，并无机会看清我的三个同伴。这会儿，他按了铃后，站在炉边的地毯上，仔细地打量着他们。令我吃惊的是，他似乎立刻对多穆尔产生了很大的兴趣，哪怕他的注意力并没有都放在多穆尔身上。

“皮普，”他说，把他的大手放在我的肩膀上，带我来到窗前，“我还分不清楚你这几位朋友。那只蜘蛛是谁？”

“蜘蛛？”我说。

“就是那个满脸斑点、伸着四肢、闷闷不乐的家伙。”

“那是本特利·多穆尔。”我回答说，“长相秀气的那个是史达多普。”

他并没有留意“长相秀气的那个”，只说：“他叫本特利·多穆尔，是吗？这家伙的长相很合我的意。”

他立刻与多穆尔攀谈起来，多穆尔本是个沉默寡言的性格，但他并没有因此退缩，反而一个劲儿地和多穆尔搭话，引他多说几句。就在我看着这两个人的时候，女管家端着第一道菜从我和他们两个之间走了过去。

她看来四十岁上下，不过我觉得她的实际年龄要小很多。她个子很高，身体轻盈灵活，脸色极为苍白，一双大眼睛眼神暗淡，一头浓密的头发披散着。我也说不好她是不是心脏有毛病，才会嘴巴大张，像是呼吸很困难，她脸上的神情很古怪，似是非常激动不安。我前几天晚上在剧院看了《麦克白》，此时回想起来，感觉她那张脸像是被蒸汽熏坏了，像极了我看到的从女巫的大锅里冒出来的那些脸孔。

她放下盘子，轻轻地用一根手指碰了碰我的监护人的胳膊，示意饭上来了，接着便离开了。我们在圆桌旁坐下，我的监护人让多穆尔坐在他的一边，史达多普坐在另一边。管家放在桌上的是一道美味的鱼，接着，我们吃的是同样可口的羊肉和禽肉。酱汁、葡萄酒和我们所需要的一切调料都是上等的，全由主人家从碗碟架上取来递给我们。这些调味料在桌上转了一圈后，他往往将它们放回原地。每次端上一道菜，他就分发给我们一套全新的盘子和刀叉，再把用过的餐具放进他椅子边上的两个篮子里。除了女管家，没有别的仆人出现。每一道菜都由她端上，我每次看着她的脸，总觉得她的脸是从女巫大锅里冒出来的。若干年后，在一间黑暗的房间里，我点燃了一碗烈酒，火光划过一个女人的脸，那张脸看起来与她极为相像，可其实除了那头飘垂的头发，就再没有其他相似之处了。

我特别注意女管家，一方面是因为她本人的样貌十分奇特，另一方面是文米克早就同我说起过她，我注意到，只要她在房间里，两只眼睛就只盯着我的监护人，每次把饭菜放在他面前，她都犹犹豫豫，不知是不是该把手收回来，仿佛生怕他将自己叫回来，所以希望他若有吩咐，能趁她在场时赶快说出来。通过贾格斯先生的态度，我觉得他早就看出了这一点，却故意吊着她的胃口。

晚餐进行得很愉快，我的监护人只是顺着我们的话说，从不主动引起话题，但我知道，他是在竭力让我们暴露自己性格中最大的弱点。就我自己而言，我只要一张口，就不由自主地说出自己花钱大手大脚，以赫伯特的恩人身份自居，还吹嘘自己的前程有多么远大。我们大家都是这样，多穆尔尤为如此。那条鱼还没吃完，他那好挖苦、爱猜疑的脾气就暴露了。

到了吃奶酪的时候，话题转到了我们划船的本领上，大家还说多穆尔在晚上就像一只慢吞吞的两栖动物，跟在我们后面划。多穆尔听了这话，就告诉主人家，他宁愿与我们拉开距离，也不想和我们并排划船，因为他不仅技术比我们的师傅高超，就连力气也比我们大，能像甩掉糠皮一样把我们甩在后面。我的监护人不知用了什么不为人知的本事，一再刺激他，他差一点儿就为了这么一点儿小事暴露出凶残的性格。接着，多穆尔撩起衣袖，露出一只手臂，向我们展示他的肌肉有多发达。我们也都把自己的手臂露出来，只是一个个样子有点儿可笑。

女管家正在清理桌子。我的监护人也不搭理她，只把脸转向一边，侧身对着她，背靠在椅子上咬着食指，对多穆尔表示出了很大的兴趣，这在我看来是很不可思议的。突然，当女管家的手放在桌上的时候，他抡起自己的大手，用力打在她的手上，活像个捕兽夹子。他这个动作太突然，又做得十分巧妙，我们几个顿时不再做无谓的争论了。

“说到力气，”贾格斯先生说，“你们来看看这个人的手腕吧。莫莉，让他们看看你的手腕。”

她那只被压住的手放在桌子上，但另一只手已经移到腰后了。“主人，”她低声说，一双眼睛牢牢地注视着他，眼神里充满恳求，“不要这样！”

“你们就来看看这个人的手腕吧。”贾格斯先生重复道，决意要让我们一睹为快，“莫莉，让他们看看你的手腕。”

“主人，”她又低声说，“求你了！”

“莫莉，”贾格斯先生说，他没有看她，只是盯着房间的另一边，“让他们看看你的手腕。给他们看，快点儿！”

他松开手，把她的那只手腕朝上翻过来放在桌上。她从背后抽出另一只手，把两只手并排放在一起。后伸出来的手腕严重损毁，横一道，竖一道，布满了很深的伤疤。她伸出手后，目光也从贾格斯先生身上移开了，她转过头，目光从我们身上一一划过。

“她的力气全在这对手腕上了。”贾格斯先生说，冷冷地用食指沿着她手上的肌肉移动，“这个女人的腕力太强了，没几个男人比得上。光是这双手的抓握力，就很不可思议了。我也见过不少人的手，可不管男人还是女人，就没有哪双手能强壮过这双手。”

他不紧不慢地评判着，女管家仍旧逐个儿瞧着我们几个坐在桌边的人。他一说完，她就又看着他。“行了，莫莉。”贾格斯先生说着，向她微微地点了点头，“大家都看过了，你可以走了。”她把手缩回去，走出了房间。贾格斯先生从碗碟架上取下雕花玻璃酒瓶，先把他自己的杯子斟满酒，再把酒瓶传给其他人。

她从背后抽出另一只手，把两只手并排放在一起。（第206页）

“先生们，今天的聚会在九点半结束。”他说，“在此之前，请大家务必尽兴。我很高兴见到你们各位。多穆尔先生，我敬你一杯。”

他单独给多穆尔敬酒，若目的是进一步让他暴露本性，那他真是大获成功了。多穆尔阴沉着脸，十分得意，把我们其余人贬损了一番，还越来越无礼，简直叫人难以忍受。他越来越过分，贾格斯先生却只是怀着令人无法理解的兴趣瞧着他。有他在，贾格斯先生喝起酒来更带劲儿了。

我们年少气盛，缺乏谨慎，又喝了太多的酒，说了太多的话。多穆尔态度粗鲁，不停地讥讽我们花钱没有节制，我们听了，便气不打一处来。激动之下，我也顾不上要恪守谨慎之道，出言指责他有失体面，分明在一个礼拜前，他还当着我的面找史达多普借钱。

“哼。”多穆尔反驳道，“我会还给他的。”

“我并没有说你欠钱不还。”我道，“我只是要你别对我们如何使用钱财妄下评断。”

“你可真霸道！”多穆尔回道，“老天！”

“我敢说，”我用极为严厉的语气继续说道，“我们若是缺钱，你连一个大子儿也不会借给我们。”

“你说得对，”多穆尔道，“我连一个大子儿也不会借给你们。我不会借钱给任何人。”

“既然如此，你还找别人借钱，可太卑鄙了。”

“你可真霸道！”多穆尔重复道，“老天！”

听了这话，我顿时气得火冒三丈，特别是他如此愚不可及，我拿他毫无办法，于是我不顾赫伯特的劝阻，说道：“多穆尔先生，既然谈到这个问题，我就告诉你，你借钱时，我和赫伯特是怎么议论的。”

“我不想知道你和赫伯特是怎么议论我的。”多穆尔咆哮着说。我好像还听到他低吼着诅咒我们两个下地狱。

“你想知道也好，不想知道也罢，我都要告诉你。”我说，“见你高高兴兴地把钱揣进口袋里，我们都说，你就是看他好欺负，才找他借钱，心里还觉得他好笑呢。”

多穆尔坐在那儿，对着我们大笑，他的双手插在口袋里，圆圆的肩膀一耸一耸，显然是示意我们猜对了，他觉得我们是蠢驴，瞧不起我们。

这时候，史达多普也加入了对话，不过他的风度比我好多了，只是劝说多穆尔应该对人和善。史达多普是个活泼开朗的年轻人，多穆尔则正好相反，因此，后者一向觉得这是对他的侮辱，对史达多普恨之入骨。这会儿，他粗鲁地反驳了一通，史达多普不以为意，开了几句玩笑，逗得我们全都哈哈大笑起来，便将话题岔开了。多穆尔却对史达多普成功转移话题愤愤不平，他既没有出言威胁，也没有事先警告，便将手从衣兜里抽出来，垂下滚圆的肩膀，随着一声咒骂，抄起一个大酒杯，若不是主人家一看到他举起杯子就敏捷地将杯子抢过来，恐怕那杯子早就飞到他对手的脑袋上了。

“先生们，”贾格斯先生说着，从容不迫地放下杯子，掏出他那块连着粗链子的金怀表，“我非常抱歉地宣布，已经九点半了。”

听到这个暗示，我们纷纷站起来准备离开。还没走到临街的门口，史达多普就高兴地叫多穆尔为“老伙计”，好像什么事都没发生过似的。“老伙计”却根本没有回应，甚至不愿意和他一起步行返回汉默史密斯。我和赫伯特在城里过夜，目送他们分别走在街道的两边，史达多普走在前，多穆尔跟在后，在房子的阴影里走着，就像他平常划船跟在后面一样。

见贾格斯先生家的大门还没关上，我提出要赫伯特等我一会儿，一个人跑上楼去跟我的监护人说话。我看见他在更衣室，周围都是他的靴子，他正在用力地洗手，要把我们的气味都洗掉。

我告诉他，我回来这一趟是为了向他道歉，要他不要介意今天发生的不愉快，不要因此责怪我。

“呸！”他洗着脸，满脸都是水珠，“这没什么，皮普。不过我喜欢那只蜘蛛。”

这会儿，他转向我，摇着头，擤着鼻子，用毛巾擦干脸。

“我很高兴你喜欢他，先生，”我说，“我却不喜欢这个人。”

“是的，是的，”我的监护人表示同意，“不要和他有太多的往来。尽量离他远点儿。不过，我喜欢这个家伙，皮普。他其实是个很忠诚的人。哎呀，我要是个算命先生就好了……”

他用毛巾擦着脸，看了我一眼。

“可我不是算命的，”他说着，又把花彩装饰一样的毛巾盖在头上，擦着两只耳朵，“你知道我是干什么的，是不是？再见了，皮普。”

“再见，先生。”

大约一个月后，蜘蛛与波克特先生订立的学期满了，并未续约，回他自己的“巢穴”了，除了波克特太太之外，所有人都松了一口气。

第八章

亲爱的皮普先生：

兹应盖格瑞先生的请求写信通知你，他将与沃普斯勒先生一道前往伦敦，如果你能拨冗见他一面，他将非常开心。他将于礼拜二上午九点到达巴纳德旅馆，届时如不便相见，留张字条即可。你可怜的姐姐跟你离开时差不多。我们每晚都在厨房里谈到你，不知道你在说些什么、做些什么。若你觉得我们此举冒昧，就请看在昔日的交情上，原谅我们吧。谨上，亲爱的皮普先生。

永远感激、敬爱你的仆人毕蒂

又：他嘱咐我务必写上“多么欢乐”几个字。他说你一看就明白。我希望并且十分肯定的是，你现在虽然已经成为上等人，但一向心地善良，是一个值得尊敬的人，所以一定很乐意同他见面。我把这封信通篇读给他听，只保留了一句，那就是“他嘱咐我务必写上‘多么欢乐’几个字”。

我是礼拜一早晨收到这封信的，而约定的时间就在第二天。在此，我要坦白地讲一讲我是怀着怎样的心情等待乔的到来的。

我与他之间虽然有很深的纽带，却不乐意与他见面。我一点儿也不乐意，不光不乐意，还非常心烦，觉得有些没面子，甚至强烈感觉到了我和他之间的差距。若是给他点儿钱，就能要他别来，我当然愿意出这个钱。不过好在他要来的是巴纳德旅馆，而不是汉默史密斯，所以不会遇到本特利·多穆尔。乔是否见到赫伯特父子，我倒是无所谓，因为我很尊敬他们二人，只是我不愿意多穆尔看见乔，一想到这个可能，我就坐立难安，因为我一直很瞧不上他。在我们的人生当中，我们所做出的最恶劣、最卑鄙的行为，往往都是为了对付我们最鄙视的人。我开始装饰我的房间，其实这么做完全没必要，所做的装饰也极不协调。结果证明，在巴纳德旅馆那样的地方，这么做实属浪费。此时，比起我初来时，这些房间已经气派多了，我在附近一家家具铺子里赊了不少账，我的名字有幸出现在他们账簿的显著位置，足足占据了好几页。近来，我越发铺张浪费，甚至雇了一个小厮，还买了靴子给他穿，而且是长筒靴。我虽是他的主人，却时时刻刻受到他的管束和奴役。他是我从我的洗衣妇家的垃圾堆里捡来的，自从我一手提拔了这个小怪物，给他穿上了蓝色的外套、淡黄色的马甲、白领带、奶油色的马裤和前面提到的靴子之后，我不光得给他找点儿事做，还得为他提供大量的食物。有了这两个可怕的要求，他简直成了我的一大心病。

礼拜二早上八点，按照吩咐，被我视作复仇幽灵的小厮要站在前厅（两英尺见方，地毯铺子收费的时候丈量过）里待命，赫伯特提出了几道早餐的菜式，觉得乔一定喜欢。我衷心感谢他对我的关心和体贴，心里却不痛快，产生了一种奇怪的怀疑，总觉得乔如果是来找他，他绝不会如此热心。

尽管如此，礼拜一晚上，我还是进城为乔的到来做准备。早晨我起得很早，将起居室和早餐桌布置得华丽非凡。不幸的是，早晨下起了蒙蒙细雨，从窗户望出去，巴纳德旅馆就像在淌被煤烟熏黑了的眼泪，犹如一个扫烟囱的虚弱巨人，这样的情景，即使是天使来了，也无法遮掩。

时间越来越近，我恨不得逃得远远的，奈何复仇幽灵已遵照命令来到门厅，不一会儿，我听见乔上了楼梯。我之所以知道是乔，一方面是因为他穿着重要场合才穿的靴子，而那双靴子太大，走在楼梯上十分笨拙；另一方面是因为他一边往上走，一边还费力地念出其他客房门上的名字。等他终于来到我的门外停下，我能听到他用手摸着我的名字，还清清楚楚地从钥匙孔听到了他的呼吸声。最后，他轻轻敲了一下门，佩珀（佩珀的意思是“辣椒”，那复仇的小子就叫这么个有失体面的名字）报出“盖格瑞先生到了”之后，我还以为乔在门口擦鞋要擦到猴年马月，我必须出去将他从门垫上带进来，但他最后还是走了进来。

“乔，你好吗，乔？”

“皮普，你好吗，皮普？”

他那老实忠厚的脸上满面红光，他把帽子放在我们中间的地板上，抓住我的两只手，上下摇晃着，好像我是最新获得专利的水泵似的。

“很高兴见到你，乔。把你的帽子给我。”

可是，乔用两只手小心地拿起帽子，就像拿着有蛋的鸟巢，不肯交出这份财产，硬是捧着帽子站在那儿与我说话，真是别扭至极。

“你长高了，也胖了，真是个上等人了。”乔说，他想了一会儿才说出下面的话，“你一定要有出息，为国王和国家赢得荣誉。”

“乔，你的气色好极了。”

“谢天谢地，我还不错。”乔说，“你姐姐还跟以前一样，病情没有恶化。而毕蒂，她一向都是那么健康、那么聪明。所有朋友虽然没有好多少，但过得也不差。只有沃普斯勒一个人时运不济。”

乔依然用双手小心捧着鸟巢，眼睛滴溜溜转，一边说，一边打量着我的房间和我晨衣上的花朵图案。

“时运不济，乔？”

“是啊，”乔压低声音说，“他离开了教会，去演戏了。他就是为了演戏，才和我一起到伦敦来的。他托付我一件事。”乔说着，暂时将鸟窝夹在左胳膊下面，用右手在帽子里摸鸟蛋：“你不介意的话，他要我把这个交给你。”

我接过了乔给我的东西，只见那是首都一家小剧院的戏单，纸张皱巴巴的，上面写的是：剧院于本周“盛邀著名地方业余演员前来首演，这位演员的演技与古罗马演员罗西乌斯不相上下，曾采用独特的表演方式演绎了诗圣莎翁的最伟大悲剧，近来在当地的戏剧界引起了极大的轰动”。

“你看过他的演出吗，乔？”我问道。

“看过了。”乔面色严肃，强调说。

“确实引起了轰动吗？”

“哎呀，这是真的。”乔说，“地上的确扔了不少橘子皮。尤其是他看到鬼魂的表演。不过，先生，请你评评理，要是有人在和鬼魂对话，观众却在底下左一句‘阿门’，右一句‘阿门’，人家还怎么演下去呢？一个人也许很不幸，曾经加入过教会。”乔压低声音，用充满感情的口气争辩道：“但就算如此，也不该在人家演戏时胡乱打岔。我的意思是说，要是都不允许一个人和自己亲生父亲的魂魄交流，那还能有什么指望呢，先生？还有呢，他那顶孝帽太小了，上面插了几根黑色羽毛，就坠得帽子直往下掉，他还得一直扶着帽子，可真是太不幸了。”

这会儿，乔突然露出了活见鬼的神情，由此我知道，是赫伯特走进了房间。于是，我把乔介绍给赫伯特，后者伸出手来。乔却死死抓着鸟巢，直往后退。

“先生，你好。”乔说，“希望当你和皮普……”就在此时，复仇幽灵端上烤面包放在桌上，乔的目光便落在了他的身上，显然也要将这位年轻的先生和我们并列在一起，我连忙皱了皱眉，制止了他，只是这下他更糊涂了，“我的意思是说，你们两位先生……住在这样一个闷热的地方，但愿你们的身体都很健康。也许在伦敦人看来，这家旅店是个很棒的地方。”乔神秘兮兮地说，“我也觉得这里的风格很独特，可是，即使要我在这里养猪，我也不乐意，在这儿不仅不能把猪养肥，猪肉吃起来也不会香哩。”

乔对我们住处的优点发表了一番溢美之词，还时不时叫我一声“先生”，这之后，我们就邀请乔在桌边坐下。他环顾房间，想找个合适的地方放帽子，仿佛自然界里只有少数几种物质配得上放置他的帽子。最后，他把帽子放在了壁炉架最偏的角落里，只是帽子不时掉下来。

“喝茶，还是喝咖啡，盖格瑞先生？”赫伯特问，早饭时，通常是他坐在桌首。

“谢谢，先生。”乔说，全身都是僵硬的，“你觉得哪一个最合适，我就挑哪一个。”

“喝杯咖啡怎么样？”

“谢谢你，先生，”乔回答道，显然对这个建议感到沮丧，“既然你这么好心，选择了咖啡，我也不会违背你的意见。但是，你不觉得喝咖啡有点儿热吗？”

“那就喝茶吧。”赫伯特边说边倒茶。

说到这里，乔的帽子从壁炉架上掉了下来，他立即从椅子上起来，捡起帽子，又把它放在原来的地方，好像一定要让帽子很快再掉下来，否则就谈不上良好的教养。

“你什么时候进城来的，盖格瑞先生？”

“是昨天下午吧？”乔说着，用手捂着嘴咳嗽了几声，好像他来了很久，已经染上了百日咳的毛病，“不，不是。啊，是的，没错。就是昨天下午。”他说完，脸上露出睿智、宽慰和绝对公正的神情。

“去伦敦游玩过了吗？”

“啊，是的，先生。”乔说，“我和沃普斯勒一来就去逛了鞋油厂。但是，我们都觉得那座工厂不如店铺门口红色招贴画里画得那么气派。我的意思是说……”乔为了解释，补充道，“招贴画上的工厂画得太……雄……伟……了。”

乔说得绘声绘色，竟真的让我想起我见过的雄伟建筑来。我真觉得，要不是此时他那顶帽子碰巧掉了下来，分散了他的注意力，乔一定会拖长音拖得更久，像是在念旁白。那顶帽子确实需要他时刻留意，要他眼快、手也要快，就跟板球守门员差不多。他表现优秀，展现出了不凡的技巧。他时而冲过去，在帽子刚一掉下时就稳稳接住，时而半途拦截，一把将帽子击飞，要绕房间转一圈才能将帽子接住，他自己还撞在带图案的墙纸上，才可以安心地将帽子牢牢抓在手里。最后，帽子掉进了倒残渣的盆里，溅起一大摊水，我只得擅自一把抓住那顶帽子。

至于他的衬衫领子和外套领子，实在令人费解，堪称无法解决的谜团。为什么一个人要勉强自己到这种程度，才觉得算是衣着得体呢？他为什么非得穿这身节日盛装，让自己遭罪？接着，乔陷入了一阵莫名其妙的沉思，叉子就停在盘子和他的嘴巴之间。他时而双眼出神，时而剧烈地咳嗽几声。他还坐得离桌子很远，掉的东西比吃下去的还多，却假装没有弄掉食物。幸好赫伯特有事进城，起身告辞了，我简直打心眼儿里高兴起来。

当时，我既缺乏敏锐的眼力，又没有高超的感觉，并没有意识到这全是我的错。假如我对乔好一点儿，乔在我面前也可以放松下来。我对他很不耐烦，还朝他发脾气。可即使如此，乔依然热情待我。

“现在只剩我们两个人了，先生。”乔说。

“乔，”我不耐烦地打断他的话，“你怎么能叫我先生呢？”乔看了我一眼，眼神中含着淡淡的责备。他的领结和衣领十分可笑，我却从他的眼神中看到了尊严。

乔的领结和衣领十分可笑，我却从他的眼神中看到了尊严。（第215页）

“现在只有我们两个了，”乔接着说，“我不打算多待，也不能多待了，我最后想说两句，讲一讲我为什么来拜访你。我只盼着能帮上你。”乔用他惯有的那种清晰明了的口气说，“不然的话，我也不会有幸在上等人的住所里同上等人一起用餐了。”

我非常不愿意再看到他那目光，便没有规劝他不要用这种语气说话。

“好吧，先生，”乔接着说，“事情是这样的。有一天晚上我在快活三船夫酒馆，皮普。”每当他要表示亲热，就叫我皮普，恢复礼貌后，就会叫我先生，“彭波乔克也赶着他那辆马车来了。就是这个人呀，”乔说着说着，突然开始跑题，“有时真叫我头疼。他在镇子里逢人便说从你小时候他就跟你在一起，你本人也当他是玩伴呢。”

“胡说。你才是我的玩伴，乔。”

“我完全相信是这样的，皮普。”乔说着轻轻一仰头，“不过现在这无关紧要了，先生。嗨，皮普，反正就是这个人，他装腔作势地来酒馆找我。先生，我们这些人做工累死累活，去那儿抽袋烟、喝点儿啤酒，就能提提神，让自己振作起来，只要不多喝就行了。他对我说：‘约瑟夫，哈维沙姆小姐有事找你谈。’”

“乔，你说哈维沙姆小姐找你？”

“彭波乔克的原话是：‘哈维沙姆小姐有事找你谈。’”乔说完便坐在那儿，瞪眼望着天花板。

“是吗，乔？然后呢？”

“第二天，先生，”乔说，他看着我，好像我与他之间相隔很远似的，“我打扮得干干净净，就去见哈小姐了。”

“你说哈小姐，乔？是哈维沙姆小姐吗？”

“先生，”乔回答，他语气严肃，犹如在办理法律事务，正在立遗嘱似的，“我说哈小姐，也就是指哈维沙姆小姐。她是这么跟我说的：‘盖格瑞先生，你有没有和皮普先生通信？’我收到过你的一封信，便回答‘是的’。（娶你姐姐那会儿，先生，我说的是‘我愿意’，当我回答你朋友的问题时，皮普，我说的是‘是的’。）她又说：‘那么，你能不能通知他，艾丝特拉回来了，很想见他一面。’”

我看着乔，感觉自己满脸发烫。我之所以双颊滚烫，想必还有一个不那么明显的原因，那就是我意识到，我若早知他为此而来，绝不会对他如此冷淡。

“后来我就回家了，还请求毕蒂帮我写信给你，”乔接着说，“不过她有点儿犹豫。毕蒂说：‘我知道，要是别人能当面通知他这个消息，他一定会很高兴的，现在正好是假日，你也很想见见他，那不如去一趟吧！’事情就是这样的，我讲完了，先生。”乔说着，从椅子上站起来：“皮普，我祝你永远顺利，永远成功，永远可以更上一层楼。”

“你现在就走吗，乔？”

“是的。”乔说。

“乔，你回来吃晚饭吗？”

“不，不来了。”乔说。

我们的目光相遇在一起，他向我伸出一只手，这时候，“先生”两个字在他那颗充满男子气概的心里早已消失得无影无踪了。

“皮普，亲爱的老伙计，我可以说，生活是由许许多多不同的东西焊接而成的，有的人是铁匠，有的人是锡铁匠，有的人是金匠，还有的人是铜匠。必然要分这样的三六九等，每个人都必须面对。今天这次聚会，要是有不足之处，错都在我。在伦敦，我和你身份悬殊，本不会凑到一块儿，在其他任何地方也是如此，除非是在私下里，我们是朋友，互相了解。你以后再也不会看到我穿这身衣服了，倒不是说我有什么骄傲的，而是我希望可以自由自在。我只要穿着这身衣服，就浑身不对劲儿。离开铁匠铺，离开家里的厨房，离开沼泽地，我就不自在。你要是想象我穿着锻工衣服，手里拿着锤子，甚至还拿着烟斗，你就不会觉得我有那么多的缺点了。假若你愿意见我，你就来，把头探进铁匠铺的窗户，看见铁匠乔在那个旧铁砧旁，裹着那件烧焦的旧围裙，正像平时一样干着活儿，你就不会觉得我有那么多缺点了。我这个人呆呆笨笨的，可这些话还是会说的。愿上帝保佑你，亲爱的皮普，老伙计，愿上帝保佑你！”

我确实没有想错，他为人虽然单纯，却也是有尊严的。当他说这些话的时候，他那别扭的衣服丝毫无损他的气度，就像那衣服不会妨碍他进入天堂一样。他轻轻地摸了摸我的前额，便走了出去。我一回过神来，就赶紧出去追他，我在附近的街巷寻找他的身影，可他早已走远了。

第九章

毋庸置疑，我第二天必须回镇上去，一开始，我心中忏悔，便想着到时候必须住在乔家里，这一点同样毋庸置疑。但是，订好了第二天的马车，回到波克特先生家后，我又犹豫起来，开始编造各种理由和借口，要名正言顺地在蓝野猪饭庄过夜。比如，我住在乔家里，会给他们添麻烦啦，他们没想到我会来，没有为我铺床啦。又比如，我不能住得离哈维沙姆小姐家太远，她很苛刻，也许不喜欢。比起自己欺骗自己，世界上其他所有的骗子只能算小巫见大巫，我就是用这样的借口欺骗了自己。这可真是怪事一桩。假如我天真无邪，把别人制作的假钱当成真钱，倒也无可厚非，然而，我明知有假，却还要将假硬币当成真币！要是有个陌生人对我和蔼可亲，谎称为了安全起见，将我的钞票紧紧包在纸里，再用一堆坚果外壳掉了包，倒也说得过去，可这样的诡计比起我自己的骗局，又算得了什么呢？我竟然亲手包好坚果外壳，当作钞票交给了自己。

决定必须住在蓝野猪饭庄后，我又为另一件事犹豫不决，不知是否该把复仇幽灵带去，弄得自己心烦意乱。一想到带着这个花费很大的小厮一起去，让他在饭庄用来停放马车的院子里公开夸耀一下他那双靴子，我就觉得面子上有光。一想到可以安排他漫不经心地出现在裁缝铺里，让特拉布那个大不敬的小伙计大吃一惊，我就觉得大快人心；然而，另一方面，特拉布的小伙计也有可能博得复仇幽灵的好感，把我以前的事告诉他。我很清楚那个小伙计的为人，知道他性格鲁莽，做起事来不顾一切，说不定会在大街上对着复仇幽灵大喊大叫。这事还可能传入我的女资助人的耳朵里，惹得她不快。总而言之，我最终决定不带复仇幽灵去。

我坐的是下午的马车，现在又到了冬天，天黑后两三个钟头才能到达目的地。马车在下午两点从十字钥匙旅店出发。我提前一刻钟在复仇幽灵的伺候下来到上车点——如果我可以把“伺候”这个词用在他身上的话，毕竟只要能偷懒，他都不会伺候我。

那时候，使用公共马车押送罪犯前往监狱船是司空见惯的事。我经常听说有囚犯坐在马车车顶上，还不止一次在大路上看见他们那绑着脚镣的双腿从马车顶上垂下来，因此，当赫伯特赶来送我，告诉我同一辆马车要送两个犯人去监狱船，我一点儿也不觉得惊讶。只是听到“囚犯”二字，我仍不免全身颤抖，虽然其中的因由是很久以前的事了。

“你不介意和他们坐同一辆车吗，汉德尔？”赫伯特说。

“不介意！”

“我觉得你好像对他们没好感。”

“我不能假装我喜欢他们，想必你也不是特别喜欢他们。不过我不介意。”

“看！他们在那儿呢。”赫伯特说，“从酒馆里出来了。他们是多么堕落、多么可耻啊！”

想来两个囚犯是请押送他们的狱警喝酒，因为有个看守和他们在一起，他们三个走出来时都在用手擦嘴。那两个犯人被铐在同一副手铐上，脚上还戴着脚镣，对我而言那脚镣的样式非常熟悉。他们穿的囚服我也很熟悉。看守带着一对手枪，腋下夹着一根圆头棒。但他和两个犯人相处得很好，让他们和他一起站在那里看着车夫把马套在车上，看他那副神气，就好像这些罪犯是还没有正式对外展出的有趣展品，他本人则是馆长。其中一个囚犯较为高大魁梧，理所当然地分到了一套小衣服，不管是对囚犯，还是对有自由的人，这叫人难以捉摸的世道就是如此。他的胳膊和腿像桌布的边沿，那身囚服紧绷在他身上，看起来怪可笑的。但我一眼就认出了他那只半睁半闭的眼睛。很久以前的一个礼拜六晚上，我在快活三船夫酒馆里见到的就是他，他当时还用一支看不见的枪打我！

一看就知道他还没把我认出来，好像从未见过我。他看了我一眼，打量着我的表链，接着啐了口唾沫，对另一个罪犯说了些什么。他们大笑两声，便转过头去看别的东西了，还弄得手铐当啷直响。他们的背上都有很大的数字号码，仿佛他们是两扇街门，他们外表粗鲁，长着疥癣，样子笨拙难看，好像是两只低等动物，那戴着脚镣的腿上还绑着手帕，好遮住不叫人看见。在场的人一方面瞧着他们，一方面又离他们远远的，正如赫伯特所言，他们是多么堕落、多么可耻啊。

但这还不是最糟糕的。后来才知道，马车后面的座位都被搬离伦敦的一家人占了，除了马车夫后面的前座外，已经没有位置容纳两个囚犯了。一位性情暴躁的绅士订的是前座的第四个座位，他得知此事，立即火冒三丈，说是让他和这些罪人坐在一起，是违约行为，简直就是恶毒、险恶、无耻、卑鄙。此时，马车已经准备好了，车夫等得有些不耐烦，我们都准备站起来上车，两个囚犯也和看守一起走了过来，他们带来了囚犯特有的面包糊、粗呢绒、绳纱和炉底石的奇怪味道。

“别太生气了，先生。”看守向生气的乘客恳求道，“我坐在你旁边。让他们两个坐在这排的最外侧。他们不会打扰你的，先生。你就当他们不存在吧。”

“别怪我。”我认识的那个罪犯咆哮道，“我也不想去。我都准备好留下来了。就我个人而言，我欢迎任何人来代替我。”

“代替我也行。”另一个囚犯粗暴地说，“如果可以，我不愿意妨碍你们任何人。”他说完，他们两个一起笑了出来，笑完就开始剥坚果吃，还把坚果壳吐得到处都是。我要是处在他们的地位，受到他们所受的鄙视，我也会这么做的。

最后，大家一致认为，谁也帮不上这位愤怒的绅士，他要么将就，和同车人一起走，要么留下来。于是，他一边嘟嘟囔囔抱怨着，一边还是坐到了他的位子上，看守坐到他旁边，囚犯们费了很大的力气爬上来，我认识的那个囚犯坐在我身后，他的呼吸正好喷在我的头发上。

“再见，汉德尔！”马车出发时，赫伯特喊道。我心想，他为我起了皮普以外的名字，真是太幸运了。

罪犯的呼吸不仅喷在我的后脑，还拂过我的脊背，那种感觉有多强烈，我很难说清楚。就像把强烈刺激的酸泼到骨髓上，甚至连我的牙齿都跟着不舒服起来。他呼出来的气息似乎比别人多，呼气时呼哧呼哧的，声音很大。我尽量缩起身体，想要避开他，却发现自己一边的肩膀越来越高。

天寒地冻，阴冷无比，他们两个冻得直骂街。还没走多远，我们就开始没精打采，一过中途的小客栈，我们就习惯性地打起了盹儿，冻得哆哆嗦嗦，谁也不说话。我琢磨着是否应该在和那个囚犯分道扬镳之前把两英镑还给他，怎么还钱最为稳妥，可想着想着，我自己也打起了瞌睡。睡梦中，我的身体突然向前一倾，仿佛要栽进马群之中，便猛地惊醒过来，又开始思索。

但是，我睡着的时间肯定比我以为的还要长，天已经很黑了，车灯只是断断续续地投下光影，我什么都看不见，不过这会儿有潮湿的冷风朝我们吹过来，我嗅到了乡间沼泽地的气息。囚犯们向前蜷缩着身体，都猫在我后面，以我的身体为他们抵御寒风，离我更近了。我清醒过来后听到他们交谈的第一件事，正是我想的“两张一英镑的钞票”。

“他是怎么弄到的？”那个我从没见过的罪犯说。

“我怎么知道？”另一个答，“他不知藏在什么地方了。我想是朋友们送给他的。”

“要是在我手里就好了。”另一个说着，还狠狠地骂了一句“这天真冷”。

“你说两张一英镑的钞票，还是朋友？”

“两张一英镑的钞票。要是给我一英镑，我什么朋友都能卖掉，还会觉得是桩好买卖。对了，他是怎么说的……”

“他是在船坞里的一堆木头后面交代我的，也就半分钟的工夫。”我认出来的那个罪犯接着说，“他是这么说的：‘你要出去了？’当时我的确快要出狱了。他问我能不能去找那个给他送吃的还把他藏起来的孩子，交给他两张一英镑的钞票。我答应了，也做到了。”

“你真是个呆子。”另一个咆哮道，“要是我，就拿着钱自己去好好享受一番了，吃香的，喝辣的。那小子真是个生瓜蛋子。你的意思是说，他根本不认识你吗？”

“之前连面都没见过。我们在不同的地方混，关押在不同的监狱船上。那小子越狱了，所以再次受审，判了个无期徒刑。”

“那是你第一次去那个地方干活儿吗？”

“就一次。”

“你觉得那地方怎么样？”

“没有比那儿更讨厌的地方了。到处都是泥滩、大雾、沼泽和苦工。苦工、沼泽、大雾和泥滩。”

他们两个开始大骂这个地方，言语极其粗俗，吼叫了一会儿，他们也累了，便不再言语了。

无意中听到这段对话后，要不是确信那个人没有怀疑我的身份，我一定会下车，独自待在这条偏僻黑暗的大路上。说实在的，我不光身体发育了，就连衣着打扮也变了很多，气质上更是和以往截然不同，除非出现意外状况，否则他根本不可能认出我。不过，我们两个碰巧上了同一辆马车这事已经足够奇怪，我生怕其他巧合随时发生，让他听见我的名字。为此，我决定一到镇上就下车，免得他听见我的名字。计划得以顺利执行。我的小皮箱就放在我脚下的行李放置处。我只需转动一个铰链，就可以把它取出来。一到镇公路上，在第一盏路灯处，我先把皮箱丢下车，自己也跟着下了车。至于那两个罪犯，他们随着马车继续往前走，我很清楚他们会在什么地方下车，被押送到河边。我想象一条船，船员都是囚犯，他们在满是烂泥的码头台阶上等待这两个犯人，耳边又响起了像在叱骂狗子一样粗暴的命令：“你们，快点儿划！”仿佛又一次看到邪恶的诺亚方舟停在黑色的水面上。

我说不出自己在害怕什么，我的恐惧完全是含糊不清的，但确实有一股极大的恐惧包围着我。我向旅馆走去，恐惧压迫着我，我的身体不停地哆嗦，而这不仅仅是因为我害怕自己被人认出来，因此搞得自己痛苦难当，心中不快。我相信，那种恐惧没有清晰的形状，是童年时代恐惧的再度重现。

蓝野猪饭庄的咖啡室里空无一人，我点了餐，安坐下来开始用餐，店小二才把我认出来。他连连道歉，骂自己记性不好，怠慢了我，还问我要不要派擦鞋匠把彭波乔克先生请来。

“不。”我说，“不必如此。”

店小二（在我订立学徒协议的那天，我们一家人来这里吃饭，就是他代替楼下的商人向我们转达抗议的）面露惊讶之色，他趁此机会拿来一张又脏又旧的当地报纸放在我面前，我拿起报纸，看到了这一段：

本地一家铁匠铺的年轻学徒近来突逢好运，走上了康庄坦途，对这段充满浪漫色彩的经历，本报读者必定深感有趣。（顺便说一句，这是一个多么好的主题啊，本报专栏诗人镇民托比虽然没有举世闻名，却大可挥动神笔，就此创作一篇佳作！）这个年轻人少时的恩主、伙伴兼朋友乃是一位德高望重之人，与粮食和种子生意不无关系，他的商号离大街不到一百英里，非常便利和宽敞。这位先生乃青年忒勒玛科斯[1]的导师，得知此事，我们无不满心敬仰。全凭他的悉心栽培，后者方能平步青云，而先生乃本镇之居民，实乃吾辈之幸。本地拢眉思考的智者或明眸善睐的佳人，是否均想知悉此幸运儿是何许人也？我们认为，昆丁·马蒂斯[2]亦是安特卫普的铁匠。面对智者，一言足矣。

根据我丰富的经验，我相信，即使我在交好运的那些年里去了北极，也会碰到一些人，或是流浪的因纽特人，或是文明人，他们都会告诉我，我小时候的恩主，栽培我走上人生坦途的人，正是彭波乔克。

1　希腊神话中奥德修斯和珀涅罗珀的独子，后世以其名喻指回老家尽其天职的人。

2　16世纪初安特卫普的画家，传说他在成为画家之前做过铁匠。——编者注

第十章

第二天，我起了个大早。此时去哈维沙姆小姐家还为时过早，于是我在乡下信步而行，朝哈维沙姆小姐家所在的镇子一头走去，而没有去乔家所在的一头。乔家明天再去也无所谓，现在，我满脑子想的都是我的女赞助人，想象着她为我的人生设定的宏图伟业。

她收养了艾丝特拉，现在还收养了我，她一定是想把我们撮合成一对儿。她会让我修复那幢荒凉的大宅，将阳光再度引入昏暗的房间，让时钟再次开始运行，让冰冷的壁炉里再次燃烧起熊熊烈焰，她会让我扯下蜘蛛网，消灭老鼠、害虫。简而言之，她会要我成为一名年轻而又浪漫的骑士，成就一番辉煌的事迹，最后与公主喜结连理。在经过那幢大宅时，我停下脚步，仔细端详。红砖墙变得黑黢黢的，窗户封闭了，宅子有不少烟囱，坚韧的常春藤紧紧缠绕在上面，细枝横生，仿佛一条条苍老而强壮的手臂，这一切组合在一起，犹如一个谜，深邃、迷人，而我则是破解谜团的英雄。艾丝特拉自然是破解谜团的灵感，是谜团的中心；然而，尽管她牢牢地占据了我的心，尽管我的幻想和希望都寄托在她身上，尽管她对我孩提时代的生活和性格有着深刻的影响，可即使在那个浪漫的早晨，我也没有赋予她任何她并不拥有的特质。我在这里提到这一点自有深意，因为这是一条线索，我要循着这条线索进入我那可怜的迷宫。根据我的经验，关于恋爱的传统观念并不总是正确的。有一个事实不容辩驳：当我怀着一个男人的爱情深爱着艾丝特拉时，那么，我爱她，只是因为她让我难以抗拒。她一旦走进了我心里，我就无法将她驱逐出去了。令我悲哀的是，我经常（即使不是一直）能意识到，我对她如此一往情深，违背了理智，妨碍了前途，断送了宁静、希望和幸福，注定要受尽挫折。奈何一旦爱上，便要情牵一生。明知如此，我对她的爱也没有减少一分一毫，我对她的情亦不曾有过半点儿抑制，她在我眼里依然是个完美的可人儿，我的心只为她跳动。

我提早算好了距离，到达哈维沙姆小姐家门口时，正好是我以往每次来的时间。我用一只颤抖的手按了门铃，便转过身背对大门，竭力放缓呼吸，让怦怦狂跳的心平静下来。我听见侧门开了，有脚步声穿过院子，随即大门在生锈的铰链上转动，但我一直假装没听见。

终于有人碰了碰我的肩膀，我吓了一跳，转过身来。看到我面前站着的那个穿着暗灰色衣服的男人，我不禁大吃一惊，不过这也是正常反应。毕竟我绝想不到此人会出现在哈维沙姆小姐家门口。

“奥立克！”

“啊，少爷，这世上不光你一个人变了。但是请进，请进吧。给我的命令可不是一直让大门开着。”

我走了进去，他关上门，上了锁，把钥匙拿了出来。“是啊！”他说，固执地带领我朝大宅走了几步，才转过脸来说，“我来这里了！”

“你是怎么来这里的？”

“当然是用两条腿走来的。”他反驳道，“至于我的箱子，是放在手推车上推来的。”

“你会一直留在这里吗？”

“你不会盼着我被赶走吧，少爷？”

我不太确定。我仔细琢磨着他反驳我的话，他则不再看路面，缓缓地抬起沉重的眼皮，目光从我的腿移动到胳膊，再移动到我的脸上。

“这么说，你已经离开铁匠铺了？”我说。

“这里看起来像铁匠铺吗？”奥立克回答，带着受伤的神情扫视了一下四周，“看起来像吗？”

我问他离开盖格瑞铁匠铺多久了。

“这里的日子每天都差不多。”他回答说，“我也说不清楚一共来了多少天了。不过，你走了没多久我就来这儿了。”

“这我也知道，奥立克。”

“啊！”他冷冷地说，“你如今也是有学问的人了。”

这时我们已经来到房子前，我发现他的房间就在侧门里，有一扇小窗户面向院子。那个房间面积不大，跟巴黎给看门人安排的地方没两样。墙上挂着几把钥匙，他把大门钥匙也挂了上去。里面还有一个小小的内室，也可能是个壁龛，他的床铺摆在里面，床上的铺盖满是补丁。整个房间是那么凌乱、狭窄、毫无活力，就像一个睡鼠人的笼子。至于他本人，站在窗边角落的阴影里，身影漆黑，看起来那么笨重，确实像一只睡鼠人，他的样子看起来的确如此。

“我以前从没见过这个房间。”我说，“不过以前这里并没有看门人。”

“是这样。”他说，“可后来有人说，这地方连个看家护院的人都没有，外面又有那么多犯人啦，暴民啦，实在是太过危险。于是就有人推荐我过来了，他们觉得我身手还不错，我也就接受了。这总比拉风箱、打铁容易多了。那是上了膛的。”

我的目光被壁炉架上方的一支枪吸引住了，枪托上包着黄铜。他也顺着我的目光看过去。

“好吧，”我说，不想再和他拉扯下去，“我可以上楼去见哈维沙姆小姐吗？”

“我要是知道，就让我葬身大火之中！”他说着先伸了伸懒腰，又抖了抖身子，“我接到的命令只是带你进来，少爷。我用这把锤子敲一下这个铃铛，然后，你就沿着通道走，看看能不能碰到什么人。”

“想必他们知道我来了吧？”

“要是我能说得清，就让我再在火里烧成灰！”他说。

就这样，我走进了我第一次穿着笨重靴子走过的那条长过道，他则敲响了铃铛。来到过道尽头，铃声还在回响，我遇到了萨拉·波克特。现在，因为我的缘故，她的面色变得愈加青中泛黄了。

“啊！”她说，“是你吗，皮普先生？”

“是的，波克特小姐。很高兴地告诉你，波克特先生一家人都很好。”

“他们的脑袋有没有开明一些？”萨拉说着，沮丧地摇了摇头，“健康也好，不健康也罢，关键在于有没有更通人情世故。啊，马修，马修！你认得路吗，先生？”

对于怎么走，我还算熟悉，毕竟我曾多次在黑暗中走上楼梯。我拾级而上，脚下穿的是比以前轻便得多的靴子。来到楼上，我用惯用的方式敲哈维沙姆小姐的房门。“是皮普在敲门。”我立刻听见她说，“进来吧，皮普。”

她依然坐在梳妆台边的椅子上，穿着以往那件结婚礼服，两只手交叉放在手杖上，下巴搁在手上，眼睛望着炉火。坐在她旁边的是一位我从未见过的优雅女士，她手里拿着那只从没穿过的白鞋，正低头望着那只鞋。

“进来吧，皮普。”哈维沙姆小姐继续嘟囔着，既不看四周，也没抬头看我，“进来吧，皮普。你好吗，皮普？吻我的手吧，就像我是女王一样，可以吗？”

她突然抬起眼来看着我，脑袋不动，只有眼睛在动，用严肃而戏谑的语气重复道：“可以吗？”

“我收到了你的口信，哈维沙姆小姐。”我有点儿不知所措地说，“你真是太好了，希望我来看你，我一收到信就来了。”

“可以吗？”

那位我从未见过的女士抬起眼睛看着我，她的双目中透着顽皮，我这才发现那是艾丝特拉的眼睛。但她变化太大了，不仅添了几分姿色，妩媚之态也更胜以往，她在各个方面都取得了惊人的进步，让人一见便倾心不已，相比之下，我似乎一点儿出息都没有。我凝视着她，不禁感觉自己再度陷入了无望的境地，又成了当初那个粗俗平凡的孩子。啊，我觉得自己与她的差距是那么大，根本配不上她，在我眼里，她是我望尘莫及的可人儿！

她向我伸出了一只手。我结结巴巴地表示很高兴再次见到她，长久以来一直盼望再见到她的芳容。

“你觉得她的变化很大吗，皮普？”哈维沙姆小姐问，她目露贪婪，用手杖在她们中间的一张椅子上敲了一下，示意我坐过去。

“哈维沙姆小姐，我刚进来的时候，不管是面容，还是身姿，我都没有看出艾丝特拉的影子。可现在仔细看看，也是怪了，竟然觉得她还是当初的模样……”

“什么？你不会要说她还是当初的她吧？”哈维沙姆小姐打断了我，“她以前是那么傲慢，又很无礼，你老是避开她。你不记得了吗？”

我慌里慌张，连忙解释那是很久以前的事了，当时是我不知好歹，诸如此类的话。艾丝特拉面带微笑，十分平静地说她很肯定我向来规规矩矩，都是她难以相处。

“他改变了吗？”哈维沙姆小姐问她。

“变了很多。”艾丝特拉看着我说。

“不那么粗俗和普通了吧？”哈维沙姆小姐一边说，一边把玩着艾丝特拉的头发。

艾丝特拉笑了，她看着手里的鞋，又大笑两声，接着，她把鞋放下，将目光转到我身上。她还把我当孩子看待，却一再引诱我。

我们坐在这个如梦似幻的房间里，曾经深深左右我的那种怪异的氛围包围着我们。我得知她刚从法国回来，打算到伦敦去。她一如既往，仍很傲慢和任性，但这更加突出了她的绝色容颜，因此，她的傲慢和任性与她的美貌是不可分割的，缺一不可，不然就少了几分浑然天成，反正我是这么认为的。其实，每次见到她，我都会想到自己少时愁思难解，对金钱和上流社会充满了渴望；想起我那些不受约束的奢望，进而对自己的家和乔感到羞耻；还会想起自己幻想联翩，竟从铁匠铺闪烁的炉火中看到她的面容，在铁砧上打铁时也能想到她的脸；还有在漆黑的夜里，我仿佛看到她从铁匠铺的木窗向里张望，马上又消失不见。总之，无论是过去还是现在，她都深深扎根在我的内心深处，我不可能把她剔除。

我们说好那天剩下的时间我就留在那里，晚上再回旅馆，第二天返回伦敦。我们谈了一会儿，哈维沙姆小姐便打发我们两人到早已荒废的花园里散步。她说，等我们回来，我要像从前那样推着她转一会儿。

于是，我和艾丝特拉从昔日那扇门走进花园，曾经，我就是穿过这扇门，才遇见了那位面色苍白的年轻绅士，也就是现在的赫伯特。这会儿，我的心在颤抖，甚至连她的连衣裙下摆都令我倾慕不已。她倒是很镇静，绝对不会把我的衣服下摆放在眼里。来到我和赫伯特当年相遇的地方，她停下来说道：“我以前一定是个古怪的小家伙，那天你们两个打架，我还躲起来偷看来着。我真那么做了，还觉得挺有意思。”

“你给了我很大的奖赏。”

“有吗？”她漫不经心地回答道，“我记得我曾经极为厌恶你的对手，很不喜欢他们把他带到这儿来纠缠我。”

“我和他现在是好朋友了。”我说。

“是吗？我记得好像是他父亲在辅导你念书？”

“是的。”

我其实很不愿意承认，毕竟这听起来有点儿孩子气，况且在她眼里，我本就是个孩子。

“自从你拥有了财富和远大的前程，连交往的人也和从前不同了。”艾丝特拉说。

“这是自然。”我道。

“这也是必然。”她补充说，语气十分傲慢，“曾经适合你的伙伴，现在已经不配做你的朋友了。”

从良心上讲，我很怀疑自己是否还有去看望乔的打算。但即使我有一点儿想去，听了她的这番话，这个念头也全然打消了。

“那时，你一点儿也不晓得自己要鸿运当头了吗？”艾丝特拉轻轻挥了挥手说，示意她指的是我们打架的时候。

“一点儿也不知道。”

她走在我身边，周身散发着完美而优越的神气，而我走在她身旁，却显得那么稚嫩，那么卑微，这种强烈的对比给我带来了巨大的冲击。我只好认为这是我自找罪受，毕竟我是被精挑细选出来，与她结为伴侣的，若不这么想，我心里可要苦闷极了。

园子里杂草丛生，不便行走。我们绕着园子转了两三圈，便离开园子，来到了酒坊的院子里。我指给她看一处地方，告诉她，在很久以前我第一次来的时候，曾看见她在那里的木桶上走来走去。她态度冷淡，朝那个方向漫不经心地看了一眼，说：“是吗？”我赶忙提醒她，她当时从房子的哪个门里出来，给了我肉和酒，她说：“不记得了。”“也不记得你把我弄哭了？”我说。“不记得。”她说完还摇摇头，向四周看了看。我真的相信她确实不记得，也根本不在意，不禁气得又在心里直掉眼泪，真是心都碎了。

她走在我身边，周身散发着完美而优越的神气，而我走在她身旁，却显得那么稚嫩，那么卑微，这种强烈的对比给我带来了巨大的冲击。（第230页）

“你必须知道，”艾丝特拉像一个聪明漂亮的女人那样屈尊低就地对我说，“我是没有心的，如果心是与记忆有关的话。”

我连忙恭维一番，大意是：恕我冒昧，难以相信这是事实。我知道她不会没有心。像她这样的绝色佳人，是不可能没有心的。

“啊！我毫不怀疑自己当然有心，用刀刺得进去，用弹丸也打得进去。”艾丝特拉道，“如果我的心停止跳动，我也就不存在了。但你知道我的意思。我的心里没有柔情，我不同情别人，也不会对人产生感情，反正不会有这些无谓的情绪。”

当她站在那里聚精会神地看着我，她身上有什么好处在我心里扎根了呢？我是不是从她身上看到了哈维沙姆小姐的影子？不。她的某些眼神和手势确实有几分像哈维沙姆小姐，这种相似之处往往是孩子们从成人身上习得的，因为他们与成人关系密切，又与外界隔绝。因此，长大成人后，虽然样貌不一样，孩子们偶然间还是会表现出神似之处；然而，我并没有发现她有像哈维沙姆小姐的地方。我又看了看，虽然她还在看我，但那些痕迹已经消失了。

我到底看到了什么呢？

“我是认真的，”艾丝特拉说，她并没有皱眉，毕竟她的额头是那样光滑，面色却沉了下来，“你我二人若是被强行撮合在一起，你最好从现在起就相信我说的。不！”我刚张开嘴要说话，她就打断了我，态度极为蛮横：“我对任何人都不会有柔情蜜意。我本就是个无情之人。”

过了一会儿，我们到了废弃已久的酒坊。她指了指我第一次来时看见她走出去的高处那条走廊，告诉我她记得自己在上面，还看见我站在下面吓得要命。我的目光顺着她洁白的手看过去，那个我无法领会的模糊暗示又一次划过我的脑海。我不由自主地吃了一惊，她见了，却把一只手放在我的胳膊上。就这样，那个鬼魅一般的联想一转眼又不见了。

我到底看到了什么呢？

“怎么啦？”艾丝特拉问，“你又害怕了吗？”

“如果我相信你刚才说的话，我肯定会害怕。”我这么回答，有意转换话题。

“那你是不相信我的话？很好。反正我把该说的都说了。哈维沙姆小姐肯定盼着你赶快回去，完成你常做的任务，不过依我看，你这份差事，连同其他古老的物件，还是先搁一搁为好。我们在花园里再绕一圈吧，绕完了才回去。走吧！你不要为我今天的残酷而流泪。你就做我的侍从吧，过来，让我扶着你的肩膀。”

她那漂亮的连衣裙拖在地上。现在她一手提着裙角，另一只手轻轻地扶着我的肩膀，我们就这样走了起来。我们在荒芜的花园里又转了两三圈，我只觉得整个花园里的花都在为我盛放。即使破旧墙缝里那些青黄相间的杂草是有史以来盛开的最珍贵的花朵，在我的记忆中也不会更加珍贵。

我们两个的年龄差距并不大，所以我同她并无不般配之处。我和她年纪相仿，不过她当然比我大一点儿；然而，她容色无双，举止高贵，看起来是那么高不可攀，让我受尽折磨，我原本还心花怒放，打心眼儿里相信我们的女恩主要把我们凑成一对儿。我真是个可怜的孩子啊！

最后，我们终于回到房子里，在那里我惊奇地听说，我的监护人刚才来了，与哈维沙姆小姐处理了一些公事，待会儿还要回来吃饭。我们出去期间，在摆着朽坏桌子的房间里，破旧暗淡的枝形吊灯已经点着了，哈维沙姆小姐正坐在她的椅子上等我。

我们开始像从前一样绕着已成灰烬的新婚宴席缓慢而行，感觉就像我推着椅子回到了过去。但是，在这个活死人墓一样的房间里，那个活死人倒在椅子上，双眼直勾勾地盯着艾丝特拉，越发衬托得艾丝特拉明艳动人，我对她的迷恋也加深了几分。

时间过得飞快，晚餐时间就快到了，艾丝特拉告辞去更衣。我们停在长桌中心的旁边，哈维沙姆小姐把一只枯槁的胳膊从椅子上伸出来，握紧拳头放在发黄的桌布上。艾丝特拉在出门前回过头来，哈维沙姆小姐用那只手向她做了个飞吻的动作，尽显贪婪之能事，看了叫人毛骨悚然。

艾丝特拉走后，就只剩下我们两个人，她转向我，低声说：“她是多么漂亮、优雅、成熟，你说是吗？喜不喜欢她？”

“见到她的人都会拜倒在她的裙下，哈维沙姆小姐。”

她坐在椅子上，一只胳膊搂住我的脖子，把我的头拉向她：“爱她，爱她，去爱她吧！她对你怎么样？”

我尚未来得及回答（如果我能答得出这么难的问题的话），她就重复道：“爱她，爱她，去爱她吧！如果她青睐于你，你就去爱她吧。如果她伤害了你，也去爱她吧。如果她把你的心撕成碎片，等你年纪大了点儿，心理强大了点儿，你的心会伤得更深，但还是去爱她吧，爱她，爱她！”

她说出这番话，是那么激动、那么热切，我从未见她这样过。我能感觉到搂着我脖子的那只细胳膊上的肌肉，因她的激烈情绪而鼓胀起来。

“听我说，皮普！我收养她，是为了让她得到别人的爱。我养育她，送她接受教育，是为了让她得到别人的爱。我把她培养成现在这样，都是为了让她得到别人的爱。去爱她吧！”

她说了这么多次“爱”这个字，毫无疑问，这就是她的本意。只是如果她重复了这么多次的字眼不是爱，而是恨，或是绝望、复仇、惨死，那从她嘴里说出来，就更像诅咒了。

“我要告诉你什么是真正的爱情。”她低声说，语气同样急促而激动，“真正的爱情，是盲目而忠贞，是卑微如泥土，是绝对的服从，是拿出无条件的信任，去对抗你自己，对抗全世界，哪怕那个人伤了你，你也要把自己的整颗心和全部灵魂都献给他。我就是这样去爱的！”

她说完狂叫一声，我赶紧一把抱住了她的腰。因为她穿着裹尸布般礼服的身体，从椅子上站起来，向空中猛击着，仿佛她要一头撞死在墙上，倒地不起。

这一切都发生在电光石火之间。当我把她拉到椅子上时，我闻到了一股熟悉的气味，转身便看见我的监护人走了进来。

他总是随身带着（我想我之前没有提起过）一块丝绸手绢，不仅华丽，还大得惊人，这块手帕在他的职业生涯中对他大有用处。我见过他隆重地展开这块手帕来吓唬他的客户或证人，好像马上要擤鼻子，又不得不停下，借此表示他知道客户或证人就要说实话，他根本来不及擤鼻子，见他这样，那些人便忙不迭地掏出了腹中的实话。这会儿，我看见他站在房间里，他就用两只手拿着这块富有表现力的手帕，注视着我们。我和他的目光碰触在一起，他拿着手帕的手停顿了片刻，没有作声，像是在说：“真是你吗？太奇怪了！”接着，他的手帕恢复了正常用途，不过他这一招的效果好得出奇。

哈维沙姆小姐和我同时看见了他，也像其他人一样害怕他。她竭力使自己镇静下来，结结巴巴地说他还是和以前一样准时。

“和以前一样准时。”他重复了一遍，向我们走来，“（你好，皮普。要不要我推你，哈维沙姆小姐？再来一圈？）你也来了，皮普？”

我告诉他自己是什么时候到的，还说是哈维沙姆小姐希望我来见见艾丝特拉。他听后回答说：“啊！确实是位非常漂亮的小姐！”说完，他用一只大手把哈维沙姆小姐推到他前面的椅子上，把另一只手插进裤袋，好像那口袋里装满了秘密。

“皮普！你以前多久见一次艾丝特拉小姐？”他停下来这么问道。

“多久？”

“啊！你见过她多少次？一万次？”

“噢！肯定没那么多。”

“那是两次？”

“贾格斯，”哈维沙姆小姐插嘴说，我悬着的心总算放了下来，“别缠着我的皮普不放了，跟他一起去吃饭吧。”

他答应了，我们一起摸黑走下楼梯。我们要经过铺有路面的院子，去后面的独立公寓，半路上，他问我是不是经常看到哈维沙姆小姐吃喝。像往常一样，他一会儿问有没有一百次，一会儿又说是不是只见过一次，简直风马牛不相及。

我想了想，说：“从没见过。”

“以后也不会见到的，皮普。”他皱着眉头笑着说，“自从她过上现在这种生活，她就从来不让别人看见她做这些事。她在夜里四处游荡，用手抓着东西吃。”

“先生，”我说，“我能问你一个问题吗？”

“你可以问，我也可以拒绝回答。”他说，“说说你的问题吧。”

“我想问，艾丝特拉是姓哈维沙姆，还是……？”我也不清楚另一个选项是什么。

“还是什么？”他说。

“是不是姓哈维沙姆？”

“是姓哈维沙姆。”

言谈之间，我们来到了餐桌前，艾丝特拉和萨拉·波克特正在等我们。贾格斯先生坐在桌首，艾丝特拉坐在他对面，我与那位面色青中带黄的朋友相对而坐。菜式丰富可口，有一个女仆侍候我们。我到这儿来过这么多次，却从未见过她，但据我所知，她一直待在这所神秘的房子里。晚饭后，女仆把一瓶优质的陈年波尔图葡萄酒摆在我的监护人面前（他显然常喝这种佳酿），两位女士告辞离去。

贾格斯先生在哈维沙姆小姐家一直沉默寡言，我从未见过有人像他这般沉默，就算是他本人，在其他地方也不会如此。他的目光从不游移，用餐期间甚至一眼没看艾丝特拉那姣好的面容。她对他说话时，他倒是也会聆听，并在适当的时候回答，但从不看她，这一点我看得出来。另一方面，她的眼神倒是经常瞟向他，目光中即使没有流露出怀疑，也带着兴趣和好奇，但他面容淡定，佯装对此一无所知。在整个用餐过程中，他总是和我谈起我的前途有多么光明，借此把萨拉·波克特气得脸色越发难看，青色更青，黄色更黄，他见了则乐不可支，却依然佯装不知，好像我天真单纯，是他强迫我说出那些话的。确实是他强迫我说的，不过我并不清楚他是怎么做到的。

后来只剩下我和他两个人，他坐在那里，一副他掌握了什么了不起的秘密却不能说出去的样子，真叫我受不了。他手里没别的东西，便把酒杯握在手里，反复验看。他把波尔图葡萄酒举到自己和蜡烛之间，品尝了一口，在嘴里漱漱，咽下去，又端详着酒杯，闻闻，品品，咽下去，把杯子倒满，又开始仔细端详酒杯，他就这样周而复始，害得我紧张起来，总以为那酒会把我的缺点告诉他。有那么三四次，我开口想与他说话，但他每次看到我要问他问题，就举着杯子瞧着我，还把酒在嘴里滚来滚去，好像是要我别白费心机，他不可能回答我。

依我看，波克特小姐肯定很清楚，她一见到我就要大受刺激，甚至发狂，说不定还会扯下自己的帽子（她那顶帽子真丑，活像一个棉布拖把），把自己的头发扯掉，弄得满地都是，而她那脑袋上必定是从未长过头发的。饭后，我们回到哈维沙姆小姐的房间，我们四个人玩惠斯特牌，也没有见到她。打牌期间，哈维沙姆小姐神乎其神地从她的梳妆台上拿起几颗最漂亮的宝石，戴在艾丝特拉的头发、前胸和手臂上。这下子，我看到就连我那位监护人都挑了挑浓眉，看了她一眼，无法忽视她娇艳的容颜，不能假装看不到那光彩夺目的珠宝。

我不说他花样迭出，不光让我们手里的王牌都成了摆设，他自己又出了很多小牌，还搞得我们那些本来可以出奇制胜的K和Q一点儿用处也没有；我也不说我有多气愤，他竟然把我们当作三个浅显蹩脚的谜题，而他在很久以前就知道了答案。真正使我苦恼的是，他这样冷淡，我对艾丝特拉却热情如火，冰与火实在不相协调。我知道自己绝不可能忍受跟他谈起艾丝特拉，我也知道自己绝不可能容忍听他对着她把靴子踩得嘎吱作响，我更知道我不能忍受看见他对着她洗手。这些其实都无关紧要，关键在于我心中的爱慕之情深如江海，他却在一两英尺的范围内碍眼，我深深沉浸在浓情蜜意之中，他却与我同处一室，这可真是活受罪。

我们一直玩到九点钟，接着我们说定，待艾丝特拉启程前往伦敦时，会提前通知我，我去马车站接她。说完这些，我便告辞了，临走前轻轻碰了碰她，与她告别。

我的监护人也住在蓝野猪饭庄，与我相隔一壁。夜阑人静，哈维沙姆小姐的话依然萦绕在我的耳边："爱她，爱她，去爱她吧！"我把她的话改成了自己的话，对着枕头说"我爱她，我爱她，我爱她"，直说了几百次。接着，一想到她注定要嫁给我，给我这个做过铁匠学徒的人当妻子，我的心中就涌起了一阵感激之情。可我又想到，恐怕她不会像我一样，对这样的命运欣喜若狂，感激不尽，那她什么时候才能对我动心呢？我什么时候才能唤醒她那颗木然沉睡的心呢？

啊！我只顾着爱艾丝特拉，把心里的爱情看得无比崇高，却完全没想到自己对乔避而不见，是那么卑鄙，多么令人惭愧，我知道，艾丝特拉必定对乔不屑一顾。就在前一天，我还因为自己对不起乔而潸然泪下，可眼泪这么快就干了。上帝饶恕我吧！我的泪水，竟然干得如此之快。

第十一章

第二天一早，我在蓝野猪饭庄一边穿衣服，一边思考整件事，最后决定告诉我的监护人，在我看来，让奥立克在哈维沙姆小姐家担任如此重要的岗位，实属所托非人。“他当然算不得合适人选，皮普。”我的监护人说，他对这类问题似乎早就有了十分满意的观点，“这是因为，但凡处在重要岗位上的人，就没一个合适的。”如今发现在哈维沙姆小姐家承担特殊岗位的人也不例外，并不能胜任，他似乎非常高兴。我把自己对奥立克的了解一一道来，他很满意地听着。“非常好，皮普。”我说完后，他说道，“我马上去一趟，把我们的朋友打发走。”见他如此雷厉风行，我反倒有些惊慌，便提议谨慎行事，还暗示我们的这位朋友非常难缠。“啊，不会的。”我的监护人说，又摆弄起了他的手帕，看起来信心十足，“我倒想看看他怎么和我纠缠不休。”

我们约好一起乘午间马车返回伦敦，吃早饭的时候，我生怕彭波乔克闯来，吓得连杯子都拿不稳，于是我趁机告诉贾格斯先生，他去哈维沙姆小姐家的这段时间，我便去散散步，就沿着去伦敦的路走，请他告诉马车夫，待马车驶到我跟前，一定叫我上车。于是我一吃完早饭，就逃也似的离开了蓝野猪饭庄。我走了两英里，从彭波乔克家后面的开阔乡村绕了很大一圈才拐到大街上，如此稍稍远离了那个大麻烦，我才觉得松了口气。

再度回到这个熟悉而安静的镇子，我感觉妙不可言，不时有人突然认出我，便盯着我看，不过这感觉倒也不错。一两个商贩甚至还冲出店铺，跑到我前面再转身折回来，像是忘了什么东西要回去拿，与我迎面擦肩而过。遇到这样的情况，我也说不清是他们装得一点儿不像，还是我装得一点儿不像。他们假装自己什么都没做过，我假装自己什么都没看到；然而，这彰显了我的尊贵地位，我并不觉得有什么不满，可后来命运不再偏爱我，竟让我遇上了裁缝特拉布的小伙计，那家伙可是个无法无天的混蛋。

我一路信步而行，看看这里，望望那边，突然瞧见特拉布的小伙计迎面朝我走来，手里拿着一个空空的蓝袋子甩来甩去。我暗自思忖，最好摆出从容淡定的模样，装作无意中看到他，免得他那黑心肠又要使坏。于是，我带着这样的神情走上前去，很庆幸自己成功了，岂料突然间，特拉布的小伙计把两边膝盖碰在一起，头发直竖起来，帽子也掉了，他四肢发抖，踉踉跄跄地走在路上，向人群喊道："快扶住我呀！我要吓死了！"他装得好像我太过高贵，他一见之下惊恐不已，懊悔当初。我从他身边经过，只听得他的牙齿咯咯作响，他整个人匍匐在尘土中，表现得极为卑微。

被他这么一闹，我自觉面上无光，可更难以忍受的事还在后面。走了不到两百码，我忽然又看见特拉布的小伙计走了过来，一时间只觉得说不出的恐惧、惊奇和愤慨。他正从一个狭窄的拐角处走过来，蓝袋子挎在肩上，眼睛里闪着诚实勤勉的光芒，步伐轻快而愉悦，似乎是一个劲儿地朝特拉布的裁缝铺跑去。他看见了我，装得大吃一惊，又像刚才那样发作了。不过这次他玩起了旋转的花样，踉跄着围着我绕了一圈又一圈，膝盖晃得更厉害，双手举起，仿佛在乞求上天的怜悯。一大群人在边上瞧着他这副痛苦的模样，看得不亦乐乎，还大声欢呼，我只觉得十分难堪。

我又往前走，可还没走到邮局，就又看见特拉布的伙计拐出一条小巷子，迎面赶了过来。这次他完全变了。他像我穿大衣那样把蓝袋子披在身上，在街对面的人行道上大摇大摆地迎面走过来，身边还跟着一群开开心心的年轻朋友，他时不时朝他们摆摆手，大声说："我不认识你！"特拉布的小伙计一直攻击我，带给我多少伤害，实在无法用语言来描述清楚。他一赶上我，就立起衬衫领子，扭着两侧的头发，一只胳膊叉在腰上，露出一脸幸灾乐祸的笑容，胳膊肘和身体扭来扭去，还拉长声调对着他那批追随者说："我不认识你！我不认识你！天哪，我不认识你！"他马上又使出新花样来羞辱我，他跟在我后面，嘴里咕咕直叫，

走了不到两百码，我忽然又看见特拉布的小伙计走了过来，一时间只觉得说不出的恐惧、惊奇和愤慨。（第239页）

就好像我当铁匠时见到的一只公鸡，每次斗败了，都咕咕乱叫。他跟着我过了桥才算罢休。我颜面尽失，就这样离开了镇子，被驱赶到了田野里。

但是，除非我当时把特拉布的伙计当场弄死，否则即使是现在想来，也没有什么好办法可以化解，只能一忍再忍。我若是在街上与他缠斗起来，或者只是让他吃点儿苦头，却不能要他的命，那不仅白忙一场，还会自贬身份，况且他只是个孩子，大人又怎么能与他计较？他就像一条无懈可击的蛇，还很会躲藏，若是被逼入角落，他就从追捕者的胯裆下面一蹿，逃得无影无踪，还要喊上两句，嘲笑一番。不过，我还是写了一封信给特拉布先生，第二天便寄了出去，在信中言明：维护社会利益实乃匹夫之责，然贵号忘乎此一公德，擅自雇用体面人士厌憎之伙计，遂今皮普先生断绝与贵号的一切生意往来。

马车在适当的时候赶到，贾格斯先生坐在里面，我也上了车，平安抵达伦敦，却谈不上一切顺利，毕竟我的心里满是愧疚。我一到伦敦，就买了一条鳕鱼和一桶牡蛎，差人给乔送去，以示悔过，补偿我没有去探望他们这件事，然后，我便回了巴纳德旅馆。

我发现赫伯特正在吃冷肉，他见我回来十分高兴。我吩咐复仇幽灵去咖啡馆再叫一份晚饭，我觉得那天晚上我必须向我的这位知心好友敞开心扉。复仇幽灵在门厅里，我又怎么能说出心里话，便只好打发他去看戏。说是门厅，其实就是前厅，他透过锁眼就能偷听到我们说话。我常常别无他法，只能绞尽脑汁给他找点儿活儿干，有时走投无路，甚至还打发他去海德公园角看看几点了。由此可见，他反倒成了我的主人，我反而受制于人，处处受到掣肘。

用完晚餐，我们坐在一起，把脚搁在炉围上烤着。我对赫伯特说："亲爱的赫伯特，我有一件非常特别的事要告诉你。"

"亲爱的汉德尔，"他答，"感谢你如此信任我，我一定不会说出去。"

"这件事不仅和我有关，还牵扯到另外一个人。"我说。

赫伯特交叉起双腿，歪着头望着炉火，徒然地看了一会儿，便又转过头看着我，不明白我为什么没有继续往下说。

"赫伯特，"我把一只手放在他的膝盖上，说，"我心里爱着艾丝特拉，她是我魂牵梦萦的人儿。"

赫伯特并不吃惊，好像觉得这是理所当然，还若无其事地说："是呀。然后呢？”

“什么？赫伯特，你要说的只有这些吗？你问我‘然后’？”

“我是说，你下一步打算怎么办？”赫伯特说，“我早就知道你的心思了。”

“你怎么知道的？”我说。

“我怎么知道，汉德尔？哎呀，当然是从你那里知道的。”

“但我从未和你说起过。”

“这还用你告诉吗？你去剪头发，但你没有告诉我，可我还是能看出来。我从认识你以来，就知道你一直爱慕着她。你是提着手提箱来的，可同时，你也带来了对她的思慕之情。还用得着你告诉我吗？哎呀，你其实无时无刻不在告诉我。那天你讲起自己的故事，就已经明明白白告诉了我，你第一眼见到她，她就走进了你的心里，当时，你们的年纪都还很小呢。”

“那好吧。”我说，对我来说，他这说法倒是新鲜，还很有意思，“我对她的爱从未有过一刻停歇。如今她回来了，貌若天仙，绰约多姿。我昨天见到她了。若说我以前是爱慕她，那现在我是爱她爱到骨子里了。”

“那么你是幸运的，汉德尔。”赫伯特说，“你如今脱颖而出，被选为她的良配。我们不要涉及你的那个禁忌，但你我都清楚，这件事已经板上钉钉。不过你了不了解艾丝特拉是如何看待爱情的？”

我沮丧地摇了摇头。“啊！她在千里之外，离我远着呢。”我说。

“耐心点儿，亲爱的汉德尔。还来得及，还来得及。你还有什么话要说吗？”

“我很不好意思说出来，”我答，“可我既然是这么想的，说出来又能怎么样呢？你说我幸运，我当然很幸运。我不久前还是铁匠铺的小学徒，现在却是……该怎么说呢？”

“如果你想找个词来形容的话，就说你是个好伙伴吧。”赫伯特笑着说，还拍了拍我的手背，“你是一个好伙伴。冲动却又犹豫，大胆却又懦弱，是个行动派，却又喜欢做梦，你是个怪人，经常很矛盾。”

我没说话，琢磨着自己的性格是否确实如此矛盾。总的来说，我绝不承认他的分析，却也觉得没什么好争辩的。

“赫伯特，我问你我现在算是什么，其实我心里有自己的看法。”我继续说，“你说我是个幸运儿。我也清楚，我如今飞黄腾达，并不是靠我自己的努力得来的，全靠机缘巧合。这么说来，我确实很幸运。可是，一想到艾丝特拉……”

“你有哪时候不想她呢？简直就是时时刻刻都在害相思。”赫伯特插口道，他的眼睛映着火光，我觉得他这么说是出于好意，是在同情我。

“亲爱的赫伯特，我无法说清楚，总之这件事由不得我自己做主，所以我心里总是忐忑的，觉得成功的机会微乎其微。就像你刚才说的，我们不提那个禁忌，不过我还是可以说，我能否得到远大的前程，全要仰仗一个人是不是可以一直这么待我，就别提这个人是谁了吧。即使是在最有利的情况下，可要是对这个前程一知半解，该是多么令人没有把握，多么不尽如人意啊！”我这样说完，或多或少发泄了一点儿一直积郁在心里的闷气，不过毫无疑问的是，我被压得喘不过气是从昨天开始的。

“好了，汉德尔。”赫伯特以他那特有的愉快而充满希望的语气说，“在我看来，我们在情情爱爱上受了挫，便拿着放大镜去挑剔别人的馈赠。同样，在我看来，就因为我们一门心思只顾着挑三拣四，所以连那份馈赠的最大好处都没发现。你不是告诉过我，你的监护人，也就是贾格斯先生从一开始就告诉过你，你能得到的不仅仅是远大的前程？即使他没有明说……当然了，我也承认，说与不说，的确有很大的差别。即使他没有明说，但在整个伦敦，贾格斯先生也可以说是个佼佼者，他若不是有十足的把握，又怎会做你的监护人呢？”

我说我不能否认他的话十分有理，不过我的语气好似事实的确如此，我无奈只得勉强让步，仿佛我想要否认似的！毕竟遇到这种情况，人们常常如此。

“依我看，我的话的确有道理，你肯定想不出更有道理的话了。”赫伯特说，“至于其他的，你必须等你的监护人有朝一日向你坦白，而他又必须等他的客户允许他坦白。你马上就二十一岁了，也许到时候你就能多了解一些情况了。无论如何，过一天，就离真相近一天，毕竟总有水落石出的时候。”

“你还真是个乐天派！”我说，真佩服他能如此乐观地面对世事。

“不然能怎么办呢？除此之外，我什么都没有。”赫伯特说，“顺便说一句，我必须承认，我刚才所说的那些话，是出于我父亲的正确判断，不是我自己的主意。说到你的事情时，我只听到他末了说了这么一句：‘这件事已经尘埃落定，不然贾格斯先生不会经办此事。’至于我们父子俩，还是不谈了，你和我说了心里话，那我也和你说句心里话，听了我下面的话，你心里肯定会不舒服，还会很讨厌我的。”

“不会的。”我说。

“你肯定会的！”他说，“一、二、三，现在我要说了。汉德尔，我的好朋友，”他的语气很轻松，神情却非常认真，“我们把脚搭在围栏上，聊了这么久，我一直在想，要是你的监护人从未提起过艾丝特拉，那无论你继承什么，她都不在其中。根据你的话，如果我理解得不错的话，无论是直接还是间接，他都没有以任何方式谈起过她吧？比如说，他从不曾暗示过，你的赞助人有意为你安排婚姻大事吧？”

“从来没有。”

“那么，汉德尔，平心而论，我完全没有吃不到葡萄就说葡萄酸的意思！你既然不必非得和她扯在一起，何不狠狠心撂开这段情？我早说了，我的话很不中听。”

我别开脸，一阵悲伤犹如昔日从海上吹过沼泽的劲风忽然涌来，在我离开铁匠铺的那天早上，肃穆的雾气渐渐消退，我抚摩着村口的路标，也有过这样的感觉。我们沉默了一会儿。

“是的。但是，亲爱的汉德尔，”赫伯特继续说，仿佛我们并没有沉默不语，而是一直在交谈，“天性如此也好，环境塑造也罢，反正你是一个极有浪漫情调的男孩，对她又是情深似海，所以问题就十分严重了。想想她从小到大受到的教养，想想哈维沙姆小姐的为人。你再想想她自己的性格是怎样的，现在我真该招你讨厌了，你肯定恨死我了。你再执迷不悟，恐怕只会落得心碎而归的下场。”

“我知道，赫伯特，”我说，仍然没有把头转过来，“但我控制不了我自己。”

“你就不能抽身吗？”

“不能。我做不到！”

“你就不能试试吗，汉德尔？”

“不能。我做不到！”

“好吧！”赫伯特说着站起来，生机勃勃地抖了抖身体，好像刚睡醒似的，他还拨了拨炉火，“现在我要努力使自己重新讨你喜欢！”

他说完便在房间里绕了一圈，拉上窗帘，把椅子放回原处，把凌乱地放在各处的书本和其他物件收拾整齐，接着，他看看门厅，又看看信箱，便关上了门，走回火边他的椅子旁。他坐下，用两只胳膊抱住左腿。

“汉德尔，我想聊聊我和我父亲。我想，用不着我这个做儿子的多说，你也知道我父亲并不善于处理家用开支这个问题。”

“你家的日子总是很富裕的，赫伯特。”我说，想说点儿鼓励的话。

“是的！想必只有扫垃圾的会这么说，还会满口称赞呢，小巷子里卖船舶用具的小贩也会这么说。汉德尔，我们还是严肃点儿吧，因为这本就是个严肃的话题，你和我一样，也很清楚事实如何。我想有一段时间，我父亲是管过家务事的，可即使有那样的时候，也早就过去了。我想问问你，在你的家乡有没有这样一种情况，若一对父母算不得良配，那他们生下的孩子是不是很想自己早点儿成个家？”

这是一个非常奇怪的问题，于是我反问他：“是这样吗？”

“我不知道，所以才向你打听。”赫伯特说，“因为我们的情况就是这样。我可怜的妹妹夏洛特就是一个最明显的例子，小简也一样。我在家是老大，夏洛特是老二，没活到十四岁就去世了。她虽然短命，却没有一天不盼着早点儿嫁人，渴望得到家庭的幸福。小阿利克在裘园认识了一位小姑娘，要和她结为连理呢。要我说，除了小宝宝，我们都有结婚对象了。”

“你也是吗？”我说。

“是的，”赫伯特说，“但这是个秘密。”

我向他保证我会保守秘密，并请他再详细地告诉我一些细节。他讲起我的弱点来是那么有理有据，情意绵绵，于是我也很想了解一下他自己有多坚强。

“可以问问她的芳名吗？”我说。

“她叫克拉拉。”赫伯特说。

“住在伦敦吗？”

“是的。也许我应该提一下，”赫伯特说，自从我们谈到这个有趣的话题后，他就变得异常垂头丧气，完全是一副听天由命的样子，“要是按照我母亲奉行的那套荒谬的阶级家世观念，她的出身完全不符合要求。她的父亲是在客船上管食物的，应该是个事务长。”

“那他现在呢？”我说。

“他现在病了。”赫伯特回答。

“靠什么为生呢？”

“他住二楼。”赫伯特说，他这是答非所问，我想问的是那姑娘的父亲有什么进项，“我从来没有见过他，自从我认识克拉拉以来，就只知道他一直把自己锁在楼上的房间里。不过我经常能听到他的声音。他的咆哮声可大了，又是狂号又是怒吼，还用可怕的工具猛砸地板。”赫伯特看着我，开怀大笑起来，一时间又恢复了他平常那种活泼的态度。

“你不想见见他吗？”我说。

“想呀，我一直很期待和他见面。”赫伯特答道，“因为每次听到他的声音，我都以为他会砸穿天花板掉下来。不知道那些横梁还能撑多久。”

再次开怀大笑后，他那种听天由命的态度又回来了。他告诉我，他一有资本，就打算娶那姑娘为妻。接着他又说了一句话，虽然其中的意思不言而喻，却难免让人情绪低落：“但是，你知道的，我还在四处寻找机遇，哪里结得成婚呢？”

我们默默地凝视着炉火，我心中思忖，获得资本当真是难如登天，想着想着，便把一只手伸进口袋。口袋里有一张折叠着的纸，立即引起了我的注意。我把纸打开，发现是乔给我的海报，说的是与罗西乌斯不相上下的著名地方业余演员即将粉墨登场。“天哪，”我不由自主地大声说，“就是今天晚上！”

如此一来，我们立刻改变了话题，还决定马上去看戏。我信誓旦旦，要用上各种行得通和行不通的办法，总之一定要出一份力，帮忙促成赫伯特的这桩大好姻缘。赫伯特也告诉我，他的未婚妻久闻我的大名，他要找个时间介绍我们相识。说过了这一番体己话，我们热烈地握了手，接着便吹灭蜡烛，又在壁炉里添了些煤块，锁上房门，出发去看沃普斯勒先生出演的丹麦王子[1]了。

1　沃普斯勒先生出演的是莎翁名剧《哈姆雷特》，哈姆雷特即丹麦王子。

第十二章

我们到了“丹麦”，只见台上摆着一张餐桌，桌上放着两把扶手椅，丹麦王国的国王和王后高高地坐在上面，正面见群臣。丹麦的所有王公贵族都来了。其中有个贵族是个男孩扮演的，穿着像是祖先留下来的一双洗革皮靴，而他这个祖先一定和巨人一样高大。还有个德高望重的贵族满脸污垢，似乎是人到晚年才摆脱了平民的身份，平步青云，跻身权贵。一位丹麦骑士的头发上别着一把梳子，腿上穿着白色丝绸长袜，活像个娘娘腔。而我那位天赋异禀的同乡则交叉着双臂，忧郁地站在一旁，我真希望他的卷发和前额能更像一点儿。

随着剧情逐渐展开，稀奇古怪的小意外接连上演。这个国家的已故国王似乎不光在临死前患上了咳疾，还把这种病带进了坟墓，如今又带回了人世。国王的幽灵还从冥世带来了一份剧本，就卷在权杖上，不时翻看几眼，只是他着急忙慌，偏偏翻不到想看的那一页，见他如此，不禁让人想到，这哪里是个死鬼，分明是个大活人。照我看，正是出于这个原因，楼座上的观众才建议这个鬼魂“翻开！翻开”，可惜他一点儿也不领情，还非常反感。同样值得注意的是，这个端庄威严的幽灵似乎在外面经受了长期的风吹日晒，徒步走过了千山万水，可大家都看到他明明是从近处一面墙后面走出来的。如此一来，他不光不能让人害怕，反而惹来了一通嘲笑。丹麦王后是个非常丰满的女人，从历史上来看，她的确是个无耻之辈，脸皮厚得像黄铜，可观众都认为眼前这位王后身上的黄铜未免太多了一点儿。她的下巴上箍着一根宽铜带，铜带连着王冠，活像她牙疼得厉害，她的腰上系着一条铜带，每条胳膊上也都绑着一条铜带，于是大家都叫她“定音鼓”。那位穿着祖先皮靴的年轻贵族当真是幻化无常，眨眼间就能转变身份，时而是聪明能干的水手，时而是到处巡演的演员，时而是掘墓人，时而是牧师，时而又是宫廷剑术比武中最重要的人物，凭借老练的眼力和高超的辨别力，评判出最细微的剑招。时间一长，观众对他忍无可忍，后来他化身成圣职人员，拒绝主持葬礼，更是引起了公愤，观众纷纷朝他丢起了果壳。最后再说奥菲莉亚[1]，在发疯的那一幕，音乐异常缓慢，这下可连累了奥菲莉亚，她脱下白色棉布围巾叠放整齐，再埋起来，但在这个过程中，楼座第一排有个男人阴沉着脸，他本就很不耐烦，一直把鼻子贴着一根铁栏杆让自己冷静下来，这时却大吼一声：“小婴儿都上床睡觉了，也该吃晚饭了！”无论如何，这一声暴喝都太败兴了。

这些小意外层出不穷，到了我那位不幸的同乡上场的时候，观众哪里还有心思看戏，只顾着寻欢取乐。每当这位犹豫不决的王子问问题或是说出心中的疑虑时，观众就替他解决难题。比如，他问道，是否应该承受痛苦以保持内心的高贵，有的观众大声说“应该”，有的喊“不应该”，还有的拿不准该怎么选，便嚷嚷着要“掷钱币决定”。就这样你一言我一语，像是辩论社在辩论。接着，他又问像他这样一个匍匐于天地之间的人，应该有何作为，台下的人就大喊“听呀，听呀”给他鼓励。后来，他走上台，装作自己的长袜乱七八糟，似要掉落的样子（按照惯例，要在袜筒顶部整齐地折叠一下，我估计就是用熨斗熨一下，借此来表示长袜掉落），楼座上爆发了一场讨论，大家都说他的腿太苍白，是不是被鬼魂吓的，云云。他一拿起竖笛（很像乐队刚才演奏时使用过的黑色小笛子，从门口递进来的），大家就一致要求他演奏《统治大不列颠》。当他喝令戏子别像拉锯子一样把手乱晃，之前那个沉着脸的男人就说：“你也不要这样做，你比他差远了呢！”在此，我还要痛心地补充一句，每次遇到这种情况，沃普斯勒先生都会遭到一阵哄堂大笑。

不过，到了教堂墓地的那一幕，他才算经历了最大的磨炼。墓地布置得活像一片原始森林，一侧矗立着一座教会的小洗衣房，另一边是一道收税栅门。沃普斯勒先生穿着一件宽大的黑色斗篷，他一走进收税栅门，观众便友好地告诫掘墓

1　哈姆雷特的恋人。

人："小心！殡仪员来了，来看你挖到什么程度了！"我相信，在一个立宪国家里，所有人都清楚，沃普斯勒先生在对骷髅进行一番说教、把骷髅放回原处之后，不可能不从胸袋里掏出一块白色手帕，擦擦手指上的土，可即使是这个没有恶意、不可缺少的动作，观众也少不了要调侃一句："小伙计，来一下！"要入葬的尸体送到了（一个空空如也的黑箱子就代表棺材了，箱盖还盖不严实），观众一见，马上欢呼雀跃起来，尤其是发现其中一个抬棺人竟是那个讨厌的年轻人，就更乐不可支了。观众们嘻哈大笑，看着沃普斯勒先生与雷欧提斯[1]在乐队和坟墓的边上决斗，直到他把国王打下餐桌，他自己两脚一伸，就此咽了气，观众的笑声才渐渐止住。

刚开始时，我们也做了一些努力，为沃普斯勒先生鼓鼓掌，只可惜力量薄弱，什么作用也起不了，根本坚持不下去。因此，我们只得坐在那里，虽然很同情他，却还是忍不住笑得合不拢嘴。我一直不由自主地笑着，毕竟整场演出实在是太滑稽了；然而，我隐隐觉得沃普斯勒先生的台词讲得确实不错，不是因为我和他是旧相识就为他说好话，他说起台词来是那么缓慢、那么凄凉，时而高亢如入山巅，时而低沉如坠谷底，任何人在正常的生死时刻都不会用这样的语气来表达心中的感受。等到这出悲剧终于落幕，观众朝他大喊大叫，还嘘声不断，我则对赫伯特说："我们还是赶快走吧，不然免不了和他碰上面。"

我们快步走下楼梯，只可惜速度还是不够快。大门口站着一个犹太人，两道眉毛异常浓黑，我们向前走的时候，他看了我一眼，等我们走到他跟前，他说："是皮普先生和皮普先生的朋友吗？"

皮普先生和皮普先生的朋友只得承认确实如此。

"瓦尔登加沃先生请二位赏脸一会。"那人说。

"瓦尔登加沃先生？"我重复了一遍，这时赫伯特在我耳边低声说："可能是沃普斯勒吧。"

"啊！"我说，"没问题。你为我们带路吗？"

"烦请移步。"走进一条小巷里，他转过身问，"二位觉得他的扮相如何？是我给他化的妆。"

---

1 奥菲莉亚的哥哥。

我也说不出他是什么扮相，只记得他穿着一身孝服，脖子上挎着一条蓝色缎带，带子上系着一颗象征丹麦的太阳或星星，活像在火灾保险协会上了保险似的。不过我还是表示他的装扮非常不错。

“他穿着斗篷到墓地一亮相，实在是俊美不凡。”为我们带路的犹太人说，“不过，从舞台侧面看，我觉得当他在王后的房间里看到鬼魂时，他的袜子露出来的部分不够多。”

我只好敷衍两句，表示他说得很对，接着，我们穿过一扇又脏又小的双开式弹簧门，走进一个木板箱一样的闷热房间。沃普斯勒先生就在里面，正在脱丹麦王子的戏装。这里太小了，我们只能撑开房门（或是箱盖），从前面那个人的肩膀上看着他。

“先生们，”沃普斯勒先生说，“见到你们我很高兴。皮普先生，希望你不要介意我擅自邀请你们过来。不过我有幸与你是旧相识，况且戏剧原本就是供高贵富裕之人观赏的，这一点向来都是共识。”

与此同时，瓦尔登加沃先生正费力地脱掉王子的丧服，弄得一身汗。

“把袜子剥下来吧，瓦尔登加沃先生。”袜子的主人说，“不然是要弄破的。这一双袜子，可要三十五个先令呢。莎士比亚的戏可从没用过这么好的袜子呢。你坐在椅子上别动，我来帮你脱。”

他说着跪下，开始脱袜子。刚脱下第一只，可怜沃普斯勒先生就连人带椅子一起向后倒去，幸好后面没有空间，他才没有倒在地上。

在此之前，我一直不敢谈论这出戏。可是这时，瓦尔登加沃先生得意扬扬地抬头望着我们，说道：“先生们，你们在前面看了戏，觉得如何？”

赫伯特从我身后说（还戳了我一下）：“好极了。”于是我附和道：“好极了。”

“先生们，你们觉得我对这个人物的演绎怎么样？”瓦尔登加沃先生摆出一副红角的派头说。

赫伯特从后面说（又戳了我一下）：“不仅气势如虹，还惟妙惟肖。”于是我也大起胆子，好像这是我的看法，必须说出来才能感觉快慰：“不仅气势如虹，还惟妙惟肖。”

“很高兴得到你们的赞许，先生们。”瓦尔登加沃先生说，他当时被挤到墙

刚脱下第一只，可怜沃普斯勒先生就连人带椅子一起向后倒去，幸好后面没有空间，他才没有倒在地上。（第250页）

边动弹不得，还抓着椅座，言谈之间却散发出一股威严。

“但是我要告诉你一件事，瓦尔登加沃先生，”跪着的那个人说，“我觉得你的表演中有一点不足。请听我说！我也顾不上是不是和在场的哪一位有不同的意见了，我这就说了。你演哈姆雷特，只有一点不好，那就是总侧着腿。上次由我来化妆演哈姆雷特的那个人，在彩排时也总犯同样的错误，后来还是我要他在两边的小腿上各贴一块大红纸，到了彩排（那是最后一次彩排了）的时候，我就坐在正厅后座上，先生，每次他侧着腿，我就大喊：‘看不到红纸了！’结果到了晚上，他的表演果然非常出色。”

瓦尔登加沃先生对我笑了笑，仿佛在说：“这个跟班还算忠心，就是蠢了点儿，我就不和他计较了。”接着，他大声说，“对这里的观众来说，我的表演实在有些过于古典，过于深沉了。不过他们的欣赏水平会提高的，会提高的。”

我和赫伯特一起说：“啊，毫无疑问，他们的欣赏水平会提高的。”“先生们，你们有没有注意到，”瓦尔登加沃先生说，“楼座上有个男人在葬礼上一直在捣乱？我是说，在演到葬礼那一幕时尽捣乱。”

我们只好含含糊糊地说好像注意到有这么一个人。我又说：“他肯定是喝醉了。”

“不是的，先生。”沃普斯勒先生说，“才不是喝醉了。他的东家管他管得严着呢，先生。他的东家是一滴酒也不许他沾的。”

“你认识他的东家？”我说。

沃普斯勒先生闭了闭眼睛又睁开，不管是睁眼还是闭眼，都做得十分缓慢：“先生们，你们一定留意到了一个粗鲁无礼、厚颜无耻的笨蛋，那人声音嘶哑，满脸的低俗，满面的狠毒，他演的是丹麦国王克劳狄斯这个角色（请原谅我用了一个法语词[1]），不过，我绝不认可他演得好。那人就是他的东家，先生们。我们这一行就是这样的！”

若是沃普斯勒先生落入绝境，我不知道自己会不会更可怜他，不过我现在已经够可怜他了。这会儿，他转身去系背带，如此一来就把我们挤到了门外，于是我趁机问赫伯特可不可以带沃普斯勒先生回去用晚餐。赫伯特表示他认为这样做

1 原文中“角色”一词为法语rôle，与英文的“角色”一词role没有太大区别。

很好，于是我邀请了沃普斯勒先生，他便和我们一起去了巴纳德旅馆，一路上把衣服裹得紧紧的，围巾一直蒙到眼睛下方。我们尽全力招待他，他一直待到凌晨两点才走，不停地回顾以往获得的成功，还滔滔不绝地展望着未来。我早已忘记他对未来有何抱负，只模模糊糊地记得他不光发誓要实现戏剧的复兴，到最后还将亲手让戏剧走向灭亡。因为只要他一咽气，戏剧界就将彻底沉沦，再也没有半点儿机会了。

最后，我躺在床上，心里痛苦难当。想起艾丝特拉的倩影，我难过不已，还做了一个悲伤的梦，在梦中，我的远大前程化为泡影，不得不娶赫伯特的心上人克拉拉为妻，不然就要扮演哈姆雷特，而哈维沙姆小姐要扮演鬼魂，台下的观众有两万人，而我却连二十个字的台词都背不出来。

沃普斯勒先生闭了闭眼睛又睁开，不管是睁眼还是闭眼，都做得十分缓慢。（第252页）

第十三章

一天，我正忙着和波克特先生一起读书，邮差给我送来一封信。只看到信封，我就激动不已。虽然不认识信封上的字迹，但是我马上就猜出那些字出自谁的玉手。开头没有“皮普先生”“亲爱的皮普”“亲爱的先生”之类的话，上来便直抒其意：

> 我后天乘午班马车到伦敦去。按照早前的约定，你会来接我，有这回事吧？反正哈维沙姆小姐记得如此，因此我奉命写信知会你。她向你问好。
>
> 艾丝特拉敬上

对于如此重要的场合，若时间宽裕，我非得购置几件新衣服不可。可惜时间紧急，我只得将就着穿现有的衣服。我立马变得茶饭不思，胃口全失，我明白，在那一天到来之前，我必然坐卧难安，不得片刻的安宁。可就算那天真的来了，我照样心神不定，甚至更为焦躁。她乘坐的马车还没从我们镇上的蓝野猪饭庄出发，我就到了齐普赛大街伍德道的公共马车站，开始在那里走来走去了。我明知时间还早，依然不到五分钟就瞅一眼马车站，总觉得不这么做就难以释怀。要再过四五个钟头她才能抵达，就在我如此疯疯癫癫地等了半个钟头的时候，突然看到文米克迎面朝我走来。

“喂，皮普先生，你好吗？”他说，“真没想到会在这一带见到你。”

我解释说我有个熟人要坐马车来伦敦，又问他城堡怎么样，老爹好不好。

“都很好，谢谢你。”文米克说，“老爹尤为不错，精神头儿很足。再过生日，他就八十二岁了。只要邻居们没怨言，我的大炮也能撑得住，我就打算开八十二炮。不过在伦敦还是别说这个为好。你猜猜我要去哪儿？”

“事务所？”我说，因为他所走的正是那个方向。

“差不多吧。”文米克答，“我要去纽盖特监狱。我们目前正在办理一起银行抢劫案，我刚才去案发现场看过了，现在正要去找我们的委托人谈谈。”

“抢劫的就是你们的委托人吗？”我问。

“没有的事，当然不是了。”文米克冷冷地说，“他只是被指控抢劫而已。受指控的也可能是你，也可能是我。你知道，我们俩都有可能受到这样的指控。”

“只是我们俩现下是没受到指控的。”我说。

“是的！”文米克说，用食指碰了碰我的胸口，“你真是个心思深沉的人，皮普先生！要不要去纽盖特监狱看看？现在有空吗？”

我正好有大把的时间，听他如此提议，不禁心中一宽，只是我本想一直盯着公共马车站，这样一来就不能做到了。我轻声告诉文米克，我要去打听一下，好看看是否来得及和他一起去，便到了马车站的售票处，办事员一听，就很不耐烦却又非常准确地把那趟马车最早能够到达的时间告诉了我，这个时间我早已知晓，可以说和他一样清楚。然后，我回去找文米克先生，还假装看了看表，说是很惊讶地发现马车还要很久才到，并接受了他的提议。

几分钟后，我们到了纽盖特监狱，穿过门房，来到监狱里面。门房光秃秃的墙上挂着几副脚镣，还写着狱规。那个时候，监狱疏于管理，而采取夸张的纠正措施，还是很久以后的事，不过对于官家做出的错误行为，算得上是最严厉，也是最持久的惩罚了。所以在这个时候，重罪犯的居住环境和饮食条件比士兵还要好，更不用说贫民了，因此，他们很少会为了改善汤水口味这种情有可原的理由放火烧掉监狱。文米克带我来时正好赶上探视时间，一个酒馆的侍童正到处兜售啤酒，在院子里的铁栏后面，囚犯们或是买啤酒，或是和朋友们聊天。这个场面堪称邋遢、丑陋、混乱，叫人看了心中压抑。

我突然想到，文米克在囚犯中间走来走去，就像一个园丁走在自己栽培的花草之间一样。反正见到他的态度，这就是我脑袋里冒出的第一个想法。他看到一根一夜之间钻出来的嫩芽，就说："嘿，汤姆上尉，你怎么也在这里？啊，确实！"一会儿，他又说："水槽后面的是不是黑人比尔？两个月没见了，你好吗？"他停在铁栏前面，听着犯人们焦急地低声和他说话，听一个说完，再去听另一个说，他自己那邮筒投信口一样的嘴则一动不动，但他一直在打量他们，似乎是在特别留意，自从上次见面以来，他们有没有长得好一点儿，在开庭审判的时候能不能开花结果。

他很受欢迎，我发现他是在为贾格斯先生进行沟通联络的工作。贾格斯先生的一些行为做派也影响了他，你可以靠近他，却不能超过一定的限度。见到委托人，他只是点点头，还用两只手稍稍一抬帽子，接着，他就紧紧闭着邮筒投信口一样的嘴，把两只手往口袋里一揣。有一两次，委托人没能筹到委托费，文米克先生一看到委托人拿出的钱不够，就尽可能往后退开，说："没用的，伙计。我只是个小小的办事员。这钱我可不能收下。千万别为难我这么一个小角色。要是钱凑不齐，你最好还是另找律师吧。你知道的，律师有的是。你的钱不够请这个，也许够请另一个。我这个给人当差的，反正就建议你这么做。有的事做了也是白费工夫，那就干脆连试都别试。你说是不是？好了，下一个。"

我们就这样一路走过文米克细心栽培的温室，走着走着，他转过头来对我说："等会儿我要和一个人握手，你好好留意一下他。"到目前为止，他没和任何人握过手，所以，即使他不提醒，我也会留意的。

他话音刚落，一个身材肥胖、腰板挺直的人便走到了铁栏的一角（就在我写下这段话的时候，那人的样貌依然清晰地闪现在我的眼前）。此人身着一件破破烂烂的橄榄色双排扣长大衣，发红的皮肤泛着一股异样的苍白，一对眼珠子老是来回乱动。他见到文米克，便用一只手摸着帽子，半严肃半开玩笑地行了个军礼。他那顶帽子上沾着一层油脂，活像肉汤冷掉后凝结的那一层油。

"上校，向你致敬！"文米克说，"你好吗，上校？"

"很好，文米克先生。"

"所有能做的都做了，但是证据过于确凿，我们很难反驳，上校。"

"是的，太确凿了，先生，不过我不在乎。"

“是呀，是呀。”文米克冷冷地说，“你不在乎。”然后，他转向我说：“这个人原本在皇家军队里服役，是正正经经的军人，花了些钱才退役的。”

我说：“真的吗？”那人的眼睛向我瞟过来，接着，他瞟了一眼我的身后，又看了看我的周围，才捂着嘴大笑起来。

“想必礼拜一就该有个定局了吧，先生？”他对文米克说。

“也许吧，”我的朋友回答说，“但谁也不能肯定。”

“我很高兴有机会向你告别，文米克先生。”那人说着，从两根铁条之间伸出手来。

“谢谢。”文米克说着，和他握了握手，“我也很高兴，上校。”

“他们没收我的东西时，要是我身上的东西是真的，文米克先生，”那人不愿松开手，说道，“我早就请你多戴一枚戒指了，也好感谢你的照顾。”

“多谢你的好意。”文米克说，“顺便说一句，听说你是养鸽子的好手。”那个男人抬头望了望天空。“有人告诉我，你养了很多很棒的筋斗鸽。要是你用不上了，能不能请你的朋友给我送一对过来？”

“一定办到，先生。”

“好吧，”文米克说，“我会好好照顾它们的。下午愉快，上校。再见！”他们再次握手，我们走开后，文米克对我说：“他是因为造假币进来的，他的手艺非常高。判决今天就出了，他礼拜一肯定要被处死。不过你看，就目前而言，一对鸽子还算是动产。”他说完回头看了一眼，对那株必死无疑的“植物”点了点头。在走出院子的时候，他朝四周张望了一下，好像是在考虑该用哪株植物来填补那一株死后留下的空位。

当我们穿过门房走出监狱时，我发现我的监护人不仅在犯人之间大名鼎鼎，就连监狱的看守也对他推崇有加。“喂，文米克先生。”在门房那两扇钉满了钉子和尖桩的大门之间，看守拉着我们说话，他小心地锁上一扇门，但没有立即打开另一扇，“河边的那桩谋杀案，贾格斯先生打算怎么办呀？他是打算办成过失杀人罪，还是弄个别的什么罪名？”

“你怎么不去问问他本人？”文米克答。

“啊，是的，是呀！”狱卒说。

“这儿的人就是这样的，皮普先生。”文米克张大邮筒投信口一样的嘴，转过身来对我说，“我只是个当差的，他们想到什么就问我什么，却不见他们去问我的东家。”

“这位年轻的先生是事务所的学徒，还是实习生？”狱卒问，他听到文米克先生说的俏皮话，便咧嘴一笑。

“你看，他又来了！”文米克嚷嚷道，“我早告诉过你了！第一个问题还没说完，第二个问题又来了，这可都是问我这个当差的！喂，假如皮普先生是我们的学徒，又怎么样呢？”

“那么，”狱卒又笑着说，“他就很清楚贾格斯先生是个什么样的人了。”

“呀！”文米克叫道，突然很滑稽地打了狱卒一下，“要是面对我的东家，你可就成了一个呆子，和你的钥匙一个蠢模样，你很清楚自己是个什么货色。快放我们出去，你这只老狐狸，不然我就让他告你非法监禁。”

狱卒笑了，跟我们道别，当我们走下台阶到街上时，他站在满是尖桩的小门边冲我们大笑。

“听我说，皮普先生，”文米克拉住我的手臂，显出一副非常神秘的样子，严肃地在我耳边说，“贾格斯先生的拿手好戏，就是让自己显得高高在上。他总是那么高人一等。他向来高高在上，完全是因为他能力出众。那个上校不敢和他告别，狱吏也不敢当面问他想怎么办理案子。他的确高高在上，却偏偏离不开这些人，便派手下的当差从中联络，明白吗？就这样，不管是灵魂还是身体，他都把这些人把握得死死的。”

我的监护人竟如此老谋深算，我不禁深感震撼，而我有如此感觉，已经不是第一次了。坦白地说，我反倒衷心盼望能有一个能力不那么强的人来做我的监护人，而我有如此感觉，也不是第一次了。

我和文米克先生在小不列颠的事务所门口分道扬镳，那里像往常一样有很多人流连，个个都有求于贾格斯先生，盼着他能接手他们的案子。我又开始站在街边盯着公共马车站，还要三个多钟头马车才能到。我一边等一边琢磨，说来也真奇怪，我怎么总是离不开监狱和囚犯，感觉就像有一大片污迹怎么也甩脱不掉。第一次是在我小时候，那是一个冬天的夜晚，地点是家乡那片偏僻的沼泽地。后来又发生了两次，就如同一块褪了色但没有完全消失的污迹。如今我交上了好运，平步青云，这种情况又换了个方式，再次渗透进了我的生活。想着想着，我的思绪又转到了艾丝特拉身上，想象她青春少艾，容色倾城，款款向我走来，那么傲慢，那么优雅。想到她与监狱之间简直天差地别，我不由得心生厌恶。要是没碰见文米克就好了，要是我没答应和他一起去监狱就好了，那样一来，一年那么多天，我也不会偏偏在今天去纽盖特监狱，吸入那里的腌臜之气，让自己的衣服也受到污染。我踱来踱去，跺去脚上在监狱沾染的灰土，又掸掉衣服上在监狱沾染的尘埃，还把吸进肺里的污浊之气都呼出来。想到我今天来接的可人儿，我越发觉得自己浑身脏污。可不管如何，马车还是飞快地驶来了，我还没有完全摆脱文米克先生那个温室的污秽，就看到艾丝特拉从马车车窗探出脸来，朝我挥着一只手。

就在那一刹那，一道难以形容的阴影再度倏忽而过。而这，到底预示着什么？

第十四章

艾丝特拉穿着毛皮旅行服，哪怕是在我的眼里，也显得比以往任何时候都更加灵秀娇美。在我面前，她一颦一笑之间都透着百媚千娇，有意把我迷得如痴如醉，这是以前从未有过的事。她有这么大的变化，我估计是受了哈维沙姆小姐的影响。

我们站在十字钥匙旅店的院子里，她指给我看哪些是她的行李。等把行李都拿过来放好，我才想起自己竟然还不清楚她要去哪里。原来我的整颗心都记挂在她的身上，把其他的事都忘了。

“我要去里士满，”她告诉我，“一共有两个里士满，一个在萨里郡，一个在约克郡，而我要去的是萨里郡的里士满，距离这里有十英里。我需要一辆马车，你送我过去。给你，这是我的钱袋，雇马车的钱，你从里面拿就好了。喂，你必须得拿着这钱袋！我和你，我们两个都别无选择，只能按吩咐做。我和你，我们两个都不能按照自己的心意做这做那。”

她把钱袋递给我，还用一双美丽的眼睛望着我，我盼着她的话别有深意。她虽然语带轻蔑，却并不是不高兴。

“得派人去叫辆马车过来，艾丝特拉。你在这儿休息一会儿好吗？”

“是的，我要在这儿休息一会儿，喝点儿茶，你陪着我。”

她挽着我的胳膊，好像迫不得已才这么做。我看到客栈的一个伙计正盯着艾丝特拉来时坐的马车，仿佛一辈子没见过这样的东西，便招呼他给我们找个安静的房间。他听了，立即抽出一条餐巾，好像那是一条充满魔力的线索，没有它，他就找不到上楼的路。接着，他带我们来到一个黑黢黢的房间里，里面摆着一面截短了的镜子，可在这个黑洞一样的房间里，还是显得有些大。此外，里面还放着一个凤尾鱼酱瓶和一双不知是谁的木套鞋。我说这个地方不行，他转而带我们去了另一个房间，里面放着一张可供三十个人吃饭的餐桌，壁炉里的煤灰足有一蒲式耳[1]，煤灰下面还有一本烧焦了的习字帖。伙计瞧了一眼熄灭了的炉火，摇了摇头，就走过来等我点菜。可他听到我只是吩咐“给这位女士拿些茶点来”，便大失所望，走出了房间。

房间里不仅弥漫着一股浓烈的马厩味道，还能闻到高汤味，人们准会以为是公共马车的生意不景气，老板便把马杀了，用马肉熬汤，拿到客栈里卖，我当时是这么以为的，现在依然这么觉得；然而，艾丝特拉在里面，这房间对我来说就是一切。我觉得，只要能和她厮守，哪怕让我在这里住上一辈子，也心满意足。可当时我并不幸福，对此，我心里是很清楚的。

“你要去里士满的什么地方？”我问艾丝特拉。

“我要去一位贵妇人家里住，过过富贵的生活。她有能力带我见见世面，引我去社交，介绍一些人给我认识，也把我介绍给别人。”

“我想，你也很希望过过不一样的生活，有更多人拜倒在你的石榴裙下吧？”

“是的，我想是的。”

她回答得如此漫不经心，我只好说：“你说起自己，就好像在说别人。”

“你什么时候听过我谈别人了？得了，得了。”艾丝特拉说着，非常愉快地笑了笑，“你可别想我乖乖听你的教训，我爱怎么说，就怎么说。你和波克特先生相处得怎么样？”

“我在那儿住得很愉快。至少……”我觉得我又要失去机会了。

“至少怎么样？”艾丝特拉重复了一遍。

“没有你，即使再愉快，也好像少了点儿什么。”

“你这个傻孩子，”艾丝特拉平静地说，“你怎么净说这种傻话呢？我想，

1　一种计量单位，在英国，1蒲式耳相当于36.3688升。——编者注

你的朋友马修先生比他家里的其他人都要强吧？”

“他确实非常好。他从不与人为敌……”

“但愿他也别与自己为敌。”艾丝特拉插嘴说，“我就瞧不上和自己过不去的人。不过，我听说他确实公正无私，从来不会为了一点儿小事去嫉妒别人、怨恨别人。”

“他确实是这样一个人。”

“可他家里的其他人就不是这样了。”艾丝特拉说，神情十分严肃，却又透着一丝嘲弄，向我点了点头，“他们老是来烦哈维沙姆小姐，在她面前讲你的坏话，句句含沙射影。他们一直在盯着你呢，歪曲事实，写信来控诉你，有时候甚至还写匿名信。你可真是他们的眼中钉肉中刺，叫他们这辈子都不得安宁。你根本不清楚他们心里有多恨你。”

“我想，他们总不会伤害我吧？”我说。

艾丝特拉没有回答，反而放声大笑起来。我被她弄得莫名其妙，十分困惑地望着她。她笑得十分开怀，可不是那种带着几分阴沉的假笑。等她总算收住笑，我才羞怯地对她说：“他们若真加害于我，我想你总不会觉得高兴吧？”

“不，不会的，这一点你尽管放心吧。”艾丝特拉说，“我笑是因为他们做什么都是无用功。啊，那些人缠着哈维沙姆小姐，结果倒霉受罪的却是他们自己！”她又大笑起来，即使她向我解释了原因，我也依然觉得她的笑古里古怪，我并不怀疑她是真心发笑，可在当时那个场合，她笑得未免也太大声了。我心想其中一定有我不清楚的隐情，她看出了我的心思，于是做了解释。

“即使是你也不能了解，看到那些人受挫，我有多开心；你也不会明白，看到他们沦为笑柄，我觉得多么可笑。”艾丝特拉说，“毕竟你不是从小在那幢奇怪的房子里长大的；可我是。你没有从小就对着他们，他们看你不能反击，除了忍就没别的办法，就背地里对你使尽阴招损招，表面上却装得对你百般同情、千般怜惜，对你温温柔柔，好话说尽，对着这样的人，你从小就得磨砺心智；可我是。你没有逐渐地把你那稚嫩的圆眼睛越睁越大，看清楚那个女骗子明明谁也不在意，却偏要假称自己半夜惊醒，担心得难以入眠；可我是。”

现在对艾丝特拉来说，这已经不是开玩笑的事了，她提起这些往事，也并不觉得时过境迁，不再当回事。我宁愿不要自己的远大前程，也不愿意惹她露出那样的神情。

“我可以告诉你两件事。”艾丝特拉说，“第一，虽然人们常说水滴石穿，但你可以放心，即使用一百年，无论是大事还是小事，那些人也不可能在任何事上损害你在哈维沙姆小姐面前的地位。第二，就是因为你，他们才白忙了一场，那么多卑鄙的算计全都落了空，所以我感谢你还来不及，你可以相信这一点。”

她的坏心情转瞬即逝，她开玩笑似的把手伸向我，我握住她的纤纤柔荑，拉到唇边亲吻了一下。“你这个可笑的孩子。”艾丝特拉说，“我提醒你的话，你就一个字都听不进去吗？你现在吻我的手，心境和我当年允许你吻我的脸颊时一样吗？”

“什么意思？”我说。

“我想一想。就是你心里瞧不起那些摇尾乞怜和耍阴谋诡计的人。”

“如果我说是，我可以再亲一下你的脸颊吗？”

“你拉我的手之前，就应该先这么问问。不过，如果你愿意的话，那就吻吧。”

我俯下身来，她面色平静，犹如一尊雕像。“好了。”艾丝特拉说，我的唇刚一碰到她的脸颊，她就别开了脸，“叫些茶点吧，我吃了，你还要陪我去里士满。”

她又用这种口气说话，仿佛我们的交往是被迫为之，我们两个不过是提线木偶，我听了实在伤心。可是，自从认识她，我又有哪时哪刻不痛苦呢？不管她对我说话的语气是怎样的，我都不能相信，也不能抱任何希望。可尽管如此，我依然越挫越勇，照旧相信她，对她抱着希望。我又何苦一次次地提醒自己呢？反正我一直都是如此。

我按铃叫茶点，伙计带着他那条魔法线索再度来到房间，接着，他前前后后送来了五十多件餐具，却偏偏不见送茶上来。他送来了茶盘、茶杯、茶托、盘子、餐刀、叉子（以及几把切肉刀）、各式勺子、盐碟、一块软塌塌的小松饼（用一个坚固的铁盖小心翼翼地盖着）、一小块绵软的黄油（放在一大把欧芹上，看起来活像摩西躺在芦苇中间）、一块惨白的面包（顶端撒着面粉）、两块三角形的面包片（上面还留有厨房壁炉架铁条的印子），最后，他才拿来一个宽大的家用水壶。这个伙计提着茶壶摇摇晃晃地走进来，看他的神情，活像是提着什么重物，累得够呛。他招待我们到这个阶段，又出去了很久，才终于拿着一个珍奇的小匣子回来，里面的茶叶看着就像小树枝。我把茶叶泡进热水里，又从这些用具中拿出一个不知是做什么用的杯子，为艾丝特拉倒了些茶水。

吃喝完毕，我付了账，还记得给了伙计小费，马夫和女仆的那份也没忘，总而言之，搞得客栈里没拿到小费的人都对我不屑一顾，满心愤恨，艾丝特拉的钱袋也因此轻了很多。然后，我们上了雇来的马车，扬长而去。马车拐进齐普赛大街，咔嗒咔嗒地驶过纽盖特街，很快就来到了监狱的高墙下，见了那面墙，我心里简直羞愧到了极点。

“那是什么地方？”艾丝特拉问我。

我好不愚蠢，一开始假装没认出来，想了想才告诉了她。她看了一会儿，把头缩回来，嘴里念叨了一句“关的都是坏蛋”。无论如何，我都不会承认自己去过里面。

“据说，贾格斯先生深谙那个阴森地方的许多秘密，整个伦敦都没人比得上他。”我巧妙地把话题转到了别人身上。

“我想，他对所有地方的秘密都比别人了解得多。”艾丝特拉低声说。

“想来你经常见到他吧？”

“自从记事以来，我就经常见到他，只是相隔的时间不一定。不过我现在依然不太了解他，和我小时候不会说话的时候差不多。你觉得他是个什么样的人？你和他处得来吗？”

“他这个人生性多疑，不过习惯之后，我和他倒也处得不错。”我说。

“那关系好吗？”

“我去过他家里吃饭。”

“想必他家一定很古怪吧。”艾丝特拉有些畏缩地说。

“确实很奇怪。”

即使是和她谈论我的监护人，我也应该谨慎，不能口无遮拦，可我竟然一直滔滔不绝，要不是突然有炫目的煤气灯光照射过来，我少不了要把那次在杰拉德大道用餐的情形也讲一讲。煤气灯的灯光闪耀夺目，以前那种无法解释的感觉再次涌入了我的心里。马车驶出灯光的范围，有那么一会儿，我晕头晕脑的，就像被闪电击中了一样。

我们聊起了别的话题，聊的大都是我们正在走的这条路，路这边是伦敦的什么地方，路那边是伦敦的哪些地方。她告诉我，这座大城市对她来说几乎是陌生的，毕竟她从来没有离开哈维沙姆小姐的身边过，后来去了法国，也只是在往返途中路过伦敦而已。我问她，她留在这里期间，是否由我的监护人照管。她断然回答道："承受不起。"

她有意在我面前施展魅力，让我成为她的裙下之臣，即使需要付出一些努力，但只要能引我上钩，她也在所不惜。对此，我不是看不出来；然而我一点儿也不开心，即使她没有再用与我交往是被逼无奈的语气，我也感觉她要我对她死心塌地，只是任意为之，并不是被牵动了柔情，不忍伤我的心、践踏我的真情。

马车经过汉默史密斯时，我指给她看马修·波克特先生居住的地方，还说那里离里士满不远，我希望能时时见到她。

"是的，你要来看我。你想什么时候来就什么时候来。我会和我寄住的人家打好招呼的。不过我已经和他们说起过你了。"

我问那家是不是有很多人。

"不多，只有母女两个。母亲是个很有地位的女士，不过能多一点儿收入，她也不反对。"

"哈维沙姆小姐居然愿意这么快就和你分开，有点儿不可思议。"

"这都是哈维沙姆小姐安排的，她早就计划好了，皮普。"艾丝特拉叹了口气说，好像她累了，"我得经常给她写信，还得经常回去看她，向她报告我的近况。说说我自己，还有那些珠宝的事。那些珠宝现在都是我的了。"

这是她第一次叫我的名字。她知道我会珍而视之，才有意喊我的名字。

我们很快就到了里士满，目的地是格林街的一幢房子。那是一所庄严的老房子，很久以前，这里曾是王宫所在，当时女士裙环飘飘，粉黛争艳，美人斑[1]美不胜收；男士们身着刺绣的外套，脚踩长袜，衣饰褶边，身佩宝剑。屋前栽种着的几棵古树依然修剪入时，就像当年的裙环、假发和僵硬的裙子一样，规整而不自然。不过这几棵树眼瞅着要枯死，用不了多久，就将加入数目庞大的枯树行列，默默地消失在这个世界上。

1 指17、18世纪欧洲妇女用来衬托自身皮肤白皙等贴在脸上的黑色纸片或绸片。

月光如洗，门铃的声响听来古老而肃穆。我敢说，在昔日的全盛时期，门铃声必定时时响起，向屋内的人通报贵客驾到，客人们有的身着绿色鲸骨裙撑；有的佩带剑柄镶钻的宝剑；有的脚穿红色鞋跟、镶着宝石的鞋子。两个身穿鲜红色衣服的女仆款款走出，迎接艾丝特拉。很快，她的行李箱就被搬进了大门，她和我握握手，对我嫣然一笑，说了句晚安，便走进了大门。我却一直站着不动，望着那所房子，心想如果我和她住在里面，该是多么美满，只是我心里清楚，和她在一起，我只有痛苦，不会体会幸福的滋味。

我上了马车返回汉默史密斯。上车时，我心痛欲碎，下车时，更觉得苦不堪言。来到门前，我看到小简刚参加完一个小聚会，由她的小情人护送着回家。我羡慕她的小情人，尽管他还要受弗洛普森的管制。

波克特先生出去讲课了。人们很喜欢听他讲家政方面的知识，他关于教养孩子和调教仆人的论述也被认为是这类主题的最佳教科书。不过波克特太太在家，她遇到了一点儿麻烦事，原来米勒斯没知会一声就出去了（她有个亲戚在步兵卫队），波克特太太为了哄小宝宝，就拿了一个针匣子给孩子玩，结果发现针少了很多。即使给这么一个幼小的孩子治病，也打不了这么多针，要是被小宝宝当成补药吞了，就更严重了。

人人都知道波克特先生擅长给人出主意，他的建议不仅绝妙，还很实用，他这个人思维清晰，为人透彻，有高强的判断力，我很想向他倾诉自己的伤心事；然而，我碰巧抬头看到波克特太太把小宝宝往床上一放，把床铺当成治疗百病的灵丹妙药，她自己则坐下来，捧起那本贵族名录看了起来，于是我心想，算了吧，还是别说了。

第十五章

随着逐渐习惯自己将拥有远大前程这一事实，我不知不觉地开始留意这件事对我自己和周围人的影响。至于我的性格所受到的影响，我尽可能地假装，不去承认，但我明白那并不都是好的影响。我对乔忘恩负义，因此时时刻刻心中难安；对毕蒂，我亦良心有愧。当我像卡米拉一样在半夜醒来的时候，内心往往疲惫不堪，我常常觉得要是我从未见过哈维沙姆小姐，而是一直安分守己，和乔搭伙待在平凡的铁匠铺里，就这样长大成人，我一定会更加幸福，过得比现在要好。多少个夜晚，当我独自坐望炉火，我都觉得，哪里的炉火，都不如铁匠铺和家中厨房的炉火。

即使如此，我心神不宁，终日惶然，很大程度上都是因为艾丝特拉。我百思不得其解，事情落得如此复杂的局面，我自己的错误究竟占了几成。也就是说，即使没有远大前程，可我若是对艾丝特拉朝思暮想，我也不能完全确定自己一定可以过得比现在好。至于我的地位对别人的影响，我倒是看得明白，没什么困难。在我看来（虽然还是含含糊糊的），这件事对任何人都没有好处，对赫伯特尤为如此。他是个随和的人，我却养成了挥霍无度的习惯，害得他明明负担不起，却还是胡乱花钱，破坏了他简单的生活，弄得他时时焦虑，常常后悔，再也不复当初的平静。至于在不经意间影响了波克特家的其他人，他们竟因此使用拙劣的伎俩加害于我，我倒是一点儿也不后悔。毕竟他们天生就是如此狭隘，即使我没有招惹他们，他们也会因为忌惮别人而使出阴诡的手段。

但赫伯特的情况就完全不同了。我时常悔恨，不该在他那陈设简陋的房间里塞这么多并不协调的家什，更不该雇一个穿着鲜黄色马甲的复仇幽灵来供他差遣，这实在是害了他。

就这样，我花起钱来越发大手大脚、铺张浪费，开始欠下大笔债务。不管什么事，只要我做了，赫伯特也必定跟着做，还学得很快。在史达多普的建议下，我们申请参加了林中雀俱乐部。至于这个团体的立团宗旨，在我看来无非就是让成员每隔两个礼拜花大价钱聚一次会，吃完了就大吵大闹，辩论一番，也让六七个餐馆伙计醉倒在楼梯上。我知道，他们每次社交，最后总要这样收场才心满意足，因此在我和赫伯特看来，难怪他们每逢这种祝酒的场合时首先说的都是“先生们，愿林中雀俱乐部的成员们都能增进友谊，永远以此为第一要务”。

那些雀鸟花起钱来实在愚蠢（聚会的饭庄位于考文特花园），在我有幸加入俱乐部后，我遇到的第一只雀鸟便是本特利·多穆尔。当时，他经常驾驶自己的马车在城里乱逛，撞坏了不少街角的灯柱。有时候，他竟然头朝前从马车的车篷里栽出来。有一次，我看到他把马车驶到俱乐部的门口，就这样一头栽下，活像在倒煤块。不过这都是后话了，当时我还不是林中雀鸟，因为根据这个社团的神圣章程，未成年是不能加入的。

我深信自己财力来源充足，愿意承担赫伯特的各种花费，无奈赫伯特心高气傲，我也不好向他作此提议。就这样，他在各个方面都遇到了困难，也仍在寻找做生意的机遇。后来，我们养成习惯，总是相处到很晚，才各自上床睡觉，可后来我留意到，他在用早饭时总是神情沮丧。到了中午，他开始满怀希望，可到了晚饭时间，他又开始神思萎靡。晚饭过后，他似乎相当清楚地看到资本就在远处，到了午夜，他好像已经把资本紧握在手，而到了凌晨两点，他又垂头丧气，说什么不如买一把来复枪去美国闯荡，养水牛发财。

通常情况下，我一个礼拜有一半时间都住在汉默史密斯，这期间我常去里士满，而此事将在后文中详细交代。我在汉默史密斯的时候，赫伯特经常来。我想，在那些时候，他父亲偶尔也能看出，他一直寻觅的机会尚未出现。但是，他们这一家子都是在摔跤中长大的，他也许能在自己的人生中摔出成就，也未可知。波克特先生近来又多了许多白发，越发频繁地在心烦意乱时揪自己的头发，想把自己提起来。波克特太太依旧沉迷于贵族名录，用一张脚凳把全家人都绊得不停摔跤，手帕也依然不知所终。她常常给我们讲她祖父有多了不起，每次孩子们要是碍了她的事，她就把他们轰到床上去睡觉，让他们知道，要想快快长大，就得上床睡觉。

既然要概括我的这一段人生，好承前启后，介绍我后面的生活，那么，我最好还是赶快把我们在巴纳德旅馆的日常生活方式和生活习惯讲完。

我们花起钱来，总是能花多少就花多少，至于所得的享受，全看别人高兴，能少给就少给。我们每天都少不了被痛苦折磨，只是有时深，有时浅，我们所认识的大多数人也都是如此。我们无不假装自己过得很快活，嘴上说每天都十分享受，心里却一点儿也不觉得欢畅。在我看来，这样的情况相当普遍。

每天早晨，赫伯特都富有朝气地去城里观望、等待时机。我经常去找他，见到他坐在那个幽暗的里屋，屋里放着一个墨水瓶、一个挂帽钉、一个煤箱、一个线盒、一本年历、一张办公桌、一把凳子和一把尺子。除了四处张望，我不记得曾见过他做别的事。如果我们都像赫伯特那样忠实地做我们承诺要做的事，那我们也许就能生活在道德理想国了。可怜的伙伴，他没有别的事可做，只是每天下午在一定的时间"去一趟劳合社[1]"，我想他去那里也只是去见他的大老板。他总是去了又回来，我从来没见他办成过什么与劳合社有关的事。每当他觉得情况危急，必须去找份工作了，他就在繁忙的时候去一趟交易所，走进那个大资本家聚集的地方，再走出来，像是在苦着脸跳乡村舞蹈似的。有一次，赫伯特从这样一个场合回家用晚饭，对我说："汉德尔，我发现了一个事实，机会不会主动送上门来，得出去找才行。我就是这样。"

若非我们如此志趣相投，我想我们每天早晨都会嫌弃对方。在这段满心懊悔的日子里，我一见到那几个房间，就有种说不出的厌恶，甚至一看到复仇幽灵的制服，就觉得难以忍受。比起其他时间，我早上看到他那身衣服，尤为觉得自己花钱过于大手大脚，这钱花得一点儿也不合算。随着我们欠下的债越积越多，早饭也吃得越来越流于形式。有一天，我们吃早饭时收到了一封信，债主威胁我们再不还钱，就要去法院告我们。要是我家乡的那份报纸来评价此事，一定会说"与珠宝不无关系"。而此时，复仇幽灵自作主张，只给我们一个面包卷当早

1　英国保险公司。

饭，我立马过去揪住复仇幽灵的蓝色衣领，用力摇晃他，让他双脚悬空，活像个穿着靴子的丘比特。

在某些时候（不过我也不能确定具体的时间，因为这全要看我的心情好不好），我会对赫伯特说，仿佛自己有了什么了不起的发现："亲爱的赫伯特，我们过得一日不如一日了。"

"亲爱的汉德尔，"赫伯特会非常真诚地对我说，"如果你相信我，我也正想这么说来着，真是奇怪的巧合啊。"

"那么，赫伯特，"我这样回答，"我们好好合计合计吧。"

一想到说好了要好好盘算人生，我们总能得到极大的满足。我向来认为这是正经事，是面对问题的正确方式，相当于扼住了敌人的喉咙。我知道赫伯特也这么认为。

在这种时候，我们都会要一些上好的饭菜大吃一顿，还要点一瓶上好的酒来品尝，让自己下定决心，不达目的决不罢休。吃喝罢，我们就拿出一大捆笔、大量的墨水，以及一大摞写字纸和吸墨纸。毕竟有了足够多的文具，心里才觉得有底气。

然后，我拿起一张纸，用整洁的笔迹在纸头写上"皮普的债务备忘录"，并非常仔细地加上巴纳德旅馆几个字和日期。赫伯特也会拿一张纸，同样庄重地在纸头写上"赫伯特的债务备忘录"。

接下来，我们就各自翻看身边一大堆乱七八糟的账单，这些账单或是胡乱丢在抽屉里，或是揣在衣兜里被揉得破破烂烂，或是被蜡烛烧得只剩一半，或是在镜子上卡了好几个礼拜，反正没有一张是完好无损的。我们的笔沙沙作响，这声音使我们精神振奋，我有时简直分不清这种有教化作用的纸上还债与真正把钱还上有什么区别。就优点而言，这二者似乎不相上下。

写了一会儿，我就会问赫伯特算得怎么样了。赫伯特一看到累加起来的欠款数额，就懊悔不已，狠命抓扯自己的头发。

"越来越多了，汉德尔，"赫伯特说，"我敢发誓，越是记，就越是没个完。"

"坚持住，赫伯特。"我这么告诉他，同时仍孜孜不倦地用笔算着，"遇到问题了，必须面对。好好了解一下自己的状况。你坚持到底，就能战胜困难。"

“我也想啊，汉德尔，只是现在被打败的人是我。”

即使如此，我态度坚决还是有一定作用的，赫伯特听了我的话，便重新开始计算。可过了一段时间，他又放弃了，理由是他没有收到科布斯的账单，或是洛布斯的账单，要不就是诺布斯，总之就是诸多借口。

“赫伯特，你且估算一下吧。你估出一个大概的数字写在纸上。”

“你真是个聪明的家伙！”我的朋友对我大加赞赏，“你办起正事来，真是了不起。”

我也是这么认为的。在这些场合，我给自己树立了办事能力顶呱呱的好名声，敏捷、果断、精力充沛、头脑清醒、沉着冷静通通是我的优点。等我把所欠的债务明细一一列举清楚，便拿着账单一笔笔核对，核对一笔，勾掉一笔。每次标出一个记号，我就赞赏自己一番，那感觉简直妙不可言。全部核对完毕，我就把所有账单整齐地折叠起来，并在每一张的背面附上摘要，再对称地捆扎起来。接着，我也帮赫伯特如此处理一遍（他谦虚地表示我的行政才能异常卓著，他望尘莫及），只有这样，我才觉得把他的事务处理清楚了。

我的办事习惯还有一个亮眼之处，我称之为“留点儿余地”。举个例子吧，假设赫伯特欠了一百六十四英镑四先令二便士，我就说：“留点儿余地，记二百英镑吧。”或者，假如我自己欠的钱是他的四倍，我也会留点儿余地，记为七百英镑。当时，我觉得留点儿余地的办法极为高明，现在回想起来，我却不得不承认，这个法子代价极高。毕竟新的债务总会接踵而至，多算的部分马上就会被填满，有时候，因为多算了一部分，我们花起钱来更加大手大脚，以为自己有能力偿还，结果只好留出更多的余地。

即使如此，在核对过欠款后，总会出现祥和安宁的氛围，感觉平静而高尚，因此，在当时，我真觉得自己极其出色。我付出了这么多的努力，又很有办法，赫伯特还连连赞美我，我心里尤为舒爽。我坐在那里，书桌上放着他那捆整齐扎在一起的账单和我自己的那捆账单，周围摆着许多文具，我感觉自己好像在银行里办公，而不是在处理个人事务。

每逢这种庄严的场合，我们就关上外面的大门，以免有人打搅。一天晚上，我正享受着这种平和的氛围，忽然听到有封信从外面大门的门缝里投进来，落在地上。赫伯特走出去取回信，说了句“是你的信，汉德尔。但愿不是坏消息”。

他这么说，是因为信封上有一层很厚的黑色封蜡，还有一道黑边。

信是“特拉布公司”寄来的，里面的内容很简单，请我这位尊敬的先生台鉴，J. 盖格瑞太太已于礼拜一傍晚六点二十分辞世，葬礼定于下礼拜一下午三点举行，请我届时前往。

第十六章

在人生道路上，这还是我第一次见到挖掘墓穴，看见平坦的地面上给人挖出一个深坑，感觉很不可思议。姐姐坐在厨房炉火边椅子上的身影，日夜萦绕着我。我无法想象，厨房里没有了她会是什么样子，肯定不复当初的感觉了。近来，我很少想起她，甚至从未想到过她，现在却产生了一种极其奇怪的念头，时而觉得她会在街上迎面朝我走来，时而觉得她马上就要来敲我的门。她从未来过我的房间，可这里马上就弥漫着一股死亡的空虚感，我似乎时时都能听见她的声音，看到她的面容和身影，仿佛她依然活着，常来我家里。

不管我的命运如何，回想到姐姐，我都不可能有太深厚的感情；然而，即使我对她感情不深，对她的死，却还是深感震惊和遗憾。在这种心情的影响下（也许是为了弥补对姐姐没有感情），我愤愤不平，恨极了那个袭击她的凶手，就是因为他，姐姐才受了那么多苦。我感觉，只要有充足的证据证明凶手是奥立克或是其他什么人，我一定会对他们穷追不舍，定要报这个仇不可。

我给乔写了信，安慰他，并向他保证我一定去参加葬礼。之后几天，我便是带着上述的心情度过的。到了葬礼的那天早晨，我一大早就动身，在蓝野猪饭庄下车后，时间还很富余，可以步行前往铁匠铺。

又到了夏天，天气十分晴好。我信步而行，小时候凄惨无助、姐姐动辄便教训我的情形清晰地浮现在了脑海里。只是如今想来，往事纷纷变得轻柔和缓，就连那根挠痒棍的边缘也不那么锋利了。此时此刻，路边的豆荚和三叶草沙沙作响，低声告诉我的心，将来有一天，若是其他人走在阳光下回想起我，心里也会充满柔情，只会记得我的好。

老房子终于出现在我的视线里，我看见特拉布公司的人正在那里料理丧事。正门边站着两个人，他们身穿丧服，样子滑稽可笑，各神气十足地拿着一根缠着黑色绷带的拐杖，仿佛那玩意儿能给人带来安慰似的。我认出其中一个以前是蓝野猪饭庄的马车夫，有一天上午，一对年轻的夫妇举行完婚礼坐他的马车回家，可他喝醉了，用两只胳膊抱着马脖子，弄得马车左摇右晃，那对小夫妻被甩下马车，掉进了锯木坑中，那之后，饭庄就将他解雇了。村里所有的孩子和大多数妇女看到这两个人身着丧服守在门口，又看到家里和铁匠铺都关着窗户，都交口称赞。我走到门口，其中一个守门人（就是那个车夫）敲了敲门，那意思好像是我伤心欲绝，被折磨得筋疲力尽，连敲门的力气都没有了。

另一个身着丧服的守门人（此人是个木匠，有一次他和人打赌，一口气吃了两只鹅）打开门，带我去了普天下最好的客厅。在里面，特拉布先生占用了普天下最好的餐桌，所有的活动桌板也都装上了。他别了一大堆黑色的别针，似乎要把这里布置成一个黑色的集市。在我走进去的时候，他刚在一个人的帽子上缠好长长的黑布，弄得那帽子看来活像个非洲的婴孩。见我来了，他伸手要我的帽子。但是，我一来误解了他这个动作的意思，二来不懂如何应对这种场合，便十分热情地和他握起手来。

可怜的乔一个人坐在客厅的上首位置，他穿着一件很小的黑色斗篷，系带在他的下巴下面系成了一个大蝴蝶结。他是死者最近的亲属，显然是特拉布安排他坐在那里的。我俯下身，对他说："亲爱的乔，你还好吗？"他说："皮普，老朋友，你是知道的，她生前长得挺好看的……"他紧紧握着我的手，再也说不下去了。

毕蒂穿着黑色的连衣裙，显得非常整洁和端庄，她安静地走来走去，一直在帮着料理丧事。我和毕蒂简单说了几句，我心想现在不是谈话的时候，便走过去坐在乔的身边，开始琢磨姐姐的尸体停放在房子的什么地方。客厅里弥漫着甜糕的香味，我四处张望，想看看那张摆放着茶点的桌子在哪里。等我的眼睛习惯了屋内暗淡的光线，我才看到那张桌子，只见上面摆着一个切开了的葡萄干蛋糕、几个切开的橙子、三明治和饼干，另外还摆着两个玻璃酒瓶，我知道那两个酒瓶向来只做装饰，从未见有人用过。不过现在一只酒瓶装满了葡萄酒，另一只装的则是雪利酒。我走到桌旁站定，才看到那个卑躬屈膝的彭波乔克穿着黑色斗篷，戴着足有几码长饰带的帽子，正一面往嘴里塞东西，一面做讨好的动作来吸引我的注意。一见自己成功了，他就朝我走过来（呼吸中散发着雪利酒的气味，嘴边都是甜糕屑），压低声音说："可以吗，亲爱的先生？"说完便和我握了手。接着，我见到了哈伯夫妇，哈伯太太在角落里哭得泣不成声，那样子倒也符合这个场合的气氛。我们这些人都要去送葬，于是依次让特拉布给我们缠上黑布，弄得怪模怪样的。

"我的意思是，皮普，"乔低声对我说，当时我们正按照特拉布先生的吩咐，两两一排在客厅里站队，简直就像准备跳一种可怕的舞蹈，"我的意思是说，先生，我本来想着只叫上三四个愿意出力的朋友，我们一起送她去教堂墓地，但有人说这么做，邻居们会看不起的，觉得我是在应付。"

"各位，请把手帕拿出来！"这时，特拉布先生用办丧事的沉重语气喊道，"各位，请把手帕拿出来！准备出发了！"

于是，我们都把手帕贴在脸上，好像我们的鼻子在流血似的，两两鱼贯而出。我和乔站成一排，毕蒂和彭波乔克站成一排，哈伯夫妇站成一排。我可怜的姐姐的遗体早已被从厨房门抬了出去。按照丧葬仪式的章程，六个抬棺材的人必须罩在一个恐怖的黑色天鹅绒白边外罩下面，被弄得呼吸不畅，什么都看不见，看起来就像一个长着十二条人腿的瞎眼怪物，在两个守门人的引导下（也就是那个车夫和他的同伴），拖着脚慢吞吞地走着。

不过，乡亲们对这样的安排都赞不绝口，我们一路穿过村子，所遇之人无不大加称赞。年纪轻、身体壮的人不时地猛冲急奔，挡在我们的去路上，有时还抢占有利的位置，伺机拦截我们。在这种时候，他们中间那些比较活跃的人一看到我们出现在他们所在的拐角，就兴奋地大喊："他们来了！他们来了！"就差朝我们欢呼了。在这一路上，厚颜无耻的彭波乔克实在招人讨厌，他走在我后面，没完没了地巴结献媚，时而整理我飘动的帽带，时而抚平我的斗篷。还有件事也弄得我心烦意乱，哈伯夫妇表现得不可一世，仿佛能成为这样一支体面队伍的一员，就是超群过人，可真自命不凡。

“各位，请把手帕拿出来！”这时，特拉布先生用办丧事的沉重语气喊道，“各位，请把手帕拿出来！准备出发了！”（第275页）

走着走着，大片的沼泽清晰地展现在我们面前，河上船只的风帆也逐渐进入了眼帘。我们走进教堂墓地，来到我从未谋面的父母的墓旁，他们的墓碑上写着：纪念本教区已故居民菲利普·皮利普暨上述者之妻乔治亚娜。在那里，姐姐的遗体被悄无声息地下入墓穴，云雀在姐姐的墓穴上方唧唧歌唱，微风把云和树的美丽阴影投射在姐姐的墓穴上。

至于彭波乔克在死者下葬期间的行为，我只想说，他所做的一切无不是在巴结我。后来牧师诵读《圣经》中几段崇高的经文，提醒人们人之一生，生不带来死不带去，人生不过短短数十年，没人能永生不老。我却听到他一再咳嗽，那意思像是在说，世事无常，有个年轻人就意外地继承了一大笔财产。从墓地回来，他竟恬不知耻地告诉我，要是我姐姐能知道我给她带来了这么大的荣誉就好了，甚至暗示说，只要能得到这么光彩的荣耀，她就是死了也值得。然后，他喝光了剩下的雪利酒，哈伯先生也喝起了葡萄酒，他们两个倒聊了起来（后来我才明白，办丧事时这是常见的情况），仿佛他们与死者不同，属于另一个种族，是臭名昭著的老不死。最后，他跟哈伯夫妇一起离开了，我敢说他一定会去快活三船夫酒馆玩乐一个晚上，向酒客吹嘘他是我小时候的大恩人，没有他的栽培，我就不可能交上好运。

他们三个走了，特拉布带着他的手下人（没见那个小伙计，我找了半天没见到他人）把他们那好似哑剧表演道具的东西塞进几个袋子里，也走了，这时候，家里才感觉清静了许多。很快，我、乔和毕蒂便一起吃了一顿冷餐。但我们是在普天下最好的客厅里吃的，而不是在厨房。乔对刀叉、盐瓶等的使用非常讲究，我们也因此受到了很大的拘束。不过晚饭过后，我让他点上烟斗，又陪他在铁匠铺周围转了转，接着，我们一起坐在铁匠铺外面的大石块上，才感觉自在了一些。我注意到，葬礼结束后，乔换了一身衣服，介于礼拜日礼服和工作服之间，我这亲爱的朋友才看起来舒服自然，又是他自己了

我问他是否可以睡在我自己的小房间里，他听了很高兴，我也很高兴。我觉得，自己能提出这个要求本就很了不起。夜幕降临时，我找了个机会和毕蒂到花园里聊了一会儿。

“毕蒂，”我说，“发生了这种叫人悲伤的事，你应该早点儿写信告诉我。”

“是吗，皮普先生？”毕蒂说，“我要是那样想，早就写信给你了。”

“毕蒂，我说我认为你应该早想到写信给我，这话并没有什么恶意。”

“是吗，皮普先生？”

她非常安静，整个人是那么整洁、善良又美好，我不希望再把她弄哭。她走在我身边，我看了看她低垂的眼睛，便不想再谈这个话题了。

“亲爱的毕蒂，我想你现在很难留在这里了吧？”

“是的！我不能再留在这里了，皮普先生。”毕蒂说，语气中带着遗憾，却仍然平静而坚定，“我已经和哈伯太太谈过了，我明天就去她那里。我希望我们能一起照顾盖格瑞先生，直到他的心情平复下来。”

“你打算怎么生活，毕蒂？如果你需要钱……”

“我打算怎么生活？”毕蒂插话进来，重复了一遍我的话，脸上泛起一阵红晕，“那我和你讲讲吧，皮普先生。这里正在建造一所新学校，快建成了，我正努力谋个教师的职位。我可以找村里的乡亲们推荐我，但愿我自己也能勤勤勉勉，保持耐心，在教别人的同时也教自己。你知道的，皮普先生，”毕蒂抬起眼睛望着我的脸，微笑着继续说，“新学校可不像旧学校，不过好在来到这里以后，我从你那里学到了很多，你走后，我也有充足的时间进步。”

“我认为你在任何情况下都会进步的，毕蒂。”

“啊！只是我人性中不好的一面改不好了。”毕蒂喃喃地说。

这与其说是一种责备，不如说是她不由自主地说出了心里的想法。好吧！也不要再谈这个话题了。于是，我和毕蒂又走了几步，默默地看着她低垂的眼睛。

“毕蒂，我还不知道姐姐去世的经过呢。”

“可怜的人，其实没什么可说的。她一连四天都很不好，最近她的情况其实好转了一些，并没有恶化。在她去世的那天傍晚，正是下午茶时间，她突然清醒了，还非常清楚地喊了一声‘乔’。她当时有很久都没说过话了，我立马跑去铁匠铺把盖格瑞先生叫了回来。她朝我做手势，意思是要他紧挨着她坐下，还要我拉起她的胳膊，搂在他的脖子上。我就把她的胳膊搭在了他的脖子上，她还把头靠在他肩上，看起来非常满足。过了一会儿，她又喊了一声‘乔’，说了句‘对不起’，接着又喊了一声‘皮普’。之后，她再也没有把头抬起来，过了一个钟头，我们发现她已经走了，就把她放回了她自己的床上。”

毕蒂说着眼泪直往下流，而渐渐暗下来的花园和小路，刚刚出来的星星，在我眼里也都变得模糊起来。

“我姐姐遇袭的事，现在还是没什么发现吗，毕蒂？”

“没有。”

“你知道奥立克怎么样了吗？”

“看他衣服的颜色，我想他一定是在采石场工作。”

“这么说，你见过他了？你怎么一直盯着小路上那棵黑乎乎的树？”

“在她去世的那晚，我看到他就站在那里。”

“那是你最后一次见到他吗，毕蒂？”

“不是的，刚才我们来这里散步，我还看到他在那里。没用的。”我闻言便要去追。毕蒂忙拉住我的一只手臂，说道：“你知道我不会欺骗你的，他刚走，这会儿已经不在那里了。”

发现那个家伙还在追求她，我的心里再度涌起了莫大的愤慨，对他真是恨之入骨。我这样告诉了她，我还说，不管花多少钱，不管费多大的事，我都定然要将他赶出这片乡村。她慢慢地引导我，劝我消了火气，让我温和地说话。她告诉我，乔非常爱我，从来不抱怨，但她没有明说乔从未埋怨过我一句。她也不需要这么说，我很清楚她的意思。她还说，乔打铁的手艺好，从不多嘴多舌，还有一颗善良的心，总是认真地履行人生的职责。

“说实在的，再怎么夸他也不为过。”我说，“毕蒂，我们必须经常谈谈这些事，以后我也会常回来。我不会丢下可怜的乔不管的。”

毕蒂一句话也没说。

“毕蒂，你没听见我的话吗？”

“听见了，皮普先生。”

“别叫我皮普先生了，听来怪刺耳的，毕蒂，我想问问，你不搭理我，是什么意思？”

“我是什么意思？”毕蒂胆怯地问。

“毕蒂，”我说，摆出一副站在道德高点的态度，“我一定得问问，你这么做，到底是什么意思？”

“这么做？”毕蒂说。

“好了，别学我了。”我反驳道，“你以前从不学我的，毕蒂。”

“以前！”女佣说，“皮普先生！你还提以前！”

好吧！想来这个话题也不宜再谈了。又在花园里默默地转了一圈后，我把话题重新引回到了正题上。

“毕蒂，”我说，“我刚才说我要经常到这里来看望乔，你听了也不说话。求求你了，毕蒂，告诉我为什么。”

“那么，你肯定你会经常来看他吗？”毕蒂问，她停在狭窄的花园小径上，用清澈诚实的眼睛在星空下看着我。

“老天！”我说，仿佛发现这个话题已经说到头了，不能继续追问毕蒂了，“这还真是人性中非常恶劣的一面！请不要再说了，毕蒂。你的话真让我大吃一惊。”

在吃晚饭的时候，出于这个极有说服力的理由，我一直和毕蒂保持着一定的距离，接着我上楼去我住过的小房间，也是尽可能摆出一副威严的气势与她道别，我心想，白天送葬去了教堂墓地，晚上我摆出这种气势，也是理所当然。夜里我睡得不好，甚至一个钟头要醒来四次，于是我开始琢磨毕蒂是多么不近人情，她对我是那么不公，给我造成了那么大的伤害。

我原本就定好一大早返回伦敦。我早早地出了门，悄悄地从铁匠铺的木窗朝里看了看。我在那里站了几分钟，一直看着乔。他已经开始做活儿了，满面红光，看起来身体健康，浑身都是力气，好似在他的一生中，总有一轮灿烂的骄阳守候着他，这会儿，就有灿烂的阳光照射在他的身上呢。

“再见，亲爱的乔！不，别擦了……老天，黑就黑吧，把你的手给我！很快我会再来看你的，我会经常来的。”

“你要快点儿来呀，先生。”乔说，“也要经常来呀，皮普！”毕蒂在厨房门口等我，手里捧着一杯新鲜的牛奶和一块面包。“毕蒂，”我说着把手伸给她，“我没有生气，但是我很伤心。”

“不，别伤心。”她十分感伤地恳求道，“要是我不够大方，那就只让我一个人伤心吧。”

我启程上路，雾又升起来了。如果薄雾像我猜想的那样是在告诉我，我不会回来看乔，毕蒂说的全是对的，那我只能说，薄雾说对了。

第十七章

我和赫伯特过得越来越糟，债务逐渐累积，我们继续核对欠账的数额，继续留点儿余地，反正这类堪称典范的事没少做，却还是每况愈下。时光如流水，从不为任何人驻足。赫伯特所料不错，就在我的懵然无知中，我成年了。

赫伯特比我早八个月成年。他是成年了，只是没什么特别，所以他成年这事并未在巴纳德旅馆引起很大的轰动。但我们两个早就满心期盼着我的二十一岁生日了，还做过那么多的设想和猜测，我们都认为，到了那一天，我的监护人一定会把那件大事的底细透露给我。

我一早就在小不列颠透露了自己的生日是哪一天。生日前一天，我收到了文米克的正式通知，告知我若能在那个大喜日子的下午五点去拜会贾格斯先生，他将非常高兴。我深信到时候一定有大事发生，便怀着异常慌乱的心情，准时前往监护人的事务所，我抵达时分秒不差，真堪称守时的楷模。

在外间办公室里，文米克向我表示祝贺，还状似无意地用一张折叠的纸蹭了蹭鼻子的侧面，看到那张纸，我倒是很喜欢。但他一个字也不肯说，只是向我点点头，示意我到监护人的房间里去。当时是十一月，我的监护人站在壁炉前，背靠壁炉架，双手放在燕尾服的后摆下面。

“皮普，你来了。”他说，“我今天必须叫你皮普先生了。祝贺你，皮普先生。”

我们握了手，他和人握手，持续的时间总是异常短暂。我向他表示了感谢。

“请坐，皮普先生。”我的监护人说。

我坐下，他依然站在那里，低头望着自己的靴子，如此一来，我觉得自己处在一个不利的地位，猛然想起当年那个囚犯把我按在一块墓碑上。架子上那两尊阴森森的石膏像距离他不远，看它们脸上的神情，仿佛它们拼命想听清我们的对话，结果弄得像是中风了，五官都变形了。

“好了，年轻的朋友，”我的监护人说，好像我是证人席上的证人，“我有话和你说。”

“洗耳恭听，先生。”

“你觉得，”贾格斯先生说，弯腰看了看地面，接着仰起头看了看天花板，“你觉得你现在的生活费用是多少？”

“生活费用，先生？”

“是……多……少？”贾格斯先生重复道，仍然望着天花板，然后他环视了一下房间，拿着手帕要去擦鼻子，手却在半途停了下来。

我虽然常常核对自己的欠款数目，但是对自己的情况没有一点儿了解。我很不情愿地承认自己答不出这个问题。贾格斯先生对这个回答似乎很满意，他说：“我早料到了！”说完便满意地擤了擤鼻子。

“我已经问了你一个问题，我的朋友，”贾格斯先生说，“你有什么要问我的吗？”

“先生，如果我可以问你几个问题，自然能得到大大的宽慰。但是，我还记得你说过不许我多打听。”

“那就问一个吧。”贾格斯先生说。

“今天可以告诉我，我的赞助人到底是何许人也吗？”

“不行。问别的问题吧。”

“那是不是可以很快向我透露这个秘密？”

“先别管那个，”贾格斯先生说，“再问别的吧。”

我环顾四周，有个问题似乎已经避无可避了：“有没有……什么东西……要给我，先生？”对此，贾格斯先生得意地说：“果然不出我所料，这件事是一定要谈的！”接着，他吩咐文米克把那张纸拿来。文米克进来把纸交给他，便出去了。

“皮普先生，”贾格斯先生说，“请听我说，你从这里支了不少钱，文米克的现金簿上经常出现你的名字，你肯定有负债吧？”

“恐怕我得说是的，先生。”

“你知道的，欠了就要承认，对吧？”贾格斯先生说。

“是的，我欠了钱，先生。”

“我也不问你欠了多少钱，因为你不知道，即使你知道，也不会对我说实话。你肯定会少说一点儿。是的，是的，我的朋友。”贾格斯先生嚷嚷道，我正要反驳，他便挥动着食指示意我别说话，“你可能认为自己不会这么做，可事实上你会的。抱歉，但我比你更清楚。现在，接过这张纸吧。拿好了吗？很好。现在把它展开，告诉我它是什么。”

“这是一张钞票。”我说，“面值五百英镑。”

“那是一张五百英镑的钞票。”贾格斯先生重复道，“这是一大笔钱。你觉得呢？”

“我还能怎么认为呢？”

“啊！请你给我一个明确的答复。”贾格斯先生说。

“当然是一大笔钱。”

“你一定认为这是一笔可观的款子。现在，皮普，这笔可观的款子是你的了。这是给你的生日礼物，你的远大前程，从此就算开始了。你每年的生活费便是这样一笔可观的款子，不能再多了，你得靠着这笔款子生活，等待你的赞助人出面与你相见。也就是说，从现在开始，用钱方面的事，都要由你自己来处理了，每季度从文米克那里取一百二十五英镑，将来你与事主联系上了，就不必再通过我这个代理人了。正如我之前告诉过你的，我只是代理人。别人给我钱，我就按照吩咐行事。在我看来，你的赞助人的种种做法并不明智，不过人家给我钱，并不是要我来评价人家做得是好是坏。”

我正准备对我的赞助人表示感谢，感谢他对我如此慷慨，贾格斯先生却拦住了我。“皮普，”他冷冷地说，“我收了钱，并不是为了给你传话。”他说完便整理了一下燕尾服的后摆，就此结束了这个话题，接着，他站在那里皱着眉头瞧着自己的靴子，仿佛他怀疑靴子在对他耍阴谋似的。

过了一会儿，我暗示道：“贾格斯先生，刚才我问了一个问题，你让我暂时不要打听。我如果再问一遍，你不会怪罪我吧？”

“是什么问题？”他说。

我心里清楚，我不明确提出问题，他是绝对不肯为我解惑的，可是，要我重新把问题说一遍，仿佛这是个从未谈起过的问题，我又有点儿不敢。“贾格斯先生，我的赞助人，也就是你说的事主，会不会很快……”我小心翼翼，说到这里便住了口。

“很快怎么样？”贾格斯先生问，“你只说半句话，你知道，我无法回答。”

“那人会不会很快到伦敦来？或是叫我去别的地方见面？”我绞尽脑汁想着确切的措辞。

“既然是这样，”贾格斯先生答，第一次用他那双眼窝深陷的黑眼睛盯着我，“那就必须回到我们第一次在你们村里见面的那个晚上了。皮普，我当时是怎么跟你说的？”

“贾格斯先生，你告诉我，那个人可能要过很多年才出现。”

“正是这样，”贾格斯先生说，“这是我的回答。”

我们望着彼此，我恨不得从他嘴里套出一点儿消息，感觉呼吸都加快了。我不光感觉到自己呼吸加快，还感觉到他看出我的呼吸加快，如此一来，我就更不可能套他的话了。

“贾格斯先生，你认为还需要很多年吗？”

贾格斯先生摇了摇头，不过这并非表示他的回答是否定的，而是示意他不会回答这种问题。我偶尔瞥见那两个可怕的石膏像依然瞧着我们，鼻子、眼睛都扭曲着，仿佛它们一直在专心偷听，却快憋不住了，想要打喷嚏似的。

“得了！”贾格斯先生说，用他温暖的手背焐着双腿的后面，“我跟你实话实说吧，我的朋友皮普。你不能问我这个问题，这个问题很可能连累到我，我这么说，你就能明白了。好吧！我干脆就再给你分析一下，多说几句吧。”

他深深地弯下腰瞪着自己的靴子，双眉紧蹙，趁这会儿不说话焐热小腿。

“等那个人公开自己的身份，你和那个人就自行去解决你们的事。”贾格斯先生挺直身体说，“一旦那个人露了面，我在这事上的角色就终止了。那个人表露身份后，不管发生了什么，都不必让我知道。我要说的，就是这些。”

我们又望着彼此，过了一会儿，我收回了视线，若有所思地看着地板。从这最后一段话中，我推断出这样一个可能：也许是出于什么原因，也许是根本毫无因由，反正哈维沙姆小姐并不曾向他透露想把艾丝特拉嫁给我这件事，于是他就怀恨在心，嫉妒心大起。还有一个可能，那就是他极力反对这个计划，所以不愿意参与其中。当我再次抬起眼睛时，我发现他一直在看着我，目光十分敏锐。

“先生，你把话都说到这个份儿上了，那我也没什么可说的了。”我说。

他点头表示同意，还拿出他那只令所有窃贼闻风丧胆的表，问我到哪儿吃饭。我回答说回去和赫伯特吃，还顺口问他是否赏光和我们一起用餐，他立即接受了邀请。但他坚持要跟我一起步行回家，免得我为他做额外的准备，不过他先得写一两封信，当然还要把手洗干净。于是我表示去外间办公室找文米克聊聊。

事实上，当那五百英镑进入我的口袋时，我脑子里出现了一个以前经常出现的想法。在我看来，要找人商量，文米克是个很好的人选。

他早已锁好了保险柜，准备回家了。他从办公桌边走开，拿出他办公室里那两个油腻腻的烛台，和烛剪一起放在门口的一块石板上，准备将其剪灭。他已经把火耙得很低，帽子和大衣也都取来了，这会儿，他正用保险箱钥匙敲自己的胸口，像是在做下班后的体育锻炼。

“文米克先生，”我说，“我想向你打听一件事。我很想为我的一位朋友办点儿事。”

文米克紧紧抿着邮筒投信口一样的嘴，摇了摇头，仿佛帮朋友是致命的弱点，而他坚决反对似的。

“我这位朋友正试图在商业上有所成就，可惜手头缺钱，难以大展宏图，弄得终日垂头丧气。”我继续说，“现在我想设法帮助他把事业开展起来。”

“用你的钱？”文米克干巴巴地说，那口气比木屑还干。

“我打算拿出一部分。”突然想起家里那一叠整齐捆扎的账单，我心里难免有些不安，只得这么说，“我计划拿出一部分钱，也许把未来继承的钱也投入一部分。”

“皮普先生，”文米克说，“如果你愿意的话，我想掰着手指头给你说说，从这里到切尔西河段的每一座桥叫什么名字。现在来看看。第一座是伦敦桥，第二座是萨瑟克桥，第三座是黑衣修士桥，第四座是滑铁卢桥，第五座是威斯敏斯特桥，第六座是沃克斯豪尔桥。”保险箱钥匙在他的掌心，他每说一座桥，就掰一根手指头，“一共有六座之多，可以任君挑选。”

“我不明白你的意思。”我说。

“你选一座桥，皮普先生。”文米克答，“再去你选的桥上走一走，来到桥中心的拱洞上方，把你的钱丢进泰晤士河里。到时候怎么样，你自会明了。你投钱帮朋友的忙，有什么样的结局，你也清楚，只是会比用钱打水漂儿更叫人不高兴，更没有好处。”

他说完这些话，嘴巴张得老大，我简直可以往里面塞进一张报纸。

“真叫人泄气。”我说。

“本来就是这样。”文米克说。

“那么，你的意见是，”我有点儿愤慨地问道，“绝对不可以……”

“绝对不可以把动产投在朋友身上？”文米克说，“当然不可以啦。除非你想摆脱这个朋友。那么问题来了，要摆脱这个朋友，值得花多少钱？”

“那么，”我说，“这是你深思熟虑后的意见吗，文米克先生？”

“这是我在事务所里深思熟虑后的意见。”他说。

“啊！”我看出他的话中存在一个漏洞，便追问道，“那也是你在沃尔沃斯的意见吗？”

“皮普先生，”他严肃地回答说，“沃尔沃斯是一个地方，这个事务所是另一个地方。就像老爹是一个人，贾格斯是另一个人一样。不能把二者混淆在一起。我在沃尔沃斯有沃尔沃斯的观点，在这个事务所里，就只有事务所的观点。”

“很好。”我如释重负地说，“那我就到沃尔沃斯去找你，我一定去。”

“皮普先生，”他答，“欢迎你以私人的身份去那里。”

我们说这番话时都把声音压得很低，因为我们心里清楚，我的监护人的耳力别提有多好使了。这会儿，他走到门口，正用毛巾擦手，文米克则穿上大衣，走过去剪灭蜡烛。我们三人一起来到街上，文米克从门阶上转身回家，我和贾格斯先生则转身，去我们的目的地。

那天晚上，我不止一次不由自主地盼望贾格斯先生在杰拉德大道也有一位老爹，也装了一门大炮或之类的东西，可以让他稍稍舒展一下眉头。今天我二十一岁了，已经成年，却还要受他的约束，生活在受他那多疑的性格影响的世界里，念及此，我心里实在憋屈，感觉很不值得。他胜过文米克千百倍，见多识广，人也聪明；然而，我却宁愿邀请文米克来与我共进晚餐，这个愿望也要强烈千百倍。贾格斯先生不光把我一个人弄得心中郁郁，他一走，赫伯特就直勾勾地盯着炉火，自言自语地说他肯定犯过什么重罪，偏偏想不起是什么，只是感到沮丧至极，心中有愧。

第十八章

在我看来，向文米克请教他在沃尔沃斯的见解，最适合的日子非礼拜日莫属了，于是礼拜日一到，我下午便前往文米克的城堡朝圣。到达城垛前，我看到英国国旗迎风飘扬，吊桥升着。不过这样的蔑视和反抗并没有吓倒我，我还是按了门铃，老爹非常友好地开门让我进去。

“先生，”老人在固定好吊桥后说，“我的儿子呀，他早就料到你会来，还留话说他下午去散散步，很快就回来。我的儿子呀，他散步很有规律。我的儿子呀，他做什么事都很有规律的。”

我像文米克那样向老先生点了点头，然后我们走了进去，坐在炉边。

“先生，”老人一边在炉火边烤手，一边叽叽喳喳地说，“你是在我儿子的事务所里和他认识的吧？”我点了点头。“哈！先生，我听说我的儿子是他那一行里的佼佼者呢，是不是，先生？”我重重地点了点头。“是呀，他们是这么告诉我的。他是干法律那一行的？”我更用力地点点头。“这么说来，我儿子就更了不得了。”老人道，“这是因为呀，他从小不是学法律的，学的是箍桶哩。”

我很想知道这位老先生都听说过贾格斯先生什么，便大声喊出了贾格斯先生的名字。他却开心地大笑起来，弄得我摸不着头脑，笑完，他精神矍铄地说：“当然不是了，你说得对。”我至今依然不明白他是什么意思，也不知道他以为我开了什么玩笑。

我总不能一直坐在那里不停地向他点头，还是得做些别的事来叫他开心，于是我大声问他自己是不是干箍桶这一行的。我扯着嗓子把“箍桶”这两个字喊了好几遍，边喊边拍他的胸口，表示我问的是他，最后，我终于让他理解了我的意思。

“不是的，”老先生说，“我是看仓库的，看仓库哇。一开始在那边，”他像是指的烟囱，但我相信他指的是利物浦，“后来在伦敦城里。不过，我得了病，耳朵还不好使，先生……”

我打了个手势，表示自己很吃惊。

“……是呀，耳朵不好使呀。我这不是病了嘛，我儿子就干起法律这一行啦，由他来照料我了，他一点点地挣下了这份产业，这里多优雅，多漂亮。还是回到你说的那件事吧，”老人继续说，又开始开怀大笑，“我要说的是，当然不是。你是对的。”

我心里纳罕，竟歪打正着逗得他如此开心，想来即使我绞尽脑汁哄他高兴，恐怕也达不到一半的效果。恰在此时，烟囱一侧的墙上突然“咔嗒”响了一声，把我吓了一跳，墙上一个小木片像幽灵一样地翻开，上面还写着“约翰”两个字。老人看着我的眼睛，得意扬扬地喊道：“我的儿子回来了！”于是我们一起走到吊桥前。

斯基芬斯小姐长得像个木头人，和她的男伴一样，嘴巴也像是邮筒的投信口。（第290页）

文米克在护城河的另一边向我挥手致意，能看到这样的场面，花再多的钱也值得，毕竟我们很轻易就能隔着护城河握手。老爹兴高采烈地降下吊桥，我也不便帮忙，只是静静地站着等文米克走过来，把我介绍给一位与他同来的女士斯基芬斯小姐。

斯基芬斯小姐长得像个木头人，和她的男伴一样，嘴巴也像是邮筒的投信口。她可能比文米克小两三岁，我断定她有不少的动产。她的连衣裙，无论是前襟还是后背，腰部以上的剪裁都很古怪，这样看来，她的身材很像小男孩玩的纸鸢。我觉得她那件橙色的长袍太扎眼，绿手套也绿得过于刺目。但她看起来人不错，对老爹非常尊重。不久我就发现她是城堡的常客。进屋后，我就称赞文米克心思巧妙，用如此独特的办法通知老爹他回来了，于是他请我留意烟囱的另一边，说完便走开了。过了一会儿，又传来"咔嗒"一声，另一个小门翻开，门上写的是"斯基芬斯小姐"。接着，斯基芬斯小姐门合上了，约翰门翻开了。然后，斯基芬斯小姐门和约翰门同时翻开，最后又一起关闭。文米克摆弄完这些机关回来，我大大地称赞了一番他的巧艺，他说："你知道的，这些玩意儿老爹很喜欢，对他也很有用。说真的，先生，有一件事值得一提：在所有来到门口的人里，谁也不知道这个机关装在什么地方，只有我、老爹和斯基芬斯小姐知道！"

"这些玩意儿都是文米克先生做的，"斯基芬斯小姐补充说，"构思是他的脑袋想出来的，东西是他的双手做出来的。"

趁斯基芬斯小姐脱软帽（不过她整晚都戴着那副绿色的手套，显然是因为有我这个客人在场）的工夫，文米克邀请我和他去他家周围转一转，欣赏一下这片小岛在冬天是什么样子。我估计他这么做，是为了让我有机会听听他在沃尔沃斯的见解，于是我们一出城堡，我就抓住了机会。

经过仔细考虑，我决定当作第一次说起此事，以前从未暗示过。我告诉文米克，我很为赫伯特·波克特担心，还讲起了我们第一次见面的情形，如何打了一架。我粗略地讲了一下赫伯特的家世和他本人的性格，还说起他并没有收入，只能依靠他父亲给的钱过日子，可惜他父亲能给多少钱，什么时候给，都不能确定。我告诉他，从前我初来伦敦，懵懂无知，幸亏和他住在一起，得他指点社交礼仪，此外，我还承认自己确实亏欠他，如果不是因为获得远大前程的人是我，他的境况或许会好很多。我没有直接提及哈维沙姆小姐，却还是暗示，我占去了本属于他的好前程，不过他为人大方，不会干出任何卑鄙的事，比如猜疑或报复我、设计陷害我。出于所有这些原因（我这么告诉文米克），再加上他是我年少时代的伙伴兼挚友，我对他有很深的感情，所以我希望自己在交上好运的同时，也能带给他一些益处。我知道文米克见多识广，对人和事甚有见解，于是特意来向他请教，如何才能尽我的力量帮助赫伯特得到一些收入，比如说每年一百英镑，也好叫他有所指望，保存斗志，接着再找个小合伙企业，逐步为他买下些许股份。最后，我请求文米克理解，我帮助赫伯特这件事，断然不能让他本人知晓，也不可引起他的怀疑。在这个世界上，除了文米克，我并没有其他人可以请教。讲完这些话，我把手放在他的肩膀上，说道："我对你吐露心里话，实在是情不自禁，虽然我明知这会给你带来麻烦。不过这都是你的错，谁叫你带我来这里呢？"

文米克沉默了一会儿，有点儿吃惊地说："嗯，你知道，皮普先生，我必须告诉你一件事。你真是善良得过头了。"

"这么说，你愿意成全我这份善心了？"我道。

"哎呀！"文米克摇摇头，答道，"我可不是干这行的。"

"这里也不是你做工的地方。"我说。

"你说得对，"他答，"你这话算是一针见血了。皮普先生，我要戴上思考帽，好好想一想。我认为你想办的这些事，可以一步步来做。斯基芬斯（也就是斯基芬斯小姐的哥哥）是位会计，也是个代理人。我会去见见他，把你的事和他商量一下。"

"那真是万分感谢了。"

"恰恰相反，应该是我谢谢你。"他说，"我们现在完全是以私人关系相处，不过还是可以提一下，我周围到处都是从纽盖特监狱黏上的蜘蛛网，现在总算可以拂去了。"

我们又聊了一会儿，便返回了城堡，只见斯基芬斯小姐正在沏茶。老爹负责烤吐司，那位优秀的老先生烤起来专心致志，我真怕他的眼睛会被烤化。我们的饭菜可不是虚有其表，堪称丰盛实惠。老爹准备了很多涂了黄油的烤面包，放在挂在顶杆上的铁架上，堆得像个干草堆，甚至遮挡了我的视线，我几乎看不见他了。斯基芬斯小姐泡了一大碗茶，后面的猪都觉得香气四溢，变得异常兴奋，一再表示想进来享用盛宴。

到了恰当的时候，国旗降下了，大炮也发射了，我感觉那条护城河有三十英尺宽，三十英尺深，把我和沃尔沃斯以外的地方彻底隔绝开来。城堡里宁静平和，不受丝毫的打扰，只有约翰和斯基芬斯小姐那两扇门偶尔翻开，像是患上了什么抽筋的毛病，弄得我时时吃惊，很不自在，后来才习惯了。斯基芬斯小姐有条不紊地做着安排，由此可知，她每个礼拜日晚上都在那里沏茶。她别着一枚典雅的别针，上面画的是一个鼻梁挺直、很不讨喜的女人的侧影和一弯新月，我估计这八成是文米克送给她的动产。

我们把烤面包片全吃完了，喝掉的茶和吃掉的面包同样多，每个人都吃得浑身发热，满身油腻，看了真叫人高兴。尤其是老爹，看起来像极了某个野蛮部落的老酋长，收拾得很干净，可惜满身是油。歇了一会儿之后，斯基芬斯小姐便开始清洗茶具（那个小仆人似乎每个礼拜日下午都不在，要回家投入家人的怀抱），她做起来漫不经心的，像是贵妇人在做业余爱好，我们谁也不觉得有失体面。然后，她又戴上手套，我们围在炉火边，文米克说："老爹，给我们读报吧。"

趁老人去拿眼镜的当儿，文米克向我解释说他们习惯这么做，大声朗读报纸能给老人带来无限的满足。"我也不向你道歉了。"文米克说，"毕竟他也没有多少乐趣，是吧，老爹？"

"好吧，约翰，好吧。"老人发现儿子在和自己说话，便回答道。

"见到他的视线离开报纸，偶尔向他点个头就成。"文米克说，"那他肯定乐得像个国王了。我们都准备好专心听你读了，老爹。"

"好吧，约翰，好吧！"老人快活地回答说。他是那么忙碌、那么开心，实在很惹人喜欢。

听老爹读报，我想起了在沃普斯勒先生的姑奶奶家上夜校的情形，只是老爹的声音听起来叫人愉快，也很奇特，像是从钥匙孔里传过来的。他要求把蜡烛摆在他跟前，结果不是差点儿把脑袋烧着，就是险些引燃报纸，因此我们须得时刻留意，就像在照看军火工厂一样；然而，文米克虽然始终保持警惕，没有一刻的松懈，却依然不失文雅。老爹一直读着，完全不清楚自己有多少次被人救下，免于火烧的危险。每当他看我们，我们都表现出极大的兴趣和惊奇，还频频点头，直到他继续往下读。

文米克和斯基芬斯小姐并排坐着，我则坐在一个阴暗的角落里，我注意到文米克先生的嘴角慢慢地越拉越长，这个举动强烈暗示他正慢慢地偷偷伸手去搂斯基芬斯小姐的腰。过了一会儿，我果然看到他的手出现在斯基芬斯小姐腰肢的另一边。但就在这时，斯基芬斯小姐用一只戴着绿手套的手不着痕迹地阻止了他，又像解开腰带似的移开了他的胳膊，极其从容地把他的胳膊放在她面前的桌上。斯基芬斯小姐这么做的时候，表现得极为沉着镇定，堪称我见过的最非凡的景象之一。如果说这是斯基芬斯小姐随意做出的动作，那我觉得这已经是她下意识的举动，就像机器工作一样。

渐渐地，我注意到文米克的胳膊又开始不安分，缓缓地伸到了视线之外。不久，他的嘴又开始张大。有那么一会儿，我心里七上八下，只觉得紧张不已，甚至有点儿煎熬，接着，我就看到他的手出现在了斯基芬斯小姐的另一边。斯基芬斯小姐立刻像一个平静的拳击手那样，利落地制止了他，像刚才一样脱下那条胳膊“腰带”，放在桌子上。如果把桌子比作通往美德的道路，那我有理由说，在老爹读报的整个过程中，文米克的胳膊一再偏离美德之路，全靠斯基芬斯小姐把他拉回正途。最后，老人读着读着睡着了。文米克拿出一只小水壶、一托盘玻璃杯和一个带瓷盖的黑瓶，瓶盖上画着一个面色红润、样貌和善的高僧。我们就用这些器具喝了些热茶，老人很快醒了过来，也和我们一起喝。斯基芬斯小姐负责调制茶水，我注意到她和文米克用的是同一只杯子。我自然清楚最好不要主动提出送斯基芬斯小姐回家，现在这种情况，我想我最好先走。于是我便这么做了，和老爹亲切地告别后就离开了。这个夜晚，我过得很是愉快。

不到一个礼拜，我就收到了文米克寄来的一封信，信上写着“沃尔沃斯”四个字，他表示，关于我们因私交而商议的事，他已经取得了一些进展，如果我能再度前往与他商量，他将非常高兴。于是，我又去了好几次沃尔沃斯，还和他约好在城里见过几次面，但在小不列颠及附近一带，我从来没有和他谈过此事。结果是，我们找到了一个值得信赖的年轻商人，他是个航运经纪人，刚开始做生意，正缺少精明的帮手，也欠缺资金，将来时机合适，又有了收入，就可以正式与他合伙。就这样，我替赫伯特与他签订了秘密协议，从五百英镑中拿出一半交给他，并约定今后再陆续给他几笔款子，有的在一定日子从我的收入中支出，有的要等我继承财产后再行支付。由斯基芬斯小姐的哥哥主持协商，文米克从头到尾都参与了这件事，却从未露过面。

整件事情处理得很巧妙，赫伯特丝毫没有怀疑事情与我有关。我永远不会忘记，一天下午他回到家，脸上容光焕发，说是要向我宣布一个重大消息：他偶然遇到了一个叫克拉利柯的人（就是那位年轻的商人），这个人还非常欣赏他。他相信自己的机会终于来了。一天又一天，他的希望越来越大，他的脸色越来越亮，对我也越来越情深义重，因为我一见他如此开怀，就怎么也控制不了自己，流下了喜悦的泪水。最后，事情终于办妥了，在正式加入克拉利柯商行的那天，他和我聊了一整晚。他终于成功了，高兴之情溢于言表。上床睡觉的时候，一想到我的远大前程也给别人带来了好运，我便忍不住大哭了一场。

我生命中的一件大事，也堪称我人生的转折点，很快便将到来；然而在讲这件事之前，在详述这件事所带来的变化之前，我必须用一章的篇幅来说说艾丝特拉。她是我倾心爱恋的可人儿，划出一章给她，一点儿也不为过。

第十九章

我死后，如果里士满格林街附近那座庄严的老房子闹鬼，在那里出没的，一定是我的鬼魂。啊，在艾丝特拉住在里面的时期，有许许多多日日夜夜，我难以平静的灵魂都在那里徘徊！我的肉体待在该待的地方，我的灵魂却在那幢房子周围游荡，游荡，不停地游荡。

艾丝特拉寄住在布兰德利太太家。这位太太是个寡妇，有一个女儿比艾丝特拉大几岁。这对母女，母亲看起来很年轻，女儿却非常显老。母亲长着粉嫩的皮肤，女儿却肤色蜡黄。母亲生性轻浮，女儿则天生古板。她们两个享有很高的社会地位，她们常去拜访别人，也有很多人来拜访她们。她们和艾丝特拉之间并没有很深的感情，但三人均有一个共识，那就是她们要仰仗她，她也要仰仗她们。布兰德利太太在隐居以前，是哈维沙姆小姐的朋友。

无论是在布兰德利太太家里，还是在布兰德利太太家以外的地方，我都承受着艾丝特拉带给我的各种各样、程度不一的折磨。我与她相熟，却又得不到她的偏爱，每每为此忧思难解。她利用我戏弄其他的追求者，还仗着我和她之间的亲密关系，经常轻贱我对她的如许深情。在我看来，即使我是她的秘书、管家、同父异母的兄弟、可怜的亲戚，甚至是她未来丈夫的弟弟，也不至于在与她如此亲近的时候，却还是那么绝望。我可以叫她的名字，听她叫我的名字，这本是一项特权，但在这种情况下，只是加重了我的痛苦。虽然我觉得她的其他情人很可能因此发疯，但我知道，自己也几近疯癫了。

她的裙下之臣简直不胜枚举。毫无疑问，我的确嫉妒心盛，觉得每个接近她的人都对她心生爱慕，可即使如此，真正追求她的人依然多不胜数。

我常去里士满见她，常在城里听到她的消息，我常带她和布兰德利母女去泰晤士河划船、野餐、赴宴、看戏、看歌剧、听音乐会、参加聚会，总之，在各种各样的娱乐活动上，只要有她的芳影，我也必定到场；然而对我来说，这一切都让我痛苦不堪。和她在一起，我从来没有享受到哪怕是一个钟头的幸福，可我的心却无时无刻不在喋喋不休，告诉我若能得她常伴身边，直到生命的尽头，必将是莫大的幸福。

在我们这一段交往中（各位马上就会看到，我当时以为这种交往持续了很长一段时间），她常常用同样的语气，表示我们的交往实属迫不得已。还有一些时候，她突然不再用这种语气，也不用其他冷淡的语气对我，似乎对我产生了怜悯。

"皮普，皮普，"一天晚上，在里士满的那所房子里，外面天色渐暗，我们分坐在一扇窗前，她这样说，"你就是不肯听一听警告吗？"

"什么样的警告？"

"当然是和我有关。"

"你是说，警告我不要对你意乱情迷，艾丝特拉？"

"我就是这个意思！如果你还不明白我的意思，只能说你眼盲心也盲了。"

我应该告诉她，所有人都知道爱情是盲目的，但我没说，因为我始终有种感觉，她知道自己别无选择，只能听从哈维沙姆小姐的安排，如此一来，若我非要强迫她接受我，实非君子所为。在很大程度上，我的痛苦正是来源于此。一直以来，我心中都藏着一个恐惧，她性情高傲，既然对这个事实了然于胸，情况便对我非常不利。毕竟她若存心叛逆，矛头只会指向我。

"无论如何，"我说，"我现下是没有得到任何警告的，因为这次是你写信叫我到这儿来的。"

"那倒是真的。"艾丝特拉说，她脸上的微笑是那么冷漠、那么漫不经心，每每见她这样笑，我总是不寒而栗。

她看了一会儿外面的暮色，接着说："哈维沙姆小姐要我回萨提斯一趟。如果你愿意的话，你送我回去，再陪我回来。她不希望我独自上路，也不愿我带女仆前往，她很敏感，唯恐自己沦为这种人口中议论的对象。你能陪我回去吗？”

“你竟然这么问我，艾丝特拉！”

“这么说你答应了？后天动身，如果你愿意的话。你的一应费用，须得由我来支付。你若要陪我去，就得同意，听清楚了吗？”

“无不从命。”我道。

无论是这次，还是以后类似的情况，她不过是这样提前知会我一声。哈维沙姆小姐从未写信给我，我也从未见过她的笔迹。过了一天，我们一道返乡。哈维沙姆小姐仍在我第一次见到她的那个房间里，无须多言，萨提斯庄园依然如故。

她待艾丝特拉简直如珠如宝，那样子甚至比我上次看到她们在一起时还要可怖。我是经过深思熟虑之后，才用“可怖”这个字眼儿的，因为她的眼神和拥抱中所流露出的迫切之情，确实极为可怖。她的目光牢牢锁定艾丝特拉动人的容貌，留心倾听她说的每句话，注意着她的每一个手势。她坐在那里，一边咬着自己哆哆嗦嗦的手指，一边望着艾丝特拉，仿佛要把她一手养大的美人儿吞进腹中。

后来，哈维沙姆小姐不再看艾丝特拉，而是将目光移到了我身上。她眼神犀利，仿佛要窥探我的心，探查它的伤口。“她对你怎么样，皮普，她待你好不好？”她再次带着女巫般的急切，询问我同样的问题，哪怕艾丝特拉也能听见。当我们晚上坐在闪烁的炉火旁时，她的样子才是古怪到了极点。她挽着艾丝特拉的手臂，还紧紧握着她的手，偏要艾丝特拉把平时往来信件中的内容重复一遍，说一说她都迷住了哪些男人，姓甚名谁，是何社会地位。哈维沙姆小姐品味着这份名单，深深沉浸其中，只有伤透了心、思想病态的人，才会如此。她坐在那里，另一只手握着拐杖，下巴抵着这只手，一双苍白却闪动着异样光泽的眼睛直勾勾地盯着我，活像一个鬼魅。

面对此情此景，我心中苦不堪言，对艾丝特拉无法自拔的依恋让我的心化为碎片，甚至颜面扫地。此外，我也看出，哈维沙姆小姐栽培艾丝特拉，目的就是让她代替她去报复男人，除非大仇得报，否则她不会把艾丝特拉嫁给我。我还看出，哈维沙姆小姐之所以提前撮合我和艾丝特拉，是有原因的。哈维沙姆小姐派她去引诱男人，折磨他们，戏弄他们，其心可谓歹毒至极，为的就是让所有倾慕者对艾丝特拉爱而不得，但凡将自己的一颗心都托付在艾丝特拉身上的男人，最后一定落得伤心而归的惨局。我看出，即使奖品为我保留，我亦是这种扭曲心态的受害者。我看出，我一再得不到心中挚爱，我的前监护人之所以不肯承认他早就知晓这项计划，都是有原因的。一言以蔽之，我看清了眼前的哈维沙姆小姐，也看清了长久以来她的筹谋算计。我看清了，这幢房子昏暗危险，魅影重重，她一生躲在里面，从不见天日。

她房间里的蜡烛放在壁式烛台上，离地面很高，在很少流通的室内空气中燃烧着，释放出昏暗的光线，火苗也从不摇曳。我望着蜡烛，望着淡淡的烛光，又望着停止的钟表、垂在桌上和地上的枯萎婚纱，炉火照在哈维沙姆小姐那可怕的身形上，将鬼魅般的影子投射到天花板和墙壁上，从这一切当中，我看出自己得出的解释得到了证实，这个解释一再闪现在我的心里，经过了反复的琢磨。我的思绪飘到了楼梯平台对面的大房间里，那里摆着新婚宴席的桌子，蜘蛛网从桌中饰品上垂下来，蜘蛛在桌布上爬来爬去，老鼠在墙壁镶板后面到处乱窜，小小的心脏跳得飞快，甲虫在地板上时而爬行，时而停滞不前，从这一切之中，我看到自己的解释非常正确。

这次回去，艾丝特拉和哈维沙姆小姐发生了一次激烈的争吵。这是我第一次看到她们吵架。

正如刚才所述，我们坐在火边，哈维沙姆小姐仍然挽着艾丝特拉的胳膊，仍然把艾丝特拉的手握在她自己的手里，后来，艾丝特拉想把手抽回来。事实上，她已经不止一次地表现出了高傲和不耐烦的神气，她宁愿忍受哈维沙姆小姐那强烈的感情，也不愿接受或回应。

“怎么了！”哈维沙姆小姐说着，凌厉的目光落在她身上，“你厌倦我了吗？”

“我只是有点儿厌烦我自己而已。”艾丝特拉说，她把胳膊挣脱出来，走到大壁炉跟前，站在那里俯视着炉火。

“说实话，你这个忘恩负义的家伙！”哈维沙姆小姐叫喊着，激动地用手杖敲打着地板，“你就是觉得我烦了。”

艾丝特拉非常镇静地看着她，过了一会儿，又低头看着炉火。哈维沙姆小姐是那么狂躁，甚至有些凶残，而艾丝特拉那优美的身材和美丽的面容却透着几分漠然，显得异常冷静。

“你这个木头人！”哈维沙姆小姐叫道，“你的心是石头做的，太无情了！”

“什么？”艾丝特拉说，她靠在壁炉架上，只有眼珠在动，冷漠的态度依然如故，“你是在责备我无情吗？是吗？”

“你不是吗？”哈维沙姆小姐激烈地反驳道。

“你应该知道，我是你一手调教出来的。”艾丝特拉说，“赞美也好，指责也罢，成功也好，失败也罢，通通都得接受。总之，我就是我，你必须接受。”

“啊，看看她，看看她吧！”哈维沙姆小姐痛苦地叫道，“看看她吧，如此铁石心肠、忘恩负义，我把她一点点拉扯大，她却一点儿也不懂感恩。遥想当年，我的心第一次被割得鲜血淋漓，苦楚煎熬之际，我还是将她拥在自己的怀里，那么多年，我将她捧在手心里，真是白费了呀！”

“至少不是我要求你抚养我的。”艾丝特拉说，“即使你领养我时，我能走路，会说话，可我能做的也不过如此了。你还想要什么呢？你一直对我很好，我亏欠你，我的一切都是你给我的。你还想要什么呢？”

“爱。”另一个回答。

“你已经得到了。”

“并没有。”哈维沙姆小姐说。

“你是我的养母。”艾丝特拉反驳道，她始终保持着从容优雅的态度，从不像另一个那样提高嗓门儿，既不动怒也不动情，“你是我的养母，我的一切都是你给我的。我的一切都是你的。凡是你赐给我的，你都可以随意拿回去。除此之外，我一无所有。如果你要我把你从来没有给过我的东西给你，即使我对你心怀感激，也对你有责任，却还是办不到。”

“我从来没有给过她爱！”哈维沙姆小姐发疯似的转向我，喊道，“我难道从未给过她炽热的爱，那爱甚至强烈到了嫉妒的程度，甚至让我承受了锥心的痛苦，现在她竟然对我说这种话！就让她当我在发疯吧，当我是个疯子吧！”

“我为什么要说你是个疯子？”艾丝特拉回道，“世上有那么多人，为何偏偏是我？对你定下的目标，这世人有谁能知道得比我清楚？往事在你心里依然清晰如昨，这世人有谁能知道得比我清楚？我曾经坐在这个壁炉边的小凳子上，现在也仍在你旁边，我学习你的人生经验，仰望你的面庞，可你的脸是那么陌生，让我害怕！”

“早就忘记了！”哈维沙姆小姐呻吟道，“时间如流水，很快就忘光了！”

“不，你没有忘记，”艾丝特拉反驳道，“你是不会忘的，那些往事全珍藏在我的记忆里了。你可曾见过我违背你的教导？你可曾见过我不把你的教训当回事？但凡你否定的事情，”她用手摸了摸胸口，“你可曾见过我放在心里？你要对我公平一点儿。”

“真傲慢呀，太骄傲了！”哈维沙姆小姐呻吟着，用双手拉扯着自己灰白的头发。

“是谁教我要傲慢的？”艾丝特拉反问道，“后来我很好地学会了，又是谁对我赞不绝口的？”

“太冷酷了，太冷酷了！”哈维沙姆小姐悲叹道，仍撕扯着自己的头发。

“谁教我要心如铁石的？”艾丝特拉又问道，“后来我很好地学会了，又是谁对我赞不绝口的？”

“可是，你现在对我傲慢，对我冷酷！”哈维沙姆小姐伸出双臂，尖叫起来，“艾丝特拉，艾丝特拉，艾丝特拉，你是在对我傲慢，对我冷酷呀！”

艾丝特拉平静而惊奇地看了她一会儿，但并没有感到不安。接着，她又低头看着炉火。

“分开了这么久，现在见了面，我真不明白你为什么变得如此不可理喻。”艾丝特拉沉默了一会儿，抬起眼睛说，“我永远不会忘记你受到的伤害，也不会忘记你为什么受伤害。无论对你，还是你的教育，我都不曾有过二心。我从来没有表现出任何该受指摘的软弱。”

“回报我的爱，难道是软弱？”哈维沙姆小姐大声嚷道，“是的，是的，她一定会说是的！”

“我开始觉得，对事情的来龙去脉，我已经想清楚了。”艾丝特拉又露出了那副平静中带着惊奇的神情，接着，她若有所思地说，“这些房间那么昏暗，身处其中如同坐监，你在这种环境中带大你的养女，从不让她知道这世上还有阳光，也从不让她看到你在阳光下的面容。你一直是这么做的，后来，你出于某种目的要她去了解阳光，去看阳光下的一切，如果是这样，你会失望，会生气吗？”

哈维沙姆小姐双手抱着头，坐在椅子上不停呻吟，身子来回摇晃，她没有回答。

“还有一种可能，这个可能更接近事实。”艾丝特拉说，“如果你从她懂事起，就用尽全力教她这世上有阳光，但阳光是她的天敌，会毁灭她的一生，她必须一直对抗阳光，因为阳光已经摧毁了你，也必将摧毁她。如果你是这么做的，然后出于某种目的，你让她发自内心地喜欢上阳光，她当然无法做到，如果是这样，你会失望，会生气吗？”

哈维沙姆小姐坐在那里听着（或者说看起来是这样，毕竟我看不见她的脸），却仍然没有回答。

“所以，”艾丝特拉说，“你把我调教成什么样的人，就得接受我是什么样的人。成功不是因为我，失败亦不是因为我，然而，是成功和失败共同造就了我。”

这会儿，哈维沙姆小姐瘫坐在地板上（我都不知道她是怎么坐到地上去的），褪了色的新娘礼服堆在她的身体周围。于是我立马抓住机会（我一直都在寻找这样的机会），摆了摆一只手，恳求艾丝特拉照顾她，自己则离开了房间。临走时，我看到艾丝特拉依然站在巨大的壁炉边上，哈维沙姆小姐的灰白头发散落在地上，和其他如今已残败的新婚物品混在一起，看起来惨不忍睹。

我带着一颗沮丧的心，在星光下走了一个多钟头，院子、酒坊、荒废的花园，我全都逛了一遍。当我终于鼓起勇气回到房间时，只见艾丝特拉坐在哈维沙姆小姐的膝边，缝补着已经破烂不堪的旧婚纱。从这以后，只要我在教堂里看到悬挂着的破烂发黄的旧旗帜，就会想起这一幕。那之后，我和艾丝特拉像从前一样玩牌，不过我们现在的牌技都有所提高，还玩了法式打法，就这样消磨掉了晚上的时光。玩罢，我上床睡觉去了。

我躺在院子对面那幢单独的房子里。这是我第一次留宿萨提斯庄园，可我躺了很久，依然毫无睡意，仿佛有无数个哈维沙姆小姐纠缠着我。她时而出现在枕头的一边，时而出现在另一边，时而在床头，时而在床尾，时而躲在更衣室半开的门后面，时而在更衣室里，时而在我楼上的房间，时而在楼下的房间，反正她无处不在。黑夜一点点过去，时间终于到了深夜两点，我感觉自己再也不能继续躺在这个地方，必须起来。于是我从床上起来，穿上衣服，穿过院子，走进长长的石头走廊，本想去外面的院子走走，放松一下心情。但是，我刚走到过道，就立即吹灭了蜡烛。因为我看见哈维沙姆小姐正沿走廊走着，活像个幽灵，还发出一声声低沉的喊叫。我远远地跟着她，看见她上了楼梯。她徒手拿着一支蜡烛，没用盘子托着，大概是从她房间的烛台上取下来的，在烛光的映衬下，她活脱脱就是一抹幽魂。我站在楼梯底部，虽然看不见她打开了门，但宴会室的霉味直扑了过来，接着，我听到她走进去，穿过宴会室进了她自己的房间，又从她的房间走进宴会室，这期间她那低沉的喊叫声从未间断。过了一会儿，我待在黑暗中，既想到外面去，也想返回自己的房间，可我哪里也去不了，除非等到曙光照射进来，让我找到方向。在这段时间，无论我什么时候走到楼梯底部，都能听见她的脚步声，看见她手里的烛光从上面闪过，她那低沉的喊叫声更是没有一刻停歇。

在我们第二天离开之前，她和艾丝特拉没有再争吵，在以后任何类似的场合也没有再发生过这种事。在我的记忆中，我之后又陪艾丝特拉回去过四次。哈维沙姆小姐对艾丝特拉的态度没有任何变化，我却觉得她对艾丝特拉有了几分畏惧。

翻开我人生的这一页，不写上本特利·多穆尔的名字是不可能的。不然的话，我很乐意把他的名字忘掉。

有一次，林中雀俱乐部举行聚会，大家你一言我一语，谁也不同意彼此的意见，免不了一番吵吵嚷嚷，借此增进感情，这时候，主持人要大家安静片刻，听多穆尔先生向一位女士敬酒。根据俱乐部的庄严章程，这一天正好轮到这个畜生来祝酒了。酒瓶在各人之间传递，我看到他好像龇着牙咧着嘴，恶狠狠地瞟了我一眼，我们之间本就没有感情可言，这也没什么可稀奇的。但是，让我又是愤怒又是吃惊的是，他竟然要求大家和他一起祝“艾丝特拉”身体健康！

“艾丝特拉是谁？”我说。

“不关你的事。”多穆尔反驳道。

“是哪里的艾丝特拉？”我说，“你一定要说清楚是哪儿的。”作为林中雀俱乐部的一员，他必须这么做。

“是里士满的艾丝特拉，先生们。”多穆尔说，对我不理不睬，“她是个举世无双的绝色佳人。”

“这个无耻的蠢材，他知道什么是举世无双的绝色佳人？”我低声对赫伯特说。

“我认识那位女士。”敬酒仪式结束后，赫伯特在桌子对面说。

“是吗？”多穆尔说。

“我也认识。”我红着脸补充道。

“是吗？”多穆尔说，“老天！”

这个笨头笨脑的家伙只会说这一句话，不然就只会扔玻璃或瓷器，可是，我还是被他这一句话气得发疯，总感觉他话里夹枪带棒，于是我立即站起来说，他作为入林的雀鸟，竟然提议为一位与他并不相熟的女士敬酒，简直无耻至极。我们常常说自己是飞鸟入林，这种简洁的表达方式如同议会使用的语言。听到这话，多穆尔先生跳了起来，问我是什么意思。于是，我给了他一个极端的回答，他若要决斗，我一定奉陪到底。

在一个信奉基督教的国家里，既然已经把话说到如此决绝的程度，那么，对于冲突双方能否各自安好、不血溅当场，俱乐部的人产生了很大的分歧。他们展开了激烈的讨论，在讨论期间，至少又有六位荣誉会员向另外六位撂下狠话，如果对方想要决斗，他们必定奉陪；然而，最后达成的决定是（俱乐部成了荣誉法庭），只要多穆尔先生能拿出哪怕是一星半点儿的证据，证明他有幸与那位女士熟识，皮普先生作为一名上等人，以及俱乐部的会员，必须道歉，承认“激动之下口不择言”。此外，还规定第二天就要拿出证据（以免一拖再拖，我们的荣誉感就有所降低）。第二天，多穆尔出现了，他带来了艾丝特拉的一份声明，她言辞礼貌地表示自己曾有幸与他跳过几次舞。如此一来，我别无他法，只得向他道歉，承认自己“激动之下口不择言”，还批评自己不该提出决斗，这样的想法根本站不住脚。这之后，我和多穆尔坐下来，朝着彼此吹胡子瞪眼睛，足足僵持了一个钟头，而会员们不分青红皂白，热烈地讨论了一番，最后宣布彼此间的感情以惊人的速度大大增强了。

我现在讲起这件事来轻描淡写，但在当时，对我而言却绝不轻松。一想到艾丝特拉竟然对这样一个卑鄙、笨拙、阴鸷，甚至连一般人都不如的笨蛋另眼相看，我心中简直有说不出的苦闷。直到今天我都相信，我之所以想到她自贬身价与那畜生往来就无法忍受，是因为我对她的爱极为深沉，是纯粹无私的。毫无疑问，无论她爱上了谁，我都会感到痛苦，但如果受她青睐之人是个更为尊贵的人，我也不会遭受锥心之苦了。

原来，多穆尔早已对艾丝特拉展开热烈的追求，而她竟然听之任之。要查明这一点很容易，我立即着手去查了。有一段时间，他追求得紧，一时半刻也不松懈，我和他每天都会碰面。他迟钝而执着地坚持着，艾丝特拉则牢牢地勾着他，戏弄他：时而鼓励，时而打击，时而奉迎，时而公开鄙视，时而对他了解甚深，时而好像并不记得他这个人。

贾格斯先生称多穆尔为蜘蛛，而蜘蛛习惯埋伏起来，伺机而动，可见他颇有同类的耐性。此外，他对自己的财富和家世地位有着一种愚昧的自信，有时这对他有好处，可以取代对爱情的专注和决心。因此，这只蜘蛛顽强地注视着艾丝特拉，把许多花里胡哨的虫子吓得四散奔逃，他自己则时常伸展身体，在适当的时候突然冒出来。

在里士满的一次舞会上（当时大多数地方都举行舞会），艾丝特拉艳冠全场，使其他佳丽相形之下都黯然失色，蠢材多穆尔一直围绕在她左右，她竟然大加纵容，我于是决定跟她谈谈。后来，她要走了，便独坐在鲜花丛中，等布兰德利太太陪护她回家，我瞅准机会，走了过去，因为一般是由我陪伴她们二人出入这种场合。

“累了吗，艾丝特拉？”

“非常累，皮普。”

“这也难怪。”

“不然怎么办呢？我还要写信给萨提斯庄园，才能睡觉。”

“讲述今晚的胜利？”我说，“只是这次有些不尽如人意啊，艾丝特拉。”

“你这是什么意思？我怎么不知道自己胜利了？”

“艾丝特拉，”我说，“快看那边角落里的那个家伙，他正看着我们呢。”

“我为什么要看他？”艾丝特拉答，她的眼睛一直注视着我，“用你的话说，那边角落里的那个家伙，有什么值得我看的？”

“说实在的，这正是我想问你的问题，”我说道，“他整晚都在你周围转来转去呢。”

“飞蛾，以及各种丑陋的生物，都会在点燃的蜡烛附近盘旋。”艾丝特拉说着朝他看了一眼，“蜡烛阻止得了吗？”

“蜡烛的确阻止不了。”我告诉她，“可是艾丝特拉也不能阻止吗？”

“好吧！”过了一会儿，她笑着说，“也许吧。是的。你爱怎么说就怎么说吧。”

“艾丝特拉，听我说。你居然鼓励像多穆尔这样受人鄙视的人，我的心都要碎了。你明明知道，大家有多瞧不起他。”

“什么？”她说。

“你明明知道，他不仅外表蠢笨，内心也很愚鲁。他这人有无数缺点，脾气坏，性格阴沉，是个十足的蠢蛋。”

“什么？”她说。

“你明明知道，他除了有几个臭钱以外一无可取，啊，对了，他还有一群傻里傻气的老祖宗。你难道不知道吗？”

“什么？”她又说。每说一次，她明媚的双眸就睁得更大一点儿。

为了克服这个困难，要她别总是说这两个字，我也说起了这两个字，还加重语气重复道：“什么？！我苦恼的根源就在于此了。”

如果我能相信，她偏爱多穆尔是为了让我痛苦，我心里还能好过一点儿。但她像往常一样对我忽冷忽热，我根本不相信她有这样的打算。

“皮普，”艾丝特拉说着环顾了一眼舞厅，“你别犯傻了，他的事影响不到你。也许会影响别人，那也是注定的。这种事情不值得讨论。”

“是的。”我说，“我不能忍受别人说：‘她那么高雅，那么迷人，却偏偏委身于一个粗汉、一个废物。’”

“我能忍受不就得了。”艾丝特拉说。

“啊！别那么傲慢，艾丝特拉，别那么固执。”

“你现在又怪我骄傲和固执了！”艾丝特拉摊开双手说，“刚才你还责备我委身粗汉呢！”

“事实确实如此。”我匆匆说，“我今晚看到你对他抛媚眼，还朝他笑来着，你从来没有这样对我。”

“这么说，你是想让我欺骗和诱惑你了？”艾丝特拉说着突然转过身，牢牢地盯着我，她的眼神虽谈不上愤怒，却也很严肃。

“你是在欺骗他、诱惑他吗，艾丝特拉？”

“是的，我对许多人都是这样，除了你，其他人都是。布兰德利太太来了。我不能多说了。”

好了，我现在已经用一章的篇幅交代完这件往事了，为了这件事，我寝食难安，一再受到伤害。接下来，我就可以不受阻碍地讲述另一件事了，这件事萦绕在我心头的时间更长一些。很久以前，我还不知道这世上有个艾丝特拉，哈维沙姆小姐也没有向尚处在启智年龄的艾丝特拉伸出病态的双手，向她灌输扭曲的观点，那件事就已经埋下祸根了。

东方流传着这样一个故事：一位苏丹计划在攻克敌人的城池后，用沉重的石板砸碎敌人的龙床，于是他命人从采石场慢慢地开采出石板，又在布满岩石的地方慢慢地开采出一条隧道，以便从中伸过一条绳索捆住石板，然后慢慢地把石板吊起放在屋顶上，再把绳子的另一端慢慢穿过长达数英里的坑道，系在一个巨大的铁环上。耗费了巨大的人力物力之后，准备工作终于完成了。最后的时刻终于到了，在夜深人静的时候，下属叫醒了苏丹，将锋利的斧子交到他手里，让他砍断巨大铁环上的绳索，他挥斧就砍，绳索断了，石板随即砸裂了屋顶。我的情况亦是如此。无论远近，所有的准备工作都已就绪，只需要斧子瞬间落下，我那座要塞的屋顶就将坍塌，给我带来灭顶之灾。

第二十章

我如今已经二十三岁了。我的二十三岁生日已经过去了一个礼拜，可关于我的远大前程，我仍不曾收到任何消息，可以让我对事情有清晰的了解。我们搬离巴纳德旅馆住进圣殿区已有一年多了，现在住在花园街，旁边就是泰晤士河。

波克特先生已有段时间不再辅导我功课了，不过我们依然来往，关系很好。我尚未安定下来从事任何职业（但我希望这只是因为我的财富情况至今未明，仍存在变数），却十分喜爱读书，每天常常读上几个钟头。赫伯特的事情进展顺利，而我自己的全部生活，已在上一章的末尾交代清楚了。

赫伯特因公出差到马赛去了，独留我一人在伦敦，沉闷而孤独的感觉挥之不去。我心灰意冷，焦虑不安，长久以来一直盼着在明天或下个礼拜，人生的障碍便能被通通驱除，却总是失望而归，不禁伤感地怀念起我朋友那讨人喜欢的面孔，以及爽快的性格。

天气也很恶劣，每天风雨交加，到处都是湿漉漉的，满大街都是泥浆，没有一块干燥的地方。每天都有一大片面纱一般沉重的乌云，从东边飘到伦敦上空便静止不动了，仿佛东方的乌云和狂风无穷无尽。狂风呼啸，城里高楼的铅皮屋顶都被刮掉了，在乡下，树木被连根拔起，风车的叶片也被卷上了天。从海岸不断传来船毁人亡的消息，听了叫人心情郁结。这一天，狂风大作，大雨倾盆，晚上，我在家中读书。

同当时相比，现在的圣殿区这一带出现了一些变化，不复当初的萧瑟，也不再有被泰晤士河水淹没的危险。我们住在河边一幢房子的顶层，那一夜，大风咆哮着从河上刮来，吹得整幢房子都在摇晃，房子仿佛被无数枚炮弹击中，也好似身在惊涛骇浪之中。起风没多久，暴雨便紧随而至，雨点噼里啪啦地砸在窗户上，我抬头注视着摇动的窗格，心想自己真好像处于一幢在暴风雨中飘摇的灯塔里。烟囱里的烟不时倒涌进屋里，仿佛烟也无法忍受在这样的夜里出门。我打开门朝楼梯下方张望，只见楼梯灯都熄灭了。我手搭凉棚，透过漆黑的窗玻璃向外看去（外面风急雨骤，哪怕只打开一道缝也不可能），发现院子里的灯也熄灭了。桥上和岸上的灯不住地摆动，风吹过河上驳船的煤炉，卷起一阵阵火花，就像溅起了炽热的火雨。

我把表放在书案上，准备在十一点钟合上书。我刚把书合上，圣保罗大教堂和城里许多座教堂的钟都敲响了，它们有的奋勇当先，有的同时而至，还有的紧随其后。伴随着呼呼的风声，连钟声都有些失真了，听来古怪至极。我侧耳聆听，琢磨着风声如何向钟声发起攻击，将钟声撕成了无数碎片。就在此时，楼梯上响起了脚步声。

我的神经一下子就紧张起来，顿觉心惊肉跳，还以为是姐姐的魂魄来了，不过这愚蠢的念头并不重要，不值一提。过了一会儿，我又听了听，听见那脚步声踉踉跄跄地朝我这里来了。我忽地想起楼梯灯灭了，便拿起台灯走到楼梯口。四下里一片沉寂，可知不管来人是谁，在看到我的灯后都停下来了。

“下面有人吗？”我向下望着，大声喊道。

“是的。”下面的黑暗中传来一个声音。

“你要去几楼？”

“顶楼，找皮普先生。”

“我就是。有什么事吗？”

“没什么要紧事。”那人答完，便走了上来。

我站在那里，把灯举过楼梯栏杆，那人慢慢地走进了灯光里。我拿的是一盏有罩的灯，本是用来读书的，光圈非常狭窄。因此，他整个人只在光线里出现了一会儿，便再度隐没在了黑暗中。电光石火之间，我看到了一张陌生的面孔，那人带着一种令人难以理解的神情抬起头来，一见我就露出了感动和高兴的神色。

我随着那人移动灯光，只见他穿着得体，却有些不修边幅，就像刚刚出海归来的行者。他留着一头长长的铁灰色头发，大约六十岁，肌肉发达，腿很结实，但由于长期经历风吹日晒，他的皮肤被晒得黝黑而粗硬。他走上最后一两级楼梯，灯光笼罩住了我们二人，这时，他向我伸出了双手，我见了只觉得错愕不已。

“请问你有什么事？”我问他。

“什么事？”他停顿了一下，重复道，“啊！是的。如果你允许，我将向你解释清楚。”

“要不要进来？”

“是的。”他答道，“我很乐意，先生。”

我问他这个问题，语气相当冷淡，因为我厌恶他那副认得我的表情，讨厌他脸上仍然闪动着的愉快而欣慰的神情。我很反感，还因为那似乎暗示着他希望我做出同样的回应。尽管如此，我还是带他进屋，把灯放在桌子上，尽可能客气地请他解释一下来意。

他打量着四周，神情古怪至极，似乎又惊又喜，仿佛他所欣赏的这些物件也有他的份儿。接着，他脱掉了粗糙的外套，摘下了帽子。我看到他的头顶没有头发，布满褶皱，只有四周长着铁灰色的长发；然而，我看不出此人是何来历。片刻后，我又看到他朝我伸出了双手。

“你这是什么意思？”我说，有点儿怀疑他是个疯子。他看着我，手上的动作僵住了，接着慢慢地用右手揉搓着脑袋。“我盼望了那么久，赶了那么远的路，现在这样，实在是太失望了。”他粗声粗气地说，“不过这也不能怪你。不怪我，也不怪你。我先歇一歇，再和你说清楚。请允许我歇一歇。”

他在壁炉前的一把椅子上坐了下来，用那双长满青筋的古铜色大手捂住前额。我仔细地望着他，向后退了两步，却依然觉得他很面生。

“这里没别人了吧？”他回头看了看说。

“你一个陌生人三更半夜走进我的房间这样问我，到底有何贵干？”我说。

“你真出色啊。”他说着对我摇了摇头，从容且充满深情，搞得我莫名其妙，火冒三丈，“我很高兴你长大了，还变得这么出色！但不要抓我，要不你准会后悔的。”

我本就放弃了他看穿的这个企图，因为我也认出了他！即使我想不起他的样貌如何，但我还是认出了他！即使狂风骤雨能驱散中间的那些年月，粉碎那期间发生的前尘往事，将我们吹回到一高一矮第一次对面而立的墓地里，也不可能像现在他坐在炉火前的椅子上这样，让我如此真切地认出他。无须他从口袋里掏出一把锉刀给我看，无须他从脖子上取下手帕缠在头上，无须他用双臂拥抱自己，颤抖着在房间里来回移动，回头注视着我，让我辨认。前一刻，我还绝想不到是他，但后一刻，我不需要他的暗示，也认出了他。他就是当年的那个囚犯。

他回到我站着的地方，再次伸出双手。我不知道该怎么办，毕竟我大受震撼，已然失去了镇静。我不情愿地把手伸给他。他热情地抓住我的手，举到唇边吻了吻，却没有放开。

“我的孩子，你真是高贵了。”他说，“你太高贵了，皮普！我一直都记得！”

他的态度变了，好像要拥抱我似的，我连忙用一只手抵在他的胸前，将他推开。

“别动！”我说，“离远点儿！如果你感激我小时候所做的一切，那我希望你弃恶从善，用这样的方式来表达你的感激之情。你若是来感谢我的，那根本没必要。但你既然找到了我，那你来这里必定是出于好意，我不会拒绝你，不过你一定要明白……我……”

他牢牢地凝视着我，眼神是那么奇怪，我只顾着瞧他，再也说不下去了。

我们默默地注视着对方，过了一会儿，他说：“你说要我明白。你要我明白什么？”

“我要你明白，很久以前我的确偶然间同你有过交集，但时移世易，我不愿再同你有任何来往。我愿意相信你已经悔过自新，并且很高兴能把这话告诉你。你来感谢我，我也十分欢喜，因为我觉得自己值得感谢。尽管如此，你我依然不是同路人。你浑身湿透了，看起来很疲倦。走之前要不要喝点儿什么？”

他松松垮垮地把围巾系好，站在那里，用敏锐的目光注视着我，把围巾长长的末端放在嘴里咬着。“在我走之前，”他回答说，嘴里依然咬着围巾，眼睛仍然盯着我，“请给我一杯酒，谢谢你。”

靠墙边的桌上放着一只托盘。我把它拿到火炉边的桌子上，问他想喝什么。他摸了摸一只瓶子，却没看它一眼，也没说话，于是我给他倒了一杯热的兑水朗姆酒。倒酒时，我尽量让自己的手不哆嗦，他向后靠在椅背上，嘴里叼着拖下来的长围巾末端（显然是忘记拿出来了），他向我投来的目光让我不能自持。最后，当我把酒杯递给他时，我惊奇地看到他眼里充满了泪水。

到现在为止，我一直站在那里，毫不掩饰希望他赶紧走人。但看到他委屈的面容，我心软了，还自责起来。“但愿你不要介意我刚才的疾言厉色。”我说着，赶紧也给自己倒了一杯酒，拉过一把椅子到桌子跟前坐下，“我是无心的，但若伤害到了你，我很抱歉。我祝你身体健康，幸福快乐！”

我把杯子举到唇边，他一张嘴，围巾就从嘴里掉了出来，他惊讶地瞥了一眼围巾，随即伸出一只手来。我只好向他伸出手，他这才喝了一口，还用袖子抹了抹眼睛和前额。

“你过得怎么样？”我问他。

“我一直在新大陆，放过羊，养过家畜，还干过别的活儿。”他道，“那儿远在千里之外，隔着波涛汹涌的大海呢。”

“你干得不错吧？”

“非常不错。和我一块儿去的人也很好，但没人比得上我。我是名声在外哩。”

“听你这么说，我很高兴。”

“我真盼着你这么说呢，我亲爱的孩子。”

我没有去弄明白他这话的含义，也没有试着去理解他的语气，反倒突然想起了一件事。

“你曾托付一个人来找我，他办妥事情后，你再见过他吗？”我问。

“再也没有见过，也不太可能见到了。”

“他信守了承诺，给我送了两张一英镑的钞票。你知道，我那时是个穷小子，对一个穷小子来说，两英镑可谓一笔小小的财富。像你一样，从那以后我也过得很好，你必须允许我回报你。你可以把这钱给其他可怜的孩子。”我拿出钱包。

他看着我把钱包放在桌上打开，看着我把两张一英镑的钞票从里面取出来。它们崭新干净，我把它们摊开，交给他。他一边看着我，一边把两张钞票叠在一起，纵向对折，随后一卷，就着灯火点燃，还把灰烬扔在了托盘里。

“请恕我冒昧，”他说，虽然笑了笑，却像是在皱眉头，接着，他皱了皱眉，却像是在笑，“自从你我在那片偏僻阴冷的沼泽地分道扬镳以来，你是怎么过上好日子的？”

“怎么？”

“是的！”

他喝干了杯子里的酒，站起身来，走到炉火边站定，那只棕色的大手搁在壁炉架上。他把一只脚放在栅栏上烤干取暖，湿漉漉的靴子立即冒出了热气。但是，他既不看它，也不看火，而是死死地盯着我。直到现在，我才开始颤抖。

我的嘴巴张张合合，却没有发出半点儿声音，于是我强迫自己告诉他，我继承了一笔财产，只是我的声音含含糊糊的。

“请允许我这蝼蚁一样的人问一问，你继承了多少财产？”他说。

我结结巴巴地说：“我不知道。”

“请允许我这蝼蚁一样的人问一问，你继承的是谁的财产？”他说。

我又结结巴巴地说：“我不知道。”

“我能猜一猜你成年以来的收入吗？”罪犯说，“第一位是不是五？”

我从椅子上站起来，一只手搭在椅背上，呆呆地望着他，一颗心突突狂跳，像是一把重锤在胡乱敲击。

“这事少不了监护人。”他继续说，“在你还未成年的时候，应该有个监护人之类的人物。也许是律师。至于这个律师姓甚名谁，想必第一个字是‘贾’吧？”

电光石火之间，一切都明了了，我的处境的全部真相浮出了水面。失望、危险、耻辱以及各种各样的后果一股脑向我袭来，我被压垮了，费了很大的力气才可以呼吸。

“这么说吧，”他又道，“有人雇了那个名字里带‘贾’字的律师，这个律师可能叫贾格斯。这个人漂洋过海来到朴茨茅斯，在那儿上岸，想要来找你。你刚才说，‘你既然找到了我。’很好！那我是怎么找到你的呢？我从朴茨茅斯写信给一个伦敦的人，打听你的详细地址。至于那个人是谁呢？他叫文米克。”

这会儿，就算有人告诉我，我只要说句话就能保住性命，我也一句话都说不出来。我站在那里，一只手放在椅背上，另一只手捂着胸口，似乎要窒息了。我就这样站着，狂乱地望着他，渐渐地，我觉得整个房间开始旋转，连忙紧紧抓住椅子。他一把扶住我，把我拉到沙发上，让我靠在靠垫上，他单膝跪在我面前，把脸凑到我跟前，此时，我已经清清楚楚地记起了他的样貌，只觉得不寒而栗。

“是的，皮普，亲爱的孩子，正是我把你培养成了一个上等人！这一切都是我做的！那时候我发过誓，我只要赚到钱，那钱也要给你花。后来我又发誓，我做投机买卖要是发了财，也会让你发财。我的日子过得苦巴巴的，就是为了让你过得顺遂。我努力工作，就是为了不让你干活儿受累。亲爱的孩子，这又能怎么样呢？我告诉你这些，难道是为了让你对我感激涕零？我绝没这样的想法。我告诉你这些，只是为了让你知道，你当年救了一个连野狗都不如的人，如今他也能高抬起头，还栽培了一个上等人，而皮普你就是那个上等人啊！”

我痛恨这个人，害怕这个人，甚至对他厌恶到了只想避开的程度，即使他是一只可怕的野兽，也不过如此。

“听我说，皮普。我是你的第二个父亲。你是我的儿子，对我而言，你比我的儿子更重要。我把钱存起来，只是为了让你花。那时候我给人家放羊，住在一幢偏僻的茅屋里，除了羊的脸，我什么也看不见，甚至都忘了男男女女长什么样子，但我能看到你的脸。我在那间小屋里吃饭时，有好多次弄掉了餐刀，我说：‘那孩子又来了，正瞧着我吃吃喝喝呢！’我在那儿看见过你好多次，就像我在雾蒙蒙的沼泽地里看见你时一样清楚。‘只要我得到了自由，赚到了大钱，我就要把那孩子栽培成一个上等人！’我每次都走到外面的天空下，大声说：‘要是我做不到，就让天收了我！’我做到了。哎呀，看看你吧，亲爱的孩子！看看你的住所吧，配得上贵族！贵族？啊！你应该与贵族比比看谁钱多，你保准能赢！”

他说得那么兴奋，那么得意，不过他知道我快要晕倒了，所以没怪我毫无反应。这是我唯一的安慰。

“听我说！”他又道，从我的口袋里掏出了我的表，又把我手上的一枚戒指转向他，瞧了瞧。他一碰我，我便猛地一缩，仿佛他是一条毒蛇。“是一块金表，太美了。这才是上等人用的物件！这是一枚钻石戒指，四周还镶着红宝石呢。这才是上等人用的物件！看看你身上的亚麻衬衫，多么精致，多么漂亮。看看你的衣服，再也找不到更考究的了！你还有那么多书！”他环顾房间，“高高地堆在书架上，足有好几百本！你全都看过了，是不是？我来的时候就见你在看书。哈哈哈！你会读书给我听的，亲爱的孩子，对吧？就算是外文书，我听不懂，可听你给我读，我照样骄傲。”

“听我说，皮普。我是你的第二个父亲。你是我的儿子，对我而言，你比我的儿子更重要。”（第313页）

他又把我的双手拉到唇边亲吻，我却觉得遍体冰凉，连血液都变冷了。

“你先不要说话，皮普。”他说，又用袖子抹了抹眼睛和前额，嗓子里发出我永世不忘的咔嗒声。他说得那么诚挚，这下我更害怕了。“你安静一会儿吧，不要说话，亲爱的孩子。你不像我那样，长久以来一直期待着这一天。我有准备，但你没有。你难道从没想过可能是我吗？”

“啊，不，不，不。”我答，“从来没有，从来没有！”

“那现在你知道是我了，我一力栽培了你。除了我自己和贾格斯先生，并无第三个人。”

“没有第三个人？”我问。

“没有。”他说，惊讶地看了我一眼，“还能有谁呢？亲爱的孩子，你长大成人后，是多么英俊啊！有没有寻得明眸皓齿的可人儿？有没有相中哪个明眸皓齿的可人儿？”

艾丝特拉，艾丝特拉！

“亲爱的孩子，如果钱能买到那样的可人儿，那她一定会属于你。这倒不是说像你这样的上等人，又那么仪表堂堂，不能凭借自己的能力赢得姑娘的芳心，但你有钱，就更有底气了！让我把我要说的话讲完，亲爱的孩子。刚才说到我给人家放羊，住在茅草屋里，那个东家有和我一样的遭遇，他临死前给了我一笔钱，那之后我得到了自由，就离开独自去闯荡了。我无论干什么，都是为了你。我说，如果我所做的事‘不是为了他，就让老天收了我！’。一切都是顺风顺水的。我刚才和你说过，我的买卖是远近闻名的。东家留给我的钱，还有我头几年赚到的钱，我都寄给了贾格斯先生，让他给你用，所以他才按照我信上的要求，去找你。”

啊，但愿他从来没有找过我！但愿他任由我留在铁匠铺里，即使我心里不知足，也会比如今幸福！

“亲爱的孩子，那时候，一想到我正暗地里栽培一个上等人，我心里就别提有多痛快了。有时候，我走在路上，那些殖民者骑着纯种马呼啸而过，扬起漫天的尘土，弄得我灰头土脸，我是怎么说的呢？我告诉我自己：‘我正在栽培一位绅士，胜过你们百倍千倍！’他们有人议论我，说：‘他几年前是个囚犯呢，现在发了横财，可到底还是那么无知、粗俗。’我又是怎么说的呢？我告诉我自己：‘即使我自己不是上等人，也没什么学问，可我亲手栽培了一个有学问的上等人。你们是有畜群，有土地，可你们哪个栽培过一位受过良好教育的伦敦绅士？’我坚信有一天我一定会见到我的孩子，我会去到他的地方，让他知道我，我就是这样撑着一口气，一路走过来的。”

他把一只手放在我的肩上。一想到他的手可能沾过血，我就不寒而栗。

“皮普，离开那里对我来说可不容易，多危险哩。但我一直坚信这个念头，越是困难，我就越是执着要做，我下定了决心，绝不回头。最后，我终于做到了。亲爱的孩子，我做到了！”

我试图集中思想，却依然未能从震惊当中恢复过来。在整个过程中，我的注意力似乎更多地集中在风雨上，而不是在听他说话。即使是现在，我也分不清他的声音和风声雨声，尽管风雨声很大，而他早已沉默下来。

“你要把我安置在哪里？”过了一会儿，他问，“我得找个地方安顿下来，亲爱的孩子。”

“你是说睡觉的地方吗？”我说。

“是的。我要好好睡上一觉。”他答，“我在翻涌的大海上折腾好几个月了。”

“我的朋友兼室友不在。”我说着从沙发上站起来，“你可以住在他的房间里。”

“他明天不会回来吧？”

“不会。”我说，尽管我尽了最大的努力，却还是机械地回答道，“他明天回不来。”

“听我说，亲爱的孩子，”他放低了声音，把一根长长的手指放在我的胸口，样子令人印象深刻，“再小心也不为过。”

“你这是什么意思？为什么要小心？”

“不然就会送掉性命！”

“送掉性命？”

“我被判的是终身流放。回来就是死路一条。近年，逃回来的人太多了，要是我被逮住，肯定要被绞死的。”

我真是受够了！这个可怜的人，多年来就像给我戴上了一条黄金和白银打造的锁链，如今还冒着生命危险回来见我，他的命就在我手里呢！如果我那时不是憎恨他，而是热爱他，如果我没有对他万分厌恶进而避之唯恐不及，而是钦佩他，敬爱他，愿意和他亲近，结果也不会坏到哪里去，反而只会更好，因为那样一来，我自然会发自内心地保护他。

这时候，我首先要做的是拉上百叶窗，这样从外面就看不见屋里的亮光了，接着是关上门，把门锁好。这期间他一直站在桌边喝朗姆酒、吃饼干。看到他那个样子，当初这个囚犯在沼泽地上吃东西的情形再次浮现在了我的脑海里。我不禁以为他马上要弯下腰，锉开腿上的铁镣呢。

我走进赫伯特的房间，将这里与楼梯之间的通道锁好，要想进出，只能经过我们刚才谈话的房间，然后，我问他要不要上床睡觉。他说是的，还要我给他一件我的“绅士衬衫”，留待明早更换。我找出来放好，他再次握着我的双手向我道晚安，我再次感觉遍体冰凉。

我从他身边逃也似的离开，可我压根儿就不知道自己是怎么做到的。我回到我们一起待过的房间里，把火拨旺，坐在火旁，不敢上床睡觉。有一个多钟头，我依然沉浸在震惊当中无法自拔，根本不能思考。后来我的大脑总算可以运转了，这才完全意识到我的人生彻底毁了，我一直以来搭乘的命运之船已经支离破碎了。

我原本以为是哈维沙姆小姐有意栽培我，但那不过是我的一场美梦。她根本无意把艾丝特拉嫁给我，她要我去萨提斯庄园，无非就是看我方便利用，拿我刺激贪得无厌的亲戚，在没有其他人的时候，就用我这个呆头呆脑的家伙试验一下她们向男人复仇的手段。念及此，我难过不已。而最让我痛苦的，是我为了这个囚犯抛弃了乔。我不清楚这个囚犯犯过什么罪行，我只知道他很可能会被带出我坐着思考的这个房间，拉到老贝利街口绞死。

无论如何，我现在都不会回到乔的身边，也不会回到毕蒂的身边了。我想，原因很简单，我自己干了蠢事，伤害了他们，纵然有天大的理由，我也不能回去了。他们单纯忠诚，即使世上最聪慧的智者，也不可能给我他们能给我的慰藉；然而，木已成舟，我永远无法挽回自己所做的一切，今生今世都不可能了。

每当有狂风呼啸着吹来，有暴雨哗哗落下，我都仿佛听见有人来抓那个囚犯了。还有两次，我敢发誓，有人敲外屋的门，还夹杂着窃窃私语的声音。我深陷恐惧不能自拔，也不知是出于想象，还是果真往事浮现脑海，我总觉得神秘的警示早已出现，预示着这个人会找上门来。在此之前的几个礼拜，我在街上遇到了很多与他长相相似的人。他乘船穿越大海，距离我越近，相似的人就越多。不知怎的，他邪恶的灵魂竟差遣这些人来给我的灵魂送信，而如今在这个暴风雨的夜晚，他兑现了诺言，终于来找我了。

一时间，我思绪万千，想起自己小时候看到他，只觉得他是个极其粗暴的人，曾亲耳听到另一个囚犯反复说自己差点儿被他杀死，我还亲眼见过他像头野兽一般，在沟里和别人撕扯搏斗。回忆着前尘往事，火光中似乎出现了一个尚未成形的恐怖黑影。在这样一个风雨交加、孤独无依的黑夜，和这样一个黑影共处一室，兴许不太安全。那个黑影越来越大，最后竟填满了整个房间，我无可奈何，只能拿起一支蜡烛，去看看我那可怕的负担。

他睡着了，脑袋用一块手帕包着，面沉如水，一张脸绷得紧紧的。不过他的确睡着了，没有发出半点儿动静，我还看到他的枕头上放着一支手枪。我放下心来，轻轻地锁上他的房门，拔下了钥匙，才回到火边坐下。我睡着了，身体慢慢地从椅子上滑了下来，平躺在地板上。即使是在睡梦中，我依然痛苦难当，醒来后，东边那些教堂的钟敲了五下，蜡烛熄灭了，炉火也熄灭了，狂风暴雨依然如故，让黑暗变得更加深邃。

至此，皮普那远大前程的第二阶段也画上了句点。

第三卷

第一章

我一醒来就想到必须采取预防措施，（尽可能地）保护那位可怕来客的安全，幸好是这样，我才不得闲去胡思乱想，将繁杂的思绪抛到了脑后。

显然不可能把他藏在家里，这根本办不到，硬要这么做，必将引起怀疑。复仇幽灵如今不再做我的跟班，但我请了一个眼睛有炎症的老妇照顾我的饮食起居，这老妇还带了一个性格活泼却邋里邋遢的姑娘打下手，她说那姑娘是她的外甥女，如此一来，要是不许她们接近那个房间，她们难免产生好奇，把事情夸大，传扬出去。她们两个的眼神都不好使，我早就认定这是她们常常从钥匙孔偷窥的结果。再说了，不用干活儿时，她们也一直随侍在我的身边——事实上，除了手脚不干净，这是她们身上唯一可靠的品质了。为了不让她们二人生疑，我决定一早就告诉她们，我乡下的叔父突然来看我了。

想主意的时候，我一直在黑暗中摸索引火物，好把灯点上，却遍寻不获，无奈只能去附近的门房，叫那儿的守夜人提着灯笼过来。就在摸黑下楼梯时，我被什么东西绊了一跤，发现竟然有个男人蹲在角落里。

我连忙问那人在那儿干什么，对方没有回答，只是默默地躲开了。我跑到门房，催促守夜人赶快来，在返回的路上把这件事告诉了他。风还是那么猛，我们唯恐连灯笼里的火也被吹灭，便没有把熄灭的楼梯灯重新点燃，但我们从头到尾检查了一遍，楼梯上一个人也没有。这时我突然想到，那个人可能溜进了我的房间。于是，我用守夜人的灯笼点燃了自己的蜡烛，让他站在门口，我仔细检查了所有的房间，也查了我那可怕的客人睡觉的房间。四下一片安静，房间里肯定没有其他人。

一年有那么多天，偏偏在今夜有人潜进来，念及此，我不禁心惊肉跳。于是我在门口递给守夜人一杯威士忌，问他在门房里有没有看到有人外出用餐很晚才回来，盼着能从中找到一个合理的解释。他说有，有三位先生在当晚不同的时间返回。一个住在喷泉院，另外两个住在巷子里，他看到他们三个都回家了。在我们所住的这幢房子里，只有另外一位住客，但那人回乡好几个礼拜了，今晚肯定没回来，因为在我们上楼的时候，他看到那位住客的房门上还贴着他自己做的封条。

“先生，今晚天气太糟糕了，”守夜人把酒杯还给我时说，“很少有人从我守的大门进来。除了我提到的三位先生，以及十一点左右来找你的一个陌生人，我就想不起还有谁了。”

“是的，那人是我的叔父。”我喃喃地说。

“你见到他了，先生？”

“是的。是的。”

“跟他一起来的人也见到了？”

“跟他一起来的人？”我重复了一遍。

“照我判断，那个人是和他一起的，”守夜人答道，“他停下来向我打听你的时候，那个人也停了下来，他往这边走了，那个人也往这边走了。”

“是个什么样的人？”

守夜人并没有特别注意，不过应该是个做工的。据他所知，他穿着灰褐色的衣服，外面套着一件黑色的外套。守夜人并不像我那样重视此事，这也很自然。毕竟我有我的理由。

如此一来，多问也是无益，我便把守夜人打发走了。我被这两件事搅得寝食难安。这两件事本来可以各不相干，很容易解释清楚，比如有人外出用餐或在家用餐，但没走那个守夜人所在的大门，从别的门进来后误闯进我这幢房子的楼梯，还在那儿睡着了，而我那位无名氏来客不过是找了个人给他带路。但是，这两种情况凑在一块儿，对我这个几个钟头前才经历过大起大落的人而言，难免心生疑窦，担心会发生意外。

我点起炉火，在早晨的那个时候，火焰散发出苍白的光晕，我在炉火前打起盹儿来。醒来时，时钟敲了六下，我却觉得自己睡了一整夜那么久。要再过一个半钟头天才能亮，于是我又睡着了。这次我睡得很不踏实，时而惊醒，感觉有人在我耳边唠叨着无谓的话，时而听到烟囱里响起呼啸的风声，最后终于踏实睡着了，待到惊醒时，已经天光大亮了。

事情发生以来，我一直不曾考虑过自己的处境，此时亦没有。我根本没有能力去思考。我心灰意懒，苦恼不已，思绪成了一团乱麻；我却根本理不清头绪，又谈何为将来作打算。我打开百叶窗，向外望去，只见狂风骤雨，早晨的天是铅灰色的，到处都湿漉漉的。我从一个房间走到另一个房间，走完了就又坐在火边发抖，等着洗衣妇出现。我心想自己是多么凄惨，却又不知道哪里凄惨，也不知道这样惨兮兮有多久了，我不清楚自己是在一周中的哪一天有了这样的反思，甚至不知道这个如此悲惨的人到底是谁。

终于，老妇人带着她的外甥女走了进来，后者头发蓬乱，根本分不清哪是她的头、哪是她那把满是灰尘的扫帚。她们看到我坐在火边，都露出了惊讶之色。我只好告诉她们，我的叔父昨夜来了，现在正在睡觉，还吩咐她们准备一顿丰盛的早饭。然后，我洗漱一番，换上衣服，她们则叮叮当当地打扫家具，弄得满屋都是灰尘。浑噩之间，我不由自主地再次来到火边坐下，等他出来用早餐。

不一会儿，门开了，他走了出来。我实在受不了他，觉得他在白天的样子更难看。

“我甚至不知道该如何称呼你。”当他在桌旁坐下时，我低声说道，“我只说你是我的叔父。”

“这很好，亲爱的孩子！就叫我叔父吧。”

“想来你上船时总取过什么名字吧？”

“是的，亲爱的孩子。我叫自己普罗维斯。”

“你的意思是要保留这个名字吗？”

“啊，是的，亲爱的孩子，换其他的也一样，除非你要我换。”

“那你的真名是什么？”我低声问他。

“我姓马格维奇，名字叫艾贝尔。”他用同样的声调回答。

“你以前是干哪一行的？”

“亲爱的孩子，我就和蝼蚁一样卑贱。”

他回答问题的时候非常严肃，好像“蝼蚁”这个词是指某种职业。

“昨天晚上你来圣殿区……”我说着停顿了一下，琢磨着这一切是不是真在昨晚发生的，毕竟感觉像是很久以前的事了。

“怎么了，亲爱的孩子？”

“你从大门进来，向守夜人问路的时候，有人跟你在一起吗？”

“和我在一起？没有，亲爱的孩子。”

“那大门那里有人吗？”

“我没有留意。”他有些疑惑地说，“我不太熟悉这个地方。但好像有个人跟着我进来了。”

“在伦敦会不会有什么人能认出你来？”

“但愿没有！”他说着，用食指从脖子前面使劲儿一划，弄得我又生气又恶心。

“以前在伦敦有人认识你吗？”

“亲爱的孩子，不太多。我大部分时间都在外省。”

“你是在伦敦受审的吗？”

“你说哪一次？”他说，眸中寒光一闪。

“最后一次。”

他点了点头：“我就是那时认识贾格斯先生的。贾格斯是我的律师。”

我本想再问问他因何罪受审，但他已然拿起餐刀，说：“我从前干过什么，也都付出代价了！”说完便开始用早餐。

他吃东西狼吞虎咽，着实有碍观瞻，每一个动作都透着粗鲁，吃饭吧唧嘴，活像个贪吃鬼。自从我看见他在沼泽地里吃东西以来，他掉了几颗牙。他把食物含在嘴里来回咀嚼，还歪着头，用最结实的尖牙咬食物，看上去像极了一条饥饿的老狗。即使我开始时还有点儿食欲，看了他这副尊容，也胃口全无了，只好坐在那里忧郁地盯着桌布，心里对他有股无法抑制的嫌恶。

“我这人就是饭量大，亲爱的孩子。”吃完后，他礼貌地道歉说，“但我向来都是这个样子。要是我能吃得少点儿，也不会惹上这么多麻烦了。我抽烟也抽得很凶。那时候，在世界的另一头，我第一次去给别人放羊，要不是有烟抽，我怕是会发疯，自己也变成一只羊了。”

说着，他从桌旁站了起来，一只手伸进他身上那件双排扣短呢大衣的前胸，拿出一个很短的黑烟斗和一把名叫“黑人脑袋”的烟叶。装好烟斗后，他把多余的烟草放回原处，仿佛他的口袋是一个抽屉。然后，他用火钳从火里取出一块冒火的煤点燃了烟斗，在炉火前的地毯上转过身来，背对着火，又做出了他喜欢的那个动作，伸出双手要来握我的手。

“看看吧。”他一边说，一边上下摇晃着我的手，还抽着烟斗，“这就是我栽培出来的绅士！真真正正的上等人！看到你，我打心眼儿里高兴啊，皮普。我没什么要求，只要站在旁边看看你就心满意足了，亲爱的孩子！”

我尽快抽回了双手，发现自己慢慢平静下来，开始考虑自己的处境了。听着他嘶哑的声音，坐在那里抬头望着他那满是皱纹的光头和周围铁灰色的头发，我知道自己身上已然被捆绑了沉重的枷锁。

“我可不能眼睁睁看着我一手栽培的绅士踩到街上的泥坑。他的靴子上不能有泥。我的先生一定得有马，皮普！有可以骑的马，还得有马车，也要让他的仆人有马可骑、有马车可坐。那些殖民者能有马（老天，还是纯种马呢），我培养的伦敦绅士就不能有马？那可不成，不成。得叫他们知道不是那么回事。是不是，皮普？”

他从衣兜里拿出一个大钱夹丢在桌上，里面很鼓，装满了钞票。

“亲爱的孩子，这里的钱给你，够你花的了，都是你的。我所有的一切都不属于我，全都属于你。不要担心把钱花光，我的钱多着哩。我这次回国，就是来看看我的绅士像个绅士一样花钱。我真是太快活了。看到你花钱，我就高兴。世上的人都该死！”他说到最后，环视了一下房间，啪的一声打了个响指，“你们每一个人都下地狱去吧，从戴假发的法官，到扬起尘土的殖民者，看看我栽培的上等人吧，你们加在一起，也不及他的一根头发！”

“别说了！”我道，被恐惧和厌恶逼得发了狂，“我有话对你说。我想知道现在该怎么办？我想知道怎样才能不让你遇到危险？你打算待多久，有没有什么计划？”

“听我说，皮普。”他说，一只手搭在我的胳膊上，态度突然变得极为克制，“你先听我说。我刚才有点儿得意忘形了，净说些粗俗的话。是的，很粗俗。听我说，皮普，你原谅我吧。我以后再也不说这么粗俗的话了。”

“首先，”我心里苦不堪言，只得又说，“要怎么防备，才能让你不被人认出来，被抓住呢？”

“不，亲爱的孩子。”他用和刚才一样的语气说，“那件事不着急办。最要紧的是把我言谈粗俗的事讲清楚。我花了这么多年造就一个绅士，不是不清楚在他面前该谨言慎行。听我说，皮普，我是粗俗，我就是这样的，太粗俗了。但你别介意，亲爱的孩子。”

见他如此荒唐，我不禁觉得又是好气又是好笑，便答道：“我一点儿也不计较。看在上帝的分儿上，别再唠唠叨叨了！”

“是的，不过你听我说。”他依然絮叨不停，“亲爱的孩子，我来这里，不是为了表现得这么粗俗。好了，你说吧，亲爱的孩子。你刚才说……”

“你现在处境危险，怎样才能保护你呢？”

“嗯，亲爱的孩子，危险并没有那么大。只要没人检举我，就没什么危险。除了贾格斯、文米克和你，还有谁会去告发我呢？”

“在街上不会有人认出你来吗？”我说。

“不太可能。”他答，“我又不打算登报，告诉全天下说艾贝尔·马格维奇从博特尼湾[1]回来了。一晃那么多年过去了，谁又能从中获益呢？不过，听我说，皮普。哪怕危险比现在大五十倍，我还是会来找你的。”

“你要留多久？”

“多久？”他说，从嘴里拿出黑烟斗，张着嘴盯着我，“我不打算回去了。来了就不再走了。”

“那你住哪儿？”我说，“该怎么安置你？你在什么地方才叫安全？”

“亲爱的孩子，”他答，“花几个钱就能伪装，买顶假发啦，还有发粉、眼镜、黑衣服和短裤什么的。别人以前这么干过，都没出过事，其他人是这么干的，我也能这么干。至于在哪儿生活、怎样生活，亲爱的孩子，请说说你的看法吧。”

“你现在倒是不当回事，”我说，“昨晚却那么严肃，说什么被抓住就是

1 位于澳大利亚。

个死。”

“我现在还是说被抓住就是个死。”他说着，把烟斗又塞进嘴里，“在离这里不远的大街上给绞死。这事很严重，你最好明白。不过又能怎么样呢？我来都来了。就算是回去，也不比留下来好，甚至更糟。再说了，皮普，我在这里是为了你，这么多年了，我一直盼着这一天呢。我现在已经是个老鸟了，自从羽翼丰满以来，我就敢于面对各种各样的陷阱，现在我落在一个稻草人身上，根本没有害怕的道理。要是死神藏在稻草人的身体里，那就随便吧，让它出来好了，我倒要会会它，到时候我就服从它，不过那之前可别想叫我服软。现在，再让我好好看看我的绅士吧。”

他又一次拉着我的双手，带着欣赏财产一样的神气打量着我，同时扬扬自得地吸着烟。

我估计赫伯特两三天后便要回来，心想最好在附近给他找个僻静的住处，等赫伯特回来后，就让他住过去。我很清楚，必须把这个秘密向赫伯特和盘托出，这是在所难免的。同他商量一下，我自己也能得到极大的解脱。但是，我虽觉得应该这么做，普罗维斯先生（我决定以后就这么称呼他）却不这么认为，他非要先见一见赫伯特本人，如果他喜欢赫伯特的长相，才同意把事情告诉赫伯特。“就算是那样，亲爱的孩子，”他边说边从口袋里掏出一本《圣经》，这本经文很小，封皮是黑色的，很是油腻，带有搭扣，“我们也要他先发誓才行。”

要说我这位可怕的资助人随身携带这本小小的黑皮经文满世界走，只是为了在紧急情况下要别人发誓，那纯属无稽之谈，但有一点我可以肯定，他就没用这本经书干过别的。经书看起来像是从法庭上偷来的，也许正是因为清楚经书的来历，再加上亲身体会过经书的厉害，他便觉得只要摸着这本经书发了誓，就逃脱不了法律的魔咒。这会儿，他第一次拿出经书，我想起很久以前在教堂墓地，他也曾要我发誓不出卖他，还想起他昨晚说过，从前他孤独无依，总是朝天发誓一定会坚持下去。

他现在还穿着在船上的那套廉价衣服，皱皱巴巴，看起来像是衣服里面藏了几只鹦鹉和雪茄似的，于是我又和他商量他该穿什么衣服。他似乎深信短裤很适合用来伪装，还在心里做好了搭配，觉得穿上就能伪装成牧师或是牙医。我费了好大的劲儿才说服他穿戴成一个有钱农民的模样，还说好让他把头发剪短，再抹点儿发粉。最后，我们说定，洗衣妇和她的外甥女既然还没见过他的面，那他就躲起来，乔装完毕再出来见她们。

虽然商量出的这些办法很简单，但我当时即使谈不上心烦意乱，也是茫然无措，一直拖到下午两三点才出门去办这些事。我们说好，我出门期间，他务必待在屋内，绝不可开门出来。

据我所知，埃塞克斯街有一所很体面的寄宿房屋，从房子后面可以看到圣殿区，从我房间的窗户喊一声，那里就能听到。我先一个人去看了看，很幸运地为我的叔父普罗维斯先生租下了三楼的房间。然后，我从一家商铺走到另一家商铺，买了许多东西给他伪装用。这件事办完后，我去了小不列颠，这次是为了我自己的事。贾格斯先生正坐在他的办公桌旁，但是看到我进来，他立刻站起来，走到炉火前站定。

“喂，皮普，”他说，“要小心哪。”

“我会的，先生。”我答。我在来的路上已经想好接下来要说的话了。

“不要把你自己牵扯进来。”贾格斯先生说，“也不要把任何人牵扯进来。你知道的，是任何人。什么都不要告诉我，我什么都不想知道，我这人没什么好奇心。”

一看便知，他很清楚那个人来了。

“贾格斯先生，”我说，“我只想确定一下我听说的一切都是事实。倒不是说我希望一切为虚，但我还是需要证实一下。”

贾格斯先生点了点头。“但你说的是‘听说’还是‘告知’？”他问我，头歪向一边，并没有看我，而是盯着地板，像是在倾听什么动静，“‘听说’表示你和对方进行过谈话。而你不可能与一个身在新南威尔士州[1]的人谈话。”

“我是说‘告知’，贾格斯先生。”

“很好。”

“一个叫艾贝尔·马格维奇的人告知我，他就是长久以来一直隐瞒身份、资助我的大恩人。”

“就是这个人。”贾格斯先生说，“此人家住新南威尔士州。”

1 位于澳大利亚。

“只有他一个人吗？”我说。

“只有他一个人。”贾格斯先生道。

“先生，我不是不讲道理，我自己理解错了，得出了错误的结论，就把责任推到你身上。但是，我一直以为赞助我的人是哈维沙姆小姐。”

“就像你说的，皮普，责任并不在我的身上。”贾格斯先生冷冷地把目光转向我，咬着食指答道。

“可是看上去很像，先生。”我垂头丧气地恳求道。

“并无证据显示是这样，皮普。”贾格斯先生说，一边摇着头，卷起衣服下摆，“不要在意表面看来怎样，必须得有真凭实据。这才是铁律。”

“那我没什么可说的了。”我沉默地站了一会儿，叹了口气，说，“我被告知的情况也得到了核实，就这样吧。”

“新南威尔士州的马格维奇终于露面了。”贾格斯先生说，“你也该明白了，皮普，在我和你的往来中，我始终严格地从实际出发，从来就没有偏离过事实。你现在完全明白了吧？”

“完全明白了，先生。”

“新南威尔士州的马格维奇第一次从新南威尔士州写信给我时，我就提醒过他，我将严格遵照事实，永远不要指望我有所偏离。我还向他传达了另一个警告。我认为他在信中暗示他要来英国见你。我提醒他不要再同我说这样的话。他根本不可能获得赦免，被判流放后，至死都不能回来，只要他出现在这个国家，就是罪大恶极，将按照法律被判极刑。我就是这样警告马格维奇的。”贾格斯先生说，严厉地看着我，“我写信到新南威尔士州警告他这一点。显而易见，他听从了我的警告。”

“毫无疑问。”我说。

“文米克告知我，”贾格斯先生继续说下去，仍然紧盯着我，“他收到了一封信，是从朴茨茅斯寄来的，寄信人是个殖民者，叫普尔维斯……”

“应该是普罗维斯。”我指出。

“应该是普罗维斯。谢谢你，皮普。也许是普罗维斯吧？你大概知道是普罗维斯？”

“是的。”我说。

“你知道是普罗维斯。一个叫普罗维斯的殖民者从朴茨茅斯寄来了一封信，他代表马格维奇打听你的详细地址。据我所知，文米克在回信中把你的详细住址告诉了他。也许你正是通过普罗维斯，才得到了新南威尔士州马格维奇的解释？”

“正是通过普罗维斯了解的。”我答。

“那再见了，皮普。”贾格斯先生说，伸出一只手，“很高兴见到你。在写信给新南威尔士州马格维奇的时候，或是通过普罗维斯与他沟通时，烦请告知一声，我们长期账户的细目和凭证将连同余额一起寄给你，还剩下一些余额。再见，皮普！”

我们握了握手，他牢牢地盯着我。我在门边转过身来，他仍然死死地盯着我，架子上那两个邪恶的石膏像似乎也在努力睁开眼皮，要从肿胀的喉咙里挤出一句话来：“啊，多么厉害的人哪！”

文米克外出办事了，不过就算他在办公桌前，也不能为我做什么。我径直回到圣殿区，在那里，我发现可怕的普罗维斯安然无恙，正一边喝着兑水朗姆酒，一边抽着烟。

第二天，我订的衣物陆续送来，他穿在了身上。他无论穿什么，都不如穿以前那些衣服顺眼。这太令人沮丧了。在我看来，他身上有某种特质，再怎么乔装都无济于事。他越是穿戴上新衣物，越是穿戴上更好的衣物，就越像沼泽地里那个没精打采的逃犯。我心中焦虑，产生这样的想象，在一定程度上是因为他从前那张脸和他的举止越来越清晰地浮现在我的脑海里。我还觉得他现在像是拖着一条腿在走，仿佛腿上还绑着脚镣，从骨子里依然是囚犯。

独自住在茅屋的生活经历也对他产生了影响，让他从头到脚都像个野蛮人，穿什么衣服都无法掩盖。除此之外，他后来和流放犯一起，过着被冠上恶名的生活，也对他有影响，而最重要的是，他很清楚自己当下必须躲躲藏藏，不能在人前露面。他或站或坐；或吃或喝；或是耸着肩膀、不情愿地烦忧沉思；或是掏出他那把角质柄的大折刀在裤子上蹭蹭后切食物；或是把很轻的酒杯或茶杯举到嘴边，仿佛它们是难以拿放的平底锅；或是切下一块面包，在盘子里划来划去，吸干最后一点儿肉汁，仿佛吃的是定量补给，一点儿也不能浪费，接着还要用面包蹭蹭沾在手指末端的肉汁，才一口吞掉面包。在这一举一动中，以及时时刻刻他所做出的其他细小举动中，都一眼就能看出他是个罪犯，犯过重罪，做过奴役。

涂发粉是他自己的主意，我要他同意不穿短裤，才同意给他涂发粉。但是，他涂发粉后的效果，我只能比作死人涂胭脂的效果，简直可怕至极，但凡他身上想要加以掩盖的一切，全都冲破了那层薄薄的伪装，在他的头顶清晰地显现了出来，如此，试了一次便只好放弃，只是把他那头斑白的头发剪短了。

他可怕又神秘，我对他到底是什么感觉，着实无法用语言讲述清楚。一天晚上，他在安乐椅上睡着了，骨节突出的大手紧紧抓着扶手，布满深刻皱纹的光头垂在胸前，我就坐下来仔细端详他，琢磨着他都犯过什么样的罪行，还把《案例大事记》上记录的所有罪名都安在他身上，最后实在忍不住，恨不得逃得远远的。每过去一个钟头，我对他的憎恶就加深一分。他为我做了那么多，还为我冒了这么大的风险，可我心中煎熬，要不是知道赫伯特就快回来，我肯定已经屈服于心中的冲动，逃之夭夭了。有一天夜里，我真的从床上跳起来，穿上我最破的衣服，仓促间想要抛下他以及我所有的东西，登记入伍，去印度当一名列兵。

在那些漫长的夜晚，在那些孤零零的房间里，外面的劲风横雨从无间断，在我看来，即使有鬼魂出没，也不见得比现在更恐怖了。鬼魂不会因为我被抓起来绞死，一想到他可能落得如此结局，担心他可能落得如此结局，恐怖的感觉就更深了几分。有时他不睡觉，也没有拿出他自己的一副破烂纸牌，玩复杂的单人纸牌游戏（在此之前或之后，我都没见过有人这样玩纸牌），他赢了，就用那把大折刀在桌上划出个印记，他就要我读书给他听。“要读外文书，亲爱的孩子！”我照做了，他却连一个字都听不懂，只是站在炉火边上，带着参展者的目光仔细端详我，我则用一只手遮着脸，从指缝间望着他，瞧着他像是演哑剧似的向家具打手势，似乎是要它们注意我读得有多好。有一本小说写到一个不信神明的学者制造出了一个畸形的怪物，却被那怪物追赶，我如今的处境与他一样凄惨。只是纠缠我的，是一手栽培我的怪物，他越欣赏我，越喜欢我，我就越厌恶他，越想要避开他。

在写下这段往事的时候，我感觉这样的日子像是持续了一年，可其实只有五天而已。我一直期待着赫伯特回来，不敢出门，只在天黑后带着普罗维斯出去透透气。终于，有一天晚上，吃过晚饭后，我累极而睡（我一直彻夜不安，即使睡着了，也总会被噩梦惊醒）；突然，楼梯上响起了欢快的脚步声，我惊醒过来。

普罗维斯也睡着了，听到我闹出的动静，他摇摇晃晃地站了起来，我立即看到大折刀已被他握在手里。

“没事的！是赫伯特！”我说。赫伯特带着在六百英里外法国旅行的清新空气，快步走了进来。

“汉德尔，我亲爱的朋友，你好吗？你好不好？你还好吗？我好像走了十二个月呢！哎呀，一定是这样的，你怎么清瘦了这么多，脸色这么白？汉德尔，我的天哪！请原谅。”

他看见了普罗维斯，即刻停下脚步，也顾不上和我握手了。普罗维斯目不转睛地望着他，慢慢地举起大折刀，还把手伸进另一只口袋摸索着什么。

“赫伯特，我亲爱的朋友。”我说着，关上了双开门。赫伯特一直站在那里，双目圆睁，一头雾水，“这里发生了一件怪事。他是……我的一个客人。”

“不要紧，亲爱的孩子！”普罗维斯走上前说，手里拿着他那本带搭扣的黑皮经文，然后对赫伯特说，“用右手拿住。如果你敢走漏风声，上帝会让你命殒当场！吻它！”

“照他的意思办吧。”我对赫伯特说。于是，赫伯特照办了，还向我投来友好的眼神，只是其中夹杂着不安和惊讶。普罗维斯立即和他握了手，说：“现在你已经发过誓了。如果皮普不能使你成为一个绅士，你就再也不要相信我！”

第二章

我、赫伯特和普罗维斯在炉火前坐下来，我把秘密原原本本地告诉了赫伯特，他听后惊恐万状，露出惶惶不安的神色，他的样子，我自不必多言。我从赫伯特的脸上看到了我自己的感受，尤其是我对这个为我付出良多的人的厌恶。

普罗维斯听着我的讲述，表现出一副扬扬得意的模样，即使没有其他情况引起我和赫伯特与他的不和，光凭他这个样子，也会让我们产生隔膜。他一直纠结于他回国后有一次说了粗俗的话，我一讲完，他就对着赫伯特翻来覆去讲这件事，可他并没有意识到，我到底愿不愿意接受自己的好运。他不停吹嘘把我栽培成了一个绅士，这次千里迢迢而来，就是要看看我凭借他的充足财富过着怎样体面的生活，而他这一番吹嘘，既是为了他自己，也是为了我。他心里早就认定，这番夸耀对我们两个而言都面上有光，我也跟他一样，一定会为此感到非常自豪。

“不过，听我说，皮普的同伴。”他滔滔不绝地谈了一会儿后，对赫伯特说，“我非常清楚，自从我回来以后，我有一次说话十分粗俗，不过只有半分钟而已。我对皮普说，我也知道自己一向都很粗俗。但你不要为此烦恼。我把皮普培养成了一个绅士，而皮普也把你培养成了一个绅士，我自然清楚在你们二位面前该如何表现。亲爱的孩子，还有皮普的伙伴，你们大可以放宽心，我以后都会表现得有教养，就好比戴上了口套。自从那半分钟我表现粗俗以来，口套一直戴在我的嘴上呢，现在是，以后永远是。”

赫伯特说了句“当然”，神情却没有显出特别的安慰，仍然困惑而沮丧。我们都盼着他到他的住处去，我们两个好独处一会儿，可是他显然心存嫉妒，见不得我们在一起，一直坐到了很晚。直到午夜时分，我才带他绕到埃塞克斯街，看着他走进漆黑的门口，安安全全地到了他自己的房间。当他关上房门，自从那夜他找上门以来，我第一次感到松了口气。

我总是想起楼梯上的那个人，弄得一颗心七上八下，天黑后送我的客人出去，带他回来时，我总是四下张望。这次送他回去，我也直往四周瞧。在大城市里，只要怀疑自己遭人监视，就难免疑神疑鬼，总以为有人在暗中注视自己，但我实在无法使自己相信，在我的视线范围内，有人在留意我的一举一动。路上的行人并不多，都是各行其道，等我拐回圣殿区，只见街上空荡荡的。没人跟我们从大门口出去，也没有人跟我从大门口进来。经过喷泉的时候，我回头看了一眼，就见他的后窗亮起了灯，看起来风平浪静，我在我住的房子门口站了一会儿才上楼，花园街半点儿动静也没有，我走上楼梯，楼梯上同样没人。

赫伯特张开双臂欢迎我，我第一次感受到拥有朋友是多么幸福。他安慰了我几句，还鼓励我，接着，我们一起坐下来考虑一个难题：现在该怎么办？

普罗维斯坐过的椅子仍在原地，他住惯了茅草屋，因而总在同一个地方活动，他还坐立不安，一次次地拿出“黑人脑袋”烟叶装进烟斗抽烟，再拿出折刀摆弄一番，又拿出纸牌玩，好像这一切都写在了石板上，他必须遵照执行。他的椅子还在原地，赫伯特无意中坐在了上面。但他马上跳了起来，一把推开椅子，拉过另一把椅子坐下。照这样看来，他对我那位恩主的厌恶可谓不言自明，我也不必向他坦言我心里的嫌弃。我们虽没说一个字，却都懂得彼此的心思。

等赫伯特端坐在另一张椅子上，我对他说：“该怎么办才好呢？”

“我可怜的汉德尔。”他抱着他的头答道，“我太震惊了，现在脑袋一团乱。”

“赫伯特，我当初知道真相的时候，也是这样。不过，我们还是得做点儿什么。他现在一门心思变着花样花钱，像是买马、买马车，总之就是摆阔。必须设法阻止他。”

“你是说你不能接受……”

“我怎么能接受呢？”赫伯特停顿了一下，我于是插嘴说道，“想想他的样子！看看他的样子吧！”

我们两个不由自主地打了个寒战。

“不过，赫伯特，恐怕事实已经糟糕透顶了。他很依恋我，非常依恋我。我的命怎么这么惨！”

“我可怜的汉德尔。”赫伯特重复道。

“唉。”我说，“即使我现在立即收手，不再向他要一分钱，可想想我已经欠了他多少！此外我还负债累累。我已经没有远大前程了，那些债务简直就像一座山。我也没学过什么手艺，什么事都干不了。”

“好，好，好！”赫伯特责备道，“别妄自菲薄。”

“那我能做什么呢？我只知道我适合做一件事，那就是去当兵。我亲爱的赫伯特，我本来都准备走了，但我舍不得你这个好朋友，舍不得与你之间的情义。”

说完，我痛哭起来，赫伯特只是热情地握住我的手，假装没看到我掉眼泪。

“不管怎样，我亲爱的汉德尔，当兵是不行的。”过了一会儿，他说，“如果你拒绝他的资助，不再要他的钱，想来你是抱着一丝希望，盼着有一天能偿还他给过你的钱。但你要去当兵，这个可能就不大！再说了，去当兵也太荒唐了。克拉利柯商行就算再小，也总强过去当兵。你知道的，我在那里工作，正努力当个合伙人呢。”

可怜的家伙！他根本想不到他当合伙人的钱是哪儿来的。

“但还有一个问题。”赫伯特道，“他不仅无知，还是个倔脾气，心里早就有了主意。更重要的是，在我看来，他这人心狠手辣，容易铤而走险，当然也可能是我看错了。”

“我知道他就是这么一个人。”我答，“我来给你讲讲我见过的证据吧。”于是我说了一件刚才没提过的事，也就是他和另一个罪犯打架的事。

“这下你明白了吧！”赫伯特说，“想想吧！他认准了的事就一定要干，不惜冒着生命危险来到这里。他心里的执念才刚刚实现，在他付出了那么多辛劳，等待了那么久之后，你竟然让他脚下的土地崩塌，摧毁他的信念，让他赚到的钱财毫无价值。你难道看不出，他在失望之下，一定会干出可怕的事吗？”

“赫伯特，自从那个灾难般的夜晚他找上门来，我就看得清清楚楚，就连做梦也会梦到。我心里明白得很，他什么都干得出来，甚至可能自己告发自己。”

“你这话算是说对了。”赫伯特道，“这种事，他完全干得出来。只要他还在英国，你就脱离不了他的魔掌。你若是抛下他不管，他就能干出这么鲁莽的事。”

这个可怕的想法本就从一开始压在我的心头，现在听赫伯特这么一说，我更是吓得魂不附体。如果真会这样，那从某种程度上来说，我就成了杀害他的凶手，念及此，我便无法继续在椅子上安坐，只得起身来回踱步。我对赫伯特说，即使普罗维斯不是去自首，而是被人认出来，并被捉走，那也是因我而起，我虽然无辜，却也将痛苦一生。是的，我将痛苦一生；可是若把他留在身边，我也照样痛苦难当。我宁愿一辈子在铁匠铺里干粗活儿，也不愿走到今天这一步！

但是，到底该怎么办呢？总是胡言乱语，也解决不了这个问题。

“当务之急是让他离开英国。”赫伯特说，“你得跟他一起走，这样他才有可能走。”

“可是，且不说把他带去哪里，先说说我能阻止他回来吗？”

“我的好汉德尔，纽盖特监狱就在隔壁街上，你在这里向他道出自己的真实想法，逼得他孤注一掷，肯定比在别处更危险，这一点再明显不过了。要是你能从另外那个逃犯身上找到借口，或是根据他这辈子的经历找出托词将他弄走，你就得马上行动。”

“还要我再说一次吗？”我说着停在赫伯特面前，摊开双手，好像在展示这件事已经进入了绝境，“我对他的生平经历一无所知，所以整夜坐在这里看着他，才要发疯。我的幸运是因他而起，我的不幸也是因他而起，然而，我却一点儿也不了解这个人，只知道这个潦倒的可怜虫在我小时候整整吓了我两天！”

赫伯特起身，挽着我的胳膊，我们一起慢慢地来回走着，目光都落在地毯上。

“汉德尔，”赫伯特停下来，说，“你确信自己不再要他的钱了吗？”

“完全确信。如果你处在我的位置，你当然也会这么做的吧？”

“你确信你必须跟他断绝关系吗？”

“赫伯特，这还需要问吗？”

“他为了你连自己的命都不要了，但你必须顾及他的性命，只要有可能，你就必须挽救他，不能让他白白把命丢掉。所以，你必须先把他带离英国，然后才能想法子使自己摆脱苦海。只有他走了，你自己才能解脱。亲爱的老伙计，至于你如何解脱，到时候我们再一起想办法吧。”

虽然只商量出了一点儿结果，我们还是握了握手，都觉得松了口气，然后，我们又开始走来走去。

“现在，赫伯特，我们来想想怎么打探他的生平经历吧。”我说，“照我看，只有一个办法，那就是直截了当地问他。”

“没错。”赫伯特说，“明天吃早饭的时候，你来问他。”普罗维斯在告别赫伯特时曾说过，他将和我们一起吃早餐。

商量好这个计划，我们就去睡觉了。我做了许多荒诞的噩梦，每个梦都和普罗维斯有关，醒来时觉得疲惫不堪。湮灭在黑夜里的恐惧又回来了，我生怕他已经被人发现是偷偷溜回来的流放犯。醒着的每时每刻，我都深陷在这种恐惧之中。

他在约定的时间回来了，拿出他的折刀，坐下来吃饭。他脑子里塞满了各种各样的计划，要让他栽培的绅士大显身手，像真正的绅士一样。他还催促我赶快把他给我的那一皮夹钱拿去花掉。在他看来，我的这几个房间，还有他的住处，不过是临时住所，他建议我立即在海德公园附近找个“气派的房子”，让他也可在里面“搭个铺”。见他吃完了早饭，开始在腿上擦刀子，我马上单刀直入，问他：“昨晚你走了以后，我告诉我的朋友，当年在沼泽地，我们赶到的时候，士兵们发现你正和一个犯人打架。你还记得那件事吗？”

“记得！”他说，“我想是的！”

“我们想知道关于那个人的一些情况，也想了解了解你的事情。说来也怪，除了我昨晚说的那些，我对你们两个的了解都不多，尤其是你。现在时机正好，你不妨多给我们介绍介绍。”

“好吧！”他想了想，说，“你是发过誓的，对吗，皮普的伙伴？”

“毫无疑问。”赫伯特说。

“不管我说了什么，你都得遵守誓言。”他又说。

“我很清楚应该这样做。”

“听我说！不管我做过什么，都已经定了罪，我也付出代价了。”他又坚持说。

“确实如此。”

他拿出他的黑烟斗，正要往里面装“黑人脑袋”烟叶，却突然望着手里那一团乱麻似的烟丝，似乎觉得它们会扰乱他叙述的思路，便把烟丝放回原处，把烟斗插在上衣的纽扣孔里，两只手摊开，分别放在两边的膝盖上。他愤怒地瞪着炉火，沉默了一会儿，才回过头来望着我们，讲出了下面这一段前尘往事。

他愤怒地瞪着炉火，沉默了一会儿，才回过头来望着我们，讲出了下面这一段前尘往事。

（第338页）

第三章

“亲爱的孩子，亲爱的皮普的同伴。我现在要给你们讲一讲我的人生经历，它不如歌曲那样动听，也不如故事书那般有趣。不过我可以用一句话来概括，这话很简短，你们一听就能明白。那就是进监狱出监狱，再进监狱再出监狱，进进出出，没完没了。好了，现在你们明白了。我大半辈子都是这么度过的；后来，我认识了皮普，与他成了朋友；再后来，我被押上船，送到了流放地。

“我经历过各种判罚，只差没被绞死。他们把我像个银茶壶一样关起来。他们把我押在囚车上，送到这里，又送到那里，时而把我押送出这个城镇，时而把我押送出那个城镇。他们给我戴上枷锁，用鞭子抽我，折磨我，驱赶我。别说你不知道，连我自己都不清楚我是在哪里出生的。我最早的记忆是在埃塞克斯，为了活下去，我只能偷萝卜填饱肚子。有个男人，那家伙是个补锅匠，他丢下我自己跑了，只带走了他的炉子，却撇下我一个人挨饿受冻。

“我知道我姓马格维奇，名字叫艾贝尔。那我是怎么知道的呢？就像我知道树篱上的鸟叫什么，比如苍头燕雀、麻雀，或者画眉什么的。我还以为自己说不准呢，可既然鸟儿们的名字都被我说中了，我想我自己的名字也错不了。

“据我所知，小艾贝尔·马格维奇穿着破烂的衣服，饿得前胸贴后背，人们见了他，不是躲着走，就是把他赶走，要不就把他抓起来。今天被这个人抓，明天被那个人抓，抓呀，抓呀，我就这样长大了。

“事情就是这样的，我小时候穿得破破烂烂（倒不是说我照过镜子，毕竟我去的那些人家里没有镜子），是个没人疼的小可怜，但我那时候就名声在外了，人人都知道我是根硬骨头。‘这小子不好对付，是个强硬的家伙。’每次有人来监狱里探监，他们就一边指着我，一边这么说。‘可以说，这小子是在监狱里长大的。’他们说这话的时候看着我，我也瞧着他们，他们有的过来量量我的脑袋，要我说，该量的其实是我的肚子；还有的塞给我一些我看不懂的小册子，讲一些我听不懂的话。他们总是在我耳边唠叨魔鬼的故事。可是，魔鬼与我有什么关系呢？我总得找吃的填饱自己的肚子，不是吗？坏了，我又讲粗话了。我知道自己该保持体面。亲爱的孩子，亲爱的皮普的伙伴，我再也不会说粗话了，请你们放心。

“我四处流浪，有时候乞讨，有时候干点儿偷偷摸摸的勾当，要是条件允许，我也去做工。不过这样的机会并没有你们以为的多，想想看，你们愿不愿意雇我这样的人。偷猎、做劳工、当车夫、晒干草、当小贩，我什么都干过，只是赚不到什么钱，还总是惹一身麻烦，我就是这样长大的。有一次，一家客栈里来了个逃兵，从头到脚穿得破破烂烂，是他教会了我识字。还有个行游各地巡演的巨人，别人给他一便士，他就给人家签名字，是他教会了我写字。那时候，我被关进大牢的时间比从前少了很多，但监狱的钥匙被磨平了，也有我的一份功劳。

“二十多年前，在艾普索姆[1]的赛马会上，我认识了一个人，要是再给我遇见那家伙，我肯定要用炉盘上的这根拨火棍敲裂他的脑袋瓜儿，就像敲裂龙虾的爪子。他的真名叫坎培森。亲爱的孩子，昨晚我走后你告诉你的同伴曾见过我在沟里臭揍一个人，就是他。

“这个坎培森自以为是个上等人，他上过公立寄宿学校，倒也有些学问。这家伙能说会道，对名流雅士的生活方式也很在行，而且，他长得非常英俊。在那场盛大赛马会的前一天晚上，我在荒原上一个我熟悉的酒馆里遇见了他。我进去的时候，他和另外几个人坐在桌边。店老板与我是老相识，是个很大方的人。他叫了坎培森一声，说：‘我瞧着这个人挺符合你的要求。’他指的是我。

“坎培森仔细打量了我一番，我也看着他。他戴着一条链表，手上有一枚戒指，还别着一枚胸针，他身上那套衣服很讲究。

1　英国萨里郡的一个市镇。

“坎培森仔细打量了我一番，我也看着他。他戴着一条链表，手上有一枚戒指，还别着一枚胸针，他身上那套衣服很讲究。”（第340页）

“‘从外表看，你的运气很糟糕。’坎培森对我说。

“‘是的，先生，我这人向来时运不佳。’（当时，我因为流浪被关进了金斯敦监狱，才刚刑满释放不久。就算不是因为流浪，我也会为别的罪名入狱，不过当时恰好就是因为流浪。）

“‘你的好运来了。’坎培森说，‘也许你要开始交好运了。’

“‘但愿如此。看什么时候有机会吧。’我说。

“‘你都会做什么？’坎培森说。

“‘要是你能找到吃喝，我倒是会吃会喝。’我说。

“坎培森笑了，又从上到下打量了我一番。他给了我五先令，让我第二天晚上再来同一个地方见他。

“第二天晚上，我去同一个地方见坎培森。坎培森要我做他的搭档，和他一起干。坎培森要我入伙，那他是干什么行当的呢？那家伙是个诈骗犯，伪造笔迹，把偷来的钞票出手，反正就是这类勾当。坎培森用他那颗脑袋瓜儿想出种种诡计和陷阱，不过他不会让自己陷进去，他捞到好处就跑，找其他人当替罪羔羊，坎培森干的就是这一行。他的心比铁锉刀还硬，像死人一样冷酷，而且，就像我前面提到的，他的思想就像魔鬼一样邪恶。

“还有一个家伙和坎培森一起混，那人叫亚瑟，不过这不是他的本名，只是个化名而已。亚瑟有衰退病，活像个幽灵。几年前，他和坎培森骗了一位富有的女士，赚了一大笔钱。不过坎培森这人好赌，把钱都输没了，就算是把国王的税金交给他，他也要输个精光的。就这样，亚瑟的病越来越重，身上没几个钱，又得了谵妄症，眼瞅着是活不长了。情况允许的时候，坎培森的妻子（坎培森经常对她拳打脚踢）倒是很同情他，只是坎培森对任何人和事都没有半点儿同情心。

“我应该把亚瑟当成前车之鉴，但我没有。不过，亲爱的孩子，亲爱的伙伴，其实我一点儿也不在乎，我用不着假装，反正假装也没什么好处。就这样，我开始与坎培森搭伙，成了他随意摆布的一件工具。亚瑟住在坎培森家的顶层（就在布伦特福德附近），他的住宿费是多少钱，吃喝花了多少钱，坎培森一笔一笔地都记录了下来，要是他病情好转，能工作了，就叫他还上。但亚瑟的那笔账很快就了结了。在我第二次还是第三次看到他的时候，反正是在一天深夜，他发狂似的从楼上跑进坎培森的客厅，只穿着一件法兰绒睡袍，头发都汗湿了，他告诉坎培森的妻子：‘莎莉，现在那个女人就在楼上，我甩不掉她。她穿着一身白衣服。头发上还别着白色的花儿，她疯了，那疯样太吓人了，一只胳膊上挂着裹尸布，还说凌晨五点就用裹尸布把我裹起来。’

“坎培森立即说：‘你这个大傻瓜，难道你不知道她还活着吗？她又不是鬼魂，她要进来，要么走门，要么爬窗，还得上楼梯，她怎么可能在楼上呢？’

“‘我不知道她是怎么去楼上的。’亚瑟说，他吓得浑身发抖，‘但她站在床脚的角落里，已经发疯了。她的心碎了，是你伤了她的心！她的心还往下滴血呢。’

“坎培森嘴上不饶人，骨子里却一直是个懦夫。他对他的妻子说：‘把这个病秧子送上楼吧，别再由着他胡言乱语了。’然后告诉我：‘马格维奇，帮她一把，好吗？’可他自己从不靠近。

“我和坎培森的妻子把他送回了楼上的床上，他语无伦次，说个不停。‘哎呀，你们快看她！’他喊道，‘她在对着我摇晃裹尸布呢！你们没看见她吗？看看她的眼睛！她这么疯癫，难道不恐怖吗？’接着，他哭喊着说：‘她会把裹尸布缠在我身上，那我就完蛋了！把裹尸布从她手里拿走，快拿走！’接着，他死死抓住我们，一直跟她说话，还回答她的问题，搞得我也以为自己看到了那个女人。

“坎培森的妻子早就习惯他这样了，她给他喝了些酒，缓解了他的谵妄症，不久他就安静下来了。‘啊，她走了！是看守把她带走了吗？’他说。‘是的。’坎培森的妻子回答。‘你有没有叫他把她锁起来？’‘是的。’‘有没有叫他夺走她手里那个丑陋的东西？’‘是的，是的，告诉过他了。’‘你真是个大好人。’他说，‘无论怎么样，你都不要离开我，谢谢你了！’

“之后，他就安静地睡着了，到了五点，他又突然尖叫一声，大喊道：‘她来了！她又拿到裹尸布了。她把那东西展开了。她从角落里走了出来，就要到床上来了。抱紧我，你们两个每人抱一边，不要让她用那玩意儿碰我。哈！她上次就没碰到我。不要让她用那玩意儿缠住我的肩膀。别让她把我扶起来，用那东西缠住我。她扶我起来了。快把我放下来呀！’然后，他的身体猛地一弓，就这样死了。

“坎培森倒是轻松，认为这对双方都是一种解脱。我和他很快就忙起来了，他这人非常狡猾，他做的第一件事就是让我拿着我的《圣经》发誓。亲爱的孩子，就是这本小小的黑皮经书，我就是让你的同伴用它发誓的。

“且不说坎培森策划了什么勾当，我又是怎么执行的，不然就是说上一个礼拜也说不完。亲爱的孩子，皮普的伙伴，我只告诉你们一句话，那个人让我深陷在他编织的网里，使我成了他的奴隶。我总是欠他的债，总是受他控制，总是在工作，总是陷入危险。他比我小，但他诡计多端，也有学问，他胜过我千百倍，还是个下手不留情的家伙。当时我的老婆一直在和我闹别扭，不过别说这事了，我可不想提起她……”

他茫然若失地环顾四周，仿佛突然失去了往日的记忆。他转过脸对着火，把两手摊开放在膝上，把两手抬起来又放下。

“没必要说得太详细了。”他说，又向四周看了看，“反正和坎培森一起混的那段时间，对我来说是这辈子最艰难的一段时期，只这一句，就能概括了。我刚才有没有告诉过你们，和坎培森一起做买卖的时候，为了一点儿小小的罪过，我还单独受过审判？”

我回答说没有。

“好吧！”他说，“事实就是这样，那次我被定罪了。在那四五年的时间里，总共有过两三次，我因为一点儿嫌疑就被抓了起来，不过每次都是证据不足。最后，我们把偷来的钞票出手，我和坎培森都因此犯了重罪，还受到其他几条指控。坎培森对我说：‘我们自己找自己的辩护律师，别再来往了。’我当时穷得叮当响，除了身上那套衣服，我卖掉了我所有的衣服，这才找到了贾格斯。

“我们被押上被告席时，我首先注意到坎培森把自己打扮成了一个上流绅士，留着一头卷发，穿着一身黑衣服，胸袋里还插着一条白手绢，可再看看我，简直就是个可怜虫，一副穷酸相。审判刚开始的时候，各方要简要陈述证据，我注意到和以往一样，他们要把所有的罪责都推到我的头上，还为他开脱。接着，证人来到证人席作证，我又注意到和以往一样，证人一口咬定我罪大恶极，还发誓说每次都是把赃款交到我手里，每次都是我在干坏事，好处也都进了我的口袋。后来，到了律师辩护的阶段，他们的计划我就看得更明白了。坎培森的律师说：‘法官大人，各位先生们，在你们面前肩并肩站着两个人，你们只消看上一眼，就能看出他们二人有着天差地别。一个很年轻，受过良好的教育，裁决时应该考虑这种身份；另一个年纪比较大，没受过教育，裁决时也应该考虑这种身份。这个年轻人，与本庭审理的罪名没有多大的牵扯，只是有一些嫌疑而已，再看年龄大的那一位，他是这类案件的惯犯，每次都会被定罪。倘若这二人中只有一个犯了罪，那犯罪的是哪一个呢？倘若这两个人都犯了罪，哪一个的罪行比较重呢？答案如何，并无疑问。’反正那个律师说的就是这类的话。说到人品，坎培森上过学，他的同学有的在这里身居高位，有的在那里手握大权，至于那些证人，都是他在各个俱乐部和社交圈子里的老相识，他们又怎会对他不利呢？再看看我，以前受过多少次审判，从南到北，什么拘留所呀，看守所呀，又有谁不知道我呢？再说我们自己的发言，坎培森说起话来不时低下头，还用他那块白手帕捂着脸，啊，他说着说着，还老是引经据典；再看看我，我只能说：‘先生们，我边上的这个人金玉其外，其实就是个无赖。’后来判决出来了，坎培森果然从轻发落，只说他这个人本性不坏，只是遇人不淑，还主动揭发我；再看看我呢，除了说一句我有罪，还说得出什么话呢？我告诉坎培森：‘只要出了这个法庭，我一定会打烂你的脸。’坎培森立即请求法官保护他的安全，于是，法官派了两个狱吏站在我们中间。后来就宣判了，他只被判了七年，再看看我，被判入狱十四年，法官还很同情他，说什么他本来大有前途；再看看我，他觉得我是个累犯，罪大恶极，只会越来越糟糕。”

他越说越激动，好在还能克制住自己，喘了两三口粗气，又吞了两三次口水，他向我伸出一只手，用安慰的语气说：“亲爱的孩子，我不会再说粗话了！”

激动之下，他浑身燥热，便掏出手帕在脸、头、脖子和手上一通擦，这才继续往下说。

“我对坎培森说过，我要打烂他的脸，我也发过誓，要是我做不到，就让上帝打烂我的脸！我们被关在了同一条监狱船上，我很想揍他，可是很长一段时间我都没能做到。最后，我摸到他背后，一拳抡在他的脸上，等他转过身来，我又狠狠给了他一拳；可就在此时，看守发现了我，把我抓走关进了黑牢。那艘监狱船上的黑牢并不结实，毕竟我经常被关进黑牢，还擅长游泳和潜水。就这样，我逃到了岸上，跑到一片墓地里藏了起来，还羡慕那些死人没有烦恼，就是在那个时候，我遇到了你，我的孩子！”

他深情地望着我，见他那种神情，我又开始厌恶他，不过我真的很同情他的遭遇。

“我的孩子，听你当时说的话，我知道坎培森也逃到沼泽地去了。我敢说，他是被我吓破了胆，为了摆脱我才越狱的，可他不知道的是我也逃到了岸边。我找到了他，打烂了他的脸。我告诉他：‘我自己是死是活不要紧，我一定要把你拖回监狱船上。’我本来要揪着他的头发，把他弄回船上去，那些当兵的来不来，我都会那么做。

“当然，最后又是他占了便宜，谁叫他名声好呢？他说他被我吓破了胆，以为我要杀了他，这才逃狱。他只受到了很轻的惩罚。我却被戴上脚镣，再度受审，还被判了终身流放。亲爱的孩子，亲爱的皮普的伙伴，我现在来到了这里，也就算不上终身流放了。”

他又像刚才那样擦了擦身上，然后慢慢地从口袋里掏出那一团乱糟糟的烟叶，又从纽扣孔里抽出烟斗，慢慢地装上烟叶，抽了起来。

“他死了吗？”沉默了一会儿，我问道。

“你问谁死了，亲爱的孩子？”

“坎培森。”

“可以肯定一点，如果他还活着，那他一定盼着我死了。”他露出凶狠的目光，“从那之后，我再也没有听到过他的消息。”

赫伯特一直用铅笔在一本书的封面上写字。趁普罗维斯站在那里盯着炉火的时候，他轻轻地把书推到我面前，我看到他写的是：“哈维沙姆少爷就叫亚瑟。坎培森就是骗取哈维沙姆小姐感情的那个人。”

我把书扣过来，对赫伯特微微点了点头，把书放在一边。但我们谁也没说什么，只是看着普罗维斯站在火堆旁抽烟。

第四章

我为什么要停下来问自己：我对普罗维斯避之唯恐不及，在多大程度上是为了艾丝特拉？当初，我努力把参观监狱沾染的污迹弄掉，才去公共马车站接艾丝特拉；现在，我满脑子琢磨的都是艾丝特拉如此傲慢，如此美丽，她与我窝藏的那个偷偷潜回的流放犯之间简直是云泥之别。我又为什么要在路上徘徊踟蹰，比较前后这两种心态呢？我又何必多思多想，脚下的道路并不会因此变得平坦，结果也不会因此变得更好，他不会因此获得救赎，我也不能因此得到宽恕。

听他讲完人生经历，一种全新的恐惧开始在我心里蔓延，或者更确切地说，他的叙述让那个早已存在的恐惧显出了形状，变得清晰起来。如果坎培森还活着，并且发现他逃回来了，那后果必定不堪设想。坎培森怕他怕得要死，对这一点，他们两个都不可能比我更清楚。坎培森若真是普罗维斯描述的那种人，就断断不会有半点儿犹豫，一定会去告发他，用这种稳妥的办法彻底除掉可怕的敌人。

我从未在普罗维斯面前提过艾丝特拉一个字，过去不会，以后也绝对不会，反正我是这么决定的。但是，我对赫伯特说，在带普罗维斯出国前，我必须先去见见艾丝特拉和哈维沙姆小姐。在普罗维斯讲述身世的当天晚上，只剩下我和赫伯特二人时，我把这个想法告诉了赫伯特。我决定第二天就去里士满，到了第二天，我确实去了。

我刚到布兰德利太太家，艾丝特拉的女仆就被打发来告诉我，艾丝特拉到乡下去了。她去哪里了？像往常一样去了萨提斯庄园。我说往常可不是这样，因为她每次回去，总要我做伴，那她什么时候回来？女仆回起话来闪烁其词，我听了只觉得更加迷惑不解。女仆给我的回答是，在她看来，艾丝特拉就算回来了，也将很快就搬出去。我听得一头雾水，只知道她们有事瞒着我，无奈之下，只能狼狈不堪地回了家。

晚上，把普罗维斯送回家（我总是送他回家，来回的路上也总是留意四周）后，我和赫伯特商量了一晚上，最终得出一个结论，暂时不向普罗维斯提起出国的事，等我从哈维沙姆小姐家回来后再说。在这期间，我和赫伯特各自琢磨怎么向他提出此事最为稳妥，是谎称我们担心有人在怀疑他，正在监视他；还是说我从未出过国，想去国外见识一番。我们都清楚，只要是我提出来，他就没有不同意的。于是我们一致认为，现在情况这么危险，让他继续留在这里，后果不堪设想。

第二天，我耍了个卑鄙的手段，假称我和乔有约，要去见他。不管是对乔本人，还是假借他的名义，我什么卑劣的事都干得出来。我叮嘱普罗维斯在我离开期间务必多加小心，还要赫伯特接替我照顾他。我说我转天即回，还说知道他已经等得不耐烦，待我回来，就让他满意，着手准备做一个更阔气的绅士。当时我想到，可以用这个借口要他去置办一些东西，就可以顺利把他送去海外，后来，我发现赫伯特也是这么想的。

就这样，临行前的准备工作都安排妥当了。第二天天还没亮，我就乘坐早班马车出发，前往哈维沙姆小姐家。一路来到乡间开阔的路上，天边才渐渐现出了曙光，这日光就像个乞丐，时走时停，抽抽搭搭地哭着，冻得直打哆嗦，身上穿的是乌云和浓雾组成的破衣烂衫。马车终于顶着毛毛细雨来到了蓝野猪饭庄门口，我看到一个人从大门口出来，手里拿着牙签，瞧着马车，这人不是别人，正是本特利·多穆尔！

他假装没看见我，我也假装没看见他。我们两个都装得不太像，接着我们都进了餐厅，这下就更装不下去了，他刚在那儿吃完早饭，而我则要去那里用早饭。在镇子里见到他，实在叫我心中窝火，因为我很清楚他到这儿来的原因。

我坐在桌边，假装看一份沾满油污的报纸，这份报纸早就过期了，报道的是当地的新闻，字迹已经难以辨认，版面上却沾着很多别的东西，比如咖啡、泡菜、鱼酱、肉汁、融化的黄油、红酒，整张报纸上乌七八糟，像是出了一大片形状很不规则的麻疹。他则站在火边。我越是看他站在火边，就越是恼火，最后，我怒不可遏，猛地站起来，决心讨回自己烤火的权利。我走到壁炉前，想要把火拨旺，而拨火棍正好在他的腿后，我只好把手伸过去，但我依然假装不认识他。

“你怎么不理人呢？”多穆尔先生说。

“啊！”我拿着拨火棍说，“是你呀？你好！我刚刚还在想是谁一直挡着火呢。”

说完，我使劲儿戳了戳火，戳完就站在多穆尔先生旁边，挺直肩膀，背对着炉火。

“你刚来吗？”多穆尔先生说着，用肩膀一推，把我从他身边挤开了一点儿。

“是的。”我说着，也用肩膀把他挤开了一点儿。

“这地方真讨厌。”多穆尔说，“这里好像是你的家乡吧？”

“是的。”我确认道，“听说这里和你的家乡什罗普郡倒是很像啊。”

“一点儿也不像。”多穆尔说。

这时，多穆尔先生看了看他的靴子，我看了看我的靴子，然后，多穆尔先生瞅着我的靴子，我也瞅着他的靴子。

“你来很久了吗？”我问，决心一寸也不离开火边。

“久到已经让我开始厌烦了。”多穆尔答，假装打了个哈欠，却同样寸步不让。

“你要在这儿待很久吗？”

“说不准。”多穆尔回答说，“你呢？”

“说不准。”我说。

这时，我觉得浑身刺痛，血液沸腾，据我估计，要是多穆尔先生的肩膀再多侵占哪怕是一根头发丝的距离，我也会把他丢到窗边；同样的，要是我的肩膀也多侵占这么一点儿距离，多穆尔先生也会把我丢进最近的包厢里。他吹了一会儿口哨，我也吹起了口哨。

“我想这附近有一大片沼泽地吧？”多穆尔说。

“是的。那又怎么样？”我说。

我们站在那里，腰板挺直，肩膀挨着肩膀，脚挨着脚，双手搁在背后，一寸也不让步。（第351页）

多穆尔先生看了看我，又看了看我的靴子，他“啊”了一声，便开始哈哈大笑。

“你觉得有趣吗，多穆尔先生？”

“没意思，一点儿意思也没有。”他说，“我要去骑马兜一圈，就去沼泽地找找乐子吧。听说那里有几个偏僻的村庄，有几家奇怪的小酒馆，还有铁匠铺。伙计！”

“是的，先生。”

“我那匹马准备好了吗？”

“已经牵到门口了，先生。”

“听我说，先生。那位女士今天不骑马了，这天气不太好。”

“是的，先生。”

“不必准备我的午饭，我要在那位女士家里用餐。”

“是的，先生。”

多穆尔说完瞥了我一眼，那长着双下巴的胖脸上流露出了傲慢和得意，这就像是在我的心里狠狠扎了一刀。他那蠢钝的样子看得我气不打一处来，恨不得将他一把抱起，丢在火上去烤。我看过一本故事书，书里的强盗就是这么对付一个老太婆的。

有一件事我们两个都心知肚明：除非有人过来救场，否则我们两个都不会从火边走开。我们站在那里，腰板挺直，肩膀挨着肩膀，脚挨着脚，双手搁在背后，一寸也不让步。可以看到外面下着蒙蒙细雨，马儿就站在门口，我的早餐已放在桌上，多穆尔的早餐碗盘也都收走了，小伙计要我过去用餐，我点了点头，但我们仍站在原地不动。

“那以后你又去过俱乐部吗？”多穆尔说。

“没有。”我说，“上次去的时候，我就已经受够了。”

“就是我们意见不一致的那次吗？”

“正是。”我非常不耐烦地回答道。

“得啦，得啦！他们可没为难你。”多穆尔讥笑道，“你说你发什么脾气呢？”

“多穆尔先生，”我说，“你没有资格在这个问题上发表意见。我就算发脾气了，也不会抄起杯子乱丢。不过，我可没有承认我当时发火了。”

“我偏要乱丢。”多穆尔说。

我瞥了他一两眼，一直隐忍的怒火越烧越旺，我对他说：“多穆尔先生，这次的对话可不是我引起来的，而且我觉得我们之间的谈话并不愉快。”

“当然不。”他高傲地转过头来，说，“我也不觉得愉快。”

“因此，”我接着说，“如果你不介意，我建议今后我们不再进行任何交流。”

“我也是这么认为的。”多穆尔说，“我早该提出这个建议的；或者说，我不该提议，而是直接这么做。但是，你不要发脾气。你输得还不够惨吗？”

“你这是什么意思，先生？”

“伙计！”多穆尔没有回答我，只是这么叫道。

伙计出现了。

“听我说，先生。你已经知道那位女士今天不骑马，我会去她家里吃饭，是吗？”

“是的，先生。”

伙计摸了摸茶壶，发现我点的茶凉得很快，向我投来恳求的目光，便走了出去。多穆尔小心地不挪动挨着我的肩膀，从口袋里掏出一支雪茄，咬掉了烟头，丝毫没有流露出要挪开的意思。我被呛得透不过气来，心里愤愤不平，但我觉得只要我们再说下去，势必会提起艾丝特拉，而我无法忍受听到她的芳名从他口中说出。于是，我只好呆呆地望着对面的墙，仿佛没有人在场似的，我强迫自己一声也不吭。我们这样荒唐地僵持了多久，实在说不清楚；但后来进来了三个富有的农场主，想必是那个伙计让他们进来的。他们走进餐厅，解开大衣的纽扣，一边搓着手，一边径直走到炉火前，我们无可奈何，只得让开。

我从窗户里看着多穆尔抓住马鬃毛，莽撞粗暴地爬了上去，马儿经他这么一通折腾，向侧面歪了歪脑袋，倒退了几步。我还以为他走了，不料他竟然返回，吩咐人把他嘴里刚才忘了点的雪茄点燃。一个穿着灰褐色衣服的男人拿着火出现了，我也说不清这个人是从哪里冒出来的，也许是从饭庄的院子里，也许是从街上，反正多穆尔从马上俯下身，点着了雪茄，还朝餐厅的窗户猛地一甩头，哈哈大笑起来。背对着我的那个人没精打采地耷拉着肩膀，头发乱蓬蓬的，我不禁想起了奥立克。

我心绪不佳，也顾不上在意那人到底是不是奥立克，更没胃口吃早饭，只是匆匆洗了洗脸和手，洗去一身的风尘仆仆，便动身前往那幢叫人难忘的老宅。如果我从未进过那所房子，也从未看过那所房子，我的人生将轻松得多。

我还以为他走了，不料他竟然返回，吩咐人把他嘴里刚才忘了点的雪茄点燃。（第352页）

第五章

我走进摆着梳妆台、墙上点着蜡烛的房间，找到了哈维沙姆小姐和艾丝特拉。哈维沙姆小姐坐在炉火旁的长靠椅上，艾丝特拉坐在她脚边的垫子上。艾丝特拉在织毛线，哈维沙姆小姐在一旁看着。我进去的时候，她们都抬起了头，都留意到了我的神色不同以往。她们交换了一下眼色，所以我知道她们看出来了。

“是什么风把你吹到这儿来的，皮普？”哈维沙姆小姐说。

她目不转睛地看着我，但我看得出她有些困惑。艾丝特拉盯着我，手里的活儿只停了一会儿，她就再度织了起来。在我看来，她手指的动作就如同在打哑语，是在告诉我，对于我真正的赞助人已经现身一事，她早已了然于胸。

“哈维沙姆小姐，”我说，“我昨天去里士满找艾丝特拉，发现有阵风把她吹到了这儿，于是我也来了。”

哈维沙姆小姐挥手示意我坐下，等她示意到第三或第四次时，我才坐到梳妆台旁边的那把椅子上。过去我经常看见她坐在那里。我的脚下和周围遍布废墟，而那一天，那个座位真像是专门为我准备的。

“哈维沙姆小姐，我有些话要对艾丝特拉说，还要当着你的面说。我马上就会说的。你听了不会惊讶，也不会不高兴。我现在如坠泥沼，怏怏不快，正是你一直以来希望看到的结果。”

哈维沙姆小姐继续目不转睛地看着我。从艾丝特拉手指的动作我可以看出，她一直在留意我说的话，却始终不曾抬头。

“我已经知道我的赞助人是谁了。只可惜结果并不尽如人意，我的名誉、地位、财富以及所有的一切，都不可能因此锦上添花。出于很多理由，我不便过多谈及此事，毕竟事关他人机密，但与我个人的秘密并无牵扯。”

我沉默了一会儿，一边看着艾丝特拉，一边考虑接下来该怎么说，哈维沙姆小姐重复道：“事关他人机密，但与你个人的秘密并无牵扯。是吗？”

“哈维沙姆小姐，那年你第一次吩咐人把我带到这儿来，我还住在村子里，我真希望自己从来没有离开过那个村子。我想，你找我来这里，也可以找其他孩子来，不过是为了找个仆人，满足你的要求或一时的心血来潮，用完了就随便给点儿钱打发掉，是吗？”

“是的，皮普。”哈维沙姆小姐答，还镇定地点了点头，“确实如此。”

“那贾格斯先生……”

“贾格斯先生与这件事无关，他对此一无所知。”哈维沙姆小姐用坚定的语气说，“他是我的律师，同时也是你的赞助人的律师，这纯属巧合。他与许多人都有这样的业务关系，这没什么可奇怪的。但这的确是碰巧，不是有人有意为之。”

任何人都可以从她那憔悴的脸上看出，到目前为止，她并没有隐瞒，也没有回避。

“长久以来我一直都有所误会；而你，至少你是误导过我的，对吗？”我说。

“是的。”她回答，再次镇定地点点头，“是我让你一直误会的。”

“心地善良的人应该这么做吗？”

“我是谁呢？”哈维沙姆小姐喊道，还用拐杖敲打地板，突然怒火中烧，艾丝特拉惊讶地抬头看了她一眼，“看在老天的分儿上，我是谁呢？我怎么可能心地善良？”

我并不是在抱怨，也不想这样做。等她发完了火，坐在那里沉思，我向她解释了一下。

“好，好，好！”她说，“你还有什么要说的？”

“我以前来这里为你服务过一段时间，得到了丰厚的报酬，有了这笔钱，我才当上了学徒。”我说，想要安抚她的怒气，“我刚才那么问，只是为了了解一些情况。接下来我还会问一些问题，不过是为了另一件事，我相信我做这件事的初衷是无私的。哈维沙姆小姐，你以前有意加深我的误解，只是为了惩罚你那些自私的亲戚吧？也许不是惩罚，只是要着他们玩，我无意冒犯，也许你可以自行措辞来解释你的意图。”

“确实如此。这是他们自找的！你也是自找的。想想我都经历过什么吧，我为什么要煞费苦心，恳求他们或是你不要自投罗网？这张网可是你自己编的，与我无关。”

她说完又开始发火，等她再次安静下来，我才继续往下讲。

“哈维沙姆小姐，自从去了伦敦，我就被安排住进了你的一个亲戚家里，并且一直与他们有来往。在我看来，他们也有和我一样的误会，还对此深信不疑。但关于他们，虽然不知道你会不会听、会不会相信，我有些话还是要对你说，如果不说，那我就太虚伪和卑鄙了。我想告诉你的是，你对马修·波克特先生和他的儿子赫伯特的误解太深了。他们都是慷慨正直、心胸开阔的好人，不会做出任何狡诈低劣的事。”

“他们是你的朋友。”哈维沙姆小姐道。

“他们明知我取代了他们，却依然与我做朋友。”我说，“而萨拉·波克特、乔治亚娜小姐和卡米拉太太，向来是不把我当朋友的。”

我将赫伯特父子俩与其余亲戚作了一番对比，并且很高兴地看到这似乎改变了她对他们的看法。她敏锐地看了我一会儿，平静地说：“你想为他们争取什么？”

“我只希望你不要认为他们和你的其他亲戚是一丘之貉。他们或许是血亲，但请相信我，这对父子都是本性纯良的人。”

哈维沙姆小姐依旧用犀利的目光看着我，重复道：“你想为他们争取什么？”

“你看，我并没有要要诈。”我回答说，意识到自己居然有点儿脸红了，“即使我有所图，也瞒不住你，我确实想为他们提出一些要求。哈维沙姆小姐，如果你愿意出钱支持我的朋友赫伯特开创一番终身受用的事业，但从这件事的性质来看，必须在他不知道的情况下进行，那我可以告诉你怎么做。”

“为什么要瞒着他做这件事？”她把手放在手杖上问，以便更仔细地打量我。

“因为，”我说，“两年多前，我自己已经开始为他这么做了，但我没有告诉他，我不想让他知道这件事。至于我为什么没有能力将这件事做到底，我无法解释。因为这事关另一个人的秘密，但并非我本人的秘密。”

她渐渐把目光从我身上移开，转向炉火。她默默地盯着炉火，蜡烛渐渐地越烧越短，就这样似乎过了很久，几块烧得通红的煤炭突然坍塌，才将她唤回现实。她又扭过头看着我，一开始，她的眼神十分空洞，慢慢地才有了焦点。在这段时间里，艾丝特拉一直在编织。哈维沙姆小姐把注意力集中在我身上后再度开口，仿佛我们的对话并不曾有过中断：“你还要说什么？”

“艾丝特拉，”我转向她说，竭力控制着自己颤抖的声音，“你知道我爱你。你知道我一直深爱着你。”

听到我这样说，她抬起眼睛看着我的脸，手指仍在来回编织，面孔上没有丝毫表情。我看见哈维沙姆小姐看了看我，又看了看她，随后又将目光移回到我身上。

“要不是长期以来我一直有所误解，我早该向你表白心迹了。因为那个误会，我一直盼着哈维沙姆小姐撮合我们成为一对儿。我以为你在此事上身不由己，才没有向你表白。但我现在必须吐露心声了。”

艾丝特拉摇了摇头，脸上依然没有表情，手指仍在来回编织。

“我知道，”见她如此反应，我道，“我知道。我现在不会盼着还能拥有你，艾丝特拉。我不知道自己很快会变成什么样子，很可能身无分文，也不知将流落到何处；然而，我的心里都是你。自从我在这所房子里第一次见到你，我就爱上了你。”

她一动不动地看着我，手指不停动着，又摇了摇头。

“如果哈维沙姆小姐早就考虑过她的所作所为会引起多严重的后果，却依然欺骗一个感情脆弱的穷小子，折磨他这么多年，让他在幻想中度日，去追求一个永远都不可能追求到的结果，那她就太残忍了，甚至可以说心狠手辣。但我认为她没有。在我看来，她深陷在自己的痛苦经历中无法自拔，便忘记了我也在受煎熬，艾丝特拉。”

哈维沙姆小姐坐在那里，目光在我和艾丝特拉身上来回游移，我看到她的手放在心口，一直捂着没拿下来。

“看来，”艾丝特拉非常平静地说，“有些感情，也许该说是幻想，我不知道该叫什么，反正都是我无法理解的。你说你爱我，我也理解字面的意思，但仅此而已。你没有触动我的心，而我心里的想法，你半点儿也不懂。你所说的那番话，我一个字也不在乎。在这个方面，我早就提醒过你了，对吗？”

我痛苦地说：“是的。”

“是的。可你没当回事，你觉得我不过是说说而已，是不是？”

“我确实认为你只是说说而已，并且盼着这是事实。你青春少艾，未经世事，又是那么美丽，艾丝特拉！定然不会是这样的性格。”

“这恰恰就是我的性格。”她答，接着，她又加重了语气补充道，“这是我与生俱来的天性。我对你说了这么多，比起其他人，已经算是对你格外厚待了。除此之外，我也无能为力。”

“本特利·多穆尔追你追到了镇上，”我说，“是不是真的？”

“确实如此。”她道。提起他，她的语气极其轻蔑和冷漠。

“你鼓励他，跟他一起骑马，甚至还允许他今天跟你一起用餐，是真的吗？”

她似乎有点儿惊讶我竟然知道这件事，但再次回答说：“完全正确。”

“你该不会是爱上他了吧，艾丝特拉？”

她的手指第一次停住了，她怒气冲冲地反驳道：“我是怎么告诉你的来着？现在这样的情况，你还认为我只是说说而已吗？”

“你绝不会嫁给他的，对吗，艾丝特拉？”

她手里拿着毛线活儿，目光瞟向哈维沙姆小姐，想了一会儿，说：“干脆告诉你真相吧。我马上就要嫁给他了。”

我用手捂住了脸，她的话让我痛不欲生，但我还是控制住了我自己，这一点大大出乎了我的意料。当我再次仰起脸来时，只见哈维沙姆小姐面露鬼魅般的神色，即使我当时心急如焚，又是激动又是伤心，却还是被她吓了一跳。

“艾丝特拉，最亲爱的艾丝特拉，不要让哈维沙姆小姐把你引入绝境。你可以抛弃我，我很清楚你早已这么做了，但你不能下嫁给多穆尔这样一个蠢材，你配得上更出色的人。哈维沙姆小姐让你与他成婚，不过是为了尽可能贬低那些倾慕你的优秀男人，贬低少数几个真心爱你的人，把他们的心踩在脚下。在这少数几个爱你如命的人中，总可以找出一个吧，也许那个人没有我爱你爱得时间长，

当我再次仰起脸来时，只见哈维沙姆小姐面露鬼魅般的神色，即使我当时心急如焚，又是激动又是伤心，却还是被她吓了一跳。（第358页）

却爱你爱得和我一样深。但愿你能嫁给这样一个人，那为了你好，我也可以认命了。”

我这番语重心长的话让她十分震惊，就好像如果她能完全明白我的意思，一定会同情我，只可惜她并不明白。

“我马上就要嫁给他为妻了。”她又用更温柔的声音说，“婚礼正在筹备之中，我很快就要结婚了。你为什么要把我的养母说得如此不堪？是我自己要这么做的。”

“你自己要这么做，艾丝特拉？你要把自己托付给这样一个粗野的人？”

“那我该把自己托付给谁呢？”她笑着反驳道，“难道我要把自己托付给一个兴头一过就把我抛弃的人（假如真有这种人的话）？算了吧！事情已经是这样了。我会生活美满，我丈夫的生活也会很美满。至于你说我是被人误导才走入绝境的，其实哈维沙姆小姐本来还劝我三思而后行，不要那么快嫁人。但是，我厌倦了我所过的这种生活，实在是腻烦了，我很愿意变个活法。别再继续说下去了。我们永远也不能了解对方。”

“他是个畜生，卑鄙又愚蠢！”我绝望地嚷道。

“我绝不会带给他幸福，这一点你大可放心。”艾丝特拉说，“不会的。好啦！和我握握手。我们就此分手吧，你这个爱幻想的孩子，不过，你现在该长大了吧？”

“唉，艾丝特拉！”我说，尽管一再控制，我苦涩的眼泪还是落到了她的手上，“即使我留在英国，能够和其他人一样昂首挺胸，可我怎么能忍受你成了多穆尔的妻子？”

“别再胡说了。”她说，“别再说没用的废话了。你很快就会忘记我的。”

“永远不会，艾丝特拉！”

“过不了一个礼拜，你就把我忘得一干二净了。”

“忘记你！你是我的一部分，是我的生命，我爱你胜过爱我自己。我第一次来这里时还是个下等人，粗俗不堪，即使是在那时，你就伤透了我那颗脆弱的心；但从那以后，我看过的每一行字里都会浮现你的倩影。从那以后，我所见过的每一道风景中都有你的芳影，河流、船帆、沼泽、云朵、白日、黑夜、阵阵狂风、片片林木、壮阔的海洋、大街和小巷，你无处不在。

从那以后，我心里每每想象出优雅婉约的形象，无一不是你的化身。无论在什么地方，无论是过去还是未来，你都深深地扎根在我的心里，对我产生了莫大的影响，哪怕是伦敦最坚固的建筑所使用的石料，也及不上你的真实，你是不可替代的。艾丝特拉，直到我生命的最后一刻，你也依然深深地与我融为一体，我若有一点儿善良，你是我的一部分，我若行事邪恶，你亦是我的一部分；然而，这次分别之后，我只会把你和好的东西联系在一起，我将诚心诚意地记住你所有的好处，永不改这份心意，因为你带给我的好大大地超过了你带给我的伤害。虽然此时此刻，我心中痛苦难当。啊，愿上帝保佑你，愿上帝饶恕你！”

我也说不清自己究竟难过到了何等疯狂的地步，竟说出了这样一番语无伦次的话。这一番狂言乱语从我的身体里迸发出来，就如同从我内心深处的伤口里喷涌而出的鲜血。我把她的手拉到唇边，亲吻了好一会儿才放开，然后我就告辞离开了。从此之后我一直记得（很快就有了更充分的理由），艾丝特拉只是以怀疑和惊异的目光望着我，哈维沙姆小姐却像个幽灵，一只手一直捂着胸口，两道瘆人的目光里却充满了怜悯和懊悔。

一切都完了，一切都结束了！完了，结束了，再也没有转圜的余地，当我走出大门，日光似乎都比我进去时暗淡了许多。我不愿见人，便在偏僻的小路转了一会儿，随即径直向伦敦走去。那时我已经冷静了下来，知道不能返回饭庄，多看一眼多穆尔那个人。我也受不了坐马车回去，与同车人谈话。所以走回去，让自己疲惫不堪，反倒更有好处。

就这样，我过伦敦桥时，已是午夜之后了。当时，泰晤士河米德尔塞克斯一侧河岸附近有许多错综复杂的窄巷向西延伸，沿这些窄巷而行，返回圣殿区最方便的途径就是贴着河边走，穿过白衣修士区。我本应该第二天才返回，不过我带了钥匙，即使赫伯特已经休息了，我也可以自己开门上床睡觉，不必吵醒他。

我平时回圣殿区，很少在栅门关闭后走白衣修士区那扇门返家，再加上我满身污泥，疲惫不堪，因此并不介意夜间门房打量我很久，才把门打开一条缝让我进去。我报上了自己的姓名，帮助他回忆。

“我觉得是你，却又不敢肯定，先生。这儿有张字条，先生。送信的人说，你最好在这里借着我的灯光当场查看。”

我对这个请求感到非常惊讶，便接过了字条。信是写给菲利普·皮利普先生的，信封上方的姓名住址处写着“请当场拆看”几个字。我打开信，借着守夜人举着的蜡烛，我看到是文米克的笔迹，他只写了一句话：

切勿返家。

第六章

我一看清这封警告信，便转身离开了圣殿区的栅门，快步来到舰队街，在那里雇了一辆晚班的出租马车，去了考文特花园的哈默斯旅店。在那个年代，无论多晚，都能在那里找到铺位，伙计打开便门放我进去，接着点燃了放在架子上的一排蜡烛的头一根，直接带我去了他清单上标出的第一间空房。那个房间位于一楼的后面，像个地下室，里面的四柱床活像个暴虐的怪物，霸占了大部分空间，一条腿专横地伸进壁炉，另一条腿伸到门口，把可怜巴巴的小脸盆架挤到了一边，显得它自己神威无比，不可一世。

我要求点上夜灯，于是伙计拿来道德高尚的年代风靡的粗灯芯草烛灯，然后退了出去。这玩意儿像个手杖化成的鬼魂，只要稍稍一碰，就会折断，哪里能有什么光亮？锡铁皮做成的灯座高得像一座塔楼，蜡烛就插在底座的底部，像是在单独囚禁，蜡烛通过锡铁皮上的圆孔在墙上投下怪异的影子，如同一个个瞪得溜圆的眼睛。我躺在床上，双脚生疼，疲惫不堪，心中苦恼至极，我发现我不仅不能让自己闭眼，也不能让那个愚蠢的百眼巨人阿耳戈斯[1]闭上眼睛。因此，在这个昏暗的夜里，四周一片死寂，我们就这么凝视着对方。

多么悲痛的夜晚啊！多么焦急，多么凄凉，好似永远也没个头！客房里弥漫着一股难闻的气味，那是冷掉的煤烟和炽热的煤灰混合在一起的味道。我抬

1　希腊神话中的百眼巨人。头上长有一百只眼睛，每逢睡觉时都只闭上一两只眼睛。——编者注

起头，看着床铺华盖的四角，像是看见那里有很多从肉铺飞来的青蝇、从市场飞来的蠼螋、从乡间爬来的蛆虫，它们守在那里，只等着夏天的来临。于是我开始琢磨这些虫子会不会掉下来，忽然感到有什么东西轻轻地落在了我的脸上。这么一想，我更觉得浑身不舒服，像是有个更讨厌的东西爬上了我的背。我醒着躺了一会儿以后，突然在寂静中听到了一些怪声。壁橱在低语，壁炉在叹息，小脸盆架在嘀嗒作响，五斗橱里偶尔传来琴弦拨弄的乐声。大约在同一时间，墙上的眼睛释放出了全新的眼神，每一个圆睁的眼睛里似乎都写着“切勿返家”四个字。

夜晚的幻想联翩而至，深夜的噪声向我袭来，却怎么也抵挡不了“切勿返家”几个字。不管我想到什么，这句话总是无孔不入，就像一种身体上的疼痛。不久之前，我在报纸上读到，一位不知名的绅士在夜里来到了哈默斯旅店，竟然在床上自杀了，第二天一早被人发现躺在血泊之中。我突然想到，他所住的一定就是我住的这个地下室，于是我连忙下床仔细查看，但没有发现血迹。我又打开门，向过道里左右张望，看到远处亮着灯光，知道伙计就在灯光边上打盹儿，这才放下心来。但是，在这段时间里，许许多多的问题在我的脑海里不停乱转，比如我为什么不能回家，家里发生了什么事，我什么时候才可以回家，普罗维斯在家里是否安全，这些问题占满了我的脑袋，根本没有空间去想别的事。即使我想起艾丝特拉，想到我们白天的告别相当于永别，想到分别时发生的种种，想到她的神情和语气，想到她编织时手指的动作，即使我念着她，“切勿返家”四个大字也一直无孔不入。我身心俱疲，终于睡着了，那句话却成了一个巨大而朦胧的动词，非要我列举出种种变化形式不可。像什么祈使语气、现在时态：你不要回家，不许他回家，我们不要回家，你别回家，不许他们回家……接着又要变成委婉的语气：我也许不能回家，我也许不可以回家，我或许不能回家，我不可以回家，我不会回家，我不应该回家……就这样渐渐逼得自己心烦意乱，在枕头上翻了个身，又盯着墙上那一个个圆睁的眼睛。

我吩咐伙计七点把我叫醒。显而易见，在见其他人之前，我必须先见文米克一面，同样显而易见的是，我必须去沃尔沃斯找他，在这件事上，他在那里给我的意见才是发自肺腑的。我在这个客房里度过了一个悲惨的夜晚，伙计敲了一下门，不待他敲第二下，我就从不安的睡梦中惊醒过来。走出房间，我不禁长出了一口气。

八点钟，我到了文米克所住的“城堡”，城垛进入了我的眼帘。碰巧那个小仆人带着两个热面包卷进了堡垒，我便和她一起穿过后门，过了吊桥，没打招呼就来到了正在给自己和老爹沏茶的文米克面前。从一扇开着的门可以看到老爹还躺在床上。

“喂，皮普先生！”文米克说，“你终于回来了。”

“是的。”我答，“不过我没有回家。”

“那就好。”他搓着手说，“为防万一，我在圣殿区的每个大门都给你留了便条。你是从哪个门回来的？”

我如实相告。

“我今天得去其他大门把那些字条毁掉。”文米克说，“如果可以，最好不要留下书面证据，谁知道什么时候会被有心人利用呢？这可是一条黄金规则。我现在要求你一件事。你介不介意为老爹烤一下这根香肠？”

我表示乐意效劳。

“你可以去干你的活儿了，玛丽·安妮，”文米克对小仆人说，“现在只剩下我们两个了，明白吗，皮普先生？”她走后，他眨了眨眼睛，补充道。

我感谢了他的友谊和谨慎。我为老爹烤香肠，他在老爹的面包卷上涂黄油。我们一边忙活着，一边低声交谈。

“皮普先生，你知道，我和你，我们相互理解。”文米克道，“我们现在说话，是以私人的交情，在今天之前，我们也处理过机密的事。在事务所里讲的是公事。不过我们现在没在事务所。”

我衷心地表示同意。我太紧张了，把老爹的香肠弄得像火把一样点燃了，只得赶紧把火吹灭。

“昨天早上，在我曾经带你去过的一个地方，我无意中听到了一件事。”文米克说，“即使你我都知道那个地方是哪儿，可以避免的话，也最好不要提名字……”

“最好不要。”我说，“我理解。”

“昨天早上，我在那儿偶然听到，”文米克说，“有这么一个人，不可以说他不是在殖民地谋生的，也不可以说他身上没带着大笔的钱财，我不知道那人到底是谁……就不说这个人的名字了吧……”

“不必了。”我说。

“……这个人在世界上的某个地方引起了一个小乱子，那地方有很多人去，而他们去那里，并不总是出于自己的意愿，还不得不由政府出钱送他们去……”

我一直端详他的神情，竟把老爹的香肠烤得像烟花一样噼啪响，搞得我和文米克都无法集中注意力。我连忙向他道了歉。

“……这个人之所以引起乱子，是因为他从那个地方消失了，从此不知所终。”文米克说，“这件事引发了种种猜想，人们想到了各种可能。我还听到，你在花园街的住处曾被人监视过，很可能还会再度受到监视。”

“是谁在监视？”我说。

“关于这一点，还是不要细谈了。”文米克闪烁其词，“这可能与我在事务所的职责有所冲突。在那个地方，我听说了这件事，以前也听说过很多其他的怪事。我告诉你这些，倒不是说这是什么很准确的情报，只是一个我听来的消息而已。”

他一边说，一边从我手里接过烤叉和香肠，把老爹的早餐整齐地放在一个小托盘上。但在把小托盘端进去之前，他先拿着一块干净的白布走进老爹的房间，系在老人的下巴下面，搀扶他坐起来，把他的睡帽歪戴着，让老人看起来十分潇洒。接着，他小心翼翼地把早餐放在老爹面前，说：“你都好吗，老爹？”老人兴高采烈地答道：“很好，约翰，我的孩子，我很好！”我和文米克心照不宣，都清楚老爹穿着不整，因此我权当什么都没看见，只是假装完全不知道这些情况。

“对我的监视，对我的住处的监视（我以前就怀疑有人在监视），”文米克回来后，我对他说：“与你提到的那个人有关，是吗？”

文米克看上去很严肃：“我知道的不多，因此不能完全确定。我的意思是，一开始也许不是，但现在确实是，以后也可能是，或者说，很有这个可能。”

看得出来，他之所以含糊其词，全是因为对“小不列颠街”的忠诚，况且他已经说了这么多，我非常感谢他，因此并未一再追问。但是，在炉火边沉思了一会儿后，我告诉他，我想问他一个问题，他可以回答，也可以不回答，他觉得怎么做是对的，就怎么做。他不再用早餐，双臂抱怀，捏着衬衫的袖子（他认为在家里不穿外套才舒服），他向我点点头，示意我把问题提出来。

“有个品行恶劣的人，真名叫坎培森，你听说过吗？”

他又点了点头，作为回答。

“这人还活着吗？”

他再次点点头。

老人兴高采烈地答道：“很好，约翰，我的孩子，我很好！”（第366页）

“他在伦敦吗？”

他又向我点了点头，紧紧抿着邮筒投信口一样的双唇，最后向我点了点头，便继续吃早饭了。

“现在，”文米克说，“提问结束了。”他强调了这句话，还重复了一遍，意思是要我注意分寸：“现在我来讲讲听说那件事后我都做过什么。我到花园街找你没找到，便去了克拉利柯商行找赫伯特先生。”

“你找到他了吗？”我焦急地说。

“找到了，我没提任何名字，也没说任何细节，只是告诉他，你不在的时候，要是有人住在你的住处，或是住在附近的街区，别管这个人是汤姆、杰克还是理查德，最好给那个人另找个地方。”

“他肯定吓得不知该怎么办才好了吧？”

“他的确吓得不知该怎么办才好。我还告诉他，现在把这个汤姆、杰克或是理查德弄到太远的地方也不安全，他一听，就更加不知所措了。皮普先生，你一定要把我的话听进去。在目前的情况下，既然来到了大城市，那就没有比大城市更安全的地方了。不必马上跳出来，最好先躲一阵子。等风声没那么紧了再作打算，现在绝对不可露头，更不能去呼吸国外的空气。”

我感谢他提出的宝贵意见，又问他赫伯特都做了什么。

“赫伯特先生吓得魂不附体，过了半个钟头，才想出一个计划。”文米克说，“他向我吐露了一个秘密，说他在追求一位年轻的小姐，而她的父亲卧床不起，你一定知道这件事。姑娘的父亲在船上当过乘务长，现在他的病床就摆在一扇凸肚窗边上，在那里他可以看到船只在河上来回航行。你大概认识这位小姐吧？”

“从未见过。”我说。

事情是这样的：那位小姐觉得我花钱大手大脚，有我这样一个朋友，对赫伯特没好处，因此，当赫伯特第一次提出带我去见她的时候，她对这个提议并未表现出太大的热情，赫伯特觉得有必要对我实话实说，希望我过些时间再去见她。当时我刚刚开始在暗中资助赫伯特的事业，对此倒也不以为忤，不过是一笑置之。他和未婚妻相见时缠缠绵绵，自然不急于请第三者加入。因此，尽管我确信克拉拉对我的敬重有所提升，尽管我和这位年轻女士长期以来经常通过赫伯特沟通讯息，互致问候，却从未见过她的面。不过，我并没有在文米克面前絮叨这些细节。

“那所带凸肚窗的房子在泰晤士河边，”文米克说，“位于莱姆豪斯和格林尼治之间的普尔，屋主是个非常体面的寡妇，她在楼上有一层带家具的房间出租。赫伯特问我，让那个汤姆、杰克或是理查德暂时住过去，我觉得怎么样？我觉得这样安排很好，原因有三，我来说给你听听。第一，你从未去过那个地方，那儿也远离热闹的街巷。第二，你自己不用去，却可以一直通过赫伯特先生得知汤姆、杰克或理查德平安的消息。第三，过一段时间，待到时机成熟时，如果你想把汤姆、杰克或理查德偷偷塞到一艘外国客船上，也非常方便。”

见文米克思虑如此周全，我深感安慰，便再三感谢他，请求他继续讲下去。

“好吧，先生！赫伯特先生是下定决心要把这件事处理妥当的，昨晚九点，他已经很成功地安排汤姆、杰克或理查德（管他是谁呢，反正我和你都不想知道）安顿下来了。此人以前所住之处的房主只知道他有事前往多佛了，可其实他只是被人带着从多佛街转了个弯，搬到另一个地方住了。眼下这种情况还有一个天大的好处，那就是你没有参与其中，即使有人在留意你的行踪，也肯定知道你远在千里之外，正忙着别的事。如此一来，他们摸不清状况，对你的怀疑也就转移了，出于同样的原因，我才建议即使你昨晚回来了，也不要回家。这样，情况就更加混乱，越是混乱，对你就越有好处。”

这会儿，文米克吃完了早饭，看了看表，开始穿外衣。

“好了，皮普先生。”他说，手仍然插在袖子里，“我基本上已经做了我所能做的一切。但是，如果还需要我做什么，我自当愿意效劳，不过这只是从沃尔沃斯的角度，仅限于我们私下里的关系。这是新居地址。你今晚去那里见见汤姆、杰克或理查德，确定他一切都好，再返回自己家里，应该不至于有什么害处，这也是让你昨晚别回家的另一个原因。但你回家之后，就不能再去了。不要客气，皮普先生。”这会儿，他的手从袖管里伸了出来，我连忙拉住他的手握着。“还有一件重要的事，我要最后提醒你一下。”他把双手放在我的肩上，严肃地耳语道，“今晚一定要把他身上带的钱财都拿到手里。谁知道他会发生什么事呢？不能让动产出现任何意外。”

在这一点上，我实在无法向文米克说清楚我的想法，只好忍住不作评论。

“时间到了。”文米克说，“我得走了。如果你没有什么要紧的事要做，就在这里待到天黑再走，我建议你这么做。你看起来忧心忡忡的，和老爹安静地过一天，对你有好处，他马上就起来了。还记得那头猪吗？”

“当然。”我说。

“很好。你还可以吃点儿它的肉。你烤的香肠就是用它的肉做的，从各个方面来说，它的肉都是顶好的。即使只是看在老相识的分儿上，你也一定要吃吃看。再见了，老爹！”他兴高采烈地喊道。“我很好，约翰。我很好，我的儿子！”老人在屋里高声说。

我很快就在文米克的炉火前睡着了。我和老爹一起，差不多一整天都在炉火前睡睡醒醒，彼此相处得很愉快。我们午餐吃的是猪腰肉，还有自家种的青菜。我不时朝老人点头，睡眼惺忪的时候点，清醒时则带着善意点。天黑时，我辞别老人，留下他生火准备烤肉。看摆出的茶杯的数量，再看他不时瞥一眼墙上的两扇小门，可以推断斯基芬斯小姐快来了。

第七章

时钟敲响了八点，我来到了这个弥漫着木屑和刨花味的地方，这股味道倒也不算难闻，有这样的味道，是因为岸边有许多造船厂，还有很多制造桅杆、船桨和滑轮的作坊。伦敦桥靠近普尔这一带的河畔区域对我来说都很陌生。来到河边，我发现我要找的地方与想象的不太一样，而且很难找。那地方叫裂口湾磨坊池塘岸，我不认识路，只知道找到老绿铜绳索路，就能到达目的地。

先不说有多少停在干船坞里待修的搁浅船只让我迷失方向，有多少即将拆解的旧船体，有多少软泥、泥渣和潮水冲上岸的其他残渣，有多少造船厂和拆船厂，有多少生锈的锚多年来一直被泥土掩埋，有多少木桶和木料堆积如山，又有多少条以绳索命名的小路，却压根儿都不是老绿铜绳索路。我走错了好几次，不是没走到，就是走过了，后来我无意中转了个弯，才碰巧来到了磨坊池塘岸。从各方面考虑，这里的空气都非常新鲜，阵阵清风从河上吹来，在这里还拥有回旋的余地。这儿还种着两三棵树，立着一架坏了的风车，长而狭窄的老绿铜绳索路在月光下向前延伸，两侧有很多木船框架插在泥土中，看起来像是已经不能用的干草耙，上了年纪，大多数牙齿都掉了。

磨坊池塘岸只有几幢形状怪异的房子，我选了其中一幢三层的楼房，前门是木头做的，装有凸肚窗（不是凸窗[1]，这两种窗户完全不同），我看着门上的牌

1 凸肚窗一般是半圆形的，而凸窗一般有棱角。——编者注

子，那上面写着：温普尔太太。总算找对地方了，于是我敲了敲门，一位和蔼可亲、精神矍铄的老妇人应声而来。不过赫伯特马上走了出来，悄悄地引我走进客厅，关上了房门。看着他那熟悉的面孔出现在这个陌生地区的陌生房间，却还如此从容，感觉非常奇怪。我不由自主地看着他，又看看放着玻璃器皿和瓷器的壁角柜、壁炉架上摆着的贝壳，墙上挂着的几幅彩色版画，一幅描绘的是库克船长之死，一幅是新船下水，还有一幅是乔治三世国王陛下戴着马车夫的华丽假发，穿着皮马裤和高筒靴，站在温莎城堡的阳台上。

“一切都好，汉德尔。”赫伯特说，“他很满意，只是很想见你。我亲爱的未婚妻正在陪她的父亲，如果你可以等她下来，我就把她引见给你，然后我们一块儿上楼。那就是她父亲。”

这时，我听到头顶上方响起一声可怕的号叫。我的脸上八成露出了惊讶之色。

“这老头儿真是个无赖。”赫伯特笑着说，“但我从来没见过他。你闻到朗姆酒的味道了吗？他时时刻刻都在喝酒。”

“喝朗姆酒？”我说。

“是的。”赫伯特答，“你可以想象一下，喝了那么多酒，也没有缓和他的痛风。他还坚持把所有食物都放在他楼上的房间里，他自己亲自分发，就放在他头顶的架子上，每一样都要称重。他那个房间肯定跟杂货铺差不多。”

就在赫伯特说话的时候，上面的人不再号叫，却吼叫了好一会儿，才逐渐安静下来。

“他非得亲自切奶酪，还能怎么样呢？”赫伯特解释说，“他不光右手有痛风，全身上下都有痛风，切起双料格洛斯特硬干酪，怎么可能不痛呢？”

他又愤怒地吼了一声，看来确实很疼。

“对温普尔太太来说，能有普罗维斯这样一个房客住在楼上，真是意外之喜。”赫伯特说，“毕竟一般人都受不了那种吵闹声。这里真是个奇怪的地方，是不是，汉德尔？”

这里确实古怪至极，却也非常整洁。

“温普尔太太真是一顶一的家庭主妇。”我把这话告诉了赫伯特，他听后说：“真不知道我的克拉拉要是没有她那母亲般的帮助该怎么办。克拉拉的母亲不在了，汉德尔，在这世界上除了阴沉粗暴的老爹，她没有别的亲人了。”

“他肯定有名字吧，赫伯特？”

“是的，是的。”赫伯特说，“我平时就这么称呼他。他真名叫巴利先生。作为我父母的儿子，能爱上这样一位姑娘，可真是天大的福气呀，她没有亲戚，她自己不必为家人操心，其他人也不必为她的家人操心！”

这会儿，我想起了赫伯特以前告诉过我的一件事：他与克拉拉·巴利小姐邂逅，正是她在汉默史密斯的一所学校完成学业的那一年。后来，她回家照顾父亲，他们二人便把相爱的事告诉了母亲一般的温普尔太太。从那之后，这段关系多亏了温普尔太太的一手促成，她对他们一视同仁，加以引导，态度亲切而慎重。他们都很清楚，任何有关甜美爱情的事都不可向老巴利透露半个字，除了痛风、朗姆酒和事务长的储存物品以外，任何有关精神方面的事，他都毫无兴趣。

我和赫伯特低声交谈，老巴利在楼上不停地咆哮，震得天花板上的横梁都在颤动，这时候，客厅的门开了，一个非常漂亮的姑娘走了进来，她二十来岁，身材娇小，长着一双黑色的眼睛，手里提着一个篮子。赫伯特马上温柔地接过了篮子，红着脸介绍这姑娘就是“克拉拉”。她的确迷人，真像一位遭遇囚禁的仙女，被残暴的食人魔老巴利掳来伺候他。

“看这儿，”我们谈了一会儿后，赫伯特同情而温柔地微微一笑，让我看那个篮子，“可怜的克拉拉只能分到这点儿晚餐，每晚如此。这是分给她的面包，这是几片奶酪，这是她的朗姆酒，当然是给我喝掉。这是巴利先生明天的早餐，现在分好，明早做给他吃。两份羊排、三个土豆、一些豌豆、一点儿面粉、两盎司黄油、一撮盐，还有这些黑胡椒。这些东西全都放在一起炖熟，再趁热吃下去，想来真是治疗痛风的好东西！”

赫伯特指着食物说着，克拉拉则柔顺地看着他指出的东西，那模样是如此自然，如此动人。她腼腆地依偎在赫伯特的怀里，对他是那么信赖，那么钟情，又那样天真。在裂口湾磨坊池塘岸老绿铜绳索路这种地方，和那个一吼叫起来震得房梁直颤的老巴利在一起，她如此温婉可人，多么需要有人保护。即使失去我从未打开的那个钱夹里的钱，我也不会破坏她和赫伯特的婚约。

我正看着她，心里很高兴，也很羡慕，突然那号叫声又变成了怒吼，上面传来可怕的撞击声，好像一个长着木腿的巨人正试图踩烂天花板，朝我们逼近。见此情形，克拉拉对赫伯特说：“父亲需要我，亲爱的！”她说完就跑开了。

“他就是个没良心的老混蛋！”赫伯特说，“你猜他现在想干什么，汉德尔？”

“我不知道。”我说，“要喝酒吗？”

“没错！”赫伯特叫道，好像我猜中了一件不同寻常的大事，“他的酒早就调好了，就放在桌边的一个小桶里。过不了多久，你就能听到克拉拉搀扶他起来去喝酒。来了，他起来了……”又有怒吼声响起，最后还出现了一会儿颤音。接着，一切都安静了下来，赫伯特说：“他正在喝酒呢。”咆哮声跟着再度震得横梁颤动，赫伯特又说：“他现在躺下了！”

克拉拉不久就回来了，赫伯特陪我上楼去见那个被我们藏起来的人。经过巴利先生的房门口，可以听到他在屋内用嘶哑的声音哼着歌，声调时高时低，像风声一样。下面是歌词，不过我去掉了不雅的语句，换上了美好的祝愿。

“啊嗨！上帝保佑，我是老比尔·巴利。我是老比尔·巴利，上帝保佑。我是老比尔·巴利，正仰面躺着，上帝做证。你的老比尔·巴利躺在那儿，像一条死掉的老比目鱼，漂浮在水上，上帝保佑。啊嗨！上帝保佑。”

赫伯特告诉我，这个不见其人的巴利没日没夜地哼唱这首小调，用来安慰自己，和自己交谈。巴利还在窗边安了一架望远镜，只要天还亮着，他就一边哼着歌，一边用一只眼对准望远镜，眺望河上的风景。

普罗维斯舒舒服服地住在房子的顶层，那里有两个船舱一样的小房间，空气清新，通风良好，在此处，巴利先生的吼叫声听来也不那么响亮了。他一点儿也不惊慌，似乎觉得没有什么值得大惊小怪的。但我觉得他突然变得温和了，我也说不出他为什么会变，事后也想不出个所以然，但他确实温和了一些。

趁白天休息时，我把事情好好整理了一番，并决定在他面前不提坎培森半个字。据我所知，他恨透了那个人，很可能去找他寻仇，并因此送掉自己的性命。因此，当我和赫伯特坐在他房间的火炉旁时，我首先问的是，他是否相信文米克的判断和消息来源。

“是的，是的，亲爱的孩子！”他严肃地点点头，回答说，“贾格斯很会看人。”

“我和文米克谈过了。”我说，“现在，我把他向我提出的警告和建议说给你听听。”

于是我一一讲给他听，只保留了上面说到的坎培森的事。我告诉他，文米克在纽盖特监狱（至于是听狱监说的，还是听囚犯说的，我就不得而知了）听说已经有人开始怀疑他，我的住处也遭到了监视。文米克建议他先躲一段时间，而在这段时间里，我不能见他。文米克还建议他离开英国。我补充了一句，说到时候我自然和他一起走，或是他先走，我随后去找他，要看文米克认为怎么办最安全。至于出国以后怎么做，我没有谈及。一方面，我自己也不是很清楚；另一方面，看到他现在变得温和了，还为了我遇到生命危险，我心中极为忐忑。至于他说要给我更多的钱，让我过上更气派的生活，我告诉他，目前情况还不明朗，危险重重，还要这么做的话，即使不会把局面弄得更糟，也会显得极为荒唐。

他不能否认这一点，而且从头到尾都表现得通情达理。他说，他这次回来是在冒险，他也一直知道这非常危险；因此，他不愿走到绝路，现在还有了这样好的帮手，所以他并不担心自己的安全。

赫伯特一直盯着炉火沉思，这时他说，文米克的建议使他产生了一些想法，也许值得一试：“我们两个都很擅长划船，汉德尔，等到时机成熟，我们可以划船送他去下游。这样一来，就不必租船，也不必请船夫了，免得别人起疑，毕竟我们应该小心为妙。就算不是划船季节也不要紧，你应该立即着手准备一条船，停在圣殿区的码头，不时在河上划一划，你不觉得这是个好办法吗？你经常划来划去，又有谁会留意，又有谁会怀疑？你划船划二十次或五十次，等到第二十一次或五十一次时，也就不再惹眼了。”

我喜欢这个计划，普罗维斯听后也非常高兴。我们一致同意依计划执行，并且说好，如果我们划船经过伦敦桥下，从磨坊池塘岸划过，普罗维斯千万不可以表现出认识我们的样子。此外，我们还约定了一件事，每次他看见我们，如果他平安无事，就拉下朝东那扇窗的百叶窗，表示他一切安好。

我们谈完了，一切也安排妥了，我便起身告辞。我嘱咐赫伯特，我们两个最好不要一起回家，我走后半个钟头他再走。“我不愿意把你留在这儿。”我对普罗维斯说，“不过你在这里，肯定比住在我附近要安全。再见！”

“亲爱的孩子，”他紧握着我的手说，“我不知道我们什么时候能再见面，我不喜欢用‘再见’这两个字。还是说晚安吧！”

“晚安！赫伯特可以经常为我们传递消息，你放心，我会做好准备，等待时机来临。晚安，晚安！”

我们认为他最好待在房间里，于是他只走到房门外的楼梯平台，把灯举过楼梯栏杆为我们照亮。我回头望着他，想起了他回来的第一个晚上，那时我们的位置正好相反，那时我做梦也想不到，我的心会像现在这样，因为与他分别而感到格外沉重和焦虑。

再度经过老巴利的门前，我们听到他一边号叫，一边骂骂咧咧，嘴巴不像停过，似乎以后也不打算停。来到一楼，我问赫伯特，普罗维斯在这里是不是还用这个名字。他说当然不是，那位房客现在叫坎贝尔先生。他还解释说，这里的人只知道他（赫伯特）将坎贝尔先生托管在这里，非常关心他，希望他得到很好的照料，也不许外人打扰他。因此，当我们走进客厅，看到温普尔太太和克拉拉坐在里面做缝纫活儿，我并不曾提起我与坎贝尔先生的关系。

我辞别了姑娘和老妇，她们一个漂亮温柔，长着一对黑眼睛；另一个虽然年纪大了，却像母亲一样，真心同情这对恩爱的情侣。这个时候，我竟然感觉老绿铜绳索路与我来时大不一样了。老巴利或许已届耄耋之年，算是老古董了，咒骂起来像一整片田野的士兵那样气势汹汹，但裂口湾磨坊池塘岸洋溢着的青春、信任和希望，足以弥补这一点。接着，我想起了艾丝特拉，想到我们已经诀别，回家的路上只觉得心痛欲裂。

圣殿区依然笼罩在静谧的气氛中，与我离开时别无二致。普罗维斯最近住过的房间靠圣殿区这一侧的窗户黑着，没有任何动静，花园街上没有人来回溜达。我在喷泉边上逛了两三圈，才走上楼梯回到房间，但四周依然没有人。我心情沮丧，疲惫不堪，便直接上床睡觉了。赫伯特回来后，特意来到我的床边，也说周围没人。他说完打开一扇窗户，望着月光对我说，人行道上空空荡荡，就像深夜时分任何一座大教堂的过道一样。

第二天，我决定去弄一艘船来。这事很快就办好了，小船就停在圣殿区的码头边上，步行一两分钟就能到。那之后，我就开始经常划船，希望可以练得娴熟一些，有时我自己去，有时和赫伯特一起去。我经常在严寒、下雨和雨夹雪的天气里去划船，几次过后，也就没人注意我了。起初，我一直在黑衣修士桥下划，但随着涨潮时间的改变，我开始朝伦敦桥划去。当时，那里还是老伦敦桥，涨潮时水流很急，水位起起落落，人们都对那里退避三舍。不过我见过别人怎么急速从桥下划过，也学会了这一招，于是我开始在普尔的船只之间划，一直划到埃里斯。我第一次经过磨坊池塘岸时，是和赫伯特一起划桨。去时和返回时，我们都看到朝东窗户的百叶窗拉了下来。赫伯特每个礼拜至少去三次，从未带回叫我惊慌失措的消息；然而，我知道必须保持警惕，还始终觉得自己受到了监视。这个念头一旦产生，就在我的脑海里萦绕不去。我终日怀疑这个怀疑那个，不相干的人也被我当成了监视者，这样的情况简直难以计算。

总而言之，那个人虽然藏了起来，却行事鲁莽，我担心得惶惶不可终日。赫伯特有时对我说，天黑以后，河水退潮了，他站在窗前，想到河水卷着水里的一切流向克拉拉，他就觉得满心甜蜜。我却提心吊胆，想着河水流向的是马格维奇，水面上只要出现黑点儿，可能就是追捕他的人正飞快地驾着船，悄无声息地去抓他。

第八章

一晃几个礼拜过去了，并未发生任何变故。我们等着文米克，但他没有任何消息。如果我只在小不列颠与他有公事来往，没有在“城堡”里与他私交甚笃，我说不定会对他产生怀疑，不过我很了解他这个人，所以从不曾对他有过丝毫的猜忌。

我开始事务缠身，日子越过越凄惨，不止一个债主上门逼我还钱，就连我自己也尝到了缺钱的滋味（我指的是缺少口袋里的现钱），只得把不太钟爱的珠宝卖掉，换来现金。但我已经打定主意，既然一没琢磨出个所以然，二没有确切的计划，就万万不可再找我的赞助人要钱，不然我就是在无情地欺骗他。因此，我让赫伯特把那个不曾打开过的皮夹子还给了他，请他自己保管。我很满意自己这么做了，这代表自他表明身份以来，我就再也没有接受过他的慷慨资助。至于我是发自真心的满意，还是自欺欺人，就不得而知了。

随着时间的推移，我想着艾丝特拉也许已经嫁人了，心里就像压了块大石头。我明知事实的确如此，却害怕去证实，便什么报纸也不看，还央求赫伯特（我把和艾丝特拉最后一次见面的情形告诉了赫伯特）永远不要在我面前提起她。我的希望犹如一件长袍，如今袍子已经破破烂烂，都被风吹走了，我为什么还要死死抓着这最后一小块可怜的破布不放，我自己也说不清！阅读本书的各位读者，去年，上个月，上周，你们是否也做过不可谓不类似的矛盾之事？

我日日愁肠百结，让我心焦的事一桩接着一桩，但有件事令我最为担心，其他忧思若是绵延的群山，那这件事就好比最高的一座山峰，从未从我的视野中消失。不过至少还没有新的问题发生，进而加深我的恐惧。有时，我猛地从床上跳起来，生怕他被人发现了；有时，我坐在房间里，心惊胆战地留意着有没有赫伯特回来的脚步声，就怕他的脚步声比平时要急，带来坏消息。尽管烦恼不断，这个世界仍在向前推进。我什么都做不了，只能终日悬着心，忍受着不安的折磨，划着小船荡来荡去，尽我所能地等待，等待，再等待。

有时候，潮水情况复杂，我划到河下游，老伦敦桥的桥洞和桥墩尖端分水桩出现很多漩涡，我没法儿划回去，就只得把船停在海关附近的码头，以后再划回圣殿区的码头。我并不讨厌这样做，这样一来，常在河边的人就会对我和我的船习以为常。正是因为这样的小插曲，有两次我无意中遇到了熟人，现在我来说一说。

二月末的一个下午，黄昏时分，我把船停在海关附近的码头。我在退潮时把船驶到了格林尼治，然后又随着潮水返回。那天天气晴朗，不过太阳落山后起了雾，我不得不小心翼翼地在大小船只之间划着。往返时我都看到了他的窗户信号：一切都好。

傍晚时分，天气有些阴冷，我冻得够呛，便想赶紧吃点儿东西暖和暖和。要是吃完饭直接回圣殿区，只能抱着沮丧和孤独熬上几个钟头，便想着先去看场戏。沃普斯勒先生如今成了名，只是我猜不透他是怎么走红的，而他演戏的剧院就在河滨这一带（如今已经不存在了），于是我决定去看一看。我知道沃普斯勒先生并没有成功地使戏剧复兴，相反，戏剧的衰落倒有他的一份功劳。听说戏单上写明他扮演一个忠心不贰的黑人，那上面还有一个贵族出身的小女孩和一只猴子，这实在有失体统。赫伯特还见过他饰演一个掠夺成性又很滑稽的鞑靼人，脸化得像红砖，还戴着一顶荒唐可笑的帽子，上面挂满了铃铛。

我在我和赫伯特称为“地理餐馆”的地方吃了饭。在那里，桌布每隔半码就有门房的水壶边缘留下的印子，犹如一幅幅世界地图，每一把餐刀上都沾着肉汁，形状宛若一张张航海图，直到今天，在伦敦市长的管辖范围内，几乎没有一家餐馆不是“地理餐馆”。这会儿，我坐在餐馆里，瞅着面包屑打瞌睡，盯着煤气灯发呆，闻着热腾腾的晚餐，消磨时间。最后，我终于振作起来，起身去看戏。

我来到剧院，只见台上有一位品行端正的水手长，他在英国皇家海军服役，非常优秀，只是我盼着他的裤子能正常点儿，不会这里太紧，那里又太松。他非常慷慨、勇敢，却对小人物很不客气，打得他们的帽子压住了眼睛。他非常爱国，却听不得任何人谈起纳税的事。他的口袋里有一袋钱，就像用布包着一块布丁，他靠着这些财产娶了一个穿着窗幔式样衣服的年轻女人，为此，他们还热闹地庆祝了一番。朴茨茅斯的全体居民（根据最后一次普查，一共有九人）都涌向海滩，他们搓着自己的手，还和其他人握手，唱着："把酒倒满，把酒倒满！"这时候，一个肤色黝黑的水手不肯把酒斟满，别人要他做什么，他偏偏不肯做什么，水手长公开表示，这个人的心和他的外表一样黑。黑人水手鼓动另外两个水手捣乱，让所有人都不能好过。这件事果然干成了（水手原来也有很大的政治影响），而那一晚一半的戏份都用来解决这些人制造出的麻烦；能彻底解决好，还要感谢一位老实巴交的小个子杂货商，此人戴了一顶白帽子，戴着黑色绑腿，鼻头红通通的。他拿着一个烤架钻进一口大钟，听完别人说话，他就走出来，要是有人不相信他偷听到的话，他就用烤架从后面把那些人敲晕。接着，沃普斯勒先生（之前一直没听到有人提起他饰演的人物）就上场了。他戴着一枚星状的嘉德勋章，是由海军部直接授予的全权代表，他宣布要当场逮捕水手们，还给水手长带来了一面英国国旗，奖赏他表现突出。水手长平生第一次掉下了眼泪，恭敬地用国旗擦眼泪，却马上高兴起来，称沃普斯勒先生为"阁下"，请求沃普斯勒先生准允与他握握手。沃普斯勒先生庄重优雅地伸出一只手，随即就被推到了一个满是灰尘的角落里，接着，所有人都跳起了角笛舞。沃普斯勒先生从那个角落里不满地打量着公众，就这样发现了我。

第二个节目是最新流行的大型滑稽圣诞哑剧，我好像在第一个场景中就看到了沃普斯勒先生，只是看他那个样子，我心中非常难过。他穿着红色精纺毛纱绑腿，表情化得特别夸张，脸上还闪动着磷光，头发上绑着红色窗帘流苏，在一个矿井里干活儿，还发出霹雳般的轰鸣声，一看到他那巨人似的主人（说话声很沙哑）回家用餐，他就吓得魂不附体。不过，他很快扮演了另一个比较体面的角色。一位年轻多情的英才爱上了一个姑娘，这姑娘的父亲是个残暴无知的农场主，极力反对这门亲事。农场主身上套着一个面粉袋，从二楼窗户跳下，故意压在年轻人身上。年轻的天才需要帮助，便请来了一位老练的魔法师。于是有个人踉踉跄跄地走上台来，看他的步伐，仿佛从很远的地方赶来，一路上跋山涉水，历尽艰辛，这人正是沃普斯勒先生。他戴着一顶高帽子，腋下夹着一本巫师指南。这位巫师在人间的工作，主要是听人倾诉、听人唱歌、被人顶撞、看着别人在他面前跳舞、朝他挥舞各种颜色的火焰，因此，他十分清闲。我非常惊奇地注意到，他一直盯着我的方向看，好像看到了什么令他极为惊诧的事情。

沃普斯勒先生的眼睛越瞪越大，似乎隐含着什么非同寻常的意思。他的脑子里似乎在翻来覆去地考虑许多事，却越想越困惑，我实在搞不懂他为何如此。我一直坐在那里琢磨着这件怪事，一直到他在一个大表壳里飞入云霄很久之后，我依然摸不着头脑。一个钟头后，我走出剧院，发现他在门边等我，而我心里还想着这件事。

“你好！”我说着和他握了握手，我们一起走在街上，“我注意到你看见我了。”

“我看见你了，皮普先生！”他答，“是的，我当然看见你了。可另一位是谁呢？”

“另一位？”

“说来也真够古怪的。”沃普斯勒先生说着，又露出了茫然的神情，“我发誓确实还有个人。”

我大惊失色，忙请沃普斯勒先生解释一下他的意思。

“如果不是你在，我一开始会不会注意到那个人，可真说不好。”沃普斯勒先生道，仍是那副迷惑不解的样子，“但我想我应该会留意到。”

我不由自主地向四周望了一眼，就像我回家时常做的那样。他这些玄妙的话让我不寒而栗。

“啊！不可能看见那人的。”沃普斯勒先生说，“他走了。他是在我之前离开的，我亲眼瞧见他走的。”

我本就心虚，此刻甚至怀疑起了这个可怜的演员，疑心这是个设计好的陷阱，就等着我上当受骗，自己把事情说出来。因此，我们往前走着，我只是看了他一眼，却什么也没说。

“皮普先生，你说可不可笑，我还以为他一定是和你一起来的，可后来我发现你完全没有意识到他的存在，不过他就坐在你的后面，像个幽灵一样。”

我又感到一阵寒意袭上心头，但我还是决定不说话，通过他的话判断，很有可能是有人派他来，诱使我把这番话和普罗维斯联系起来，而我完全确定普罗维斯从未来过剧院。

“我敢说你听了我的话，一定觉得很奇怪，皮普先生，我看得出来。但是，这件事本就透着古怪！我还有件事要告诉你，你肯定也不会相信。老实说，换成你给我讲这件事，我也不会相信。”

“是吗？”我说。

“是的。皮普先生，你还记得以前有一年圣诞节，那时候你还小，我在盖格瑞家吃饭，有几个士兵找上门来要修补一副手铐吗？”

“我记得非常清楚。”

“你还记不记得，那些士兵去追捕两个罪犯，我们也去了，盖格瑞把你背在背上，我走在前面，你们两个费力地跟在我后面？”

“我都记得很清楚。”而且比他以为的还要清楚，不过最后一点除外，毕竟那不是真的。

“你还记不记得，我们看到沟里有两个人在扭打，其中一个被另一个打得很重，满脸是伤？”

“一切仍然历历在目。”

“你还记不记得，士兵们点着火把，把两个囚犯押在中间，我们继续看热闹，便在漆黑的沼泽地里跟着他们，火把的光照在囚犯们的脸上？这一点我是特别注意的。我们周围黑得伸手不见五指，只有他们的脸在火把的光线里。”

“是的。”我说，“我都记得。”

“皮普先生，今晚坐在你后面的，就是当年那两个囚犯中的一个。我看见他在你身后。”

你要稳住！我在心里这么告诉自己。接着，我问他：“你认为你看见的是哪一个呢？”

“就是挨打的那个。”他马上道，“我敢发誓我看见的就是他！我越琢磨，就越肯定是他。”

“太奇怪了！”我说，竭力装出一副自己与此事毫不相干的样子，“确实很奇怪！”

这番对话让我本就不安的心更加惶然，真是怎么说都不算夸张，而坎培森“像个幽灵”一样跟踪我，给我造成的深刻恐惧，也是怎么说都不算夸张。自从普罗维斯躲起来，我即使有一时半刻没想到坎培森，也是在刚才他离我那么近的时候。一想到我处处小心，偏偏在这个时候毫无防备，对危险一点儿意识也没有，就感觉好像我一口气关上了一百扇门，就为了把他关在外面，冷不防却发现他就在我身边。他是跟着我来剧院的，这一点无可怀疑，虽然我们周围看起来风平浪静，但危险始终近在眼前，情势随时都有可能恶化。

我向沃普斯勒先生提出了一些问题，比如，那人什么时候进来的？对此，沃普斯勒先生也说不清。他只是看到了我，又看到那人跟在我后面，而且是过了一会儿，才认出那个人的。不过，他一开始就觉得那个人是和我一起来的，原以为是我在村里的熟人。那人穿着打扮如何？他记得那人穿了一身黑衣服，十分讲究，不过并不显眼。那人脸上有疤吗？他认为应该没有。我也觉得没有，我当时一直在沉思，并未特别留意身后的人，不过要是有人脸上有疤，一定会吸引我的注意。

沃普斯勒先生把他所能回忆起的事，以及我所能打听的事，全都告诉了我。劳累了一个晚上，我请他吃了些点心，吃完，我们便各走各的路了。我来到圣殿区，时间在十二点到一点之间，大门都关了。我进门回家，四周并没有人。

赫伯特已经回来了，我们在火边非常严肃地谈了一会儿，却没有商量出个所以然，只道应该把我今晚的发现告知文米克，并提醒他我们还在等他的暗示。我觉得要是我经常出入城堡，会给文米克带来麻烦，便决定写信向他说明此事。我临睡前写好了信，出门把信寄出，这次附近也没有人。我和赫伯特一致认为除了非常小心，别无他法。此后，我们加上了十二万分的谨慎，甚至比从前还要留神。我再也没有靠近过裂口湾，即使划船经过，也只是朝磨坊池塘岸看上一眼，就像看其他风景一样。

第九章

上一章提到我有两次碰到了熟人，第一次已经介绍过，第二次发生在一个礼拜后。当时也是个下午，比第一次早了一个钟头，我又把船停在桥下的那个码头边。我没决定好到哪里吃饭，便信步溜达到了齐普赛街，在那里逛着，街上人来人往，好不热闹，而我一定是其中最心绪不宁的一个。突然，一个人追上了我，一只大手拍在我的肩膀上。来人竟是贾格斯先生，他挽住了我的胳膊。

“我们去的方向一样，皮普，那就一起走吧。你要去哪儿？”

“应该回圣殿区吧。”我说。

“你难道不清楚自己要去哪儿？”贾格斯先生说。

“是呀。”我答，这一次在盘问中我居然占了上风，心里乐陶陶的，“我的确不知道，因为我还没有拿定主意。”

“你是要去吃饭吗？”贾格斯先生说，“想必你不会介意承认吧？”

“不。”我答，“我不介意承认这一点。”

“约了人吗？”

“我也不介意承认我没有约人。”

“那么，”贾格斯先生说，“就和我一起用餐吧。”

我正想推辞，他又加了一句：“文米克也来。”于是我连忙改口，欣然接受了他的邀请。好在我说的话模棱两可，改口很容易。我们沿着齐普赛街走了一会儿，便改道向小不列颠街走去。这时商店橱窗纷纷亮起了明亮的灯光，傍晚人流如织，点街灯的人几乎找不到地方支梯子，不过他们跳上跳下，跑进跑出，就这样，在越来越浓的雾中，越来越多的红眼睛睁开了，比哈默斯旅店那盏灯心草烛台在阴森森的墙壁上打开的惨白眼睛还要多。

来到小不列颠的事务所，只见那里的业务照常进行，写信、洗手、灭蜡烛、锁保险箱，这一天的工作告一段落。我无所事事地站在贾格斯先生的炉火旁，火焰时高时低，在火光下，架子上的两个石膏像如同两个魔鬼，像是在和我躲猫猫。事务所里点着两根粗大的蜡烛，借着昏暗的烛光，贾格斯先生在一个角落里写东西，蜡烛上裹着一层熔蜡，如同裹尸布，仿佛在纪念他那众多已经被绞死的客户。

我们三人一起上了一辆出租马车，前往杰拉德大道。我们一到那儿，晚饭就准备好了。在那里，我也知道绝不可提及我与文米克在沃尔沃斯的交情，但能不时友好地看他一眼，我也知足了。可就连这一点也做不到。每当他把目光从桌子上抬起来，总会看向贾格斯先生，他对我冷淡而疏远，就好像这世上有两个文米克，而眼前的人，并不是与我交好的那个文米克。

“你把哈维沙姆小姐的便条交给皮普先生了吗，文米克？”我们刚开始吃晚饭时，贾格斯先生问道。

“没有，先生。”文米克答，“你带皮普先生来事务所的时候，我正要把信寄出去。信在这儿呢。”他把信交给了他的老板，而不是我。

“信很短，皮普。”贾格斯先生把信递给我，说，“哈维沙姆小姐不知道你的地址，便寄到了我这里。她告诉我她想见你，和你谈谈你跟她提过的一件小事。你要去吗？”

“是的。”我说着看了一眼字条，上面写的正是这个意思。

“你打算什么时候去？”

“我最近与人有约，”我说着瞥了一眼文米克，见他正把鱼肉塞进邮筒投信口一样的嘴里，“所以很难确定时间。我尽快去吧。”

“如果皮普先生打算很快就去，”文米克对贾格斯先生说，“就不需要回信了。”

我听出他是在暗示我不要拖延，于是立即决定明天动身，并言明了这个意思。文米克喝了一杯葡萄酒，带着严肃而满意的神情看着贾格斯先生，却没有看我。

“皮普！我们那位蜘蛛朋友已经出牌了。”贾格斯先生道，“这一局是他赢了。”

我无可奈何，只得同意。

“哈！这小子有前途，他有一套自己的办法，只是他的方式不一定百试百灵。最终获胜的一定是强者，不过谁称得上强者，一开始可看不出来。可要是他动手打她……”

我脸颊发烫，心里窝火，打断了他的话：“你不会真认为他会坏到这种程度吧，贾格斯先生？”

“我没有这样说，皮普。我只是举个例子而已。如果他动手打她，那他的力量会取胜，如果是斗智，他必定占不了上风。他这样的人遇到这种情况，只有两种结果，至于是哪一种就不一定了。”

“我可以问问是哪两种结果吗？”

“像我们的蜘蛛朋友那样的人，不是动手打人，就是卑躬屈膝。”贾格斯先生答，“在卑躬屈膝的时候，他可能会咆哮，也可能不会。但他肯定不是动手打人，就是卑躬屈膝。你还是问问文米克的意见吧。”

“不是动手打人，就是卑躬屈膝。”文米克说，只是他说这话时没有看我。

“那么，我们敬本特利·多穆尔太太一杯吧。”贾格斯先生说着，从碗碟架上取下一瓶上等葡萄酒，为我们两个和他自己斟上酒，“但愿在谁能占上风这个问题上，能让太太满意！不可能既让先生满意，也让太太满意。莫莉，莫莉，莫莉，莫莉，你今天可真够磨蹭的！”

他这么说的时候，莫莉就在他身边，正把一道菜放在桌上。她缩回手，往后退了一两步，嘟囔着解释，看样子十分紧张。她说话时手指的动作引起了我的注意。

“出什么事了？”贾格斯先生说。

“没什么。只是谈到这个话题，我心里很不是滋味。”我说。

她手指的动作就像在编织毛线。她站在那里望着主人，不知道是否可以离开，也不知道主人还有什么话对她说，如果她走了，他还会不会叫她回来，她的目光非常专注。在最近一个极为难忘的场合，我曾见过和她一模一样的目光、一模一样的手！

贾格斯先生示意她离开，她溜出了房间。但她的样子一直出现在我面前，清晰得仿佛她依然站在那里似的。我看着那双手，看着那双眼睛，又看着那飘逸的头发，将它们同我所熟悉的那个人的手、眼睛和头发进行了比较。我想象一个女人嫁给了一个残暴的丈夫，过了二十年凄风苦雨的生活，也许就会变成这副样子。我再度望着女管家的手和眼睛，想起当年我（并非一个人）走在那座废弃的花园里，穿过废弃的啤酒工坊，心中涌起过一种莫名其妙的感觉。我又想到，有一次，有个人从公共马车的窗户里看着我，还朝我挥着一只手，我也有过同样的感觉。还有一次，我（并非一个人）坐在马车里经过一条黑暗的街道，却突然有灯光亮起，这种感觉就像闪电一样，再次闪现在我的脑海中。我想到，剧院里的一个联想帮忙确定了坎培森的身份，我以前很少联想，如今却养成了习惯，一听到有人说起艾丝特拉，我马上就会联想起她编织毛线的手指，以及专注的目光。而此时此刻，我确定这个女管家一定就是艾丝特拉的母亲。

贾格斯先生见过我和艾丝特拉在一起，不可能注意不到我竭力掩饰的感情。我言及这个话题勾起我的伤心事，他点了点头，拍拍我的背，又斟了一轮酒，继续吃晚餐。

女管家又来了两次，只在房间待了一会儿就出去了，贾格斯先生对她极为严厉；但是，她的手与艾丝特拉一样，她的眼睛也与艾丝特拉一样，即使她再出现一百次，我也深信自己的想法不会错，绝不会有一丝一毫的犹疑。

这个晚上过得实在沉闷，每次杯子里有酒，文米克总是一口气喝下去，活像是在处理公事，每次发薪水的时候，他八成也是这样一把拿走。他坐在那里，目光一直在老板的身上，像是随时准备接受盘问似的。至于他的酒量，他那邮筒投信口一样的嘴与其他邮筒别无二致，有多少信就可以容纳多少信；而他的嘴，则是有多少酒，就可以喝得下多少酒。在我看来，他这一晚上一直是另一个文米克，只是在外表上像沃尔沃斯的文米克而已。

我们两个很早就告辞，一起离开了。我们刚开始在贾格斯先生那堆皮靴中找帽子，我就感觉到我熟悉的文米克将要出现了。我们沿着杰拉德大道朝沃尔沃斯走了五六码，我就发现与我手臂挽着手臂并肩而行的，正是我熟悉的那个文米克，另一个文米克已经消失在傍晚的空气中了。

“好啦！”文米克说，“总算结束了！他是个了不起的人，再也找不出第二个了。不过我每次同他一起吃饭，都觉得必须闭紧嘴巴，不能随便开口；可是，一边吃一边说那才叫痛快呢。”

我觉得这话十分有理，便这样告诉了他。

“我这话只在你面前才说。我知道我们两个说的话，你不会透露出去。”他说。

我问他是否见过哈维沙姆小姐的养女，也就是本特利·多穆尔太太。他说没有。为了避免唐突，我先问他老爹和斯基芬斯小姐是否安好。当我提到斯基芬斯小姐的时候，他显得相当狡猾，停在街上擤鼻子，一边摇头，一边摆摆手，带着一种若有似无的得意之态。

“文米克，”我说，“在我第一次去贾格斯先生的私宅前，你让我注意那个女管家，你还记得吗？”

“有吗？”他答，“啊，好像有那么回事。见鬼！”他突然补充道，“我好像确实说过。我发现我的嘴巴还没有完全打开。”

“你说她就像一头被驯服了的野兽。”

“那你说她像什么？”

“我也这么觉得。那贾格斯先生是怎么驯服她的，文米克？”

“这是他的秘密，她跟了他好多年了。”

“我希望你能讲讲她的身世，我非常感兴趣。你知道，我绝对不会把我们说过的话传出去。”

“好吧！”文米克回答说，“她的身世如何，我也不是很清楚，只知道一点儿。我知道什么，都会告诉你。当然，这都是因为我们两个私交很好。”

“当然。”

“大约二十年前，那个女人在老贝利街犯了谋杀罪受审，后来被无罪释放了。她当时年轻漂亮，我觉得她身上有吉卜赛血统。不管怎么说，你可以想象，她撒起野来可不是闹着玩的。”

“但她还是无罪开释了。”

“贾格斯先生是她的律师。”文米克继续说，眼神别有深意，“他处理这个案子，手法可以说是相当惊人。这本来是个必输的案子，他当时刚入行不久，但这场官司打下来，所有人都对他赞不绝口。事实上，可以说他是借着这个案子打响招牌的。他每天都亲自去警察局，一连去了很多天，为的就是不让她收监。到了开庭审理的时候，他资历浅，不能亲自上庭辩护，便给正式的辩护律师当助手、出主意、提供证据。这件事所有人都清楚。受害者是个女人，比女管家大十岁，块头大得多，也强壮得多，事情是争风吃醋引起的。这两个女人都居无定所，如今在杰拉德大道的那个女人年纪轻轻就嫁给了一个浪荡汉子，按照我们的话说，这对夫妻都不是什么正经人。她嫉妒心强，是个泼辣货。死的那个女人在年纪上更配那个男人，她被人发现死在豪恩斯洛荒野附近的一个谷仓里。她临死前经过了一番激烈的挣扎，也许还发生过打斗。她遍体鳞伤，最后是被人扼住喉咙掐死的。除了莫莉，没有合理的证据显示凶手另有他人。于是，贾格斯先生就以她不可能把人掐死为由为她辩护。告诉你吧，”文米克说着摸了摸我的袖子，“他现在有时会提起她手劲儿很大，在庭上却只字未提呢。”

我告诉文米克，那次去他家用餐，他的确给我们看过她的手腕。

“好吧，先生！”文米克继续说，“事情就是这样，就是这样的，你还不明白吗？从被捕以来，这个女人就花了一番巧思来穿着打扮，让自己显得楚楚可怜，比实际瘦弱得多。特别是她的衣袖设计巧妙，使她的胳膊看来很细，这件事人们都还记得呢。她身上只有一两处淤伤，这对一个浪荡女人来说不算什么，但她的手背上全是伤痕，那问题就来了，是不是被死者的指甲抓伤的？贾格斯先生则辩称她经过了一大片荆棘丛，虽然没有她的脸那么高，但她要过去，也得伸出手把荆棘丛扒拉开。确实在她的皮肤上发现了荆棘碎片，并已经提交为证据，而且她走过的那片荆棘丛经检查也确实发现了踩踏的痕迹，现场还留有她的衣服碎片，有些地方还留有斑斑血迹。不过，我接下来要说的，才是他提出的最大胆的观点。为了证明她是个妒妇，法庭指出，除了杀死那个女人，她还有一个很大的嫌疑：为了向那个男人报复，在谋杀案发生的前后，她居然丧心病狂，杀死了她和那个男人所生的孩子，而那孩子当时年仅三岁。在这个方面，贾格斯先生做出的反驳是：‘我们说这不是指甲的抓痕，而是荆棘留下的痕迹，于是我们拿出荆棘作为呈堂证供。你们却说那是指甲的抓痕，现在还假设她杀害了自己的孩子。既然如此，你们必须接受那个假设的所有结果。她也许确实杀死了自己的骨肉，那孩子死死抓着她，还抓伤了她的手。然后呢？各位，现在并不是在审理杀子案，那为什么不审理一下呢？且说眼前这个案子，你们指出有抓痕，在这个问题上纠缠不休，我们也只好认为，你们是要随便找些理由，好证明抓痕不是你们杜撰出来的？’总而言之，先生，贾格斯先生咄咄逼人，陪审团根本应付不及，只好让步。”

“从那以后，她就一直在贾格斯家里做用人吗？”

“是的，但不仅如此。”文米克道，“无罪释放后，她马上到他家里帮佣了，就像现在这般驯服。在料理家务方面，她是逐渐学会的，不过她的确是从一开始就这么温顺。”

“你还记得那孩子是男是女吗？

“据说是个女孩。”

“今天晚上你还有什么话要对我说吗？”

“没了，我收到了你的信，看后就烧了，仅此而已。”

我们亲切地互道了“晚安”，我便回家去了，不光旧愁未解，如今又平添了一份新的烦恼。

第十章

第二天，我乘坐马车前往萨提斯庄园。哈维沙姆小姐是个反复无常的人，于是我把她的信放在口袋里，证明自己不是无缘无故这么快再度登门造访，免得她见了我大吃一惊。我在中途的小客栈下了车，用过早饭后徒步而行。因为我想从偏僻的路去镇里，不想惹人耳目，也盼着能低调离开。

等我走到大街后面那几条充满回响的小巷，四周非常安静，天色也暗了下来。曾几何时，这里是修道士的食堂和花园；如今只剩一片断瓦残垣，曾经坚固的墙壁如今改建成了简陋的棚屋和马厩，这片废墟几乎与坟墓中的修道士一样寂静无声。我脚步匆匆，专拣没人的路走，在我听来，教堂的钟声都变得比以往更凄惨，也更遥远。古老的风琴奏出的乐声飘荡到我的耳朵里，更像是哀乐。白嘴鸦在灰色的高塔周围盘旋，在修道院花园废墟中高大光秃的树木之间来回翻飞，似乎是在告诉我，这个地方已经变了，艾丝特拉永远地离开了。

开门的是一个上了年纪的女人，我以前见过她，是这里的仆人，住在后院对面的附属房子里。漆黑的过道里照旧放着点燃的蜡烛，我拿起蜡烛，独自走上楼梯。哈维沙姆小姐并不在她自己的房间，而是在楼梯平台对面的大房间里。我敲敲门，见无人应声，便从门边向里面张望，只见她坐在炉边一把破烂的椅子上，离火很近，出神地凝视着积了很多炉灰的火焰。

像往常一样，我走了进去，来到旧壁炉架边上站定，在那里，她只要抬起眼睛就能看见我。她看起来是那么孤独凄惨，即使她故意给我造成了莫大的伤害，我依然对她充满了怜悯。我站在那里，心里涌着对她的同情，我想到，随着时间的推移，我自己也成了这幢不幸的房子的一部分了。这时，她的目光终于落在了我身上。她瞪大眼睛，低声说：“你真来了？”

“是我，皮普。贾格斯先生昨天把你的信给了我，我立即就来了。”

“谢谢，谢谢你。”

我把另一把破烂的椅子挪到炉边坐下时，忽然注意到她脸上出现了一种全新的表情，好像她怕我似的。

“你上次来这儿时跟我提起的话题，我想继续谈谈，好向你表明我并非铁石心肠。”她说，“不过，也许你永远也不会相信，我其实还有人性吧？”

我说了几句安慰的话，她伸出颤抖的右手，好像要摸我似的。可等我明白了她这个动作的意思，想清楚该如何领受的时候，她已经缩回了手。

“上次你来为你的朋友求情，你说你知道怎么做才能帮他。这么说来，你是很想让我帮他了？”

“我是很想让你帮他。”

“怎么帮呢？”

我开始向她解释我私下里帮助赫伯特入股的经过。我才说了一会儿，就从她的神色看出，她并没有听进去，她是在琢磨我这个人，而不是我说的话。想来我的观察很准确，因为我没说完便住了口，可过了好一会儿，她才表现出意识到这一点的样子。

“你不说了，”她带着先前害怕我的神气，问道，“是因为你太恨我了，不想同我说话了吗？”

“不，不。”我道，“你怎么能这样想，哈维沙姆小姐？我停下来，是因为我认为你并没有在听我说的话。”

“也许是没有，”她回答说，一只手托着头，“那就重说吧，你说的时候，我看着别处。等等！好了，现在说吧。”

她把一只手放在手杖上，带着她经常露出的果断神情望着炉火，似乎是在强迫自己专心听我讲。我继续向她解释，告诉她我是多么希望用自己的钱来完成这件事，只可惜现在已经无能为力。我提醒她，这件事涉及另一个人的秘密，有些内容我实在不便直言。

“这样啊！”她说着点头表示同意，但没有看我，“要做完这件事，还需要多少钱？”

那是一大笔钱，我有点儿不敢说出口：“九百英镑。”

“如果我把钱给你，让你去办这件事，你愿意为我保密吗，就像为你自己保密一样？”

“我必定守口如瓶。”

“这样你的心能稍稍宽解一些了吗？”

“宽解多了。”

“你现在很不开心吗？”

她问了这个问题，依然看也不看我一眼，语气中却带着不同寻常的同情之意。我一时哽咽，竟无法回答。她把左臂搭在手杖头上，轻轻地把额头搁在上面。

“我一点儿也不快乐，哈维沙姆小姐。但是，我焦虑难安，还有其他你不清楚的原因。也就是我刚才提到的秘密。”

过了一会儿，她抬起头，再次看着炉火。

“你能告诉我，你之所以不幸，还有别的原因，你太高尚了。是真的吗？”

“千真万确。”

“皮普，难道我就只能帮你的朋友，不能帮你吗？既然这件事已经定妥了，难道就没什么我可以为你做的吗？”

“没有。谢谢你这么问。你问这个问题的语气，更让我心存感激；但是，我没什么要你帮忙的。”

她立刻从座位上站起来，在那间早已损毁的屋子里四处张望，想找个写字的纸笔。遍寻不获，她便从口袋里掏出一个已经发黄的象牙写字本，上面镶着失去了光泽的黄金，又从挂在脖子上的一个暗淡无光的金盒子里拿出一支铅笔，在上面写了起来。

“你和贾格斯先生的关系还很好吗？”

“很好。我昨天才和他一起用过餐。”

“那这东西就给你做个凭证，凭此从他那里支钱，由你来全权做主，为你的朋友安排一应事宜。我这里没有现金，但如果你不希望贾格斯先生知晓此事，我稍后会派人把钱给你送去。”

“谢谢你，哈维沙姆小姐。我愿意从他那里支取。”

她把她写的内容读给我听，写得直截了当，清楚明确，显然是为了不叫别人怀疑我收受那笔钱是想从中牟利。我从她手里接过象牙写字本，她的手又颤抖起来，当她取下系着铅笔的链子放进我手里时，她的手颤抖得更厉害了。只是她做这一切的时候，并没有看我。

“第一页上有我的名字。倘若你能在我的名字下面写下‘我原谅她’这四个字，哪怕那时候我破碎的心已经化作了尘土，也请你一定要这样做！”

“啊，哈维沙姆小姐，”我说，“我现在就能做到。每个人都犯过严重的错误，我这一生始终在盲目中虚度，我做过很多忘恩负义的事。我自己都渴望得到别人的原谅，得到别人的指导，又怎么会对你怀恨在心呢？”

她终于在别开脸后第一次看向了我，令我吃惊的是，她竟然跪倒在了我的脚下，见她如此，我何止震惊，甚至都感觉有些恐怖了。她双手合十，把手伸向我，想来在她青春少艾的年纪，她那颗可怜的心依然完整，没有受过伤，她必定也是这样跪在母亲的身侧，伸手向苍天祈祷的。

看到她跪在我的脚边，满头白发，形容憔悴，我不由得浑身一阵战栗。我求她站起来，抱着她扶她起来。但她只是紧紧握住我离她最近的那只手，把脸贴在我的手上，痛哭起来。我从未见过她掉泪，希望这样发泄一下，也许对她有好处，我俯下身去，一句话也没说。她现在不是跪着，而是整个人都伏在地上了。

“啊！”她绝望地叫道，“我竟然做出了这样的事！我竟然做出了这样的事！”

“哈维沙姆小姐，如果你的意思是你做了伤害我的事，那让我来和你说清楚吧。那并不要紧。我无论如何都会爱上她的。她已经结婚了吗？”

“是的。”

我这么问纯属多余，毕竟这所荒芜凄凉的房子又增添的几分孤寂，已经给了我答案。

“我竟然做出了这样的事！我竟然做出了这样的事！”她绞着双手，拉扯着一头白发，一遍又一遍地叫着，“我竟然做出了这样的事！”

我不知道该怎样回答，也不知道该如何安慰她。她受过情伤，自尊惨遭践踏，于是心里充满怨恨，便收养了一个什么都不懂的孩子，把这个孩子培养得和她一模一样，去找男人复仇，对此，我可是领教得一清二楚。她这么做确实很伤人。但是，在把阳光拒之门外的同时，她也把更多的东西挡在了外面。她过着与世隔绝的日子，接触不到自然界中无数种能治愈身心的事物。她在孤独中忧愁思虑，心灵已坠入病态，但凡违背了天地自然的秩序，往往会落得如此结局，过去如此，未来亦如是。对此，我同样领教得一清二楚。如今她已经受到了惩罚，早已成为废人，她生在这个世界上，却与这个世界格格不入，深陷在毫无意义的悲伤中不能自拔，终致疯癫入魔，就好像有人迷失在虚妄无益的悔恨、自责和自贬之中，做尽了骇人听闻却毫无意义的事，却只能给这个世界造成很多无妄之灾。见到她这个样子，我又怎能不心生同情呢？

“那天你跟她说了那些话，我觉得你就如同一面镜子，我从你身上看到了我曾经的所感所觉，我才知道我做了什么。我竟然做出了这样的事！我竟然做出了这样的事！”她把这句话反复说了二十次，不，是五十次。“我竟然做出了这样的事！”

她绞着双手，拉扯着一头白发，一遍又一遍地叫着，“我竟然做出了这样的事！”（第394页）

“哈维沙姆小姐，”等她的哭声平息后，我说，“你不必为了我难过，更不必为了我良心不安。不过艾丝特拉的情况就不一样了，在你的影响下，部分善良的天性已被她弃如敝屣。可对你所犯的过错，哪怕只能弥补一星半点儿，也请你着手补救，这总强过不住地空叹过去。”

“是的，是的，我知道。可是，皮普，亲爱的！”如今她已再世为人，竟对我产生了一种真挚的同情，充满了女人味，“亲爱的！请你相信我，刚刚收养她时，我的初衷是将她从痛苦中拯救出来，不让她像我一样遭罪。一开始，我没有别的意思。”

“是的，是的！”我道，“但愿如此。”

“可是，后来她长大了，一看就会出落得标致动人，我也越来越变本加厉，我赞美她，用珠宝诱惑她，用我的那套理论调教她，还拿我自己的经历警告她，证明我教给她的理论是正确的，我偷走了她的心，还在她的心口放了一块寒冰。”

“我倒宁愿她的心原封不动，哪怕有一天会受到伤害，变得支离破碎。”我忍不住说。

听到这话，哈维沙姆小姐心烦意乱地看了我一会儿，又开始嚷嚷“我竟然做出了这样的事！”

“如果你知道我的全部经历，”她恳求道，“你一定会对我产生些许的同情，也能更了解我这个人。”

“哈维沙姆小姐，”我尽量委婉地回答说，“我相信我可以说确实了解你的经历，从我第一次离开这里的时候，我就知道了。我确实对你产生了极大的同情，我也相信自己能理解你的遭遇，以及这些遭遇对你产生的影响。我们相识了这么多年，我是否有资格问你一个关于艾丝特拉的问题？我不问她现在的情况，只想知道她刚来这里的情况。”

她坐在地上，胳膊搁在破旧的椅子上，头靠在胳膊上。我说这话时，她盯着我，回答说：“说下去。”

“艾丝特拉是谁的孩子？”

她摇了摇头。

“你不知道？”

她又摇了摇头。

“是贾格斯先生亲自把她带到这儿来的，还是派人送来的？”

“亲自送来的。”

“你能告诉我是怎么回事吗？”

她小心翼翼地低声说道：“那时候我把自己关在这些房间里，很久都没有出去过，我也说不清有多久，你知道的，这里的钟表都停止了。我告诉他，我想收养一个小女孩，我会疼爱她，不叫她像我一样受命运的捉弄。在我与这个世界诀别之前，我曾在报纸上看到过他的事迹。我初次见他，是派人请他来，为我收拾这里的烂摊子。他告诉我他将为我寻找这样一个孤女。一天晚上，他把睡着的她带到了这里，我给她起名‘艾丝特拉’。”

“那我可以问问她当时的年龄吗？”

“两三岁吧。她对自己一无所知，只知道自己是孤儿，我收养了她。”

听到这些情况，我深信女管家莫莉定是艾丝特拉的母亲无疑，甚至不需要任何证据来佐证这个想法。我想，这其中的关联，任何人都能一眼看出。

谈到这个地步，即使我再多作逗留，又有什么用呢？我成功地为赫伯特争取到了资助，哈维沙姆小姐把她所知的关于艾丝特拉的情况全都告诉了我，我安慰了她，把我能说的都说了，把我能做的都做了。我告辞离去，至于我们临别时又说了什么，在此不必赘述，反正我是告辞离开了。

我走下楼梯，来到自然清新的空气中，只见暮色已经笼罩了大地。我对开门让我进来的那个女人说，我想在这里逛逛再走，请她暂时不必为我开门。我预感自己不会再来这个地方了，此时暮光沉沉，正适合我最后一次再看看这里。

我走过很久以前被我踩在脚下的乱七八糟的酒桶，多少年来经过雨水的侵蚀，很多桶都已腐烂，依然立着的酒桶的顶端积满了水，如同一片片微小的沼泽和水池。我一路朝着荒废的花园走去。我在花园里逛了一圈，去了我和赫伯特打过架的那个角落，还走过了我和艾丝特拉一同漫步过的小径。这里是如此清冷、如此荒凉、如此萧瑟！

回去时，我去了酒坊，走到花园尽头的一扇小门前，我拉开锈迹斑斑的门闩，走了进去，又从另一头的门走了出来，那扇门很难开，木头受潮后已经松动发胀，合页变弯，门槛上长满了蘑菇。走出这扇门之前，我回头望了一眼。就在这短短的一眼中，童年时的一段经历竟然神奇地浮现在了眼前：小小的我以为看到哈维沙姆小姐吊在房梁上，不禁毛骨悚然，从头到脚都在哆嗦，过了一会儿，才意识到那只是自己的想象。这段回忆是如此真切，我感觉自己一瞬间又到了横梁下。

在这样的时刻，在这样的地方，真叫人觉得好不悲凄，刚才的幻象虽然转瞬即逝，却让我陷入了巨大的恐惧之中，因此，当我从敞开的木门中走出来时，心里涌出了一种难以形容的畏惧。曾几何时，艾丝特拉撕扯我的心，而我就在木门这里撕扯自己的头发。走到前院，我犹豫着，是叫那个女人拿钥匙打开锁着的门放我出去，还是先上楼去确认哈维沙姆小姐和我离开时一样安全。我选了后者，便上楼去了。

临别时我向她所在的房间里望了一眼，看见她坐在炉边的破椅子上，背对着我，离火很近。就在我缩回头准备悄悄走开的时候，就见一道巨大的火光突然蹿了起来。与此同时，我看见她尖叫着向我奔来，身体已被团团火焰吞噬，烈焰在她的头顶燃烧着，足有她的两倍高。

我身上穿的是一件双层披肩大衣，胳膊上还搭着另一件厚大衣。我连忙脱下外套，把衣服裹在她身上，将她扑倒在地，又用衣服紧紧包住她。接着，我从桌上扯下那块巨大的桌布，同样裹在她身上，被我这么一拽，桌子中间那堆腐烂的东西，以及藏在那里的所有丑陋之物，也被我扯了下来。我们两个犹如一对非要斗得你死我活的敌人在地上挣扎，我用衣服把她包得越紧，她就越疯狂地尖叫，试图挣脱出来。当时的情况，我都是事后才知道的，在当时，我什么都感觉不到，大脑一片空白，根本不清楚自己在做什么。我当时什么都不知道，只知道我们在大桌旁边的地上，她刚才还穿在身上的发黄的新娘礼服此时已经化为一片片火绒，在浓重的烟雾中飘浮。

然后，我环顾四周，看到甲虫和蜘蛛受了惊，在地上乱跑，仆人们气喘吁吁，大呼小叫着从房门奔进来。我仍然用尽全身的力气按着她，好像她是一个胆敢逃跑的囚犯。我甚至怀疑我根本不知道她是谁，不知道我们为什么挣扎，不知道她身上为什么起火，更不知道火焰已经熄灭，后来我看到她那化为碎片的礼服不再燃烧，在我们周围扑簌簌落下，如同下了一阵黑雨。

我看见她尖叫着向我奔来，身体已被团团火焰吞噬，烈焰在她的头顶燃烧着，足有她的两倍高。（第398页）

她失去了知觉，我吓坏了，不敢挪动她，甚至都不敢摸她。我已经派人去找帮手了，却依然按着她不放，后来帮手来了，我才松开，仿佛我离谱地认为只要松开她，火焰就会再度燃起，把她烧成灰烬。医生带着助手赶来，我这才站起来，惊讶地发现自己的两只手都被烧伤了，可我根本感觉不到，因此没有发现。

医生给她做了检查，发现她的烧伤很严重，不过并不足以致命；但她出现了神经性休克，这才是最危险的。按照医生的吩咐，她的寝具都被搬到那间屋子里，放在大桌上。那张桌子正好适用，方便给她包扎伤口。一个钟头后我再见到她时，只见她果真躺在我曾见过她用拐杖指出的地方，当时，我亲耳听到她说自己有一天将躺在那里。

他们告诉我，她那件新娘礼服已经烧光，可那鬼气森森的新娘打扮仿佛依然未散。他们用白色的药棉一直包扎到她的喉咙，她身上还松松地盖着一条白被单，她的样子虽然变了，曾经的一切却好似幻化成了幽灵，让她还保持着昔日的神态。

我问了仆人，得知艾丝特拉身在巴黎，便请医生写信给她，并立即寄出。我负责通知哈维沙姆小姐的亲属，并且只打算通知马修·波克特先生一人，至于其他亲属，由他决定该通知谁。第二天，我一回到伦敦，便请赫伯特把消息带给了他。

在事发的当天晚上，哈维沙姆小姐一度清醒过来，她冷静地谈起了发生的事，只是异常亢奋。快到半夜的时候，她开始胡言乱语，后来渐渐地用低沉而庄严的声音无数次地重复三句话："我竟然做出了这样的事！""刚刚收养她时，我的初衷是将她从痛苦中拯救出来，不让她像我一样遭罪。""拿着铅笔，在我的名字下面写上'我原谅她'。"她重复这三句话，每次的顺序都一模一样，只是有时漏掉一个字，但她不会用别的字替代，只留下一个空白，继续说下一个字。

我留在那里帮不上忙，家里又麻烦缠身，心中好不担惊受怕，即使哈维沙姆小姐直说胡话，我也无时无刻不惦记着自己的烦忧，便在夜里决定第二天一早乘早班马车返回——先步行一两英里，出了镇子再乘坐马车。因此，清晨六点，我便俯身向她，吻了吻她的唇，即使在我亲吻她的时候，她依然在念叨着，当时说的那句话正好是："拿着铅笔，在我的名字下面写上'我原谅她'。"

第十一章

夜里，我的手换了两三次绷带，早上又换了一次。我的左臂胳膊肘以下烧伤严重，手肘到肩膀的伤势倒不算重，烧伤处疼得厉害，不过火焰当时是朝那个方向烧过来的，我很庆幸自己没有受更重的伤。我右手的烧伤并不严重，手指还能活动，当然也包了绷带，但用起来比左手和左臂方便多了。左胳膊只能用吊带吊着。我只能像穿斗篷一样，把大衣松垮地披在肩上，在脖子处系紧。我的头发烧着了，好在脑袋和脸没有损毁。

赫伯特到汉默史密斯把信捎给他父亲后，便回到了我们的住处，一整天都在照顾我。他真像个善良的护士，到了规定的时间，就取下我的绷带，在准备好的凉爽药液里浸泡一会儿，再给我缠好，他是那么耐心、那么温柔，我不禁深深感激。

起初，我安静地躺在沙发上，闪耀的火焰一直出现在我的脑海里，我发现很难，可以说是不可能将其摆脱。我忘不了人们匆匆的脚步和喧闹，燃烧的刺鼻气味始终飘荡在我的鼻间。就算我睡着了，片刻后，也会被哈维沙姆小姐的哭声惊醒，仿佛看到她朝我奔来，头顶上燃着熊熊烈焰。比起身体上承受的痛苦，这种精神上的折磨更加难以克服。赫伯特见我这样，便尽全力来分散我的注意力。

我们虽没提起，心里却一直想着船的事。这一点一看便知，因为我们都对这个话题避而不谈，并且心照不宣地想要我的手赶快恢复，几个礼拜太长，最好过几个钟头就能好起来。

见到赫伯特，我的第一个问题当然是住在河下游的那个人是否一切安好。他兴高采烈地表示一切都好，说得言之凿凿，就这样，我们一整天都没再提起这件事。后来，天快黑了，赫伯特借着火光给我换绷带的时候，才在无意中又谈起了此事。

“我昨晚和普罗维斯待了两个钟头，汉德尔。”

“那克拉拉在什么地方？”

“那个可爱的小美人啊！”赫伯特说，“一整晚都在伺候她那阴沉粗暴的老爹，跑上跑下的。她一离开他的视线，他就使劲儿踩地板。不过要我说，他是活不了多久了。往肚子里灌朗姆酒加胡椒粉，胡椒粉加朗姆酒，我想他踩地板的日子也不多了。”

“那之后，你们就要结婚了，是吗，赫伯特？”

“不然我怎么才能照顾可爱的小美人呢？我亲爱的朋友，把你的胳膊放在沙发背上去，我就坐在这儿，慢慢地把绷带解开，保管连你自己也感觉不到。我要说的是普罗维斯。你知道吗？汉德尔，他的脾气好了很多。”

“我对你说过，上次见到他时，我觉得他变温和了。”

“你确实说过。这是真的。他昨晚很健谈，又给我讲了一些他的生平经历。你还记得他在这里说起过他和一个女人闹得很僵，结果只说了一半，就没再说下去吗？我弄疼你了吗？”

我吃了一惊，但不是因为他弄疼了我。我是听了他的话，才觉得吃惊的。

“我忘记了，赫伯特，但现在你一提起，我就想起来了。”

“好吧！他昨天说的就是这件事，那事听来可真够可怕，真够匪夷所思的。想不想听听？会不会害你提心吊胆？”

“请告诉我吧。一个字都不要漏掉。”

赫伯特俯下身来，仔细地看着我，仿佛我回答得太迫切了，他无法相信。“你没发热吧？”他摸着我的额头说。

“我很好。”我说，“告诉我普罗维斯都说了什么，我亲爱的赫伯特。”

“好像……”赫伯特说，“原来是绷带掉了，其实绑得还挺漂亮的，现在换一条凉爽的吧，刚一换上，肯定有点儿冰，是不是，我可怜的朋友？不过你很快就会觉得舒服的……好像那女人还挺年轻，是个妒妇，报复心很重，她要是报复起来，可是心狠手辣呢，汉德尔。”

“到什么程度呢？”

“她会杀人。伤口很敏感的，贴上去会不会太冰了？”

“我感觉不到。她是怎么杀人的？她谋杀了谁？”

“哎呀，这件事也许不该用‘谋杀’这个可怕的字眼。”赫伯特说，“但是，她的确被控犯有谋杀罪，还上庭受审了，是贾格斯先生为她辩护的，他还因此名声大噪呢，普罗维斯也是因为这件事才知道了他的大名。受害者是个女人，体格要壮实得多，她们两人在谷仓里打了一架。至于是谁挑的头，打起来的时候公不公平，使没使下作的手段，谁都说不清楚。不过结局清楚明白，那个受害者是被勒死的。”

“这个女人被判有罪了吗？”

“没有，她被宣判无罪。我可怜的汉德尔，我弄疼你了！”

“你的手法再温和不过了，赫伯特。真的吗？后来呢？”

“那个被宣判无罪的年轻女人和普罗维斯有过一个孩子。”赫伯特说，“普罗维斯非常疼爱这个孩子。正如我说的，那天夜里，年轻女人掐死了她嫉妒的女人，而就在傍晚的时候，年轻女人去找普罗维斯，发誓说要杀死那孩子，让他再也见不到那孩子，那孩子一直跟着她的，然后，年轻女人就失踪了。这只伤势比较重的胳膊重新系好吊带了，保你舒舒服服的，现在只剩下右手了，这就容易多了。光线暗一点儿更好，我反倒可以包扎得更好，看不见那一片片可怕的水泡，我的手还能稳稳的，不会发抖。亲爱的朋友，你觉不觉得自己的呼吸受了影响？你的呼吸太急了。”

“也许是的，赫伯特。那个女人有没有说到做到？”

“那是普罗维斯生命中最黑暗的一段时光。她真的下手了。”

“他说她下手了？”

“当然了，亲爱的朋友。”赫伯特答，语气里充满了惊奇，他又弯下腰来，更近地观察我，“这些都是他说的，我没有别的消息。”

“当然了。当然没有。”

“至于她是苛待这孩子的母亲，还是善待这孩子的母亲，普罗维斯可没说。”赫伯特继续说，“不过，那女人与他在一起生活了四五年，过的是他在火炉边给我们讲过的悲惨生活，他似乎很同情她，对她很容忍。因此，他担心自己会被传唤出庭，为她害死孩子的事作证，并导致她被判死刑，他尽管很为那孩子伤心，还是躲了起来，按照他自己的话说，他躲起来不见人，也不出庭，如此一来，法庭只能含糊其词，说那两个女人是为了一个叫艾贝尔的男人争风吃醋。无罪释放后，她就失踪了，于是他不仅失去了孩子，连孩子的母亲也失去了。”

“我想问……”

“等一下，我亲爱的朋友，”赫伯特说，“马上就好了。那个坏事做尽的混蛋坎培森绝对是恶棍中最邪恶的恶棍，他知道普罗维斯当时躲了起来，也知道他为什么这样做，后来就用这件事来要挟他，让他越来越穷，逼他做越来越坏的事。昨晚听了这些事，我才明白普罗维斯为什么这么恨他。”

“我想知道，”我说，“我尤其想知道，赫伯特，他有没有告诉你这件事是什么时候发生的？”

“尤其想知道？让我想想他是怎么说的。他的原话是：‘大约二十年前，我刚开始跟着坎培森干他那些勾当，就出了这事。’你在那个小教堂墓地碰到他时多大？”

“应该是七岁吧。”

“这就对了。他说，他遇到你是三四年后的事，你让他想起了他不幸夭折的小女儿，她大概和你差不多大。”

“赫伯特，”沉默了一会儿，我急促地说，“你怎么看我看得最清楚，是借着窗边的日光，还是借着火光？”

“借着火光。”赫伯特说着又靠近我。

“看着我。”

“我确实在看你，我亲爱的朋友。”

“你摸摸我。”

“我在摸你，我亲爱的朋友。”

“你看清楚了，我没有发热，我的大脑也没有因为昨晚的意外而变得精神错乱，是不是？”

“是的，是的，我亲爱的朋友。”赫伯特花了些时间检查我之后说，“你有点儿激动，但你非常清醒。”

“我知道我很镇静。我要说的是，我们藏在河下游的那个人，正是艾丝特拉的亲生父亲。”

第十二章

我急于追查和证明艾丝特拉的父母是何许人也，究竟有什么目的，我实在说不清楚。读者很快就会发现，只有等到一位比我更富智慧的人为我指点，这个问题的轮廓才会变得清晰起来。

但是，在我和赫伯特进行了那次重要的谈话后，我心急火燎，认为非把这件事追查到底不可，不应该就此罢休，我应该去见贾格斯先生，弄清真相。我并不清楚，我这样做是为了艾丝特拉好，还是为了我一直保护的那个人，让他也能知道长久以来围绕她的身世之谜。也许后者更接近事实。

不管怎样，我恨不得那天晚上就赶去杰拉德大道。赫伯特说，如果我这样做了，很可能卧床不起，连动都动不了，而那个逃犯的安全都系在我一个人的身上。听了他的这番话，我即使再心急如焚，也只能稍加忍耐。赫伯特还一再向我保证，不管发生什么，我明天都可以去找贾格斯先生，我终于同意老实地待在家里，让他给我换绷带。第二天一早，我们一起出门。到了史密斯菲尔德广场附近的吉尔茨珀斯街的拐角处，我和赫伯特分道扬镳，他去城里，我则前往小不列颠。

贾格斯先生和文米克先生会定期检查事务所的账目，核对凭证，把所有账务都核算清楚。在这样做的时候，文米克就拿着他的账册和单据到贾格斯先生的房间，楼上的一个职员则下楼来，到对外办公室接替文米克。那天早晨，我见到楼上的职员坐在文米克的位置上，心里便清楚是这么回事。但是，我对贾格斯先生和文米克在一起并不感到不安，因为届时文米克可以亲耳听听，我不会说任何连累他的话。

我的胳膊缠着绷带，外套松垮地披在肩上，反倒让我得到了很大的便利。我一到伦敦，就差人给贾格斯先生送了一封信，简要说明了一下事情的经过，但现在我不得不向他说清一切细节。由于情况特殊，我们的谈话不像以前那么枯燥和生硬，也不像以前那么严守规则，说话必须有理有据。在我讲述那场灾难的时候，贾格斯先生照旧站在炉火前。文米克向后靠在椅子上，凝视着我，双手插在裤袋里，笔被水平地叼在他的邮筒投信口里。在我的印象中，那两个面目可憎的石膏像总与事务所的公事分不开，这会儿，它们满脸通红，似乎在琢磨自己是不是闻到了着火的气味。

我讲完了，他们把想问的问题也问完了，于是我拿出哈维沙姆小姐的授权证明，为赫伯特索要那九百英镑。当我把象牙写字板交给贾格斯先生的时候，他的眼睛向眼窝里陷得更深了一些，但他很快就把写字板交给文米克，吩咐他开好支票后拿给他签字。在我看着文米克开支票的当儿，贾格斯先生看着我，他脚上的靴子擦得锃亮，身体来回摇晃着。“我很抱歉，皮普，我们什么也没能为你做。”他说。他在支票上签了名，我把支票揣进口袋里。

“哈维沙姆小姐人很好，她问我是否能为我做点儿什么，我告诉她不用了。”我回答道。

“自己的事自己清楚。”贾格斯先生说。我看到文米克用口型说了“动产”两个字。

“如果我是你，就不会拒绝。”贾格斯先生说，“不过每个人都应该最清楚自己的事。”

“对任何人而言，动产才是最重要的事。”文米克颇为责备地对我说。

我觉得此刻时机已经成熟，可以打听我一直惦念的那件事，于是我转头对贾格斯先生说：“可是，我确实向哈维沙姆小姐提出了一个要求，先生。我向她询问了一些关于她的养女的情况，她把她所知的一切都告诉了我。”

“是吗？”贾格斯先生说着俯身看了看自己的靴子，随即挺直了身子，“哈！如果我是哈维沙姆小姐，我想我是不会这样做的。不过她也应该最清楚自己的事。”

“关于哈维沙姆小姐的养女的身世，我知道得比哈维沙姆小姐本人还多，先生。我知道她的生母是谁。”

贾格斯先生带着探寻的目光看着我，重复道：“生母？”

“三天前，我还见过她的生母。”

“是吗？”贾格斯先生说。

“你也见过，先生。你见她的时间比我还要近呢。”

“是吗？”贾格斯先生说。

“也许我比你更了解艾丝特拉的身世。”我说，“我也认识她的生父。”

贾格斯先生微微一愣，虽然他素来沉着冷静，举止之间并未表现出丝毫异样，却还是不由自主地怔住了，仿佛是在很留心地听我说话。由此我断定，他并不清楚艾丝特拉的生父是谁。听赫伯特的转述，普罗维斯曾躲起来不见人，我就强烈地怀疑贾格斯先生并不清楚艾丝特拉的生父是何人。后来我又想到，差不多四年后，普罗维斯才成为贾格斯先生的客户，当时他没有理由向贾格斯先生表明自己的身份。不过我之前还是不能肯定贾格斯先生确实不知情，但现在我可以肯定了。

“啊！这么说，你认识那位年轻女士的父亲，皮普？”贾格斯先生说。

“是的。”我回答，“他的名字叫普罗维斯，来自新南威尔士州。”

我说完，就连贾格斯先生也表现出了震惊的神情。他只是稍稍露出了惊诧之色，马上小心谨慎地加以克制，很快就控制住了，但他确实吃了一惊，只得装作掏手帕的样子，掩饰了过去。至于文米克作何反应，我就不得而知了，毕竟我当时不敢看他，唯恐生性敏锐的贾格斯先生觉察出我们二人之间瞒着他别有深交。

“有什么证据呢，皮普？”贾格斯先生非常冷静地问，他把手帕移向鼻子，中途却停了下来，“是普罗维斯说的吗？”

“并不是他说的。”我说道，“他从未提起过这事，他压根儿不知道，也不相信自己的亲生女儿还活在人世。”

这一次，那块百战百胜的手帕败下了阵来。我的回答似乎过于出乎意料，以至贾格斯先生竟然没有完成通常的表演，就把手帕放回了口袋，他交叉着双臂，直勾勾地看着我，神情严峻，不过脸上仍是一片镇定。

于是我把我所知道的一切，以及我是怎么知道的，都告诉了他，只是有些事我明明是从文米克那里听来的，却让他以为是哈维沙姆小姐相告。我在这方面堪称小心至极。在我把要讲的全部讲完之前，我都没有望文米克一眼，讲完之后，我还默默地与贾格斯先生对视了一会儿，这期间我也没有看向文米克。等我终于把目光投向文米克的方向，我发现他已经把邮筒投信口里的笔取了出来，正注视着他面前的桌子。

"哈！"贾格斯先生终于说，一面朝桌上的文件走去，"皮普先生进来的时候，文米克，你看到哪一笔账了？"

但是，我不可能任由他这样糊弄过去，于是我满怀激愤，甚至有些愤慨，请求他对我直言不讳，像男人一样，不要遮遮掩掩。我提醒他，多少年来，我一直抱着虚无缥缈的希望，结果空欢喜一场，如今真相终于大白了，我还暗示自己面临着很大的危险，精神亦受到了极大的折磨。我告诉他，我向他吐露了一个大秘密，他也应该礼尚往来，对我讲讲知心话。我说，我并不责备他，也从未怀疑过他，更没有不信任他，但我想从他那里弄清楚事情的真相。此外，假如他问我为什么想要追查真相，为什么我觉得自己有权这么做，那我可以告诉他，他可以不在意我那可怜的情爱美梦，但我全心全意地爱着艾丝特拉，多年来对她钟情如一，如今虽然失去了，注定一辈子无家无室，可但凡与她有关的事，对我而言依旧比这世上的其他事都更重要。看到贾格斯先生站在那里一动也不动，默不作声，显然对我的一番请求无动于衷，于是我转向文米克，说："文米克，我知道你是一个心地善良的人。我见过你那舒适的家、你那年迈的父亲，我见过你用天真、乐观、有趣的方式来调剂自己的事业。我请求你替我求求贾格斯先生，并向他说明，考虑到各种情况，他都应该对我更坦率一些！"

我说完这番话，贾格斯先生和文米克便看着对方，我从未见过哪两个人对视起来像他们这样古怪。起初，我担心文米克会立即遭到解雇；但是，贾格斯先生随即放松了下来，露出似笑非笑的神情，文米克也变得胆大起来，见他们这样，我悬着的心才放下。

"怎么回事？"贾格斯先生说，"你有年迈的父亲，还会用愉快而有趣的方式调剂？"

"是呀！"文米克答，"只要我不在这里用上我那些方式，又有什么关系呢？"

“皮普，”贾格斯先生说着把手放在我的胳膊上，露出了灿烂的微笑，“这个人一定是全伦敦最狡猾的骗子了。”

“这么说就不对了。”文米克回答，胆子越来越大，“想来你才是吧。”

他们又像刚才那样古里古怪地看着对方，显然仍怀疑对方在欺骗自己。

“你家里很舒适吗？”贾格斯先生说。

“反正对业务没有一点儿妨碍，就用不着多说了。”文米克说，“先生，要我说，总有一天，当你厌倦了工作，我相信你或许也愿意有一个属于你自己的温馨的家。”

贾格斯先生点了两三次头，看样子颇受触动，接着还叹了口气。“皮普，”他说，“我们不要谈‘可怜的情爱美梦’了，在这方面你比我知道得多，也拥有更加新鲜的经历。但是现在，我们还是说说另一件事吧。我来给你说一个假设。记住了！我没有承认，只是假设。”

他等着我向他说明，我清楚地知道，他明确地表示自己没有承认，只是假设。

“好了，皮普，现在来说说这个例子。”贾格斯先生说，“假设有个女人身处你提到过的那些情况，她把自己的孩子藏起来了。但后来她的法律顾问告诉她，由于要替她辩护，他必须知道那个孩子的真实情况，于是，她不得不把实情告知了她的法律顾问。现在再来说说另一个假设，一位富有却古怪的女士想收养一个孩子，便委托这个法律顾问去办这件事。”

“我明白，先生。”

“假设他生活在一个充满邪恶的环境中，他亲眼看到很多孩子来到这个人世，却不免受到摧残。假设他常常看到孩子们在刑事法庭受到庄严的审判，可他们个头儿太小，要有人举着，才能让其他人看到。假设他早已习惯看到孩子们被押入大牢，遭遇鞭刑，甚至被流放；习惯看到他们无人爱护，受人驱赶，做尽了坏事，只等着长大成人便被绞死。假设他在日常处理业务的时候，有理由把所有他见到的孩子都看成鱼卵，鱼卵变成鱼后，终会进入他的网里，他们会被起诉，要请律师辩护，父母将他们抛弃，让他们沦为孤儿，反正就是受尽了命运的捉弄。”

“我明白，先生。”

“皮普，现在假设这许多孩子中有一个可爱的小孩可以得到救赎。她的父亲相信她已经夭折了，还不敢把此事闹大。至于她的母亲，那位法律顾问也有办法说服她：'我知道你干过什么勾当，也知道你是怎么干的。你如此这般，你用了这样和那样的方法，终于甩脱了嫌疑。我调查过你的行踪，所以你做过什么，我都知道得一清二楚。放弃那孩子吧，除非需要她露面，以证明你无罪，那时候再作定夺。把那孩子交到我的手里，我必尽力救你出来。如果你得救了，你的孩子也会得救。即使你前途迷茫，你的孩子依旧可以得到拯救。'假设这件事做成了，而那个女人也被无罪开释了。"

"我完全理解。"

"但你是否明白，我只是在假设？"

"你只是在假设。"文米克重复了一遍，"只是假设，没有承认。"

"皮普，假设那个女人在鬼门关走了一遭，情绪大起大落，又受了惊吓，精神出了异常，等到重获自由的时候，已经无法在这个世界里容身，便去法律顾问那里寻求庇护。假设法律顾问收留了她，每当他看到她昔日那野性而暴力的天性有爆发的迹象，便使用以前的方法压制她。你明白这个假想的情况吗？"

"非常清楚。"

"假设那个孩子长大了，嫁给了一个有钱人，并且只爱那个人的钱。她的母亲还活着，父亲也还活着。她的父母并不清楚对方依然在世，而其实所住的地方仅仅相隔几英里，甚至可以说是几码。假设这个秘密仍然是个秘密，只是被你听到了风声。至于这最后一条假设，你可要仔细考虑清楚。"

"我知道。"

"我请文米克也仔细考虑清楚。"

文米克说："我知道。"

"如果你要泄露这个秘密，是为了谁好呢？为了那位父亲？他的存在，想来对那位母亲来说是没有好处的。为了那位母亲？在我看来，假使她真干过以前那些事，还是待在现在的地方更安全。为了那个女儿？若是她丈夫知道了她父母的经历，想来对她是没什么好处的。她已经逃开了二十年，余生也将在富足安稳中度过，何苦再把她拖回耻辱的深渊？不过，皮普，我们再来假设你深深地爱着她，你那'可怜的情爱美梦'个个都与她有关，可前前后后有许多男人都做过与你一样的梦，多到超过你的想象。那么我告诉你，与其如此，你还不如用你那没包着绷带的右手砍断你包着绷带的左手，再把斧头递给那边的文米克，让他把你的右手也砍掉。等你想通了，你也一定会这么做的。”

我看着文米克，他的神情非常严肃。他严肃地用食指碰了碰嘴唇。我也这么做了。贾格斯先生也这么做了。“文米克，”贾格斯先生接着说，恢复了他平常的态度，“皮普先生进来的时候，你看到哪一笔账了？”

他们接着工作，我又站了一会儿，注意到他们又交换了几次那种古怪的眼神，不同的是，他们即使没有意识到，也是在怀疑自己身上有转弱和不专业的地方被对方发现了。我想，正是出于这个原因，他们现在对彼此的态度才如此强硬，贾格斯先生专横傲慢，文米克也固执地为自己辩护，即使只是为了一点儿小事，也要停下来争论一会儿。我从未见过他们如此针锋相对，通常，他们相处得十分融洽。

恰在此时，迈克走了进来，他们见了很高兴，都长出了一口气。迈克就是那个事务所的客户，戴着皮帽，习惯用袖子擦鼻子，我第一天来这里时就见过他。这个人，无论是他自己还是他的家人，似乎总是遇到麻烦。所谓遇到麻烦，在事务所里指的就是进了纽盖特监狱。他这次前来，是因为他的大女儿涉嫌入店行窃被人抓了起来。他把这件惨事告诉了文米克，而贾格斯先生威严地站在炉火前，没有参与他们的对话。过了一会儿，迈克的眼睛里闪起了泪光。

“你这是干什么？”文米克极其愤怒地问，“你跑到这里来哭哭啼啼的干什么？”

“我不是有意的，文米克先生。”

“你就是故意的。”文米克说，“你怎么敢？你现在的状态根本不适合来这里，瞧瞧你，就像一支坏了的笔，直往外喷墨水。你到底是什么意思？”

“人是控制不了自己的感情的，文米克先生。”迈克恳求道。

“控制不了什么？”文米克恶狠狠地问，“再说一遍！”

“现在，听着，我的朋友，”贾格斯先生说着，向前走了一步，指着门，“滚出这间办公室。我在这里从不讲感情。出去！”

“你活该。”文米克说，“滚出去！”

就这样，倒霉的迈克非常谦恭地退了出去，贾格斯先生和文米克先生似乎重新建立了友好的关系，继续工作起来，他们精神焕发，仿佛才刚吃过午饭一般。

恰在此时，迈克走了进来。（第412页）

第十三章

我口袋里揣着支票，去小不列颠找斯基芬斯小姐做会计的哥哥。斯基芬斯小姐做会计的哥哥直接去了克拉利柯商行，把克拉利柯带来见我，一应事宜办妥之后，我感到极为满意。自从我第一次得知自己将拥有远大前程以来，这是我做过的唯一一件好事，也是唯一一件做成了的事。

见面的时候，克拉利柯告诉我，商号的业务一直在稳步发展，急需扩展，他现在有能力在东方开一家小分号，如今赫伯特入了股，就可以去主持开分号的事。我发现，即使我自己那些麻烦事都解决了，我终免不了要与我的朋友天各一方。现在，感觉我的最后一根锚好像也松了，不久我就将独自面对惊涛骇浪了。

但是，赫伯特晚上回到家，会把这些新变化讲给我听，却想不到他说的那些事在我看来已经不是新闻，念及此，我不禁倍感快慰。他一定会描绘很多他想象出来的情形，比如他带着克拉拉·巴利前往《一千零一夜》中描写的国度，我与他们会合后（我想我是和一支骑着骆驼的商队一起去的），我们沿尼罗河顺流而行，观赏各种各样的奇迹景观。虽然我对自己在这些美好计划中的角色并不乐观，但我感觉赫伯特的道路很快就会变得明朗起来，老比尔·贝利只要一直喝加胡椒的朗姆酒，他的女儿很快就能过上幸福的生活了。

一晃到了三月。我左臂上的伤势虽然没有恶化，却依然在等待自然愈合，我也还是不能穿外套。我的右臂恢复得相当不错，虽然留了疤，但好在可以活动自如。

在一个礼拜一的早晨，我正和赫伯特吃早饭，忽然收到了文米克寄来的一封信，内容如下：

沃尔沃斯。阅后立即烧掉。在这周的早些时候，或者说是礼拜三，假如你愿意尝试，可着手进行你所知道的那件事。赶快烧掉。

给赫伯特看过后，我把信纸放在火里烧了。不过在那之前，我们都已把信中的内容记在了心里。接着，我们一起考虑该如何执行。毕竟我现在行动不便，这个问题再也不能忽视了。

“我反复思考过了。”赫伯特说，“还是不要雇泰晤士河上的划手，我知道一个更好的法子。可以把史达多普找来，他是个好人，划船技术高超，还很喜欢我们，是个热情又可敬的人。”

我不止一次想过找他帮忙。

“可你想向他透露多少呢，赫伯特？”

“不必告诉他太多。就让他以为是我们心血来潮，只是需要保密而已。等到行动的那天早上再告诉他，出了一些紧急的状况，你必须把普罗维斯送上船出国。你和他一起走吗？”

“这是肯定的。”

“那去哪里呢？”

对于这一点，我带着焦虑的心情，已经考虑过很多次了，我觉得我们去哪个港口其实都无关紧要，可以是汉堡，也可以是鹿特丹或安特卫普，他能离开英国才是关键。只要能带我们离开英国，我们可以随便上一条外国船。我一直想着划小船带他到河下游，一定要过格雷夫森德再上外国船，因为那里是个关键地点，一旦引起怀疑，就一定会遇到搜查或盘问。外国轮船差不多都是在涨潮时离开伦敦，我们的计划是在前一天退潮时顺流而下，找个僻静的地方停船等待，见到有外国船来了，就划过去。只要事先打听一下，那不管我们在何处等待，外国船经过的时间一定可以大致推算出来。

赫伯特同意这个计划，于是吃完早饭，我们立即出门打听。我们发现，一艘到汉堡去的汽船可能最符合我们的要求，于是我们就以那艘船为目标。但我们也记下了还有哪些外国船在同一天的同一涨潮时间驶离伦敦，还把每艘船的结构和颜色都打听清楚了，我们对此感到非常满意。接着，我们分开了几个钟头各自行事，我去申请必要的护照，赫伯特则去找史达多普。我们的进展都很顺利，一点钟再见面时，都告诉对方事情已经办妥了。就我而言，我准备好了护照，赫伯特则见过了史达多普，他很愿意加入。

我们决定由他们两个划桨，我来掌舵。至于我们运送的那个人，他只要坐在船上保持安静即可。我们不必追求速度，只需慢慢划行。我们做好安排，赫伯特晚上先去一趟裂口湾磨坊池塘岸，再回来吃晚饭，第二天晚上，也就是礼拜二就不要去了。他这次去，要嘱咐普罗维斯做好准备，到了礼拜三那天，一看到我们来了，就得立即来到租住房屋边的码头，但不可以提前。所有的安排都要在礼拜一晚上向他交代清楚，之后不可再联系，只待我们带他上船的那天。

我们两个都理解清楚这些预防措施后，我就回家了。

我用钥匙一打开房门，就看到信箱里有一封信，是写给我的。信很脏，不过并没有病句。信是差人送来的（当然是在我离开家以后），信里的内容如下：

> 如果你今晚或明晚九点钟不怕到老沼泽地上石灰窑边的小水闸房来，最好来一趟。如果你想知道普罗维斯叔父的消息，最好立即前来，不可以告诉任何人。你必须一个人来。带上这封信。

我本来就有一肚子烦心事，如今收到了这封怪信，更是雪上加霜。我也不知道现在该怎么办。最糟糕的是，我必须马上做出决定，否则就赶不上下午的马车，只有赶上那班车，我今晚才能及时赶到。我不想明晚去，毕竟离出逃的时间太近了。此外，就我所知，信中提到的信息很可能对出逃一事有着重要影响。

即使我有足够的时间考虑，我相信我还是会去。我当时并没有时间细想，我看了看表，发现那班马车在半个钟头后出发，于是我决定立即上路。要不是信中提到我的普罗维斯叔父，我必定不会前往。我们先是接到了文米克的信，又忙碌地准备了一上午，为了避免出现意外，我无论如何都得去一趟。

我当时内心惶惶，不管收到什么样的信，我也难以理解其中的意思，所以我不得不把这封神秘的信又读了两遍，才机械地把保密这一点牢记于心。我机械地听从了这道命令，用铅笔给赫伯特留了张字条，告诉他我马上就要出国远行，又不确定多久才能回来，便决定去看望一下哈维沙姆小姐，看看她怎么样了，很快即归。写完字条，我抓紧时间穿上大衣，锁上房门，抄近路前往公共马车站。假如我雇出租马车走大街肯定赶不上，但走了近路，我正好在长途马车从场院里出来时将它截住。我是车厢里唯一的乘客，车厢里的稻草足有我的膝盖深，我随着马车颠簸，这时才清醒过来。

自从收到那封信以来，我一直心神不定，脑袋里一团乱。我本来一个上午都在匆忙奔波，又忽然收到这封信，我更是不知所措。早晨是如此忙乱，我一直在焦急地等待文米克的消息，等了很久，现在他的暗示来了，我反倒有些手足无措。这时，我纳闷儿起来，不明白自己怎么会坐在马车里，是不是该去，是不是该马上下车返回，还琢磨着我怎么可以相信匿名信。总之，种种矛盾在我心里徘徊，搞得我犹豫不定，我觉得在匆忙应对紧急情况的时候，人们都会如此；然而，信中提到了普罗维斯的名字，这一点决定了一切。我想，如果因为我没去，而导致他受到了伤害，我这辈子都不能原谅我自己！其实我早就想到了这一点，只是自己没意识到而已，如果我那混乱的思维也可以思考的话。

到镇里时，天已经黑了，我坐在车厢里什么都看不见，双手受了伤，又不能坐到外面，这段旅程在我看来真是既漫长又沉闷。我不想去蓝野猪饭庄，便在镇上一家没什么名气的小旅馆里歇脚，点了些晚餐。在店家准备饭菜的时候，我去了一趟萨提斯庄园探望哈维沙姆小姐。她的伤势依然很重，不过据说还是有所好转。

我入住的小旅馆是一个古老教会的一部分，我在一间八角形的小公共休息室里用餐，那个房间活像个洗礼盆。我切不了肉，店老板便为我代劳，他年纪很大了，秃脑瓜冒着亮光。于是我们两个聊了起来。他还真是好心，竟把我的经历说给我听，当然也提到了那个众人皆知的传闻：我小时候的大恩人是彭波乔克，没有他，我就不可能交上如今这样的好运。

“你认识那个年轻人吗？”我说。

“认识他！”店老板重复道，“从他还是个娃娃的时候，我就认识他了。”

“他还回这一带吗？”

“回呀。”店老板说，“他常常回来见朋友们，却对那个一手栽培他交上好运的人冷眼相待。”

“你说谁？”

“就是我说的那个人，”店老板说，“彭波乔克先生。”

“他有没有对别人也这么忘恩负义？”

“如果他能的话，他当然会的，”店老板答道，“可是他不能。知道为什么吗？因为栽培他的，只有彭波乔克先生一个人。”

“彭波乔克是这么说的吗？”

“他说！”店老板答，“根本用不着他说。”

“可到底是不是他说的？”

“先生，要是有人听到他亲口说出这件事，肯定要气死了，血液都会变得和白葡萄酒醋一个颜色。”店老板说。

我心里想：“可是，乔，亲爱的乔，你从来不曾说过这样的话。乔，你一直以来吃苦受累，却还那么富有爱心。乔，你从不抱怨。好脾气的毕蒂，你也是这样！”

“你受伤了，连带着也影响了胃口。”店老板说着，瞥了一眼我大衣下面裹着绷带的胳膊，“吃这些嫩的吧。”

“不用了，谢谢。”我一边答，一边从桌边转过身来，对着炉火沉思，“我吃不下了。请拿走吧。”

我的确对乔忘恩负义，但厚颜无耻的大骗子彭波乔克用他的所作所为，让我头一次如此深刻地感觉到了这一点。他越虚伪，就显得乔越真诚；他越刻薄，就显得乔越高贵。

我对着炉火沉思了一个多钟头，我太惭愧了，简直无地自容。这全是我自找的。后来钟声响起，唤醒了我，但我依然深感沮丧，悔恨不已。我起身，把大衣系在脖子上，走了出去。我之前在口袋里找过那封信，想再看看，却没有找到。一想到信一定是掉在马车的稻草里了，我就感到满心不安。不过，我很清楚，约定的是九点在沼泽地上石灰窑旁的小水闸房见。时间所剩无几，于是我径直朝沼泽地走去。

第十四章

那是一个漆黑的夜晚，不过当我离开围栏、走在沼泽地上的时候，月亮升起来了。黑压压的沼泽边缘如同一条线，线外是一条很窄的清澈天空，甚至窄到容不下一轮又大又红的月亮。几分钟后，月亮离开了那道晴朗的天空，隐没在了群山般的云层后面。

凄风萧萧，沼泽地笼罩在一派萧瑟的氛围中。若是有人第一次来这里，一定会觉得难以忍受，就连我也觉得异常压抑，一时间竟犹豫起来，甚至有点儿想回去。但是，我很了解这片沼泽，即使夜色再黑，我也能找到路，没有理由回去。所以，既然我已经被迫来了，那就继续被迫走下去好了。

我所走的方向，既不是我老家所在的方向，也不是当年我们追捕罪犯的方向。我继续往前走，背对着远处的监狱船，布满沙子的海岬里的古老灯塔清晰可见，只是要回头才能看到。我对石灰窑的熟悉程度，不亚于我对旧炮台的了解，只是这两个地方相隔数英里。如果那天夜里这两处各点上一盏灯，那么两个光点之间就会出现一条黑暗而狭长的地平线。

一开始，我经过一扇栅门就得把门关上，不时还要站在原地不动，等着趴在筑堤上的牛群站起来，在草地和芦苇中趺趺撞撞地走远。又走了一会儿，整片沼泽似乎就只属于我一个人了。

半个钟头后，我才来到窑炉附近。石灰石燃烧着，散发着一种沉滞而令人窒息的气味，但火燃着，却没人料理，附近也看不见工人。不远处有个小采石场。

我要过去，就必须穿过小采石场，地上有许多工具和手推车，可见白天有人在那里采过石头。

沿着凹凸不平的小路穿过采石场，我再次来到沼泽上，只见古老的水闸房里亮着灯光。我加快脚步，到了近前，抬手敲了敲门。在等人来开门的当儿，我看了看四周，注意到水闸坏了，已经废弃，这幢木制瓦顶的水闸房经不住多久的风吹雨打了，恐怕眼前就有坍塌的风险，地面的烂泥上覆盖着一层石灰，那股令人窒息的气味如同幽灵一般，从窑炉悄无声息地向我飘来。一直不曾有人来应门，于是我又敲了一下，还是没有反应，我只好拉了拉门闩。

门闩在我手下挪到一边，门开了。我往里张望，只见屋内有一张桌，桌上放着一根点燃的蜡烛，还有一条长凳，一个脚轮床架上放着一张床垫，上面还有一间阁楼。我喊道："有人吗？"但没人回答。我看了看表，发现已经九点多了，我又喊了一声："有人吗？"还是无人回答，我只好走到门外，不知该怎么办才好。

忽然下起了大雨。除了之前见过的一切，我什么也没看到，于是我转身回屋，站在门口避雨，望着外面的夜色。我在想，刚才这里肯定有人，那人一定很快就会回来，否则蜡烛不会燃着，这时我突然想到应该去看看蜡烛芯是不是很长。于是我转过身，刚拿起蜡烛，就被什么东西大力撞了一下，烛火随即熄灭，接下来，我只知道一根结实的绞索从后面抛过来，将我死死套住。

"嘿。"一个压低的声音骂骂咧咧地说，"我抓住你了！"

"怎么回事？"我一边挣扎，一边大叫，"你是什么人？救命，救命，救命呀！"

我的两条胳膊被紧紧绑在身体两侧，那只受伤的胳膊被箍得尤为紧，登时就有一阵剧痛传来。一个壮汉时而用手，时而用胸口堵住我的嘴，不让我呼救。这人把我紧紧绑在墙上，我在黑暗中不停地挣扎着，却徒劳无功，还能感觉那人灼热的呼吸喷到我身上。"够了。"那个压抑的声音又骂了一声，说道，"再喊一声，我现在就把你干掉！"

受伤的胳膊剧痛无比，疼得我头脑昏沉，直想呕吐，突然受到袭击，我全然不知所措，不过我意识到他不是随便威胁几句，要弄死我简直易如反掌，于是我只好停止呼喊，还试着把绳子弄松一点儿，不要死死勒着我的胳膊；然而，绳索绑得太紧，根本不可能做到。我从前被火烧过，现在却觉得自己好像被放在水里煮。

黑夜突然消失，屋内一片漆黑，我知道那个人拉上了百叶窗。摸索了一会儿后，他找到了打火石，开始打火。我拼命睁大眼睛，只见火星落在火绒上，他手里拿着一根火柴，不停地吹着火绒，可我只能看到他的嘴唇和蓝色的火柴头在火光中时隐时现。火绒有些潮湿，在这种地方，也不足为奇，火星一个接一个地全都熄灭了。

那人不慌不忙，又用打火石打了起来。大片明亮的火花落在他周围，我这才看到了他的手和面部轮廓，还能依稀分辨出他坐着，正伏身在桌上，但其他的就看不到了。过了一会儿，我又看见了他那发青的嘴唇在吹火绒，接着一道亮光闪过，我终于看清此人居然是奥立克。

我也不清楚自己原本以为是谁，可怎么也想不到是他。我一看见他，就觉得自己确实陷入了危险的境地，便直勾勾地盯着他。

他慢吞吞地用那根点燃的火柴点亮蜡烛，把火柴扔在地上用脚踩灭。然后，他把蜡烛放在桌上，这样他就能看到我了。他坐在那里，双臂交叉放在桌上瞧着我。我看出自己被绑在离墙几英寸远的一架结实的梯子上，梯子是固定在那里的，用来上下阁楼。

"嘿。"我们互相打量了一会儿后，他说，"我抓住你了。"

"放开我。让我走！"

"啊！"他说，"我会放你走的。我会把你放到月亮上，放到星星上。别着急，马上就会放你去的。"

"你为什么把我骗到这里来？"

"你不知道吗？"他恶狠狠地说。

"你为什么要在黑暗中偷袭我？"

"因为我打算自己把这事干了。一个人才能守住秘密，换作两个人，可没把握了。啊，你是我的仇敌，你是我的冤家！"

他坐在那里，双臂交叉放在桌子上，摇头晃脑地瞧着我这副惨相，显得甚是得意，他那恶毒的样子让我不寒而栗。我默默地看着他，他把手伸到身边的角落里，拿起一支枪托上包着黄铜的枪。

"还认识这个吗？"他说，好像要瞄准我似的，"还记得你以前在哪儿见过吗？说呀，你这恶狼！"

“记得。”我答。

“是你害得我没了那里的差事。都怪你。说话！”

“我还能怎么样呢？”

“都是你害的，这就够了，不需要更多了。我喜欢上一个姑娘，你竟然敢坏我的好事！”

“我什么时候那么做过？”

“你什么时候没坏过我的好事？就是你，一直在她面前说老奥立克的坏话。”

“是你在抹黑你自己，是你自找的。如果你没有声名狼藉，我怎么做也不能污蔑你。”

“你是一个骗子。你就算付出再大的代价，花再多的钱，也要把我赶出这片乡村，是吗？”他把我上次和毕蒂见面时说过的话重复了一遍，“好哇，我要告诉你一件事。你要把我赶出这片乡村，最好今晚就动手，不然就错过大好时机了。啊！哪怕花掉你的最后一个硬币，哪怕花掉你的全部财产的二十倍！”他冲我挥着一只笨重的大手，嘴里像老虎一样咆哮，我觉得他这话说得确实有理。

“你要把我怎么样？”

“我要杀了你。”他说，只听“砰”的一声，他的拳头重重地捶在桌上，拳头落下，他则站了起来，更显得凶狠暴力，“我要杀了你！”

他向前倾着身子盯着我，慢慢地松开拳头，用手抹了抹嘴，仿佛要把我生吞活剥，馋得直流口水似的，接着，他又坐了下来。

“你从小就一直挡老奥立克的路。今天晚上，你就要从他的生活里消失了。你再也不能碍他的事了，因为，你马上就要没命了。”

我觉得自己已到了坟墓的边缘。有那么一会儿，我四处张望，寻找逃出陷阱的机会。可惜一点儿可能也没有。

“不仅如此，”他说着，又把胳膊交叉放在桌子上，“你的一块衣料，一根骨头，都不会留在这个世上。我要把你的尸体放进窑里，就你这样的体格，我一次能扛两个。别人就算想破了脑袋，也不可能猜出你的下落。”

我的思绪快速旋转，想象着我死后会发生的种种情形。艾丝特拉的父亲会以为我抛下了他，他会被抓住，到死都在埋怨我。甚至赫伯特看了我的信，再打听到我只在哈维沙姆小姐家大门口逗留了片刻，也将对我起疑。乔和毕蒂永远也不会知道那晚我觉得有多对不起他们。不会有人知道我遭受过什么痛苦，我的心是多么真诚，我经历了多少折磨。下一刻也许死亡就会向我扑来，这确实恐怖，但想到自己死后还要遭人误解，我马上就觉得死亡也没那么恐怖了。无数的想法在我的脑海里打转，我甚至想象着自己遭到后世子孙的鄙视，比如艾丝特拉的孩子，以及那些孩子的孩子，就在我思考这些的时候，那个坏蛋的嘴从未停过。

“喂，恶狼。”他说，“我今天一定会像宰杀畜生一样要了你的命，所以才把你捆了个结实。不过，在那之前，我要好好瞧瞧你，狠狠地刺激刺激你。啊，你是我的死敌！”

我再度想到大叫呼救，不过，我对这个地方的了解没几个人能及得上，所以我很清楚此处地处偏僻，不可能有人来救我；但是，他坐在那里幸灾乐祸地看着我，见他那个样子，我又是鄙视，又是厌恶，于是决定一句话也不说。最重要的是，我决定不向他求饶，我宁愿死，也要抵抗到底。如今末路就在眼前，情势十分危急，我想到其他人，便牵动了心中的柔肠，谦卑地请求上天的宽恕，一想到我没有向我的至爱亲朋告别，并且永远都不能和他们告别，我的心都要碎了，我不能向他们倾诉自己的衷肠，也不能请求他们原谅我犯下的糟糕的错误；然而，即使我自己命不久长，可要是能将他杀死，我一定不会手下留情。

他喝过酒，眼睛通红，满是血丝。他的脖子上挂着一个锡瓶，就像我以前经常看到他把肉和酒挂在身上一样。他把酒瓶拿到唇边，喝了一大口。我闻到了一股刺鼻的酒味，他的脸立即变得通红。

“恶狼！”他说，又交叉着双臂，“老奥立克来跟你说件事吧。你那泼妇姐姐，都是被你害死的。”

在他慢条斯理、结结巴巴地说出这些话之前，我的脑子又以从前难以想象的速度，把姐姐遇袭、落下后遗症和去世的全过程回想了一遍。

“是你这个混蛋害死了她。”我说。

“我说了都是你害的。我说了那全都是你的错。”他反驳说，一面抓起枪，用枪托朝我们之间的空气猛击了一下，“我是从后面袭击她的，就像今晚我袭击你一样。我狠狠地给了她一下！我以为她死了，就离开了，要是她身边有个石灰窑，就像你现在这样，她肯定别想捡回一条命。不过这可怨不得老奥立克，该怪的人是你。你受尽了宠爱，他却老是受欺负挨揍。老奥立克居然受欺负挨揍？现在你该偿还了。都是你的错，现在你要付出代价。”

他又喝了一口，变得更凶狠了。看他把酒瓶倾斜着往嘴里倒，可知里面没剩下多少了。我很清楚他这是在用酒给自己壮胆，要来了结我的性命。我知道里面的每一滴酒都好比我的生命。我知道自己很快就将化作一团烟雾，就像刚才如幽灵一样悄悄朝我飘来向我示警的烟雾，我将与那些烟雾融合在一起，然后，他就会像袭击完我姐姐那样，匆匆地赶到镇里，没精打采地招摇过市，去酒馆里喝酒，让别人都注意到他。我快速旋转的思维跟着他到了镇里，想象他在街上走着，街上灯火通明，人头攒动，沼泽地上却是如此偏僻，笼罩着白色的烟雾，而我自己也将化为烟雾，融入其中。

他喝过酒，眼睛通红，满是血丝。（第423页）

就在他说这短短几句话的时候，多少年来的往事一一出现在我的脑海里，我觉得他说的话并不只是话，还在我面前呈现出了一幅幅的画面。我的大脑此时异常亢奋，我想起一个地方，就好像自己已经身临其境；想起一个人，那人就好像站在我的面前。那些画面惟妙惟肖，怎么形容都不过分，然而，我始终很专注，目不转睛地盯着他，哪怕是他手指上的轻微动作，我也能留意到。毕竟有头猛虎随时可能猛扑过来，又有谁可以不注意呢?

他第二次喝酒后，便从长凳上站起来，把桌子推到一边。他拿起蜡烛，用他那杀气腾腾的手把蜡烛遮住，用烛光照着我。他站在我面前，看着我这副可怜相，简直得意极了。

“恶狼，我再告诉你一件事情。那天晚上你在楼梯上被人绊了一跤，那个人就是老奥立克。”

我立即回想起了灯光熄灭的楼梯，给守夜人的灯笼一照，粗重的楼梯栏杆在墙上投下了重重阴影。我回想起了我再也看不到的房间，一扇门半开着，另一扇门关着，所有的家具都清晰无比。

“老奥立克去那里干什么呢？我再告诉你一些事吧，恶狼。你和她把我赶出了这片乡村，不让我在这里舒舒服服地过日子，我只好去找新的伙伴，找新的东家。我需要写信的时候，他们就给我写信，这你不会介意吧？他们给我写信呢，恶狼！他们能写各种各样的笔迹，才不像你只能写一种。自从你来参加你姐姐的葬礼后，我就下定决心，一定要你的小命。我当时不知道该怎么下手，就只能一直监视你，想弄清楚你的底细。老奥立克是这么对自己说的：‘不管怎样，我一定要弄死他！’嘿！就在我监视你的时候，居然发现了你的普罗维斯叔父！”

磨坊池塘岸，裂口湾，老绿铜绳索路，那些地方清晰地浮现在我的眼前！普罗维斯待在他的房间里，再也不必发信号了，还有漂亮的克拉拉和慈母般善良的老妇，老比尔·贝利仰面躺着，所有这一切都从我眼前闪过，就像我生命中的激流在飞快地奔向大海！

“你也有叔父！那会儿我在盖格瑞家认识你，你还是个小狼崽子，我用拇指和食指就能把你掐死，有时候，我看到你礼拜日在林子里闲逛，我真想这么做来着。你那时候还没有叔父哩。不，你没有。很多年前，老奥立克在沼泽地上捡到了一副锉开的脚镣，便留了起来，后来就用那玩意儿像弄死一头小牛似的料理了你姐姐，现在他该料理你了，知道吗？老奥立克还听说那东西就是你那个普罗维斯叔父的，他就是这么听说的，是不是？”

他恶狠狠地嘲弄着我，还把蜡烛举到我跟前，我只得把脸转过去，免得被烧到。

“啊！”他喊道，拿着蜡烛又来烫我，得逞后还哈哈大笑，“一朝被火烧，次次怕火烤！老奥立克知道你被烧伤了，老奥立克知道你要把你那个普罗维斯叔父偷渡走，老奥立克是你的对手，他知道你今晚会来！我再告诉你点儿事，恶狼，说完这件事，我要说的也就都说完了。就像老奥立克是你的对手，你那个普罗维斯叔父也有对手。他的侄子没了，就让他当心那个人吧！谁也找不到他亲爱的侄子的一块衣料，也找不到一块骨头，就让他当心那个人吧！那个人绝对不会允许马格维奇和他生活在同一片土地上，没错，我知道你叔父叫马格维奇！在马格维奇住在国外的时候，那个人就对他的情况了如指掌，他不可能瞒着那个人从外国回来，还妄图对付那个人。也许能写各种笔记的，就是那个人，他可不像你这个见不得光的家伙只会写一种字体。马格维奇，你可要当心坎培森，他会把你送上绞刑架！”

他又把蜡烛在我跟前晃了晃，用烟熏我的脸和头发，一时间弄得我睁不开眼睛，然后他转过身，把蜡烛放回桌上，强壮的后背对着我。我在心中默默祷告，感觉乔、毕蒂和赫伯特似乎就在我身边，接着，他又转过身来面对我。

桌子和对面的墙之间有几英尺的空地。在这个空间里，他懒洋洋地来回走着，粗笨的双手松松垮垮地垂在身体两侧，双眼怒视着我，他身上的力气似乎比以往任何时候都大。我一点儿希望都没有了。我心急如焚，却无法思考，只有一个个清晰的画面在我眼前快速闪过，不过有一点我很清楚，他肯定已经下定决心，马上就要结果我的性命，再把我毁尸灭迹，否则他是不会告诉我那些事的。

突然，他停下脚步，拿出瓶塞，一把扔掉。瓶塞很轻，我听到它像铅垂线一样下落。他一点点地把瓶子翘起来，慢慢地喝着酒，这会儿，他不再看我，把最后几滴酒倒在手掌上，舔了个干净。接着，他突然暴跳如雷，骂骂咧咧地把瓶子一扔，弯下腰去。我看见他手里多了一把石锤，手柄又长又重。

我依然意志坚定，没有开口向他求饶，反正就算我求他，他也不会答应。我使出全身的力气大声呼救，用尽全身的力气挣扎着。我只有头和腿能动，但我调动了体内的全部力量，连我都不知道自己竟有这么大的力气。就在此时，忽然有喊叫声响起，只见亮光一闪，我看到有人从大门闯了进来，接着，嘈杂的说话声响起，场面变得非常混乱，几个人打作一团，如同翻滚的沸水，我看到奥立克逃了出去，跃过桌子，逃进了黑夜中。

我随即昏了过去，等我醒过来时，发现自己还在原地，正躺在地上，身上没有了捆绑的绳索，脑袋搭在一个人的膝盖上。我苏醒过来后，眼睛紧盯着靠墙的梯子，其实，我的神志还没恢复时，我的眼睛就已经睁开，盯着梯子了。所以我一恢复意识，就知道自己还在昏过去的地方。

一开始，我神思恍惚，甚至都没有看向四周确定是谁扶着我，我只是躺在地上望着梯子。这时，一张脸出现在我和梯子之间。是裁缝特拉布店里的小伙计！

"我想他没事了！"特拉布的小伙计冷静地说，"就是脸色太苍白了。"

听了这些话，扶着我的人便探过头来端详我的脸，我看到扶着我的人竟然是……

"赫伯特！老天！"

"慢点儿。"赫伯特说，"慢点儿，汉德尔。不要太着急了。"

"我们的老朋友史达多普也来了！"我喊道，他也俯身看着我。

"你记得吗？他还要帮我们办事呢。"赫伯特说，"冷静点儿。"

听他这样说，我马上一跃而起，奈何手臂立即传来一阵剧痛，我马上又摔倒在地。"赫伯特，还来得及，对吧？今晚是几号了？我在这里待了多久了？"我突然产生了一个强烈而奇怪的忧虑，以为自己在这里昏睡了很久，已经一天一夜，还可能是两天两夜，甚至更久。

"还来得及。现在还是礼拜一晚上。"

"谢天谢地！"

"明天礼拜二，你可以好好休息一下。"赫伯特说，"但是，你一直在呻吟，我亲爱的汉德尔。你哪里受伤了？能站起来吗？"

"是的，是的。"我说，"我能走。我没受伤，就是这只胳膊隐隐作痛。"

他们解开我那只手臂上的绷带，尽可能给我处理伤口。胳膊肿得厉害，还发炎了，他们一碰就疼得厉害。他们拿出手帕撕成条，绑在我的伤口处，还小心翼翼地把我的胳膊放在悬带里，计划回到镇上后再找些清凉药膏来给我敷上。过了一会儿，我们关上了那间又黑又空的水闸房的门，穿过采石场原路返回。特拉布的小伙计如今已经长大成人，打着提灯在前面带路，刚才他们闯进来的时候，我看到亮光一闪，正是他的提灯发出的光。不过，相比两个钟头前我最后一次望着天空时，此时的月亮已经升高了很多，虽然下过雨，夜色还是晴朗了许多。我们经过窑炉，白色烟雾从我们身边飘过，我又默默地祷告起来，心中充满了感恩。

我恳求赫伯特讲讲他们怎么会来救我，起初他不肯答应，只要我保持安静，后来我才得知，由于我走得匆忙，竟把那封打开了的匿名信落在了家里。他在回来的路上正好碰见史达多普来找我，便同他一起回家，那时候我刚走没多久。他们看到了那封信，感觉措辞不善，便大为担心，后来他把我匆匆留下的字条和匿名信结合起来看，觉着二者互相矛盾，就更加忐忑不安了。他思考了一刻钟，心中的忧虑有增无减，于是赶去公共马车站，询问下一班车什么时候出发，而史达多普主动提出陪他一起去。他们得知下午的马车早已开出，赫伯特见事情如此不顺，顿觉惊恐难安，便决定雇一辆驿马车。就这样，他和史达多普来到了蓝野猪饭庄，满以为能在那儿找到我，或是探得我的消息，结果毫无收获，便只得前往哈维沙姆小姐家，依然没有找到我。接着，他们返回了蓝野猪饭庄，毫无疑问，大概在这个时候，我正在小旅店里听当地流传的我的故事。他们吃了些东西，便找人带他们去沼泽。有许多人在蓝野猪饭庄的拱廊里闲逛，碰巧特拉布的小伙计就在其中。而特拉布的小伙计之前看到过我离开哈维沙姆小姐家，朝我用餐的小旅店走去。于是，特拉布的小伙计就成了他们的向导，他们三人一起到了水闸房。不过他们去沼泽走的是镇里的大路，我则是抄小路过去的。在前往沼泽的路上，赫伯特心想，我来这里，或许确实有非常重要的事，而且是与普罗维斯的安全有关。如果是这样，要是打扰到我，说不定会弄得适得其反，于是他安排向导和史达多普在采石场边上等着，他自己继续往前走，围着水闸房悄悄地转了两三圈，想确定屋里的情况好不好。他什么也听不到，只能听到一个深沉粗哑的声音在说话，却听不到说的是什么，而这个时候，我正在胡思乱想。他甚至开始怀疑我根本不在水闸房里，可恰在此时，我大声呼叫，他立即应了一声，冲进屋内，另外两个人也跟着冲了进去。

我把水闸房里发生的事告诉了赫伯特，他建议虽然夜深了，还是应该立即去见镇上的治安法官，请他派人去抓奥立克。我早已考虑过这么做，只是如此一来，我们就得在这里耽搁很久，而这很可能连累普罗维斯丢掉性命。这是个大难题，谁都无可否认，于是我们只好暂时放弃抓捕奥立克的想法。目前，鉴于种种情况，我们都认为最好对特拉布的小伙计轻描淡写，才是明智之举。我相信，要是他知道就因为他从中作梗，我才没有死在石灰窑里，他一定会悔不当初。这倒不是说特拉布的小伙计生性恶毒，而是因为他这个人生来就爱变着花样地寻求刺激，别人越是倒霉，他见了就越高兴。我给了他两个几尼（他似乎很满意）把他打发掉，我还告诉他，我很抱歉以前对他有不好的看法，不过他听了，根本无动于衷。

眼瞅着就到礼拜三了，我们决定当晚就乘坐驿车返回伦敦。这样不等这一晚的风波传开，我们就已经离开了。赫伯特买了一大瓶药水给我涂抹手臂，在途中给我搽了一整夜，钻心的疼痛才有所缓解。回到圣殿区的时候，天已经亮了，我马上上床，躺了整整一天。

我躺在那里，唯恐自己病重不起，明天不能依计行事，一时间苦恼不已，我竟然没有愁出病来，确实是一件怪事。要不是因为明天的事性命攸关，我强打着精神，就凭我现在忧思难解，身体又受到了如此重创，肯定要大病一场。我等待着那一天，是多么心急如焚；那一天所带来的后果，是多么事关重大；那一天虽然近在咫尺，可结果如何，却又是如此难以捉摸。

那天我们绝对不可以与普罗维斯见面，这样做最为安全，可这也加重了我心里的忐忑。一有脚步声响起，一出现什么动静，我就大惊失色，以为他被发现了，被抓走了，现在是有人来给我送信了。我说服自己相信他已经被抓走了，我相信这不是我自己瞎担心，也不是我的预感；我说服自己相信这件事确实发生了，而我冥冥中就是知道。不过随着时间一点点过去，并没有坏消息传来，天色渐晚，夜色笼罩，我又开始担心自己病得厉害，明天一早根本无法起床，一时间惶惶不能自已。我的手臂火烧火燎，跳动着作痛，我的脑袋也火烧火燎，跳动着作痛，我感觉自己的神志开始恍惚。于是我开始数数，一直数到很大的数目，好确保自己没疯，数完了数，我又背起了我看过的散文和诗歌。有几次，我的思绪实在疲倦，我便打了一会儿盹儿，或是忘记数到了哪里、背到了哪里，然后，我就会惊醒过来，告诉自己："终于来了，我真的神志不清了！"

他们让我安静休息了一整天，不停地给我的胳膊换绷带，给我喝清凉的饮料。我每次睡着，醒来时都会产生在水闸房产生过的错觉，以为已经过了很久，错过了救他的机会。午夜时分，我相信自己已经睡了二十四个钟头，早已过了礼拜三，便立即起床去找赫伯特。我焦躁不安，经不住如此折腾，这次后，便沉沉地睡去了。

到了礼拜三的早晨，我向窗外看去，只见天已经亮了。桥上闪烁的灯光变得暗淡，即将升起的太阳就像地平线上的一片火海。泰晤士河依然笼罩在黑暗中，显得神秘莫测，横跨河上的一座座桥梁泛着清冷的灰色，天空中如同燃烧一般的骄阳给一些桥梁的顶部涂上了一抹温暖的色调。我沿着密密麻麻的屋顶望去，只见教堂的塔楼和尖顶直插朗朗碧空，太阳升起来了，似乎有一层薄纱从河上掀开，水面上迸发出了无数的光斑。似乎也有一层薄纱从我身上掀开了，我感觉自己身体健康、神清气爽。

赫伯特还在他的床上睡觉，我们的老同学则在沙发上呼呼大睡。没有人帮忙，我没法儿穿衣服，不过我还是把依然燃烧着的火拨旺，为他们准备了一些咖啡。过了好一会儿，他们也起来了，同样神清气爽，身强力壮，我们打开窗户，早晨凛冽的空气迎面扑来，潮水仍在朝着我们的方向流动。

“磨坊池塘岸的朋友，等到九点河水改变方向，你就做好准备，等我们去接你吧。”赫伯特愉快地说。

第十五章

时值三月，太阳高照，会有些燥热，可风吹在身上，依然感觉寒冷入骨。阳光下如同炎炎夏日，可在阴影中，依然如同寒冬腊月。我们都穿着大衣，我还带了一个包。我只在包里装了几样必需品，其余的家当一样未带。我将前往何处？到了那里以什么为生？什么时候才能回来？这些问题通通犹未可知。我也无暇为此烦忧，毕竟我满脑子想的都是普罗维斯的安全。我在门口停了下来，回头看了看，在这片刻的时间里，我心中凄惶，即使我还可以再回到这些房间，但到时沧海桑田，我不知会有何等境遇。

我们优哉游哉地走下圣殿区的码头，站在那里又闲逛了一会儿，仿佛还没决定好要不要去划船。不过小船早已准备停当，一切也都安排好了。我们这一番装模作样，除了两三个常在圣殿区码头揽工的船夫外，不会有人注意，于是过了一会儿，我们便上了船，解开缆绳出发了。赫伯特在船头，我掌舵。那时大约是八点半，就要满潮了。

我们的计划是这样的。九点满潮后潮水将越来越低，我们一直划到三点，到了三点，水流方向开始转变，我们就逆流划到天黑。届时，我们就可以划到格雷夫森德下游的河段，那儿位于肯特和埃塞克斯之间，河面很宽，四周也很僻静，河边的居民不多，倒是零星地分布着几家孤零零的小酒店，我们可以从中挑选一家歇脚。我们打算在那儿住上一夜。开往汉堡和鹿特丹的轮船将于礼拜四上午九点左右从伦敦启航。根据我们停船的地方，我们可以大致推算出轮船经过的时间，哪一艘先到，我们就招呼哪一艘停下，这样若是遇到意外，上不去第一艘，也还有一次机会。这两艘船的标记我们早已熟记于心了。

一直以来心心念念的事终于付诸了行动，仿佛心头的重担已经卸去，我明明几个钟头前还在愁思难解，现在想来只觉得不可思议。空气清新，阳光明媚，河水流动，小船顺流而下，这一切都给我带来了全新的希望。河水与我们一起向前，它怜悯我们，激励我们，鼓励我们勇往直前。我坐在船上，一点儿忙也帮不上，真觉得丢脸。但是，我的两个朋友却是出色的桨手，他们稳稳地划着桨，可以划上一整天。

当时，泰晤士河上往来的蒸汽船不如现在多，船夫划的小船却有很多。驳船、运煤帆船、沿海商船，这些也许都和今天差不多；但是，无论大小，蒸汽船的数量甚至还不到如今的十分之一，或是二十分之一。那天早晨，虽然天很早，还是有很多人在划船，也有很多驳船顺着潮水而下。那时候划着无篷小船在一座座桥梁之间经过，要比现在容易得多，也常见得多。我们轻快地在许多轻舟小艇之间划行。

不久，我们就经过了老伦敦桥，经过了老比林斯盖特鱼市，看到那里停着许多牡蛎船和荷兰船，还经过了白塔和叛国者门。周围的船密密麻麻，多了起来。这里的蒸汽船即将开往利斯、亚伯丁和格拉斯哥，正在装卸货物。我们从旁边驶过，看到它们漂浮在水面上，看起来是那么高大。这里停着很多艘运煤船，煤块吊起来后，卸煤工人就跳到甲板上，好使船保持平衡，而煤块则会哗啦哗啦地从船舷上倒进驳船里。这里还停着一艘明天开往鹿特丹的蒸汽船，于是我们好好留意了一番，另有一艘明天开往汉堡的蒸汽船，我们从这艘船的船首斜桅下驶了过去。我坐在船尾，磨坊池塘岸和那里的码头进入了我的视线，我的心跳都加快了。

“他来了吗？”赫伯特说。

“还没有。”

“很好！他得看见我们，才会下来。你能看到他的信号吗？”

“看不太清楚。但我好像看到了。我看到他了！快划！慢点儿，赫伯特！停下！”

我们把船停在码头边，不过片刻工夫，普罗维斯就上了船，我们又出发了。

他身上穿着一件水手斗篷，带着一个黑色的帆布包，看上去就像个内河领航员，这正合我意。

“亲爱的孩子！”普罗维斯边说边坐下，伸出胳膊搂住我的肩膀，“你是个可以信赖的好孩子，干得好。谢谢，谢谢！”

我们再次在密密麻麻的船只中划行，躲避着生锈的锚链、磨损的大麻缆索和浮动的浮标，被我们的小船一撞，漂浮的破木桶一时沉到了水下，碎木屑被水冲得到处都是，漂浮着的煤渣也被我们的小船冲得向周围散开。我们从一个个艏饰像下划过，但凡男性艏饰像，都会做成桑德兰的约翰的样子，对着风滔滔不绝地演讲（无论哪里的约翰都是这副德行）；若是女性的形象，则会做成雅茅斯的贝琪的形象，千篇一律长着结实的胸脯，圆圆的眼睛从脑袋向外凸出足有两英寸。我们的船迂回行驶，造船厂里传来锤锤打打、锯断木料的声音，机器铿锵，不知在生产什么东西；漏水的船里有水泵在轰轰抽水；起锚机升起船锚，船只准备出海；水手在船舷墙上骂骂咧咧，与驳船夫恶语相向，不过听不清他们骂了什么。小船蜿蜒前行，终于来到了水较为清澈的水域，船上的小工可以收起防碰垫，不用再在混浊的水域捕鱼，高高挂起的船帆也可以迎风飘扬了。

自从在码头接普罗维斯上船以来，我一直十分警惕，留意是否有人怀疑我们。不过我并未发现有何异常。没有人监视我们，也没有船跟着我们，刚才没有，现在也没有。要是有船盯着我们，我就靠岸停船，迫使监视我们的船划过去，他们要是不停，就会暴露。不过，这一路十分顺利，并没有受到任何干扰。

他身上披着水手斗篷，正如我说过的，他与周围的环境十分协调。值得注意的是，在我们所有人中，他是最不着急的一个，这也许是因为他过惯了这种恶劣的生活。他倒不是不在乎生死，因为他告诉过我，他希望能在有生之年看到他一手栽培起来的绅士在国外如鱼得水，成为人上之人。据我观察，他不是那么消极的人，不可能听天由命；但他不会提心吊胆，生怕中途会遇到危险。危险临门，他就面对，但在那之前，他也不会给自己平添烦恼。

“亲爱的孩子，这么久了，我每天都被困在四面墙之间，”他对我说，“现在终于可以跟我亲爱的孩子坐在一起，还能抽着烟，要是你知道我有多快活，你一定会羡慕我。不过你不会懂的。”

“我想我倒也了解自由的快乐。”我答。

“啊。”他说着严肃地摇了摇头，“可惜你的感触不会像我这么深。亲爱的孩子，非得在屋子里关过，才能有这么深的感触，不过我是不会再说粗俗话的。”

我忽然想到，他能说出这样一番话，就不会前后矛盾，做出什么出格的事，导致他失去自由，甚至是生命。但我转念又想，他一辈子都在危险中寻找自由，所以他理解的自由自然与常人不同。我猜得果然八九不离十，他抽了一会儿烟，便说：“你知道，亲爱的孩子，那时候我在世界的另一边，却总是望着这里。我在那里发了大财，钱越赚越多，可日子过得无趣极了。每个人都认识马格维奇，马格维奇可以来，可以去，谁也不会自寻烦恼去管他的事。亲爱的孩子，他们在这儿可就对我放心不下了，至少他们要是知道我在这里，肯定就坐不住了。”

“如果一切顺利，”我说，“再过几个钟头，你就能再度恢复自由，也不会再有危险了。”

“好吧。”他说着深深地吸了一口气，“但愿如此。”

“你有不同的看法？”

他把手伸出船舷，在水里拨了拨，脸上带着我并不陌生的那种温和的笑容，说：“啊，我觉得你说得很对，亲爱的孩子。现在，我们已经很清净，很从容了，还要怎么清净从容呢？不过，我有个想法。可能是因为在水上漂着太舒服，太愉快了，我才会这么想。我刚才抽烟的时候就想，谁也不清楚未来几个钟头会发生什么，就像我刚才把手放在水里，却看不到河底是什么样子。我抓不住河水，也留不住时间。你看，水从我的指缝间流走了！”他说着举起了不停滴水的手。

“要不是看到你脸上的神情，我还以为你心情不好呢。”我说。

“怎么会呢，亲爱的孩子？小船静静地划着，船头泛着一阵阵涟漪，那水声就如同礼拜日的圣歌。还有哇，我可能真有点儿老了。”

他把烟斗放回嘴里，脸上的表情很平静，他泰然自得地坐着，好像我们已经离开了英国似的。不过他好像一直充满了恐惧，我们嘱咐他怎么做，他无不遵从。有一次，我们跑到岸上，想买几瓶啤酒放在船里，他也打算下船，我就暗示说，我觉得他待在船上最安全，他听后只说了句“是吗，亲爱的孩子”，便静静地坐下了。

河上很冷，但天气晴朗，明媚的阳光照射着大地。潮水落得很快，我注意抓紧时机，我们稳稳地划着，船的速度很快。随着潮水退去，在不知不觉之间，附近的树林和山丘越来越少，泥泞的河岸之间，水势越来越低，过了格雷夫森德，小船仍在顺流而行。我们要保护的人身着水手斗篷，于是我有意在距离海关船一两个船身的距离处划过，如此也可随着顺流多划一段。我们经过了两艘移民船，还从一艘大型运输船的船头下方划过，前甲板上有好多士兵低头看着我们。很快潮水水势就变得和缓了，抛锚停泊的船只摇晃着，很快便都调转了船头。要趁着潮水的新势头驶往普尔的船只开始一股脑儿地朝我们开过来，我们只好把船靠岸，一方面要尽量避开潮水的阻力，一方面还要小心，不在浅滩和泥滩里搁浅。

小船偶尔随着潮水漂上一两分钟，我们的划手有了喘息之机，所以精力非常充沛，这会儿，他们只休息一刻钟就足够了。我们踩着一些光滑的石头上了岸，吃了随身携带的食物，喝了啤酒，边吃边向四周张望。此地很像我家乡的沼泽地，单调而无趣，连地平线上也是一片昏暗。河水蜿蜒流淌，河上浮动的巨大浮标也随着河水蜿蜒延伸，而其他的一切似乎都搁浅了，静止不动。这会儿，大批与我们逆向行驶的船只都绕过了我们来时经过的最后一个浅处，排在最后的一艘载着稻草、挂着棕色风帆的绿色驳船也驶了过去，几艘压载物驳船在泥滩里行驶着，吃水很深，看起来和孩子们第一次制作的玩具船一样粗糙。泥滩的木桩上立着一座低矮的小灯塔，活像脚上有残疾，踩着高跷，拄着拐杖。泥滩里插着沾着烂泥的桩子，遍布沾着烂泥的石头，红色的界标和潮标矗立在泥里，一座古老的栈桥和一座没有屋顶的老房子似乎就要湮灭在泥滩之中了，我们周围都是泥，一切都处在停滞之中。

我们再度起航，奋力向前划去。现在划起来很费力，但是赫伯特和史达多普坚持不懈地划，一直划到太阳下山。这时，水涨高了一些，我们可以看到河岸上方。红色的太阳落到了河岸以下，天地间弥漫着紫色的薄雾，很快天就黑了下来。岸边是一片萧瑟单调的沼泽，远处的地势升高，目之所及似乎荒无人烟，只是不时有一只忧郁的海鸥从我们眼前飞过。

天黑得很快，现在又不是月圆的时候，月亮不会早早升起，我们便商量了一下，很快就商量出了结果，毕竟显而易见，一遇到偏僻的小客栈，我们就得投宿。于是，他们又开始划桨，我四下张望，看看有没有客栈之类的地方。我们就这样又划了四五英里路，一路很少说话，十分沉闷。天气很冷，一艘煤船从我们身边经过，船上的厨房里生着火，有烟雾袅袅冒出来，看上去像个舒适的家。这时，夜色漆黑，似乎要一直黑到天明。我们仅有的一点儿光亮，似乎不是来自天空，而是来自河上，因为木桨拨动水面，搅动了倒映在水中的星光。

在这个凄凉的时刻，我们都觉得有人在跟踪我们。潮水在上涨，猛烈地拍打着河岸，只是时间间隔并无定数。每次有这样的声音传来，我们中总有人会吓一跳，朝声音的方向张望。这里那里，水流冲毁了河岸，水积聚成一条小溪，到了这样的地方，我们就疑心大起，紧张地注视着四周。有时，一个低声问："怎么会有水声？"还有时，另一个会问："那边是船吗？"然后，我们就陷入死一般的寂静，而我不耐烦地坐在那里，觉得木桨弄出的声音大到刺耳。

最后，我们终于看到了一盏灯和一个屋顶，马上便把船靠在了一条石头堤道边，这石头一看就是从附近捡来的。我让他们三人留在船上，我独自上岸，发现亮着灯的是一家小旅店。这地方可真够脏的，我敢说，搞走私的投机商一定是这里的常客。不过，好在厨房里生着一炉旺火，有鸡蛋和咸肉吃，还有各种各样的酒喝。更妙的是，这里有两个双人房间。"还算一般。"店老板这么说。客栈里没有别人，只有店老板夫妇，和一个头发斑白的男人，此人在小堤道上打杂，浑身沾满污泥，脏兮兮的，好像他是低潮线，潮水刚从他身上退去。

在这个伙计的带领下，我回到了小船，我们一行人带着桨、舵、撑篙和其他一切东西，都上了岸，还把船拖到岸上，准备过夜。我们在厨房的炉火边吃了一顿丰盛的饭菜，然后分配卧室。赫伯特和史达多普住一间。我和我们保护的人住另一间。我们发现，这两间客房都密不透风，好像风吹进来就会要人命似的。床底下塞着很多脏衣服和放帽子的圆形纸匣，要我说，这一家子可用不了这么多衣服和帽子。尽管如此，我们依然很知足，毕竟这个地方足够偏僻。

饭后，我们坐在炉火边取暖，伙计坐在角落里，他脚上穿着一双发胀的靴子，刚才我们吃鸡蛋和熏肉时，他就拿出这双靴子给我们看，说是几天前有个淹死的水手被冲上了岸，靴子是他从死人脚上扒下来的，算是有趣的遗物。这会儿，他问我看没看到一艘四桨帆船随潮水而上，我告诉他没有，他就说那艘船肯定去下游了，不过从这里过去的时候，那船一定是"去上游"了。

"他们一定是有什么事，才到下游去了。"伙计说。

“你说的是一艘四桨大帆船？”我道。

“四个人划桨，两个人坐在船里。”伙计说。

“他们在这儿上岸了吗？”

“他们拿着一个两加仑的石罐来买啤酒。要是我能往啤酒里倒点儿毒药就好了，”伙计说，“放点儿泻药也成。”

“为什么？”

“那当然是有我的道理。”伙计说。他说话的声音含混不清，好像有很多泥浆冲进了他的喉咙。

“他是把他们错当成好人了。”店老板说。这个店老板病恹恹的，好似善于思考，两只眼睛毫无神采，似乎非常依赖这个伙计。

“我知道自己有没有看错人。”伙计说。

“你以为他们是海关的，伙计？”店老板说。

“我确实是这么以为的。”伙计说。

“那你就是看错人了，伙计。”

“是吗？”

伙计的回答充满了无限的深意，他对自己的观点充满了无限的信心，于是他脱下一只胀得鼓鼓的鞋子，朝里面看了看，将几块石头磕到了厨房的地面上，又把靴子穿上。这一套动作下来，他的模样极为自以为是，仿佛他干任何事都不在话下。

“嘿，那你说他们的扣子怎么了，伙计？”店老板犹犹豫豫，虚弱地问道。

“他们的扣子怎么了？”伙计答，“扔到水里去了，吞到肚子里去了，也可能是种到地里去了，将来还可以收获小纽扣。他们的扣子怎么了！”

“别这么嬉皮笑脸了，伙计。”店老板劝他，口气十分忧郁，可怜巴巴的。

“要是纽扣碍事了，海关官员自然清楚该怎么处理。”伙计说，带着极其轻蔑的口气重复着“纽扣”这个可憎的字眼，“一艘船，四个人划桨，两个人坐在船上，随着潮水来来去去，他们要不是海关那些做官的，怎么可能有这个闲情逸致？”说了这话，他就轻蔑地出去了。店老板找不到可以信赖的人，便觉得不能继续这个话题了。

听完这番话，我们都感到非常不安，我心里更是七上八下的。外面阴风阵阵，潮水拍打着河岸，我感觉我们成了笼中物，情势极为危险。竟然有一艘四桨帆船在河上划来划去，如此异常，甚至都引起了伙计的注意，这件事实在过于可怕，我无法不去担心。说服普罗维斯上床睡觉后，我和两个朋友（此时，史达多普已经了解了事情的原委）来到外面，又商量了一下：应该在小客栈里待到第二天下午一点左右，等蒸汽船驶过来，还是应该一大早就划船离开？我们讨论了一会儿，总的来说，我们认为最好待在原地，在蒸汽船到此地的一个钟头前，再划船前往蒸汽船的航线，顺水漂流。这么决定之后，我们就回屋睡觉了。

我穿着大部分衣服躺下，舒舒服服地睡了几个钟头。醒来后，我发现外面起风了，轮船客栈（这家店就叫这个名字）的招牌被吹得叮咣直响，把我吓了一跳。我保护的那个人仍在熟睡，于是我轻轻地站起来，向窗外望去。窗口正对着我们把小船拖上来的堤道，等我的眼睛适应了云雾笼罩的月光，就看到有两个人正看着我们的船。接着，他们从窗下经过，别的什么也没看，也没去我们上岸的那个码头，因为我看得出那地方空无一人，他们径直穿过沼泽地，朝诺尔的方向去了。

我大惊失色，就想去把赫伯特叫醒，让他看看那两个就快走出视线的人。他的房间在客栈的后面，与我的房间相连，我走到半路，想起他和史达多普这一天过得比我还辛苦，也都累了，便忍住没去。我回到窗口，看见那两个人还在沼泽地上走着；然而，光线昏暗，我很快就看不见他们了，天寒地冻的，我只好躺下琢磨这件事，想着想着又睡着了。

我们一大早就起来了。早饭前，我们四个人一起去外面转了转，我觉得应该把我看到的情况讲一讲。这次，我们所保护的人又是最不着急的那个。他们可能是海关的，他平静地说，还说他们并不是特意为我们来的。我试图说服自己，事情就是这样，事实上也很可能就是这样。不过，我还是建议我和他一起，先走到远处我们能看到的一个河角处，剩下的两个人在正午时分划船过去，在那里或附近接我们。大家都觉得这是个好办法，我们在客栈里吃早饭的时候没有多说什么，饭后不久，我和普罗维斯就动身了。

一路上他抽着烟斗，有时还停下来拍拍我的肩膀。见此情状，人们准以为有危险的是我，而他不光没有危险，还一直在安慰我。我们没怎么说话。快到河角的时候，我求他找个隐蔽的地方藏起来，我继续往前侦察，因为夜里那两个人就是朝那个方向去的。他答应了，我一个人继续往前走。河角上没有船行驶，附近没有船停泊，也没有人在那里上船的迹象。但是，潮水涨得很高，就算有脚印也被水淹没了。

我看见他从远处的隐蔽处探出头张望，于是我朝他挥了挥帽子，示意他过来，他很高兴，于是我们一起在那里等着。我们时而裹着大衣躺在河岸上，时而走来走去，也好暖和暖和。最后，我们终于看到小船绕了过来。我们顺利地上了船，把船划到蒸汽船的航线上，这时是十二点五十分，于是我们开始留意是否有蒸汽船冒出的烟雾。

可是，到了一点半钟，我们才看见汽船冒出的烟雾，不一会儿，我们又看见后面还有一艘船冒出的烟。趁着两艘船全速驶来的时候，我们把那两个袋子准备好，趁机与赫伯特和史达多普告别。我们诚挚地握着手，我和赫伯特的眼眶一直是湿的。就在此时，我看到一艘四桨船从我们前方不远处的堤岸下面快速驶出，划进了同一条航道。

河道弯弯曲曲，在我们和汽船的烟雾之间隔着一段河岸，不过现在我们可以看到船身，只见它迎面向我们驶了过来。我连忙招呼赫伯特和史达多普把船身打横，好叫船上的人知道我们是在等他们。我恳求普罗维斯裹着斗篷坐着别动。他愉快地回答说："放心吧，亲爱的孩子。"说完便似雕像一样坐着不动。与此同时，那艘四桨船娴熟地划着，已经到了我们前面，等追上我们后，就与我们并排而行。那艘船离我们很近，两船之间的距离只够船桨摆动，我们顺水漂流，他们也顺水漂流；我们划桨，他们也划桨。坐着的两个人中有一个握着舵绳，死死地盯着我们，划桨的四个人也死死地盯着我们。另一个坐着的人也像普罗维斯一样，裹得严严的，好像缩了缩身子，他瞅着我们，同时低声向舵手说了几句。两艘船上的人并没有对话。

过了几分钟，史达多普已经可以分辨出哪艘蒸汽船先开过来，当我们面对面坐着的时候，他低声向我说了一声"汉堡"。那艘蒸汽船快速向我们靠近，轮叶的拍击声越来越响。蒸汽船的影子笼罩在我们身上，这时，四桨船上的人朝我们高声呼喊，我应了一声。

"你们的船上有一个潜逃回来的流放犯。"拉舵绳的人喊道，"就是那个，穿斗篷的那个。他叫艾贝尔·马格维奇，也叫普罗维斯。我要将他逮捕，希望他束手就擒，你们几个都要配合。”

话音刚落，也不见他向他的船员发布命令，四桨船便马上朝我们划了过来。他们猛地向前一划，便把木桨收起，打横拦住我们，还抓住了我们的舷沿，我们根本来不及反应。如此一来，蒸汽船上一片大乱，我听到他们朝我们大呼小叫，还听到有人下令关停轮叶，接着，我听到轮叶停了下来，但我感到蒸汽船依然在向我们驶过来。与此同时，我看见四桨船上的舵手一把抓住了囚犯的肩膀，而我们的两艘船被潮水冲得直打转，我又看到蒸汽船上的所有水手都疯狂地向前冲去；然而，在同一时间，我还看到囚犯一跃而起，越过抓他的那个人，一把扯下四桨船上瑟缩坐着的那个人的斗篷。在同一时间，我看到了那个人露出的脸，此人正是很多年前的另一个囚犯，我看见那张脸吓得惨白，向后一仰。我一辈子都不会忘记他的那副神情。接着，只听蒸汽船上有人大叫一声，水里哗啦一响，我感到我坐的船沉入了水中。

霎时之间，仿佛有千百个挡水板朝我压了过来，也好似有千百个光斑在我眼前闪耀，就在这一刹那，我被人拉到了四桨船上，赫伯特和史达多普也在那里。可我们的船不见了，那两个犯人也不见了。

蒸汽船上不断地传来喊叫声，蒸汽怒吼着不断地往外涌，蒸汽船在快速向前行驶，四桨船也在快速向前行驶，一开始，我根本无法分清哪里是天空、哪里是水面，也分不清两边的河岸。不过，四桨船上的船员很快稳住了他们的船，向前猛划了几下，便放下桨，每个人都沉默而急切地望着船尾后的水面。不一会儿，一个黑色的东西出现了，顺着潮水向我们漂了过来。没有人说话，那个舵手举起一只手，四桨船开始缓缓地向后退，船身正好挡在那个东西的路径上。那东西漂了过来，我才看到竟是游泳过来的马格维奇，只是他的动作十分僵硬。他被拉上了船，手腕和脚踝立即被铐上了手铐和脚镣。

四桨船一直保持平稳，船上的人又开始沉默而急切地观察水面；然而，那艘驶往鹿特丹的蒸汽船开了过来，他们显然不清楚发生了什么，正在全速前进。有人招呼他们停船，但已经于事无补。这之后，两艘蒸汽船都顺水漂浮，离我们远去，只剩下我们的船在湍急的水流中上下颠簸。一切都恢复了平静，两艘汽船也开走了，四桨船上的人又巡视了很久，只是所有人都知道没希望了。

最后，我们放弃了，四桨船沿着岸边驶向我们住过的那家客栈。那里的人见了我们，自然大吃了一惊。在这里，我总算可以抚慰一下马格维奇，他不再是普罗维斯了。他的胸部受了很重的伤，脑袋上也有一个很深的伤口。

他对我说，他肯定是被卷到了蒸汽船的龙骨下面，向上浮时脑袋撞在龙骨上，才撞出了那个大口子。至于胸口上的伤（一呼吸就非常痛），他认为是在四桨船的船身上撞伤的。他还说，他其实并不打算对坎培森动手，可他刚要去扯坎培森的斗篷，好确认一下他的身份时，那个恶棍就踉踉跄跄地站起来，还直往后退，结果两人一起掉进了水里。由于他（马格维奇）是被突然扯入水里的，而逮捕他的那个人又使劲儿拉他，不想让他掉下去，拉扯之间，连我们的小船也弄翻了。他低声对我说，他们两个互相扭着沉了下去，还在水下搏斗了一番，他这才挣脱开，游走了。

我没有理由怀疑他的话有假。四桨船掌舵的警官所描述的他们的落水经过，与他说的一模一样。

我请求警官允许我在客栈买几件多余的衣服，好换下囚犯的湿衣服，他很痛快就答应了，只是言明囚犯身上的所有物品必须交给他。于是，那个曾经在我手里的皮夹就到了警官的手里。他还允许我陪同囚犯去伦敦，却拒绝我的两个朋友跟随。

轮船客栈的伙计奉命去了那个淹死的人沉下去的地方，在尸体最有可能被冲上岸的地方寻找尸体。在我看来，他一听说死人还穿着长袜，对找回尸体的兴趣便大大增加了。要凑齐他全身的行头，恐怕得扒十几个死人才行，所以他身上的衣服鞋子才有不同程度的磨损。

我们一直在客栈待到潮水转向，马格维奇才被押上四桨船。赫伯特和史达多普则从陆路尽快赶回伦敦。我们分别，心中都很忧愁。我坐在马格维奇旁边，我知道，只要他活着，我就将一直陪着他。

现在，我对他的抵触早已荡然无存，他如今被人抓住了，戴着手铐脚镣，还受了重伤。他拉着我的手，在我眼里，他是我的大恩人，这许多年来，他一直深深地疼爱我，感激我，慷慨地资助我，从未有一时半刻的改变。他对我情深义重，对比起来，我对乔的态度，不知差了多少倍。

随着夜幕的降临，他的呼吸变得越发困难，疼得越发厉害，还常常忍不住呻吟。我试着让他靠在我那只好胳膊上，随便他什么姿势都可以，然而，现在想来十分可怕的是，他受了重伤，我当时心里并不难过，因为毫无疑问，他还不如死了好。在我看来，还有很多人能认出他，并愿意出来指证他，绝不指望他得到宽大处理。他当初受审时就以最恶劣的形象示人，后来越狱被俘，再度受审时被判终身流放，却偷偷潜回。现在，告发他的那个人又因为他丢了性命。

我们迎着落日返回，而在昨天，我们则是背对着落山的太阳离开的。我们的希望也如同潮水，滚滚流走了。我告诉他，一想到他是为了我才回来，我心里就有种说不出的难过。

“亲爱的孩子，我很乐意冒这个险。”他说，“我见过我的孩子了，即使没有我，他也能成为一个绅士。”

不。当我们肩并肩坐在一起的时候，我就想过这件事了。不，除了我自己的想法外，文米克的暗示此时已经很明白了。我知道，一旦定罪，他的财产将被没收充公。

“听着，亲爱的孩子。”他说，“你要好好当一个绅士，最好不要让别人知道是我栽培了你。你要是来看我，最好和文米克一起来，只当是陪他前来。等到开庭审理的时候，你就坐在我能看到你的地方，这是我最后的要求，没有其他的了。”

“只要他们允许我靠近你，我就决不会离开你。”我说，“但愿我能真心诚意地待你，就像你待我一样！”

他握着我的手，我感觉到他的手在哆嗦。他躺在船底，别开了脸，我听到他的喉咙里又发出了那种咯咯的声音，只是那声音也变得温和多了，就像他整个人都变得温和了。他提到这一点也好，不然等我自己想起来，可就来不及了，绝对不能让他知道：他心心念念要让我做个阔绰的绅士，可惜这个愿望已然落空了。

第十六章

第二天，马格维奇被带到治安法庭，本来马上就会被移交审判，但还需要找来他逃离的那座监狱船的老看守来确定他的身份。并不是有人对此有何疑问，只是本来可以做证的坎培森摔进河里淹死了，碰巧当时没有任何狱吏能证明他的身份。我昨晚一回来，便直接去了贾格斯先生的私宅请他帮忙，他代表囚犯这一方不会招认哪怕一个字。这是唯一的办法，他告诉我，只等证人一到，审判五分钟就能结束，结果必定对我们不利，谁也不可能扭转乾坤。

我告诉贾格斯先生，对于财产将被充公一事，我打算瞒着马格维奇。贾格斯先生非常生气，埋怨我“眼睁睁看着钱从我的手指间溜走”，还说我们一定要递交请愿书，无论如何也得争取回来一部分。但是，他也毫不掩饰地告诉我，虽然在许多情况下可能不要求没收财产，但此案也许有所不同。我当然很明白其中的意思，我和那逃犯不是亲戚，也没有什么法律上认可的关系。在被捕之前，他没有签字立过任何文书，也没有签过财产转让协议。现在再作这样的安排也不可能了。我无权要他的财产，于是我作了最后的决定，不去做这种没有结果的事，以免弄得自己心力交瘁，后来我的这个决定也从未改变过。

看来有理由认为，被淹死的告密者坎培森希望从没收的钱款中捞到一些好处，而且，他对马格维奇的财产状况了如指掌。他的尸体是在事故地点数英里外发现的，在水里泡得面目模糊，只能凭借他口袋里的东西辨认他的身份。他的口袋里有一个小盒，盒里有几张折叠的纸条，上面的字迹还清晰可辨。其中一些纸条上记录着马格维奇在新南威尔士州某家银号里有多少存款，此外还记着马格维奇一些很值钱的地产分别价值几何。马格维奇在狱中给贾格斯先生列了一张单子，里面写明了他要我继承的财产，而纸条上记录的内容都在其中。可怜的人，他对这一切茫然无知，倒免去了很多烦恼。他只相信，在贾格斯先生的帮助下，遗产一定可以安全地到我手里。

审判推迟了三天，在这期间，公诉方一直在等待监狱船的证人前来，后来证人来了，这个简单的案子就此了结。他被移交审判，一个月后开庭。

这是我一生中最黑暗的时期，有一天晚上，赫伯特回到家里，情绪非常低落，他说："我亲爱的汉德尔，恐怕我很快就要离开你了。"

他的搭档早已知会了我这件事，所以我并不像他想的那么惊讶。

"如果我迟迟不去开罗，我们就会失去一个大好机会。汉德尔，在你最需要我的时候，恐怕我却不得不离开。"

"赫伯特，我永远需要你，因为我永远爱你。现在是这样，以后也是如此。"

"你一个人会很孤独的。"

"我没时间胡思乱想。"我说，"你知道，只要时间允许，我总是尽量和他在一起，如果可能的话，我真想整天和他在一起。就算我不在他身边，你知道我的心也与他同在。"

马格维奇落入如此可怕的境地，让我们两个都深感震惊，每每提及此事，我们都不愿说得太详细。

"我亲爱的朋友，"赫伯特说，"我们就要分开了，分别的日子眼瞅着就要来了，我想请你说说你的打算。对于你的前途，你考虑过吗？"

"没有，我一直不敢去想未来。"

"可是你不能一直逃避。我亲爱的汉德尔，你确实不能逃避。我希望你现在就考虑，看在我们是朋友的分儿上，跟我说几句真心话。"

"我会的。"我说。

"在我们的分号，汉德尔，还需要一位……"

我看出他为人周到，不想说出那个词，于是我替他说完："还需要一位办事员。"

“确实需要一位办事员。做得久了，办事员也可以升为合伙人。你的朋友，也就是我，便是从办事员成为合伙人的。好了，汉德尔，我亲爱的朋友，你愿意去我那儿工作吗？”

他的态度是那么热情友好，让我大为动容，他说了一声“好了，汉德尔”之后，仿佛起了个头，接下来要说什么很严肃的事，却突然露出那样的语气，还诚挚地伸出了一只手，言谈之间很像个小学童。

“我和克拉拉商量过很多次了。”赫伯特又说，“就在今天晚上，那个可爱的小美人还双眼含泪，央求我一定要告诉你，等我们成婚之后，如果你愿意来和我们一起生活，她会尽她最大的努力使你快乐，还会说服她丈夫的朋友相信，她丈夫的朋友也是她的朋友。我们会相处得很好的，汉德尔！”

我衷心地谢过她，也衷心地谢过他，又说，他们都是好人，我却暂时无法决定是否和他们一起。首先，我现在心里很乱，还无法清楚地思考他的提议。其次，是的！还有其次，我隐约觉得自己还有件事要办，这篇微不足道的自述临到结尾，各位就会知道是什么事了。

“但是，赫伯特，如果你认为可以，并且无损于你的生意，还是把这个问题搁一搁吧……”

“多久都行。”赫伯特大声道，“六个月也好，一年也行！”

“不会那么久。”我说，“也就两三个月。”

我们握了握手，表示就这么说定，赫伯特非常高兴，他说他现在可以鼓起勇气告诉我，他这个周末就必须动身了。

“带克拉拉一起走吗？”我说。

“那个可爱的小美人，”赫伯特回答说，“只要她父亲还活着，她就得一直守着他尽孝心。但他撑不了多久的，温普尔太太对我说过，他的日子不长了。”

“不是我说话绝情，他还是死了好。”我说。

“事实确实如此。”赫伯特说，“到时候，我再回来接那个可爱的小美人，带着她悄悄地走进最近的教堂。你要记住一点！我亲爱的汉德尔，我那可人的宝贝不是出身名门望族，也从来不看什么贵族名鉴，对祖父更是一无所知。我母亲的儿子，也就是我，是多么幸运啊！”

在那个礼拜的礼拜六，赫伯特与我告别后，登上了一辆海港邮车，满怀着光明的希望；但因为要离开我了，他心中难过，也觉得很对不起我。我走进一家咖啡馆，想写张字条给克拉拉，告知她赫伯特已经出发，并在信中转达了他深刻的爱意，把信寄出，我便返回了如今只剩下我一个人的家，如果那里还可以称为家的话。现在，在我看来，那里已经不再是家，我没有家了。

在楼梯上，我遇到了正在下楼的文米克，他刚刚去敲门，但扑了个空。自从那次企图逃跑却造成灾难后果以来，我还没有单独见过他。他这次是以私人的身份来的，想要分析一下我们为何失败。

“对于我们这次的大计划，那个死掉的坎培森竟然一点点地掌握了大半的底细。”文米克说，“他有几个手下出了事，我以前说的那些情况，都是从他们嘴里听出来的（他有几个手下总是惹上官司）。我假装没听见，可一直在暗中留意，后来我听说他不在伦敦，我就以为时机到了，可以放手去干了。我现在只能猜测，坎培森非常狡猾，从不对自己的手下说实话，这可能是他惯用的伎俩了。但愿你没有责怪我，皮普先生，我是全心全意为你出谋划策的。”

“当然不会，文米克，我发自内心地感谢你的关心和友谊。”

“谢谢，非常感谢。这件事做得糟透了。”文米克搔着头说，“我向你保证，我很久都没有这么难过了。我只想说，这么多动产就这样白白浪费了。老天！”

“文米克，我想的则是财产的可怜主人。”

“是的，当然。”文米克说，“当然，你为他难过也是应该的，要是能让他脱离险境，就算要我掏出一张五英镑的钞票，我也愿意。但是，我是这么想的。那个死掉的坎培森早就知道他逃回来了，铁了心要把他送回大牢，所以，我觉得他是无论如何也躲不过这一劫的。可是，完全可以把那些动产弄到手的。这就是财产和财产所有者之间的差别，明白吗？”

我请文米克上楼，喝杯烈酒提提神，再步行回沃尔沃斯。他接受了邀请。他只喝了一点儿酒，开始有点儿烦躁不安，接着突然说了一句没头没尾的话：“皮普先生，我打算礼拜一休息一天，你说怎么样？”

“想必你这十二个月来都没休过假吧。”

“应该说十二年来都没休过假了。”文米克说，“是的。我打算歇一天。不只歇一天，我还想出去走一走。不只走一走，我还想请你和我一起走一走。”

我正要推辞，说自己是个无趣的同伴，文米克却早想到我会这么说。

“我知道你很忙，也知道你心情不好，皮普先生。”他说，“不过如果你肯赏脸，我将感激不尽。要走的路并不长，一大早就出发。从八点到十二点，就占用你这几个小时，这期间我们在路上用早饭。你就当作破例，给我个面子吧？”

一直以来，他为我做了那么多，现在只不过提了一个小小的要求而已。于是我说我可以去，而且非常愿意去，他见我答应下来，真心感到高兴，我也很开心。在他的特别要求下，我们约定礼拜一早晨八点半我去城堡找他，商议完毕，我们就分手了。

礼拜一早晨，我准时赴约，在城堡门口按了门铃，文米克亲自来给我开门。我一见他，就发现他打扮得比平时整洁得多，头上的帽子也更时髦阔气。屋内准备好了两杯兑了牛奶的朗姆酒和两块饼干。老爹一定是早早就起来了，因为我朝他的卧室里瞥了一眼，发现他的床是空的。

我们喝了兑了牛奶的朗姆酒，吃了饼干，体力增强了，正准备出门走一走，我却发现文米克竟然拿起一根鱼竿扛在肩上，不由得大为震惊。“怎么，我们该不会是去钓鱼吧？”我说。文米克答：“不是，但我喜欢带着鱼竿散步。”

我觉得这其中定有蹊跷，不过我什么也没说，我们出发了。我们向坎伯韦尔格林走去，到了那儿，文米克突然说：“喂！这里有一座教堂！”

这并没有什么可惊讶的，但是，他接下来的话可着实让我大吃了一惊。只听他仿佛突然想到一个绝妙主意似的，说：“我们进去吧！”

我们走了进去，文米克把鱼竿留在门廊里，向四周看了看。同时，他把手伸进大衣口袋，掏出了一个纸包。

“喂！”他说，“这儿有两副手套！我们戴上吧！”

那是白色的羊羔皮手套，而文米克那邮筒投信口一样的嘴咧得老大，灿烂地笑着，我不禁产生了强烈的怀疑。当我看到老爹护送着一位女士从侧门走进来时，我心里的怀疑变成了肯定。

“喂！”文米克说，“斯基芬斯小姐来了！那我们就举行婚礼吧。”

那位言行谨慎的姑娘穿着和往常一样的衣服，只是此时正忙着摘下手上那副绿色的羊羔皮手套，换上一副白色的。老爹也在忙着向婚姻之神许门[1]的祭坛献上一件类似的祭品；然而，老爹费了很大的劲儿，却怎么也戴不上手套，文米克只好让他背靠在立柱上，他自己则站在柱子后面，从后面把手套拉上。我则抱住老爹的腰，这样他既可以反着用力，也不至于摔倒。凭借如此巧妙的办法，老爹的手套终于戴好，还戴得非常完美。

这时，教堂的书记员和牧师出现了，我们按顺序站在喜结良缘的栏杆前。文米克还在佯装这一切都是偶然为之的样子，仪式开始前，只见他一边从背心口袋里掏出什么东西，一边自言自语道："喂！这里有一个戒指！"

我站在新郎边上，做他的男傧相。教堂里一个负责领座的女人装成斯基芬斯小姐的闺中密友，这个女人个子小小的，没精打采，戴着一顶像婴儿戴的软帽。牵着新娘走过教堂的责任则落在了老爹身上，结果老爹无意中惹恼了牧师。事情是这样的。牧师问了句："是谁把这个女人嫁给这个男人的？"老人并不清楚婚礼进展到了哪一步，只是站在那里，对着《十诫》亲切地笑着。牧师见状，便又问了一遍："是谁把这个女人嫁给这个男人的？"老人依然茫然无知，于是新郎赶紧用惯有的声音大声说道："老爹，你知道的，快说说是谁呀？"老人听见了，先是轻快地说了句"好吧，约翰，好吧，我的孩子"才回答了问题。牧师立马沉下脸，好半天没说话。一时间，我不禁怀疑那天的婚礼办不成了。

不过，婚礼还是圆满地结束了，当我们出教堂时，文米克把洗礼盆的盖子取下来，把他的白手套放进去，又把盖子盖上。文米克太太更有远见卓识，她把白手套放进口袋，换上了绿色的手套。"皮普先生，"我们出来时，文米克得意地扛着鱼竿说，"我来问问你，谁能想到今天会举行婚礼呢？"

早餐是提前预订好的，就在过了坎伯韦尔格林一英里远的高地上，那家小酒馆非常舒适。酒馆里还有一块弹子台，方便我们参加完庄严的婚礼后放松一下心情。文米克太太如今适应了，任由文米克搂着她，不再将他的手臂推开。她坐在靠墙的一把高背椅上，像一只装在琴盒里的大提琴，任由自己像那悦耳的乐器一样被文米克拥抱。见到这样的情形，令人十分愉快。

我们吃了一顿丰盛的早餐，要是有人不肯享用桌上的某道菜，文米克就说：

1　希腊神话中的婚姻之神。太阳神阿波罗与卡利俄珀之子。——编者注

“你知道，都是预订好了的，付过钱了，尽管放心吃吧！”我向新婚夫妇祝酒，向老爹祝酒，向城堡祝酒，临别之际，我还向新娘致敬，尽我所能表现得讨人喜欢。

文米克送我到门口，我再次和他握手，祝他新婚愉快。

“谢谢！”文米克搓着手说，“文米克太太是一顶一的养鸡好手，你都想象不出她的手艺有多好。改天你来吃几个鸡蛋，自己评判一下吧。我说，皮普先生！”他又把我叫了回去，压低声音说，“拜托，这完全是我们在沃尔沃斯的交情。”

“我明白。在小不列颠不能提起。”我说。

文米克点点头：“那天你就说漏嘴了，还是瞒着贾格斯先生为好。不然他会以为我这个人心越来越软，不顶用了。”

第十七章

马格维奇被收监待审，等待开庭，在监狱里，他病得很重，他断了两根肋骨，一个肺受了重伤，呼吸变得非常困难，一喘气就疼得厉害，他的病情日益加重。他伤重难愈，说话有气无力，几乎听不清他在说什么，所以他很少说话。不过，他总是愿意听我说话，于是我现在的首要任务就是对他说话，读书给他听，但凡我觉得他应该知道的，我都会告诉他。

他的病情太重了，不适宜住在普通的牢房，所以才过了一天，他就被转移到了监狱的医务室。我也因此可以陪伴在他身边，否则不可能有这样的机会。要不是因为生病，他早就被戴上镣铐了，在人们眼里，他是一个越狱惯犯，我知道他们都认为他十恶不赦。

我每天都能见到他，只是见面的时间非常短暂，不见的时间很长，因此，他的病情哪怕只加重了一点儿，我也能从他的脸上看出来。我不记得曾见过他的病情有好转的时候，从他被关进监狱的那一天起，他就一天天消瘦下去，精神越来越差，身体越来越虚弱。

他是那么温顺，简直就是听天由命了，只有筋疲力尽的人才会有这样的表现。有些时候，看他的神态，或是通过他低声说出的一两句话，我不禁觉得他是在思考，若是遇到更好的环境，他能不能成为一个更好的人；然而，他从未作过这样的暗示来为自己辩解，前尘往事已成事实，他并没有试图改变什么。

有两三次我在的时候，负责照料马格维奇的犯人暗示他名声极差，人人都道他罪大恶极。他听见了，脸上掠过一丝微笑，用信任的目光看着我，仿佛相信我还是个孩子的时候，就在他身上看到了一丝长处。而在平时，他总是表现得又谦卑又懊悔，我从未见他抱怨过一句。

开庭时，贾格斯先生申请审判延期，在下一个开庭期再行审理。他这么做，显然是认为马格维奇活不到那个时候，可惜他的申请被驳回了。审判立刻开始，他被带到被告席，法庭还给他安排了一个座位。我来到被告席边上，握住他向我伸出的手，没有人反对我这么做。

审判只进行了一会儿，过程清楚明白。能为他作的辩护都作了，比如他一直都在勤劳地工作，通过合法的手段赚到了钱，名声非常好。但他毕竟是潜逃回国了，此时就在法官和陪审团的面前，这是不容辩驳的事实。他因此罪名而受审，必会被判定有罪。

按照当时的习俗（我也是经历了那次开庭期，才了解这一点的），到了最后一天才进行宣判，而为了烘托效果，死刑往往在最后时刻宣布。要不是记忆中的画面不可磨灭，哪怕是在我写下这些话的时候，我也很难相信自己看到了二十三名男男女女一起被带到法官面前接受死刑判决。他就在那二十三个人当中。他依然坐着，好让他留着一口气听判决。

当时的场面再度栩栩如生地出现在了我的脑海里，我甚至能清楚地看到四月的雨水落在法庭的窗户上，在四月的阳光下闪闪发光。那一天，二十三个男男女女站在被告席里，我站在被告席外面，拉着他的手。他们有的目中无人，有的惊恐万状，有的哭哭啼啼，有的捂着脸，还有的阴郁地四下张望。女囚中有人尖叫了几声，但庭上不许说话，于是她们都安静了下来。佩戴着大表链和花束的治安官，城里其他怪物般打扮华贵的人物、法庭传呼员、法庭法警，以及旁听席上的许多听众（好似剧院里密密麻麻的观众），全都看着那二十三名犯人与法官庄严对质。接着，法官开始向犯人们讲话。对于他面前的这些可怜人，他必须特别说一说其中一个，此人从小坏事干尽，触犯法律，多次入狱并受到惩罚，最终被判处长期流放；然而，此人心狠手辣，胆大妄为，越狱后几被擒获，并再次被判终身流放。这个可怜的人，他远离了过去犯罪的地方，似乎一度痛改前非，老老实实地过上了平静的生活。岂料在关键时刻，他全然不顾自己曾经正是因为恶习难改，对种种欲望不加以控制，才长期以来贻害社会，却又重蹈覆辙，走上犯罪的旧路，逃离安稳度日、忏悔痛悟的避难所，擅自返回禁止他返回的国度。他刚一回来，就被人揭发，虽然一时逃过了执法者的追捕，但最终在逃跑途中落入法网。在此之前，他拒不配合，致使了解其生平所做恶事的告发者殒命，对此，他是有意为之，还是鲁莽无知的行为，恐怕只有他自己最为清楚。他擅自返国当被判处死刑，又因致人死亡，因而难逃一死，以命抵赎。

阳光透过法院的大窗户照射进来，玻璃上的雨珠闪动着光泽，光线笼罩着二十三名囚犯和法官，将他们联结在一起，一些观众见了，也许会联想到：在上帝这位无所不知、不会犯错的更高审判者的面前，这双方也将处在绝对平等的地位，去听凭审判。那个犯人挣扎了一会儿才站起来，在光线的照射下，他脸上的斑点十分明显。他说："法官大人，全能的上帝已经判了我死刑，但我还是要向你鞠躬，接受你的审判。"马格维奇说完便坐下了。法官示意众人安静，便继续向其他犯人讲话。接着，正式判决下达，有的囚犯在人的搀扶下走了出去；有的在憔悴的脸上强挤出勇敢的表情，优哉游哉地走了出去；有几个朝观众席点点头；两三个人握了握手，其他人向外面走着，顺手捡起地上铺着的香草放在嘴里咀嚼。马格维奇是最后一个走的，因为必须有人搀扶他从椅子上起来，他走得也很慢。他一直拉着我的手，其他犯人都走远了，观众们也纷纷站了起来（把衣服抚平，就像在教堂或其他地方一样），还对囚犯们指指点点，大多数指的都是我和马格维奇。

我曾衷心地盼望，等不到法官宣判，他就离开了人世，还曾祈祷能够如此，然而，又想到他或可拖些时日，便在当天夜里写了一份请愿书上交内政大臣，请求赦免他的罪名。我把我所知道的他的情况一一说明，还说明他是为了我才返回英国。我尽可能地写得热诚恳切，哀婉动人，写完后便寄了出去，又写了几封请愿书呈交给其他几位我认为是最仁慈的当权者，还向国王本人呈递了一份请愿书。宣判后，一连几日几夜，我都不得安宁，只是偶尔在椅子上眯一会儿，一直在废寝忘食地上书请愿。信寄出后，我仍在投送它们的地方徘徊，感觉我只要留在附近，就能多一分希望，少一点儿绝望。傍晚时分，我怀着这种不可言喻的焦虑心情，忍受着内心的痛苦，在大街小巷流连，走过我递交过请愿书的办公大楼和权贵的私宅。时至今日，若是在尘土飞扬的料峭春夜走过伦敦西区那些无聊的街巷，看到一幢幢门禁森严的宅邸，望着长长的一排排路灯，想起当时的情形，我的心里都免不了涌起阵阵怅惘。

现在，他被看管得十分严格，我依然可以每天探望他，只是见面的时间短了很多。我看得出，但那也许只是我的想象，他们怀疑我夹带毒药给他自尽，每次都搜我的身，才允许我坐在他的床边。我告诉那个每次都在场的狱吏，我什么都愿意做，只要他能相信我只是为了来看马格维奇，并无其他意图。没人为难他，也没人为难我。他们职责所在，必须履行，却并不过分。那个狱吏每次都言之凿凿地告诉我，他的病越来越重了，同住的其他生病的囚犯，以及负责照顾病人的囚犯（真是谢天谢地，他们虽然是不法分子，却并非没有善心）也总是跟我说同样的话。

日子一天天过去，我注意到他只是平静地躺着，望着白色的天花板，脸上没有半点儿神采，只有我和他说话时，他的脸上才会露出一点儿喜色，随即又变得暗淡无光。有时他连话都说不出来，只是轻轻按一下我的手作为回答，渐渐地，我也明白了他这样做的意思。

就这样到了第十天，我看到他发生了前所未有的变化。他的眼睛转向大门，见我进来，他的眼睛亮了起来。

“亲爱的孩子，”我在他床边坐下时，他说，“我还以为你迟到了。但我知道你不可能是那样的人。”

“我来得正是时候，”我说，“我还在门口等了一会儿才进来的。”

“你总是在大门口等着，是不是，亲爱的孩子？”

“是的。这样才不会浪费时间。”

“谢谢你，亲爱的孩子，谢谢你。上帝保佑你！你从来没有抛弃过我，亲爱的孩子。”

我默默地握着他的手，因为我不能忘记我曾经打算抛下他不管。

“自从我乌云盖顶，你就一直陪伴着我，安慰我，比阳光灿烂的时候还尽心尽力，这是最难能可贵的。”他说，“这是最难能可贵的。”

他仰面躺着，呼吸很困难。不管他怎么坚持，不管他如何爱我，他脸上的光芒总是一次又一次地消失，他平静地望着白色天花板的目光已经笼罩上了一层阴影。

“今天很痛吗？”

“我没有什么可抱怨的，亲爱的孩子。”

“你从不抱怨。”

“自从我乌云盖顶，你就一直陪伴着我，安慰我，比阳光灿烂的时候还尽心尽力，这是最难能可贵的。”（第453页）

这是他人生中最后的几句话。他的唇边形成了一抹微笑，他摸摸我，我明白他的意思是想举起我的手，放在他的胸前。我把手放在他的胸口，他又笑了，于是我把双手都放了上去。

就在此时，探监时间结束了。但我回头一看，发现监狱长就站在我身边，他低声说：“你现在不必走。”我感激地谢过他，问道：“如果他能听见，我能跟他说句话吗？”

监狱长走到一边，示意狱吏走开。这一变化进行得无声无息，马格维奇却从白色天花板收回了平静的目光，笼罩在他双眼之上的阴影也散开了，他深情地望着我。

“亲爱的马格维奇，我要告诉你一件事，再不坦白就来不及了。你能听懂我说的话吗？”

他轻轻按了一下我的手。

“你曾经有过一个孩子，你很爱那个孩子，后来却失去了她。”

他手上的力道加重了。

“她还活着，并且认识了许多有权有势的朋友。她活得非常好，过着富贵的生活，还出落得十分美丽。她就是我一直深爱的女人！”

他使出最后一点儿力气，把我的手拉到唇边吻了吻。不过要不是我就势把手伸过去，他也不可能做到。接着，他的手一松，我的手便落回了他的胸口，他自己的两只手则覆在我的手上。他那平静的目光又回到白色的天花板上，随即变得暗淡无神，他的头轻轻地垂到了胸前。

这时，我想起了我给他读过的一本书，书里的两个人去山上的圣殿祈祷。于是我知道，在他的床前，我唯一能说的，就是为他祈祷：“主啊，怜悯这个罪人吧！”

第十八章

现在只剩下我一个人了，我通知房东，一待租约到期，我就搬出圣殿区的房间，而在此之前，我会把它们转租出去。我立即在窗户上张贴了招租启事。如今，我负债累累，手头连个铜板都拿不出来，落得如此窘迫的地步，我简直惶惶不可终日。我其实应该这样写，如果我有足够的精力，也能集中注意力，我一定会惶惶不可终日，可当时我只知道自己病得很厉害。我近来承受了巨大的压力，一直强撑着，不让自己病倒，但我无法一直压制病魔。我知道自己即将大病一场，除此之外，我一无所知，也并不在意。

有一两天，我或是躺在沙发上，或是躺在地板上，走到哪里就躺到哪里，只觉得脑袋昏沉，四肢疼痛，毫无目的，也没有力气。后来病魔终于来了，一天晚上，时间显得漫长无比，我满心焦虑，被恐惧包围，第二天天亮了，我想在床上坐起来想一想夜里的情形，却发现自己怎么也起不来。

我有没有在三更半夜的时候去花园街，寻找那条我觉得还停在那里的小船？我有没有在楼梯上昏倒两三次，惊恐地苏醒过来，不知道自己是怎么从床上爬起来的？我有没有以为他要上楼来，而灯却被风吹灭了，我就跑去点灯？我有没有听到有人又说又笑又呻吟，弄得我不胜其扰，心烦意乱，还隐约怀疑这些声音是我自己发出来的？房间黑暗的一角是不是有个封闭的铁炉，是不是有个声音一遍又一遍地呼喊着，炉子里面烧的是不是哈维沙姆小姐？那天早上，我躺在床上，试图让自己厘清这些问题，让思绪变得有条理。但是，就在我苦思冥想的时候，石灰窑的烟雾升腾起来了，将我和这些问题隔绝开来，把我的思绪弄得纷乱不清，最后，透过烟雾，我似乎看到有两个人在瞧着我。

“你们想干什么？”我吓了一跳，问道，“我不认识你们。”

“先生，”其中一个说着弯下腰，拍拍我的肩膀，“我敢说，这件事你很快就会解决的，可是你被捕了。”

“我欠了多少钱？”

“一百二十三英镑，十五先令，外加六便士。想必这是欠珠宝商的钱吧。”

“你们想怎么样？”

“你最好到我家来。”那人说，“我有一幢非常漂亮的房子。”

我试着自己起床穿衣服。我再看他们时，只见他们正站在离床稍远的地方看着我，而我仍然躺在那里。

“你们也看到我现在病得不成样子了。”我说，“如果可以的话，我愿意跟你们一起去，但我确实无能为力。如果你们把我从这里带走，我想我会死在路上的。”

也许他们回答我了，也许他们反驳了我一番，还有可能鼓励我相信我的状况比我以为的要好。反正在我的记忆中，他们只留下了这一点儿线索，我不知道他们做了什么，只知道他们还算克制，没有强行带我走。

我发了高烧，人们见我这样便避之唯恐不及，我非常痛苦，经常烧得神志不清，时间似乎没完没了，我区分不清哪些是虚无的幻影、哪些是我自己。我时而变成了房子墙壁上的一块砖，恨不得赶紧离开建筑工人放置我的这个令人头晕目眩的地方；我时而又成了一架巨大机器的钢梁，在一个深渊上哐啷啷地旋转着，我只盼着机器能停下，把我这根钢梁撬下来。我生病时经历的这些阶段，都是后来回忆起来的，在当时只是隐隐约约明白一点儿。我当时只知道，有时我觉得一些人是杀人犯，就和他们搏斗起来，却突然意识到他们其实是为我好，接着，我便精疲力竭地倒在他们怀里，任由他们扶着我躺平。最重要的是，我知道这些人身上有一种持续不断的倾向——在我病得很重的时候，他们的脸会发生各种不同寻常的变化，还变大了很多，可最不可思议的是，我知道这些面孔变来变去，迟早都会变成乔的模样。

后来，我的病情渐渐好转，我开始注意到，尽管其他所有的特征都发生了变化，但这一点始终如一：无论谁来到我身边，那个人最后都会变成乔。夜里，我睁开眼睛，看见坐在床边大椅子上的是乔；白天，我睁开眼睛，看见坐在窗边的椅子上，在敞开的窗户的阴凉处抽烟斗的，依然是乔；我想喝清凉的饮料，递给我饮料的那只温柔的手，属于乔；喝完饮料，我重重地躺回枕头上，那张充满希望又体贴地望着我的脸，也属于乔。

终于有一天，我鼓起勇气说："是乔吗？"

那亲切熟悉的乡音回答说："是呀，老伙计。"

"啊，乔，你真让我心碎！你生我的气吧，乔；你打我吧，乔；你骂我忘恩负义吧。不要对我这么好！"

乔一见我认出了他，登时喜出望外，挨着我的脑袋把头枕在枕头上，还伸手搂住了我的脖子。

"亲爱的皮普，老伙计，"乔说，"我和你永远都是好朋友。等你身体好了，我们就坐马车出去兜兜风，那该有多开心啊！"

之后，乔回到窗前，背对着我站着，还一直擦眼睛。我极度虚弱，无法站起来走到他跟前，所以我只是躺在那里，心怀忏悔地低声说："啊，愿上帝保佑他！愿上帝保佑这位善良的好人吧！"

乔回到我身边时，我注意到他的眼睛红红的。但是，我握着他的手，我们都很开心。

"多久了，亲爱的乔？"

"你的意思是说，皮普，你病了有多久了吗，亲爱的老伙计？"

"是的，乔。"

"现在是五月底了，皮普。明天是六月一日。"

"你一直都在这儿吗，亲爱的乔？"

"差不多吧，老伙计。我接到一封信，说你病了，我就对毕蒂说……对了，那封信是一个邮差送来的，他以前是个单身汉，后来结了婚，他这营生需要他走来走去，只是他赚的钱太少了，连买皮鞋的钱都不够哩，不过他这人不在乎钱不钱的，他最大的心愿就是能讨个老婆……"

"听到你和我说话，我真是太高兴了，乔！但是我打断了你，我很想知道你都对毕蒂说了什么。"

“是啊，”乔说，“我对她说，你在那里一个人都不认识，我和你一直都是好朋友，所以在这个节骨眼儿上去看你，你可能不会反对。毕蒂就告诉我：‘去看他吧，别耽误。’毕蒂就是这么说的。”乔带着他那公正明断的口气总结道：“‘去看他吧。’她这么说，‘别耽误。’总而言之，我应该告诉你她的原话。”乔严肃地思考了一会儿，又说：“那姑娘的原话好像是：‘一分钟也别耽误。’”

说到这里，乔打住话头，说是不能和我多说话，免得我费神，他还说，不论我愿不愿意，都要多吃点儿营养品，还要多吃几次，他还要我听从他的安排。于是我吻了吻他的手，便静静地躺着，他去给毕蒂写信，还代我向她问好。

显然毕蒂教会了乔写字。我躺在床上望着他，看到他骄傲地写着信，我虽身体虚弱，却也再度高兴地哭了起来。此时，我连人带床被挪进了客厅，床帷也拆掉了，因为那里最宽敞，也最通风。客厅的地毯撤走了，房间里日夜都保持着清新、卫生。我的写字台被推到了一个角落里，上面摆满了小瓶子，乔此时就坐在那里书写大作，他首先从笔盘里挑选一支笔，仿佛笔盘是一抽屉大工具；接着卷起袖子，像是要抡撬棍或大锤一样；然后，他用力把左胳膊肘抵在桌上，再把右腿伸到身后，这才写了起来。动笔后，每个向下写的笔画，他都写得很慢，似乎要写六英尺长，而在写每一个向上的笔画时，我都能听到他的笔溅出了墨水。说来也怪，墨水瓶明明在这一边，他却偏偏以为在那一边，每次用钢笔去蘸墨水，总是扑了个空，而他似乎还对这个结果十分满意。有些单词他拼得不对，不过，总的来说他写得非常顺利。写完之后，他签上名字，用两根手指揩了揩最后滴在纸上的墨迹，还在头顶上蹭了蹭手指。他站起来，在书桌旁走来走去，左看看右看看，从不同的角度欣赏着自己的大作，似乎得到了无限的满足。

我不愿惹得乔不安，便没有多说，虽然我精神不错，可以和他多聊聊。就这样，一直到第二天，我才向他打听哈维沙姆小姐的情况。我问乔她有没有康复时，他摇了摇头。

“她死了吗，乔？”

“你知道吗，老伙计？”乔十分含蓄，用劝慰的语气说，“还不至于那么说，我不会用这样的说法。但她已经……”

我躺在床上望着他，看到他骄傲地写着信，我虽身体虚弱，却也再度高兴地哭了起来。（第459页）

“她不在人世了吗，乔？”

“这么说还差不多。”乔道，“她已经不在人世了。”

“她拖了很久才去世的吗，乔？”

“按照你的说法，是在你生病的大约一个礼拜后吧。”乔说道，他仍然决定，为了我的缘故，说的每句话都要经过斟酌。

“亲爱的乔，你听说她的财产是怎么处理的了吗？”

“嗯，老伙计，”乔说，“她的大部分钱财都给了艾丝特拉，我的意思是说，手续都是办好了的，都给她了。不过，在去世的一两天前，她亲自在遗嘱里加了一条，给马修·波克特先生留下了不多不少四千英镑。皮普，最重要的是，你知道她为什么要留给他不多不少四千英镑吗？‘因为皮普说了很多马修的好话。’这还是毕蒂告诉我的，说是原话就是这样的。”乔说着又重复了一遍遗嘱的说法，好像这对他大有好处似的：“‘因为皮普说了很多马修的好话。’不多不少四千英镑呢，皮普！”

乔说四千英镑，还要加上“不多不少”几个字，我真不清楚乔是打哪儿学来的这种传统的说法。但他似乎觉得这么一说钱就能变多似的，便十分享受地坚持那笔钱不多不少，就是四千英镑。

听他这样说，我非常高兴，我只做过这么一件好事，现在这件事竟得到了如此完美的结局。我又问乔，其他那些亲戚有没有分得遗产。

“萨拉小姐每年有二十五镑，用来买药治治她肝火旺盛的毛病。”乔说，“乔治亚娜小姐得了二十镑，一次付清。还有个什么太太来着？有种动物，背上隆起来一块，叫什么名字来着，老伙计？”

“你说骆驼？”我道，不明白他为什么突然这么问。

乔点了点头：“那位太太就叫骆驼太太。”我立刻明白了他指的是卡米拉太太[1]。“她得到了五英镑，用来买灯芯草蜡烛，这样她晚上醒来时就能振作起来了。”

他一件件说得头头是道，我完全相信他说的就是事实。“现在，”乔说，“你的身体还没有完全恢复，老伙计，我今天只能再和你说一件事：老奥立克竟

1 在英文中，骆驼为camel，与卡米拉太太的英文Mrs. Camilla很相似。

然闯进别人家里去了。”

“谁家？”我说。

“我承认，老奥立克就是这么野蛮的一个人。”乔带有歉意地说，“可是，英国人的房子就跟他们的城堡差不多，除非是打仗了，否则平时怎么攻得进去呢？他那人虽然毛病不少，可到底是个粮食商人呀。”

“这么说，是彭波乔克家被盗了？”

“是的，皮普。”乔说，“他们抢了他放钱的抽屉，拿走了他放现钞的匣子，还喝了他的葡萄酒，吃光了他的食物。不仅如此，他们抽了他耳光，捏了他的鼻子，还把他绑在床柱上，臭揍了他一顿，为了不让他大喊大叫，他们就在他嘴里塞满了粮食。不过他认识奥立克，所以奥立克就被抓到县监狱里了。”

就这样，我们聊着聊着，便无拘无束地畅谈起来。我的体力恢复得很慢，但确实在一点一点地好转，不再那么虚弱，乔一直守着我，我觉得自己又变成从前的小皮普了。

乔无微不至地照料着我，我有任何需要，他无不满足，我好像一个他负责照顾的孩子。他坐在那里与我聊天，还像从前那般推心置腹，还像从前那般质朴，也还像从前那般谦逊，那般呵护。我忍不住觉得我离开家乡的厨房后所过的生活，或许只是我发烧时所做的一场梦，而现在梦已经醒了。他为我做尽了一切，只是没有做家务。说到这件事，他刚一来，就付清了我以前雇用的洗衣妇的工钱，将她们打发掉了，又雇了一个很正派的女人。“我向你保证，皮普，”他常常这样说，向我解释他为什么擅自做主，“我发现她老是敲那张空床，就像在敲一桶啤酒，还把里面的羽绒抽出来装在桶里拿去卖。她要是继续留在这里，怕是接下来就要敲你这张床，抽走你被子里的羽绒了。她以后还会把煤块塞在汤锅里，把酒塞在雨靴里，通通偷走呢。”

我们盼望着可以早点儿乘马车兜风，就像我们曾经期盼着我能快点儿当上学徒一样。那一天终于来了，我们雇了一辆敞篷马车，车驶入巷子里，乔把我裹得严严实实，背着我下楼，安顿我坐上马车，仿佛我还是个无助的小孩子，需要好心的他全力照顾。

乔上了车，坐在我旁边，我们一起乘车来到乡间。如今已经是夏天了，乡下草木繁盛，空气中弥漫着夏日的芳香。那天正好是礼拜天，我注视着周围的美丽景色，可怜的我病恹恹地躺在床上，发着高烧，辗转反侧。但与此同时，每日每夜，在阳光的普照下，在星辰的滋润下，万物都在生长，这个世界仍在变化，小小的野花恣意盛开，清脆的鸟鸣充满了活力，一想到自己烧得在床上来回折腾，我平静的心态便出现了震荡；然而，礼拜日的钟声不绝于耳，周围美丽的景致映入眼帘，我感觉自己还不够感恩，毕竟我现在太虚弱了，连感恩都做不到。我把头靠在乔的肩膀上，就像很多年前，他带着我去赶集或去别的地方，小小的我玩得累了，就把头靠在他的肩上一样。

过了一会儿，我平静了一些，我们就像当年躺在旧炮台的草地上一样，拉起了家常。乔身上一点儿变化也没有。他当时在我眼里是什么样子，现在在我眼里仍是什么样子，同样的忠诚，同样的正直。

我们回了家，他把我抱出马车，又非常轻松地背着我穿过院子，上了楼梯，我想起多年前那个多事的圣诞节，他也是这么背着我穿过沼泽的。我们至今仍未谈起我这次命运的转变，对于我最近的经历，我也不清楚他知道多少。如今，我对自己充满了怀疑，对他却无比信赖，他没有谈及此事，我也就摸不准到底该不该提起。

那天晚上，他在窗口抽烟斗，经过进一步考虑后，我问他：“乔，你有没有听说我的赞助人是谁？”

“听说了。”乔答，“好像不是哈维沙姆小姐，老伙计。”

“那你听说过是谁吗，乔？”

“是呀！皮普，听说好像是派人去快活三船夫给你送钞票的人。”

“正是。”

“太不可思议了！”乔非常平静地说。

“你听说他死了吗，乔？”我立刻问道，越来越胆怯。

“你说谁？给你钞票的那个人，皮普？”

“是的。”

“我想……”乔沉思了很久，他望着窗座，有些闪烁其词，“……我确实听人说过，只是有的这样说，有的那样说，不过总体上的意思都差不多。”

“你听说过他的情况吗，乔？”

“不是很清楚，皮普。”

“如果你愿意听，乔……”我说。乔却突然站起身来，走到我躺的沙发跟前。

“听着，老伙计，”乔弯下腰对我说，“我们永远是最好的朋友，对不对，皮普？”

我不好意思回答他。

“那很好。”乔说，好像我回答了似的，“非常好，我们都是这么认为的。那么，老伙计，这又不是什么要紧的事，我们何必非要提起呢？我们两个可以聊的话题多着呢，哪里有工夫理会那些毫不相干的事？老天！你还记得你那可怜的姐姐吧，想想看，她发起脾气，可真是暴躁啊！你还记得她那根挠痒棍吗？”

“记忆犹新，乔。”

“听着，老伙计，”乔说道，“她一发脾气，我就拼尽全力为你挡住那根挠痒棍，可惜我虽然很想这么做，往往却没那个力气。每次你那可怜的姐姐存心朝你扑过去，我要是和她对着干，她也朝我扑过来，把我打一顿倒没什么，可她只会打你打得更重。”乔说，还是用他最喜欢的好辩的语气，“这样的情况我早就注意到了。狠命扯一个大人的胡子，再把他摇上几下（你姐姐这样对我，我受着就是了），却不能免去一个小孩子要受的惩罚。可那个大人被揪了胡子或摇了几下，那个小孩子受到的惩罚反而更重了。如此一来，那个大人自然会想一想，暗自对自己说：‘你那么做有什么好处呢？’我这么做只是害苦了你，却一点儿也没帮上忙。伙计，你倒说说，这有什么好处？”

见乔等着我回答，于是我说道：“你是这么想的吗？”

“我是这么想的。”乔赞同道，“我想得对吗？”

“亲爱的乔，你总是对的。”

“好吧，老伙计，”乔说，“那你可要说话算话。你说我总是对的，可其实我说的多半都是错的，不过我现在说的话，一定是对的：即使你小时候有什么小事瞒着我，也多半是因为你知道乔·盖格瑞就算能帮你挡住那根挠痒棍，却不能每次都护着你。所以啰，我们就不要去想不相干的事了，我们也不要说不相干的话题了。在我出门来这里之前，毕蒂颇为我费了一番心思，谁叫我这个人太迟钝了呢？她要我这样看待这件事，不光要这样看，还要这样对你说。”乔说，觉得自己讲得很有道理，所以十分得意，“现在这两件事都办到了。作为你真正的朋友，我现在有句话对你说。我要说的是这样的。你不要太费神，好好吃一顿晚饭，再喝点儿兑了水的酒，然后躺在被窝里美美睡上一觉。”

乔为我着想，避开了这个话题，而毕蒂是那么温柔善良、机智聪慧，凭借她女性的智慧很快便洞悉了我的为难之处，所以提早嘱咐了乔，他们两个都给我带来了深深的震撼。不过我并不确定乔知不知道我如今已身无分文，远大前程也化为乌有，就如同太阳升起，家乡沼泽地上的雾气便会被完全驱散一样。

我的病情逐渐好转，身体也日益健壮，乔与我相处的时候却不那么自在了。对于乔的这个变化，我起初无法理解，可很快就明白了是怎么回事，不由得十分伤感。这段时间以来，我病得下不了床，完全依赖他，我这位亲爱的朋友便恢复了从前的腔调，叫我原来的名字，还亲切地称呼我“皮普，老伙计”，这样的呼唤在我听来就如同音乐一样悦耳。我也用从前的方式对待他，他由着我这么做，我既开心又感激；然而，不知不觉中，尽管我依然牢牢地坚守着，乔却开始慢慢地撤退了。一开始，我想不明白他为何如此，但我很快就意识到这一切都是我造成的，都是我的错。

啊！难道我没有一错再错，让乔有理由怀疑我不可能对他忠贞不渝，认为我在顺境中会对他冷淡，抛弃他？难道我没有伤害乔那颗纯良的心，让他本能地感到，随着我的身体逐渐康复，他与我的联系就越来越弱，趁着我还没有一脚把他踢开，他倒不如及时放手，让我离开？

我第三或第四次挽着乔的胳膊到圣殿区的花园散步时，他身上的这种变化已经非常清楚了。我们一直坐在明亮温暖的阳光下，望着泰晤士河。我们起身时，我无意中说道：“看哪，乔！我很有力气，走起来稳稳的。现在我要自己走回去，你瞧好了。”

“别太累了，皮普。”乔说，“不过我很高兴看到你能行，先生。”

他这一句“先生”，说得我心中刺痛，着恼不已，可我又怎么能责备他呢？我走到花园门口，便假装自己很虚弱，要乔扶我。乔一把扶住我，却是一副若有所思的样子。

我也一直在琢磨这件事。我本就极为后悔，现在乔身上的变化又越来越明显，我却不知道怎么才能挽回，心下苦恼至极。我无意隐瞒，其实我很不好意思告诉他我如今处境艰难，早已从高处跌入了低谷；但是，我相信自己如此三缄其口，也不是完全没有道理。我知道，他要是知道了，一定会拿出自己微薄的积蓄来帮助我，我还知道我不该让他来帮我，也绝不可以连累他。

那天晚上，我们两个都愁肠百结；但是，在我们上床睡觉之前，我决定等到明天，明天是礼拜日，我要在一个新的礼拜有个全新的开始。在礼拜一的早晨，我要和乔聊聊他的变化，除去这最后一层隔膜，我还要和他说说我的一件心事（这第二件心事我至今都没说过），我要告诉他我为什么至今仍未下定决心去投靠赫伯特，这样聊完，他身上的变化就会彻底消失。只可惜我想清楚了，乔也想清楚了，仿佛他与我心心相通，也做出了决定。

“乔，我很感激自己生了这场大病。”我说。

“亲爱的皮普，老伙计，你快好了，先生。”

“对我来说，这是一段难忘的时光，乔。”

“我也一样，先生。”乔答。

“我们在一起的时光，乔，我永远不会忘记。我知道，曾经有那么一段时间，我确实忘记了，但近来这段日子，我到死都不会忘记。”

“皮普，”乔说，显得有点儿慌乱，还有点儿苦恼，“这段日子真快活呀。还有，亲爱的先生，过去的事……都已经过去了。”

晚上，我上了床，乔来到我的房间，在我养病期间，他每天都是这样。他问我现在感觉怎么样，是不是和早上一样好。

“是的，亲爱的乔，我感觉很好。”

“老伙计，你的身体是不是一天天强壮起来了？”

“是的，亲爱的乔，一天比一天好。”

乔用他那只健壮的大手隔着被单拍了拍我的肩膀，还用我觉得很沙哑的声音说：“晚安！”

早上起床时，我神清气爽，感觉身体更强壮了。我决心立刻去找乔，把心里话都告诉他。我要在早餐前就告诉他。我要立刻穿好衣服，去他的房间，给他一个惊喜。因为，这是我第一天起个大早呢。我来到他的房间，却发现他不在。不仅他不在，他的旅行箱也不见了。

于是我快步走到早餐桌前，发现桌上有一封信。信很短，内容如下：

我不想再打扰你，亲爱的皮普，所以我走了。你已经康复了，没有乔会更好。

又，我们永远是最好的朋友。

信中附着一张收据，显示我的债务已经还清了，之前有人来抓我，就是因为我欠了钱。直到那一刻，我都还以为是债主见我病了，才撤销或暂时搁置了诉讼。我做梦也没想到是乔帮我还了钱。没错，就是乔，收据上签着他的名字。

事到如今，我还能怎么做呢？唯有跟随他的步伐，返回亲爱的铁匠铺，向他倾诉心里话，说我后悔自己所做过的一切，并将第二件心事告诉他。对于这第二件心事，一开始只有个模糊的念头在我的脑海中萦绕不去，后来，这个念头逐渐清晰起来，变成了我的目标。

这个目标便是去找毕蒂，向她表明我已再世为人，学会了谦和，心中充满了懊悔；我要告诉她，我曾经渴望的一切如今已然一一失去；我还要提醒她，当初我生活不如意时，我们曾说过什么知心话。然后，我会对她说："毕蒂，我认为你曾经很喜欢我，只是我那时走火入魔，不识好歹，可即使我与你离心离德，每每与你在一起，我也比任何时候都更平静，更安宁。如果你现在对我的情意能有当年的一半，如果你能接受我全部的缺点和弱点，如果你能像宽恕一个孩子那样宽恕我（毕蒂，我发自内心地感到抱歉，我多么渴望你说说话来安慰我，伸出手来抚慰我），那我希望比起从前，现在我更有资格配得上你。倒不是说我觉得自己很有资格，只是感觉自己好了一点儿而已。毕蒂，以后我的事都由你来做主，你让我在铁匠铺和乔一起打铁，我就留在铁匠铺，你让我在国内找个别的营生，我就找个别的营生，我们还可以一起去国外，那里有个机会在等着我，当初那个机会摆在我面前，我没有理会，只等着看你有何态度。好了，亲爱的毕蒂，如果你能告诉我，你愿意和我携手相伴人生路，我的人生定将幸福无比，我一定会努力向上，拼尽全力带给你更加美好的人生。"

我的目的便是如此。三天后，我动身返回家乡，希望能实现这个目标。至于结果如何，则是我最后要讲述的内容了。

第十九章

我人还没回去，关于我一朝飞黄腾达却又跌落云端的事，就已经在我的家乡和附近地区传遍了。我发现蓝野猪饭庄也得知了此事，这头“野猪”的态度因此发生了很大的变化。当初我春风得意，“野猪”对我客客气气，巴结讨好，以博得我的好感，现在我落魄如斯，“野猪”便对我换上了一副冷面孔。

我到达的时候已经是晚上了，以前走这段路根本不在话下，这次却累得筋疲力尽。“野猪”不让我住我常住的客房，说是已经有人住了（可能也是个有远大前程的人），只能安排我住在院子尽头一个十分简陋的房间，房间旁边就是鸽舍，还停着几辆驿递马车。但是，我在那个房间里睡得很好，美梦连连，即使“野猪”给我安排的是一间上房，我也未必能睡得如此香甜，做这样的美梦。

第二天一大早，在饭庄为我准备早餐的工夫，我信步走到了萨提斯庄园，只见大门上贴着印刷的告示，从窗口悬出的破烂地毯上也挂着这样的告示，上面写的是：本宅一应家具及物品将于下周拍卖。这幢大宅则作为旧建筑材料拆除并出售。酒坊上用石灰水写着“一号拍品”，字迹歪歪扭扭，活像内八脚，而多年来一直封闭着的主楼上则写着“二号拍品”。其他房舍也都一一标明了序号。为了方便标注，墙上的常春藤都已被扯掉，很多常春藤就拖在低处的泥地里，已经枯萎了。大门开着，我进去待了一会儿，东张西望，仿佛我与这里从无瓜葛，这是第一次来，神情中有几分不自在。我看见拍卖行的办事员走在酒桶上，一边走一边数，让一个编目员记录信息，编目员手里拿着笔，而我以前经常一边哼唱“老克莱姆”一边推的轮椅，如今则成了他的临时办公桌。

我回到蓝野猪饭庄，去餐厅用早餐，只见彭波乔克先生正在和店老板说话。虽然近来遇上了那起深夜惊魂事件，彭波乔克先生的容貌却一点儿也没有改善。他是专程来找我的，看见我来了，就对我说：“年轻人，你如今跌到了谷底，我非常遗憾。但你怎么可能不跌下来呢？怎么可能不跌下来呢？”

他带着宽宏大量的神气伸出手来，我如今病着，身体衰弱，没精力与他吵架，于是我握了握他的手。

“威廉，”彭波乔克先生对伙计说，“来一份松饼。竟落魄到了这个地步！竟落魄到了这个地步！”

我皱着眉头坐下来吃早饭。彭波乔克先生站在我身边，我还没来得及拿起茶壶倒茶，他就给我倒了茶，那神态仿佛是我的赞助人，还决心要把这个角色坚持到底。

“威廉，”彭波乔克先生悲伤地说，“拿一些盐过来吧。从前你风光的时候，”他对我说，“想必你是加糖的吧？还是加奶？是呀，糖和牛奶你都加。威廉，再拿点儿西洋菜来。”

“多谢。”我不耐烦地说，“但我不吃西洋菜。”

“你不吃。”彭波乔克先生说着叹了一口气，还频频点头，好像他早就料到了这一点，好像我不吃西洋菜，就注定我会落魄，“确实。那是世界上最普通的蔬菜了。算了，威廉，不用拿了。”

我继续吃早饭，彭波乔克先生继续站在我旁边，面无表情地瞪着我，呼哧呼哧喘着气，还是原先那副德行。

“瘦得皮包骨了！”彭波乔克先生沉思着大声说，“可是，当年他离开这儿的时候，我还祝福了他，把我不多的像蜜蜂一样辛苦攒起来的东西拿出来招待他，那时候他还胖乎乎的，像个桃子！”

听他这么说，我想起那时候我刚刚发迹，他在我面前卑躬屈膝，想要和我握手之前还要问上一句“可不可以”，如今他朝我伸出五根肥大的手指，招摇至极，露出一副豁达大度的态度，两相对比起来，简直天差地别。

“哈！”他接着说，把黄油面包递给我，“你要到约瑟夫那儿去吗？”

“天哪，”我忍不住发了火，愤怒地说，“我上哪儿去，跟你有什么关系？

别碰那茶壶。”

我这样做实属不该，拱手送上了彭波乔克苦苦寻找的机会。

“好哇，年轻人，”他说着松开了我提到的那件东西的把手，从我的桌边退开了一两步，有意把下面的话说给门口的店老板和伙计听，“我不碰那茶壶了。你说得对，年轻人，这一次，你是对的。我只顾着留意你的早饭，竟有些忘乎所以了，恕我呀，眼看着你挥霍无度，弄得身体虚空，弱不禁风，就想着给你要一份你的祖先都爱吃的滋养菜品，好给你补补身子。可是呀……”彭波乔克说，转身对着店老板和伙计，在一臂的距离外指着我，“看看他吧，打从他小时候，我就陪着他玩耍，带给他多少快乐呀！别告诉我不可能有这种事。告诉你们吧，就是他这个人哪！”

那两人低声说了些什么。伙计似乎感触尤深。

“就是他呀。”彭波乔克说，“坐我马车的人就是他呀，我一手拉扯大的人就是他呀。我可是他姐姐丈夫的舅舅呀。她叫乔治亚娜·玛莉亚，取自她母亲的名字。这些可都是真真切切的呀，看他怎么否认得了？”

伙计似乎深信我否认不了，而不否认就是恩将仇报。

“年轻人，”彭波乔克说着像平时一样扭过头盯着我，“你是去找约瑟夫。你问我，你去哪儿跟我有什么关系。那我就和你说，先生，你是要去找约瑟夫。”

伙计咳嗽了一声，好像很谦虚地请我回答。

“好啦。”彭波乔克说，他装出一副品德高尚的样子，好像他句句在理，不容置疑，看得我火冒三丈，“我来给你讲讲，你见过约瑟夫之后该怎么说。正好蓝野猪饭庄的东家也在场，他可是镇上有名的人物，可以说是德高望重，还有这位威廉，要是我记得不错，他父亲叫波特金斯。”

“确实如此，先生。”威廉说。

“现在当着他们二人的面，”彭波乔克继续说，“我要告诉你，年轻人，你该对约瑟夫说什么。你就说：‘约瑟夫，我今天见到了我小时候的大恩人，我后来能交上好运，全靠他的一手栽培。我不想说出他的名字，约瑟夫，但是在镇上，他们都说他是我的大恩人，我刚才还和他见过面呢。’”

“我发誓从未在这儿见过这样一个人。”我道。

“你就这么说好了。”彭波乔克反驳道，“你就这么说吧，约瑟夫听了，保管会大吃一惊。”

“那你就大错特错了。”我说，“我比你更了解他。”

彭波乔克继续说：“那你就这么说好了：‘约瑟夫，我见过一个人，那个人对你没有恶意，对我也没有恶意。他很清楚你的为人，约瑟夫，也很了解你有多冥顽不灵，有多愚钝无知。他也很了解我的性格，约瑟夫，他也知道我是个狼心狗肺的人，不懂感恩。事情可不就是这样吗，约瑟夫？’”说到这里，彭波乔克摇了摇头，冲着我一挥手：“‘他知道我一点儿不懂得感恩，哪里还算个人？他比任何人都清楚，约瑟夫。你是不了解这一点的，约瑟夫，你也没必要了解，但那个人都心知肚明呢。’”

他就是一头喜欢空话连篇的驴子，但他居然有脸当着我的面这么说，着实让我感到惊讶。

“你再告诉他：‘约瑟夫，他要我给你带个信，我现在重复一遍给你听。那就是：我从高处跌下来的时候，他看到了上帝的手指。他一看到，就知道那是上帝的手指，约瑟夫，他看得清清楚楚。上帝用手指写了几句话，约瑟夫，那些话是：没有小时候的大恩人一手栽培，他后来怎么可能交上好运？他竟如此不知感恩，现在潦倒了，当是报应不爽。不过，那个人说了，约瑟夫，他不后悔当年栽培我，一点儿也不后悔。这样做是对的，是在行善，是在积德，他还会那么做的。’”

“很遗憾，”我终于在他的不停骚扰下吃完了早餐，轻蔑地说，“那个人没说他到底做过什么，还会做什么。”

“野猪的东家呀！”彭波乔克对店老板说，“威廉呀！我那样做是对的，是在行善，是在积德，以后还会那么做，要是你们想在镇上把这话告诉别人，镇头也好，镇尾也好，我绝不反对。”

大骗子说了这些话，趾高气扬地跟那两人握了握手，便走了出去。他说话含混不清，只说“这么做、那么做”，我听了一点儿不觉得高兴，只是大为震惊。他走后不久我也走了，来到大街上，我看到他正站在他那个粮食店的门口滔滔不绝地说着什么，说的自然是刚才那一套，听他说话的都是镇上有头有脸的人物，我从路对面经过的时候，他们还十分赏脸，不屑地瞥了我几眼。

但是，如此一来，我去找毕蒂和乔，就更觉得愉快了。乔是那么宽宏大量，与这个厚颜无耻的冒牌货比起来，显得越发难能可贵。我四肢无力，只能慢慢地向他们走去，但随着我一点点靠近，心中便越发觉得宽慰，而傲慢和虚伪被我抛在了后面，越落越远。

六月的天气舒爽宜人。天空蔚蓝无比，云雀在绿色的玉米上方高高地飞翔，我觉得这片乡村比我所知道的更美丽、更宁静。我想象着自己将在这里度过余生，不由得十分愉快。我还想到，我即将拥有一位伴侣，她单纯忠诚，思维敏锐，又勤俭持家，她的种种优点我早已明了，有她的引导，我的性格一定会有所改善。这样想着，我心中的柔情便被唤醒了，这次回来，我的心确实软化了。我经历了人生的起起伏伏，我觉得自己就像一个多年来漂泊在外的人，如今光着一双脚，跋涉了千里，终于返回了家园。

毕蒂当老师的校舍，我从来没有见过，但是，我希望可以悄无声息地进村，便走了一条迂回曲折的小路，而这条路恰巧经过她所在的学校。我失望地发现那天是假日，没有学生，毕蒂住的屋子也大门紧锁。我原本盼着躲在一边，先看看她平时是怎么忙忙碌碌，完成每天的工作，再出来现身与她相见，可惜这个希望落空了。

但是，铁匠铺就在不远处，我从绿油油的菩提树下向铁匠铺走去，树上飘来阵阵芳香，我留心听着有没有乔挥动锤子的叮当声响起。我早该听到他的锤打声呀，我好像听见了，却发现不过是自己的幻想，四周依然一片寂静。菩提树就在那里，山楂林就在那里，栗树林也在那里，我停下脚步，聆听树叶发出轻柔的沙沙声，然而，仲夏的微风并没有带来锤子的锤打声。

也不知为什么，我竟有些害怕看到铁匠铺了。铁匠铺终于进入了我的视线，我却看到那里大门紧闭，没有火光，没有飞溅的火花，没有风箱的轰鸣。所有的东西都关闭了，四下里静悄悄的。

不过，房子里并不是空无一人，普天下最好的客厅里就有人，但见窗户开着，白色的窗帘在窗户上飘动，窗台上摆着鲜艳的花朵。我轻轻地走过去，想从鲜花上方偷偷朝屋里看看，却看到乔和毕蒂手挽手，站在我面前。

起初，毕蒂惊叫了一声，好像以为我是幽灵，但下一刻，她就扑到了我怀里。我见到她，顿时泪眼婆娑，她见到我，也立即潸然泪下。我掉眼泪，是因为她看上去那么神采奕奕，那么和蔼可亲；她掉眼泪，是因为我看起来那么疲惫不堪，那么憔悴苍白。

“亲爱的毕蒂，你是多么光鲜亮丽啊！”

“是的，亲爱的皮普。”

“乔，你也是那么光鲜亮丽啊！”

“是的，亲爱的皮普，老伙计。”

我看着他们两个，目光在他们身上来回游移。

“今天是我结婚的日子，”毕蒂突然幸福地大声说，“我嫁给乔了！”

他们把我带进了厨房，我在那张旧冷杉木桌边坐了下来。毕蒂拉起我的一只手吻着，乔安慰地拍拍我的肩膀。“亲爱的，他还没有完全恢复，你可别吓到他。”乔说。毕蒂说：“亲爱的乔，瞧我只顾着高兴了，竟然都忘了。”他们见到我是那么高兴、那么自豪，我的到来让他们深深感动，他们尤为高兴的是，我竟然无意中在这一天前来，让他们成婚的大日子可以圆圆满满！

我的第一个念头是，真是谢天谢地，我一直不曾向乔提起我那最后一个如今已经破灭了的希望。在我养病期间，他一直守着我，有多少次，我都是话到嘴边又咽了回去。他哪怕再和我多待一个钟头，我也一定会向他吐露心声，那就无法挽回了！

“亲爱的毕蒂，”我说，“你找到了这世上最好的男人做丈夫，你要是能看到他在我的床边照顾我时有多体贴，你就会更爱他……不，你已经把爱全都给他啦。”

“是呀，确实是这样。”毕蒂说。

“亲爱的乔，你娶了全世界最好的女人做妻子，她会给你带来你应得的幸福，亲爱的乔，你是那么善良又高贵啊！”

乔望着我，嘴唇抽动着，连忙用袖子擦了擦眼睛。

“乔，毕蒂，你们今天已经去过教堂了，代表着你们将与所有人亲近友爱犹如一家。请接受我卑微的谢意，感谢你们为我所做的一切，你们为我付出了那么多，我却没有丝毫的回报！我只能在这里待一个钟头，那之后，我就将动身前往海外。你们替我还了债，我才没有被关进大牢，所以我要努力工作，把钱还给你们，不然我永远都不得安宁。亲爱的乔和毕蒂，你们不要以为我把钱还给了你们，就算一了百了了。你们对我恩重如山，即使我多还你们千倍万倍的钱，也不能报答一分一毫！”

他们听了这些话，心都软了，都求我不要再说了。

“不过我还得再说。亲爱的乔，我希望你们多生几个孩子，养在膝下好好疼爱。在冬天的夜晚，有个小家伙坐在壁炉边，你见了，就会想起还有一个小家伙也在这里坐过，但永远离开了。乔，千千万万别告诉他我是个忘恩负义的人。毕蒂，千千万万别告诉他我是个心胸狭窄、不讲信义的人。你们只对他说，我尊敬你们两个，你们都是大好人，心地纯良，你们再把我的话告诉他，他是你们的孩子，长大以后定然会比我出色得多。”

“皮普，我不会对他这么说的。”乔边用袖子擦眼泪边说，“毕蒂也不会说。我们都不会的。”

“我知道你们慈善纯良，早在心里原谅了我，但现在还是请你们两个告诉我，你们已经宽恕我了！请让我听到你们亲口说出这些话，这样我就可以把你们的话音带在身边，奔赴海外，这样我就可以相信，在今后的日子里，你们会信任我、对我改观了！”

“啊，亲爱的皮普，老伙计，”乔说，“要是你真有什么需要我原谅的地方，上帝知道，我肯定会原谅你的！”

“阿门！上帝知道我也会的！”毕蒂附和道。

“现在，我想上楼去看看我原来的小房间，一个人在那里待上几分钟，然后，等我和你们一起吃完饭、喝完酒之后，亲爱的乔和毕蒂，你们就送我去村口的路标那儿，我们就在那里道别了！”

我变卖了所有的家当，将能拖延的债务都延时偿还，这还要感谢债主们给了我充足的时间，允许我今后全额还清欠款。这之后，我就动身去找赫伯特了。一个月后，我离开了英国；两个月后，我成了克拉利柯公司的办事员；四个月后，我第一次在公司单独承担重任。因为磨坊池塘岸边那间客厅天花板上的横梁不再被老巴利的吼声震得乱颤，终于可以享受一丝平静了，于是赫伯特便返回国内娶克拉拉为妻，我则独自负责东方分号，直到他带着她返回。

过了许多年，我才成为这家商号的合伙人。但是，我和赫伯特夫妇住在一起，日子过得舒心顺遂。我节衣缩食，总算还清了所有的债务，还经常与毕蒂和乔通信。一直等我成为公司的三号人物，克拉利柯才把我私下帮忙的事告诉了赫伯特，他表示，赫伯特入股的秘密长久以来都是他的一块心病，他不吐不快，于是他说了出来。赫伯特知道后既感动又惊讶。我和我的好朋友依然感情深厚，并没有因为我将此事隐瞒了这么久而出现嫌隙。我在此要说明一点，我们经营的不是什么大公司，也没有发大财。我们的生意做得并不大，只是声誉良好，外加勤勤恳恳，这才赚得了些许利润，生意还算过得去。我们都要感谢赫伯特，他乐观勤奋，埋头苦干，所以我常常纳闷儿，自己从前怎么会认为他没有能力。后来，有一天我终于顿悟，也许缺乏能力的人从来都不是他，而是我自己。

第二十章

一晃十一年过去了，我一直没有见过乔和毕蒂，不过在东方度过的岁月里，他们时常出现在我的想象中。后来，一别十一年后，在十二月的一个晚上，天黑后的一两个钟头，我把手轻轻放在了老家那间厨房的门闩上。我的动作很轻，没人听见我来了，我向里面张望，屋里的人也没瞧见我。只见乔仍坐在火炉边的老地方抽烟斗，依然像从前那般健壮硬朗，只是头发微微有些花白。在乔的大腿围出来的一个角落里，有个孩子坐在我从前坐过的小凳子上。那孩子简直像极了我！

“亲爱的老伙计，为了你，我们也给他起名叫皮普。”乔高兴地说，这会儿，我已坐在孩子旁边的另一张凳子上，但没有弄乱他的头发，“我们都希望他能长得像你一点儿，这么看着，确实很像呀。”

我也是这么认为的，第二天早上我带他出去散步，我们聊得很投机，对彼此非常了解。我把他带到教堂墓地，让他坐在一块墓碑上。他从高处指给我看一块墓碑，那上面刻着“纪念本教区已故居民菲利普·皮利普暨上述者之妻乔治亚娜”。

“毕蒂，”晚饭后，毕蒂怀抱着熟睡的小女儿，我对她说，“找一天，你们把小皮普过继给我吧，或者我带他走，替你们养一段时间。”

“不，不，”毕蒂温柔地说，“你自己还要成家呢。”

“赫伯特和克拉拉也是这么说的，但我想我不会结婚了，毕蒂。我在他们家里住得舒服极了，根本不可能结婚。我已经是个老单身汉了。”

毕蒂低头看了看她的孩子，把她的小手拉到唇边吻了吻，然后把她摸过女儿的那只善良主妇的手放到我的手里。毕蒂握着我的手，她的结婚戒指轻轻挤压着我的手心，传递出了无限的深意。

“亲爱的皮普，”毕蒂说，“你确定你不再为她烦恼了吗？”

“啊，不了，我想不会了，毕蒂。”

“我们是老朋友了，你该说真心话。你完全把她忘了吗？”

“我亲爱的毕蒂，在我的一生中，凡是重要的事，我从来不曾忘记，就算是鸡毛蒜皮的小事，我也很少忘记。但那个可怜的梦，我过去就说那是个梦，已经过去了，毕蒂，都过去了！”

我虽然这么说，却早已计划好那晚独自去老房子转转，而我这么做，正是为了她。是的，就是这样，是因为对艾丝特拉的思念。

我听说她现在的生活极其不幸，她和丈夫分开了。她的丈夫残酷地虐待她，人人都知道他那个人傲慢、贪婪、残忍和卑鄙，简直恶贯满盈。后来我还听说她丈夫虐待一匹马，结果骑马时出了意外，就这样丢了命。这是两年前的事，此后，她总算得到了解脱。如今很可能已经改嫁他人了。

乔家吃晚饭的时间总是很早，于是我有充足的时间同毕蒂闲话家常，聊完了，我再步行去那个老地方，天黑前就能赶到。但是，我一路漫步而行，时不时停下来看看旧日的景致，回忆旧日的时光，到目的地时天色已经很暗了。

大宅不见了，酒坊也不见了，什么房舍都没剩下，唯有花园的围墙依然矗立着。那片空地四周围着一道粗糙的篱笆。从篱笆上方朝里望去，我看到曾经的一些常春藤重新生根，在低矮静谧的废墟堆上再度焕发出了绿色。篱笆上的一扇门半开着，我把门推开，走了进去。

下午薄雾弥漫，寒气逼人，月亮尚未升起来将雾气驱散。但是，星星在雾气的上方闪烁光华，这会儿，月亮一点点地升了起来，夜晚并没有黑得伸手不见五指。我能找出老房子每个部分所在的位置，酿酒坊所在的位置，还能找到院门和酒桶的位置。我寻找着昔日的痕迹，正沿着荒凉的花园小径望去，忽然看见里面有一个孤独的身影。

当我往前走的时候，一看就知道那个人也留意到了我。那人向我走了几步，突然停了下来，一动不动地站定。我走近一点儿，看到那是一个女人，再走近一点儿，我看到她转身要走，却猛地停住，等我走过去。接着，那人好像很吃惊似的，犹豫着呼唤出了我的名字，与此同时，我也喊道：“艾丝特拉！”

“我的样貌大变了。真想不到你还认得出我。”

她确实不复当年的倾城容姿，但那难以形容的端庄依然如故，那难以形容的魅力也未曾减少分毫。曾几何时，我深深地领略过她的端庄与魅力，但我不曾见过的是，她那对曾经满是傲慢的双眸如今却闪动着悲伤的柔光；我不曾感觉过的是，她那曾经冷漠的手如今握着我的手，传递出的是友善的温情。

我们在附近的一条长凳上坐下，我说：“艾丝特拉，这里是我们第一次见面的地方，说来也怪，这么多年过去了，我们竟然又在这里重逢了！你经常回来吗？”

“那之后就没来过了。”

“我也没有。”

月亮开始升起来了，我想起马格维奇望着白色天花板的平静目光忽然暗淡的情形。月亮开始升起来了，我想起在他弥留之际，我和他说了那些话，他听了，便用力按了按我的手。

一阵沉默笼罩下来，还是艾丝特拉率先开了口。

“我时常想回来，也打算回来，可总有很多事情绊住了我。这是我的家乡啊，现在多么荒凉，多么凄惨！”

初升的月亮将月光洒向银色的薄雾，同样的月光也照亮了自她眼中垂下的热泪。她不知道我看见她哭了，便把眼泪强忍回去，平静地说：“你一路走过来，有没有很奇怪，这里竟会变成这个样子？”

“确实如此，艾丝特拉。”

“这块地仍然属于我，是我唯一没有变卖的财产。其他的一切都一点点地出手了，但我一直留着这块地。哪怕日子过得再不如意，我也强撑了下来，没想过卖地。”

“现在要在上面盖房子吗？”

“终于要盖了。所以我才来这一趟，趁着还没发生翻天覆地的变化，来好好告个别。你呢？”她说，声音里充满了对一个异乡游子的关心，我听了十分动容，“你还住在国外吗？”

“还在。”

薄雾轻起，静谧的月光广袤无垠，我依稀看到我将与她永不分离。（第480页）

“想来你过得不错吧？”

“我很努力地工作，为自己赚来温饱的生活，所以，是的，我过得还不错。”

“我经常想起你。”艾丝特拉说。

“是吗？”

“最近更是想得厉害。曾经，有一段珍贵的感情摆在我的面前，我却视而不见，随手丢弃。有很长一段时间，我过得很苦，甚至都不敢回忆旧时的光阴。不过后来我的人生走到了另一个阶段，即使回忆往事，也不算痴心妄想，于是我便把那些事珍藏在心里。”

“你在我心里一直占有一席之地。”我答。我们又沉默了，这次还是她先开口。

“真没想到，”艾丝特拉说，“我原本是来和这个地方告别的，现在竟也要和你告别。我很高兴这样做。”

“艾丝特拉，你很高兴再次和我分开？对我来说，离别是一件痛苦的事；对我来说，一想起我们上次的分别，我心里的悲伤和痛苦就难以自持。”

“但你那时对我说：‘愿上帝保佑你，愿上帝饶恕你！’”艾丝特拉非常诚恳地说，“如果你那时能对我说这些话，那么现在也可以毫不犹豫地对我这么说。痛苦让我得到了最深刻的教训，还教会我理解你曾经的心情。我经历了种种磨难，心已经破碎不堪；但是，我变得比从前好了，或者说我希望是如此。请你还像以前那样体谅我，宽待我，请你告诉我，我们仍是好朋友。”

“我们仍是好朋友。”我说。她从长凳上站起来，我也站了起来，弯下腰搀扶她。

“哪怕我们天各一方，我们也仍是好朋友。”艾丝特拉说。

我握着她的手，我们一起走出了废墟。曾几何时，我第一次离开铁匠铺奔赴远大前程，晨雾早已散尽，而此时此刻，夜晚的雾气也在逐渐消退。薄雾轻起，静谧的月光广袤无垠，我依稀看到我将与她永不分离。

（全书完）

经典就读三个圈　导读解读样样全

三个圈
独家文学手册

图文解读

《远大前程》的创作及原始结局

作者：约翰·福斯特

译者：刘勇军

英国传记作家约翰·福斯特（John Foster，1812—1876）是狄更斯的密友兼授权传记作者。狄更斯去世后，福斯特于1872年至1874年出版了三卷本《狄更斯传》（*Life of Charles Dickens*），并在其中记录了狄更斯对《远大前程》的创作动机及原始结局，成为读者了解本书的重要途径。本文即节选自《狄更斯传》。

1859年《双城记》出版，1860年狄更斯忙于创作后来汇编成《非旅行推销商札记》一书的连载文章，就在他为此忙碌之际，他采纳了一个建议，那就是应该根据他年轻时的成就，自由地围绕幽默的构思来创作。

> 这构思是为了我一直在写，或者说正在写的一个短篇。我希望今天就把它完成……这样一个美妙、新颖而怪诞的想法出现在我的脑海里，我开始计划最好还是不要取消短篇，而是留着这个构思写一本新书。等刊登后，你就可以自行判断了。当这个想法在我面前铺陈开来，我仿佛可以看到整部连载故事以一种最奇特、最滑稽的方式围绕着它展开。

这就是《皮普和马格维奇》的由来，起初狄更斯打算按照老规矩，采用二十个月连载的方式创作，但由于某些也许是很幸运的原因，后来还是写成了一部没那么复杂的小说。“上个星期，”他在1860年10月4日写道，“我开始写这个新故事。我曾非常认真地考虑过《一年四季》[1]的现状和前景，我越思考，就越不希望继续按照二十个月连载后再发行单行本的方式。”（当时他写的一个故事在连载，但读者很不满意。）“无论我如何努力，我都知道我所做的事会进入另一种常规。于是星期二，我在办公室召开了‘军事会议’。很明显，我唯一要做的就是‘出击’。因此，我决定在12月1日开始写这个和《双城记》一样长的故事。也就是在那一天开始刊登。我必须尽我所能重视这本书。明天你就可以拿到

---

1 《一年四季》（*All The Year Round*）又译《全年无休》，是狄更斯创办的一本文学周刊，于1859年至1895年发行于英国本土，它刊载了狄更斯许多著名的长篇小说，包含《双城记》和《远大前程》。狄更斯于1870年去世后，他的儿子小查尔斯·狄更斯担任了该刊编辑。——编者注（如无特别说明，本篇注释均为编者注）

头两三个星期的连载内容了。书名叫《远大前程》。我想这是个好名字吧？”两天后，他写道：“我为《远大前程》而做出的牺牲，其实是为我自己做出的。《一年四季》的特性在各方面都太宝贵，绝不可受到威胁。我们的损失并不大，但我们现在正在刊登的故事已经取得了相当大的进展，它没有生命力，绝不可能为我们止损，相反还会加重我们的损失。现在，如果我要创作一个为期二十个月的连载故事，我就应该切断自己连续两年写任何连载的能力，而这将是一件非常危险的事。另一方面，我现在奋笔疾书，正好能派上大用场。假如能像里德[1]和威尔基[2]那样福至心灵，我们的进程将会很顺利，有望能持续两到三年。为了尽早证明这个故事，哪怕要向美国付一千英镑，我也愿意。”又过了几天，这个故事的第一节出现了，并附有相关的解释。

《一年四季》1870年6月期封面

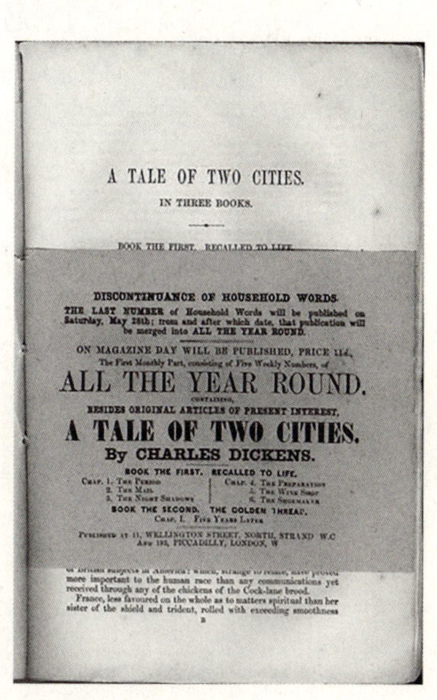
A TALE OF TWO CITIES.

IN THREE BOOKS.

BOOK THE FIRST. RECALLED TO LIFE.

DISCONTINUANCE OF HOUSEHOLD WORDS.

THE LAST NUMBER of Household Words will be published on Saturday, May 28th; from and after which date, that publication will be merged into ALL THE YEAR ROUND.

ON MAGAZINE DAY WILL BE PUBLISHED, PRICE 11d,
The First Monthly Part, consisting of Five Weekly Numbers, of
ALL THE YEAR ROUND.
CONTAINING,
BESIDES ORIGINAL ARTICLES OF PRESENT INTEREST,
A TALE OF TWO CITIES.
By CHARLES DICKENS.

BOOK THE FIRST. RECALLED TO LIFE.
CHAP. 1. THE PERIOD
2. THE MAIL
3. THE NIGHT SHADOWS
CHAP. 4. THE PREPARATION
5. THE WINE SHOP
6. THE SHOEMAKER
BOOK THE SECOND. THE GOLDEN THREAD.
CHAP. I. FIVE YEARS LATER

PUBLISHED AT 11, WELLINGTON STREET, NORTH, STRAND W.C
AND 193, PICCADILLY, LONDON, W

more important to the human race than any communications yet received through any of the chickens of the Cock-lane brood.
France, less favoured on the whole as to matters spiritual than her sister of the shield and trident, rolled with exceeding smoothness

《双城记》在《一年四季》上连载

1 查尔斯·里德（Charles Reade，1814—1884），英国作家。

2 威廉·威尔基·柯林斯（William Wilkie Collins，1824—1889），英国小说家、剧作家。他在其第一部小说《安东尼娜》出版后结识了狄更斯，他的一些作品后来发表在狄更斯的期刊《家喻户晓》和《一年四季》中。

NEW WORK BY MR. CHARLES DICKENS.

In No. 84 of ALL THE YEAR ROUND, TO BE PUBLISHED ON SATURDAY, DECEMBER THE FIRST, WILL BE COMMENCED

GREAT EXPECTATIONS,

BY CHARLES DICKENS,

A NEW SERIAL STORY.

To be continued from week to week until completed in about EIGHT MONTHS.

THE EXTRA CHRISTMAS NUMBER WILL BE PUBLISHED EARLY IN DECEMBER.

《一年四季》1860年11月刊为即将刊登的《远大前程》连载做广告

"THE STORY OF OUR LIVES FROM YEAR TO YEAR."—SHAKESPEARE.

ALL THE YEAR ROUND.

A WEEKLY JOURNAL.

CONDUCTED BY CHARLES DICKENS.

WITH WHICH IS INCORPORATED HOUSEHOLD WORDS.

No. 101.] SATURDAY, MARCH 30, 1861. [PRICE 2d.

GREAT EXPECTATIONS.

BY CHARLES DICKENS.

CHAPTER XXIX.

BETIMES in the morning I was up and out. It was too early yet to go to Miss Havisham's, so I loitered into the country on Miss Havisham's side of town—which was not Joe's side; I could go there to-morrow—thinking about my patroness, and painting brilliant pictures of her plans for me.

She had adopted Estella, she had as good as adopted me, and it could not fail to be her intention to bring us together. She reserved it for me to restore the desolate house, admit the sunshine into the dark rooms, set the clocks a going and the cold hearths a blazing, tear down the cobwebs, destroy the vermin—in short, do all the shining deeds of the young Knight of romance, and marry the Princess. I had stopped to look at the house as I passed; and its seared red brick walls, blocked windows, and strong green ivy clasping even the stacks of chimneys with its twigs and tendons, as if with sinewy old arms, had made up a rich attractive mystery, of which I was the hero. Estella was the inspiration of it, and the heart of it, of course. But, though she had taken such strong possession of me, though my fancy and my hope were so set upon her, though her influence on my boyish life and character had been all-powerful, I did not, even that romantic morning, invest her with any attributes save those she possessed. I mention this in this place, of a fixed purpose, because it is the clue by which I am to be followed into my poor labyrinth. According to my experience, the conventional notion of a lover cannot be always true. The unqualified truth is, that when I loved Estella with the love of a man, I loved her because I found her irresistible. Once for all; I knew to my sorrow, often and often, if not always, that I loved her against reason, against promise, against peace, against hope, against happiness, against all discouragement that could be. Once for all; I loved her none the less because I knew it, and it had no more influence in restraining me, than if I had devoutly believed her to be human perfection.

I so shaped out my walk as to arrive at the gate at my old time. When I had rung at the bell with an unsteady hand, I turned my back upon the gate, while I tried to get my breath and keep the beating of my heart moderately quiet. I heard the side door open and steps come across the court-yard; but I pretended not to hear, even when the gate swung on its rusty hinges.

Being at last touched on the shoulder, I started and turned. I started much more naturally then, to find myself confronted by a man in a sober grey dress. The last man I should have expected to see in that place of porter at Miss Havisham's door.

"Orlick!"

"Ah, young master, there's more changes than yours. But come in, come in. It's opposed to my orders to hold the gate open."

I entered and he swung it, and locked it, and took the key out. "Yes!" said he, facing round, after doggedly preceding me a few steps towards the house. "Here I am!"

"How did you come here?"

"I come here," he retorted, "on my legs. I had my box brought alongside me in a barrow."

"Are you here for good?"

"I ain't here for harm, young master, I suppose?"

I was not so sure of that. I had leisure to entertain the retort in my mind, while he slowly lifted his heavy glance from the pavement, up my legs and arms, to my face.

"Then you have left the forge?" I said.

"Do this look like a forge?" replied Orlick, sending his glance all round him with an air of injury. "Now, do it look like it?"

I asked him how long he had left Gargery's forge?

"One day is so like another here," he replied, "that I don't know without casting it up. However, I come here some time since you left."

"I could have told you that, Orlick."

"Ah!" said he, dryly. "But then you've got to be a scholar."

By this time we had come to the house, where I found his room to be one just within the side door, with a little window in it looking on the court-yard. In its small proportions, it was not unlike the kind of place usually assigned to a gate-porter in Paris. Certain keys were hanging on the wall, to which he now added the gate key; and his patchwork-covered bed was in a little inner division or recess. The whole had a slo-

VOL. V. 101

《远大前程》在《一年四季》上连载

> 这本书从头到尾都将以第一人称书写，在前三周的内容中，你会发现主人公是一个男孩，就像大卫[1]一样。以后他将成为一名学徒。你肯定不会像看《双城记》时那样抱怨文章缺乏幽默。但愿我对开头的处理从整体而言非常逗趣。我把一个孩子和一个善良的愚人放在一起，在我看来，他们的关系非常可笑。当然，我也找到了故事发生转折的支点，而且，正如你所记得的，这个支点就是最初鼓励我的怪诞悲喜剧的构思。为了确定自己没有陷入无意识的重复，前几天我又读了一遍《大卫·科波菲尔》，这才发现它带给我的影响可以说到了你几乎无法相信的程度。

《大卫·科波菲尔》和《远大前程》这两本书都是以自传的形式，描述了两个男孩完全不同的童年故事，狄更斯在其中表现出的从容和娴熟已臻化境，而他是否还能更好地确立自己在小说家中的领先地位，可谓令人怀疑。在这两部作品中，他通过对人物性格的细微洞察，保证了相似中存在不同。大卫和皮普各自所处的位置和环境既有足够的相似，又有足够的不同，足以说明由此产生的性格差异。这两个孩子心地善良，都有一个优点，那就是擅长与温柔、单纯和古怪的人交往，他们的真实完美无缺，彼此截然不同。但佩戈蒂[2]的小朋友在突然陷入困境后锻造了稳重的性格；乔·盖格瑞的小学徒意外得到命运的眷顾时，却被冲昏了头脑。然而，本质上善良的人并不会受到永久的伤害，这一点在皮普身上得到了很好的体现，这是多么深刻的宠溺啊！皮普决心采用卑鄙的做法对待儿时的朋友，同时又自负地认为自己是他们的道德榜样，这是以非凡技巧描绘的人物的部分细微差别。皮普的好运气同时也是他最大的考验。这两点的基调都是在开头就奠定了，那是在泰晤士河下游的一个教堂墓地里，河水蜿蜒穿过荒凉的沼泽，流向二十英里外的大海。这段巧妙的景物描写用了六行，而这样的描写随处可见，正是这本书的魅力之一。说来也怪，当我抄写那些描述的时候，它们竟生动地把

1 狄更斯作品《大卫·科波菲尔》中的主人公。
2 狄更斯作品《大卫·科波菲尔》中大卫·科波菲尔的保姆。

我带回了距离盖兹山庄[1]七英里的沼泽地里的库林城堡废墟和荒凉的教堂，我们曾站在那里，他说他打算将其作为故事开头的背景！

> 第一次看见那让人刻骨铭心的景象……应该是在一个异常阴冷的午后，临近傍晚时分……那个荨麻丛生的荒凉之所居然是教堂墓地，墓地那头一大片黑乎乎的荒野就是沼泽，上面堤坝纵横，水闸交错，分布着不少小土丘，还有零零散散的牛在吃草。河在沼泽尽头的低处，看起来像一条铅灰色的线。远处吹来阵阵疾风，如同凶险兽穴一般的地方自然是大海……在河边……隐约能看出矗立的两个黑乎乎的东西……一个是为掌舵的水手提供指引的灯塔，凑近看这玩意儿还真够丑的，活像一个没有箍的桶罩在一根杆子上。另一个是挂着链条的绞刑架，早前还用它绞死过一名海盗。

就是在这里，来自监狱船的逃犯马格维奇恐吓小皮普为他偷食物和锉刀。后来他再次被抓，并被流放到很远的地方，但他很感激这个孩子对自己的恩惠，在那里发了财后，他决心把这个小朋友培养成绅士。要做到这一点，必须谨慎行事。马格维奇找到了曾在审判中为自己辩护的贾格斯律师帮忙（这个律师是个异常新奇和真实的人物），而皮普以为自己所得到的馈赠和“远大前程”都来自故事中一位非常富有的女士（这个人物的怪异行为在故事中并不吸引人，但在某种程度上她古怪的性格又与她的遭遇很吻合）。因此，在最后几章，马格维奇返回国内，冒着生命危险来满足心中的渴望，想见一见自己一手塑造的绅士，但年轻的皮普发现恩人竟是一个重刑犯，便产生了说不出的恐惧。如果有人怀疑狄更斯没有能力在描绘人物时深入人物的内心，透过表面的特点，看到人类自身的活动之泉，那他们就该仔细地研究一下这些场景。这两个人所处位置的内在现实和绝对现实，在感情或环境上都无可替代：皮普对自己的财富来源感到厌恶，也很害怕栽培自己的那个粗俗之人，虽然他不遗余力地保护马格维奇，不让他暴露身份进而被判处极刑，但他的厌恶和恐惧依然十分明显；对于自己花钱培养的年轻绅

1 狄更斯位于肯特郡的乡间别墅。

士，马格维奇很为他骄傲，也很爱他，但他本身作为苦役犯的积习难以改变，这一切都奇怪地融合在了一起。马格维奇渴望赢得皮普的好感，害怕因为自己吃得多或不时冒出的不雅之言而冒犯皮普。他可怜巴巴，盼着他亲爱的孩子皮普不要认为他是个低贱之人。但是，当他们在一起的时候，皮普的好友突然出现，马格维奇便掏出一把小刀，以此来保护自己。后来，当他发现这个人并没有恶意，便拿出一本带有搭扣的油腻黑面小《圣经》，要这个受惊的朋友对着经书发誓保守秘密。

故事的开篇有一个非常激动人心的场景，那个可怜的人（马格维奇）在沼泽中遭到追捕，并被抓，而在故事的结尾，可怜的皮普帮助他从河上逃离之际，他同样遭到追捕，并再度被抓，这两个场景可谓遥相呼应。为了确定在这种情况下船只的实际航行路线，以及这样的冒险可能遇到什么意外，狄更斯特意租了一艘汽轮，用一天的时间从布莱克沃尔[1]驶往绍森德[2]。他带了八九个朋友和三四个家人上船，在那个夏日（1861年5月22日），他似乎什么也不在乎，只是享受着欢快时光，用自己无数的奇思妙想来逗他们开心。但他不眠不休，一直在用心观察，河两岸的任何东西都逃不过他敏锐的目光。因此，《远大前程》第三卷第十五章堪称杰作。

书中的其他人物和这两个人物一样，同样能证明狄更斯的幽默不亚于他的创造力，并在这本书中达到了顶峰。贾格斯律师和他的书记员文米克（两个人物都很出色，后者是个怪人，不仅幽默，行事出人意表，还非常善良，因而获得了大家的喜爱），和他在早期作品中描写的这一行的人物一样出色。彭波乔克和沃普斯勒就像刚从铸币厂出来的尼克尔贝[3]。皮普和好友赫伯特算账、整理债务的场景，和米考伯[4]本人一样新颖而有趣。这是一种在一无所有的基础上生活，并抱着乐天的态度最大限度享受生活的艺术。赫伯特打算在东方和西方做贸易，他想做大生意，经营的范围和种类都很广泛，而他实现这个目标的方式，只是“待在会计行里，观察周围”。他这种方式在我们看来完全合理，就像皮普偿还债务的

1 英国伦敦东部的一个地区。

2 英国埃塞克斯东南部的一个沿海城市。

3 狄更斯作品《尼古拉斯・尼克尔贝》中的主人公。

4 狄更斯作品《大卫・科波菲尔》中的人物，人们普遍认为他的原型是狄更斯的父亲。

方式一样，只是简单地把欠款数目加起来，并留出一定的差额，就感觉债务负担已经减轻，偿还起来也容易了。“这么一来，”赫伯特说，“你看到有机会了，就知道时机到了。到时候就可以着手进行，全力以赴了，然后赚到第一桶金，生意就这样做起来了！赚到钱以后，你只要把资金运用好了就成。[1]”以同样的方式，皮普告诉我们：“举个例子吧，假设赫伯特欠了一百六十四英镑四先令二便士，我就说：‘留点儿余地，记二百英镑吧。’或者，假如我自己欠的钱是他的四倍，我也会留点儿余地，记为七百英镑。[2]”皮普非常坦率地补充说，尽管他认为留出差额这种做法极为明智和谨慎，但它的危险在于会让人花钱大手大脚，忽略自己的偿付能力，很有可能欠下新的债务。但是，这部极具讽刺效果的作品以如此方式强化了一个古老的警告：不要靠渺茫的希望生活，不要拆东墙补西墙。而这种讽刺方式十分有趣，也颇有善意。这里还要提一下赫伯特娶的那个姑娘的父亲，此人名叫比尔·巴利，以前是船上的事务长，患有痛风，常年卧床，是个酗酒无度的老无赖。他躺在裂口湾磨坊池塘岸一栋房子的二楼房间里，按照从前的职业惯例，他把家里的物品都放在自己的房间里，称量取用。他还把一只眼对准架在床边的望远镜，望着河上的风景。狄更斯对这个人物的描写虽短，却不乏滑稽的观察，在这一点上，狄更斯的幽默尤其引人入胜。而故事的这一部分弥漫着古朴的河畔雅趣，现实意味浓厚，读来叫人忍俊不禁。

狄更斯寄出了包含故事第三部分开篇的章节，并这样写道：

> 很遗憾，第三部分不能一次性读完，因为它的意图会更明显。而工作和结束工作的总体方向和基调，将远离传统，因此，遗憾就更为强烈了。但该发生的，必须发生。至于周复一周的计划，不试一试，谁也想象不出其中的难度。但是，就像所有这类情况一样，一旦可以克服，所得到的快乐也是巨大的。我相信再过两个月我就能撑过去了。所有的铁都在火里，我只要把火扑灭即可。

---

1 参看正文第178页。

2 参看正文第271页。

当时寄给狄更斯的另一封信则提出了反对意见，不满女主人公在结婚、悔改、丧偶后，仅过了一两页的篇幅，便迅速爱上男主人公并与之再婚，而这种反对不可谓不公平。其实，这个有些草率的过程并非原计划。但是，这本书除了颇受大众喜爱，还引起了一些狄更斯特别重视的人的兴趣（我记得卡莱尔[1]就是其中之一）。由于布尔沃·利顿[2]反对皮普孤独终老的结局，于是狄更斯改成了现在的结局，他写道：

> 听说我把从皮普返回乔家，并看到乔的孩子与自己很像之后的结局做了改变，你一定会大吃一惊。我想你知道，布尔沃对这本书非常感兴趣，在读完校样后，他一直在强烈地敦促我，并提出了充分的理由支持他的观点，于是我决定修改结局。你回到城里后便可收到书稿。我已经尽我所能写好，我相信经过修改，这个故事会更容易被人接受。

事实证明确实如此。然而，最初的结局似乎更符合主旨，也更符合故事的自然发展。

布尔沃·利顿

1 托马斯·卡莱尔（Thomas Carlyle，1795—1881），苏格兰哲学家、评论家、讽刺作家、历史学家、教师。他被看作那个时代最重要的社会评论员，一生中发表了很多在维多利亚时代被赞誉的重要演讲。

2 布尔沃·利顿（Edward Bulwer-Lytton，1803—1873），英国作家、政治家。与狄更斯一起创立了文学艺术协会，正是他说服狄更斯修改了《远大前程》的结局。

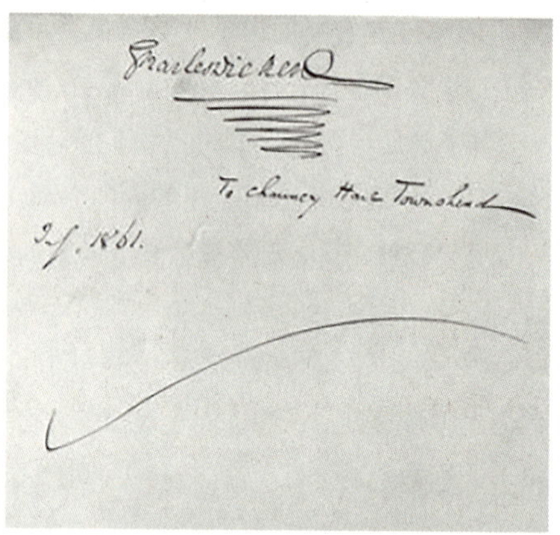

《远大前程》原稿第一页[1]

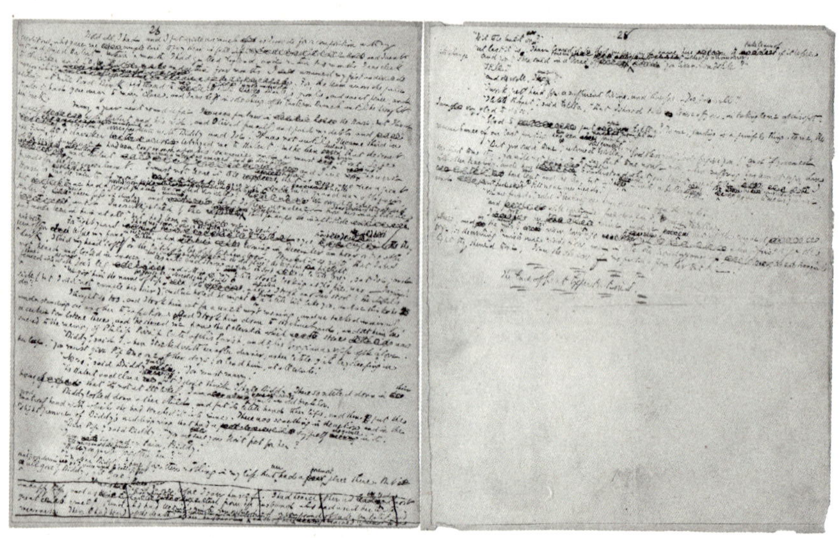

在手稿中可以看到《远大前程》原始结局开始的痕迹

1 《远大前程》的原稿于1868年由牧师汤森德（Chauncy Hare Townshend，1798—1868）遗赠给英国Wisbech & Fenland博物馆。

《远大前程》原始结局

又过了两年，我才见到她本人。听说她的生活极其不幸，她和她的丈夫分开了。她的丈夫残酷地虐待她，人人都知道他那个人傲慢、残忍和卑鄙，简直恶贯满盈。后来我还听说她丈夫虐待马匹，结果骑马时出了意外，就这样丢了命。她改嫁给了什罗普郡的一个医生。有一次，这位医生在为多穆尔先生看病时，亲眼看见了她受到的蛮横对待，还违背多穆尔的意愿，非常勇敢地仗义执言。听说什罗普郡的这位医生并不富裕，他们靠她的财产生活。我又回到了英国，在伦敦，我带着小皮普沿皮卡迪利大街散步，这时一个仆人从我后面跑过来，问我能不能去见见马车里的一位女士，她想和我说话。那是一辆小马拉的车，由那位女士驾驶。我与她悲伤地注视着彼此。“我知道，我的模样大变了。但我想你也愿意和艾丝特拉握握手，皮普。把那个漂亮的孩子抱起来，让我吻吻他！”（我想她误会了，以为那是我的孩子。）后来我很高兴能与她见这一面。因为，在她的脸上，在她的声音里，以及在她的触摸中，我可以肯定，人生的痛苦比哈维沙姆小姐的教导更强大，并给了她一颗心来理解我的心曾经历过何种煎熬。[1]

1 初稿中并没有第二十章。在第二十章开头那句话（初稿为“十一年”，后改为“八年”）之前，有一段讲了皮普与赫伯特合伙做生意的情况，而那句话之后，毕蒂则问他是否确定不再为艾丝特拉烦忧。（初稿为：“我很确定，毕蒂。”后改为：“啊，不了，我想不会了，毕蒂。”）此后便是结局。——《狄更斯传》

导 读

1937年版序言（有删减）

作者：萧伯纳

译者：刘勇军

爱尔兰剧作家萧伯纳（George Bernard Shaw，1856—1950），1925年诺贝尔文学奖得主，代表作《伤心之家》。作为狄更斯的崇拜者，萧伯纳称《远大前程》是他“最简洁完美的作品”。

《远大前程》是狄更斯以自传形式创作的三部长篇小说中的最后一部。在这三本书中，《荒凉山庄》作为埃丝特·萨默森小姐的自传，自然与狄更斯本人的相似之处最少，因为埃丝特不仅是女人，还自命清高到了令人恼火的地步，不过我们不得不承认，现实中确实存在这样的完美典范，也许也值得狄更斯对他们尊崇有加。除了《荒凉山庄》，还有《大卫·科波菲尔》和《远大前程》。至少在一段时间里，大卫一直是狄更斯最宠爱的孩子，这也许是因为他通过大卫的人生讲述了自己童年时自尊心深受伤害的一段痛苦经历[1]。狄更斯尽管活力勃发，却是一个非常内敛的人。他的充沛精力体现在想象力和表演这两方面（他的想象力没有止境，他的外在生活从头到尾都是一场盛大的表演）。从《艰难时世》和《小杜丽》开始，他对世界便有着极为开阔的视野和深刻的认识，这两部作品的水平远高于他早期所有的作品，而我们永远也不会知道，他有没有意识到，靠在鞋油瓶子上贴标签赚钱，与出身并不高贵的男孩为伍[2]，并没有什么可耻之处。这与在斯彭洛先生[3]办公室里做一个体面的学徒，或是当速记员，记录下议院无休止的废话和全国所有像伊顿斯威尔这种偏僻小镇的竞选活动[4]，没有什么区别。

对比米考伯和威廉·杜丽[5]这两个人物，就可以看出他的价值观发生了悲剧性的变化。米考伯突然变成了一个提线木偶般的老丑角，他拿着一个滑稽的魔术

1 狄更斯12岁时因家境困窘，被迫辍学做了童工，他后来将这段经历写进了《大卫·科波菲尔》中。——编者注（如无特殊说明，本篇注释均为编者注）

2 狄更斯作品《大卫·科波菲尔》中的情节。

3 狄更斯作品《大卫·科波菲尔》中的人物，大卫曾在斯彭洛与乔金斯事务所做过学徒。

4 狄更斯作品《匹克威克外传》中的情节。

5 狄更斯作品《小杜丽》中的人物。他是因欠债而在马歇尔西监刑时间最长的囚犯，他为自己的头衔“马歇尔西之父”感到无比自豪。在他内心深处，他知道自己已经把他自己和心爱的孩子们的生活搞得一团糟，但他永远不会公开承认这一失败。

袋，不断重复自己的小伎俩，直到我们再也无法忍受。至于威廉，这个人物极为逼真，狄更斯对他的描写十分深刻。现在来对比一下大卫和皮普。如果可以的话，我们则要相信，狄更斯认为他最喜爱的孩子大卫是一件艺术品，甚至把自己的人生经历放在他的身上，这并不是误解。成年后的大卫渐渐失去了吸引力，变成了舞台经理所说的那种“可有可无的配角”。后来，狄更斯先生则以铁匠小学徒这个人物再次出现，而这可以视为向《大卫·科波菲尔》中的粉土豆[1]致歉。

狄更斯确实很清楚，《远大前程》是他创作的结构上最为紧凑的作品。在他其他所有的书中，都存在着过于臃肿的情节，如果读者是在合适的年龄看到，会觉得非常有趣，但作为人物描写，这些情节便显得生硬和怪诞了。即使在狄更斯的代表作《小杜丽》中，我们也不可能相信，现实中会有潘克斯先生这样的人在伦敦拥挤的街道上拦住卡斯比先生[2]这样的人，并剪掉他的头发；弗林特温奇太太是狄更斯对一个具有种种缺陷的精明老太太进行的生动刻画，但她与亚瑟·克莱南的冲突[3]太过滑稽，我们不可能将其视为真正存在的人物。我们不能像谈论仆人山姆[4]那样，说从来没有卡斯比、潘克斯和弗林特温奇太太这样的人存在过，因为我们大多数人在现实生活中确实遇到过这样的人。但我们可以说，狄更斯的幽默感在这些人物身上失效了。假如我们毫无幽默可言，我们甚至可以严肃地说，这本书的主题在于描绘一幅英国社会的悲剧图景，但其艺术的完整性已经丧失。

《远大前程》里有沃普斯勒和特拉布裁缝铺里的小伙计这两个人物，但他们在故事中有自己的角色和目的，并没有不相符的描写。拿弗林特温奇太太和哈维沙姆小姐作比较，可谓并不合适。但作为对“疯”女人的对比描写，如果狄更斯把哈维沙姆小姐看作一个喜剧人物，他会怎么描写她，光是想想这一点，就会让人不寒而栗。在《远大前程》里，生活可不是闹着玩的。这本书是一个整体，从头到尾都

---

1 狄更斯作品《大卫·科波菲尔》中的人物，是大卫在默德斯通与格林比公司做童工时的工作搭档。

2 收租人潘克斯表面上看对贫困居民的困境漠不关心，却私下收集信息和拼凑证据，最终揭穿了其雇主卡斯比的贪婪面目。

3 弗林特温奇是克莱南家中唯一的女仆，她害怕主人克莱南夫人和丈夫弗林特温奇，却很宠爱亚瑟·克莱南。

4 狄更斯作品《匹克威克外传》中的人物，他与匹克威克是主仆关系。

很真实，其他书却不是这样，甚至连紧凑的《双城记》也不是。《双城记》自始至终都是纯粹的感伤情节剧，其中对法国大革命的看法异常缺乏历史哲学观。

狄更斯从来不认为自己是革命家，不过他确实是。他对下议院的无情蔑视，是基于他作为议会记者的经历。这种蔑视从未动摇过，从对伊顿斯威尔选举的描写，到尼古拉斯·尼克尔贝对帕吉斯特尔斯先生的采访[1]，再到他的最后一本书《我们共同的朋友》（《德鲁德之谜》却不可作为最后一本书，这不过是一个垂死之人摆出的姿态而已）中的维尼林选举，无不如是。这种讽刺有很多，且并不是单纯的讽刺。狄更斯是第一个意识到并明确陈述以下观点的作家：致力于党的制度对下议院来说是一种非常有效的手段，它在党内辩论中消耗了我们所有的改革精力和能力。此外，遇到需要紧急处理的事，他们却只能商量出“为什么不能做”的结论。《工厂法》倒是很快就出台了，可尽管工厂和矿山的劳动条件很糟糕，这项法案竟然过了五十年才生效。在狄更斯去世后，他们用了三十年才通过一项爱尔兰地方自治法案，但这很快就被军方富豪统治阶层否决了。因此，这个问题就像两个野蛮部落之间的竞争一样，只能通过屠杀和烧毁房屋来解决。19世纪中叶，狄更斯看到了这一点，并说了出来。他肯定会遭到忽视，因为他不会支持议会，他和议会之间的关系也会因而变得僵化。

欧洲不得不从艰难的经历中学到从狄更斯那里学不到的东西。在议会问题上，他是他们的预言家，就像马克思是苏维埃的经济预言家一样。然而，最近一位反对狄更斯崇拜的反动主义者宣称，他“从未走在大众前面”。

马克思和狄更斯是同时代的人，他们生活在同一个城市，同样处在文坛，以此为业。然而，在我们看来，他们就像是生活在不同世界的不同物种的生物。狄更斯如果对卡尔·马克思有所了解，会和他一起被归为革命家。革命家和马克思所说的资产阶级的区别在于，资产阶级认为现存的社会秩序是人类社会永久和自然的秩序，有些时候需要在有些地方进行改革，但本质上是良好且理性、正确且可敬的，非常合理，并将永恒存在。而在革命家看来，现存的社会秩序则只是暂时的，充满谬误，令人反感，还不乏病态：是一种社会疾病，需要治愈，不能得

1 狄更斯作品《尼古拉斯·尼克尔贝》中的情节。

过且过。我们只要把萨克雷[1]、特罗洛普[2]和狄更斯比较一下，就能看出这种差异了。萨克雷以一种野蛮的方式痛斥统治阶级，这在狄更斯那里是很没有风度的。萨克雷甚至不让笔下的统治阶级人物拥有在上流社会男女身上普遍存在的优秀品质和成就，他把他们塑造得卑鄙、不通文墨、不诚实、无知、阿谀奉承到令人发指的地步，而在狄更斯笔下，即使他会把贵族描写得可笑和无用，至少也会让他们有教养。特罗洛普把萨克雷视为自己的导师和榜样，却没有萨克雷那样的对统治阶级的恶意，他给我们留下了一幅平衡得多也更为真实的维多利亚时代上流社会的图景，从未有意识地对其进行粉饰，尽管他允许笔下的上流社会充斥着腐化的男女。但特罗洛普的政治观点只是乡间别墅和猎场上的政治观点，这与萨克雷一般无二。因此，萨克雷和特罗洛普都得到了上流社会的完全信任和认可。狄更斯虽然能吸引所有阶层的人，却从不曾得到过这样的接受或认可，而接受他的只有那些或是善良或是愚蠢的上流社会男女，他们没有能力批评任何能让他们哭或笑的人。有人告诉狄更斯，他不擅长描写绅士，《小杜丽》通篇都是废话。原因在于，在他的书中，天堂般的伦敦西区似乎只是个愚人天堂，必须远离，而不是进入《启示录》中新耶路撒冷前不可缺少的预备学校。只要看看百科全书，就可以知道狄更斯“对乡村绅士一无所知”。更贴切的说法是，狄更斯知道关于莱斯特·德洛克爵士[3]真正重要的一切，而特罗洛普则对他真正重要的一切一无所知。特罗洛普和萨克雷可以看到荒凉山庄，狄更斯却能看穿它。这对狄更斯来说可不是开玩笑，他对此怀有深深的忧虑，明白革命是如何从烧毁城堡开始的。

马克思和狄更斯的不同之处在于，马克思知道自己是革命家，而狄更斯则对自己的这部分使命没有丝毫意识。年轻的狄更斯在律师事务所找工作，自学速记，从办公室的凳子上逃到了记者席，而年轻的托洛茨基和列宁，则有意直面叫人避之唯恐不及的贫困，选择革命作为职业，资产阶级的安全与体面的每一种替代对他们来说都比狄更斯明显得多。

这就让我们想到，狄更斯虽然属于受过教育和有教养的阶级，可他本人既没

1 威廉·梅克比斯·萨克雷（William Makepeace Thackeray，1811—1863），英国小说家，人们普遍认为其文学成就与狄更斯齐名。

2 安东尼·特罗洛普（Anthony Trollope，1815—1882），英国小说家。

3 狄更斯作品《荒凉山庄》中的人物，一个顽固守旧的爵士。

有受过教育，也没有文化。在某种程度上，这对他和这个世界来说都是幸运的，因为这让他逃离了学校和大学的日常生活，而这种生活只会使平庸因印第安式的勇敢心态而变得复杂。没有学校教育比得上拉迪亚德·吉卜林[1]和温斯顿·丘吉尔[2]的教育。但在有些家庭里，渴望满足精神追求的男孩可以接触艺术。我本人便是在学校什么也没学到，反而在家里获得了许多高等音乐的教育。我有机会接触到绘画方面的插图书籍，这让我有机会去了（爱尔兰）国家美术馆。这样一来，我就能成为一名音乐家和绘画评论家，以此养活自己，像狄更斯靠速记养活自己一样。我如饥似渴地阅读有关科学和当时宗教争议的书籍。正是通过这种方式，而不是在我们的公学和大学里，英国的这种文化才得以延续。

现在看来，狄更斯一家似乎全是无文化之人。狄更斯提到过他在阁楼上发现一堆18世纪的小说时简直欣喜若狂。但斯摩莱特[3]是一个比狄更斯本人更粗俗的野蛮人。尽管《堂吉诃德》和《一千零一夜》激发了狄更斯热切的想象力，却使他对当时的哲学和艺术一无所知。对他来说，哲学家是知识分子，是有趣的人物。斯莫尔托克伯爵[4]的创作灵感来自街头阿拉伯人：狄更斯甚至不知道，伯爵通过研究玄学和中国，并结合信息来研究中国玄学的方法“不仅是明智和正确的，而且是唯一可能的方法”。对于狄更斯和大多数维多利亚时代的英国人来说，玄学荒谬、无用、不切实际，是傻瓜的标志。他有足够的音乐才能，知道很多流行的民谣曲目，他会在家里唱这些歌，使他的声音保持良好状态。他还让汤姆·平奇[5]在教堂里演奏管风琴，并称之为一项令人愉快的成就。但我不记得曾听说他聆听过古典音乐会，他甚至很可能并不知道有这种娱乐活动的存在。在《一年四季》上有关（伦敦）国家美术馆的文章中，尽管对“沉默的威廉[6]”的“神化”的描述极其有趣（单看标题就能让猫发笑），在一些世俗的观点上也足

1 拉迪亚德·吉卜林（Rudyard Kipling，1865—1936），英国小说家、诗人。

2 温斯顿·伦纳德·斯宾塞·丘吉尔（Winston Leonard Spencer Churchill，1874—1965），英国政治家、历史学家。

3 托比亚斯·斯摩莱特（Tobias Smollett，1721—1771），英国作家。

4 狄更斯作品《匹克威克外传》中的人物，他致力于为自己的“英格兰伟大工作”收集信息。

5 狄更斯作品《马丁·瞿述伟》中的人物，他为人厚道，做事朴实。

6 沉默的威廉（Wailliam the Silent，1533—1584），也被称为“奥兰治的威廉”，他是荷兰反抗西班牙哈布斯堡王朝的主要领导人，被视为荷兰历史上最杰出的人物之一。

够明智，但都可谓十分庸俗。鉴于他与麦克利斯[1]和克拉克森·斯坦菲尔德[2]的友谊，我们不能说他不喜欢所有的画家，但这并不是一种建立在文化上的友谊。斯坦菲尔德是一位风景画家，他迎合了英国人对风景的热爱，而这种热爱往往会与对艺术的热爱相混淆。麦克利斯是一位逸事画家，他把莎士比亚戏剧中的场景完全按照舞台场景呈现出来。当狄更斯在他的故事中描写一个他非常不喜欢的人物时，便会安排这个人物从事艺术行业。《小杜丽》里的亨利·高恩是个画家。佩克斯尼夫[3]是一位建筑师。哈罗德·斯金波[4]是一位音乐家。他描写他们的方式掺杂着真正的仇恨。

我绝非暗示这些人物违背自然。艺术家往往的确令人讨厌，还有著名的“反修复”组织，其正式名称为“古建筑保护协会”，由威廉·莫里斯[5]及其友人创立，目的是保护古建筑免受建筑师的损害。更重要的是，以罗塞蒂、莫里斯和罗斯金为中心的艺术极端主义者、前拉斐尔派和唯美主义者都是狄更斯的崇拜者。他们崇拜特拉布的小伙计，如果他们读了我现在写的东西，一定会把我视为叛徒。他们比任何人都清楚，利·亨特[6]与哈罗德·斯金波一样咎由自取，高恩那种肤浅的绘画令人讨厌，而建筑师正是像佩克斯尼夫这样的索尔兹伯里大教堂的寄生虫的合适职业。但是，他们所有的狄更斯式的热情，以及狄更斯的逼真人物描写，都不能掩盖这样一个事实：狄更斯对艺术的文化层面所知甚少。由此可见，一个理解力很强的人也可能不了解广为人知的事。你可能读过狄更斯所有的故事，却不知道在他生活的时期，艺术、哲学、社会学、宗教，简而言之就是文化，都处在狂热的复兴阶段，革命运动也频频出现。丁因格[7]曾说过：“狄更斯对许多伟大的主题都不感兴趣，无论这些主题多么惊人。”这句话一针见血。要说在他的笔下找到像卡尔·马克思这样的人物，那简直就像在育儿室里找鹦鹉螺

1 丹尼尔·麦克利斯（Daniel Maclise，1806—1870），爱尔兰历史、文学和肖像画家，他曾为狄更斯的作品设计插图。

2 克拉克森·斯坦菲尔德（Clarkson Stanfield，1793—1867），英国画家。

3 狄更斯作品《马丁·瞿述伟》中的人物。

4 狄更斯作品《荒凉山庄》中的人物。

5 威廉·莫里斯（William Morris，1834—1896），英国小说家、翻译家、建筑保护主义者。

6 利·亨特（Leigh Hunt，1784—1859），英国评论家、诗人。

7 丁因格（Dean Inge，1860—1954），英国作家、剑桥大学神学教授。

一样不可能。

狄更斯的广大读者觉得这些人物太过古怪，因而不可能真实存在，继续把库德尔和杜德尔[1]崇拜为伟大的政治家，认为东印度公司的约翰·斯图亚特·穆勒[2]和斯帕克勒先生没有区别。事实上，这种描写不仅太过滑稽而不可信，还因为太过真实而显得不可信。但对狄更斯来说，这种滑稽一点儿也不有趣：真相太苦涩了。当你嘲笑杰克·邦斯比[3]，或者嘲笑开瓶器的柄掉下来砸在克里克特[4]的下巴上时，毫无疑问，狄更斯会像街头顽童一样和你一起大笑，尽管邦斯比的结局很悲惨。但当你嘲笑斯帕克勒或小巴纳克尔时，狄更斯却非常认真。在他看来，如果英格兰要继续存在，他们两个都必须被扔进垃圾箱。

然而狄更斯从不认为自己是革命家。他是英国职业阶层的绅士，他不允许自己的女儿上舞台，因为那有失体统。他对革命者所知甚少，以至于当马志尼[5]拜访他并送上名片时，狄更斯十分困惑，推断这位素不相识的外国绅士是缺钱了，并非常好心地给他寄去一金镑，以免他来纠缠。他发现了他暴露出来的所有不满，对运动没有归属感，也不希望与和他持相同颠覆观点的人联合起来。为了让他的孩子们了解宗教和历史方面的知识，他写了《写给孩子们看的英国历史》。这本书甚至没有孩子气的借口。他还改写了福音传记，但他只是为了让小孩子对其进行贬低。他最好还是把历史留给小亚瑟、马卡姆太太和戈德史密斯吧，并考虑《圣经》钦定英译本作为一部文学艺术作品的非凡教育价值。他不把自己视为革命家，可能也很少把自己看作文学艺术家。他也反对《圣经》中的超自然观点，而这最终导致不可知论的流行，以及对达尔文理论的武断谈论。这使这一代人忽视了这一事实的艺术重要性：在英国所有的文学能量都在充分爆发的时候，当时莎士比亚刚刚去世、弥尔顿刚刚出生，一群精心挑选的学者承担了把他们认为是上帝的箴言翻译成英语的任务。在这种信念下，他们激发出了超常的能力，

1 狄更斯作品《荒凉山庄》中的人物。

2 约翰·斯图亚特·穆勒（John Stuart Mill，1806—1873），英国哲学家、经济学家。他对自己所供职的东印度公司的等级结构深感痛心，一生都在致力于提高妇女的地位与呼吁男女平等等事业。狄更斯在创作《荒凉山庄》中的人物时受到了他的事迹的影响。

3 狄更斯作品《董贝父子》中的人物。

4 狄更斯作品《大卫·科波菲尔》中的人物，一个皮肤黝黑的年轻女子，有打喷嚏的习惯。

5 朱塞佩·马志尼（Giuseppe Mazzini，1805—1872），意大利政治家、记者。

把原始文本变成了辉煌的文学杰作，这是任何凡人作家都再也无法企及的。但是，19世纪要么不敢以这种方式看待《圣经》，因为这属于迷信；要么就是对盲目崇拜很愤怒，以至于甚至不允许所谓的《圣经》具有艺术价值。无论如何，在狄更斯看来，比起受詹姆斯国王之命的抄写员所写的英语，他的小内尔[1]的风格更适合他的孩子。他带他们（至少有一段时间）去一神论教派的教堂，在那里他们既可以持怀疑态度，也可以心怀虔诚。但很难说狄更斯在形而上学或形而上政治学上相信什么或不相信什么，尽管他对上议院、下议院和克里米亚战争前的公务员制度的看法十分肯定。

从积极的方面来看，他无话可说。马克思主义和达尔文主义对他而言来得太晚了。他本可能成为一个共产主义者，或许也应该成为共产主义者，但事实并非如此。他是独立的狄更斯派，这是一种非哲学的激进派，完全不相信民治政府，除了他们自己的利益以外，他们同样完全敌视政府的任何其他利益。他揭露了许多弊端，并热情地呼吁统治者纠正这些弊端，但他从不号召人民这么做。他倒是有可能想到呼吁他们也去写小说。

狄更斯有很多孩子，为此给他自己和他不幸的妻子增添了很重的负担，而为了养活孩子和过富裕的生活，他被迫高强度工作，以至于英年早逝。读者们无法忍受自己喜爱的作家迫于经济压力而苦苦挣扎，而这种压力往往与天才的冲动存在着极大的冲突。这种压力在狄更斯身上比在许多穷人身上更强烈。他有着坚定的资产阶级良心，这使他不可能一边自己去追求命中注定的道路，一边由着妻子和孩子挨饿。狄更斯则深知贫穷的可怕，因而不会让自己的妻子经历他母亲所经历的一切，也不会让自己的孩子去给鞋油瓶子贴标签赚钱。他必须取悦公众，否则就会陷入贫困。在这种情况下，对家庭的关注不可避免地把对艺术的关注推到了第二位。我们永远也不会知道狄更斯的乐观主义在多大程度上掩盖了他对生活的真实看法。他在自己的道路上走得很远，这足以表明，当他没有开怀大笑的时候，他是一个忧郁的人。亚瑟·克莱南是文学作品中的“忧郁杰米”之一。为了获得内心的欢乐，我们不得不求助于难以对付的迪克·斯威夫勒[2]，顺便说一

1 狄更斯作品《老古玩店》中的人物。

2 狄更斯作品《老古玩店》中的人物。

下，他被描写成了一个令人作呕又粗俗的人，想借着追求有钱女人而发财。他一直都是以这样的形象出现，后来他突然吸收了狄更斯的幽默感，就变成了一个极具娱乐性和完全不可思议的小丑。这是一种真正的转变，而不是对公众品位的让步。但是，对于《董贝父子》中的沃尔特·盖伊而言，他高昂的情绪被设计成了堕落和毁灭的前奏，可谓强行以大团圆结局替代悲惨结局的典型例子。《马丁·丘兹勒维特》开始于对自私的描写，最终却无疾而终。被财富冲昏头脑的伯菲先生解释说，他只是出于慈善目的才假装这样做，于是便可安然无恙，品德上没有一丝污点，但他的一些伪装让我们深感怀疑。贾代斯[1]是一个非常善良的人，他一直做着慷慨之举，最后却为了给埃丝特·萨默森一个愉快而富有戏剧性的惊喜，居然对她进行了无情、残忍、粗俗的欺骗。我不会说狄更斯的小说充满了忧郁的意图，他并不敢把这些意图贯彻到底，延伸至不幸的结局。但在匹克威克（就像堂吉诃德一样，一开始只是一个可鄙的笑柄）之后，他并没有给我们留下真正快乐的男女主人公。那些书的大团圆结局，不过是为了增添可读性。20世纪解放妇女的小说比狄更斯的小说聪明得多，见多识广得多，无情地让读者陷入绝望的沮丧和痛苦，看过那些小说的人不会对狄更斯的人性感到感激。他从充满劫数的世界转向偶然有好运降临的世界，让离别的读者们脸上洋溢着快乐。但当我们的思想越来越强大时，他的一些安慰就变得毫无必要，甚至令人恼火。《远大前程》的结尾便是如此。

但这并不是唯一的结局，狄更斯写了两个结局，结果都搞砸了。对于第一个结局（在布尔沃·利顿的说服下放弃了），皮普带着小皮普在皮卡迪利大街上散步，驾驶马车经过的艾丝特拉叫住了他。她嫁给了什罗普郡的一名医生，婚姻生活很美满，只是与皮普打了招呼，亲吻了小皮普，二人便从彼此的生命中飘然远离了。皮普虔诚地希望她的丈夫能让她明白她让他遭受了多少痛苦，这是缺点所在，这个结局非常真实，但又太过现实，不是悲剧该有的结局。皮卡迪利大街也不适合做这种情况的背景。驾驶马车离开的情节，则是不知不觉地借鉴了里威尔的小说《一天的旅程：一生的浪漫》，这本小说非常不受欢迎，以至于不得不让《远大前程》来取代它在《一年四季》上的连载。但在里威尔的故事中，男主人

1 狄更斯作品《荒凉山庄》中的人物。

公去拦马车，结果被女人撞死。狄更斯一定觉得这个结局有什么不妥，而布尔沃的反对证实了他的怀疑。因此，他写了一个新的结局，在这个结局中，他去掉了皮卡迪利大街，取而代之的重逢场面极为协调，背景、时间和气氛都堪称美好动人。他删除了什罗普郡的医生这个人物，也没有写到小皮普。到目前为止，新的结局在各方面都比初稿结局好。

不幸的是，布尔沃想要的是所谓的大团圆结局，把皮普和艾丝特拉描绘成一对破镜重圆的恋人，他们将喜结连理，从此过上幸福的生活。狄更斯虽然不能强迫自己如此直白地在感情上弄虚作假，但在结尾，他还是允许自己说他们之间“没有离别的影子”。如果皮普说“自从那次离别以后，我每每想到她，往日的悲伤无不涌上心头。但我从来没有想过再去见她，我知道我永远也不会再去见她了”，他至少还有可能过一种可以忍受的生活。但是，一想到他会和艾丝特拉一起幸福地生活，事实上与艾丝特拉一起幸福生活的可以是任何人，那就绝对令人不快。我还记得考登·克拉克[1]夫妇曾大胆地暗示了一个疑问：班尼迪克和比阿特丽斯[2]是否也可以幸福地结合，但这并不重要，因为班尼迪克和比阿特丽斯的现实并非皮普和艾丝特拉的现实。莎士比亚可以拿《无事生非》当儿戏，这部作品被公认为粗劣之作，但《远大前程》是另一回事，狄更斯在这部书里几乎倾注了他所有的思想。这是一本太严肃的书，不可能只注重微不足道的大团圆结局。这本书的开头充满了不幸，中间亦充满了不幸，而传统的大团圆结局是对它的一种侮辱。

在狄更斯笔下各种不讨喜的女性角色中，艾丝特拉是一个奇怪的成员。在我年轻的时候，人们常说狄更斯不擅长描写女人。说这些话的人是想到了阿格尼丝·威克菲尔德[3]和埃丝特·萨默森，以及小杜丽和弗洛伦斯·董贝[4]，认为她们是狄更斯对女性的荒谬刻画。吉辛[5]制止了这种说法，他问道，像拉德尔太太[6]、

1 考登·克拉克（Cowden Clarke，1787—1877），英国作家。

2 莎士比亚喜剧《无事生非》（*Much Ado About Nothing*）中的主人公。

3 狄更斯作品《大卫·科波菲尔》中的人物，后成为大卫的妻子。

4 狄更斯作品《董贝父子》中的人物。

5 乔治·罗伯特·吉辛（George Robert Gissing，1857—1903），英国小说家。

6 狄更斯作品《匹克威克外传》中的人物。

麦克斯廷杰太太[1]、盖格瑞太太这样的泼妇，像尼克尔比太太[2]和弗洛拉·芬奇太太[3]这样的傻瓜，像罗莎·达特尔[4]和韦德小姐[5]这样扭曲的老处女，是否谈不上对女性描写的极好例证。而且，她们都不讨人喜欢。但贝齐·特罗特伍德[6]是一位非常可爱的仙女教母，也是对人性的真正描写，还有像伯菲太太[7]这样可爱的老太太，人们会禁不住问，狄更斯一生中到底有没有遇到过和蔼可亲的女性。朵拉向弗洛拉的转变过程很残忍，却真实到了可怕的地步。狄更斯自然可以凭借想象力创造出许多讨喜的女性人物，但不知何故，他不能或不愿像描写其他角色一样，生动地刻画这样的女性角色。他是否真认识像小杜丽这样的人，我们表示怀疑，但范妮·杜丽特[8]显然来自现实生活。艾丝特拉也是，狄更斯对她的描写比对范妮的描写细致得多，而且我猜，狄更斯认识她这样的人，是最近的事。

在狄更斯沉浸在《远大前程》的创作期间，他与妻子分居，可以自由地与女性建立更为亲密的关系，而这是一个有家庭的男人所不能做到的。我对他在职业生涯的这一阶段的冒险经历一无所知，不过我敢说，反狄更斯派的一小部分人绝对可以挖出与之有关的大量内容，而他们的这种狂热行为，都是由狄更斯研究会挑起的。没有必要暗示任何风流韵事，因为狄更斯可以从匆匆一瞥中得到暗示，将其扩展为一个成熟的人物。他的这段经历与我们有关，只是因为这是《远大前程》结尾的转折点，即艾丝特拉天生喜欢折磨别人。为了取乐，她一直故意折磨皮普。在我们听到的她与别人的不多的交往中，她并没有表现出一丝善意。事实上，她对皮普的折磨几乎可以说饱含深情，与她对那些不值得折磨的人的冷漠蔑视形成了鲜明的对比。她比本特利·多穆尔聪明，又出于任性和愚蠢才会嫁给他。因此，本特利用拳头来对抗她的恶意，也就不足为奇了。面对心碎的皮普，这对我们而言是一种安慰，但并不完全可信。因为在现实生活中，艾丝特拉这样

1 狄更斯作品《董贝父子》中的人物。
2 狄更斯作品《尼古拉斯·尼克尔贝》中的人物。
3 狄更斯作品《小杜丽》中的人物。
4 狄更斯作品《大卫·科波菲尔》中的人物。
5 狄更斯作品《小杜丽》中的人物。
6 狄更斯作品《大卫·科波菲尔》中的人物。
7 狄更斯作品《我们共同的朋友》中的人物。
8 狄更斯作品《小杜丽》中的人物。

的人通常能吓到本特利·多穆尔这样的人。无论如何，最后的甜蜜结局暗示艾丝特拉因受到本特利的虐待和尽失钱财而成功挽回形象，从此和皮普幸福地生活在一起，而这甚至激起了狄更斯的大儿子的反对，可谓理所当然。

除此之外，这部小说是狄更斯作品中最完美的一部。从《雾都孤儿》开始，他的许多书中都充斥着石器时代遗迹一样的荒谬情节，但在这本书中他没有如此蒙混过关。这个故事围绕着一个简单的灾难展开：皮普如何一步步发现自己的远大前程从何而来。艾丝特拉是马格维奇的女儿，这的确带有老式的阴谋迷信的痕迹，但这样的情节让英雄般的文米克拥有了感人的幸福结局。谁会忍心不让他有个完满的结局呢？随着社会良知的发展，19世纪强烈的阶级势力在我们看来不那么自然，《远大前程》的悲剧因而便失去了一些吸引力。我在想，狄更斯本人是否意识到，他对鞋油瓶子的敏感，因此而承受的痛苦，以及他怨怼母亲不同意他逃离童工工厂，其实算不上太过势利，并不值得他为此所声称的所有同情。现在比较一下H. G. 威尔斯[1]，他是20世纪与狄更斯最相似的人。威尔斯讨厌在布料店里做小工，就像狄更斯讨厌做仓库小工一样，但他一点儿也不觉得难为情，也不责怪母亲把这看作对他的最高期许。威尔斯先生的父亲曾是迷人的板球运动员，而命运强加给了他一份不相称的谋生手段：开一家小铺。在年轻的威尔斯看来，打理店铺并不意味着有失身份，而在文雅的狄更斯看来，做仓库小工却是落魄，叫人无法忍受。尽管如此，我还是忍不住猜测，即便狄更斯没有因为赚钱养活一大家子而过早地劳累而死，他也不可能像威尔斯先生从讨厌的布料柜台中苦中作乐那样，从鞋油瓶子中获得乐趣。

狄更斯从未达到那个阶段，《远大前程》中对此并无暗示。因为在这本书中，他从来没有提出这样一个问题：为什么皮普会拒绝马格维奇的钱，并怀着如此残忍的厌恶远离他。从文雅的狄更斯家族的观点，甚至从他自己的角度来看，马格维奇无疑是一个“蝼蚁一样的人”，但若是维克多·雨果，一定会把他塑造成伟大的英雄，成为另一个冉·阿让[2]。在崇高而坚定的想法的鼓舞下，马格维奇摆脱了犯罪的泥潭，诚心诚意赚钱，以报答在他挨饿时给他一碗饭的孩子。如

1 H. G. 威尔斯（Herbert George Wells，1866—1946），英国小说家、政治家、历史学家。

2 雨果作品《悲惨世界》（*Les Misérables*）中的人物。

果皮普不反对做寄生虫，而不愿做一个诚实的铁匠，那么，至少他有更好的理由依靠马格维奇赚的钱，而不是像他想象的那样，依靠哈维沙姆小姐的财产。奇怪的是，狄更斯竟然没有想到这一点。若是揭露皮普依靠他人为生的做法毫无价值，对狄更斯而言可谓没有比这更痛苦的了。如果像他以为的那样，靠哈维沙姆小姐过活只是作为林中雀俱乐部会员的特权，那他就不需要认为他对马格维奇的依赖与他毫无根据的自尊心水火不相容。但是，皮普不可能认为马格维奇与他自己或哈维沙姆小姐是一路人。而在这一点上，恐怕狄更斯与皮普的看法是一样的。皮普确实势利，但创造出他的人对这种短暂的局限未加批评。

对于这种情况，一个简单的事实是，皮普和他的创造者一样，既没有文化，也没有宗教信仰。当皮普说了一连串关于哈维沙姆小姐的骇人听闻的谎言时，乔·盖格瑞建议他在祈祷时为此忏悔，但是皮普从不祈祷。教堂对皮普来说，除了沃普斯勒先生天花乱坠的讲话，什么也不是。在这一点上，他很像大卫·科波菲尔，大卫彬彬有礼，但既没有文化，也没有宗教信仰。因此，皮普的世界是一个非常忧郁的地方，他的行为无论是好是坏，总是无可奈何。因此，狄更斯在被卡莱尔从中产阶级的无知乐观中唤醒后，总是描写如此黑暗的背景。当他失去了对资产阶级社会的信仰和随之而来的无忧无虑的心情时，他既没有经济上的乌托邦，也没有值得信赖的宗教可以依靠。他的世界变了，美好的期望全都残忍落空。而在威尔斯的世界里，他则在不断实现越来越大的期望。这是一个巨大的进步，毕竟狄更斯从来没有时间形成一种哲学或定义一种信仰。他后来更伟大的著作，都因日光之下所行的罪恶而充满悲哀。

欢迎您从《远大前程》走进读客三个圈经典文库

亲爱的读者，感谢您选择读客三个圈经典文库。

我们的封面统一使用“三个圈”的设计，读者可以凭借封面上形式各异的“三个圈”找到我们，走进经典的世界。

你想成为什么样的人？

对你来说什么是重要的？

这个世界应该是什么样子？

我们在生命中遇到的这些问题，或许可以在浩如烟海的文学经典中找到答案。

跟随读客三个圈经典文库，认识世界、塑造自我，成为更好的人！

《漫长的告别》

《西西弗神话》

《人间失格》

《人类群星闪耀时》

《鼠疫》

《小王子三部曲》

《局外人》

《月亮与六便士》

《基督山伯爵》

《罗生门》

如果你喜欢《远大前程》你可能也会喜欢“寻找人生意义”书单

《西西弗神话》

文库编号：160

《月亮与六便士》

文库编号：065

《了不起的盖茨比》

文库编号：007

《刀锋》

文库编号：049

《在路上》

文库编号：110

《悉达多》

文库编号：038

《人性的枷锁》

文库编号：043

《人鼠之间》

文库编号：094

激发个人成长

多年以来，千千万万有经验的读者，都会定期查看熊猫君家的最新书目，挑选满足自己成长需求的新书。

读客图书以“激发个人成长”为使命，在以下三个方面为您精选优质图书：

1．精神成长

熊猫君家精彩绝伦的小说文库和人文类图书，帮助你成为永远充满梦想、勇气和爱的人！

2．知识结构成长

熊猫君家的历史类、社科类图书，帮助你了解从宇宙诞生、文明演变直至今日世界之形成的方方面面。

3．工作技能成长

熊猫君家的经管类、家教类图书，指引你更好地工作、更有效率地生活，减少人生中的烦恼。

每一本读客图书都轻松好读，精彩绝伦，充满无穷阅读乐趣！

认准读客熊猫

读客所有图书，在书脊、腰封、封底和前后勒口都有“读客熊猫”标志。

两步帮你快速找到读客图书

1. 找读客熊猫

2. 找黑白格子